grafit

Die niederländische Originalausgabe »Cel«
erschien 2008 bei De Geus, Breda

Die Übertragung ins Deutsche wurde von der Stiftung für
die Produktion und Übersetzung niederländischer Literatur
›Nederlands Literair Productie- en Vertalingenfonds‹ gefördert.

Taschenbuchausgabe

Chemnitzer Str. 31, 44139 Dortmund
Internet: http://www.grafit.de
E-Mail: info@grafit.de

Umschlagfoto: Gail Symes/plainpicture/wildcard
Druck und Bindearbeiten: GGP Media GmbH, Pößneck
ISBN 978-3-89425-564-0
1. 2. 3. 4. 5. / 2012 2011 2010

Charles den Tex

Die Zelle

Thriller

Aus dem Niederländischen von
Stefanie Schäfer

grafit

Charles den Tex wurde 1952 in Australien geboren und lebt seit 1958 in den Niederlanden. Er studierte Film und Fotografie in London, arbeitete als Werbetexter und später als Kommunikations- und Managementberater. Er zählt zu den erfolgreichsten Autoren der Niederlande, seine Bücher landen regelmäßig auf der Bestsellerliste. Sowohl für den ersten Michael-Bellicher-Thriller, *Die Macht des Mr. Miller,* als auch für *Die Zelle* wurde den Tex mit dem niederländischen Krimipreis ›Gouden Strop‹ ausgezeichnet.

Für uns

Mein Dank gilt
Marjan van der List, Peter de Baan,
allen bei De Geus und @.

I

Bellilog 20.07.06

Ich bin post-alles. Post-ich, post-multinational, post-moralisch, post-wir, post-Pizza (nie wieder eine Quattro Stagioni, bitte!), post-neokonservativ, post-Dritter-Weg, post-Neue-Sachlichkeit, post-Cuvée-Prestige, post-Fußball, post-natal (ergibt sich von selbst), post-Marketing, post-Information, post-spirituell und post-Marlboro. Ich bin sogar post-Post, denn ich erhalte ausschließlich anonyme Reklamewurfsendungen, eine Art prähistorisches Spam, sowie Kopien von Rechnungen, die ich bereits zwei Tage zuvor per E-Mail empfangen habe. Aber einen echten Brief, auf Briefpapier aus einer hübschen Schachtel, in einem passenden Umschlag, mit Anrede und handgeschriebenen Gedanken, mit Wünschen, Geschichten und voller Liebe – den habe ich noch nie bekommen. Ich bin auch post-Jessica. Und das wird sich nicht ändern. Wenn man alles verliert, bleibt viel zu viel übrig. Die Welt ist noch genauso voll wie zuvor. Noch voller sogar. Voller Produkte und Marken. Leute. Gruppen. Meinungen. Alles wird immer mehr. Post-das muss ich noch werden. Man kann etwas richtig machen oder gar nicht. Viel mehr bleibt einem nicht.

Heute bin ich post-Hamburg. Zweieinhalb Wochen Recherche für einen Kunden, der hochmoderne Landbaumaschinen produziert. Wahnsinniger Chiptechno in riesigen Geräten, bestückt mit einem Wirrwarr von Schläuchen und Haken und anderen überdimensionalen Stahlteilen. Diese Monster erledigen alles für den Landwirt: mähen, melken, misten. Regelrechte Fabriken auf Rädern. Mit dem *Mega Dominator* und dem *Big Pack* kann man Hunderte Hektar Land bestellen. Morgen Präsentation: strategischer Kommunikationsplan zur Vorbereitung der Übernahme. Entweder man ist Unternehmensberater oder nicht. Second Life muss erst mal warten. First Life braucht mich. Ohne Pause vom Bahnhof direkt ins Büro, Präsentation ausarbeiten, ins

Auto und direkt weiter nach Staphorst, wo ich erwartet werde. Danach erst kann ich nach Hause fahren. Ein bisschen viel auf einmal, aber es geht um Hunderttausende, und post-Rechnungen bin ich noch nicht.

2

Ein herrlicher Tag

Das Auto vor mir fuhr achtzig und ruckelte plötzlich, als hätte es Schluckauf. Ich nahm es jedoch nicht deutlich wahr, denn im selben Augenblick piepte mein Handy. Nachricht von Gijs, aus Amerika. Mein Kompagnon befand sich bereits seit einem Monat in Atlanta, wo er an einer Fusionsberatung für einen multinationalen Reisekonzern arbeitete. Das war etwas anderes als Landbaumaschinen, schon wegen der günstigen Flugtickets, die nebenbei abfielen. Zum Einkaufspreis war die Businessclass plötzlich kein Luxus mehr. Solche und ähnliche Gedanken gingen mir durch den Kopf, während ich mich vornüberbeugte, um die SMS zu lesen. Mir fiel ein, dass es drüben mitten in der Nacht sein musste. Gijs arbeitete also noch zu später Stunde. Ich starrte das Display an. Durch das einfallende Sonnenlicht konnte ich die Schrift nicht lesen.

Später, dachte ich. Nachher, wenn ich Zeit habe. Ich griff mit der rechten Hand nach dem Telefon, um die Nachricht zu speichern. Doch ich erreichte den Knopf nicht mehr. Das Heck des Wagens vor mir schlingerte plötzlich hin und her. Der Fahrer versuchte gegenzulenken, um das Auto zu stabilisieren, erzielte aber genau den gegenteiligen Effekt. Der Wagen drehte sich halb um die eigene Achse, ruckte noch einmal und überschlug sich. Genau vor mir.

Es ging so schnell, dass ich gar nicht richtig begriff, was geschah. Ich reagierte instinktiv. Bilder führten unmittelbar zu Reaktionen. Ich sah und handelte. Meine Hände und Füße trafen selbstständige Entscheidungen. Mein Herz pumpte Blut, meine Lungen atmeten ein und aus, schneller, als ich es erfassen konnte. Mein Körper rettete sich aus eigener Kraft. Ich wich dem schleudernden und sich überschlagenden Auto vor mir aus, irgendwohin. Meine Augen huschten hin und her, von dem nahenden Hindernis zur Straße, in den Spiegel, links, Auto, Spiegel. Der Wagen vor mir traf auf etwas Hartes, kippte, rutschte auf der Seite über den Asphalt, ein Funkenregen sprühte unter dem Blech hervor. Meine Augen waren überall gleichzeitig. Ich riss an meinem Lenkrad, um dem Zusammenstoß auszuweichen. Die Motorhaube des Wagens vor mir sprang auf und brach durch die Riesenkräfte, die auf sie einwirkten, ab. Ich blickte dem Stück Blech hinterher, das durch die Luft segelte, und sah gleichzeitig die Sonnenstrahlen, die durch die Bäume fielen, und die menschenleere Landstraße. Wie in einem Traum, wie auf einem magisch-realistischen Bild: *Blechteil am Morgen.* Ich löste mich von dem Bild und trat mit voller Wucht auf die Bremse. Die Reifen quietschten auf dem Asphalt und ich umklammerte mit beiden Händen das Steuer, so fest, dass ich die Finger hinterher kaum mehr geradebiegen konnte. Die Motorhaube kam genau auf mich zu, als schwebe sie, wie in mörderischer Zeitlupe. Ich schaute links, rechts, sah in der Ferne einen Motorradfahrer, der gerade um die nächste Kurve verschwand. Die Straße war verlassen. Ich fuhr auf die andere Fahrbahn, weg von dem fliegenden Ungetüm. Die Haube schrammte kreischend und krachend an meinem Auto entlang. Ich spürte, wie das Blech meiner Beifahrertür Falten schlug, als würde eine Haut davon abgezogen. Das Auto vor mir pflügte durch den Straßengraben und prallte mit einem lauten Knall gegen einen Betonpfeiler. Die glänzend blaue Blechkarosserie verlor ihre Form, wurde zerknittert, zerknüllt. Keine zehn Meter von mir entfernt. Der Pfeiler zitterte, schwankte und brach. Langsam stürzte der Betonkoloss um, quer über die Überreste des Unfallwagens hinweg. Ich muss den Schlag gehört haben, konnte mich aber später an nichts mehr erinnern. Es war, als hätte sich das ganze Unglück lautlos abgespielt.

Mein Auto hing schräg im gegenüberliegenden Graben, mit dem Kühler in Richtung des Unfalls. Die Straße war leer, etwas, was ich in den Niederlanden seit Jahren nicht mehr erlebt hatte. Warum ich daran denken musste, weiß ich nicht, aber ich weiß noch, dass ich verständnislos das ineinandergeschobene Wrack auf der Gegenseite anstarrte. Aus den bis zur Unkenntlichkeit verformten Teilen stiegen Rauchschleier auf, wahrscheinlich aus dem Motorblock, aber weil der Rahmen so verbogen war, schien es, als kämen sie von der Rückbank. Eine kleine weiße Wolke, die sich im Sonnenlicht kringelte. Für einen Augenblick hatte sie fast etwas Idyllisches. Gefangen in einem Moment der Lautlosigkeit, denn es geschah nichts. Rein gar nichts. Nichts regte sich. Ich sah alles in meiner Umgebung, das Armaturenbrett, meinen Aktenkoffer, mein Handy in der Halterung. Nicht mehr als zehn Meter lagen zwischen meinem Auto und dem Wrack. So nah und doch so fern. Durch die zersplitterten Scheiben erblickte ich einen Mann am Steuer, der im Sicherheitsgurt hing. Aus der Ferne sah sein Kopf unverletzt aus, aber das Auto war mit einer solchen Kraft zerschmettert worden, dass darin niemand mehr am Leben sein konnte. Die Morgensonne schien ungehindert hinein, ein wunderbares, fast bezauberndes Licht. Es war ein Morgen, wie man ihn sich jeden Tag wünschen würde, Ende Juli, mitten im Sommer, die Bäume belaubt in allen Grüntönen, und ringsum diese vibrierende Stille, berstend von Leben, das noch nichts von der nächsten Jahreszeit ahnte.

Ich betrachtete die Szenerie.

Verschiedene Gedanken schossen mir durch den Kopf, unsinnige Gedanken: der Termin, den ich nicht würde einhalten können, die Zeit, fünf vor halb zehn, die Präsentation, aber ich konnte keinen einzigen dieser Gedanken lange genug festhalten, um etwas damit anzufangen, wenn das überhaupt nötig war. Der Unfall war wie eine ungeheuer schwere Masse, die alles an sich zog und verschluckte. Er füllte die Zeit, die Atmosphäre und den Raum. Nirgendwo gab es noch eine Öffnung, durch die die Zukunft hineinschlüpfen konnte. Hier endete alles. Mit zitternden Fingern wählte ich die Notrufnummer und meldete den Unfall. Es hieß, die Polizei und ein Krankenwagen würden alarmiert.

»Bleiben Sie am Apparat«, sagte die Telefonistin.

Die zarte Rauchwolke löste sich langsam auf, der Dampf verdunstete, und kurz darauf war nichts mehr zu sehen.

Leise Geräusche, Zischen und Blubbern, ächzendes Blech durchbrachen die Stille. Und das Gezwitscher der Vögel. Ich nahm das Handy aus der Halterung und stieg aus. Während die Frau weiter auf mich einredete, keine Ahnung, was, ging ich langsam auf das Auto zu. Je näher ich kam, desto größer schien der Schaden. Erst als ich ganz dicht davor stand, erkannte ich, dass von der Fahrgastzelle fast nichts mehr übrig war. Durch den Aufprall gegen den Betonpfeiler war der Innenraum auf Minimalgröße reduziert worden. Drinnen hatten zwei Menschen gesessen, der Fahrer und ein Mann auf dem Rücksitz. In unendlicher Stille lagen sie in der verbogenen Karosserie, die Hände verkrampft in dem vergeblichen Versuch, irgendetwas abzuwehren. Etwas zu retten. Was auch immer.

Rund um den Wagen verstreut lag ein Chaos aus Glassplittern, Kunststoffstücken und Blech. Gegenstände, die aus dem Auto herausgeschleudert worden waren. Papiere, lose Blätter, flatterten in der lauen Brise. Ich hob zwei davon auf, einfach so, in einem Reflex. Ein Eiskratzer, ein Schwamm und ein Kuli lagen herum. Auch den Kuli hob ich auf. Stifte lässt man nicht liegen. Warum, weiß ich nicht. Ich betrachtete das Wrack. Die Windschutzscheibe war in Tausende kleine Splitter geborsten und durch die Öffnung ragte ein Teil des Armaturenbretts. Ich roch Öl und Fett und einen Hauch Benzin, wie in einer Werkstatt. Vermischt mit dem widerwärtigen Geruch von Blut.

»Sind Sie noch da?«, fragte die Frau.

»Ja.«

»Ein Krankenwagen und die Polizei sind unterwegs und treffen jeden Moment am Unfallort ein«, sagte die Frau. »Es ist wichtig, dass Sie jetzt die Ruhe bewahren.«

»Alles ist wichtig«, erwiderte ich.

»Ja, da haben Sie recht.«

»Und ich bin ganz ruhig.«

In der Ferne ertönten Sirenen, schnitten wie lange Messer durch die Luft.

So ein herrlicher Tag.

3

Eine Art Abholpizza

»Sie waren allein? War denn niemand in der Nähe? Kein Verkehr auf der Gegenfahrbahn? Fuhr ein anderes Fahrzeug dem verunglückten Wagen voraus?«

»Ja, ein Motorrad. Aber es war weit vor uns. Zu weit weg.«

Der Polizist machte sich Notizen und dachte nach. »In welcher Beziehung standen Sie zu den Insassen des Unfallfahrzeugs?«

Ich begriff die Frage nicht sofort. Ich saß neben dem Polizisten im Streifenwagen. In den Händen hielt ich noch immer den Kuli, den ich aufgehoben hatte. Achtlos steckte ich ihn in die Hosentasche und schaute zum Fenster hinaus. Die Sonne strahlte nach wie vor. Auf der gegenüberliegenden Straßenseite waren Feuerwehr und Notdienste noch immer damit beschäftigt, das Wrack aufzuschneiden, um die Insassen zu befreien. Eine merkwürdige Vorstellung: um sie zu befreien. Doch welche Freiheit blieb ihnen wohl? Ich stellte mir einen verzweifelten Kampf um die letzte Überlebenschance vor.

»Sind sie tot?«, fragte ich. Ich konnte nicht weiterdenken, bevor ich nicht Gewissheit hatte, bevor ich nicht wusste, ob die Hilfe noch rechtzeitig eingetroffen war oder nicht. Sonderbar, denn eigentlich kannte ich die Antwort. Ich hatte direkt neben dem Unglücksfahrzeug gestanden und die Verwüstung mit eigenen Augen gesehen. Dennoch musste ich danach fragen.

Der Polizist folgte meinem Blick nach draußen und gab keine Antwort. Er nickte nur und wiederholte dann seine Frage: »In welcher Beziehung standen Sie zu den Insassen des Unfallfahrzeugs?«

»In gar keiner.« Erst jetzt wurde mir die Bedeutung seiner Frage bewusst. »Wie kommen Sie darauf, dass ich zu den Insassen dieses Wagens in irgendeiner Beziehung gestanden habe?«

»Nun, weil Sie offenbar gemeinsam unterwegs waren. Ansonsten war kein anderes Fahrzeug auf dieser Straße.«

»Wir befuhren lediglich zur selben Zeit dieselbe Straße. Mehr nicht. Das ist doch eine öffentliche Straße, oder?«

Der Polizist ignorierte meine Frage. »Also keine Beziehung?«, hakte er nach.

»Nein.«

»Dass Sie hier entlangfuhren, war reiner Zufall?«

»Ja. Ich war auf dem Weg zu einem Termin.«

Wieder ignorierte er meine Bemerkung und blickte auf seine Notizen. »Und Sie wissen nicht, wer in diesem Auto saß?«

»Nein, woher sollte ich das wissen?« Allmählich gewann mein Ärger die Oberhand über mein Erstaunen. Worauf wollte dieser Mann hinaus? Was sollten diese Fragen? »Wie kommen Sie darauf, dass ich weiß, wer in dem Auto gesessen hat?«

Er reagierte nicht und schaute weiterhin in seine Aufzeichnungen. Er wiederholte sich. Unermüdlich arbeitete er einen Fragenkatalog ab, und wenn er fertig war, begann er wieder von vorn. Name, Geburtsdatum, Angaben zum Pkw, Kennzeichen, was ich hier machte, ob es keine anderen Zeugen gab, was ich gesehen hatte. In willkürlicher Reihenfolge. Unterbrochen von Fragen, die ich zwar verstand, die mir aber vollkommen sinnlos erschienen.

»Was für ein Auto fahren Sie?«, fragte der Polizeibeamte.

Ich zeigte hinaus. »Das da.« Das hatten wir doch schon einmal gehabt.

»VW«, stellte er fest.

»Ja.«

»Golf?«

Ich nickte. Zu antworten erschien mir zwecklos.

Der Beamte ließ nicht locker. »Einen VW Golf?«, fragte er nachdrücklich.

Ich seufzte. »Ja, einen VW Golf. Genauso einer wie der, in dem wir jetzt sitzen. Sie wissen doch bestimmt, wie ein VW Golf aussieht?«

»Und ansonsten?«, fragte er, als hätte ich nichts gesagt.

»Wie, ansonsten?«

»Welche Autos fahren Sie sonst noch?«

Neben ihm erschien der Kopf eines zweiten Polizisten, der eben meinen Führerschein und die Autopapiere an sich genommen hatte. Dadurch brauchte ich die Frage nicht zu beantworten, denn schon waren die beiden Beamten in eine Unterhaltung vertieft. Durch das geöffnete Fenster reichte der Mann draußen dem anderen meine Papiere. Er sagte etwas, was ich nicht verstehen konnte. Es galt auch nicht mir. Der Beamte neben mir hörte zu und nickte. Sie taten so, als sei ich Luft, was mich richtig auf die Palme brachte.

»Ich habe mir schon so etwas gedacht«, sagte der Polizist an meiner Seite. Er nickte erneut und hörte weiter zu. »Ja, glaube ich auch«, sagte er kurz darauf. »Kannst du das überprüfen?«

Der zweite Beamte richtete sich auf und schlug mit der flachen Hand zweimal schnell hintereinander auf das Autodach. »Mache ich«, sagte er und entfernte sich rasch.

Ich war in ein Routineverfahren geraten. Man befasste sich mit mir, registrierte mich aber nicht als Person. In dem Moment, als der Mann neben mir mich wieder etwas fragen wollte, fing mein Handy an zu piepsen. Ich zog den Apparat aus der Tasche und schaute auf das Display. Ganz automatisch, ich dachte nicht im Geringsten darüber nach. Ich freute mich sogar über den Anruf, denn er bedeutete den Kontakt zu meiner eigenen Welt. Danach hatte ich ein starkes Bedürfnis. Ich drückte auf die Annahmetaste und hielt das Handy an mein Ohr.

»Hallo, hier ist Michael«, meldete ich mich.

Meine Mutter begann ihre Gespräche immer völlig zusammenhanglos, als müsse jeder wissen, was in ihrem Kopf vor sich ging.

»Dein Vater ist sicher einkaufen«, sagte sie. Seitdem sie sich vor anderthalb Jahren hatten scheiden lassen, hatten meine Eltern entdeckt, was sie all die Ehejahre vermisst hatten. Mein Vater erlebte seine zweite Jugend und verschliss eine Freundin nach der anderen. Seine neueste Eroberung hatte ich noch nicht kennengelernt, da erzählte mir Peter, mein jüngerer Bruder, dass er schon wieder die nächste im Visier hatte. Wo er sie herholte, war uns ein Rätsel, aber dass er auf Frauen attraktiv wirkte, war unverkennbar. Peter und ich hatten uns schon oft darüber gewundert, wie leicht er mit Wildfremden ins Gespräch kam. Durch seine Kontaktfreudigkeit gewann er rasch neue Freunde. Und Freundinnen.

»Er ist ja so uncool!«, beschwerte sich Peter.

»Ja, aber er quatscht mit jedem«, erwiderte ich. »Von dem können wir uns noch eine Scheibe abschneiden.«

Nachdem mein Vater ausgezogen war, konnte meine Mutter endlich ihre Religiosität ausleben. Sie verwirklichte einen lange gehegten Traum und buchte einen spirituellen Kursus in Kanada. Drei Monate später buchte sie den zweiten. Von dem dritten kehrte sie nicht mehr zurück. In der großartigen Natur und umgeben von eifrigen Glaubensgenossen nahm sie endgültig Abschied von dem Neubauviertel außerhalb von Dordrecht, in dem sie sich sechsundzwanzig Jahre lang mit nörgelnden Kindern, einem verständnislosen Mann und einer beängstigenden Enge abgeplagt hatte. Mit siebenundfünfzig Jahren hatte sie in den Hügeln von Vancouver sich selbst gefunden und damit eine ungeahnte innere Energiequelle angezapft.

Aber warum sie glaubte, dass mein Vater gerade Einkäufe erledigte, sagte sie nicht.

»Wieso?«, fragte ich. »Was ist denn los?«

Meine Mutter wollte keine Fragen von anderen hören und sie beantwortete sich ihre Fragen selbst. »Ich weiß jetzt gar nicht, ob ich einen Flug buchen soll oder nicht«, sagte sie.

Geheimsprache.

»Kann ich dich gleich zurückrufen?«, fragte ich. Ihr Gedankengang begann mich zu entnerven. Es war keine gute Idee gewesen, dieses Gespräch anzunehmen, das nur Verwirrung statt Ablenkung brachte. Meine Mutter war nicht in der Lage, sich in die Situation anderer hineinzuversetzen.

»Er beantwortet meine E-Mails nicht!«, rief sie empört.

»Nein, natürlich nicht.« Mein Vater las seine E-Mails nicht

einmal. »Wenn du etwas von ihm wissen möchtest, musst du ihn anrufen«, sagte ich. »Also bitte tu das jetzt. Ich kann dir im Moment nicht helfen. Du rufst wirklich zu einem sehr ungünstigen Zeitpunkt an.«

Sie schwieg für einen Moment, aber ihre Wut rauschte mir in den Ohren.

»Für deine Mutter hast du wieder mal keine Zeit«, beklagte sie sich. Ihr Schmerz umrundete mühelos die halbe Welt – Handys sind Dolche mit Fernbedienung – und traf mich an meiner verletzlichsten Stelle. Ich nahm mir wirklich nie Zeit für sie, und ausgerechnet jetzt, wo ich rein gar nichts für sie tun konnte, wies sie mich auf meine Nachlässigkeit hin.

»Nicht jetzt, Mama«, sagte ich. Etwas anderes fiel mir nicht ein. Eine Erklärung erschien mir in diesem Augenblick zu ausufernd, zu übertrieben, schon der Gedanke daran war mir zu viel. »Nicht jetzt. Ich rufe dich später zurück.«

»Mich brauchst du nicht anzurufen«, fauchte sie als Erwiderung. »Hauptsache, du rufst deinen Vater an.«

Noch ehe ich die Verbindung unterbrechen konnte, hatte sie schon aufgelegt, wodurch ich schließlich doch mit dem Gefühl einer Zurückweisung auf das Display starrte.

»Meine Mutter«, sagte ich zu dem Polizisten.

»Dachte ich mir«, erwiderte er. Ungerührt blätterte er in seinem Notizbuch und begann noch einmal von vorn. »Und Ihr Name lautet?«

Meine Geduld war fast erschöpft. Es war ein schwerer Unfall gewesen, die Polizei musste gründlich arbeiten, keine Einzelheit durfte übersehen werden, dafür hatte ich durchaus Verständnis. Aber alles, was ich wusste, und alles, was ich gesehen hatte, hatte ich bereits erzählt. Schon zwei Mal. Der Fahrer des Wagens vor mir hatte die Kontrolle über das Fahrzeug verloren, der Wagen war ins Schleudern geraten, umgekippt, hatte sich überschlagen und war an dem Strommast aus Beton zerschellt. Mehr wusste ich nicht. »Ich habe einen Termin, zu dem ich schon viel zu spät komme«, sagte ich. »Also, wenn Sie nichts dagegen haben, würde ich jetzt …«

»Ihr Name?«, fragte der Polizist.

»Bellicher. Michael Bellicher. Das habe ich doch bereits drei Mal gesagt. Er steht auch in meinem Führerschein, den Sie an sich genommen haben.«

»Das sehe ich.«

»Also, wenn möglich würde ich jetzt gerne meinen Termin wahrnehmen.«

»Wir haben alle unsere Termine, Meneer …« Er zögerte und schaute erneut in seine Papiere.

»Bellicher«, sagte ich.

»Richtig. Bellicher. Michael Bellicher. Wissen Sie was, Meneer Bellicher? Der Herr dort in dem Auto, der hatte auch einen Termin.« Er schwieg und schaute mich an. Er ließ mich spüren, dass ich für den Augenblick noch nichts zu wollen hatte.

Er hatte recht, natürlich hatte er recht, mehr, als ich es je haben würde. Dennoch regte ich mich zunehmend darüber auf, dass ich ohne die geringste Begründung immer wieder dieselben lächerlichen Fragen beantworten musste. Das war doch völlig sinnlos. Ich legte die Hand auf den Griff der Beifahrertür, bereit, auszusteigen.

»Gut, ich geh dann jetzt mal«, verkündete ich.

Der Polizist schaute mich an. »Meneer Bellicher, noch ein paar Minuten. Wir müssen so viel wie möglich überprüfen, ehe wir Sie gehen lassen. Sie sind der einzige Zeuge.«

Ich sagte nichts.

»Es tut mir leid wegen Ihres Termins. Aber das sind nun einmal keine normalen Umstände.«

Ich lehnte mich im Sitz zurück und schloss die Augen. Warum regte ich mich so auf? Der Auftrag war wichtig, natürlich, aber wenn ein Mandant für eine derartige Ausnahme kein Verständnis aufbrachte, wollte ich ihn als Mandanten vielleicht gar nicht haben. Von der Warte aus konnte ich es auch betrachten. Im Angesicht des Todes diente meine Hektik zu nichts weiter als zu dem Beweis, dass ich noch am Leben war. Verständlich, aber überflüssig. Ich rief meinen Mandanten an, erklärte die Situation und wir kamen überein, den Termin für heute ganz abzusagen. Sobald ich mit meinen

Aussagen der Polizei gegenüber fertig war, würde ich mich melden und wir würden einen neuen Termin vereinbaren. Mehr konnte ich nicht tun. Ich rieb mir mit beiden Händen über das Gesicht und versuchte, mich zu entspannen.

Hinter mir wurde eine Autotür geöffnet und der zweite Polizist stieg ein.

»Und?«, fragte der Beamte neben mir.

»Tatsächlich«, sagte der Mann auf dem Rücksitz.

Der Polizist schüttelte fassungslos den Kopf. »Das glaubst du doch wohl selbst nicht?«, fragte er.

»Ist aber so«, erwiderte der Mann hinter mir.

Damit hatten sie offenbar genug gesagt, denn anschließend verfielen sie in ein langes Schweigen. Draußen arbeiteten die Hilfskräfte unablässig weiter. Ein Kranwagen hatte den Betonpfeiler von dem Wrack gehoben. Die Reste der Windschutzscheibe waren entfernt und die Blechkanten durchgeschnitten worden, wodurch der vordere Teil des Dachs weggeklappt werden konnte. Einer der Feuerwehrmänner kletterte durch die Öffnung hinein und klemmte eine Art Hebelarm zwischen die Türkante und den Boden. Ganz langsam wurde die größte Beule aus dieser Seite des Wracks herausgedrückt, wodurch im Inneren genügend Bewegungsraum entstand. Die Leiche des Passagiers auf dem Rücksitz wurde als erste herausgehoben. Von unserem Standort aus konnte man wenig sehen. Wir schauten alle drei zu, ohne etwas zu sagen.

»Man gewöhnt sich nie daran«, bemerkte der Polizist neben mir in dem Moment, als der Körper in den Krankenwagen geschoben wurde. An den ganzen äußeren Umständen erkannte man, dass für die Insassen des Wracks jede Hilfe zu spät kam. Die Hilfskräfte erledigten ihre Arbeit fachkundig, aber ohne Eile, ohne jenen an Panik grenzenden Druck, der entsteht, wenn es noch ein Menschenleben zu retten gibt. »Solche Unfälle richten eine viel größere Zerstörung an, als man auf den ersten Blick sieht. Das da können wir wegräumen«, sagte er. »Das ist der einfache Teil.«

»Kommt darauf an, was man unter ›einfach‹ versteht«, entgegnete ich.

Der Polizist schaute mich an.

»Stimmt, das ist in der Tat noch die Frage«, sagte er. »Darüber können Sie im Präsidium weiter nachdenken.«

Mein Tag war außer Kontrolle geraten. Die Polizisten forderten mich auf, hinten im Streifenwagen Platz zu nehmen, und dort wurde mir klar, dass meine Meinung nicht mehr zählte. Die beiden Männer waren unerbittlich, kein Argument hatte auch nur den geringsten Einfluss auf sie. Sie hörten mir geduldig zu, glaubten mir aber kein Wort. Die Bitte, mit ihnen zu fahren, war gar keine Bitte, sondern ein Befehl, nur erkannte ich das nicht sofort. Ich hatte keinen Militärdienst geleistet, kannte weder Feldwebel noch Hauptleute. Dafür zwar zahlreiche Manager, Vorsitzende, Kompagnons und Aufsichtsratsmitglieder, von denen einer autoritärer war als der andere, aber dennoch war ich nie mit direkten Befehlen konfrontiert worden. Ich war nicht damit aufgewachsen. Mein Vater war gegen Befehle. Meine Mutter nicht, die hatte ihre religiösen Überzeugungen und denen folgte sie. Sie betrachtete ihre Befehle jedoch nicht als solche, man tat einfach, was sich gehörte. Glücklicherweise waren meine Eltern sich aber nie einig gewesen und so konnten wir mehr oder weniger sagen, was uns durch den Kopf ging. Meine Eltern hatten es letztendlich nicht geschafft, ihre Differenzen zu überwinden, und waren vor anderthalb Jahren auseinandergegangen. Seitdem war eine neuartige Offenheit in unserem Umgang miteinander entstanden. Eine neue Freiheit. Bis heute.

Die beiden hinteren Türen des Streifenwagens waren vom Fahrer verriegelt worden und mein eigener Wagen blieb am Unfallort zurück. Meinen Aktenkoffer und mein Sakko durfte ich herausholen, mehr nicht. Das Auto sollte später vom Abschleppdienst der Polizei abgeholt werden. Umständlich, übertrieben und lächerlich. Doch eines wurde mir dadurch schmerzlich bewusst: Die beiden Polizisten hatten Angst, dass ich abhauen könnte, und das wollten sie verhindern. Offenbar misstrauten sie mir, was schon aus dem Zwang zu den endlosen Wiederholungen hervorgegangen war:

Name, Fabrikat meines Pkws, Kennzeichen, Adresse. Als hätten sie damit gerechnet, dass ich etwas anderes antworten würde. Aber was? Und, nochmals, warum? Warum sollte ich etwas anderes antworten? Allein der Gedanke war absurd. Als wüsste ich nicht, wer ich bin.

Ich schloss die Augen und konzentrierte mich auf einen Punkt in meinem Kopf. Irgendwo. Einen willkürlichen Punkt. Je mehr ich mich darauf konzentrierte, desto mehr gab ich mich dem freien Lauf der Zeit hin, dem Fluss, der neue Ideen hervorbringt und der mich von den Gedanken loslöste, die Fortschritt vorgaukelten, indem sie sich endlos wiederholten. Bewusstes Denken ähnelt manchmal dem Programm von CNN: Es scheint, als passiere etwas, dabei hängt man in einer Schleife. Die Polizei tat, was sie tun musste, und sie würde so lange damit fortfahren, wie sie es für nötig hielt. Bis dahin stand alles auf Stand-by. Ich hing fest in einem einzigen, lang gezogenen Augenblick.

Loslassen, dachte ich. Wenn ich sowieso nichts zu sagen habe, sollte ich besser den Mund halten. Die Polizisten vorn waren schon viel früher zu diesem Schluss gekommen. Ich führte ihren Auftrag aus, sie führten den Auftrag eines anderen aus. Aus dem Funkgerät kamen ab und zu kryptische Durchsagen der Zentrale. Als würden geheime Bestellungen durchgegeben. Wo bist du? Hol dies. Bring das. Hast du dies? Hast du das?

Ja, sie hatten dies.

Dies war ich. Eine Art Abholpizza.

Im Präsidium wurde es nicht besser. Ich musste alle Aussagen noch einmal wiederholen, doch jetzt ganz offiziell und bürokratisch. Meine Daten wurden in einen Computer eingegeben und durchnummeriert. Kurz darauf führte ein Polizist mich ab.

»AZ 3 ist frei«, verkündete die Polizistin am Empfang. »Und sauber.«

»Darf ich von dort aus anrufen?«, fragte ich. Ich erhielt nicht einmal eine Antwort. Ich hörte Fragen und Aufträge, die mich immer weiter in das System hineinsaugten. Langsam, aber sicher verschwanden meine menschlichen Eigenschaften. Ich war nicht mehr nett, interessant, freundlich oder wichtig, ich war nicht einmal mehr dumm oder nervtötend. Ich war keine Person mehr, sondern ein Fall. Mit einer Nummer und einer Akte. Mehr nicht. Ich musste alles abgeben, Schlüssel, Handy. Meinen Aktenkoffer besaß ich schon nicht mehr. Mit leeren Händen blieb ich zurück.

Der Polizist brachte mich zu einer Reihe von Arrestzellen. AZ Nummer eins war leer. In Nummer zwei saß ein Mann, ein paar Jahre älter als ich, groß, dicke Muskeln. Sein T-Shirt umspannte bis zum Platzen eng seinen Oberkörper. Er saß auf der Bank mit der aufrechten Rückenlehne und starrte zu Boden. Reglos.

»Alles in Ordnung, Klaas?«, fragte der Polizist.

Klaas reagierte nicht. Es war auch keine richtige Frage gewesen. Der Polizist hatte lediglich Laute von sich gegeben, die aussagten, dass er anwesend war und Klaas unter Beobachtung hielt.

AZ 3 war die letzte Zelle. Der Polizist hielt mir die Tür auf.

»Und jetzt?«, fragte ich.

»Da rein«, sagte der Polizist.

Das war's. Alles, was ich fragen wollte, würde warten müssen, denn dieser Mann antwortete mir genauso wenig wie sein Kollege vor ihm. Unter beinahe körperlicher Anstrengung versuchte ich, meine Gedanken zu verdrängen, aber sie kehrten hartnäckig immer wieder zurück. Ich bin nicht hier. Das geschieht nicht in Wirklichkeit. Es geht gar nicht um mich. Es handelt sich um einen Irrtum, der sich schon bald aufklären wird. Wie es sich gehört. Konzentriere dich auf einen willkürlichen Punkt, befahl ich mir selbst. Lass die Zeit verrinnen. Lass los. Warte.

Ich ging zwei Schritte nach vorn und hinter mir schloss der Polizist die Tür. Ich stand in einer Zelle. Das Klicken des Schlosses klang lauter, als es in Wirklichkeit war, definitiver. Es schien mir, als hörte ich das ganze System darin.

Mit einer simplen Bewegung war ich auf der anderen Seite gelandet. Ich drehte mich um.

»Ist das denn nötig?«, fragte ich durch die Gitterstäbe hindurch.

Gitterstäbe.

»Ja«, sagte der Mann. »Routine.« Er lächelte, auch Routine, und ging weg.

4

Meine einzigen Freunde

Ich wurde von zwei Polizisten begleitet. Der eine nahm meine rechte Hand, zog sie zu sich hin, schloss die eine Hälfte eines Handschellenpaares darum und kurz darauf stand ich mit gefesselten Händen da. Zutiefst ungläubig. Ich protestierte nicht einmal; ich versuchte zu begreifen, was hier vor sich ging. Wieder stellte man mir Fragen, die ich beantworten musste, dieselben Fragen wie zuvor. Einer der Polizisten starrte endlos lange auf den Bildschirm eines Computers. Auf den digitalisierten Formularen war kein Platz für differenzierte Informationen.

»Er will hier eine Postleitzahl«, sagte der Polizist. »Aber an der Stelle gibt es gar keine Postleitzahl.« Er starrte den Bildschirm an.

»Wo?«, fragte der andere.

»Hier.« Der Kollege zeigte auf die Leerstelle.

»Nein, ich meine, wo gibt es keine Postleitzahl?«

»An der Unfallstelle.«

Für einen Augenblick vergaßen die Polizisten meine Anwesenheit. Ich hatte nichts zu melden, nicht einmal im Hinblick auf mein eigenes Leben. Ich tat, was die Polizei mir befahl. Aufstehen. Hinsetzen. Mitkommen. Warten. Hier hinein. Da hinein. Ein Hund hätte sich vermutlich über so viel Aufmerksamkeit gefreut.

»Sie werden in die Stadt gebracht, in der in dem Fall ermittelt wird«, sagte einer der Polizisten.

»Welcher Fall?«, fragte ich.

»Das erfahren Sie dort, von dem zuständigen Kriminalbeamten.«

»Und meine Sachen?«, fragte ich.

»Werden mitgeschickt.«

»Und mein Auto?«

»Machen Sie sich darüber keine Sorgen.«

»Sorgen? Was heißt hier Sorgen?«

»Kommen Sie jetzt bitte mit«, sagte der Beamte.

Wieder saß ich auf der Rückbank eines Streifenwagens. Die Beamten vorn schwatzten miteinander wie ein altes Ehepaar. Über den Verkehr, Staus, Überstunden, das Wochenende, Eltern und Kinder. Mit mir sprachen sie kein Wort. Wir verließen den Hof des Präsidiums. Kein Blaulicht, Schneckentempo.

»Sie werden nach Monster überführt«, verkündete der Beamte am Steuer. »Das liegt kurz vor Den Haag. Dort sitzt die Ermittlungsgruppe, die den Fall bearbeitet.«

»Welchen Fall?«, fragte ich wieder.

»Den Fall, in dessen Zusammenhang man Sie sehen will.«

»Und warum will man mich sehen?«

»Kann ich Ihnen nicht sagen. Die erforderlichen Informationen befinden sich dort«, antwortete er.

Mehr war nicht aus ihm herauszukriegen. Ich wurde an den Ort überführt, an dem sich die Informationen befanden. Als gäbe es kein Internet. Als seien Daten ortsgebunden. Als lägen harte Fakten irgendwo aufgestapelt in einem Schrank, aus dem man sie nur per Hand herausholen konnte.

»In Monster wird Ihnen weitergeholfen.«

»Ich will gar nicht, dass mir weitergeholfen wird«, entgegnete ich. »Jedenfalls nicht von Ihnen.«

»Ich bin auch nicht zuständig«, sagte der Mann, »sondern die in Monster.«

Die Niederlande sind an sich schon langweilig anzusehen, aber vom Rücksitz eines Polizeiautos aus sind sie nicht einmal das.

»Wo sind wir denn hier, in Gottes Namen?«, fragte ich. »Sind das noch die Niederlande?«

Die Autobahn führte an Den Haag und dann an Wateringse Veld und Wateringen-Noord vorbei, Orte, von deren Existenz ich nicht einmal gewusst hatte. Wir fuhren mitten in das Herz des Gartenbaugebietes mit seinen gläsernen Treibhausstädten hinein. Ein Niemandsland mit schmalen asphaltierten Alleen zwischen endlosen undurchsichtigen Glaswänden.

Zwischen Den Haag und Monster verblasst die Welt. Keine zwanzig Kilometer vom Sitz des Parlaments, vom Königspalast, dem Friedenspalast, dem Hauptsitz von Europol und dem Internationalen Gerichtshof entfernt weichen die bedeutenden, feierlichen Gebäude endlosen Treibhausreihen. Flache Felder, zugebaut mit gläsernen Städten für den Gartenbau. Es ist das Land der Gemüsebauern in Mercedeslimousinen und der unsichtbaren Arbeiter, die kein Niederländisch sprechen. Schnauzbärtige Männer in Trainingsanzügen, die morgens zu Dutzenden in den Treibhäusern verschwinden und erst nach Sonnenuntergang wieder herauskommen. Nicht im Dunkeln, denn inmitten der Glashäuser gibt es keine Nacht mehr. Jede dunkle Stunde wird mit Tausenden von Watt ferngehalten. Wohnhäuser werden dort nur als notwendiges Übel betrachtet, das wertvollen Treibhausboden kostet. In diesem Gebiet manifestiert sich der Reichtum in ausgedehnten Anlagen und der Bebauung, doch die Menschen bewegen sich fast scheu zwischen ihren eigenen Gebäuden. Monster wurde zu einer Zeit erbaut, als das Wort Luxus noch ein Fremdwort war. Rechteckige, fantasielose Häuser, die keinen Quadratmeter zu viel beanspruchen. Alle großen Ideale der Rechtsordnung verschwinden dort hinter weiß gestrichenem Glas. Soziale Kontrolle sorgt dafür, dass niemand etwas tut, was in Monster nicht gern gesehen wird. Harte Menschen mit lauten Stimmen und felsenfesten Überzeugungen, die sich nicht scheuen, ihre Meinung notfalls mit Gewalt durchzusetzen. Wer sich einen Einwohner von Monster zum Feind macht, hat gleich die ganze Gemeinschaft gegen sich. Die Beamten von der Polizei waren hier meine einzigen Freunde, und die wollten nichts von mir wissen. Ich hatte niemanden, mit dem ich reden, mit dem ich mich hätte beraten können. Mein Handy hatte man mir abgenommen. Ich hatte keinen Computer, um ins Internet zu gelangen. Mein Weblog war unerreichbar.

5

Kopieren in den Zwischenspeicher

Das hier hat nichts mit mir zu tun – nicht vergessen –, das hat nichts mit mir zu tun.

6

Nackte Aussagen

Bei dem Ermittler handelte es sich um einen Mann etwas über fünfzig mit grau melierten Haaren. Er trug einen ordentlichen Anzug, nicht mehr ganz neu, leicht grünlich, das Jackett ein wenig ausgebeult, aber alles in allem nicht zu nachlässig. Schwarze Schuhe mit dicken Sohlen. Er war höflich, sachlich und sagte nichts Überflüssiges. Er brachte mich in ein Zimmer, in dem ein zweiter Ermittler saß, jünger als er, dunkelhäutig. Viel besser gekleidet.

Ich achtete auf die seltsamsten Dinge.

»Mein Assistent, Meneer Jonse.«

Jonse sah mich an und grüßte mich mit einem angedeuteten Nicken.

»Mein Name ist van Bilt«, fuhr der Ermittler fort. »Bitte setzen Sie sich.« Sein Blick verriet nichts, keine Entschuldigung, keinen Vorwurf, keine Skepsis.

Vier Stühle standen an einem einfachen, rechteckigen Tisch. Van Bilt und Jonse saßen auf der einen Seite. Ich auf der anderen. Deckenspots. An der Wand ein Telefon. Sonst gab es nichts, nur ein Fenster zum Platz hinter dem Präsidium. Von außen vergittert.

Auf dem Tisch lag eine Mappe, daneben mein Terminkalender. Jonse schob die Mappe van Bilt zu. Der schlug sie auf, blätterte ein wenig durch die Papiere, die sich darin befanden, und kontrollierte meine Angaben. Van Bilt erklärte mir dies und jenes über das Verhör, meine Rechte und so weiter, aber das alles schien sich so gar nicht auf mich zu beziehen. Er fragte mich nach meinem Namen, meinem Geburtsdatum, meiner Adresse.

Zum zigsten Mal.

Ich schaute auf meine Armbanduhr. Schon fast halb vier.

»Mögen Sie Autos?«, fragte van Bilt, als würden wir uns schon seit Jahren kennen.

»Ja, schon«, sagte ich. »Wieso?«

Er ignorierte meine Frage. »Und wie sehr mögen Sie sie?«, hakte er nach. »Mögen Sie schnelle Autos?«

»Nein, nicht besonders. Ein schönes Auto ist ein schönes Auto, aber …«

»Also sind Sie durchaus empfänglich dafür?«

Ich schwieg. Ich hatte keine Ahnung, worauf der Mann hinauswollte, und Autos interessierten mich nicht genug, um ein Gespräch darüber anzuknüpfen.

»Fahren Sie gerne einmal schnell?«, fragte Jonse.

»Was heißt schnell?«

»Zu schnell?«

»Ja, gelegentlich habe ich schon einmal einen Strafzettel erhalten.«

»Und wie schnell sind Sie da gefahren?«

»Zuletzt hundertvierzehn, als hundert erlaubt waren.«

Das Gespräch stockte. Die beiden Männer schauten mich an. Ihre harmlosen Fragen passten nicht zu der Umgebung. Sie bemühten sich, auf entspannte Art ein Gespräch in Gang zu bringen, aber ihre Entspanntheit wirkte gespielt. Diese beiden waren nicht darauf aus, Kontakte zu knüpfen, sondern ihr Terrain abzustecken. Sie hämmerten Pflöcke in den Boden und zogen Maschendraht dazwischen. So schien es.

»Verleihen Sie Ihre Autos gelegentlich?«, fragte van Bilt. Ganz nebenbei. Leichthin. Er machte seine Sache gut.

»Manchmal«, antwortete ich. »Wenn es sich so ergibt.«

Er nickte. »Es kommt also vor, dass ein anderer mit Ihrem Auto fährt?«

»Ja, gelegentlich, wie gesagt.«

»Zum Beispiel, wenn Sie im Ausland sind?«

»Das ist bisher nur einmal vorgekommen, als das Auto meines Kompagnons gerade in der Werkstatt war. Aber normalerweise nicht. Normalerweise stelle ich mein Auto dann irgendwo ab.«

»Aber es könnte vorkommen?« Er blieb beharrlich.

»Ja«, sagte ich. »Prinzipiell habe ich nichts dagegen.«

Die Männer nickten schweigend, als seien sie zufrieden. Van Bilt nahm die Papiere aus der Mappe, legte sie vor sich auf den Tisch und schaute mich an. »Jetzt mal etwas ganz anderes«, sagte er. »Wo waren Sie am zweiten Juli um zehn vor zwei nachmittags?«

»Warum interessiert Sie das?«

Van Bilt lehnte sich nach vorn, die Ellbogen auf dem Tisch, beinahe freundlich.

»Wollen wir mal sagen, ich möchte es gerne wissen«, sagte er. »Andere Überlegungen lassen wir erst mal außen vor, ja?«

Ich nickte.

»Gut, dann sagen Sie uns bitte, wo Sie sich am zweiten Juli um zehn vor zwei nachmittags aufhielten.«

Unwillkürlich griff ich nach meinem Terminkalender, der zwischen uns auf dem Tisch lag. Bevor ich ihn zu mir hinziehen konnte, legte van Bilt die Hand darauf.

»Wenn Sie nichts dagegen haben«, sagte er, »möchte ich erst gerne wissen, woran Sie sich erinnern. Hinterher können wir immer noch nachsehen, was in Ihrem Kalender steht. Einverstanden?«

Im Kopf drehte ich die Zeit zurück. Zweiter Juli, das war zwei Tage vor meiner Reise nach Berlin gewesen, ein Dienstag. Zehn vor zwei nachmittags?

»Da saß ich in meinem Auto«, sagte ich.

»Wo?«

»In Den Haag. Ich war unterwegs zu einem Termin.«

»Und wann hatten Sie den Termin?«

»Um zwei Uhr.«

»Und können Sie mir sagen, wo Sie den Termin hatten?«

»Natürlich. Im Innenministerium.«

»Im Innenministerium«, wiederholte van Bilt. Er rieb sich über das Kinn, schaute in die Akte, lehnte sich in seinem Stuhl zurück und schüttelte langsam den Kopf. »Können Sie das beweisen?«, fragte er schließlich.

»Natürlich«, sagte ich wieder und schlug nun meinen Kalender beim zweiten Juli auf. »Hier steht es: *14.00 Uhr, IM.*«

»Ja, das sehe ich auch«, sagte van Bilt.

»Na bitte«, sagte ich. »Was möchten Sie sonst noch wissen?«

»Wer das geschrieben hat, zum Beispiel.«

»Na, was denken Sie denn? Ich natürlich. Es ist mein Terminkalender.«

»Das meine ich«, sagte van Bilt langsam. »Sie könnten alles hineinschreiben. Dass Sie bei der Königin waren oder in China. Verstehen Sie?«

Ich verstand ihn nur allzu gut. Die nächste Frage wollte ich eigentlich nicht hören, aber van Bilt ließ keinen Schritt aus. Quälend langsam bewegte er sich auf sein Ziel zu.

»Ich nehme an«, sagte er, in den Papieren vor sich blätternd, »dass derjenige, mit dem Sie den Termin hatten, bestätigen kann, dass Sie tatsächlich dort waren?«

Ich schwieg, denn was ich zu sagen hatte, wurde immer komplizierter. Ziemlich genau um zehn vor zwei am Dienstag, den zweiten Juli befand ich mich in Den Haag, keinen Kilometer vom Ministerium entfernt. Ich war spät dran für einen Termin um zwei Uhr, aber noch nicht zu spät. Nur, dass ich das Ministerium nie erreichte.

»Tja«, sagte ich, »das wird schwierig.«

Van Bilt zog die Augenbrauen hoch und schaute mich an. »Sie hatten einen Termin, aber niemand kann das bestätigen?«

»Der Termin wurde im letzten Moment abgesagt. Ich stand schon fast in der Tiefgarage, als ich einen Anruf erhielt.«

»Oh«, sagte van Bilt. »Sie hatten also gar keinen Termin?«

»Doch, aber er wurde abgesagt.« Während wir redeten, wurde mir klar, wie sehr ich auf meine Wortwahl achten musste. Van Bilt pflückte jeden Satz derart auseinander, dass der Zusammenhang zwischen den einzelnen Wörtern seine Bedeutung verlor. Was übrig blieb, waren die nackten Aussagen.

»Denn soeben sagten Sie doch noch …«, er dachte einen Augenblick nach, »… Sie seien im Innenministerium gewesen. Stimmt das?«

»Nein«, erwiderte ich und versuchte, mich daran zu erinnern, was ich tatsächlich gesagt hatte. »Ich sagte, dass ich in Den Haag war und einen Termin im Innenministerium hatte. Das habe ich gesagt. Und das stimmt auch. Als ich angerufen wurde, befand ich mich in Den Haag.« Ich war erleichtert darüber, dass ich nicht unachtsam gewesen war, dass ich nicht aus Nachlässigkeit gelogen hatte.

»Das behaupten Sie«, entgegnete van Bilt. »Und Sie wurden also auf Ihrem Handy angerufen.«

»Ja.«

»Aber in diesem Augenblick hätten Sie doch überall sein können?«

»Theoretisch schon.«

»In Monster zum Beispiel?«

»Das wäre in der Tat möglich gewesen. Ich nehme an, dass man auch hier Handyempfang hat.«

»Richtig«, sagte van Bilt. »Und genau darum geht es.«

»Nein, darum geht es nicht!«, protestierte ich. »Ich war nicht in Monster, ich bin noch nie in Monster gewesen. Dies ist das erste Mal in meinem Leben, dass ich in Monster bin. Ich habe hier nichts verloren. Also, worum geht es überhaupt? Warum wollen Sie wissen, wo ich war? Ich beantworte Ihnen Ihre Fragen und das war's. Oder irre ich mich da?«

Van Bilt nahm wieder einige Papiere aus der Mappe, arrangierte sie vor sich auf dem Tisch, setzte eine Lesebrille auf und fing an, vorzulesen. »Am zweiten Juli um dreizehn Uhr fünfzig wurde in Monster, Zuid-Holland, ein Mann angefahren.« Er hielt inne und schaute mich über den Rand seiner Lesebrille hinweg an.

Ich sagte nichts.

»Der Mann überquerte auf seinem Fahrrad eine Kreuzung.« Van Bilt nannte Straßennamen, die ich noch nie gehört hatte, als hätte jeder in den Niederlanden eine Straßenkarte von Monster im Kopf. »Der Verkehr wird dort von Ampeln geregelt. Der Fahrradfahrer überquerte in dem Moment die Straße, als die Ampel für ihn auf Grün sprang. Er wurde von einem von links kommenden Auto angefahren, das die rote Ampel ignorierte und in voller Fahrt die Kreuzung überquerte. Das Auto prallte gegen den Fahrradfahrer und fuhr, ohne die Geschwindigkeit zu verringern, weiter.« Er unterbrach seine Lesung und schaute mich wieder an. Diesmal ganz unverhohlen fragend.

»Scheißkerl!«, sagte ich.

»Das Unfallopfer hat beide Beine verloren, seine Wirbelsäule ist gebrochen und er hat schwere innere Blutungen erlitten«, sagte van Bilt, ohne in seinen Bericht zu schauen. »Der Mann liegt im Krankenhaus und es steht schlecht um ihn.«

»Das glaube ich unbesehen.«

»Ach, wirklich?« Van Bilt konnte seinen Sarkasmus nicht länger unterdrücken.

Ich schwieg. Dass man mir das alles erzählte und ich es mir zudem im Polizeipräsidium von Monster anhören musste, beruhigte mich keineswegs.

»Wir haben die vollständigen Daten des Unfallwagens«, sagte van Bilt. »Nicht nur aufgrund von Zeugenaussagen, sondern auch durch das Foto, das automatisch aufgenommen wurde, als der Fahrer die rote Ampel überfuhr.«

»Gut«, sagte ich.

Van Bilt antwortete nicht. Er nahm einen Umschlag in die Hand und holte ein Foto heraus, das er mir zuschob. »Es geht um einen bronzefarbenen BMW der 5er-Reihe«, erklärte er.

Ich schaute mir das Foto von einem BMW an, der über eine rote Ampel auf eine Kreuzung fuhr, die ich noch nie zuvor gesehen hatte. Der Fahrradfahrer war ebenfalls auf dem Foto zu sehen. Es war in dem Augenblick kurz vor dem Zusammenstoß aufgenommen worden – die Momentaufnahme eines Zustands, der so nie wiederkehren würde.

»Kennzeichen …«

»NN-BD-80«, sagte ich.

»Sie kennen also dieses Auto?«, fragte er.

»Nein, ich sehe es hier auf dem Foto«, erwiderte ich.

Ein unbehagliches Schweigen trat ein. Van Bilt wartete darauf, dass ich etwas sagen würde, aber ich hatte keine Ahnung, was er und sein Kollege hören wollten. Aus allem ging hervor, dass sie etwas von mir erwarteten – es war zum Verrücktwerden!

»Ein bronzefarbener BMW der 5er-Reihe, Kennzeichen NN-BD-80«, wiederholte van Bilt, und wieder schaute er mich an.

»Ja, und?«, fragte ich.
»Möchten Sie über dieses Auto vielleicht etwas sagen?«
»Ich wüsste nicht, was.«
Van Bilt nahm ein Dokument aus der Mappe und schob es mir zu. Es war ein Ausdruck des Straßenverkehrsamtes, zentrale Kennzeichenregistrierung. Betreff: Besitzer eines BMW der 5er-Reihe, NN-BD-80, Farbe: Bronze.
Das Auto war auf meinen Namen registriert.

7

Keine Anrufe

Ich besitze keinen bronzefarbenen BMW. Ich will auch keinen bronzefarbenen BMW besitzen. Ich kennen niemanden mit einem bronzefarbenen BMW, und wenn ich jemanden mit einem bronzefarbenen BMW kennen würde, würde ich ihn nicht kennen wollen. Ein bronzefarbener BMW gehört sich nicht. So was geht nicht. Fertig. Ende der Durchsage. Die Leute, die ich kenne, fahren keine bronzefarbenen BMWs. Es gibt Grenzen. So was ist völlig unmöglich.

IST.

UNMÖGLICH.

So ein Auto ist an sich schon unmöglich, und schon allein deswegen kann dieser bronzefarbene BMW nicht auf meinen Namen angemeldet sein. Und wenn er auf meinen Namen angemeldet ist, ist es nicht mein Name. Ich glaube vielleicht, ich sei Michael Bellicher, aber dieser Michael Bellicher fährt einen bronzefarbenen BMW, und einen anderen Michael Bellicher kenne ich nicht. Falls das also mein Auto ist, weiß ich nicht mehr, wer ich bin.

»Das Auto gehört mir nicht«, sagte ich.

»Das behaupten Sie.«

»Das behaupte ich, ja.« Ich hätte am liebsten laut aufgeschrien, gebrüllt, aber ich beherrschte mich. Allmählich begriff ich das Ausmaß der Katastrophe, die da auf mich zukam. Es war egal, was ich jetzt noch sagte, denn niemand würde mir glauben. Schon gar nicht van Bilt und Jonse, denn die konnten schwarz auf weiß lesen, dass es mein Auto war und ich daher knallhart log. Es gab nur zwei Möglichkeiten. Entweder hatte ich die rote Ampel überfahren und das Leben dieses unglücklichen Fahrradfahrers zerstört oder ich hatte mein Auto jemandem ausgeliehen, und in dem Fall müsste ich wissen, wer am Steuer gesessen hatte. Mit jedem Leugnen verschlechterte sich meine Lage. Nur einem Geständnis würden sie Glauben schenken.

»Ich will einen Rechtsanwalt«, sagte ich.

Van Bilt nickte. »Ja, das wäre sicher vernünftig.«

In dem kahlen Zimmer des Polizeipräsidiums blickten van Bilt und ich uns an. Jonse saß wie festgeschraubt in seinem Stuhl. Das Verhör war zu Ende. Ich wusste jetzt, warum ich hier war, warum die Polizei mir unaufhörlich dieselben Fragen gestellt hatte, warum ich stundenlang hatte warten müssen, weil niemand mir sagen wollte, was eigentlich los war. Ich wusste, warum ich nicht mehr in mein eigenes Auto steigen durfte, warum ich auf meine Fragen keine Antwort erhielt und meine Bemerkungen nicht von Bedeutung waren. Ich wurde gesucht, und an einem Donnerstagmorgen hatten mich die beiden Polizeibeamten aus Staphorst rein zufällig gefunden, als Zeuge eines ähnlichen Unfalls mit einem noch viel dramatischeren Ausgang.

Ich wurde in eine Zelle geführt. Diese erschien mir noch leerer, noch krasser, noch endgültiger. Sie war nicht mehr nur ein seltsamer, bemerkenswert schlicht gestalteter Raum, in den ich durch einen Irrtum geraten war. In diesem Moment sah ich vor allem die Funktionalität der Formgebung, ihre Zweckmäßigkeit, die Gründe für die Nacktheit. Ich war nicht mehr der zufällige Besucher, der sie als Außenstehender betrachtete, nein, die Zelle sagte etwas über mich selbst aus. Ich war der Grund für den Raum. Die Leere war für mich bestimmt und drang nun in mich ein, ergriff Besitz von mir. Zum zweiten Mal hörte ich eine Tür hinter mir ins Schloss fallen, und es klang ganz anders als beim ersten Mal. Dieses Mal erkannte ich den Ernst der Lage.

Es war vier Uhr nachmittags. Der Irrtum nahm immer groteskere Formen an.

»Kann ich kurz mal telefonieren?«, fragte ich.

Jonse schüttelte den Kopf.

Seine Weigerung war mir unbegreiflich, derart absurd, dass ich sie nicht einmal ernst nahm. »Ich möchte nur mal kurz telefonieren«, erklärte ich. »Um Bescheid zu sagen, wo ich bin und was geschehen ist. Ich …«

»Nein«, erwiderte Jonse. »Es tut mir leid, aber das ist nicht erlaubt.«

»Aber ich muss doch telefonieren dürfen!?« Ich spürte, wie ich von Panik ergriffen wurde. Ich musste Gijs anrufen, der kannte die besten Anwälte, und genau die brauchte ich jetzt. So schnell wie möglich. Je eher ich mit jemandem reden konnte, desto größer war die Chance, diesen Unsinn hier aufzuklären. Aber dafür musste ich natürlich telefonieren können. Einfach. Telefonieren. Jeder konnte telefonieren. »Ist das vielleicht zu viel verlangt?«, schrie ich. »Wir sind doch hier nicht im Urwald, oder?«

»Ihrem Ansuchen kann nicht stattgegeben werden«, entgegnete Jonse unerbittlich. »Sie sind vorläufig festgenommen, und bis Sie dem Haftrichter vorgeführt wurden, dürfen Sie nicht telefonieren. So lauten die Vorschriften.«

»Ich darf nicht einmal meine Verwandten anrufen?«

»Nein, auch nicht Ihre Verwandten.« Er schwieg und blickte mich an. »Wenn jemand benachrichtigt werden muss, übernehmen wir das, aber nur, wenn wir es für nötig halten. Die Anwältin, die Bereitschaftsdienst hat, weiß Bescheid, aber ich glaube nicht, dass sie heute noch vorbeikommt. Wahrscheinlich erst morgen Vormittag.«

»Morgen Vormittag?«

Er nickte.

»Und was passiert bis dahin?«

»Bis dahin bleiben Sie hier.« Er schwieg. »Jetzt machen Sie es sich nicht schwerer als unbedingt nötig. Mir scheint, Sie haben schon Probleme genug.«

In einer Zelle gibt es keine Nacht. Es wird nicht dunkel. Die Geräusche klingen fremd und hallen in der unwirtlichen Umgebung wider. Dem Mann in der Nachbarzelle ging es noch schlechter als mir. Stündlich erwachte er röchelnd, weil seine Atemwege verschleimt waren. Ich konnte ihn laut und deutlich hören, denn die Häftlingsunterkünfte waren so entworfen, dass jedes Geräusch im gesamten Trakt problemlos hörbar war. Eine Sicherheitsmaßnahme.

Zwischen den einzelnen Hustenanfällen meines Nachbarn krochen die Minuten dahin. Die Nachtschicht erledigte ihre Arbeit, schaute ab und zu nach, ob wir noch da waren, und sprach uns mit Worten an, die hauptsächlich dem Zweck dienten, den Status quo zu bestätigen.

»Und, wie geht's, Direktor, alles in Ordnung?«

Ich war ›der Direktor‹. Mein Zellennachbar war ›der Patient‹. Eine Ecke weiter saß eine Frau ein, die sie nur ›Mevrouw‹ nannten, oder ›Mevrouwtje‹, je nachdem wer die Runde machte. Keiner von uns antwortete. Stunden vergingen, in denen ich nicht einmal mehr nachdachte. Ich saß nur noch schweigend an die Zellenwand gelehnt da und starrte ins Leere. Meine Wut hatte ich unterdrückt, aus meinem Kopf verbannt. Mechanisch zählte ich die Gegenstände in meiner direkten Umgebung. Erst die Gitterstäbe vor den Fenstern im Flur, danach die geometrischen Figuren auf dem Fußbodenbelag. Das waren unendlich viele. Irgendwann zwischen siebenhundert und achthundert spürte ich, wie meine Wut allmählich nachließ. Das Gefühl der Anspannung, bei dem alle Muskeln sich hoffnungslos verkrampften, ebbte langsam ab. Meine Frustration rührte nicht allein von der Hilflosigkeit gegenüber dem System her oder von der fehlenden Möglichkeit, etwas zu unternehmen. Mein Körper war bereit, gegen einen Gegner zu kämpfen, sich zu verteidigen, aber es gab keinen Gegner, da war niemand, auf den man hätte einschlagen können. Die Frustration war also teilweise körperlicher Natur und deshalb war es auch so schwierig, etwas dagegen zu tun. Wut ist ein geschlossener Kreislauf, aus dem man nicht so leicht hinauskommt. Insofern gleicht sie der Liebe, aber die bereitete mir keine Probleme. Nicht in der Zelle.

Schritt für Schritt schaltete ich mich selbst aus. Ich starrte die nackten Wände an, den nackten Fußboden und den nackten Raum, und nach einiger Zeit wurden auch meine Gedanken nackt. Nirgends erkannte ich einen Zusammenhang zwischen meinem eigenen Leben und der Situation, in der ich mich befand. Es war, als geschehe das alles einem anderen, jemandem, den ich gleichwohl sehr gut kannte.

Keine Gedanken, keine Kontrolle. Lass alles seinen Gang gehen, lass es geschehen. Das ist einfacher gesagt als getan. Die Atemwege meines Nachbarn ließen sich nicht beeinflussen, und wie sehr ich mich auch bemühte, ich konnte mich einfach nicht dem kranken Röcheln entziehen, das er regelmäßig ausstieß. Ich saß auf dem einfachen Bett, die Füße auf der Matratze, die Arme um die Knie geschlungen, und wartete, bis es wieder still wurde. Mein leerer Blick sah nichts mehr. Es gab ja auch nicht viel zu sehen. Jenseits der Zellentür verlief ein Flur mit schmalen Fenstern dicht unterhalb der Decke. Das fahle Licht der Straßenlaternen fiel herein und zeichnete auf Boden und Wände die verwischten Schatten von Bäumen, die sich draußen im Wind hin- und herwiegten.

Zwischen zwei dieser Fenster, hoch oben an der Wand, hing eine kleine Kamera, ein rechteckiges schwarzes Kästchen, dessen Objektiv den Flur hinunter ausgerichtet war. Die Bilder wurden irgendwo auf einem Monitor wiedergegeben, in einem Zimmer, in dem ein Polizist mithilfe einer großen Anzahl gleichartiger Monitore alle Winkel des Präsidiums im Auge behielt. Bewachung. Ich fragte mich, was hier verflixt noch mal bewacht werden musste. Der Flur führte in den zentralen Raum des Präsidiums, in dem immer mindestens zwei Leute anwesend waren. Der einzige Ausgang befand sich auf der anderen Seite dieses Raumes, und wollte man den erreichen, musste man es vorher schaffen, seine Zelle zu verlassen. Wie das jemandem gelingen sollte, war mir ein Rätsel. Trotz ihrer Schlichtheit war die Zelle absolut sicher.

Die kleine Kamera drehte sich langsam von rechts nach links, hielt an und blieb eine Weile auf die rechte Seite des Flures gerichtet. Es erschien mir so sinnlos. Warum hatte man das Ding nicht einfach am Ende des Ganges aufgehängt, sodass es die ganze Zeit den gesamten Flur aufnahm. Das wäre einfacher und billiger gewesen. Es dauerte lange, bis ich auf die Antwort kam. Indem man eine schwenkbare Kamera installierte, ermöglichte man es dem Bewacher, von Zeit zu Zeit kurze Blicke in jede Zelle zu werfen. Auf mich.

Ich tat kein Auge zu.

8

Die Zelle

Wegsperreinheit. Kleiner Raum im Gefängnis. Kern der Freiheitsberaubung. Ein Raum zur Bestrafung. Oder zum Schutz von Dritten. Ein Raum zur Isolation, zur Abschottung von den Mitmenschen. Ein Raum zur Zerstörung von Beziehungen, von Familienbanden. Abgeschnitten von allem und jedem. Einförmigkeit von Raum und Umgebung. Keine Abweichung, kein Unterschied. Einschränkung als Lösung. Vorläufiger Endpunkt.

9

Die Anwältin

Ich erwartete sofortige Beruhigung, nette Worte, die ich mir schon ausgemalt hatte, die ich aber sturköpfig aus dem Mund eines anderen hören wollte. Dass ich mir keine Sorgen zu machen brauchte. Dass jemand das für mich regeln würde. Dass es ein Irrtum sei. Das wollte ich hören, aber es kam ganz anders.

Rechtsanwältin van Donee hielt sich bei der Arbeit an strikte Regeln. Sie streckte mir die Hand hin. »Warum ich hier bin, weiß ich«, begann sie. »Aber warum sind Sie hier?«

»Hat man Ihnen nichts gesagt?«, fragte ich.

»Ach, wissen Sie, was andere sagen, ist für mich nicht so interessant.« Sie unterstrich ihre Worte mit einer Handbewegung, als wolle sie die Bemerkungen und Geschichten anderer buchstäblich beiseite schieben. Wir befanden uns in einem der Vernehmungszimmer, wo wir uns an den kleinen Tisch einander gegenübersetzten. »Dann erzählen Sie mal«, sagte sie.

Verwirrt und durcheinander, vom Hölzchen aufs Stöckchen kommend, begann ich zu berichten, und je mehr ich redete, desto mehr begriff ich, dass ich eigentlich nur sehr wenig wusste. Nach einigen Minuten geriet ich ins Stocken und schwieg schließlich. Sie versuchte, mich durch Fragen zum Weiterreden zu animieren, und bei jeder Frage blickte sie mich an, als sei nur eine Antwort richtig, die aber niemand kannte. Sie schaute mich an, als erwarte sie, von mir enttäuscht zu werden, schon auf die erste Frage hin.

Ich erwiderte ihren Blick und sagte gar nichts mehr. Ich war nur noch ein Schatten meiner selbst. Wer enttäuscht werden will, wird enttäuscht werden. Das ist die simpelste Erwartungshaltung überhaupt, und ich war nicht bereit, das Spiel mitzuspielen.

Doch sie blickte mich weiterhin an. Sehr eindringlich sogar. Keine Sekunde lang wandte sie die Augen ab oder mied meinen Blick. Schweigend saßen wir uns gegenüber.

»Ich glaube nicht, dass Untersuchungshaft beantragt wird«, sagte Rechtsanwältin van Donee nach einer Weile. Sie schüttelte den Kopf. »Nein, das wäre wohl übertrieben.«

»Aha«, sagte ich. »Ist das eine gute oder eine schlechte Nachricht?«

»Das hängt davon ab, wie Sie es betrachten«, antwortete sie.

»Ich will mein Auto wiederhaben, ich will meinen Laptop wiederhaben und will mindestens, aber allermindestens, mein Handy wiederhaben! Was soll dieser ganze Mist?«

Sie schüttelte den Kopf. »Ich glaube, Ihnen ist immer noch nicht klar, in welcher Lage Sie sich befinden«, sagte sie. »Sie wurden festgenommen.«

»O doch, das ist mir sehr wohl klar.«

»Wegen des Verdachts auf eine schwere Straftat.«

Ich schwieg. Das waren nicht die beruhigenden Worte, auf die ich gehofft hatte. Außerdem stimmte es nicht. Dem Verhör tags zuvor hatte ich entnommen, dass es um eine Ordnungswidrigkeit ging. »Bei Rot über eine Ampel zu fahren ist keine Straftat«, erwiderte ich. »Nicht einmal, wenn ich dabei einen Unfall verursache.«

Sie blickte mich an und schüttelte erneut den Kopf. Diesmal vor Verzweiflung. »Also doch«, sagte sie. »Ich hatte ja von Anfang an meine Zweifel.«

In meiner Aufregung hatte ich etwas gesagt, das wie ein Geständnis klang. Für mich war es nichts weiter als ein Beispiel, für sie klangen meine Worte unmissverständlich. Sie wiederholte, was ich gesagt hatte. »›Nicht einmal, wenn ich dabei einen Unfall verursache‹, haben Sie gesagt.«

»Wenn ich einen Unfall verursacht *hätte.*«

Sie erwiderte nichts. Sie zuckte mit keiner Wimper. Sie regte sich nicht. Sie sah mich an, als würde sie mich lieber nicht sehen. Das Schweigen dauerte so lange, bis ich jede Sekunde als Anschuldigung empfand.

»Nur der Vollständigkeit halber«, sagte sie. »Der Mann, den Sie angefahren hätten, wenn Sie der Fahrer des Unfallwagens gewesen wären, ist heute Nacht gestorben.«

Ich stieß einen Fluch aus.

»Das macht es zu einem Straftatbestand.«

Vor lauter Wut, Panik und Verständnislosigkeit wusste ich nicht mehr, was ich denken sollte. Wenn nicht einmal meine Anwältin mir glaubte, war ich machtlos. Alle Umstände sprachen gegen mich. Hier in Monster, einem Ort in den Niederlanden, den ich nicht kannte und wo niemand mich kannte, wurde entschieden, dass ich schuld an dem Tod eines anderen Menschen war.

Allmählich stand ich kurz vor dem Zusammenbruch. Meine Energie war fast aufgebraucht.

»Das ist ein Missverständnis«, sagte ich. »Ein Irrtum. Könnte vielleicht beim Straßenverkehrsamt ein Fehler unterlaufen sein?«

»Das ist ziemlich unwahrscheinlich.«

»Aber es ist genauso unwahrscheinlich, dass es sich um mein Auto handelt. Wovon reden wir hier?«

»Ich rede von der statistischen Möglichkeit, dass ein Pkw beim Straßenverkehrsamt falsch registriert wurde. Diese Möglichkeit ist sehr klein, es sei denn, es ist Absicht im Spiel.«

»Danke«, sagte ich.

»Wofür?«

»Für die Idee, dass jemand es mit Absicht getan haben könnte. Du hast es gerade selbst gesagt. Dieses Auto gehört nicht mir, also muss es falsch registriert sein, also muss Absicht im Spiel sein.«

Wir schwiegen.

»Wenn Sie das sagen.«

»Ja, das sage ich.«

Sie nickte.

»Aber du glaubst mir nicht?«, fragte ich.

»Was ich glaube, spielt keine Rolle.«

»Ach nein?« Ich lachte. »Das wäre aber wirklich einzigartig auf der Welt. Was man glaubt, spielt immer eine Rolle, für jeden.«

»Entschuldigung«, sagte sie, »ich habe mich wohl ungeschickt ausgedrückt. Was ich glaube, ist tatsächlich sehr wichtig. Ich glaube an das Gesetz, an die Rechtsordnung, an die gesellschaftlichen Regeln und an den Schutz, den jedes Individuum dadurch genießt. Ich glaube an das Recht auf Schutz. Immer. Unter allen Umständen. Das gilt für misshandelte Kinder, das gilt für Steuersünder, das gilt für Fußballrowdys, das gilt für Einbrecher und das gilt für Sie.« Sie hielt inne und schaute mich an. Eine Frau in meinem Alter, ein paar Jahre älter als ich vielleicht. Langes, glattes, blondes Haar. Eine hohe Stirn und blaue Augen, Augen, die nicht wegsahen. Sie war es gewohnt, ihr Gegenüber direkt anzublicken, und das tat sie ohne Scheu. Sie sah hin, um etwas zu entdecken, nicht um etwas dadurch auszudrücken. »Ich glaube nicht an Sie«, sagte sie, »sondern an Ihr Recht.«

Sie siezte mich mit großer Konsequenz. Offenbar legte sie Wert darauf, das Verhältnis zwischen uns vollkommen klarzustellen.

»Das Recht wohnt in einem Buch«, sagte ich.

Sie lächelte. »Und Sie wohnen in der Deurloostraat in Amsterdam. Hausnummer sechsundfünfzig, im dritten Stock. Ist das richtig?«

»Wohnte«, korrigierte ich. »Ich stecke gerade mitten in einem Umzug.«

Nach langem Zögern hatte ich ein kleines Haus in der Nähe unserer Kanzlei gekauft, in Amsterdam-Noord. Die Gegend entwickelte sich rasant. In einer der Straßen zwischen den alten Lagerhäusern und den wuchernden Neubauten hatte ich ein Haus gefunden, ein ehemaliges Firmengebäude. Im Erdgeschoss befanden sich eine Garage und ein Lagerraum, im ersten und zweiten Stock insgesamt fünf Zimmer. Alles in allem zweihundertachtzig Quadratmeter, an denen noch eine Menge getan werden musste, aber es gab eine Dusche, eine Toilette, einen Küchenblock und eine Heizung, daher hatte ich beschlossen, dort einzuziehen und dann erst mit der Renovierung zu beginnen. Was ich mit so viel Platz anfangen sollte, wusste ich noch nicht genau. Ich hatte Visionen von einem Wohnzimmer mit hundertvierzig Quadratmetern. Das musste wirklich großartig sein. Das Übrige würde sich schon finden, und als Investitionsobjekt war das Haus optimal. Doch zum jetzigen Zeitpunkt hätte sich mein neues Zuhause genauso gut auf einem anderen Planeten befinden können.

»Daher konnte man Sie nicht ausfindig machen«, sagte sie.

»Ich war im Ausland.«

»Ah ja«, sagte sie leise. Doch die zugrunde liegende Bedeutung ihrer Worte war nicht zu überhören. Wieder interpretierte sie meine Aussage als einen Beweis meiner Schuld. Genau wie die Polizei. Es spielte offenbar keine Rolle, mit wem ich sprach. »Ich bin hier, um Ihnen zu helfen«, sagte sie.

»Dann tu das bitte auch!«, schrie ich.

»Das kann ich aber nur auf eine Art und Weise. Ich kann Ihnen dabei helfen, das Verfahren zu verstehen, und ich kann dafür sorgen, dass Sie das Verfahren so weit wie möglich für sich ausnutzen. Aber was Sie von mir verlangen, kann ich nicht leisten. Das geht über das Verfahren hinaus. Sie sitzen hier so lange, bis das Verfahren durchlaufen ist, und bis dahin dürfen Sie niemanden anrufen, nicht ins Internet gehen, nicht emailen, keine SMS verschicken und zu niemandem Kontakt aufnehmen außer zu mir, und auch das nur in Maßen. Außerdem darf ich nicht einmal dabei sein, wenn Sie verhört werden. So will es das Verfahren. Verstanden?«

Schritt für Schritt half sie mir, meine Situation zu verstehen. Eine ›vorläufige Festnahme‹ konnte maximal drei Tage dauern. Danach musste man mich gehen lassen, es sei denn, die Polizei beantragte eine Haftverlängerung. Meist bedeutete dies eine ›Sicherungsverwahrung‹ von dreißig Tagen, doch diese konnte nur der Untersuchungsrichter verfügen. Während der ersten drei Tage brauchte die Polizei keinerlei Informationen preiszugeben, sie musste nicht einmal den Rechtsanwälten Akteneinsicht gewähren. Das geschah erst, wenn eine Verlängerung bewilligt worden war.

Je mehr ich erfuhr, desto energischer musste ich meine aufkommende Wut unterdrücken. Meine vertrauten Niederlande erschienen mir wie ein unterentwickelter Polizeistaat. Die Polizei war allmächtig und mein einziges Recht bestand darin, dass ich mit meiner Anwältin reden durfte. Ich verstand das nicht und wollte es auch nicht verstehen. Alles in mir wehrte sich dagegen.

Van Donee ließ nicht locker. Sie ignorierte meinen Zorn und schaffte es, mich zu beruhigen, indem sie logisch und nüchtern auf mich einredete. Es kam nicht von Herzen, aber vielleicht war gerade das die richtige Einstellung, um meine Aufmerksamkeit zu erreichen. Eine Sicherungsverwahrung würde in meinem Fall wahrscheinlich nicht beantragt werden. Bei mir bestand kaum Fluchtgefahr. Schließlich hatte ich aus freien Stücken die Polizei gerufen, als ich Zeuge eines anderen Unfalls geworden war. Wenn ich hätte flüchten wollen, hätte ich es in dem Moment tun können. Das allein würde für den Untersuchungsrichter als Argument ausreichen, um einen Antrag auf Sicherungsverwahrung abzuweisen.

»Wahrscheinlich können Sie am Donnerstag nach Hause«, sagte sie. »Wenn der Montag nicht mitgezählt wird.« Noch zwei Nächte. Na, großartig. »Versuchen Sie, so viel wie möglich in Erfahrung zu bringen.«

Das hörte sich so einfach und einleuchtend an, aber in der Praxis war es kaum durchführbar. Die Einzigen, mit denen ich reden durfte, waren die Ermittler, und die wollten so wenig wie möglich offenlegen. Ihre Aufgabe war es, mich auszuhorchen. Also genau das Entgegengesetzte. Und sie waren zwei gegen einen. Ich würde mich zurückhalten und ihre Fragen mit Gegenfragen beantworten müssen. Selbstbeherrschung war eine Grundvoraussetzung dafür. Wenn ich bei jeder beschuldigenden Frage aus der Haut fuhr, machte ich die Sache nur noch schlimmer.

»Ihnen muss klar sein«, fuhr die Anwältin fort, »dass es damit noch nicht vorbei ist. Ihnen erscheint die Haft hier als das Allerschlimmste. Sie werden hier gegen Ihren Willen wegen etwas festgehalten, das Sie angeblich nicht getan haben …«

»Ich habe es nicht getan«, sagte ich.

Sie hob eine Hand. »Schon gut«, sagte sie. »Darüber reden wir später noch. Ihr Aufenthalt hier ist zeitlich begrenzt. Bald dürfen Sie nach Hause und vielleicht haben Sie dann den Eindruck, dass das Schlimmste vorbei ist. Wenn Sie nur nach Hause dürfen, wird schon alles gut. Das denken Sie. Habe ich recht? Aber das stimmt nicht. Denn dann geht es erst richtig los. Sie werden einer Straftat verdächtigt, auf die drei Jahre Gefängnisstrafe stehen, in einer richtigen Strafanstalt, und der Staatsanwalt wird nicht ruhen, bis Sie zu dieser Strafe verurteilt worden sind. Wenn Sie sich nicht eine bessere Geschichte ausdenken als die, die Sie mir erzählt haben, ist er damit ruck, zuck fertig. Verstanden?«

So schwer zu verstehen war das nicht.

10

Kopieren in den Zwischenspeicher

Ich bin nie hier gewesen. Befehl wiederholen. *Repeat.* Ich bin noch nie hier gewesen. Noch einmal.

Ich bin nie hier gewesen.

Noch einmal.

Ich bin nie hier gewesen.

11

Nichts zu verbergen

Das zweite Verhör war härter, erbarmungsloser. Van Bilt und Jonse wechselten sich ab, manchmal ganz gemächlich, als hätten sie alle Zeit der Welt, dann wieder so schnell hintereinander, dass ich kaum Zeit zum Antworten hatte. Offenbar war das auch so gedacht. Sie wollten mich mit Fragen überhäufen, mich verwirren, mich in Widersprüche verwickeln oder mich zu vorschnellen Aussagen verleiten, die ich schon kurz darauf wieder vergessen hätte. Nach etwas über einer Stunde hatten sie mich so weit, denn ich konnte mich nicht mehr daran erinnern, was ich eine halbe Stunde zuvor gesagt hatte. Mein einziger Halt waren die Hinweise der Rechtsanwältin. Sie hatte mir aufgetragen, meinerseits den Ermittlern Informationen zu entlocken. Doch in der Salve der Fragen, die auf mich abgefeuert wurden, hatte ich die allergrößte Mühe, mich auf die Dinge zu konzentrieren, die für mich von Bedeutung sein konnten. Als geübtes Team erhöhten die Ermittler den Druck immer weiter, bis ich ihnen kaum noch der Reihe nach antworten konnte. Jonse spielte den bösen Bullen. Unablässig horchte er mich über den BMW aus. Er wollte wissen, wo das Auto war, und während er diese Frage wieder und wieder stellte, fragte van Bilt gleichzeitig alles Mögliche durcheinander. Warum sind Sie nach Monster gekommen? Wen kennen Sie hier? Hatten Sie einen Termin? Sie arbeiten doch für eine Firma, die Maschinen für die Landwirtschaft herstellt, also vielleicht auch für den Gartenbau? Wie lange haben Sie sich hier aufgehalten? Kommen Sie öfter hierher? Er verfügte über einen reichen Vorrat an Fragen, die er in immer neuen Formulierungen wiederholte. Jedes Mal wenn ich eine dieser Fragen beantworten wollte, setzte Jonse wieder mit seinen Fragen über das Auto ein, den bronzefarbenen BMW. Ich stützte mich mit den Ellbogen auf dem Tisch ab und legte das Gesicht in die Hände.

»Das Auto gehört nicht mir«, sagte ich zum zigsten Mal. »Ich besitze nur ein Auto, den VW Golf, in dem ich gestern saß, als ich Zeuge des Unfalls auf der Landstraße nach Staphorst wurde.«

»Oh«, sagte van Bilt. Er sah mich mit großen Augen an, in denen sich eine Mischung aus Überraschung und Zufriedenheit widerspiegelte. Er hatte mich erwischt. »Sie besitzen also nur ein Auto? Komisch, denn gestern habe ich Sie gefragt, ob Sie Ihre Autos gelegentlich verleihen würden. Autos, im Plural. Darauf antworteten Sie mit Ja.« Er blätterte in seinen Notizen. »Hier«, sagte er. »›Verleihen Sie Ihre Autos gelegentlich?‹, habe ich gefragt und Sie haben geantwortet: ›Manchmal, wenn es sich so ergibt.‹ Gestern haben Sie also gesagt, Sie hätten zwei Autos, heute behaupten Sie, Sie besäßen nur eines. Habe ich recht?«

»Aber ich meinte damit ...« Weiter kam ich nicht.

»Was sollen wir denn jetzt mit Ihnen anfangen? Sie sitzen hier vor uns und erzählen uns alles Mögliche, und jetzt stellt sich heraus, dass Sie einfach nur etwas daherreden. Einmal dies, einmal das. Was sollen wir Ihnen denn noch glauben? Dass Sie ein Auto besitzen oder mehrere? Dass Sie in Monster waren oder dass Sie nicht in Monster waren? Verstehen Sie?«

Sie stellten die Welt auf den Kopf und ich saß mittendrin. Schwarz wurde Weiß und Weiß wurde Schwarz, links wurde rechts und umgekehrt. Ja wurde nein, vielleicht wurde gewiss, eine Lüge wurde zur Wahrheit und die Wahrheit verschwand hinter verdrehten Aussagen.

»Ich bin noch nie zuvor in Monster gewesen«, sagte ich.

»Wir würden Ihnen ja gerne glauben«, sagte Jonse. »Nichts lieber als das, aber wir können es nicht.«

Lügen. Verdrehte Wahrheit.

»Ich besitze nur ein Auto.«

»Gestern haben Sie aber etwas anderes gesagt.«

Ich schwieg.

»Sie geben es also zu?«

»Nein.«

»Sie geben nicht zu, dass Sie gestern etwas anderes gesagt haben?«, fragte van Bilt.

»Sie haben mich gestern etwas anderes gefragt.«

»Also hängen Ihre Antworten von dem ab, was wir Sie fragen?«

»Natürlich.« Nichts erschien mir logischer.

Van Bilt schwieg für einen Augenblick, als müsse er die Antwort erst einmal verarbeiten. »Sie antworten also nicht nach bestem Wissen und Gewissen, sondern machen Ihre Antwort davon abhängig, was ich oder Meneer Jonse Sie fragen? Ehrliche Menschen erzählen einen Sachverhalt für gewöhnlich so, wie er ist, die haben nichts zu verbergen.«

Alles, was ich sagte, wurde in dem Strudel durcheinandergewirbelt, den van Bilt und Jonse in Gang gesetzt hatten. Es war, als stammten wir aus zwei verschiedenen Ländern, deren Bewohner zufällig dieselben Wörter benutzten, wodurch es schien, als sprächen sie dieselbe Sprache. Unterdessen nahm die Verwirrung immer größere Ausmaße an.

»Was haben Sie zu verbergen, Meneer Bellicher?«

»Ich habe nichts zu verbergen.«

»Ach nein? Aber Sie verbergen zum Beispiel einen bronzefarbenen BMW mit dem Kennzeichen NN-BD-80«, erwiderte Jonse, »denn der ist spurlos verschwunden. Weg. Haben Sie ihn vielleicht außer Landes geschafft?« Jonse wartete mit blitzenden Augen auf meine Antwort und achtete dabei auf jede meiner Regungen. Bereit, unverzüglich darauf zu reagieren.

Ich sagte nichts.

»Nach Deutschland vielleicht? Und von da aus nach Polen? Das wäre zum Beispiel eine Möglichkeit. Sie sind doch kürzlich erst aus Deutschland gekommen? Mit dem Zug?«

»Ja, und ich bin auch mit dem Zug nach Deutschland gereist«, antwortete ich. »Die Fahrkarte steckt noch in meinem Aktenkoffer. Wenn Sie sich die Mühe machen würden, hineinzuschauen, könnten Sie das überprüfen.«

»Eine Zugfahrkarte kann jeder kaufen, Meneer Bellicher.«

»Stimmt.«

»Versetzen Sie sich doch mal in unsere Lage«, sagte van Bilt, als sei das noch notwendig. Ich hätte ihnen den Fall haarklein erläutern können. Wenn ich Ermittler gewesen wäre, wäre ich längst auf die Lösung gekommen.

12

Warum?

»Ich habe nichts in Erfahrung gebracht.« Durch diesen einfachen Satz fühlte ich mich zum ersten Mal, als legte ich ein Geständnis ab. Ich hatte nichts erfahren, weil ich nicht den geringsten Einfluss auf das Gespräch gehabt hatte. Ich. Unternehmensberater, Spezialist für Kommunikation. Ich trimmte Minister und Führungspersönlichkeiten im Umgang mit der Presse bei unangenehmen Fragen. Ich demonstrierte ihnen, wie sie unter allen Umständen selbst bestimmen konnten, worum es in einem Gespräch ging und wie es geführt wurde. Niemals direkt antworten, immer erst die Frage wiederholen, dann selbst die Frage verändern, anpassen, verbiegen, kneten, umdrehen und dann erst die Antwort geben, die einem am besten passt. Ich beriet meine Mandanten in strategischer Kommunikation im Hinblick auf das verborgene Ziel hinter dem Ziel, ohne dass sie dabei ihre zugrunde liegenden Interessen preisgeben mussten. Ich leitete sie an, Sparpläne, Umstrukturierungen, Entlassungen und Firmenschließungen derart begeistert zu vermitteln, dass selbst die schlechteste Nachricht noch positiv klang. Doch gegen van Bilt und Jonse war ich machtlos. Ich wurde von Leuten unter Druck gesetzt, die mächtiger waren als ich. Von Leuten, die bestimmen konnten, was mit mir geschah, und die nicht das geringste Interesse an meiner Meinung zeigten. Umso mehr an Beweisen für meine Schuld. Das spürte ich.

»Haben sie Sie in die Mangel genommen?«, fragte Mevrouw van Donee und blickte mich ein wenig enttäuscht an.

Ich zuckte mit den Schultern. Man sollte die Ereignisse nicht übertriebener darstellen, als sie sind, an diese Regel hielt ich mich stets. Je mehr man ein Problem aufbläst, desto mehr wächst es und desto schwieriger wird man es wieder los. Gefühle nähren sich selbst und schaffen ihre eigene Wahrheit. Darauf hatte ich keine Lust. »Geht so«, sagte ich.

Sie schwieg und wartete, worauf, wusste ich nicht. Ich hatte auch nichts zu sagen. »Wissen Sie was?«, fragte sie nach einer Weile. »Dieser Jonse ist toll.«

»Na ja, wenn man auf diese Art Männer steht.«

Sie schüttelte den Kopf. Immer noch ernst. »Nein, so habe ich es nicht gemeint.« Natürlich hatte sie nicht auf sein Aussehen angespielt, sondern auf die Art und Weise, wie er seine Arbeit erledigte. Er war mit einer Leidenschaft bei der Sache, die sie ansprach. Stets zielgerichtet und voller Energie, als würde er niemals ermüden. »Wenn man aber zu zielgerichtet vorgeht, läuft man Gefahr, Dinge am Rande zu übersehen«, fuhr sie fort. »Je mehr man sich auf eine Sache konzentriert, desto mehr bleibt außerhalb des eigenen Blickfeldes.« Und so argumentierte sie noch eine Weile weiter, über Jonse, über seine Geschicklichkeit bei Verhören und über seine Vorliebe für das Laufen, House-Musik und Hamburger.

»Das macht ihn schon fast wieder sympathisch«, sagte ich. »Für einen guten Burger fahre ich gerne ein paar Kilometer Umweg, solange er vom *King* ist jedenfalls.«

»Jonse und ich haben schon öfter gemeinsam einen *Bacon and Double Cheese* gefuttert«, sagte sie.

»Du und Jonse?« Ich duzte sie halsstarrig, wie es alle Niederländer unseres Alters in einer vergleichbaren Situation getan hätten, doch sie blieb dabei, mich zu siezen.

Sie schob ihre Sachen beiseite und lehnte sich über das Tischchen, das zwischen uns stand. »Was ich damit sagen will, ist Folgendes: Auch die Ermittler sind nur Menschen. Ganz normale Männer. Sie tun ihr Bestes und sie sind gut in dem, was sie tun. Nichts weiter. Fixieren Sie sich nicht zu sehr darauf, dass sie zufällig gerade Ihnen im Nacken sitzen.«

Zum ersten Mal hatte sie ihre äußerst förmliche Art, mit mir umzugehen, ein wenig gelockert und zum ersten Mal hatte ich das Gefühl, dass sie mir helfen wollte, zumindest indirekt und auf eine ganz andere Art und Weise, als ich es erwartet hatte. Sie brachte die Bedeutung der Ereignisse wieder auf ihr normales Maß herunter. Meine Situation war nicht angenehm, aber das lag nicht an van Bilt und Jonse. Ich befand mich in Schwierigkeiten, weil die Indizien gegen mich sprachen. Darauf musste ich mich konzentrieren.

»Außerdem wissen wir mehr, als Sie denken«, fuhr die Anwältin fort. »Aus dem, was die Ermittler mir erzählt haben, geht das unmissverständlich hervor. Wir kennen den Ort, das Datum und den Zeitpunkt des Unfalls. Wir kennen das Modell und das Kennzeichen des Pkws. Wir wissen, wie schnell das Auto fuhr, nämlich achtundsiebzig Stundenkilometer in einer geschlossenen Ortschaft, über fünfzig Prozent schneller als die zulässige Höchstgeschwindigkeit.« Sie schüttelte den Kopf. »Ich habe das Foto gesehen«, sagte sie. »Eine gute, scharfe Aufnahme. Rechts oben die rote Ampel und links oben die gemessene Geschwindigkeit, und die bricht Ihnen das Genick.«

»DAS IST NICHT MEIN AUTO!«, schrie ich. »Wie oft soll ich das noch sagen?«

»Öfter«, antwortete sie. »Noch viel öfter, als Sie denken.« Sie schrieb die verschiedenen Angaben untereinander auf ein Stück Papier. »Und wir kennen den Eigentümer des Pkws, jedenfalls laut der Straßenverkehrsbehörde.«

Es war nicht viel. Wir schoben die Informationen hin und her, in der Hoffnung, irgendwo eine Lücke zu finden.

»Wenn dort im Register steht, dass ich das Auto gekauft habe, steht vielleicht auch drin, wann das gewesen sein soll?«, fragte ich.

»Ja, das müsste ich herausfinden können.«

»Daran erinnere ich mich nämlich nicht mehr.«

Sie lachte.

»Danke«, sagte ich. Dass sie für einen Moment nicht mehr so stur auf meiner Schuld beharrte, war schon ein Fortschritt. Ich hatte ein unglaubliches Bedürfnis nach Menschen, die mich so sahen, wie ich war – ein normaler Mann, der nicht mutwillig andere Leute mit seinem BMW über den Haufen fuhr. Durch die Isolierung und das Verhör fing ich schon an, an mir selbst zu zweifeln. Wenn andere nur lange genug sagen, dass man ein Idiot sei, glaubt man nach einer Weile selbst daran.

»Mir ist nur nicht klar, was Sie davon hätten«, sagte sie.

»Ich brauche ein Datum. Vielleicht kann ich beweisen, dass ich zu diesem Zeitpunkt ganz woanders war und gar nichts mit dem Autokauf zu tun haben kann.«

»Woanders als wo?«

»Als da, wo das Auto gekauft wurde.«

»Und wo war das?«

»Steht das denn nicht in den Unterlagen der Straßenverkehrsbehörde? Auf jeden Fall muss der vorherige Besitzer registriert sein.« Ich konnte mir nicht vorstellen, dass diese Daten nur für kurze Zeit abgespeichert wurden.

»Diese Informationen sind nur der Polizei zugänglich«, erwiderte Mevrouw van Donee, »oder den Versicherungsgesellschaften oder anderen Behörden mit speziellen Befugnissen. Sie und ich gehören leider nicht dazu.«

Plötzlich wusste ich, was ich zu tun hatte: Ich musste den Vorbesitzer des BMW finden und ihn fragen, ob er mir jemals einen Wagen verkauft hatte. »Der Vorbesitzer könnte unter Eid aussagen, dass er mich noch nie zuvor gesehen hat«, erklärte ich. Einfacher ging es gar nicht. Dass ich persönlich nicht an den Datenbestand der Straßenverkehrsbehörde herankam, erschien mir nicht als Hindernis. Das konnte die Polizei für mich erledigen.

»Wenn die einen Grund dafür findet, wird sie das sicher tun«, sagte die Anwältin auf meinen Vorschlag hin. »Aber die haben Sie, also warum sollten sie weiterermitteln?«

Alles drehte sich um Informationen. Was ich wissen durfte, was ich nicht wissen durfte. Die Position eines Handys konnte auf den Meter genau bestimmt werden, auch noch im Nachhinein. Damit würde ich beweisen können, dass ich in Den Haag gewesen war und nicht in Monster. Das Problem bestand darin, dass der Handyanbieter diese Information nur auf Anfrage des Staatsanwaltes herausrücken würde. Außerdem wäre mir damit nur der Beweis gelungen, dass mein Handy nicht in Monster gewesen war. Ich selbst konnte sonst wo gewesen sein.

»Ich bin froh, dass diese ordinäre Karre nicht Ihnen gehört«, sagte meine Anwältin.

»Also glaubst du mir?«, fragte ich.

»Ich glaube gar nichts«, erwiderte sie. »Ich nehme nur an. Mit dem, was Sie mir sagen, arbeite ich, und Sie denken im Gegenzug über das nach, was ich Ihnen ans Herz lege. Versprochen?«

Ich nickte.

»Vergessen Sie nicht, die Sache ist ernst«, sagte sie. »Wenn Sie beweisen können, dass Sie zum Zeitpunkt des Unfalls nicht in Monster gewesen sind, kann das nur bedeuten, dass irgendjemand Ihre Identität angenommen hat. Damit gäbe es jemanden, der auf Ihren Namen Autos kaufen und anmelden und damit Leute über den Haufen fahren kann. Und wenn er das kann, kann er noch viel mehr. Alles unter Ihrem Namen.«

»Warum sollte jemand so etwas tun?«, fragte ich.

»Warum? Warum gibt es Einbrecher? Warum gibt es Mörder? Warum gibt es Mistkerle, die Autos stehlen und sie zu Schrott fahren? Warum gibt es Brandstifter? Warum gibt es Pädophile? Warum gibt es Männer, die jahrelang junge Mädchen in ihrem Keller einsperren? Warum gibt es Frauenhändler? Warum gibt es Irre, die Tiere quälen?«

Wir schwiegen. Ich geriet immer mehr durcheinander. Wie konnte ein anderer meine Identität annehmen? Wann war das geschehen? Und was bedeutete es für mich?

»Haben Sie in den letzten Monaten Ihren Pass verloren?«, fragte Mevrouw van Donee.

»Nein.«

»Ihren Führerschein, Ihre EC-Karte, irgendein anderes Dokument?«

Ich schüttelte den Kopf.

»Haben Sie etwas im Internet gekauft?«

»Ja, das tue ich andauernd«, antwortete ich. »Meinst du, irgendein Verrückter hat meine Daten im Internet gestohlen und benutzt sie jetzt?«

»Vielleicht«, antwortete sie. »Vielleicht ist es aber auch noch viel komplizierter.«

13

Ich dachte, ich hätte Probleme

Auf dem Weg zur Zelle fiel mir auf, dass ich mich bereits an bestimmte Geräusche und Abläufe gewöhnt hatte: das Ausstrecken der Arme nach vorn, wenn mir die Handschellen angelegt oder abgenommen wurden, die knappe Wendung in den Flur, der zu den Zellen führte. Der Widerhall in dem kahlen Raum. Das Klicken des Schlosses. Allmählich wurden mir diese Dinge vertraut und verloren ihren Schrecken. Woran ich mich nicht gewöhnen konnte, war die Stille. Ich war noch niemals so allein gewesen wie zwischen diesen Mauern. Ich kannte Leute, die sich freiwillig an einen abgeschiedenen Ort zurückzogen und sich die Stille zunutze machten, um Stress abzubauen. Doch hier war es die Stille, die den Stress auslöste. Ich konnte mich nicht dagegen wehren. Schon allein die Tatsache, dass ich mit niemandem reden durfte, verursachte mir Beklemmungen. Gerade jetzt brauchte ich meine Verwandten und Freunde, Leute, die mich gut kannten und die mir keine abstrusen Fragen stellten, weil sie genau wussten, dass ich zu gewissen Handlungen niemals in der Lage wäre. Ich sehnte mich nach diesem Vertrauen. Ich sehnte mich nach Kirsten, meiner Schwester, und nach Peter, meinem jüngeren Bruder. Ich wünschte, Gijs wäre bei mir. Gijs kannte Hinz und Kunz. Er stammte aus einer alten, reichen Familie und besaß Onkel, Tanten, Cousins und Cousinen in allen erdenklichen Positionen. Es gab immer jemanden, den Gijs anrufen konnte, wenn er in die Bredouille geriet. Nicht dass er diesen Umstand leichtfertig ausnutzte, im Gegenteil. Der Einfluss seiner Familie bestand gerade in der unauffälligen Art und Weise, wie die Verwandten miteinander in Kontakt standen und wie sie einander niemals direkt um einen Gefallen baten. Die Mitglieder der Familie van Olde Nieland fragten immer erst nach, ob ihr Gegenüber vielleicht mal nachhören könne, wie es sich mit dieser oder jener Angelegenheit verhalte – bescheiden und mit gewissen Hemmungen, ihren Einfluss offen geltend zu machen. Gijs war mein Kompagnon. Gemeinsam hatten wir bei einem großen multinationalen Unternehmen gekündigt und unsere eigene Unternehmensberatung gegründet. Auf mein Betreiben hin hatte er seine feste Stelle aufgegeben und war Unternehmer geworden. Selbstständig. Ohne Direktoren, ohne einen Vorstand und ohne die Intrigen und Machtspielchen, die in großen Firmen gang und gäbe sind. In den ersten Monaten fühlte er sich noch unbehaglich, doch dann fand er Gefallen daran, dass er von nun an selbst bestimmen konnte, wann er arbeitete, wie er arbeitete und was er nach Feierabend anfing. Er konnte bestimmen, wen wir einstellten und wen nicht. Einem Ökonomen und Mathematikgenie wie ihm fiel diese Selbstständigkeit gleichwohl nicht immer leicht. Er war es gewohnt, in feste Betriebsstrukturen eingebettet zu sein, in denen die Aufgaben und Pflichten des Alltags einer anderen Betriebsebene oblagen und von dort aus organisiert wurden. Er war nicht der Typ dafür, sich um Auftragsakquise, funktionierende Computer oder die Beschaffung von Papier, Kugelschreibern und Büroklammern zu kümmern. Wenn er einen Notizblock brauchte, ging er an den Schrank, in dem die Notizblöcke lagen. Wie die dorthin kamen und wer dafür sorgte, dass sie dorthin kamen, wusste er nicht. Nicht etwa weil er zu faul dazu war – nein, Gijs schreckte vor keiner Arbeit zurück –, sondern weil er einfach nicht darüber nachdachte. Gijs' Kopf war mit Zahlen, Ziffern, Reihen und Systemen beschäftigt, nicht mit Büroartikeln oder Kantinenbedarf. Diese praktische Ebene war ihm trotz seiner ein Meter neunzig oft ein wenig zu hoch. Auf Gijs van Olde Nieland konnte man sich hundertprozentig verlassen. Stets hielt er, was er versprach, jederzeit. Er war bedächtig, manchmal etwas zu vorsichtig. Er wog Interessen mit der Präzision einer Goldwaage ab und war von Natur aus grundehrlich.

Es wurde einfach nicht Nacht. Das Gebäude war viel zu hell. Unruhig wälzte ich mich auf dem schmalen Bett herum, obwohl im Zellentrakt mittlerweile einigermaßen Ruhe herrschte. Der röchelnde Mann war weg. Im Laufe des Tages war er abgeholt und wieder auf freien Fuß gesetzt worden. Ich wusste nicht, was er getan hatte. Vielleicht hatte man ihn einfach für eine Nacht in die Zelle gesteckt, damit er ein Dach über dem Kopf hatte. Vielleicht gab es auch andere Gründe. Die Frau, die vorher in der dritten Zelle gesessen hatte, war auch nicht mehr da. Was mit ihr geschehen war, wusste ich nicht. Es interessierte mich auch nicht. Offenbar war es ein ruhiger Tag gewesen in Monster, denn die beiden anderen Zellen waren leer geblieben. Ich war allein, und die Ruhe hätte mir doch guttun müssen. Dennoch fand ich keinen Schlaf. Diese Stille war nicht meine Stille. Der Raum nicht mein Raum. Ich schlief immer nur für kurze Zeit ein. Zehn Minuten hier, eine Viertelstunde da. Zwischendurch blickte ich an die Decke. Oder an die Wand. Der Unterschied war nicht sehr groß.

Mitten in der Nacht schreckte ich aus dem Schlaf auf. Ich wusste nicht, wie spät es war. Unter viel Radau wurde ein Mann hereingebracht, den die Beamten nur mit Müh und Not unter Kontrolle hielten. Von meiner Zelle aus konnte ich nichts sehen, aber das Schreien und Fluchen sprach für sich. Ich hörte, wie Möbel umfielen. Dann einen lauten Knall, als sei ein Bücherschrank umgestürzt. Es kam zu einem Handgemenge.

Ich stand von dem Bett auf, trat an die Zellentür und versuchte herauszufinden, was da los war. Kurz darauf stolperten vier Männer durch den Gang, der an den Zellen vorbeiführte – ein baumlanger Kerl in Handschellen, der sich heftig wehrte, und drei Polizisten. Trotz der Handschellen machte der Verhaftete den drei Beamten schwer zu schaffen. Eine Polizistin betrat vom anderen Ende aus den Flur und öffnete eine Zellentür. Sie brauchten den Mann jetzt nur noch hineinzubugsieren. Aber wie sie sich auch abmühten, sie schafften es nicht. Der Verhaftete donnerte einen der Beamten gegen die Wand. Ich bildete mir ein, seinen Schädelknochen knacken zu hören. Der Mann brach zusammen und blieb wie betäubt auf dem Boden liegen.

»Lasst ihn los!«, schrie die Frau. Sofort traten die beiden anderen Polizisten zurück und die Polizistin zog ihre Waffe. Mit ausgestreckten Armen zielte sie auf den Mann. Alle standen da wie erstarrt.

»Frans?«, fragte sie.

Keine Reaktion.

»Frans?«

Nichts. Die Frau trat nervös von einem Fuß auf den anderen. Sie stieß einen Fluch aus. »Jaap, sieh mal nach, was mit Frans los ist.«

»Schaff den erst da rein!«, erwiderte Jaap.

Der Verhaftete lachte.

»Und wie willst du das anstellen?«, fragte er. »Willst du mich erschießen oder was? Na los!« Mit erhobenen Händen ging er einen Schritt auf die Frau zu. Durch die Handschellen formten die Arme über seinem Kopf einen Rundbogen. Ein O. Eine muskelbepackte Schlinge. »Schieß doch«, sagte er.

Hinter seinem Rücken zog auch Jaap die Waffe. »Keine Bewegung«, sagte er zu dem Mann. »Denn wenn sie es nicht tut, schieße ich.«

»Ganz ruhig, Leute!«, sagte jetzt der dritte Beamte. »Ganz ruhig! Sonst passiert hier gleich ein Unglück!«

»Schon zu spät«, erwiderte Jaap. »Ruf lieber einen Krankenwagen für Frans. In der Zwischenzeit verfrachten Karin und ich diesen Idioten in seine Zelle.«

Der dritte Beamte eilte davon. Die beiden übrigen versuchten, den Mann in Richtung der Zelle zu zwingen. Die Situation drohte zu eskalieren. Ich sah es kommen. Niemand wollte es, und dennoch konnte es keiner verhindern. Der Mann ignorierte sämtliche Befehle und ging weiter auf die Polizistin zu. Langsam, ohne Eile. Er lachte.

»Zurück, Karin!«, warnte Jaap. »Lass ihn dir nicht zu nahe kommen!«

Karin blieb stehen. Sie war verunsichert, wich aber nicht von der Stelle.

»Ich möchte dich umarmen«, sagte der Mann. Er war bestimmt dreißig Zentimeter größer als sie und bereit, sie in einen Würgegriff zu schließen. »Du glaubst doch nicht etwa, Japie würde mir Angst einjagen, diese kleine Schwulette?« Mit einem Ruck drehte er sich um und schlug dem unvorbereiteten Jaap mit einem wohlgezielten Hieb die Waffe aus der Hand. Klappernd fiel die Pistole auf den harten Boden. Der Mann trat Jaap mit voller Wucht zwischen die Beine.

Jaap schrie auf, krümmte sich zusammen, drehte sich um die eigene Achse und verschwand schreiend aus meinem Blickfeld.

»Und jetzt wir beide«, sagte der Mann zu Karin. »Keine Angst, bei dir schlage ich nicht so fest zu.« Er hörte auf zu lachen und ging auf sie zu. Diesmal wich Karin zurück. Im ersten Augenblick schien es, als hätte sie Angst, aber das Gegenteil war der Fall. Sie schaffte nur genügend Distanz zwischen sich und dem Gewalttäter. Kurz vor meiner Zellentür blieb sie stehen, hob die Arme ein Stück und gab einen Schuss an die Decke ab. Unmittelbar nach dem Schuss ließ sie die Arme wieder sinken und zielte auf den Mann.

»Der nächste ist für dich!«, sagte sie. Sie zwang sich dazu, ruhig zu bleiben. Ihre Stimme zitterte vor Erregung. Jaap lag stöhnend am Boden. Da kam der dritte Beamte um die Ecke gerannt. Zu schnell und zu unüberlegt. Vor lauter Panik lief er in die falsche Richtung. Der Mann zögerte keine Sekunde. Er packte den Polizisten und presste ihn gegen die Wand, einen Unterarm an seine Kehle gedrückt.

»Und jetzt?«, fragte er. Die Gewalt umgab ihn wie ein Geruch. Die Schmerzen, ja, das Leben anderer bedeuteten ihm nichts. Rücksichtslos setzte er seine Kraft ein. Andere Menschen interessierten ihn nicht. Man sah dem Beamten die Atemnot an. Sein Mund öffnete sich. Geräuschlos.

»Eine kleine Bewegung, mehr brauchst du nicht«, sagte der Mann.

Karin reagierte nicht. Sie senkte den Lauf der Waffe und richtete ihn auf die Beine des Mannes. »Lassen Sie ihn los!«, befahl sie. Sie war jetzt ganz ruhig, hatte die hysterische Panik überwunden.

»Nur, weil du es so willst, ja?« Der Mann lehnte sich nach

vorn. Es sah aus, als würden die Augen des Polizisten jeden Moment aus den Höhlen springen.

Karin drückte ab. Der Knall hallte trocken und laut in dem engen Raum wider. Der Mann schrie auf, ließ aber nicht von dem Beamten ab. Die Polizistin schoss nochmals. Sie traf ihn unterhalb des Knies. Das Hosenbein zerriss und Blut spritzte heraus. Langsam sank er in sich zusammen. Seine Beine trugen ihn nicht mehr. Erst im letzten Moment zog er seine Arme von dem Beamten weg, um seinen eigenen Fall aufzufangen. Karin rannte zu den anderen. Sie beugte sich über Frans, der sich die ganze Zeit nicht bewegt hatte. Hinter ihrem Rücken schleppte sich der Mann zu der Waffe von Jaap, die immer noch auf dem Boden lag.

»Passen Sie auf!«, rief ich.

Mit einem Hechtsprung warf sich Karin auf die Pistole und brachte sich dann mit einem Satz vor dem Mann in Sicherheit. Ein paar Meter von ihm entfernt blieb sie stehen. Sie keuchte, völlig außer sich.

»Sie müssen ihn erst in eine Zelle einsperren«, sagte ich.

»Mischen Sie sich da nicht ein.« Sie blickte sich um. Frans war noch immer bewusstlos – oder Schlimmeres – und Jaap konnte nicht aufstehen. Wenn der Tritt wirklich genau seine Hoden getroffen hatte, konnte es noch Tage dauern, bevor er wieder zu irgendetwas in der Lage war. Der dritte Beamte kroch nach Atem ringend über den Boden.

»Soll ich Ihnen helfen?«, fragte ich.

»Mir helfen?«

»Ja, wir könnten ihn zusammen hineinschleppen.«

»Und dann?«

»Dann können Sie sich um die anderen kümmern.«

Sie sagte nichts.

»Und Sie?«

»Ich lege mich einfach wieder hier hin.«

»Und das soll ich glauben?«

»Meinen Sie vielleicht, ich käme auf dumme Gedanken, nach dem, was Sie mit ihm angestellt haben?«

Sie öffnete meine Gittertür. Gemeinsam packten wir den

Mann an den Armen und schleiften ihn in die offen stehende Zelle. Er war schwer. Wir mussten unsere ganze Kraft aufbieten, um ihn von der Stelle zu bewegen. Es waren nicht mehr als zehn Meter. Er versuchte, die Arme wegzuziehen und uns umzuwerfen. Zu zweit konnten wir ihn gerade so festhalten, aber nur weil er nicht mehr bei Kräften war. Karin schloss die Zellentür und kurz darauf standen wir keuchend auf dem Flur. Ohne weiter darüber nachzudenken kehrte ich in meinen Raum zurück und setzte mich auf den Bettrand.

»Danke«, sagte Karin.

Ich antwortete mit einer wegwerfenden Geste. »Ich dachte, ich hätte Probleme«, erwiderte ich.

Sie lachte auf, ganz kurz nur, denn es gab nichts zu lachen. »Ich schließe die Tür jetzt wieder ab«, sagte sie.

»Ich bitte darum.«

Es dauerte noch eine ganze Weile, bis die Verletzten versorgt waren. Drei Krankenwagen wurden benötigt: einer für Frans, der noch immer bewusstlos war. Er wurde sehr vorsichtig auf eine Trage gelegt und weggebracht. Einer für Jaap, der in Embryonalhaltung, vor Schmerzen gekrümmt und mit geschlossenen Augen, in einer Ecke des Flures lag. Mit leicht geöffnetem Mund atmete er ein und aus, wobei er versuchte, sich so wenig wie möglich zu bewegen. Die Hände hatte er in den Schritt, vor sein Geschlecht gelegt. Sobald die Helfer ihn anfassten, flammten seine Schmerzen wieder auf. Er schrie wie besessen. Nachdem man ihn weggetragen hatte, wog die Stille schwerer als zuvor. Karin und der dritte Beamte erhielten Verstärkung. Ich hörte die Polizisten herumlaufen, Möbel zurechtrücken. Ich hörte die Männer mit Karin reden. Es wurde Kaffee geholt. Erneut telefoniert. Ein dritter Krankenwagen rückte an, für den Mann in der Zelle neben mir. Aber man wollte ihn nicht weglassen.

»Wer ist Ihr Vorgesetzter?«, fragte der Sanitäter.

»Frans. Der im ersten Krankenwagen. Und ich unterschreibe nichts«, hörte ich Karin sagen. »Warten Sie bitte, bis sein

Kollege von der Bereitschaft da ist. Bis dahin können Sie ihn hier behandeln. Nirgendwo sonst.«

Niemand schenkte mir Beachtung.

Mevrouw van Donee merkte sofort, dass irgendetwas vorgefallen war, sie roch es, sie spürte es.

»Habe ich vielleicht etwas verpasst?«, fragte sie.

Ich zuckte mit den Schultern. Ich hielt es nicht für sinnvoll, ihr von den Ereignissen der vergangenen Nacht zu erzählen. Die Polizei würde ohnehin ihre eigene Version präsentieren, eine saubere Geschichte, in der gewaltsame Mittel wohldosiert dazu eingesetzt worden waren, einen aggressiven Straftäter hinter Gitter zu bringen. Keine Einzelheiten. Keine gebrochenen Knochen, kein Blut. Der Flur war geputzt worden. Alles stand wieder an seinem Platz.

Karin hatte frei.

»Wenn Sie nicht ehrlich zu mir sind«, sagte Mevrouw van Donee, »kann ich Sie nicht vertreten.«

»Es gibt nichts zu sagen.«

»Wenn ich es nicht besser wüsste, könnte ich schwören, dass Sie auf einen Deal mit denen eingegangen sind.«

»Nein, das ist nicht der Fall.«

»Denn Sie werden gleich freigelassen.«

»Wann genau?«

»Jetzt. In einer Viertelstunde. Ungefähr.« Sie hatte es gerade erst erfahren.

Schweigend nickte ich. »Gut«, sagte ich. Die wollten mich loswerden, ehe lästige Fragen gestellt werden konnten. Ich hatte nichts dagegen. »Wird noch irgendetwas von mir erwartet?«

Mevrouw van Donee schüttelte den Kopf. Sie würde mich gleich abholen kommen und mir bei den Entlassungsformalitäten behilflich sein. »Es ist nicht weiter kompliziert«, kündigte sie an. »Sie müssen nur gut aufpassen, dass Sie all Ihre persönlichen Gegenstände zurückerhalten. Bis gleich.«

Kaum war sie zur Tür hinaus, brachte mich ein Polizist, den ich bisher noch nicht kannte, in ein Vernehmungszimmer. Er trug mehr Streifen auf dem Ärmel als die anderen. Wir setzten uns einander gegenüber. Kein Kaffee.

»Alles in Ordnung?«, fragte er.

»Ja.«

»Keine Probleme?«

»Nein, ich glaube nicht.«

»Worüber haben Sie mit Ihrer Anwältin gesprochen?«

»Das geht nur sie und mich etwas an. Soweit ich weiß, dürfen Sie danach gar nicht fragen.«

Der Mann schwieg nachdenklich. »Sie wissen, was ich meine«, sagte er nach einer Weile.

Ich nickte.

»Haben Sie darüber mit ihr geredet?«

Ich schüttelte den Kopf.

»Mein Name ist Schuiter«, sagte er. »Ich bin der Dienststellenleiter in Bereitschaft. Meinetwegen können Sie allen möglichen Leuten sonst was erzählen, aber wenn, möchte ich es gerne wissen. Das ist alles. Ich habe keine Lust auf irgendwelche Wildweststorys.«

»Wildweststorys«, wiederholte ich.

»Sinnbildlich gesprochen.«

Schuiter war ein ordentlicher Mann. Er wollte, dass es auf seiner Dienststelle ordentlich zuging. Deswegen das ordentliche Gespräch. Wildweststorys passten nicht dazu.

»Geht in Ordnung«, sagte ich. »Aber Sie waren letzte Nacht nicht dabei.«

»Stimmt«, sagte er. Er schwieg.

»Wie geht es Jaap?«

»Der ist letzte Nacht noch operiert worden. Seine ... äh ... Dinger waren völlig lädiert.«

»Seine Eier?«

Er nickte.

»Autsch«, sagte ich. Schon allein der Gedanke verursachte mir ein Ziehen bis in die Knie.

Mevrouw van Donee kehrte zurück. Sie wirkte hektisch und verärgert, weil ihr niemand erzählen wollte, was geschehen war. »Die tun hier alle so, als sei ich blöde!«, schimpfte sie. »Als hätte ich nicht mehr alle Tassen im Schrank!«

»Dann weißt du wenigstens mal, wie sich das anfühlt«, erwiderte ich. Es war eine dämliche Bemerkung, aber ich konnte sie mir nicht verkneifen.

Sie blickte mich an. Beleidigt.

»Es hat nichts mit dir persönlich zu tun«, fügte ich hinzu.

»Natürlich hat es nichts mit mir persönlich zu tun. Ich bin Rechtsanwältin. Nichts hat je etwas mit mir persönlich zu tun. Sind Sie fertig?«

Ich nickte. Wir verließen den Zellentrakt und gingen zum Empfangsschalter.

»Wissen Sie eigentlich, wer in dem Auto gesessen hat?«, fragte sie plötzlich. »In dem Auto, das vor Ihren Augen verunglückt ist? Kurz vor Staphorst?«

»Fängst du jetzt auch schon damit an? Nein, woher sollte ich das wissen?«

»Weil die ganzen Niederlande es wissen«, erwiderte sie. »Warum also Sie nicht?«

14

Wir klären auf

Der Vorsitzende der Europäischen Untersuchungskommission zur Verwendung von Integrationsbeihilfen, Bas Hoogeman, war ganz plötzlich aus dem Leben gerissen worden, wodurch die Arbeit seiner Kommission erheblich erschwert wurde. Hoogeman war nicht nur der unumstrittene Leiter der Kommission, er war auch ein Publikumsmagnet gewesen. Die Untersuchung wurde tagsüber im Fernsehen übertragen, lange vor der Hauptsendezeit, und brach dennoch sämtliche Zuschauerrekorde. Sobald die Sendung begann, sanken die Quoten der parallel ausgestrahlten Verkaufs- und Spieleshows unter ein messbares Niveau. Unter Hoogemans hartnäckiger Deutlichkeit wanden sich Politiker, Beamte und Direktoren derart schmerzhaft, bis sie schließlich nicht anders konnten, als zuzugeben, dass irgendwo etwas schiefgelaufen war. Wie, das wusste niemand, aber die Millionen des härtesten Integrationsministers, den die Niederlande jemals gehabt hatten, waren auf den Konten genau der fundamentalistischen Organisationen gelandet, die die Regierung bekämpfen wollte. Hoogeman war das verkörperte Gewissen eines Landes, das einfach kein Vertrauen mehr in seine politischen Führer besaß, und die Enthüllungen, die jedes neue Verhör erbrachte, bewiesen, wie berechtigt diese Einstellung war. Inkompetenz war gang und gäbe und Hoogeman zerrte diesen Umstand gnadenlos an die Öffentlichkeit. Mit hochgezogenen Augenbrauen lauschte er dem Gestotter der Befragten und hielt ihnen dann wieder und wieder Ungereimtheiten vor, die sich aus Indizien und den Aussagen seiner Zeugen ergaben. Genau so lange, bis sie sich in Widersprüche verwickelten. Sobald dies geschah, unterbrach er das Verhör mit einer theatralischen Geste und konfrontierte den Befragten mit der Unwahrheit, der Lüge, mit dem Ende seiner Geschichten und Ausreden. Ein lückenhaftes Gedächtnis akzeptierte er nicht. Wenn jemand behauptete, sich an nichts mehr erinnern zu können, wurde ihm geraten, sich einfach mehr anzustrengen. »Personen in hohen Positionen verfügen über ein ausgezeichnetes Gedächtnis«, pflegte er dann zu sagen. »Das ist eine Tatsache. Wenn Sie sich nicht erinnern können, haben Sie kein schlechtes, sondern ein selektives Gedächtnis. Und das ist inakzeptabel, denn die Kommission entscheidet, was wichtig ist und was nicht. Nicht Sie.«

Auf dem Höhepunkt der Untersuchung erreichten die Verhöre täglich Millionen von Zuschauern. Hoogeman war gnadenlos. Unter seiner Regie ruinierten die Beschuldigten ihren eigenen Ruf. Er hinterließ ein Schlachtfeld, ohne je einen Schlag auszuteilen. Er war nicht aggressiv, im Gegenteil. In seiner Gegenwart war einfach nur kein Platz für hohles Gerede. Er war altmodisch, förmlich, steif, er war prinzipiell nicht cool und auch das störte niemanden. Er spielte seine eigene Macht herunter, was seinen Aussagen noch mehr Gewicht verlieh. Bas Hoogeman ließ sich durch nichts beeindrucken, bis der Betonpfeiler ihn ausschaltete.

»Hoogeman?«, fragte ich.

Die Anwältin nickte. »Und sein Chauffeur.«

Ich fluchte.

»Verstehen Sie jetzt?«

Ich verstand nur allzu gut. Hoogeman hatte sich in den Monaten, in denen die Kommission arbeitete, genügend Feinde gemacht, um Personenschutz in der Person seines Chauffeurs zu erhalten. Und ich war der Einzige, der Zeuge des Unfalls war. Ich. Verdächtigt der Unfallflucht in einem anderen Fall.

»Und jetzt denken alle, dass es gar kein Unfall gewesen ist«, sagte ich.

Mevrouw van Donee zuckte die Achseln. »Was alle denken, spielt keine Rolle«, erwiderte sie. »Die Leute denken jeden Tag etwas anderes. Die öffentliche Meinung ist die dümmste Erfindung des Menschen.« Sie steckte sich einen Zigarillo in den Mund und mümmelte darauf herum, ohne ihn anzuzünden. »Alle wollen mit Ihnen reden«, sagte sie, »aber darauf sollten Sie lieber nicht eingehen. Die Aufmerksamkeit der Medien ist das Letzte, was Sie gebrauchen können.«

Bas Hoogeman hatte keinen Kommunikationsberater gebraucht. Er war ein Naturtalent. Im Gegensatz zu zahlreichen anderen Mitgliedern seiner Partei hatte er keinerlei Scheu davor, heikle Themen anzusprechen. Er besaß eine Art von Ehrlichkeit, die die Bürger schätzten. Wenn er etwas unsinnig fand, dann sagte er das geradeheraus, ohne viel Theater darum zu machen. Er war ein intelligenter, integerer Mann gewesen. Ein Mann, wie ihn das Land in zunehmendem Maße brauchte.

In den zwei Tagen nach dem Unfall schien unter den Journalisten der Wahnsinn ausgebrochen zu sein. Zeitungs- und Fernsehreporter interviewten jeden, der sich zu dem Zeitpunkt des Unfalls in einem Umkreis von fünf Kilometern um die Unfallstelle aufgehalten hatte. Erlebnisse, Meinungen und Ideen hatten die schlichten Tatsachen inzwischen verdrängt. Der Einzige, der wirklich etwas Sinnvolles hätte sagen können, hatte in einer Arrestzelle in Monster gesessen, ohne Fernsehen, ohne Radio und ohne Zeitung.

»Steht die Presse draußen vor der Tür?«, fragte ich.

Die Anwältin schüttelte den Kopf. »Sie sind das bestgehütete Geheimnis der Niederlande«, sagte sie. »Jede einzelne Nachrichtensendung will Sie haben, nur weiß niemand, wer Sie sind. Oder wo Sie sind. Alle wissen, dass es einen Zeugen gibt, aber die Polizei schweigt wie ein Grab. Was sonst niemals gelingt, klappt anscheinend diesmal. Niemand plaudert aus dem Nähkästchen.«

Die übrigen Mitglieder der Untersuchungskommission hatten sich auf kurze Reden zum Tod ihres Vorsitzenden beschränkt. Sie waren schockiert und bestürzt und das war nicht gespielt. Hoogemans Partei verlangte eine eingehende Untersuchung des Falls. Das Wrack des Unfallwagens wurde auseinandergepflückt und jedes Teil einzeln inspiziert. Ich hatte den Schrotthaufen mit eigenen Augen gesehen, ich wusste, was das bedeutete. Der Vizevorsitzende der Kommission hatte unverzüglich Hoogemans Stellung eingenommen und schon zwei Tage nach dem Unglück konnte die Kommission ihre Arbeit wieder aufnehmen. Mit viel Dramatik und einem leeren Stuhl am Tisch.

Die Vermutung, es habe sich um einen Anschlag gehandelt, überschattete die Ereignisse zusätzlich. Im Fernsehen wurde öffentlich über eine eventuelle Beteiligung islamistischer Gruppierungen spekuliert. Die Arbeit der Kommission reichte bis tief in die geheimen Allianzen und Aktivitäten von allerlei mehr oder weniger extremistischen Organisationen hinein. Obwohl sich die Kommissionsmitglieder hüteten, jemals etwas Abfälliges oder Herablassendes über Muslime zu sagen, waren ihre Nachforschungen über die Verwendung der Integrationsgelder knüppelhart. Jeder Euro wurde überprüft: Wofür war er ausgegeben worden und von wem? Dabei traten sie Leuten auf die Füße, die lieber unbekannt geblieben wären. Niemand wurde beschuldigt und niemand wurde angeklagt. Das war nicht Aufgabe der Kommission. Doch die Medien verfolgten jede Spur mit größter Aufmerksamkeit, denn die öffentliche Empörung war riesengroß. Niederländische Steuergelder, aufgebracht von niederländischen Bürgern, sollten angeblich dazu verwendet worden sein, die Niederlande zu destabilisieren und niederländische Bürger zu bedrohen. Die Moderatoren brauchten nur einen arabisch klingenden Namen auszusprechen, schon wurden die Rufe nach einschneidenden Maßnahmen gegen die Störenfriede lauter. Die Toleranz gegenüber Muslimen hatte einen auffällig niedrigen Pegel erreicht.

Die Kommission hatte weitergearbeitet. Monatelang war sie damit beschäftigt gewesen, das Interessengeflecht zu entwirren. Mit unerschöpflicher Geduld und altmodischer Disziplin verzeichnete sie, welche Organisationen Gelder erhalten hatten und wofür, welche Beziehungen jede Organisation mit anderen Gruppen unterhielt und wer in welchem Vorsitz saß. Wenn Meneer X Vorstandsmitglied von Organisation A war und auch von Organisation B und C, jedoch nur A Subventionen erhielt, flossen die Gelder dann weiter zu B und C? Es waren einfache Fragen, auf die jedoch nur mit größter Hartnäckigkeit Antworten zu finden waren. Es ging um sehr viel Geld, und die Verbindungen verliefen kreuz und quer. Überall. Auf allen Ebenen. Es war faszinierend. Ich selbst hatte stundenlang vor dem Fernseher gesessen und mir die Vernehmungen angehört. Immer wieder stellte sich heraus, dass die Verhältnisse schlimmer und verwirrender waren als gedacht. Die Beamten wussten manchmal nicht mehr, mit wem sie überhaupt Kontakte unterhielten, weil die Empfänger der Gelder kein Niederländisch sprachen und man nur mittels eines Dolmetschers kommunizieren konnte. Immer wieder stellte sich heraus, wie lückenhaft die Echtheitskontrolle von Dokumenten und wie unzuverlässig die Informationen waren. Manchmal wurden nur deswegen Subventionen gezahlt, weil das Budget am Ende des Jahres aufgebraucht sein musste. Hoogeman und seine Kommission waren auf ein wucherndes Geschwür gestoßen und sie hatten nicht vorgehabt, aufzugeben, ehe alle Ungereimtheiten aufgedeckt worden waren. Was anschließend mit ihren Ergebnissen geschah, war Sache der Regierung und des Innenministeriums.

»Wir verurteilen nicht«, pflegte Hoogeman zu sagen. »Wir klären auf.«

Und gerade das hatte sich als lebensgefährlich erwiesen.

15

Fett, Salz und Zucker

Einundfünfzig Stunden nach meiner Festnahme erhielt ich meinen Aktenkoffer, meine Brieftasche, meine Hausschlüssel und mein BlackBerry zurück. Mein Auto stand auf dem bewachten Parkplatz hinter dem Gebäude und mein Führerschein steckte in der Akte. Beschlagnahmt bis zur Verhandlung des Falls. Ich durfte nach Hause gehen, ich durfte arbeiten, aber ich durfte nicht Auto fahren und ich durfte das Land nicht verlassen. Die Polizistin am Schalter war freundlich, aber unbeugsam.

Ich war stinksauer.

Die Anwältin legte mir eine Hand auf den Arm und zog mich einen Schritt zurück. »Meneer ist noch ein bisschen empfindlich«, erklärte sie der Polizistin am Empfang. Mir flüsterte sie zu: »Sie können aber auch nichts vertragen! Wenn Sie sich schon darüber so aufregen, können Sie Ihren Fall vergessen.«

Damit überzeugte sie mich. In stiller Verwunderung sah ich zu, wie sie die Angelegenheit abwickelte. Sie nahm ein Formular entgegen und überprüfte, ob ich alle meine Besitztümer zurückerhalten hatte.

»Einen Kugelschreiber sehe ich hier.« Mevrouw van Donee zeigte auf die Liste. »Einen Montblanc. Haben Sie den irgendwo?«

Ich schüttelte den Kopf. »Ich besitze keinen Montblanc«, erwiderte ich.

»Steht hier aber.« Wieder zeigte sie auf die Liste. »Und wenn das hier steht, dann hat Ihnen die Polizei einen Montblanc abgenommen, und bevor Sie hier weggehen, erhalten Sie Ihren Montblanc zurück. Ob er nun Ihnen gehört oder nicht.«

»Ist doch egal«, sagte ich.

»Vorschrift«, erwiderte Anwältin van Donee. »Besser, Sie gewöhnen sich daran.« Sie war kurz angebunden, sauer, wie es schien. Sie drehte sich zu der Polizistin um und fragte, wo der Stift geblieben sei. Es war der Beginn einer Seifenoper. Es musste ein Stift gefunden werden, weil ein Stift gefunden werden musste. Meine Anwältin zog ein kleines Etui aus ihrer Jackentasche und nahm einen Zigarillo heraus, den sie sich in den Mund steckte.

»Hier ist Nichtraucher«, mahnte die Polizistin.

»Ich rauche nicht«, entgegnete Anwältin van Donee. »Ich schmecke nur.« Sie lächelte. »Wir suchen immer noch einen Montblanc.«

»Vielleicht ist er im Koffer«, meinte ich und öffnete mit einem Klicken den Verschluss.

Mevrouw van Donee griff an mir vorbei. Routiniert durchsuchte sie die verschiedenen Fächer. Sie war es gewohnt, schnell und effektiv zu suchen. Sie sah keine einzelnen Gegenstände, sondern betrachtete die Struktur des Inhalts. Was befand sich wo? Erst die Ordnung, dann die Einzelheiten. Der Zigarillo hing zwischen ihren Lippen, ihre Miene war reglos vor Aufmerksamkeit. Sie besaß eine schöne, entspannte Art sich zu konzentrieren. Zielgerichtet, aber nicht blindlings. Sie zog einen schwarzen Kugelschreiber aus einem der Fächer und blickte mich fragend an.

»Ist er das?«

Ihre Augen waren beinahe grau, das sah ich erst in diesem Moment. Grau mit ein klein wenig Braun darin. Dadurch wirkte ihr Blick so kühl. Je länger ich sie anschaute, desto stärker fiel es mir auf. Ja, kühl, das war sie gewiss. Sie war beherrscht und distanziert, das gehörte zu ihrem Beruf, und sie war eifrig, direkt und scharfsinnig. Sie duldete keine Schlampereien. In keiner Hinsicht. Plötzlich wurde mir klar, worin ihre Taktik bestand. Es ging ihr nicht um diesen Stift, sondern um mich. Sie war verantwortlich für mich. Hier und jetzt ging es um ein Schreibutensil, aber später ging es vielleicht um Verurteilung oder Freispruch. Durchschaue die Ordnung und überprüfe die Details. Befolge das Verfahren, auch wenn es dir nicht passt.

Ich sah den Stift an und schüttelte den Kopf. Vielleicht

hatte ich ihn bei mir gehabt, als ich verhaftet wurde, vielleicht aber auch nicht. Ich wusste es nicht mehr.

»Es ist aber ein Montblanc«, sagte die Anwältin.

»Dann ist es der Stift, den wir suchen«, sagte ich. Ich nahm ihn von ihr an, steckte ihn in das Fach und schloss den Koffer. »Kann ich jetzt gehen?«

Sie schob mir das Formular zu und ich unterzeichnete. Sie kontrollierte meine Unterschrift. Dann fragte sie nochmals, ob ich alles habe, ob nichts weg sei, ob alles stimme. Und sie fragte noch einmal. Zur Sicherheit. Und währenddessen ging mir die ganze Zeit ihr Tadel von vorhin durch den Kopf: »Sie können aber auch nichts vertragen.«

Das war ich. So sahen mich andere. Ein Wichtigtuer. Und ich konnte nichts daran ändern. Ich war wütend. Sehr wütend. Ich wusste, dass ich mich ruhig verhalten sollte, aber ich schaffte es nicht. Ich konnte nichts vertragen. Überhaupt nichts.

»Gibt es hier einen Bahnhof?«, fragte ich.

»Nein«, antwortete die Anwältin. »Der nächste Bahnhof ist in Den Haag. Hier am Ende der Straße gibt es eine Bushaltestelle. Der Bus verkehrt dreimal pro Stunde.«

Der Bus. Ich wurde in der Zeit zurückversetzt, verurteilt zur tristesten Form des Personentransports. Die Steinzeit auf Rädern. Ich besaß nicht einmal eine Streifenkarte.

»Ich muss hier auf einen Mandanten warten, der mich jetzt dringender braucht als Sie«, sagte Anwältin van Donee. Damit musste ich mich begnügen. Sie gab mir ihre Karte, ich gab ihr meine.

»Wenn alles gut geht, sehen wir uns nicht wieder«, sagte sie. »Ich werde versuchen, den Namen des Vorbesitzers des BMW herauszufinden, und Ihnen eine Mail schicken. Mehr kann ich nicht für Sie tun.« Sie reichte mir die Hand. »Und suchen Sie sich einen guten Anwalt. Im Ernst. Denn Ihre Geschichte ist so fadenscheinig, dass sogar ich es noch schaffen würde, Sie hinter Gitter zu bringen. Und das will etwas heißen.« Sie lachte, aber nicht vor Vergnügen. »Sie hören von mir. Versprochen.« Sie drehte sich um und durchquerte das Foyer in Richtung der Sprechzimmer. Sie blickte sich nicht noch einmal um. In Gedanken war sie bereits bei dem nächsten Mandanten, bei den diensthabenden Beamten, den Leuten im Präsidium. Ich war schon nicht mehr da, ich musste mich nur noch auf den Weg machen.

Ich ließ meine Blicke noch einmal über das Präsidium wandern, über die Beamten, die mit den Fällen des heutigen Tages beschäftigt waren. Meldungen über Belästigungen, ein Betrunkener in der Innenstadt, Verkehrskontrolle am Stadtrand. Einer der Männer blickte auf und nickte mir zu. Ich erwiderte seinen Gruß. Wir wussten alle, was geschehen war, und wir hielten alle dicht. Indem wir schwiegen, näherten wir uns einander an. So funktionierte das. Je weniger man sagte, desto weniger brauchte man zu erklären und desto weniger Probleme bekam man infolgedessen mit anderen. Aber desto mehr war man andererseits aufeinander angewiesen. Es wurde nur hinter verschlossenen Türen über den Vorfall gesprochen. Wie es geschehen war. Was der Anlass gewesen war. Wer was getan hatte. Schuld, Unschuld, Gewalt: Niemand kann von sich sagen, wie man reagieren wird, bis es so weit ist. Innerhalb von fünf Minuten war eine nervtötende, aber vollkommen normale Situation völlig aus dem Ruder gelaufen. Gewalt ist einzigartig und vorhersehbar zugleich. Sie verstärkt sich selbst und kennt keine Alternative. Gewalt explodiert und greift rasend schnell um sich. Nachdem der Mann einen Beamten niedergeschlagen hatte, gelüstete es ihn nach einem zweiten. Wie Feuer, das sich neues Holz sucht. Man kann es erst löschen, wenn sich die Hitze daraus verflüchtigt hat. Karin handelte danach. Sie schoss die Gewalt heraus. Drei Schüsse. Zwei Treffer. Beherrscht und bei klarem Verstand. In dem Moment, als es geschah, standen wir dicht beieinander. Ich konnte ihren Schweiß riechen, so nahe stand sie. Die trockenen Schüsse aus ihrer Waffe schienen irgendwo anders herzukommen.

Ich wusste es und sie wussten es. Ich hob die Hand und winkte, einfach so, niemand Bestimmtem. Kurz darauf stand ich draußen auf dem Bürgersteig. Weder Journalisten noch

Kameras warteten auf mich. Es war früher Nachmittag, herrliches Wetter. Mittwoch. Ich schaltete mein BlackBerry ein und wartete auf Kontakt mit der Außenwelt. Ich hatte dreiundvierzig Nachrichten auf dem Anrufbeantworter und hundertachtzig E-Mails, aber kein Fahrzeug. Die Nachrichten mussten warten, bis ich mich wieder in meiner vertrauten Umgebung befand. Vorher wollte ich gar nicht wissen, wer alles versucht hatte, mich zu erreichen.

Es dauerte beinahe vier Stunden, ehe ich die Tür hinter mir zumachen und in der Stille meiner eigenen Wohnung Abstand zu den Ereignissen der letzten Tage gewinnen konnte. Unterwegs hatte ich das Warten auf Bus und Bahn mit Hamburgern, Fritten und Cola ausgefüllt. Ich hatte ein großes Bedürfnis nach Fett, Salz und Zucker.

Noch nie hatte man mir so wenig zugehört wie in den vergangenen zwei Tagen. Sogar wenn ich als Baby angefangen hatte zu schreien, wusste meine Mutter, was ich meinte. Noch ehe ich es selbst wusste. In Monster dagegen war ich allein gewesen. Wirklich allein. Nichts verstärkt das Gefühl der Einsamkeit so sehr, wie wenn Mitmenschen so tun, als sei man gar nicht anwesend, als habe man nichts zu sagen. Wenn sie einen ignorieren, als würde man die einfachsten Zusammenhänge nicht begreifen. Wütende Einsamkeit.

Ich war froh, als ich bei mir zu Hause im Flur stand. Meine Diele. Meine Küche. Mein Wohnzimmer. Ich hatte niemanden, mit dem ich reden konnte, es war noch stiller als im Präsidium, und dennoch fühlte ich mich weniger allein. Ich war zu Hause, selbst mitten im Umzugschaos – die Schränke halb leer, gepackte Kisten, die sich in den Zimmerecken stapelten, leere Stellen an den Wänden. Doch sogar im Zustand des Übergangs war es ein besseres Zuhause als je zuvor.

Ehe ich mich versah, stand ich mit einer Flasche Whiskey und einem Glas da. Ohne nachzudenken, trank ich ein ganzes Glas. In drei großen Schlucken. Der Alkohol schwemmte in mich hinein und verdrängte dabei alle Gedanken, die mich schon seit zwei Tagen blockierten und die bereits langsam in Verwesung übergingen. Das starke Getränk putzte das Verdorbene weg. Das tat gut. Mich überkam ein Gefühl der Erleichterung, der Rechtschaffenheit und der Illusion, ich könne den ganzen Unsinn jetzt ganz einfach hinter mir lassen.

Diesen Zustand hatte ich herbeigesehnt. Nach dem ersten Glas stellte ich die Flasche wieder weg. Bewusst und mit großer Selbstbeherrschung. Zu viel Alkohol bewirkt das Gegenteil jedes gewünschten Effekts. Vor einigen Jahren hatte ich mich nach einem Schock ins Delirium getrunken, nur um zu vergessen, um die Geschlechtsumwandlung meines Bruders zu verkraften. Nein, alles war besser als das.

Meine Anwältin hatte recht, ich konnte nichts vertragen.

16

Bellilog 24.07.06

Post-Schock. Und post-ich.

Das ist nicht mein Leben, was immer die anderen auch behaupten mögen. Es ist, als sei ich ein Fluss und als habe mich in der Nacht irgendjemand umgeleitet. Als flösse ich plötzlich durch ein anderes Land, eine unbekannte Gegend. Irgendjemand fährt mit einem Auto herum, das nicht mir gehört, aber auf meinen Namen zugelassen ist. In Monster, um genau zu sein. Das ist ein Anschlag auf meine Integrität. In Monster. Da bin ich noch nie zuvor gewesen. Da habe ich gar nichts zu suchen. Andere vielleicht, ich nicht.

ICH KENNE MONSTER NICHT!

Ich solle Ruhe bewahren, hat mir meine Anwältin geraten. Aber es gelingt mir nicht. Wenn ich nicht ganz schnell beweisen kann, dass ich Opfer eines Verbrechens geworden bin und nicht Täter eines ganz anderen, dessen mich die Polizei beschuldigt, habe ich den Schwarzen Peter und ich kann nicht gut Karten spielen.

Gijs ist in Atlanta bei einem neuen Mandanten, Kirsten irgendwo in Italien, Sommer in Spaghettiland, auf einem Berg ohne Handyempfang. Vince ist in Moskau, bei den gefälschten Sonnenbrillen und in überteuerten Hotels. Peter ist in Australien mit dem Rucksack unterwegs. Er wollte weg von allem, was hier zu Hause schiefgelaufen ist. Papa ist in Den Haag, Mama in Kanada, unter der Obhut eines gottesfürchtigen Gurus mit langen, blonden Haaren.

Na, super.

Mail an: Kirsten
Betreff: HILFE!

Wenn du da unten endlich mal einen Hotspot findest, ruf mich bitte an – SOFORT!!!!!!!!!!!!

17

Unbehaust

Das vertraute Gefühl erwies sich als unbeständig. Die Wohnung, die fünf Zimmer, alle meine eigenen Sachen hatten ihre Selbstverständlichkeit verloren. Ich fühlte mich trotz allem wie in einem Gefängnis. Ich konnte nicht schlafen, wälzte mich unruhig hin und her. Am nächsten Morgen legte ich eine Liste der Aufgaben an, die ich erledigen musste, von allen Leuten, die auf einen Anruf von mir warteten und denen ich eine E-Mail schicken musste.

Gijs stand ganz oben auf meiner Liste. Er war mein Kompagnon, mein Kumpel, und er hatte die Beziehungen in den besseren Kreisen. Gijs van Olde Nieland kannte jeden, der etwas zu sagen hatte. Seine Familie zog schon seit Generationen die Fäden in den finanziellen und politischen Machtzentren der Niederlande. Gijs stand für alten Schick, fern von Trends und Modeerscheinungen. Die moderne Zeit ließ ihn größtenteils kalt, weil sich die wichtigen Dinge ohnehin kaum veränderten. Die Macht verschob sich mit der Geschwindigkeit eines Gletschers. Warum sollte man also etwas überstürzen? Das war nicht seine Sache. Gijs überstürzte nichts, dafür war er zu pedantisch. Er war ein Mathefreak, er konnte Zahlen sehen, so wie ich Wörter sah. Er rechnete, während ich redete. Er kalkulierte Interessen, ich hörte auf Gefühle, Empfindlichkeiten, Emotionen. Gijs und ich hatten vor etwas über einem Jahr unsere eigene Unternehmensberatung eröffnet, BON Consult. Bellicher Olde Nieland, BON. Niedergelassen hatten wir uns auf dem Gelände einer ehemaligen Werft in Amsterdam-Noord, inmitten der kreativen Firmen, die dort zurzeit aufblühten. Film, Theater, Musik, Werbung, alles war dort zu finden. Wir waren in das Gebäude von *The Pattern* eingezogen, einem kleinen, hoch spezialisierten IT-Betrieb. Dort hoffte ich die Ruhe zu finden, die ich brauchte, aber vorerst war noch nicht daran zu denken. Die Liste, die ich aufgestellt hatte, war deprimierend lang.

Immer wieder versuchte ich, Gijs in Atlanta zu erreichen, aber er meldete sich nicht. Ich rief in seinem Hotel an und hinterließ ihm eine Nachricht. Ich rief in der Firma an und sprach mit Patricia, der Telefonistin, die wir uns mit *The Pattern* teilten. Sie arbeitete zugleich als Sekretärin für Gijs und mich.

»Könntest du bitte alle aktuellen Termine für mich absagen?«, bat ich sie.

»Auch den heute Nachmittag bei der Bank?«

Bei der Bank. Der Bank. Ich hatte einen Termin bei der Bank, konnte mich aber beim besten Willen nicht daran erinnern, warum. Doch das passte gut, denn ich musste meine eigenen Konten und die der Firma schützen. So knapp wie möglich erklärte ich Patricia, was geschehen war.

»Dann würde ich erst einmal Anzeige erstatten«, riet sie mir. »Sonst glaubt dir doch keiner. Du kannst das über das Internet machen, du brauchst nur ein Formular auszufüllen und abzuschicken.«

Nichts ist so einfach, wie es auf den ersten Blick scheint. Die Website war in feste Kategorien eingeteilt, in die mein Fall nicht hineinpasste. Jede Antwort, die ich geben wollte, ging verloren, weil nicht danach gefragt wurde. In einer absurden Umkehrung der Situation saß ich eine Stunde später wieder in einer Polizeidienststelle. Eine andere Dienststelle in einer anderen Stadt. Dieselben Uniformen und dieselbe Atmosphäre geordneter Tatkraft.

»Ich möchte Anzeige erstatten«, begann ich.

Fast vierzig Minuten lang saß ich auf einem harten Stuhl und wartete. Als endlich eine Polizistin erschien, hatte ich sämtliche Broschüren über Einbrüche und Präventionsmaßnahmen gegen Terrorismus durchgelesen. Die Beamtin führte mich in einen kleinen Raum, der gerade einmal Platz für einen Schreibtisch und drei Stühle bot. Ich setzte mich an den Tisch, sie nahm mir gegenüber Platz. Sie zog eine Tastatur und eine Maus zu sich heran und drehte den Bildschirm so, dass ich mit daraufschauen konnte.

»Sie wollen Anzeige erstatten«, sagte sie. »Weshalb?«

Ich zögerte. Schon auf ihre erste Frage hatte ich keine klare Antwort parat.

Sie kam mir zu Hilfe. »Einbruch, Diebstahl, Misshandlung, Sachbeschädigung, Verlust, tätlicher Angriff?«

»Tätlicher Angriff«, antwortete ich.

Sie schaute mich an, als sähe sie mich zum ersten Mal. Die Ärmel ihres hellblauen Hemdes waren halb aufgekrempelt. Sie hatte große, dunkle Augen, pechschwarze Augenbrauen und dickes, schwarzes Haar. Wahrscheinlich war sie zur Hälfte Surinamerin. *Joyce Blijmoed* stand auf ihrem Namensschild. Sie war etwas größer als ich, deutlich besser in Form und an den Unsinn und das Elend gewöhnt, das Menschen einander antun. Tag für Tag. Sie verzog keine Miene.

»Sie sind also angegriffen worden?«, fragte sie. »Sind Sie sicher?«

»Ja, zumindest kommt es meiner Situation sehr nahe«, versuchte ich zu erklären.

Mein Pass, mein Führerschein, meine EC-Karten und Kreditkarten gehörten nicht mehr nur mir allein. Ein anderer hatte Zugriff darauf. Ich musste Anzeige erstatten, wenn auch nur, um mich besser verteidigen zu können. Aber was sollte ich zur Anzeige bringen? Und was gewann ich dadurch? Ich wollte einen neuen Pass und einen neuen Führerschein beantragen. Keinen neuen Namen, aber neue Nummern, wodurch die alten ungültig wurden. Das wollte ich, einen Schein von Schutz, ein zusätzliches Hindernis zwischen mir und dem Dieb. Ob es etwas nützen würde, wusste ich nicht, denn ich hatte noch immer keine Ahnung, wie meine Identität gestohlen worden war.

Die Polizistin schob die Tastatur beiseite und würdigte den Computer keines Blickes mehr. Zum ersten Mal, seitdem ich den kleinen Raum betreten hatte, widmete sie mir ihre volle Aufmerksamkeit. Sie begann noch einmal von vorn, diesmal nicht mit den üblichen, vorgestanzten Fragen.

»Sie besitzen also Ihren Pass noch?«, fragte sie. »Und auch Ihren Führerschein und alle EC- und Kreditkarten?«

Ich nickte.

»Also, was ist eigentlich geschehen? Weshalb wollen Sie Anzeige erstatten?«

Das war die zentrale Frage, und je länger ich darüber nachdachte, desto deutlicher trat mir das Problem vor Augen. Ich konnte all meine Konten sperren lassen und neue EC- und Kreditkarten beantragen, aber einen neuen Pass erhielt ich nur, wenn ich meinen alten verloren hatte oder ihn als gestohlen meldete. Diese Möglichkeit bestand nun nicht mehr, jedenfalls nicht bei dieser Polizistin. Alles, was ich ihr erzählen konnte, war, dass sich jemand meine Identität zu eigen gemacht hatte, und das tat ich auch. Leider waren meine Aussagen wenig konkret. Ich wollte ihr nicht unbedingt auf die Nase binden, dass ich wegen eines Autounfalls verhaftet worden war, den ich gar nicht verursacht hatte, aus Angst, erneut festgesetzt zu werden.

»Kaufen Sie gelegentlich über das Internet ein?« Dieselbe Frage hatte mir bereits meine Anwältin gestellt.

»Ich kaufe alles über das Internet«, antwortete ich. »Ich tätige meine Bankgeschäfte über das Internet. Ich schreibe E-Mails, ich bezahle meine Rechnungen über das Internet und ich besitze eine Identifikationsnummer, mit der ich über das Internet mit städtischen und staatlichen Einrichtungen kommunizieren kann. Es wäre einfacher, aufzulisten, was ich nicht über das Internet abwickle.«

Sie schwieg und musterte mich mit leicht hochgezogenen Augenbrauen. Sie lehnte sich nach vorn, wodurch sich der Abstand zwischen uns etwas verringerte. Wo Mevrouw van Donee aufgehört hatte, machte sie weiter.

»Und was ist mit Pornoseiten?«, fragte sie so sachlich wie möglich.

Pornoseiten. Das wollte sie wissen. Eine Frage, die kein Mann ehrlich beantwortet.

»Manchmal«, gab ich zu. »Man schaut sich gelegentlich ein bisschen um.«

Sie nickte.

»Aber nichts Besonderes«, fügte ich hinzu.

»Ob es etwas Besonderes war, interessiert mich nicht. Ich muss lediglich wissen, ob die Seiten gratis oder gebührenpflichtig angeboten wurden.«

Ein Unbekannter maßte sich meine Identität an, aber das war noch nicht genug: Ich musste noch mehr Persönliches preisgeben.

»Gebührenpflichtig?«, wiederholte ich. Ich brauchte eine Weile, um mich dazu zu überwinden, einer wildfremden Frau gegenüber etwas zuzugeben, worüber ich noch nie mit jemandem gesprochen hatte. Ich musste mich auf ein Leben ohne Geheimnisse vorbereiten, es war unvermeidlich. Meine Identität war gestohlen worden, und das in dem denkbar ungünstigsten Moment, nämlich als ich glaubte, ganz allein zu sein und von niemandem beobachtet zu werden, in einem Moment, in dem ich Dinge tat, von denen niemand wusste. Nicht weil ich mich dafür schämte, sondern weil sie niemanden etwas angingen.

»Ja, Seiten, für die man …«

»Ich weiß schon, was Sie meinen«, seufzte ich. »Ja, ich bin gelegentlich auf solchen Seiten gewesen.«

Wir schwiegen. Sie sagte nichts, weil sie mich wahrscheinlich nicht bedrängen wollte. Und ich sagte nichts, weil ich nicht wusste, wie offen ich sein musste.

»Oft?«, fragte sie.

»Was heißt oft? Ein paarmal. Vielleicht zehnmal insgesamt.«

»Noch vor Kurzem?«

»Nein.«

Sie nickte. »Und danach ist Ihnen nichts aufgefallen?«, fragte sie. »Nichts Merkwürdiges? Ihr Computer ist nicht abgestürzt? Keine Virusmeldungen?«

»Nichts«, sagte ich.

»Von Ihren Konten ist kein Geld verschwunden?«

»Von meinen Konten verschwindet andauernd Geld«, erwiderte ich.

»Tja, das Problem kennen wir alle«, sagte sie. »Es wäre sicher sinnvoll, wenn ich mir die Adressen der Sites doch mal eben notiere.« Sie sagte es, als gäbe sie im Gemüseladen eine

Bestellung auf. Völlig normal. Sie schrieb sich ein paar Namen auf, soweit ich mich daran erinnern konnte. »Andere interaktive Sites? YouTube, msn, Second Life, Datingseiten?«

»Second Life.«

»Schon lange?«

Ich nickte. »Ungefähr seit einem Jahr. Ab und zu. Das letzte Mal vor ungefähr drei Wochen.«

»Und wieder nichts gemerkt?«

Ich schluckte. Mit trockenem Mund.

»Soll ich mal einen Kaffee holen?«, fragte sie.

Einige Minuten verstrichen in absoluter Stille. Nicht das geringste Geräusch drang in das kleine Zimmer herein. Gleichmäßig weißgraue Wände, ein leerer Tisch, Stühle. Nirgendwo die Spur von Dekoration oder von etwas Überflüssigem. Das Fenster war zu hoch in der Wand, um etwas anderes als den Himmel dadurch sehen zu können, der von der getönten Scheibe verfärbt wurde. Ich war in einem Amtszimmer gelandet. Einem Ort, an dem Beamte und Bürger sich begegneten, um Informationen auszutauschen. Ich sehnte mich nach meinen Freunden, nach meiner Familie, nach Häusern mit Geschichte, mit meiner Geschichte.

Das Aufnehmen der Anzeige dauerte länger, als ich gedacht hatte.

Joyce Blijmoed schaffte es, mir Informationen zu entlocken, die ich niemals für wichtig erachtet hätte.

»Ich will keine falschen Hoffnungen wecken«, sagte sie, »denn wir haben bisher kaum Erfahrung mit solchen Fällen. So etwas kommt mittlerweile immer häufiger vor, das wissen wir, aber bisher können wir kaum etwas dagegen unternehmen. Eher finden wir ein gestohlenes Fahrrad wieder. Ein ziemlich aussichtsloses Unterfangen, wie Sie wissen.«

Sie gab mir ihre Karte und versicherte mir, alles zu unternehmen, was in ihrer Macht stand. Sollte ich Fragen oder neue Informationen haben, könne ich sie anrufen. Jederzeit.

»Ich weiß nicht, ob Sie daran Interesse haben, Sie scheinen mir eher nicht der Typ dafür zu sein, aber es gibt eine

Selbsthilfegruppe von Betroffenen«, fügte sie noch hinzu. »Leute, denen dasselbe passiert ist wie Ihnen.«

»Und was machen die?«, fragte ich.

»Ich weiß nicht. Ich weiß nur, dass es sie gibt. Wenn Sie sich dafür interessieren, kann ich Ihnen entsprechende Informationen geben.«

Ich schüttelte den Kopf. »Lassen Sie nur«, sagte ich. »Die finde ich schon im Internet.«

Joyce Blijmoed hob eine große Umhängetasche vom Boden auf, stellte sie auf ihren Schoß und wühlte darin herum, bis sie einen Zettel gefunden hatte. »Da wäre ich mir nicht so sicher«, erwiderte sie. Sie hielt sich mit ihrer eigenen Meinung ziemlich zurück. »Jedenfalls können Sie unter dieser Telefonnummer jemanden erreichen. Es handelt sich um eine Gruppe von Leuten, die alle Probleme mit ihrer Identität haben. Einige von ihnen sind zum Beispiel Opfer eines Betrugs geworden. Und so weiter. Ich habe nur diese Nummer.« Sie nahm einen Stift und schrieb eine Handynummer hinten auf ihre Karte. »Wenn man Sie fragt, woher Sie diese Nummer haben, sagen Sie, sie kommt von mir.« Sie zeigte auf ihr Namensschild.

Joyce Blijmoed.

18

Bellilog 25.07.06

Ich habe mehr verloren, als ich dachte, aber weniger, als man auf den ersten Blick sieht. Die Sachen in meiner Wohnung sind alle noch da. Gestern Nachmittag noch ein paar Kisten gepackt. Restkram. Schränke, Sofa, Fernseher stehen noch hier.

Habe gestern drei Stunden vor dem Fernseher gehangen und mir die Übertragung der Beerdigung von Bas Hoogeman angesehen. Ich konnte meine Augen nicht davon abwenden. Lange Reihen von Menschen nahmen Abschied, ebenso wie ich. Es musste sein, es war unsere Pflicht, das ganze Land gab ihm das letzte Geleit. Jeder schaute jeden an, und jeder blickte auf sich selbst.

Dunkle Anzüge, steinerne Mienen. Politiker, Beamte und Unbekannte, die aus unerfindlichen Gründen bei dem Begräbnis von Hoogeman gesehen werden wollten. Einige Gesichter kamen mir bekannt vor aus der Zeit, als ich vom Justizministerium einige Aufträge angenommen hatte. Die kleinen Gestalten auf dem Fernsehschirm schienen mich manchmal direkt anzusehen. Schräg hinter dem Justizminister stand ein großer Mann mit hellblonden Haaren und randloser Brille. Reglos blickte er seinem Vordermann über die Schulter. Seinen Augen schien nichts zu entgehen. Ab und zu neigte er sich nach vorn und flüsterte dem Justizminister etwas ins Ohr. Dieser nickte daraufhin und blickte unauffällig in eine bestimmte Richtung.

Die Kamera fuhr an den langen Reihen der Menschen entlang, die alle den Gedenkreden folgten. Es gab Ansprachen von Hoogemans Verwandten, vom Ministerpräsidenten, den Vorsitzenden der Zweiten Kammer und der Ersten Kammer, von Mitgliedern seiner eigenen Partei. Er wurde in den höchsten Tönen gepriesen. Irgendwann stand eine gepflegte ältere Dame am Rednerpult, grauhaarig, vornehm, im Kostüm. Sie sprach über das Feuer der Wahrheit. Und ich saß da in meinem leeren, eingepackten Zimmer und lauschte und dachte: Die Wahrheit brennt nicht. Die Wahrheit ist tot. Wieder mal eine. Alle Wahrheiten, eine nach der anderen. Dabei brauchen wir sie nötiger denn je.

Der Sarg versank in der Erde.

Das schaute ich mir an.

Nächste Woche kommt das Umzugsunternehmen und ich werde endgültig umziehen. Definitiv. Von Amsterdam-Zuid nach Amsterdam-Noord. Auf die andere Seite des Flusses. Ich hoffe, ich mache keinen Fehler. Davon abgesehen fühle ich mich hilflos. Alles, was ich gelernt habe, all meine Erfahrung nützt mir nichts. Effektiv zu kommunizieren hilft nichts. Es wird nicht kommuniziert.

19

Ein unverbesserlicher Wichtigtuer

»Er heißt Klasman«, erklärte Gijs. »Seine Kanzlei befindet sich in der Nähe des Vondelparks, in einem pompösen alten Herrenhaus.« Gijs klang besorgt und gehetzt. Die Deadline für seinen Auftrag rückte näher. Er schuftete achtzehn Stunden am Tag. Er musste Gespräche führen, Berichte schreiben, Präsentationen ausarbeiten und halten, diskutieren und sich auf neue Situationen einstellen. Die Fusion zweier Firmen ist ein hartes Stück Arbeit. Bevor sie vonstatten gehen kann, müssen alle wichtigen und oft heiklen Punkte geklärt sein. Es beginnt schon mit der Frage, ob es sich um eine Fusion oder eine Übernahme handelt. Vor allem wenn sich eine kleinere und eine größere Firma zusammenschließen wollen und rein quantitativ gesehen von einer Übernahme der kleineren Firma die Rede sein könnte, muss bei den Verhandlungen strengstens auf die Wortwahl geachtet werden, um zumindest den Schein der Gleichwertigkeit aufrechtzuerhalten. Die Verhandlungen geraten dadurch zum reinsten Theaterstück.

»Es ist zum Verrücktwerden«, sagte Gijs. »Leute, die einander im Prinzip vertrauen, fordern so viele Garantien voneinander, bis sie sich schließlich nicht mehr vertrauen. Manchmal habe ich das Gefühl, dass wir drei Wochen lang umsonst miteinander geredet haben und in den letzten entscheidenden Tagen noch einmal von vorn anfangen müssen.« Er seufzte. »Ich habe Klasman angekündigt, dass du ihn anrufen wirst. Er weiß Bescheid. Und du redest nur mit ihm persönlich, okay? Nicht mit seinen Assistenten. Nur mit Klasman. Klasman kann alles.«

Er gab mir die Telefonnummer und die Adresse und versicherte mir, dass er in der kommenden Woche nach Amsterdam zurückkehren würde. Bis dahin solle ich mich unauffällig verhalten. Je weniger ich unternahm, desto weniger konnte man mich später für irgendetwas verantwortlich machen.

»Konzentriere dich auf deinen Umzug und sorge dafür, dass immer jemand bei dir ist. Ein Zeuge.«

»Wer denn? Hast du an jemand Bestimmten gedacht?«

Er schwieg für einen Moment. »Engagiere einfach jemanden«, schlug er schließlich vor. »Wofür gibt es Escortservices?« Er lachte. »Schon gut, ich kümmere mich darum. Ich melde mich.«

Kaum hatte er aufgelegt, vermisste ich auch schon seine selbstverständliche Überzeugung, dass alles gut werden würde. Gijs sprach aus, was er dachte, und nichts lag außerhalb des Einflussbereichs seiner Familie. Man konnte immer irgendjemanden anrufen, wenn es ein Problem gab. Und genau das konnte ich im Moment dringend gebrauchen.

Mein Termin bei der Bank galt der Aufnahme eines Kredits. Sobald der Mitarbeiter mich ansprach, fiel es mir wieder ein. BON Consult wollte einen zusätzlichen Raum in einem angrenzenden Gebäude anmieten und renovieren. Wir brauchten neue Möbel und neues technisches Equipment. In den anderthalb Jahren seit der Gründung hatte unsere Firma derart expandiert, dass Gijs und ich zwei neue Mitarbeiter einstellen mussten, die in Kürze anfangen sollten und einen Arbeitsplatz brauchten. Sonst würden wir uns gegenseitig auf dem Schoß sitzen. In den paar Tagen in Monster war mir das alles entfallen. Dabei sollte man doch glauben, man hätte in einer Zelle genügend Zeit zum Nachdenken. Aber das Gegenteil ist der Fall. Es ist wie bei einer Krankheit: Der Körper schaltet nicht benötigte Funktionen ab und konzentriert sich auf die Heilung. Und so war es auch dort gewesen. Was ich nicht unmittelbar gebraucht hatte, hatte ich einfach vergessen.

Ich ließ meine Kreditkarten sperren und beantragte neue. Die Bank kümmerte sich um den Kontakt zu der Kreditkartengesellschaft. Außerdem kontrollierte ich die Abbuchungen vom letzten Monat. Es waren zwei Ausgaben darunter, an die ich mich nicht erinnern konnte, aber sie waren zu gering, um sofort als verdächtig ins Auge zu springen. Ein

Betrag von dreiundzwanzig Euro fünfundsiebzig in Zwijndrecht und einer von neunzehn Euro achtundneunzig in Culemborg. Wenn dies der einzige finanzielle Schaden war, hatte ich wohl Glück gehabt. Keine fünfzig Euro. Deswegen hatte ich bisher nichts bemerkt.

»Wollen Sie die Abbuchungen rückgängig machen?«, fragte mich der Mann von der Bank.

Ich dachte nach. Es ging mir nicht um das Geld. Ich wollte vielmehr wissen, wer meine Daten missbrauchte. Ich wollte denjenigen finden, der meine Identität angenommen hatte und von meinem Konto Geld abbuchen konnte. Dass die Kreditkarte gesperrt wurde, war nicht weiter verdächtig. Das würde ihn nicht misstrauisch machen. Im Gegenteil. So etwas war ganz normal. Aber ich wollte den Dieb nicht in die Flucht schlagen, indem ich durchblicken ließ, dass ich den Betrug durchschaut hatte.

»Können Sie herausfinden, wo die Beträge ausgegeben wurden und was dafür gekauft wurde?«, fragte ich.

Der Mann nickte. »Kreditkartenbetrug nehmen wir sehr ernst«, sagte er. Mit strenger Miene, als habe er das in einem Kursus gelernt. »Wahrscheinlich geht es um Anschaffungen im Internet.«

»Vielleicht können wir dann über den Kauf auch die Versandadresse recherchieren«, schlug ich vor.

»Ja, wenn tatsächlich Gegenstände erworben wurden, muss es auch eine Adresse geben, an die die Ware geschickt wurde. An diese Information komme ich allerdings nicht heran, das ist Sache der Polizei. Die muss dann in dem konkreten Fall ermitteln. Doch wenn nur Zeit damit gekauft wurde, Benutzerzeit, Webzeit, gibt es natürlich keine Adresse. Die kleinen Beträge weisen leider genau darauf hin.«

Gebührenpflichtige Seiten. Für gut vierzig Euro konnte man sich fast einen halben Tag lang austoben. Die paar Mal, die ich auf solchen Seiten gewesen war, hatten mich nicht mehr als einen Zehner gekostet. Und nach ein paar Stunden hing einem der Porno sowieso zum Hals raus. Es konnte jedoch genauso gut sein, dass ich bei Second Life Geld ausgegeben hatte. Diese Beträge buchten stets kleine Firmen vom Konto ab, deren Namen man noch nie gehört hatte. Je länger ich darüber nachdachte, desto mehr war ich davon überzeugt, dass ich das Geld doch selbst ausgegeben hatte. Wir vereinbarten, dass er die Abbuchungen überprüfen, aber nicht rückgängig machen solle. Die Bank würde jedoch zukünftige Ausgaben im Auge behalten.

Klasman bewirkte, dass meine Laune sich noch weiter verschlechterte. Er sollte mir helfen, weil Gijs ihn darum gebeten hatte. Ich gehörte nicht zu Gijs' Familie. War nicht einmal angeheiratet. Klasman war der Berater des alten van Olde Nieland, Gijs' Vater. Schon seit über zwanzig Jahren wurde er zu allen Transaktionen und Problemen der Familie hinzugezogen. Er war eine Vertrauensperson, und diese Position war für ihn Gold wert. Buchstäblich und im übertragenen Sinne. Mein Fall war unter seiner Würde, und das ließ er mich in jeder Hinsicht spüren. Sobald ich mich auf sein Drängen hin gesetzt hatte, stand er auf. Er lief herum und blickte auf mich herab. Alle seine Fragen hatten eine doppelte Bedeutung. Er wollte nicht nur herausfinden, in welcher Lage ich mich befand, sondern auch, inwiefern ich für Gijs' Familie eine Bedrohung darstellen könnte. Denn seine höchste Verantwortung galt dem Ruf des alten van Olde Nieland. Wenn er auch nur den Hauch einer Vermutung haben sollte, dass ich diesem Ruf schaden konnte, würde er sofort auf Distanz zu mir gehen. Das sprach er nicht aus. Natürlich nicht. Er sagte stattdessen: »Sie sind also ein Mitarbeiter von Meneer van Olde Nieland?«

»Gijs ist mein Kompagnon«, antwortete ich. Ungerührt. Ich ließ mich nicht aus der Reserve locken. Nicht hier.

»Aha, Sie besitzen also auch Anteile an der Firma.«

Ich nickte.

»Und um welche Firma handelt es sich, wenn ich fragen darf? Meneer van Olde Nieland besitzt nämlich mehrere.«

»BON Consult.«

»Ach, dieser Beratungsverein.«

Er umkreiste mich wie eine hinterhältige Elster. Geschniegelt von Kopf bis Fuß: dunkler Anzug mit zu breiten Nadelstreifen, orangebraune, glänzende Lederschuhe, eine fast perückenhaft gestylte und fixierte Frisur, manikürte Fingernägel, gezupfte Augenbrauen. Ein unausstehlicher Lackaffe.

»Ich hatte noch keine Zeit, mir die Akten genau anzusehen, aber soweit ich weiß, werden Sie beschuldigt, an zwei Unfällen beteiligt gewesen zu sein«, sagte er. »Unfällen mit Todesfolge«, fügte er hinzu.

Er ließ keine Gelegenheit aus, mich zu erniedrigen, darauf lief es hinaus. Von oben herab, abfällig. Ich, ein kleiner Mann, war bei einem viel zu bedeutenden Anwalt gelandet. Er wartete einen Augenblick und beobachtete, wie ich nach den richtigen Worten suchte, um ihm den wahren Sachverhalt zu erklären. Aber noch bevor ich antworten konnte, ergriff er bereits wieder das Wort. »Wenn ich das richtig sehe, wurden Sie vor ein paar Jahren schon einmal des Mordes verdächtigt.« Er stapelte Negatives auf Negatives. Jetzt kramte er einen Fall hervor, der mit meiner jetzigen Situation nicht das Geringste zu tun hatte. Vor zwei Jahren war ich noch für eine große, internationale Unternehmensberatung tätig gewesen, die ihren Sitz in einem der neuen Bürotürme an der Südachse der Stadt hat. Dort war eine Frau ermordet worden, und aufgrund von Indizien verdächtigte man zunächst mich. Ich hatte alles daransetzen müssen, um zu beweisen, dass ich es nicht getan hatte. Innerhalb weniger Wochen verlor ich damals mehr, als dieser Winkeladvokat in seiner ganzen Karriere gewinnen konnte, aber Meneer Klasman hatte ja bereits sein Urteil über mich gefällt. Ich war ein Verlierer, an dem er sich nicht die Finger verbrennen würde. Er konnte mich zwar als Mandanten nicht ablehnen, das würde die Familie nicht akzeptieren, aber wenn ich ihn ablehnte, war das meine Entscheidung. Er schaute mich an, mit eisernem Blick.

»Einen Augenblick bitte«, sagte ich. Ich hatte keine Lust, mich Klasman gegenüber beweisen zu müssen. Wenn er mich nicht verteidigen wollte, sollte er es offen sagen. Er benahm sich wie ein Rüpel – gut, dieses Spielchen konnte ich mitspielen. Ich zog mein Handy aus der Tasche und rief in Atlanta an. Dort war es sieben Stunden früher, also kurz vor neun Uhr morgens, und mit ein bisschen Glück erwischte ich Gijs noch vor seiner ersten Besprechung. Er meldete sich sofort.

»Gijs«, sagte ich, »ich möchte nur mal kurz Rücksprache mit dir halten. Hast du einen Augenblick Zeit? Schön. Klasman hattest du gesagt, oder? Ja? Denn ich sitze hier einem Mann in einem völlig geschmacklosen Anzug und mit einer unmöglichen Betonfrisur gegenüber, der behauptet, Klasman zu sein.« Während ich redete, sah ich Klasman an, unbewegt, aber freundlich, mit einem Lächeln im Gesicht. Arrogant. »Nein, kein Stil. Das stimmt also. Okay, denn dieser Mann hier versteht offenbar überhaupt nicht, worum es geht.«

Auf der anderen Seite des Ozeans fing Gijs an zu lachen. »Klasman ist ein Schnösel«, sagte er, »aber gerade deshalb ist er auch so gut. Und täusch dich nicht, er versteht alles. Gib ihm eine Chance. Reich ihn mir mal rüber.«

Klasman nahm mein Handy an und setzte sich hin. Er lachte. Er ließ sich nicht aus der Ruhe bringen. Weder von mir noch von Gijs. »Seit wann habe ich einen schlechten Geschmack?«, fragte er. »Ich mag es ein wenig auffällig, das gebe ich bereitwillig zu.« Er lachte wieder und hörte dann zu. »Meneer Bellicher hat mir noch nicht meine Fragen beantwortet, aber ich nehme an, dass er es gleich noch tun wird. Mach dir keine Sorgen, wir kommen hier schon zurecht.« Er unterbrach die Verbindung und reichte mir den Apparat zurück.

»Wenn Sie später im Gerichtssaal stehen«, begann er, »und Ihnen wird fahrlässige Körperverletzung mit Todesfolge zur Last gelegt, wegen überhöhter Geschwindigkeit und des Überfahrens einer roten Ampel, werden Sie kein Handy haben, um in dem Moment Meneer van Olde Nieland anzurufen. Ich hoffe, das verstehen Sie wenigstens?« Er schwieg. Fast in Zeitlupe lehnte er sich nach vorn und stützte die

Ellenbogen auf dem Schreibtisch ab. »Ich übernehme nur Mandanten, denen klar ist, was ihnen bevorsteht, und ich habe den Eindruck, dass Sie noch nicht so weit sind.«

Der Mann war ein unverbesserlicher Wichtigtuer, der in seiner eigenen Welt von Vorschriften, Prozeduren und Regeln lebte. Er hatte den formalen Charakter seines Fachs zum Stil erhoben. Doch auch wenn er triftige Argumente besitzen mochte, gab ihm das noch lange nicht recht.

Ich erzählte ihm, was er wissen wollte, und brach eine Stunde später auf, enttäuscht und schlechter Laune. Klasman hatte keinen Zentimeter nachgegeben. Er arbeitete nach seiner Methode oder gar nicht. Für mich war die Sitzung mit ihm vor allem eine Wiederholung dessen gewesen, was ich bereits zigmal erzählt hatte, aber ohne den Druck der polizeilichen Verhöre und des Eingesperrtseins in der Zelle klang alles ziemlich lächerlich.

Ich fuhr mit dem Fahrrad durch die Innenstadt zum Hauptbahnhof. Dort bestieg ich die Fähre, um zu meinem Büro zu gelangen. Doch nicht einmal in dieser vertrauten Umgebung mit dem weiten Ausblick über das IJ schaffte ich es, meine Gedanken zu ordnen.

Das Gebäude war still und leer, die meisten waren bereits nach Hause gegangen. Nur bei *The Pattern* arbeiteten noch ein paar Leute, die Gesichter hinter Bildschirmen verborgen, die Hände über Maus und Tastatur mit Systemen in Kontakt, die ich nicht verstand. Ich drehte mich mit meinem Stuhl um und blickte eine Weile hinaus auf das IJ, auf die Schiffe und das andere Ufer. Ich rief meine E-Mails ab und las einige. Alle von Mandanten, und fast alle dringend. Ich konnte nichts damit anfangen. Mandanten beeindruckten mich momentan nicht und ihre drängenden Fragen klangen für mich wie Gemecker. Ich holte meinen Rucksack aus dem Schrank, denn wenn ich in der nächsten Zeit mit dem Fahrrad hin- und herfahren musste, brauchte ich eine andere Tasche als einen Lederaktenkoffer. Ich zog die Reißverschlüsse der verschiedenen Fächer auf und begann, den Inhalt meines Koffers umzupacken. Einige Mappen, ein Notizblock, ein digitales Diktiergerät, ein Akku und ein Headset für mein Handy, ein Kamm, eine angebrochene Tüte Lakritze, eine Nagelfeile und der Montblanc-Kugelschreiber. Plötzlich fiel mir ein, woher er stammte. Ich hatte ihn neben dem verunglückten Auto gefunden. Zwischen den herumgewirbelten Papieren. Der Kugelschreiber hatte einem Insassen des Autos gehört und der Marke nach zu urteilen war nicht der Chauffeur, sondern Hoogeman persönlich der Besitzer gewesen. Ich ließ den Stift zwischen den Fingern kreisen. Schwarz, schwer und solide. Ein Qualitätsprodukt. Ich lächelte. Niemand würde den Stift vermissen und für mich bedeutete er ein unerwartetes Andenken, eine Erinnerung an ein Ereignis, das ich so bald nicht vergessen würde. Ich steckte ihn in die Innentasche meines Sakkos und blickte mich um. Für mich gab es hier nichts mehr zu tun. Ich schaltete das Licht aus und wollte gerade das Zimmer verlassen, als das Handy in meiner Jackentasche piepte.

20

SMS

Habe hier kaum Empfang und sowieso 0 Bock auf Probleme. Ruf du mich an. K.

21

Wir wollen Chaos

»Ich sitze hier mit den Füßen in einem See und einem Glas Prosecco in der Hand, also heul mir bitte nicht die Ohren voll«, sagte Kirsten. Meine Schwester hatte schon eine Menge erlebt und einiges mitgemacht. Bis zu ihrem achtzehnten Lebensjahr hatte sie Kees geheißen und war mein Bruder gewesen. Danach war sie fortgegangen und hatte in einem sicheren Abstand zu den felsenfesten religiösen Überzeugungen meiner Eltern ihre eigenen Entscheidungen getroffen. Unabhängig von dem Urteil anderer, aber nicht losgelöst von ihrer eigenen Vergangenheit war sie einige Jahre später als Kirsten zurückgekehrt. Sie hatte mir den Schock meines Lebens versetzt, weil mich niemand auf ihre neue Gestalt vorbereitet hatte. Weder sie noch meine Eltern. Es hatte ein paar Wochen gedauert, bis ich mich auf die Veränderung eingestellt hatte, für die sie achtzehn Jahre Anlauf gebraucht hatte, aber dann sah ich in ihr denselben Menschen wie meinen Bruder, nur anders, mehr sie selbst. Und viel schöner. Gerade weil sie so aus ihrer inneren Kraft heraus lebte, war sie vor einigen Jahren die Einzige gewesen, die mir glaubte, nachdem ich alles verloren hatte. Kirsten hatte mich gerettet. So lagen die Dinge.

»Tut mir leid«, sagte ich, »aber ich erwarte ja auch gar nichts von dir. Du sollst mir nur mal einen Moment zuhören.«

»Berühmte letzte Worte«, erwiderte sie. Sie ließ mich ausreden und stellte mir Fragen, auf die bisher noch niemand gekommen war. Wie es mir ging, beispielsweise.

»Übel«, antwortete ich. »Ich muss andauernd etwas tun, das ich eigentlich gar nicht will. Nur um zu beweisen, dass ich etwas Bestimmtes nicht getan habe!«

»Weil andere beweisen können, dass du es getan hast.«

»Trink noch etwas«, sagte ich. Ich hörte, wie sie mit den Füßen im Wasser plätscherte. »Peter ist nicht da, Gijs ist nicht da und Vince ist nicht da.«

»Ach, sag bloß«, erwiderte Kirsten. »Wenn Vince da wäre, säße ich jetzt nicht hier.« Vince Batte und Kirsten waren ein Team, ein unzertrennliches Paar. Seitdem Vince wegen eines Auftrags in Moskau war, klapperte Kirsten mit ihrer Seele unter dem Arm die europäischen Urlaubsorte ab. Vince war ein Nerd, ein modebewusster Nerd, wenn das kein Widerspruch in sich war. Kirsten seufzte vernehmlich.

»Nur noch ein paar Wochen, dann ist er ja wieder zurück«, beruhigte ich sie. »Jedenfalls hat Gijs mich zu einem Rechtsanwalt geschickt, dem die Farbe seiner Schuhe wichtiger ist als mein Fall. Obwohl er das natürlich bestreiten würde. Ein richtiger Winkeladvokat.« Während ich von Klasman erzählte, wurde er mir immer unsympathischer. Seine Manieriertheit, seine affektierte Art zu sprechen, seine Kleidung, seine Wichtigtuerei.

»Hast du eine Alternative?«, fragte Kirsten.

»Hm, vielleicht die Anwältin aus Monster«, meinte ich. »Wenn ich schon einen Rechtsbeistand brauche, dann nehme ich lieber Mevrouw van Donee. Viel lieber.«

»Ist sie besser und netter oder nur netter?«

»Letzteres auf jeden Fall«, antwortete ich. Wir lachten. Schon allein die Tatsache, dass Kirsten jetzt wusste, was los war, half mir über meinen Tiefpunkt hinweg. Ich konnte wieder klar denken. Unabhängig von den Leuten, die ich unfreiwillig um mich dulden musste.

Ich ging durch die stillen Flure des Gebäudes zum Ausgang. Karl saß noch in seinem Büro. Er war der Chef von *The Pattern.* Ihm brauchte ich nichts zu erklären. Identitätsdiebstahl. Er kannte das Problem, er wusste, dass es geschah, wie es geschah und in manchen Fällen sogar, wann und wo es geschah. Wenn er wollte, konnte er es selbst tun.

The Pattern hatte sich auf das Design und die Administration automatisierter Systeme spezialisiert. Sie erschufen Programme, mithilfe derer völlig unterschiedliche Systeme miteinander kommunizieren und ohne Umwege Daten austauschen konnten, sodass die Benutzer verschiedener Rechner nicht nur Zugang zu sämtlichen verfügbaren Informationen hatten, sondern diese Informationen auch verarbeiten und sie an jedes beliebige System weiterschicken konnten.

»Wahnsinn«, sagte er. »Ehe man sich's versieht, herrscht das absolute Chaos. Und das muss sein, denn das ist die Zukunft. Das wollen wir.«

»Wollen wir Chaos?«, fragte ich.

»Ja, so viel wie möglich«, antwortete Karl. »Jeder wird dir natürlich etwas ganz anderes erzählen, aber glaub das bloß nicht. Du musst dir nur ansehen, wie die Leute ticken, wie sie sich verhalten. Die meisten Leute akzeptieren nur noch ihre eigene Wahrheit. Jede andere Meinung wird als Respektlosigkeit oder als Beleidigung aufgefasst. Wir haben ja sogar einen Minister, der sagt: ›Wenn ich das so empfinde, dann ist das so!‹ Ein Minister! Nicht einmal der kann seine Gefühle von seinen objektiven Beobachtungen unterscheiden. Schlimmer noch, er beobachtet seine eigenen Gefühle und glaubt anschließend, er rede über etwas Objektives. Und so was regiert unser Land! Toll, was?«

»Findest du?« Ich verstand nicht, was das mit meiner Situation zu tun haben sollte. Aber vielleicht wollte Karl mir gerade das vor Augen führen. Karl musste man immer aufmerksam zuhören. Computer und automatisierte Systeme bildeten für ihn eine Parallelwelt neben jener, in der man Kaffee trank und sich in schlecht sitzenden Schuhen Blasen lief. Karl verstand, wie diese Parallelwelt funktionierte und wie man in dieser Welt Einfluss ausübte.

»Chaos ist das Resultat«, sagte er. »Und es führt kein Weg daran vorbei. Höchstens ein richtig großer Krieg könnte noch etwas daran ändern, oder die Vogelgrippe, aber heute zählen ja nicht mal mehr eine Million Tote. Global gesehen würden wir den Verlust nicht einmal bemerken. Es wird eine Weile stinken und schon bald werden sich die Leute über den Gestank beschweren. Auf dieser Ebene ticken wir. Verstehst du?«

Ich schüttelte den Kopf. »Nein«, sagte ich. »Was hat das mit mir zu tun? Jemand spaziert mit meiner Identität herum und du erzählst mir etwas von der Vogelgrippe und einer

Million Toten. Ich will doch nur wissen, wer das getan hat, und denjenigen dazu bringen, damit aufzuhören. Fertig.«

»Im Chaos haben alle recht. Merk dir das. Denn damit wirst du es zu tun bekommen. Je größer das Chaos, desto mehr haben alle recht. Darum geht es. Wenn die Leute massenhaft auf die Straße gehen und rufen, sie verlangten Respekt, dann wollen sie gar keinen Respekt, denn ansonsten würden sie nicht auf die Straße rennen und es laut hinausposaunen. Wer auf die Straße geht, ist auf Konfrontation aus. Das wollen die. Chaos. Das Chaos ist die Zukunft.«

Vielleicht lag er ja richtig. Das Chaos, das er beschrieb, passte zu der Art und Weise, in der sich ein anderer mit meiner Identität davongestohlen hatte. Für diesen anderen war ich kein Mensch mehr. Die Einzigartigkeit jedes Menschen gehörte für mich zu den unerschütterlichen Tatsachen des Lebens, jedenfalls bis vor ein paar Tagen. Offenbar konnte jedoch ein anderer sich meiner Einzigartigkeit bedienen, wo und wann er wollte, wie einer Zutat zu einer Speise. Die Wahrheit war auf einmal nichts weiter als eine Meinung, und nicht einmal eine besonders interessante.

»Die automatisierten Systeme müssen das Chaos nicht nur bewältigen«, fuhr Karl fort, »sondern sie müssen den Menschen auch die Möglichkeit bieten, ihre Meinung – oder besser: ihre Wahrheit – dem hinzuzufügen, was bereits existiert. Sie müssen sie gleichzeitig aktivieren und verwalten.« Er stellte seinen Kaffeebecher auf den Tisch. »Was suchst du genau?«, fragte er.

»Eine Person«, antwortete ich. »Eine Person, die sich für mich ausgibt und die die benötigten Papiere besitzt, um ihre Identität zu legitimieren.«

»Und diese Papiere besitzt du nicht?«

»Doch, ich besitze diese Papiere ebenfalls«, erwiderte ich, »aber ich kann damit nicht beweisen, dass er nicht ich ist.«

»Interessant«, sagte Karl.

»Findest du?«, fragte ich. »Bin ja mal gespannt, ob du immer noch genauso denken würdest, wenn dir dasselbe passierte.«

»Dann erst recht«, entgegnete er. »Vielleicht kann ich einen Wurm basteln, der das Netz nach deiner Identität absucht, zwischen allen Treffern Verbindungen knüpft und darüber Bericht erstattet. Ich müsste allerdings noch einen Schritt einbauen, damit er auch eine zweite oder vielleicht sogar noch eine dritte Generation deiner Identität aufdeckt.«

»Klingt so, als würdest du es noch weiter verkomplizieren.«

»Stimmt«, sagte er. »Mache ich immer. Man muss erst das Chaos vergrößern, sonst arbeitet man mit der Ordnung eines anderen. Und damit kommt man nicht weit.«

22

Meneer Bellicher

FUCK BARBIE stand auf seinem T-Shirt. Große rosa Buchstaben auf weißer Baumwolle. Er wartete vor der Tür meines Wohnhauses in der Deurloostraat, den Blick konzentriert auf das Display seines Handys geheftet.

»Ist das dein Ernst?«, fragte ich.

»Ich will schon, aber sie will nicht«, antwortete er.

»Immer dasselbe.«

Er grinste. »Sind Sie Meneer Bellicher?«

»Ja«, sagte ich. »Michael Bellicher.«

»Ich bin Richard.« Er streckte mir die Hand hin. »Onkel Gijs hat mich gebeten, Ihnen in nächster Zeit ein bisschen unter die Arme zu greifen.«

»Onkel Gijs? Du bist mit Gijs verwandt?« Ich konnte es kaum glauben. Gijs war groß, einen Meter neunzig, und schlaksig. Richard dagegen war kleiner als ich, höchstens einen Meter fünfundsiebzig, und muskulös. Er hatte ein breites Gesicht mit einem ausgeprägten Unterkiefer. Gijs dagegen besaß ein eher längliches Gesicht mit einem spitzen Kinn. Richard hatte blonde Haare, Gijs dunkle.

»Onkel Gijs ist der jüngere Bruder meiner Mutter«, erklärte Richard. Und, als er meinen erstaunten Blick sah: »Ich komme nach meinem Vater.«

»Und womit sollst du mir helfen, laut deinem Onkel Gijs?«

Richard zeigte auf die Straße, auf einen metallicblauen Wagen, der schimmernd vor meiner Haustür stand. »Ich soll den Chauffeur spielen«, sagte er. »Außerdem Kisten schleppen, Anrufe annehmen, die Tür öffnen und aufpassen.« Er setzte eine Sonnenbrille auf die Nase, schaute nach links und dann nach rechts. »Die Straße ist sicher. Wir können reingehen.«

Er stieg hinter mir die Treppe hinauf in den dritten Stock. »Kein Aufzug«, sagte er. Nicht als Kommentar, sondern als reine Feststellung. Er nahm seinen Auftrag als Leibwächter ernst. »Gibt es noch einen anderen Ausgang?«

Ich schüttelte den Kopf, sowohl äußerlich als auch innerlich, denn was sollte ich in Gottes Namen mit einem Möchtegernbodyguard anfangen? Richard war zwar vom Körperbau her durchaus für den Job geeignet und ich war auch überzeugt davon, dass er zehnmal besser trainiert war als ich. Stärker und schneller. Aber ich hatte gar nicht vor, mir Probleme aufzuhalsen, für die ich einen Leibwächter brauchte. Es war niemand hinter mir her, ich wurde nicht gesucht. Niemand hatte offene Rechnungen mit mir zu begleichen und es gab keine unzufriedenen Mandanten, die nach Vergeltung lechzten. Der Gedanke an einen Bewacher deprimierte mich. Nach den Tagen in der Zelle in Monster war das das Letzte, was ich gebrauchen konnte. Wobei andererseits Richards fröhliches Gesicht und die fortwährende Erinnerung an Sex mit Barbie durchaus ihren Reiz hatten.

Gijs hatte seinem Neffen klare Instruktionen mit auf den Weg gegeben. Er verlangte, dass Richard sich stets in meiner Nähe aufhielt. Unter anderem konnte er als mein Chauffeur fungieren, solange ich keinen Führerschein besaß. »Es geht überhaupt nicht darum, Sie zu beobachten«, beruhigte mich Richard. »Onkel Gijs meinte nur, Sie bräuchten vielleicht einen Zeugen, der weiß, wo Sie sich wann aufgehalten haben und so weiter. Und das soll ich sein. Wie das genau funktionieren soll, weiß ich auch nicht, aber wenn es hart auf hart kommt, lasse ich mir schon etwas einfallen. Bis dahin kommen wir schon zurecht, denke ich. Schöne Wohnung übrigens.« Ungeniert lief er herum und schaute in alle Zimmer. Er öffnete die Tür zu meinem Schlafzimmer und betrat es. »Ziemlich unordentlich, aber man kann erkennen, was es sein soll«, sagte er. Er hob ein Jackett vom Boden auf, suchte einen Kleiderbügel dafür und hängte es in den Schrank. Die Hose legte er über die Rückenlehne eines Stuhls.

»Besser so?«, fragte ich.

»Mit einem guten Anzug muss man ordentlich umgehen.« Richard hatte so seine Prinzipien. Er verließ das Zimmer, überquerte den Flur und betrat das Gästezimmer. »Na schön, dann schlafe ich hier«, verkündete er.

»Ach ja?«

»Ja, Onkel Gijs hat mir schon ein bisschen über die Wohnung erzählt und wie sie aufgeteilt ist. Er sagte, ich könne im Gästezimmer schlafen. Meine Sachen liegen noch im Auto, ist nicht viel, hole ich gleich.«

Von Amerika aus brachte Gijs seine Leute in Stellung. Die Familie van Olde Nieland glich einer schlafenden Armee. Hohe Beamte, Direktoren großer Firmen, Bankiers, Steuerberater, sie saßen überall, wo Entscheidungen getroffen wurden. Jetzt, da wir Partner unserer eigenen Firma waren, konnte ich mir dieses Netzwerk ebenfalls zunutze machen. Klasman und Richard standen sofort für mich bereit. Ob ich mit Klasman weitermachen wollte, wusste ich noch nicht, aber mit Richard würde ich es eine Weile aushalten. Ich hatte noch zwei Teller, zwei Gläser, zwei Messer, zwei Gabeln, zwei Löffel und einen Topf. Alles andere war bereits in Kisten verpackt. Meine Schränke waren so gut wie leer. Es gab genügend Platz für ihn.

Er schaute auf die Uhr. Es war Viertel nach sieben. »Und, was sollen wir jetzt machen?«, fragte er. »Ich könnte einen Happen zu essen vertragen.«

Richard aß viel und trank Wasser. »Kein Alkohol«, erklärte er. »Keine Drogen und kein Alkohol. Ich kenne mich. Wenn ich einmal mit so etwas anfangen würde, würde ich weitermachen. Ich mache keine halben Sachen. Dann also lieber gesund leben.« Er drehte eine Ladung Spaghetti mit seiner Gabel zu einem Ball und schob sich diesen in den Mund. Die Soße tropfte ihm vom Kinn und mit einer routinierten Bewegung wischte er sie ab. Das kleine italienische Restaurant war überfüllt und laut. Wir mussten uns über den Tisch lehnen, um uns gegenseitig verstehen zu können. Richard streute eine Extraportion Parmesan über seine Nudeln und rührte diese durch, bevor er weiteraß. Für ihn war Essen reine Nahrungsaufnahme. Er schmeckte gar nicht, was er aß, spürte aber, was das Essen in seinem Körper bewirkte. Das machte für ihn den Genuss aus. Er war zwanzig Jahre alt,

Student im vierten Semester, absolvierte ein strenges Training im Fitnessstudio und war ein Fan von Horrorfilmen. »Aber eigentlich bin ich Rennfahrer«, erklärte er. »Formel 3, und wenn alles gut geht, steige ich weiter auf. Das ist mein Traum, allerdings will mein Vater nichts davon wissen. Ich bin zehn Jahre lang Kart gefahren, das hat ihm gereicht. Es geht ihm nicht um das Geld, obwohl es natürlich ein kostspieliger Sport ist, sondern er fand Autorennen immer schon ordinär. Er findet überhaupt alles, was mit Verbrennungsmotoren zu tun hat, ordinär.« Er wischte sich die Hände ab und schenkte sich noch ein Glas Wasser ein. »Na schön, jeder hat das Recht auf eine eigene Meinung. Und Sie?«

Wieder saß ich jemandem gegenüber, der mich höflich mit ›Sie‹ ansprach. Obwohl ich ihn schon mehrmals gebeten hatte, damit aufzuhören und mich bei meinem Vornamen zu nennen.

»Kannst du mit dem Gesieze nicht mal aufhören?«, fragte ich.

»Nein, das widerspricht meinen guten Manieren. Zu Älteren muss man höflich sein. So gehört es sich, wissen Sie.«

Ich gab meinen Widerstand auf. Es würde sich von selbst ergeben oder auch nicht. Ich war sechzehn Jahre älter als er, Gijs neunzehn Jahre. Mein Widerstand hatte eher etwas mit mir selbst zu tun als mit ihm. Ich wollte einfach nicht von einem Zwanzigjährigen mit ›Meneer‹ angesprochen werden. Vom Kopf her gehörte ich eher zu seiner Altersgruppe als zu den Fünfzigjährigen mit grauen Haaren und Übergewicht. Die sprach man mit ›Meneer‹ an. Die wurden gesiezt. Für Richard lag die Sache anders. Für ihn waren alle über dreißig alt und die über vierzig Tattergreise. Ich wusste das, sträubte mich aber dagegen.

Richard fragte mich nach meinen Plänen für die kommenden Tage. Termine im Büro, Termine bei Mandanten? Wo musste ich hin und wann? Wann mussten wir aufstehen, wann das Haus verlassen? Er wollte alles wissen. Er schrieb sich nichts auf, sondern nickte nur jedes Mal kurz, wenn ich etwas aufzählte. In den nächsten Tagen hatte ich nicht viel vor, denn die meisten Termine hatte ich abgesagt oder um ein paar Tage verschoben.

»Ich warte auf eine Nachricht von meiner Rechtsanwältin aus Monster«, sagte ich und konnte meine Ungeduld kaum verbergen. Ich wartete schon zu lange. »Aber einen plötzlichen Überfall auf offener Straße halte ich für ziemlich unwahrscheinlich. Damit rechne ich nicht.«

Richard schüttelte den Kopf. »Ein Überfall kommt immer unerwartet«, erwiderte er. »Vor allem ein plötzlicher.«

In Gedanken versunken saß ich neben Richard in seinem aufgemotzten Renault Clio. Einen Moment lang brachte ich Verständnis für die Meinung seines Vaters auf. Im Prinzip sind alle Autos ordinär, nur sind einige ordinärer als andere. Festgezurrt in den speziellen Sportsitzen, die Richard in seinen Wagen hatte montieren lassen, versuchte ich, die Geschehnisse der letzten Tage und ihre Bedeutung zu analysieren. Richard übertrieb mit seinem Leibwächtergehabe, aber durch seine Haltung und seine Wachsamkeit dämmerte mir allmählich der Ernst meiner Lage. Natürlich hatte ich die Tage in der Gefängniszelle nicht als Witz betrachtet, aber andererseits hatte ich mich auch nie wirklich bedroht gefühlt. Ich war ein Opfer und kein Täter. Daran hatte sich nichts geändert, aber durch Richard wurde mir klar, dass ich etwas unternehmen musste. Wie laut ich auch rufen mochte, dass das alles ein Irrtum war – wenn ich keine harten Fakten präsentierte, würde ich demnächst verurteilt werden. Rechtsanwältin van Donee hatte das bereits prophezeit. Klasman hatte es angedeutet. Die Ermittler van Bilt und Jonse hatten es gesagt. Jeder hatte es mir in seinen eigenen Worten zu verstehen gegeben, doch nichts davon war zu mir durchgedrungen. Nicht so richtig. Richard sagte nichts, aber durch ihn wurde die Bedrohung spürbar, körperlich. Bei jedem Schritt war er bereit, eine andere Person von mir fernzuhalten, mit Gewalt, wenn es sein musste. Das spürte ich. In den ersten Stunden hatte ich mich darüber mokiert. Ich fand sein Verhalten übertrieben und unterstellte ihm, zu viele Actionfilme gesehen zu haben. Inzwischen war ich anderer Meinung. Irgendjemand pfuschte in meinem Leben herum, und wenn ich nicht aufpasste, stand ich demnächst mit einer Verurteilung da und war mit einem Schlag alle meine Mandanten bei der Regierung los.

Fast im Schneckentempo lenkte Richard den Wagen durch die Straßen der Stadt. Er fuhr nirgends schneller als fünfundvierzig, meistens noch langsamer. *»Drive slowly, but carry a big engine«*, bemerkte er. »Frei nach Roosevelt.«

Richard stellte seine Reisetasche im Gästezimmer ab, duschte und kam kurz darauf in Boxershorts ins Wohnzimmer. Mit tropfnassen Haaren. »Ich gehe ins Bett«, verkündete er. »Bis morgen.«

Ich hörte, wie die Tür des Gästezimmers zuschlug. Eine tiefe Stille legte sich über meine Wohnung. Im Dunkeln saß ich an meinem Schreibtisch. Der Bildschirm meines Laptops bildete meine einzige Lichtquelle im Zimmer. Blaugrau.

Ich schrieb an meinem Blog.

23

Bellilog 26.07.06

Niemand hilft mir. Ich habe Anwälte, natürlich, und die Bank hat meine Karten gesperrt, sodass ein anderer nicht mit meinem Geld durchbrennen kann. Ansonsten muss ich allein zurechtkommen. Alle schauen mich an, als sei ich verrückt, wenn ich meine Geschichte erzähle. Es ist, als seien die Wände beweglich geworden. So fühlt es sich an. Als würden die Wände meines Zimmers nicht mehr fest an ihrem Platz stehen. Wenn ich auf eine zugehe, weicht sie zurück und ich kann nicht näher an sie herankommen. Drehe ich mich um und laufe in die andere Richtung, rückt sie wieder an ihren alten Platz, und wenn ich mich erneut umdrehe, rückt sie hinter mir her, sodass es für mich kein Entkommen gibt.

So ungefähr.

Man glaubt, man wisse, wer man ist, weil andere einem sagen, wer man ist. Und hopp, schon bewegt sich die Wand. Hier werden Unterschiede aufgehoben, die gar nicht aufgehoben werden können. Jedenfalls nicht ohne starke Beruhigungstabletten.

Glaube mir!

Mail an: Gijs
Betreff: Wer ist
Richard?

Mail von: Gijs
Betreff: Re: Wer ist
Einer meiner Neffen, mir ist so schnell kein anderer eingefallen. Studiert Europawissenschaften, behauptet er jedenfalls, und fährt in einem Formel-3-Rennfahrerteam. Handelt instinktiv. Hält mich für den klügsten Mann der Niederlande, daher hat er bei mir einen Stein im Brett. Zwei Dinge musst du über ihn wissen: Er hat ein Reaktionsvermögen, das einfach unfassbar ist, und er ist durch und durch ehrlich.

24

Ein stimmiges Bild

Die Türklingel schrillte lange und laut. Morgens um Viertel nach sechs. Ich lag noch in den tiefsten Träumen. Schließlich schleppte ich mich schlaftrunken in die Diele. Zu spät. Es war schon nicht mehr nötig. Richard stand in der Unterhose da und hielt den Hörer der Sprechanlage in der Hand.

»Wer ist da?«, fragte er. Er hörte aufmerksam zu und scheuchte mich mit einer Hand weg. »Natürlich«, sagte er. »Dritter Stock.« Er drückte auf den Türöffner und hängte den Hörer wieder ein. »Polizei!«, rief er. »Schnell, zurück ins Bett! Los! Beeilung!« Er drängte mich in mein Zimmer, zog im Eiltempo das Laken seines Bettes glatt, steckte die Bettdecke fest, warf die Tagesdecke darüber, riss die Gardinen auf, sammelte seine Kleider ein, griff nach seiner Tasche und rannte hinter mir her. »Ins Bett!«, rief er. »Ich mache auf.« Er stellte seine Tasche unter meinen Kleiderschrank, warf seine Kleider auf den Boden neben die andere Seite meines Bettes, zerwühlte das Bettzeug und schaute mich an. »Nicht erschrecken«, sagte er. »Wir schlafen in einem Bett, kapiert?«

»Sagst du dann immer noch ›Sie‹ und ›Meneer Bellicher‹ zu mir?«, fragte ich.

»Wohl nicht«, antwortete er. »Jetzt beeil dich!« Er rannte durch das Zimmer und brachte so viel wie möglich in Unordnung.

»Aber warum denn?«, fragte ich. »Was ist denn los?«

»Leg dich ins Bett und tu unausgeschlafen. Ich mache die Tür auf. Sehe ich aus, als hätte ich wilden Sex gehabt?«

»Kann sein«, sagte ich und drehte mich wieder um. Ich hatte keine Ahnung, was er vorhatte, aber ich war zu müde, um mir Gedanken darüber zu machen.

Er verließ das Zimmer und zog die Tür hinter sich zu. Kurz darauf hörte ich die Wohnungstür aufgehen. Richard stand der Polizei Rede und Antwort. Höflich, als täte er den ganzen Tag nichts anderes.

»Sind Sie Meneer Bellicher?«

»Nein, ich bin Richard. Michael liegt noch im Bett. Was gibt's denn?«

»Also ist Meneer Bellicher zu Hause?«

»Ja, natürlich. Möchten Sie ihn sprechen? Kommen Sie herein, dann sage ich ihm Bescheid. Es kann allerdings einen Moment dauern.«

Ich hörte die Schritte mehrerer Leute in der Diele. Richard redete und organisierte, bis alle drinnen waren. Kurz darauf ging die Schlafzimmertür auf.

»Micha, aufwachen. Micha!« Richard verzog keine Miene. Stumm formte er mit den Lippen das Wort ›Polizei‹ und hielt fünf Finger in die Luft. Danach zeigte er auf mich. Er griff nach einem Buch und einem T-Shirt. Ich rappelte mich wieder aus dem Bett auf und zog mir etwas über. Kurz bevor wir das Zimmer verließen, flüsterte Richard: »Wir sind die ganze Nacht zusammen gewesen. Merk dir das.« Er hielt die Tür für mich auf. *»Go«*, sagte er.

WHAT'S THE POINT stand auf seinem T-Shirt. Große grüne Buchstaben auf roter Baumwolle. Grell wie ein Testbild.

»Das wollte ich dich gerade fragen«, sagte ich.

Die Polizisten waren offenbar auf Widerstand oder einen Fluchtversuch meinerseits vorbereitet, denn sie umringten mich mit fünf Mann. Richard stand schräg hinter mir. Vier der Beamten blickten sich gelangweilt, aber aufmerksam im Zimmer um. Der fünfte stellte die Fragen. Ob ich Meneer Bellicher sei. Wo ich letzte Nacht gewesen sei. Ob ich das beweisen könne. Ob ich Zeugen habe. Auf meine Frage, was sie von mir wollten, erhielt ich keine Auskunft. Ich beschränkte mich auf kurze, unmissverständliche Antworten. Richard und ich seien in der Stadt etwas essen gewesen und dann nach Hause gegangen. Wir seien die ganze Nacht hier gewesen.

»Das hätte ich gemerkt, wenn er rausgegangen wäre«, sagte Richard. »Was glauben Sie denn?«

Der Polizist zog die Augenbrauen hoch und musterte Richard, als glaube er noch ganz andere Dinge von ihm. »Haben Sie etwas dagegen, wenn meine Kollegen und ich uns etwas umsehen?«, fragte er mich. Er zeigte mir ein Dokument mit der offiziellen Erlaubnis für ihr Vorhaben. Durchsuchungsbeschluss.

»Sie dürfen sich gerne alles ansehen«, sagte Richard mit einer großzügigen Geste.

Ich nickte und konnte mir ein Lächeln nicht verkneifen. »Bitte, nur zu«, sagte ich.

Vier der Beamten verteilten sich in der Wohnung. Türen wurden geöffnet und geschlossen. Sie suchten alles ab. Die Küche, das Gästezimmer, das Bad, die Toilette, mein Schlafzimmer, das Esszimmer und das Wohnzimmer, in dem wir standen. In meiner Wohnung fand eine geordnete Invasion statt. In einer Ruhe, die mir immer drückender erschien, hörte ich, wie fremde Hände alles Mögliche betasteten und ergriffen. Sie durchwühlten meine Sachen in den halb leeren Schränken, untersuchten meine Kleider, die wenigen Utensilien in der Küche, die Tuben im Badezimmer, die Bücher im Wohnzimmer. Sie sahen zwischen den Handtüchern und der Bettwäsche nach, und einige Minuten später hörte ich sie Umzugskisten in der Diele öffnen. Systematisch und beherrscht. Ohne Krach, ohne Aufhebens. Ich hatte keine Geheimnisse, ich hatte nichts zu verbergen, aber das hieß noch lange nicht, dass mein Privatleben öffentlich war. Ich fühlte mich, als würde ich langsam von Technikern ausgezogen, die nicht an mir, sondern nur an meinen Ersatzteilen interessiert waren.

»Sie tun ja so, als würden wir hier irgendwelche Terroristen verstecken«, sagte Richard.

Keine Reaktion. Auch ich bemühte mich, aus den Beamten herauszubekommen, was sie eigentlich suchten. Vergeblich. Sie antworteten mir lediglich, es ginge um Ermittlungen in einem bestimmten Fall, und sie könnten mir keine Auskunft darüber erteilen. Innerhalb kurzer Zeit kam es zu einem erbitterten Wortwechsel. Je länger sich der Mann weigerte, mir zu antworten, desto wütender wurde ich. Richard gab nach ein paar Sätzen auf und ging zum Telefon. Er wählte eine Nummer und lächelte freundlich den Polizisten an, der sofort wissen wollte, wen er anrief.

»Keine Sorge, ich reiche ihn ohnehin gleich an Sie weiter«, antwortete Richard. In dem Moment nahm der Angerufene ab. »Morgen, Gerard«, sagte mein Leibwächter, »hier ist Richard. Entschuldige bitte die frühe Störung. Ich bin gerade bei Michael, und vor ein paar Minuten sind hier fünf Polizeibeamte eingedrungen, die sich aufführen, als hätten sie gerade einen Kurs als Lagerwachen hinter sich. Sie holen sogar die Unterhosen aus den Schränken, das sage ich dir! Ja, das ist mein Ernst. Könntest du ihnen netterweise erklären, dass wir hier in Amsterdam sind und nicht in Guantánamo Bay? Vielen Dank.« Er reichte den Hörer mit ausgestrecktem Arm an den Polizisten weiter. »Unser Rechtsanwalt möchte Sie mal kurz sprechen.«

Was Klasman genau zu dem Mann sagte, konnte ich nicht verstehen. Zuerst klang der Polizist noch ziemlich selbstsicher, aber nach zwei, drei Erwiderungen wurde er plötzlich ganz still. Seine Miene verdüsterte sich und es sah tatsächlich so aus, als stehe er stramm. Seine Augen weiteten sich und sein Atem ging schneller. Er sagte nichts mehr. Er hörte zu. Richard und ich beobachteten fasziniert die Verwandlung, die sich vor unseren Augen vollzog.

»Ja, ich habe Sie verstanden«, sagte der Mann nach einer Weile. »Gewiss.« Er reichte mir das Telefon.

»Bellicher?« Ich erkannte seine Stimme kaum wieder. Das war Klasman bei der Arbeit. Sein Tonfall klang gemessen, seine Worte laut und deutlich. »Du hast mit diesen Leuten nichts zu schaffen, du stellst keine Fragen, du gibst keine Antworten. Du sorgst dafür, dass sie so schnell wie möglich wieder draußen vor der Tür stehen. Schon bevor sie zurück im Präsidium sind, habe ich herausgefunden, warum sie bei dir waren. Um halb neun bei mir in der Kanzlei.« Er legte auf.

»Ich glaube, Sie sollten jetzt besser gehen«, sagte ich zu dem Polizisten.

Der nickte und ging hinaus in die Diele. »Wir sind hier fertig!«, rief er.

»Einen Augenblick noch!«, antwortete ihm eine Stimme aus dem Schlafzimmer.

»Nein, wir sind jetzt fertig. Sofort!«

Die fünf Beamten versammelten sich in meiner Diele und verließen einer nach dem anderen meine Wohnung. Sie blickten uns nicht an. Der letzte nickte kurz und zog die Tür hinter sich zu. Richard und ich standen sprachlos im Wohnzimmer und warteten, während sie mit lauten Schritten die Treppen im Flur hinunterpolterten. Kurz darauf hörten wir die Haustür zufallen.

»Gerard?«, fragte ich.

»Klasman arbeitet auch für meinen Vater«, erklärte Richard. »Schon seit vielen Jahren.«

»Und woher wusstest du, dass du ihn anrufen musstest?«, fragte ich.

»Von Onkel Gijs«, sagte er.

Wir schwiegen für einen Moment.

»Was ist dieser Klasman eigentlich für ein Typ?«, fragte ich.

»Hm, man möchte ihn lieber nicht zum Feind haben«, antwortete Richard kopfschüttelnd. »Was meinst du?«, fragte er dann. »Hauen wir uns noch mal aufs Ohr oder können wir jetzt sowieso nicht mehr einschlafen?«

Wir hauten uns nicht mehr aufs Ohr. Stattdessen frühstückten wir ausgiebig, ich mit Kaffee, Richard mit Tee, und dazu gab es Spiegeleier mit Toastbrot. Richard las die Zeitung. Die Ruhe am Küchentisch kam mir trügerisch vor, denn offenbar konnte ich sie nur noch mit der Unterstützung anderer aufrechterhalten. Gijs' Hilfstruppen waren beeindruckend, aber sie bewiesen auch, dass ich nicht für mich selbst sorgen konnte.

»Woher wusstest du, dass wir so tun mussten, als hätten wir miteinander im Bett gelegen?«, fragte ich.

»Du brauchtest ein Alibi«, erklärte Richard. »Wenn dich die Polizei um sechs Uhr morgens sprechen will, dann will sie immer wissen, wo du gewesen bist. Besonders einfallsreich sind die ja bekanntlich nicht.« Er stopfte sich noch einen großen Bissen Ei in den Mund und spülte ihn mit einem Schluck Tee hinunter. »Du musst ihnen eine simple Geschichte auftischen, die ein stimmiges Bild ergibt. Vor allem Letzteres ist wichtig. Das Bild muss stimmig sein.«

Um zehn nach acht gingen wir hinunter. Richard zuerst, ich hinter ihm her. Er öffnete die Haustür und wartete zwei Sekunden, ehe er hinaustrat.

»Ist dir eigentlich klar, dass wir jetzt offiziell als schwules Pärchen bekannt sind?«, fragte ich.

Er zuckte mit den Schultern und gähnte. »Ich will mit Barbie ins Bett und was kriege ich stattdessen? Einen Typen um die vierzig. Das Leben ist hart.« Er setzte sich die Sonnenbrille auf die Nase und schob sie mit einem Finger hoch zur Wurzel. Er blickte nach links und dann nach rechts. »Die Luft ist rein«, verkündete er. »Einsteigen bitte.«

25

Zwei Fälle

Klasman arbeitete auf einem Niveau, wie ich es noch nie erlebt hatte. Ich kannte Spitzenkräfte aus allen Sparten, die unter enormem Druck standen und eine noch gewaltigere Verantwortung auf ihren Schultern trugen. Ich kannte die Aufregung und die Anspannung, die die Leitung großer Unternehmen sowie die Planung und Durchführung politischer Maßnahmen für ein ganzes Land mit sich brachten. Ich arbeitete für Mandanten aus allen Bereichen und erlebte häufig ihre Alltagspraxis am eigenen Leib mit. Doch was Klasman fertigbrachte, hatte ich so noch nicht gekannt. Er filetierte die Handlungen seiner Gegner, verlieh ihnen Bedeutung und beurteilte sie. Er sezierte, was sein Gegenüber gesagt hatte, und stellte die Worte so lange um, bis keinerlei Spielraum mehr für Interpretationsmöglichkeiten blieb. Er saugte die Luft aus dem Plädoyer seines Gesprächspartners, bis dessen Behauptungen implodierten und nur noch unbrauchbarer Müll zurückblieb. Er telefonierte, las, schrieb und gab Anweisungen – alles gleichzeitig. Und dabei musterte er mich. Nach etwa einer Viertelstunde legte er endlich den Hörer auf und sagte nur diesen einen Satz:

»Du fährst keinen Santa Fe.«

Noch ehe ich reagieren konnte, war er schon wieder beschäftigt. Klasman hatte das gesamte Gesetzbuch im Kopf, wie eine Art Stadtplan, und alles, was er hörte oder las, legte er auf diesen Plan, um zu vergleichen, ob es seine Richtigkeit hatte. Er focht mit Ausrufen und Gesetzen, von denen ich die Hälfte nicht begriff. Ich verstand nur eines: Er tat es für mich. Das fühlte sich gut an.

»Warst du gestern Nacht zu Hause?«, fragte Klasman schließlich. »Ich weiß, dass Richard behauptet, ihr hättet zusammen im Bett gelegen. Das verschafft dir ein Alibi. Aber ich kenne Richard nicht erst seit gestern, also unter uns gefragt: Warst du wirklich zu Hause?«

Ich nickte.

»Ist das ein Ja? Sprich bitte mit mir«, sagte er. »Wenn es geht, in ganzen Sätzen.«

»Ja, ich war zu Hause«, antwortete ich. »Richard hat in dem Punkt die Wahrheit gesagt.«

»Gut so. Denn gestern Nacht um dreizehn nach zwei hat es einen Einbruch gegeben. Ein paar Idioten sind mit einem Santa Fe in die Schaufensterscheibe eines Juweliers gefahren und haben Edelsteine im Wert von knapp drei Millionen erbeutet. Wobei das unter uns gesagt ziemlich verdächtig klingt, denn welcher Juwelier lässt nachts Ware für drei Millionen in seinem Geschäft herumliegen? Das frage ich mich, aber wer bin ich schon?« Er schwieg einen Augenblick. »Du hast doch keinen Santa Fe, oder? Mit einem Kuhfänger?«

»Nein, ich besitze keinen Santa Fe. Ebenso wenig wie einen bronzefarbenen BMW der 5er-Reihe.«

»Natürlich nicht«, sagte Klasman. »Warum solltest du?« Er schob Papiere hin und her, bat seine Gehilfin um Kaffee und wartete, bis die Tassen vor uns auf dem Tisch standen. »Das Problem ist allerdings, dass der Santa Fe auf den Überwachungskameras zu sehen ist und …«

»… der Wagen auf meinen Namen angemeldet ist«, ergänzte ich. Diese Geschichte hatte ich doch schon mal gehört. Überrascht war ich nicht mehr, aber immer noch genauso bestürzt wie beim ersten Mal. Ich fluchte. Klasman versuchte, mich zu beruhigen, aber ich hörte ihn nicht einmal. Zum Glück hatte ich wenigstens meine Konten sperren lassen, sodass niemand an mein Geld konnte. Nicht einmal ich selbst. Doch das hinderte andere nicht daran, in meinem Namen schreckliche Dinge zu tun. Es fehlte nicht viel und ich würde zum meistgesuchten Mann der Niederlande werden. Schon gab es zwei Fälle, in denen ich der Hauptverdächtige war, und zwei Ermittlungsgruppen, die mich haben wollten.

»Wo soll das nur enden?«, fragte ich.

»Hier«, antwortete Klasman. Bei ihm war die Grenze zwischen Überzeugung und Selbstüberschätzung fließend. Ich wollte ihm ja gerne glauben, das war nicht das Problem.

»Ach ja?«, fragte ich. »Ein Unfall mit Todesfolge und ein schwerer Raubüberfall. Was kommt als Nächstes? Und wie viele Autos sind inzwischen auf meinen Namen angemeldet? Nur die beiden oder fahren noch zehn herum? Jeder x-Beliebige kann in meinem Namen Autos zu Schrott fahren und ich darf nicht mal in meinen eigenen Golf steigen! Du behauptest, hier sei die Grenze, aber wie willst du das durchsetzen?«

Wir schwiegen, alle drei. Klasman hatte ein vorschnelles Versprechen gegeben. Vielleicht konnte er die Sache mit dem Santa Fe von mir fernhalten, unter anderem dank des Alibis, das Richard mir verschafft hatte, doch er besaß keinerlei Einfluss auf die Personen, die mit meiner Identität herumliefen.

»Juristisch kann ich den Fall abschmettern«, sagte Klasman, »aber das nützt dir nur etwas, wenn keine weiteren Vorfälle hinzukommen. Es sind ja sowieso schon mehr als genug.«

»Könntest du herausfinden, wo und wann dieser Santa Fe gekauft wurde?«, fragte ich. Irgendwo musste es doch eine Spur geben, einen Hinweis, irgendetwas.

»Und wo hat der Einbruch stattgefunden?«, fragte Richard.

Klasman sah in die Papiere. »Hoytemastraat in Den Haag«, antwortete er. »Benoordenhout. Ruhige Gegend. Ich kenne mich da aus. Nachts ist da kein Mensch auf der Straße.«

»Liegt Benoordenhout in der Nähe von Monster?«, fragte Richard.

»Monster, Naaldwijk, Den Haag und Delft liegen alle ganz dicht beieinander. In einem Umkreis von zwanzig Kilometern, mehr nicht.«

»Dann fahren wir hin«, sagte Richard.

»Bloß nicht!«, erwiderte ich. »Ich komme gerade daher, und so schön ist es da wahrhaftig nicht.«

26

Bellilog 27.07.06

Richard sitzt auf dem Sofa und sieht fern. Er sitzt aufrecht da. Noch nie hat jemand aufrecht auf meinem Sofa gesessen. Mein Sofa ist dafür gebaut, sich darauf herumzufläzen, deswegen habe ich es gekauft. Es ist niedrig und weich, sodass man unmöglich schnell davon aufstehen kann. Aber Richard fläzt sich nicht. Ich glaube, er kann sich gar nicht fläzen. Er sitzt oder er liegt, dazwischen gibt es nichts. Im Fernsehen behauptet ein Mann, es gebe keinen Zusammenhang zwischen dem Tod des Vorsitzenden der Untersuchungskommission und den extremistischen Gruppierungen, denen die Kommission auf den Zahn fühlt.

»Klar, natürlich nicht«, sagt Richard, »es besteht ja auch kein Zusammenhang zwischen Rauchen und Lungenkrebs. Oder zwischen Sex und Orgasmus. Weißt du, worin kein Zusammenhang besteht? Zwischen deinem Hirn und deinem Mund, du Idiot! Unternimm lieber etwas Sinnvolles, anstatt deine hohle Meinung hinauszuposaunen!« Er schaltet den Fernseher aus und starrt auf den grauen Bildschirm. Es ist das erste Mal, dass ich ihn wütend sehe.

Das meine ich, alles ist anders.

Mail von: Kirsten

Betreff: Identiwas?

Ein wahrer Unternehmensberater hat keine Identität.

Also was hast du eigentlich verloren?

XX-K

27

Richtig schön pathetisch

»Hallo?«

»Spreche ich mit der VdI?«

Keine Antwort. Ich blickte kurz den Hörer an, denn es schien, als sei die Verbindung unterbrochen worden. »Hallo?«, fragte ich. »Ist da jemand?«

»Wer ist am Apparat?« Eine schwer beschreibbare Männerstimme. Nicht alt und nicht jung. Ruhig, fast tonlos, wenig Modulation.

»Mein Name ist Michael Bellicher. Ich bin auf der Suche nach der Vereinigung der ...«

»Woher haben Sie diese Nummer?«

»Von Mevrouw Blijmoed.«

»Welcher Mevrouw Blijmoed?«

»Joyce Blijmoed.«

»Einen Augenblick bitte.«

Stille. Wieder diese absolute Geräuschlosigkeit. Kein Atmen, kein Räuspern, keine Hintergrundgeräusche. Nichts.

»Welche Joyce Blijmoed?«

»Mevrouw Blijmoed arbeitet bei der Amsterdamer Polizei.«

»Richtig. Und wen suchen Sie?«

»Ich suche keine Person. Ich möchte gerne Kontakt zu der VdI aufnehmen.«

»Und was soll das sein, die VdI?«

»Ich habe gehofft, Sie könnten mir da weiterhelfen. Aber falls ich mich verwählt habe, sagen Sie es mir bitte.«

»Nein, das wollte ich nicht damit sagen. Ich möchte, dass Sie mir erklären, was Sie unter der VdI verstehen.«

»Eine Vereinigung.«

»So, und welche?«

»VdI bedeutet Vereinigung der Identitätsgeschädigten.«

»Woher wissen Sie das?«

»Das steht hier. Ich habe es vorgelesen.«

»Wo steht das?«

»Auf der Karte, die ich von Mevrouw Blijmoed erhalten habe. Sie hat das für mich aufgeschrieben. VdI und die Telefonnummer.«

»Und warum hat Mevrouw Blijmoed Ihnen diese Nummer gegeben?«

»Weil sie glaubte, ich könne sie vielleicht gebrauchen. Deswegen. Was denken Sie denn?«

»Tja, was ich denke, spielt im Augenblick keine Rolle, Meneer …? Wie war noch Ihr Name?«

»Bellicher. Sie können meinen Namen googeln, dann erfahren Sie genau, wer ich bin.«

»Einen Augenblick bitte.«

Stille. Ich wartete. Was immer diese Vereinigung auch sein mochte, schnell war sie jedenfalls nicht. Alles ging unglaublich langsam vor sich. Wahrscheinlich tippten die meinen Namen jetzt in einen alten Kasten von 1992 ein, der zehn Minuten brauchte, um Google überhaupt zu laden.

»Vielleicht wäre es besser, wenn Sie erst noch einmal mit Mevrouw Blijmoed reden würden«, sagte die Stimme, noch immer freundlich und ruhig, aber bestimmt.

»Aber warum denn? Nein, warten Sie, legen Sie nicht auf. Was steht über mich im Internet? Was haben Sie gefunden? Haben Sie etwas gelesen, das Fragen aufwirft? Bitte fragen Sie mich, wenn Sie etwas wissen möchten.« Während ich redete, zog ich meinen Laptop heran und gab meinen Namen ein. Innerhalb von einer halben Sekunde zeigte die Suchmaschine vierundzwanzig Treffer an. Ich scannte die wichtigsten und entdeckte nichts Merkwürdiges. Ich gab einen neuen Suchauftrag ein: *bellicher+straftat.* Zwei Einträge. Nichts Besonderes. Ich hatte eine Zeit lang für das Justizministerium gearbeitet und aus dieser Phase stammten einige Texte, in denen sowohl mein Name als auch das Wort ›Straftat‹ vorkamen. Das konnte nicht das Problem sein. Vielleicht lag es an der Tatsache an sich, dass ich für das Justizministerium gearbeitet hatte. Vielleicht vertrauten sie mir deswegen nicht. Irgendeinen Grund musste es geben. »Warum?«, fragte ich. »Habe ich irgendetwas getan? Und wenn ja, was?«

»Meneer Bellicher?«

»Ja?«

»Es tut mir leid, aber ich kann Ihnen im Augenblick nicht weiterhelfen.«

»Im Augenblick.«

»Richtig.«

»Aber vielleicht zu einem anderen Zeitpunkt?«

»Auf Wiederhören.« Freundlich. Ruhig. Tonlos. Entschieden. Er legte auf.

Ich fluchte und wählte sofort die Nummer von Joyce Blijmoed. Das Telefon klingelte zehn Mal, dann meldete sich die Telefonzentrale. Mevrouw Blijmoed habe bis nächste Woche Urlaub. Ob mir auch jemand anders weiterhelfen könne. Noch so eine freundliche, ruhige Stimme.

»Nein«, antwortete ich, »ich befürchte, niemand außer ihr kann mir helfen.«

Richtig schön pathetisch. Als ob mir das etwas nützen würde.

Es war still in der Wohnung. Richard war ins Fitnessstudio gegangen, um zu rasend schnellen Beats zu schwitzen.

»Du bleibst schön zu Hause!«, hatte er mich ermahnt. »Wenn irgendetwas ist oder du rausmusst, dann ruf mich an und ich hole dich ab.«

Es hätte nicht viel gefehlt und er hätte mir vor lauter Fürsorge meinen Schlüssel abgenommen. Aber dass er trainieren ging, hatte den Vorteil, dass ich mal wieder für eine Weile allein sein konnte, in meinen eigenen vier Wänden. Richard war okay. Durch seine Anwesenheit sah ich meine Umgebung anders. Er stellte seine Tasse anders ab als ich, hielt sie auch anders, in der ganzen Hand, sodass man sie fast nicht mehr sah. Er saß anders auf dem Sofa und auf einem Stuhl. Er hängte das Geschirrtuch anders auf. Dadurch veränderten sich die Tasse, das Sofa, der Stuhl und das Geschirrtuch. Sie waren auf einmal weniger ein Teil von mir als gewöhnliche Gegenstände. Ein merkwürdiges Gefühl, dessen Bedeutung ich erst nach mehreren Tagen erfasste. Es entstand eine neue

Distanz zwischen mir und meinen Sachen, und das war seltsam, aber nicht unangenehm.

Mit einem Fuß schob ich eine halb volle Umzugskiste vor mir her, während ich die letzten Dinge aus dem Bücherregal im Wohnzimmer holte und sie einpackte. Noch zwei Kisten, schätzte ich, dann war der Schrank leer. Dann noch das Werkzeug und der ganze Kram aus dem Schrank auf dem Balkon. Mit jedem Gegenstand, den ich verstaute, gehörte die Wohnung ein Stück weniger mir. Da ich mit dem Packen schon vor Monaten begonnen hatte, schlich ich mich sozusagen langsam davon. In den ersten Wochen hatte ich immer einen Müllsack neben den Umzugskisten stehen. Wenn ich auch nur im Entferntesten glaubte, irgendetwas nicht mehr zu brauchen, warf ich es weg. Stapel alter Zeitschriften verschwanden im Papiercontainer. Ich besaß ganze Jahrgänge von Managementzeitschriften und anderer Fachliteratur. Weg. Alte Hosen. Hemden mit viel zu breiten Streifen, grünen und roten. Weg. Einige alte Anzüge, die ich schon seit über zwei Jahren nicht mehr trug. Unmodern. Zu auffällige Bundfalten, zu breiter Umschlag, ich weiß gar nicht mehr, was genau mich störte. Weg. Mit jedem Müllsack, den ich an die Straße stellte, fühlte ich mich leichter. Ich stellte fest, dass ich gerne umzog. Es war, als schütte man sein ganzes Leben durch ein Sieb und filtere den ganzen Dreck heraus. Ja. So fühlte ich mich auch, gesiebt. Gefiltert.

Ich griff nach einigen Büchern auf dem obersten Regalbrett. *Der dünne Mann* und *Der Fluch des Hauses Dain.* Zwischen diesen beiden klemmte ein Scheckheft, das zu einem Konto in Frankreich gehörte. Es war ein mehr oder weniger geheimes Konto, auf dem ich vor Jahren einen ansehnlichen Betrag angelegt hatte. Damals plante ich, mir davon irgendwann ein kleines Weingut zu kaufen. Vielleicht zehn Hektar bei Cahors, irgendwo weit im Süden jedenfalls. Das war jedoch ein Wunschtraum geblieben, und einen Großteil des Geldes hatte ich aufgebraucht, als ich eine Zeit lang arbeitslos gewesen war. Außerdem bin ich gar kein Landmensch. Ich lebe in der Stadt und von der Stadt. Das Landleben ist etwas für Leute, die mit *Mega Dominator*- und *Big Pack*-Maschinen tonnenweise Kartoffeln, Getreide, Raps oder andere Gewächse anbauen. Jedenfalls nichts für mich. Das Konto bestand immer noch, nicht weil ich es brauchte, sondern weil mir der Gedanke gefiel, es im Rücken zu haben. Das Geld war dort gut aufgehoben, eine Art Notgroschen. Es war kein Riesenbetrag, aber doch genug, um notfalls ein Jahr lang davon leben zu können. Ich legte die Bücher in die Kiste, das Scheckheft dazwischen. Außen auf die Kiste schrieb ich: *Der dünne Mann.* So wusste ich, wo es zu finden war.

Die volle Kiste schleppte ich in die Diele und stellte sie auf den Stapel anderer Kisten. Während ich in Ruhe arbeitete, dachte ich über das merkwürdige Gespräch mit der Vereinigung nach. Ich bezweifelte nicht, dass der Mann, mit dem ich gesprochen hatte, tatsächlich zu der Vereinigung gehörte. Das musste wohl so sein, sonst hätte er doch viel früher aufgelegt. Es dauerte einen Moment, bis ich das Klingeln des Telefons hörte.

»Hallo?«

»Spreche ich mit Meneer Bellicher?«

»Ja, das bin ich. Und mit wem spreche ich?«

»Mein Name ist Driessen, von der Rabobank. Ich rufe wegen Ihres Kredits an.«

Ich sagte erst einmal nichts. Ich hatte einen Kredit für mein neues Haus in Amsterdam-Noord aufgenommen. Der Kredit war bewilligt worden, alles in trockenen Tüchern und unterschrieben. Dreihunderteinundvierzigtausend Euro. Alles war rund. Die Überschreibung des Hauses hatte vor zwei Monaten stattgefunden. Der Kaufpreis war an den Notar überwiesen worden und seit dieser Zeit zahlte ich eine monatliche Rate. Es hatte keinerlei Probleme gegeben. Nur, dass ich den Kredit bei der Fortis-Bank aufgenommen hatte. Nicht bei der Rabobank. Es sei denn, die Fortis war inzwischen von der Rabo übernommen worden, aber da hätte ich wirklich etwas verpasst.

»Kennen wir uns?«, fragte ich.

28

In akzeptablem Zustand

Nein, wir kannten uns nicht. Er arbeitete in einer regionalen Zweigstelle und war mit der Abwicklung eines Sonderfalls betraut. Meines Falls, denn laut Meneer Driessen hatte ich vor einem halben Jahr ein frei stehendes Haus am Ortsrand von Monster gekauft, mit fünfeinhalb Hektar Treibhäusern in akzeptablem Zustand. Kostenpunkt: etwas über drei Millionen, zu neunzig Prozent über Schulden finanziert. Zu sehr günstigen Bedingungen, jedenfalls nach Meinung von Meneer Driessen, der vier Komma sechs Prozent offenbar sehr günstig fand. Die ersten beiden Raten waren pünktlich bezahlt worden. Sie waren von einem Konto abgebucht worden, von dem ich nicht einmal wusste, dass ich es besaß. Seitdem war nicht genügend Guthaben auf dem Konto und ich konnte meinen monatlichen Verpflichtungen nicht nachkommen. Schon seit vier Monaten nicht. Die Bank machte sich allmählich Sorgen und hatte versucht, mich unter der angegebenen Adresse zu erreichen, aber umsonst. Nach langer Suche hatten sie mich dann in Amsterdam ausfindig gemacht und überdies festgestellt, dass ich noch einen zweiten Kredit aufgenommen hatte, um ein Haus in Amsterdam zu finanzieren. Bei dem Antrag hatte ich es versäumt zu melden, dass ich bereits einen Kredit auf meinen Namen laufen hatte.

»Damit wird der zweite Kredit de facto ungültig, weil Sie Ihrer Pflicht zur Meldung weiterer Kredite nicht nachgekommen sind«, bemerkte Driessen trocken. »Aber das ist nicht der Grund für meinen Anruf. Ich rufe wegen des ersten Kredits an, dem bei uns über zwei Millionen neunhundertachtzigtausend Euro mit einer monatlichen Tilgungsrate von elftausendvierhundertfünfzehn Euro und sechsundsechzig Cent. Deswegen rufe ich an. Denn durch den viermonatigen Rückstand hat sich inzwischen eine Summe von über fünfundvierzigtausend Euro angehäuft.« Er schwieg.

Ich auch, weil ich nicht wusste, was ich sagen sollte. Ich hätte am liebsten laut losgeschrien, dass ich kein Gebäude mit umliegenden Treibhäusern gekauft hatte. Doch ich sagte nichts. Ich war wie gelähmt von der Erkenntnis, dass ich mein eigenes Leben nicht mehr in der Hand hatte.

»Wir haben Kontakt zu Ihrer Bank in Amsterdam aufgenommen«, fuhr Driessen fort, »denn Ihre Verpflichtungen uns gegenüber haben gegenüber allen anderen Verpflichtungen Vorrang, das werden Sie wohl verstehen. Es hat sich allerdings herausgestellt, dass Sie all Ihre Konten haben sperren lassen, aus Angst vor möglichem Kreditkartenmissbrauch.« Er schien sich das Lachen verbeißen zu müssen. »Nun, die Sperrung wird in Kürze aufgehoben werden, sodass wir den ausstehenden Betrag einziehen können.«

Elftausendvierhundertfünfzehn Euro im Monat waren mehr, als ich verdiente. Viel mehr. Fünfundvierzigtausend Euro waren mehr, als ich auf meinem Sparbuch hatte. Sobald die Bank das Geld einzog, wäre ich pleite. Sofort. Innerhalb von fünf Minuten wäre mein gesamtes Vermögen weg. Meine Bankkonten würden leerlaufen, als hätte jemand den Stöpsel herausgezogen. Das musste ich unbedingt verhindern. Als ich endlich meine Stimme wiedergefunden hatte, versicherte ich dem Mann, dass es sich um einen Irrtum handele. Dass ich einem Identitätsraub zum Opfer gefallen sei und deswegen meine Konten hatte sperren lassen. Ich erzählte ihm alles, wenn auch nur der Form halber. Driessen war ein Banker, der einen geplatzten Kredit abwickeln musste, und ehe er die fünfeinhalb Hektar an Treibhäusern versteigern ließ, würde er jeden Cent aus mir herausquetschen, den ich besaß.

»Ich bitte Sie nur um eines«, sagte ich. »Würden Sie bitte eine Aktennotiz machen über das, was ich Ihnen soeben erzählt habe? Sie brauchen mir nicht zu glauben, Hauptsache, Sie nehmen es in Ihre Akte auf, dass ich beanspruche, Opfer eines Betrugs zu sein. Mehr nicht.«

Ich notierte mir seine Telefonnummer und bat ihn um die Adresse des Gebäudes.

»Castrostraat elf«, antwortete Driessen.

Ich legte auf und rief Klasman an, aber egal, was ich tat, ich konnte ihn einfach nicht erreichen. Seine Sekretärin schirmte ihn vor mir ab. Höflich und gnadenlos effektiv. Nach drei Versuchen rief ich Richard an.

»Zehn Minuten«, sagte er.

TODAY IS THE FIRST DAY OF THE REST OF YOUR LIFE stand auf seinem T-Shirt. Große schwarze Buchstaben auf weißer Baumwolle.

»Ich hoffe nicht«, sagte ich. Ich erzählte ihm, was passiert war, und Richard hörte zu, ohne etwas zu sagen oder nachzufragen. Er nickte nur ab und zu. Nach einer Weile griff er nach seinem Handy und rief Klasman unter einer anderen Nummer an. Einer Nummer, die ich nicht hatte. Er erreichte ihn sofort.

»Ich bin bei Bellicher«, erklärte er, »und hier läuft alles aus dem Ruder.« Er schwieg, hörte zu und nickte. »Was ich glaube?«, fragte er. »Wenn diesem Mist hier nicht ein Riegel vorgeschoben wird, halten die sich demnächst an Onkel Gijs schadlos und dann geht es um Millionen. Das ist meine Meinung.«

Mir lief es kalt den Rücken hinunter. Richard und Klasman waren nicht nur für mich da, sondern auch, um Gijs' Interessen zu wahren. Sie kümmerten sich um mich, sorgten aber zugleich auch dafür, dass die Scherereien in sicherem Abstand zur Familie blieben. Ich nahm Richard das Telefon aus der Hand. Ich wollte wissen, was Klasman unternehmen konnte, und ich wollte es aus seinem Munde hören.

»Ich kann den ganzen Vorgang blockieren. Für ein paar Tage müsste mir das auf jeden Fall gelingen«, sagte er. »Vielleicht auch etwas länger, aber danach wird es ziemlich schwierig. Ich kann eine einstweilige Verfügung beantragen, um Zeit zu gewinnen, bis wir eine Lösung gefunden haben. Das geht auf jeden Fall. Aber viel mehr kann ich im Augenblick nicht tun.«

»Mir wäre lieber, du würdest den Kaufvertrag und den Kredit für ungültig erklären lassen«, sagte ich.

»Das kann ich nicht«, sagte er.

»Aber die Urkunden sind illegal. Ungesetzlich. Und von daher ungültig.«

»Ja und nein.« Klasman erklärte mir, wie es sich verhielt. Ein unterzeichneter Kaufvertrag und ein dazugehöriger Kredit besaßen einen fast unantastbaren Status. Eine solche Urkunde konnte man nicht per einstweiliger Verfügung vernichten lassen, sondern nur durch einen Grundsatzprozess, und der konnte sich über mehr als ein Jahr hinziehen. »Wenn sich das alles wirklich so verhält«, sagte Klasman, »hast du den Schwarzen Peter. Jede Minute Zeit, die wir jetzt gewinnen können, müssen wir sinnvoll investieren. Falls du in Monster Verbindungen hast, nutze sie. Alles, was du in Erfahrung bringen kannst, kann wichtig sein. Je schneller, desto besser. Ich wende mich mit einem Vorschlag an die Banken. Ich werde eine Stundung beantragen, darauf werden sie sich bestimmt einlassen, denn die sind auch nicht an Millionenverlusten interessiert. Sie werden die Gebäude beschlagnahmen. Das Spiel können wir eine Weile durchhalten, also sollte ich mit diesem Schritt anfangen. Danach suche ich den Notar auf, der den Verkauf in Monster abgewickelt hat. Und währenddessen wirst du keinerlei Ausgaben mehr tätigen. Wenn du noch Renovierungsarbeiten in Auftrag gegeben hast, lass sie sofort unterbrechen. Du kaufst dir nicht mal eine Tasse Kaffee unterwegs. Von jetzt an lässt du Richard bezahlen. Alles.«

Das war's. Mir waren die Hände gebunden, ich konnte nichts mehr tun. Wenn ich einen Hamburger wollte, musste ich darum bitten. Ich war Besitzer von fünfeinhalb Hektar Treibhäusern in der Nähe von Monster. In akzeptablem Zustand. Das war ein äußerst dehnbarer Begriff. Das Haus, das ich in Amsterdam-Noord erworben hatte, war auch in akzeptablem Zustand, und daran musste noch alles Mögliche renoviert und umgebaut werden. Es hatte zweihundertzwanzig Quadratmeter. Der Gedanke an fünfeinhalb Hektar ließ mich nach Luft schnappen.

29

Bellilog 28.07.06

ES IST FRÜHER PASSIERT! Viel früher, als ich dachte. Vor einem halben Jahr. Mindestens. Im Dezember oder Januar. Schon vor so langer Zeit. Was habe ich damals gemacht? Wo war ich? Ich habe gearbeitet. Ich arbeite immer. Aber für wen? Wo? Ich weiß es nicht mehr. Die Zeit rast. Ich brauche meine volle Gedächtnisleistung für das Hier und Jetzt. Mandanten, die jeden Tag etwas anderes wollen. Projekte mit neun verschiedenen, sich überschneidenden Deadlines. Mitarbeiter einstellen. Umbauen, renovieren. Und dann das. DAS! Mein Gedächtnis reicht nicht weiter zurück als drei Wochen. Schon seit Jahren nicht. *Don't look back.* Ich lebe in einem schmalen Zeitfenster, das sich immer mehr zusammenzieht. Einstein wäre stolz auf mich. Als würde mir das etwas nützen. Aber es muss auf jeden Fall früher passiert sein, als ich bisher angenommen habe. Mist! Ich muss versuchen, mithilfe meines Terminkalenders zu recherchieren, was ich damals getrieben habe. Tag für Tag. Seufz. Eigentlich bin ich post-Vergangenheit, aber jetzt muss ich zurückgehen.

Mail an: Gijs
Betreff: SOFORT

Ich kann die Firma alleine nicht mehr halten. Komm wenn irgend möglich sofort zurück! SOFORT! Ich weiß, dass das nicht geht, aber du weißt auf jeden Fall Bescheid.
MB

30

Ansonsten geht's mir gut

Der Kühlschrank in der Küche enthielt Lebensmittel für dreißig Mann. Stets war er gut gefüllt mit Brot und Aufschnitt, Saft, Cola, Limo und süßen Milchmixgetränken. Leute, die ihre Tage vor Bildschirmen sitzend verbringen, entwickeln einen eigenartigen Geschmack. Erdnussbutter. Nutella. Bebogeen, dieser zuckersüße Karamell-Brotaufstrich. Oder, im Gegenteil, Salziges und Fettiges. Schmelzkäse. Kiloweise, so schien es manchmal. Karl hatte einen Pizzaofen gekauft, weil die Pizzabestellungen sich häuften. Andauernd stand wieder einer von diesen abgehetzten Jugendlichen mit Helm auf dem Kopf und mehreren Schachteln im Arm vor der Tür. Jetzt war die Tiefkühltruhe vollgepackt mit Quattro Stagioni, Quattro Formaggi und Salami. Schon bei dem Gedanken an Pizza wurde mir übel. Ich hatte zu viel davon gegessen. Nie wieder Quattro Stagioni.

Richard war noch nicht so weit. Er warf gleich zwei Stück in den Ofen. Ich hängte mein Sakko über die Rückenlehne eines Stuhls und nahm mir Brotscheiben und ein Stück Leberpastete. Karl saß am Tisch. Er griff nach einem Schreibblock und einem Stift.

»Letzte Überweisung Ende März«, wiederholte er. »Das heißt, dass es vor diesem Zeitpunkt passiert ist. Zwischen der Unterzeichnung des Kaufvertrags und der Gültigkeit des Kaufs vergehen an die vier Wochen. So viel Zeit braucht man doch schon allein, um einen Kredit zu beantragen.« Er rechnete zurück. »Dann muss es im Januar gewesen sein«, stellte er fest. »Erzähl, was hast du im Januar alles gemacht?«

Ich ging in mein Büro und holte das BlackBerry und meinen Terminkalender. Einen nach dem anderen zählte ich meine Termine auf, und damit kehrten auch die Erinnerungen zurück. Vor einem halben Jahr hatte ich extrem viel zu tun gehabt. Ich hatte drei Großaufträge, die sich alle ihrem Ende zuneigten. Ich führte eine Untersuchung für eine Firma durch, die im Laufe der Jahre fast fünfzig kleinere Installationsfirmen im ganzen Land aufgekauft hatte. Alle Installateure hatten bisher weiterhin unter ihrem eigenen Namen gearbeitet. Nun wollte die Firma wissen, ob sie lieber einen einheitlichen Namen wählen sollte, sodass eine Art landesweite Kette entstand, oder besser nicht. Daneben hatten Gijs und ich gemeinsam die Fusionsmöglichkeiten dreier Sicherheitsunternehmen geprüft, die im Grunde zu wenig gemeinsam hatten, um sich zusammenzuschließen. Doch mein größter Auftrag zu diesem Zeitpunkt war der für das Innenministerium gewesen. Es ging um die Ausarbeitung von Kommunikationsplänen und Szenarien rund um Terrordrohungen und Antiterroraktionen. Wie sollte die Aufklärung der Öffentlichkeit vonstatten gehen, wie sollten die Kontakte zu den Medien verlaufen, was durfte gesagt werden, was nicht? Wie sollte das Ministerium die Leute warnen und zugleich beruhigen? Je größer die Gefahr eines Terroranschlags wurde, desto mehr wuchs das Bedürfnis nach konkreten Plänen. Der Minister verlangte ein genaues Drehbuch, sodass jeder wusste, was er zu tun hatte. Ich sprach mit Beamten, mit Militärs, mit der Polizei, mit Leuten aus dem Innenministerium. Die Zahl der Aufgaben und Mitarbeitereinsätze, die bei einer groß angelegten Antiterroraktion bedacht werden musste, war gigantisch. Im Januar steckte ich in der letzten Phase des Projekts. Mein Konzept war fertig, und dieses besprach ich noch ein letztes Mal mit den Sicherheitsspezialisten und den Leuten, die direkt vor Ort die Einsätze leiten mussten. Dabei war ich als Unternehmensberater ganz in meinem Element – schwierige Fragen, auf die ich die richtigen Antworten finden musste.

»Ich war überall und nirgends«, antwortete ich auf Karls Frage. Ich hatte jeden Tag mindestens drei, vier Termine gehabt, meistens irgendwo im Großraum Amsterdam, aber auch in Groningen, Den Bosch oder Den Helder. Ich blätterte in meinem Kalender hin und her. Termine mit anderen Kunden flogen vorbei. Partys, Essen, Verabredungen auf einen Drink. Der Abschied von Peter, als er nach Australien aufbrach. Karl schrieb alles untereinander, in klaren, kurzen Umschreibungen, aber kein Ereignis fiel besonders auf oder hätte sich zum Diebstahl meiner Identität angeboten. Jeder Termin hätte es gewesen sein können, überall, aber wir fanden keinen konkreten Anhaltspunkt.

»Dann müssen wir in deinem Computer suchen«, sagte Karl.

Ich holte meinen Laptop und schaltete ihn ein. Karl und Richard setzten sich neben mich und blickten mir über die Schulter, während ich mich durch die Geschichte meines Browsers klickte. Karl kam weiter als ich, aber schließlich blieben wir irgendwann Mitte Juli hängen. Weiter reichte das Gedächtnis des Browsers einfach nicht.

»Darf ich mal?«, fragte Karl. »Hast du was dagegen, wenn ich deine E-Mails durchgehe?« Er wartete meine Antwort gar nicht erst ab, sondern öffnete schon mein E-Mail-Programm und durchsuchte die Ordner, in denen ich meine alten E-Mails speicherte. Er sortierte sie nach Datum und scrollte zurück bis in den Januar. Die nach Mandanten sortierten Ordner interessierten ihn nicht, die erschienen ihm nicht gefährlich. Er konzentrierte sich auf den Posteingang, in dem Tausende unsortierte Mails abgespeichert waren. Archivieren war nicht meine Stärke.

»Alibris?«, fragte er.

»Gebrauchte Bücher aus den USA«, antwortete ich.

»Heinz Fribig?« Er zeigte auf eine Mail und öffnete sie.

»Die ist von eBay. Von ihm habe ich ein Buch gekauft.«

»Und wie hast du bezahlt?«

»Über PayPal.«

»Das müsste in Ordnung sein.« Er scrollte weiter. »Und das?«, fragte er. Er zeigte auf eine Mail von Mitte Januar. Eine Bestätigung, dass ich bei Second Life registriert war. »Spielst du da mit?«

Ja, das tat ich. Damals hatte ich mich jede Woche mit zahlreichen Leuten unterhalten, die ganz begeistert von Second Life waren. Ich hörte eine tolle Geschichte nach der anderen. Von Avataren und Fantasien, von dem Spaß, für eine Weile ein anderer sein zu können und gleichzeitig man selbst zu bleiben. Niemand weiß, wer er ist, bevor er nicht einmal ein anderer war. Diese Idee sprach mich an. Damals.

»Kannst du dich in dem Zusammenhang an irgendetwas erinnern?«, fragte Karl.

»Ja, an alles Mögliche, das ist es ja gerade.« Ich versuchte, mich daran zu erinnern, was ich alles bei Second Life getan hatte. Was ich in diesem Teil des Internets trieb, blieb nicht im Gedächtnis haften. Es waren keine echten Erinnerungen.

»Trotzdem ist das eine heiße Spur«, meinte Karl. »Gerade wenn man sich amüsiert, lässt die Aufmerksamkeit nach. Und in dem Moment passiert es dann.« Er griff nach seinem Stift und seinem Schreibblock. »Und mittlerweile fahren zwei Autos auf deinen Namen herum und du wirst eines tödlichen Unfalls mit Fahrerflucht, eines Raubüberfalls mit einem Pkw und des Kaufs von fünfeinhalb Hektar Anbaufläche verdächtigt. Habe ich noch etwas vergessen?«, fragte er.

»Meine Konten sind gesperrt, ich kann mein eigenes Haus nicht betreten, darf nicht Auto fahren und das Land nicht verlassen«, zählte ich auf. »Aber ansonsten geht's mir gut.« Der aufdringliche Geruch der Pizzen durchzog die Küche. Ich musste mich zwingen, ihn zu ertragen. Ich wäre am liebsten weggelaufen, raus aus dem Gebäude. Ich musste etwas unternehmen. Die Wände rückten auf mich zu.

»Hast du Geld dabei?«, fragte ich Richard.

Er nickte.

»Komm, dann lass uns nach Monster fahren«, schlug ich vor. Ich wollte mir doch gerne mal ansehen, was ich da angeblich gekauft hatte.

31

Eibrötchen

Das Wetter war umgeschlagen, Regen hing drohend in der Luft. Die endlosen Reihen der Treibhäuser spiegelten die grauen Wolken wider und es schien, als sei nirgendwo mehr ein Fleckchen Natur übrig.

»Das ist ja schlimmer als in der Stadt«, bemerkte Richard.

Zum zweiten Mal in dieser Woche war ich in Monster, diesmal freiwillig, obwohl ich nie für möglich gehalten hätte, dass ich ohne Zwang hierher zurückkehren würde.

»Ich brauche erst mal einen Kaffee«, sagte ich. »Und ein Brötchen.« Ich hatte den ganzen Tag Appetit. Essen als Übersprungshandlung. *If all else fails, eat.* Genau diesen Rat befolgte ich blindlings. Leider.

Wir fanden eine Snackbar. Richard parkte das Auto um die Ecke in einer Einkaufsstraße. Es war eine Einbahnstraße, bevölkert von zahlreichen Fußgängern und Fahrradfahrern. Er ließ seinen Wagen dort nicht gerne stehen, aber wir hatten keinen anderen Parkplatz gefunden. Er blickte sich um und stieg aus. Schweigend betraten wir die Snackbar, bestellten und fragten nach dem Weg zur Castrostraat.

»Die ist nicht hier in der Nähe«, sagte die Frau hinter der Theke. »Aber setzt euch erst mal hin, dann bekommt ihr von mir einen Kaffee und ich erkläre euch, wie ihr dahin kommt.« Sie lachte fröhlich, als sei das Leben ein einziges großes Fest. »Was möchtest du auf dein Brötchen haben?«

»Ach, suchen Sie mir etwas aus«, antwortete ich. »Was Sie am liebsten mögen.«

Ich bekam Eibrötchen.

»Ich kann es nicht ändern«, sagte sie. »Ich esse für mein Leben gern Eier. Schon immer. Mit ein bisschen Mayo drauf. Und Pfeffer. – Also, ihr wollt zur Castrostraat?« Sie zog sich einen Stuhl heran. »Die liegt eigentlich schon in Poeldijk, obwohl der Ortsteil noch zu Monster gehört. Weiß auch nicht, was das soll. Also, wenn ihr jetzt hier geradeaus fahrt«, sie zeigte zum Fenster hinaus, »müsst ihr an der nächsten Kreuzung rechts abbiegen. An der ersten Ampel links, dann weiter bis zum Kreisverkehr. Da biegt ihr wieder links ab, dann noch ein paar Kilometer geradeaus und dann liegt die Castrostraat auf der rechten Seite. Es ist eine schmale Straße, ihr müsst also gut aufpassen. Sonst fährt man vorbei.«

»Hast du dir das gemerkt?«, fragte ich Richard.

Er nickte. »Eine schmale Straße«, sagte er.

»Genau«, sagte die Frau und legte einen Kassenbon auf den Tisch. »Viel Spaß, obwohl es in der Castrostraat nicht viel zu erleben gibt, wenn ihr mich fragt.«

Ich aß einen Bissen von dem Brötchen. Knatschig, durchgeweicht. Schon nach zweimal Kauen verwandelte es sich im Mund zu einem glatten Brei. Fettig und cholesteringetränkt. Mit jedem Bissen fühlte ich mich ungesünder. Und wohler.

»Hast du eigentlich keine Verwandten?«, fragte Richard.

Das Ei blieb mir im Halse stecken. »Doch, wieso?«, fragte ich.

»Du bekommst nie Besuch und nie ruft jemand an. Und du hast auch keine Fotos oder so.«

»Das ist dir aufgefallen?«

»Ja«, sagte er. Einfach so, ohne weitere Erklärung. Es fiel also auf. Sogar mitten in einem Umzug, wo meine Sachen schon zu neunzig Prozent eingepackt waren, fiel es auf.

»Ich habe einen Vater und eine Mutter und einen Bruder und eine Schwester«, antwortete ich. »Meine Eltern sind geschieden, meine Schwester ist in Italien und mein Bruder zieht ein Jahr lang durch Australien. Wolltest du sonst noch etwas wissen?«

Richard schüttelte den Kopf. »Ich habe mich nur gewundert, sonst nichts.« Er trank den letzten Rest von seinem Tee. »Ich konnte ja nicht ahnen, dass ich dir damit auf den Schlips trete.«

»Tust du auch nicht«, erwiderte ich, obwohl ich tatsächlich ein wenig gereizt reagiert hatte. Seine Frage klang nach Kritik, die ich nicht vertragen konnte. Ich vermisste Peter und Kirsten. Ich vermisste meine Familie.

Richard legte Geld auf den Tisch und wir standen auf. Mit ein paar schnellen Schritten ging er mir voraus. Er öffnete die Tür, setzte die Sonnenbrille auf und schaute nach links und rechts. Und anschließend wieder mit einem Ruck nach links.

»Luft ist NICHT rein!«, rief er. Mit dem rechten Arm drängte er mich wieder zurück in die Snackbar. Er wich zurück und schloss die Tür. »Weg!«, rief er und schob mich mit beiden Händen zwischen den Tischen hindurch nach hinten in den Laden. Noch ehe wir den Tresen erreicht hatten, wurde der Eingang der Snackbar gerammt. Die große Glasscheibe stürzte mit einem Riesenkrach ein und die glänzenden, rostfreien Stahlrohre eines großen Toyota Pick-up ragten wie ein Eisengitter quer durch den Speiseraum. Die Türen wurden geöffnet und zwei mit Sturmhauben vermummte Männer sprangen heraus.

Die Wirtin schrie.

»Nicht stehen bleiben!«, rief Richard. Er rannte an mir vorbei, ergriff mich am Arm und schleifte mich zur Hintertür der Snackbar. Kurz bevor er hinausrannte, warf er einen mannshohen Stapel Kisten mit vorgebackenen Pommes frites um. Er knallte die Tür hinter sich zu. »Hierher!«, rief er und rannte zum überdachten Eingang eines Einkaufszentrums ein paar hundert Meter weiter. Hinter uns hörten wir das Fluchen und Stolpern der Männer, die versuchten, durch die weichen Kartoffelstäbchen hindurch zur Tür zu gelangen. Wir hatten vielleicht fünfzig Meter Vorsprung. Wenn Richard allein gewesen wäre, hätte er den Abstand mühelos vergrößern können. Er war stark und schnell. Ich konnte kaum mit ihm Schritt halten. Immer wieder drehte er sich halb um, griff mich am Arm und zog mich weiter, schneller, als meine Füße mich tragen konnten. Ich stolperte und wäre beinahe gefallen. Richard ließ nicht los.

Nachdem wir die andere Seite des Einkaufszentrums erreicht hatten, kehrten wir zu der Straße zurück, in der unser Auto stand. Bevor wir die Fahrbahn überquerten, schaute sich Richard nach allen Seiten um. Der Toyota bog langsam in die Straße ein. Richard presste die Lippen zu einem dünnen Strich zusammen.

»Idioten«, sagte er. Er winkte, und in demselben Moment rannte er zum Wagen. Noch bevor ich saß, hatte er schon den Motor gestartet. »Sicherheitsgurt«, sagte er trocken und wartete, bis ich meinen angelegt hatte. »Halt dich fest!« Richard schaltete und gab Gas. Das kleine Auto schoss mit einem Ruck nach vorn. Richard sagte nichts mehr. Seine Augen huschten ständig hin und her. Er sah alles, vor sich, neben sich und hinter sich. Er fuhr mit minimalen Bewegungen, konzentriert auf seine Hände und Füße. Das Auto hüpfte und holperte durch das kleine Städtchen. Der Pickup folgte uns.

»Der hat's leicht«, bemerkte Richard. »Er braucht nur in die Gasse zu fahren, die ich öffne. Aber nicht mehr lange.« Kurz vor der Kreuzung, die zur Ringstraße führte, riss er das Lenkrad herum, bremste, riss das Lenkrad zur anderen Seite und jagte in den Rückwärtsgang. Das Auto drehte sich schleudernd um die eigene Achse. Mein Magen hing mir zwischen den Ohren. Mir schwirrte noch der Kopf, als das Auto schon wieder in voller Geschwindigkeit an dem Toyota vorbeiraste, in die entgegengesetzte Richtung.

Ich schloss die Augen. Monster stand auf dem Kopf, da war ich mir ganz sicher. Die Räder des Autos klebten an einer Straße, die sich nicht mehr auf der Erde befand. Der Motor heulte. Ich spürte die Vibrationen der hohen Umdrehungszahl in meiner Brust. Das Eibrötchen rutschte hoch und runter.

»Nur noch ein bisschen«, sagte Richard und tat etwas, was ich nicht sah, was aber alles noch schlimmer machte.

32

Die Castrostraat

»Was haben die bloß gegen dich?«, fragte Richard. Wir standen zwischen Hunderten anderer Autos auf dem Parkplatz des *Agri Business Centers Westland.*

Beeindruckende Hallen und Bürogebäude, aus den billigsten Industriematerialien errichtet. Riesenwellblechplatten auf Stahlgestellen mit Fundamenten aus dickem Beton. Ein Gewerbegebiet für den Großhandel mit Blumen und Gemüse. Richard hatte sein Auto hinter einigen großen Firmen-Lkws geparkt, sodass man uns von der Zufahrt zum Gelände aus nicht sehen konnte.

Wir hatten die Verfolger im Toyota abgeschüttelt. Richard hatte die Fahrertür geöffnet, und die kühle, feuchte Luft wehte herein. Es hatte aufgehört zu regnen, aber das war auch das einzig Positive.

»Nichts«, antwortete ich. »Was sollten die denn gegen mich haben?«

»Damit gebe ich mich nicht zufrieden«, erwiderte Richard. »Los, überleg mal. Für irgendjemanden bist du Grund genug, mit einem Auto in eine Snackbar zu fahren. Das bedeutet zumindest, dass jemand glaubt, du hättest irgendetwas. Oder wüsstest etwas. Oder hättest etwas geplant. Das macht man doch nicht einfach so?« Es fing wieder an zu regnen. Richard zog seine Tür zu.

Ich starrte durch die Windschutzscheibe hinaus, denn ich hatte keine Ahnung, warum ich verfolgt wurde. In meinem Kopf war es so grau und nass wie draußen. Ich erkannte keinerlei Zusammenhang.

»Warum wollen die dich haben?«, fragte Richard.

»Die? Wer sind die?«

»Was weiß denn ich?«

Damit wollte er sagen, dass es in jedem Fall nicht um ihn ging. Das glaubte ich auch nicht. Es ging nicht um ihn und auch nicht um die Snackbar, in der wir gesessen hatten. Die

Männer aus dem Toyota hatten sich dort nicht in Ruhe hingesetzt, sondern sie hatten uns verfolgt. Oder besser: mich.

»Könnten das vielleicht wütende Bauern sein?«, fragte Richard. »Die Jungs mit den *Mega Dominators*? Wollen die was von dir? Schließlich sind die hier zu Hause.«

Nein, das konnte ich mir nicht vorstellen. Die Bauern waren meine Mandanten. »Wenn ein Mandant etwas von mir will, greift er zum Telefon«, erwiderte ich. »Und wenn ich nicht so arbeite, wie er es erwartet, bezahlt er meine Rechnungen nicht. Mehr ist wirklich nicht nötig.«

»Weißt du etwas, das dich eigentlich nichts angeht? Ein Betriebsgeheimnis zum Beispiel, etwas anderes fällt mir auf die Schnelle nicht ein.«

Ich schüttelte den Kopf. Ich hatte keine Ahnung, was mir gefährlich werden könnte. Einen nach dem anderen ließ ich meine Aufträge Revue passieren, aber nirgendwo konnte ich einen Anlass für diese Art von Gewalt entdecken.

»Aber trotzdem musst du irgendjemandem gewaltig auf den Schlips getreten sein«, sagte Richard.

Schweigend schauten wir hinaus in den fallenden Regen. Die Wolken waren grau, der Regen war grau, die Gebäude waren grau und der Asphalt war grau. Alles, was es an Farben gab, wurde von dem allgegenwärtigen Grau verschluckt.

»Das war übrigens kein Santa Fe«, bemerkte ich.

»Was soll das denn heißen?«

»Dass diese ganze Geschichte von dem Raubüberfall gestern Nacht erstunken und erlogen sein muss.«

»Wer sagt, dass der Einbruch von gestern und die Sache mit der Snackbar heute etwas miteinander zu tun haben?«, fragte Richard.

»Weil es die ganze Zeit um mich geht«, antwortete ich. Mich konnte nichts mehr in Erstaunen versetzen. Ich hatte erlebt, dass alles, was ich zu wissen glaubte, manipuliert wurde. Seitdem wusste ich, wie leicht es war, die Wirklichkeit zu verdrehen und zu verändern. Eine Videoaufnahme von einem Auto, das durch eine Schaufensterscheibe brach, inklusive erkennbarem Nummernschild musste nicht das Geringste bedeuten. Bilder sind heutzutage ebenso unglaubwürdig wie Worte. Man kann Bilder zerschneiden und neu zusammensetzen, bis es so aussieht, als läge die Königin mit Muhammad Ali im Bett. Und selbst wenn das niemand glaubt: Sobald das Bild einmal existiert, brennt es sich in die Erinnerung ein.

Langsam fuhren wir zurück nach Monster, am Zentrum vorbei zum anderen Ende der kleinen Stadt. Richard saß angespannt am Steuer, bereit, jeden Moment Gas zu geben und so schnell wie möglich zu verschwinden. Seine Augen huschten fortwährend hin und her wie bei einem Sportler im REM-Schlaf. Er sah alles.

Im Regen wirkte das Dorf nur noch trostlos. Nasser holländischer Backstein. Billigbauweise. Geschmacklose Architektur. Ich war froh, als wir die geschlossene Ortschaft wieder hinter uns ließen.

»Das muss die Straße nach Poeldijk sein«, meinte Richard. Nach einigen Kilometern fuhr er langsamer, bis wir nur noch dahinkrochen. Unser Hintermann blendete uns mit der Lichthupe. Richard ignorierte ihn.

»Hier irgendwo muss es sein«, sagte er. »Eine schmale Straße auf der rechten Seite.«

Endlose Reihen von Treibhäusern erstreckten sich vor und hinter uns. Zur Straßenseite hin waren die Scheiben teilweise weiß übermalt, sodass man nicht hineinschauen konnte und zudem das Licht nachts nicht auf die Straße fiel.

»Da«, sagte Richard. Er zeigte auf eine Öffnung zwischen zwei Reihen von Gewächshäusern. Er bog von der Straße ab. Am Anfang des Weges stand ein kleines Schild: *Castrostraat.*

Die Gasse war gerade einmal breit genug für ein Auto. Rechts und links ragten Treibhäuser auf. Keine Menschenseele zu sehen, weder auf dem Weg noch in den Häusern. Nach ein paar hundert Metern stand auf einmal ein Gebäude mitten zwischen den Glaskonstruktionen. Es brannte kein Licht darin. Es sah still und verlassen aus. Vor der Tür parkte ein Auto. Das Haus hatte einen kleinen Garten, vielleicht sechs Meter nach rechts und links, und einige Parkplätze auf der Vorderseite. Die Rückseite konnten wir nicht sehen. Das Haus war auf drei Seiten von den Glaswänden der Gewächshäuser umschlossen.

»Nummer drei«, sagte Richard und fuhr weiter.

Je weiter wir fuhren, desto mehr entfernten wir uns von der Welt, wie wir sie kannten, von dem vertrauten Anblick der Straßen und Gebäude. Wir befanden uns in einem Labyrinth aus Glas. Verletzlich und hart zugleich. Es gab keinen Ausblick, keine Variation, keine Veränderung. Die Perspektive war einförmig und unwandelbar. Lang, gerade, glatt. Jede Ecke war exakt rechtwinklig. Die Rahmenkonstruktionen aus Metall waren dünn und unbeugsam zugleich. Mittlerweile goss es in Strömen. Richard sah auf den Kilometerzähler.

»Wir sind jetzt schon mehr als anderthalb Kilometer unterwegs«, stellte er fest. »Das kann einen ja zutiefst depressiv machen. Wie halten die Leute es hier bloß aus?«

»Beten und arbeiten«, antwortete ich.

»Und viel Porno gucken«, meinte Richard. »Da kannst du Gift drauf nehmen. Denn wenn du den ganzen Tag in so einer Glashütte sitzt, willst du zur Abwechslung mal was anderes sehen.«

Wir erreichten das nächste Haus.

»Nummer neun«, sagte Richard. »Dann kann es ja nicht mehr weit sein.«

Wahrscheinlich waren die dazwischen liegenden Häuser abgerissen und die Parzellen zusammengelegt worden. Deswegen war es so weit von einem Haus zum anderen. Gerade Hausnummern gab es nicht. Auf der anderen Straßenseite standen keine Gebäude.

Allmählich wirkten die Gewächshäuser älter und weniger gut erhalten. Nummer elf kündigte sich durch stellenweise kaputtgeschlagene Scheiben an. Im Inneren wucherten grüne Pflanzen wild durcheinander, alle verschieden hoch und von ungleicher Form. Das Haus selbst war farblos und in schlechtem Zustand. Nichts daran war irgendwie gepflegt. Das Unkraut zwischen den Fliesen vor der Tür war hoch aufgeschossen. Der Garten war verwildert. Efeu rankte sich durch die Fenster hinein. Richard parkte das Auto vor der Tür und wir sahen uns schweigend um.

»*Gothic*«, sagte Richard. »Wenn es unbewohnbar ist, kannst du es immer noch als Drehort für Horrorfilme vermieten.«

Drinnen sah es noch schlimmer aus. Die Haustür war abgeschlossen, aber die Hintertür schwang klappernd im Wind hin und her. Wir konnten ungehindert hineingehen. Das Haus stand leer. Das Innere befand sich in einem Zustand der Verwüstung. In der Küche hingen noch einige Schränke mit den letzten Schrauben an der Wand. Die Türen waren herausgerissen worden. Alles war kaputt. Pizzareste und andere Überbleibsel von Fast Food hatten sich mit den Bodenbelägen zu neuen Lebensformen vereinigt. Ein Gestank nach Fäulnis und Moder lag in der Luft. Und noch etwas anderes.

In der Diele öffnete Richard die Toilettentür. Die Kloschüssel war bis zum Rand vollgeschissen. Darum herum lagen Haufen. Die Scheiße klebte an den Wänden. Richard schreckte zurück. Ich streckte den Arm aus und versuchte an der Spülung zu ziehen, aber das Wasser war abgedreht. Richard drängte mich beiseite und schloss die Tür wieder.

»Das kann man nicht mehr sauber machen«, meinte er. »Da hilft keine Reinigung mehr, nur noch abreißen und neu bauen.«

Im Wohnzimmer fanden wir die Überreste der Küchenschranktüren im offenen Kamin. Auf dem Boden waren leere Pizzaschachteln verstreut. Ein Aschenbecher voller Kippen stand dazwischen. Überall lagen leere Tabakpäckchen, Bierdosen, Colaflaschen, leere Wodkaflaschen, Chipstüten und Alkopopflaschen herum. Ich bückte mich und klaubte ein paar Kippen aus dem Aschenbecher. Eine davon pulte ich auseinander.

»Gras«, bemerkte ich.

»Tja, mir scheint, als hättest du hier ein ziemlich krankes Wohnhaus gekauft«, bemerkte Richard. »Was hast du dir nur dabei gedacht, für eine solche Bruchbude über drei Millionen zu bezahlen?«

Oben gab es vier Schlafzimmer, ein Badezimmer und eine weitere Toilette. In den Schlafzimmern lagen alte Matratzen auf dem Boden, manchmal zwei übereinander. Daneben zugebundene Kondome, manche eingetrocknet, manche noch gefüllt. Weitere Bierdosen und Pizzareste. Die Fenster waren zugenagelt. In zwei Zimmern war die Decke teilweise heruntergekommen. Das Dach war undicht und Regenwasser sickerte in dünnen Rinnsalen an einer der Wände herunter. Die Tapete war aufgeweicht und hing in losen Bahnen herab. Der Holzfußboden hatte sich durch die Feuchtigkeit verzogen und in den Fensterrahmen wuchs Moos. Das Badezimmer war nicht mehr als solches erkennbar. Das Waschbecken war kaputtgeschlagen worden und lag in Bruchstücken auf dem Boden. In der Badewanne stand eine Mischung von Urin und menschlichen Fäkalien. Der Abfluss war längst von Papier und Dreck verstopft. In Ermangelung einer funktionierenden Toilette hatte man die Badewanne als Plumpsklo benutzt. Ohne Deckel. Der Gestank war extrem. Richard hielt sich Mund und Nase zu und wandte sich würgend ab. Ich knallte die Tür zu, rannte zum nächsten Fenster und atmete die frische Luft tief ein.

Schnaufend liefen wir hinunter, durch die Diele und die Küche wieder hinaus. Hinten im Garten befand sich ein Durchgang zur ersten Reihe der Treibhäuser. Das Grün, das wir vom Auto aus gesehen hatten, erwies sich als Unkraut. Mannshoch. Sehr viele Brennnesseln. Aber auch Disteln, Holunder und Wein. So weit wir blicken konnten, Treibhaus um Treibhaus.

»Die Bank, die für das da einen Kredit vergeben hat, muss verrückt sein«, sagte ich. »Da ist doch etwas oberfaul. Meiner Meinung nach steht dieses Haus schon länger als ein halbes Jahr leer. Welche Bank lässt sich denn auf so etwas ein?«

»Die Rabobank«, antwortete Richard.

»Aber warum?«

»Tja, das ist eine intelligente Frage«, sagte Richard. »Und für intelligente Fragen ist Klasman zuständig. Der freut sich ungemein darüber.« Er zog sein Handy heraus und rief ihn an. »Gerard, das musst du dir unbedingt ansehen«, sagte er. »Und wenn es dich nur um eine Erfahrung reicher macht.«

33

Kein Zen

Der Regen hatte aufgehört. Nur ein paar vereinzelte Tropfen fielen noch vom Himmel. Wir standen im betonierten Vorgarten des Hauses. Richard drückte sein winziges Handy halb ins Ohr. Ich musterte das Gebäude und die bizarre Umgebung. Laut der Bank gehörte es mir. Jedenfalls war ein Kredit auf meinen Namen dafür aufgenommen worden. Das bedeutete, dass bei einem Notar irgendwo hier in der Gegend eine Urkunde ausgestellt worden sein musste, in der dieser ganze Besitz auf meinen Namen überschrieben wurde. Diesem Notar hatte ein Mann gegenübergesessen, der glaubhaft beweisen konnte, dass er ich war.

»Hast du einen Stift?«, fragte Richard. »Und ein Stück Papier, denn Gerard hat den Namen und die Adresse des Mannes herausgefunden, von dem du angeblich den BMW gekauft hast. Der wohnt auch hier irgendwo in der Gegend.«

Ich gab Richard meinen Kuli und fand in einer meiner Taschen auch noch ein Stück Papier. Richard lehnte sich an sein Auto, klemmte das Handy zwischen Ohr und Schulter und drückte und drehte an dem Stift herum. Nach einigen Versuchen gab er auf.

»Hast du noch einen anderen?«, fragte er. »Dieser hier funktioniert nicht.« Er gab mir den Kuli zurück. Es war der Montblanc von Hoogeman.

Ich schüttelte den Kopf. Während Richard ins Auto stieg und im Handschuhfach suchte, probierte ich den Stift aus. Bei einem Kugelschreiber lässt sich normalerweise durch Drehen oder Drücken die Mine herausschieben. Aber was ich auch versuchte, es passierte nichts. Wahrscheinlich war der innere Mechanismus durch den harten Aufprall des Autos beschädigt worden. Ich versuchte es noch einmal und gab dann auf. Richard winkte mir zu. Ich steckte den Kuli wieder in die Innentasche meiner Jacke und stieg ein.

»Gobbis«, sagte er und reichte mir den Zettel.

BMW 5, NN-BD-80, E. Gobbis, 's-Gravenzande, verkauft am 28.06.06

Komplett mit Adresse und Telefonnummer.

»Das liegt hinter Naaldwijk«, sagte Richard. »Vielleicht fünfzehn Kilometer von hier.« Er startete den Motor und sah mich an. Sah, wie ich nach draußen starrte. »Komm, das Haus haben wir uns doch gründlich genug angesehen, oder?« Er legte den Rückwärtsgang ein, bog vom Parkplatz des Hauses hinunter und fuhr los.

Ich sagte nichts. Ein Gedanke spukte mir durch den Kopf. »Ich hatte in Monster eine Rechtsanwältin, die mir eigentlich versprochen hatte, die Adresse dieses Mannes herauszusuchen«, sagte ich. »Von ihr habe ich seit Tagen nichts gehört und Klasman hat die Information innerhalb von einem halben Tag.«

»Gerard ist ein Spitzenanwalt.«

»Offensichtlich«, sagte ich. Aber ich bezweifelte, dass es daran lag. Um diese Daten herauszufinden, brauchte man kein guter Anwalt zu sein. Man musste sich einfach nur dahinterklemmen. Ich holte mein Handy heraus, suchte nach der Karte und rief Mevrouw van Donee an.

»Kennst du einen gewissen E. Gobbis?«, fragte ich.

»Ich bin ihm ein paarmal begegnet, aber nie beruflich«, antwortete sie. Sie dachte nach. »Er handelt mit gebrauchten Gartenbaugeräten. Na ja, Meneer Gobbis handelt eigentlich mit allem, was nicht niet- und nagelfest ist. Aber das ist hier in der Gegend keine Seltenheit. Warum?«

»Ich bin gerade auf dem Weg zu ihm«, antwortete ich und erzählte ihr, was ich wusste.

Sie hörte zu und entschuldigte sich, ganze vier Mal. Sie habe zu viel zu tun gehabt, ihre Gehilfin sei in Urlaub und die Polizei habe in letzter Zeit zahlreiche Tatverdächtige verhaftet, die einen Rechtsbeistand brauchten. »Warten Sie auf mich«, bat sie. »Ich muss hier nur noch ein paar Schriftstücke unterschreiben, dann treffe ich mich dort mit Ihnen.«

»Wie gesellig.«

»Nein, eher nicht. Sie kennen Männer wie Gobbis nicht. Die verschachern alles, was ihnen in die Hände fällt, und sie plaudern niemals aus dem Nähkästchen. Es sei denn, sie kassieren Geld dafür. Für Sie steigt er nicht einmal aus dem Auto.«

»Aber für dich?« Sie, du, Sie, du, ich gab nicht nach.

»Ja, denn er kann ja nicht wissen, wann er mich einmal braucht.« Sie lachte. »Das wäre wirklich zu schön. Wenn ich eines Tages Ed Gobbis verteidigen könnte, würde ich das Westland umpflügen bis aufs Grundwasser. Dann sauge ich denen den Dünger aus den Treibhäusern. Bis gleich.« Sie unterbrach die Verbindung.

Ich blickte das kleine Telefon in meiner Hand an. Bei mir schrillte eine Alarmglocke, aber ich wusste nicht, warum. Es lag an irgendetwas, das die Anwältin gesagt oder vielleicht auch ungesagt gelassen hatte. Vielleicht war es auch nur so ein Gefühl. Es schien, als sei sie irgendwie verwirrt gewesen, als hätte ich etwas gesagt, das nicht richtig war. Ich fand es nicht heraus.

»Fahr ruhig langsam«, riet ich Richard. »Wir bekommen gleich Gesellschaft.«

Er schaute mich aus den Augenwinkeln heraus an. Ganz kurz nur. Sofort blickte er wieder zurück auf die Straße. »Nette Gesellschaft?«

»Schau dich doch hier mal um«, sagte ich.

Die fantasielose Umgebung der Treibhäuser und Gemüsefelder war allgegenwärtig. Rechteckig, niedrig und auf eine billige Art und Weise nützlich. »Willst du damit sagen, nett sei ein relativer Begriff?«, fragte er.

»Ja, manchmal«, antwortete ich.

Im Dorf hielten wir an einem Zigarrengeschäft an. Ich kaufte eine Schachtel Panatellas, denn auch wenn Mevrouw van Donee sie nicht rauchte, wollte ich doch etwas zum Anbieten haben. Einfach so. Manchmal muss man etwas Bestimmtes einfach tun. Ich hatte keine Ahnung von Zigarillos, aber der Verkäufer meinte, diese würden einer Frau sicher schmecken.

Wir fuhren durch Naaldwijk, entlang der riesigen Auktionshallen, in denen die Produkte des Westlandes verkauft wurde. Jeden Tag holte hier eine Kolonne von Lkws die Blumen, Tomaten, Gurken, Paprikas, frischen Kräuter und anderen Produkte ab, um sie an ihre Bestimmungsorte zu bringen. Zu Großmärkten, Exporteuren, zum Flughafen und – über Zwischenhändler – zu normalen Leuten wie mir. Überall in der ganzen Welt. Erst hier wurde deutlich, wie bedeutend und professionell der niederländische Gartenbau ist. Hier wird nicht in kleinen Mengen gedacht, hier geht es um Tonnen und Container. Hier wird die Basis für das Geld gelegt, das in Amsterdam mit Marketingplänen und Imageentwicklung verdient wird. Je größer die Gewinnmarge, desto mehr bleibt für die öffentliche Hand übrig. In Amsterdam sieht man das natürlich anders: Je mehr Behörden man einschaltet, desto höher kann man den Gewinn schrauben. Aber das ist ein Denkfehler. Der niederländische Gartenbau ist eine in sich geschlossene Welt. Das Geld, das hier verdient wird, hat wenig mit den Werbekampagnen zu tun, die von den Kreativen in den Amsterdamer Agenturen entworfen werden. Die Gewinne hier stammen aus Subventionen der EU, eine Art Entwicklungshilfe auf Umwegen, und – wo möglich – aus der Einsparung von Lohnkosten. Kein Asylbewerber, der nicht in den Treibhäusern eine Arbeit finden könnte. Sie, die genauso schwarz sind wie die Erde, in der sie bis zu den Knöcheln stehen. Im Gartenbau arbeiten die harten Bauern, die auf ihre Gegend stolz sind. Wer nicht von hier stammt, gehört nicht hierher. Hinter den endlosen gläsernen Wänden herrschen mächtige Clans. Hier heißt es: Fressen oder gefressen werden, und dabei ist nicht die Rede von Tomaten.

Zweifle nicht, denn sobald du zweifelst, brauchst du niemanden mehr.

Man konnte Gobbis gar nicht verfehlen. Die Anwältin hatte in mir die falsche Erwartung geweckt. Schon allein sein eigentliches Geschäft umfasste mehr als einen Hektar, mindestens hundert mal hundert Meter. Außen herum erstreckte sich ein Riesengelände voller Gebrauchtmaschinen und Ersatzteile. Traktoren und Erntemaschinen, Bewässerungsanlagen, Schläuche, Heizkessel, Wärmerückgewinnungsanlagen, zerlegte und eingelagerte Treibhäuser, Rollen mit Plastikfolie, Pflastermaterialien, Beleuchtungseinheiten für drinnen und draußen sowie Rohrleitungen. Für einen Trödler besaß Gobbis wirklich ein erstaunliches Geschäft. Richard parkte den Wagen neben dem Eingang zum Gelände und gemeinsam betrachteten wir das Areal mit der gewaltigen Ansammlung von Schrott und Maschinen.

Keine Menschenseele weit und breit.

Plötzlich näherte sich aus der Ferne das beeindruckende Röhren eines alten V8, der mit klappernden, undichten Ventilen angerast kam. Richard schloss die Augen und lauschte. »Mustang«, stellte er fest. »Unverkennbarer Sound.«

Kurz darauf hielt direkt neben uns ein roter Ford Mustang. Rechtsanwältin van Donee saß am Steuer, eine Hand am Lenkrad, in der anderen ihr Handy. Ihre blonden Haare hatte sie zu einem Pferdeschwanz straff zusammengebunden. Sie ließ den Motor noch eine Weile blubbern, bis sie ihr Telefongespräch beendet hatte. Dann drehte sie den Zündschlüssel um.

Richard staunte. »Ist das die Gesellschaft, die wir erwarten?«, fragte er.

»Ja, das ist Mevrouw van Donee, Anwältin aus Monster.«

Richard pfiff leise. »Und ich sitze hier in einem Clio«, sagte er und stieg aus. Charmanter Kavalier von Kopf bis Fuß.

Ich werde langsam alt, dachte ich.

Van Donee blieb strikt sachlich.

»Ich bin nicht hier, um Gobbis Scherereien zu machen«, verkündete sie. »Ich bin hier, um Ihnen zu helfen. Sonst nichts. Sollten Sie vorhaben, ihn gegen sich aufzubringen, sind Sie mich los.«

»Jeder Plan, durch den wir Sie verlieren, ist ein schlechter Plan«, säuselte Richard.

»Besten Dank«, erwiderte Mevrouw van Donee. »Mit Schmeicheleien kriegen Sie mich zwar nicht rum, aber ich habe auch nichts dagegen. Ich gehe dann schon mal vor.« Sie betrat das Gelände und marschierte auf den Eingang zu, der sich auf der Seite des Gebäudes befand. Man gelangte in eine Lagerhalle, in der die neueren, empfindlicheren Maschinen standen. Die Anwältin ging rasch weiter nach hinten durch, auf ein verglastes kleines Büro zu, wo jemand an einem Computer saß.

»Ich gehe ihn holen«, sagte sie.

Mit schnellen Schritten entfernte sie sich. Auf hohen Absätzen war sie etwas größer als ich, einige Zentimeter, mehr nicht, aber es reichte ihr, um auf mich herabsehen zu können. Was ihr gut stand.

Richard achtete hauptsächlich auf ihre Beine, und je mehr er hinsah, desto mehr fielen sie auch mir auf.

»Sie ist aber eher in meinem Alter«, bemerkte ich.

»Ach, was macht das schon«, meinte er. Sein Kopf kippte allmählich nach links, als passe er sein Blickfeld ihrem Körper an. »Alter ist nicht Zen«, fügte er hinzu.

»Ach, aber du vielleicht?«

»Ich bin sehr Zen. Der Augenblick ist Gott. Sonst kann man keine Rennen fahren. Mein Om ist der Sound eines V12. Kennst du den?«

»Nur aus dem Fernsehen«, erwiderte ich.

»Also nicht. Denn das ist natürlich nicht dasselbe. Um einen V12 richtig zu hören, muss man im Auto sitzen, mitten im Motorsound. Wenn man Gas gibt, fühlt es sich an, als würde das Geräusch sämtliche Moleküle in einem lang ziehen und in eine Richtung ausrichten. Das meine ich.« Bei dem Gedanken daran erschauderte er.

Meine Anwältin betrat das kleine Büro und war jetzt nur noch teilweise sichtbar. Ein Mann stand auf und schüttelte ihr die Hand. Durch die Scheibe warf er einen Blick hinaus zu uns. Ich nickte ihm zu. Der Mann reagierte nicht auf meinen Gruß. Er sah ihn wahrscheinlich nicht einmal. Er hatte nur noch Augen für Mevrouw van Donee.

»Fährt sie immer mit dem Mustang herum?«, wollte Richard wissen.

»Keine Ahnung. Ich habe sie bisher nur im Präsidium gesehen, und da hatte sie ihn nicht bei sich.«

Der Mann im Büro lachte. Er riss den Mund weit auf und warf den Kopf in den Nacken. Wir hörten nichts.

»Er scheint ja ziemlich geistreich zu sein«, bemerkte Richard.

»Kann sein«, sagte ich, »aber das dauert mir zu lange. Kommst du mit?« Ich ging auf das Büro zu. Richard folgte mir.

»Du solltest sie lieber erst mal machen lassen.«

»Machen? Was denn?«

»Na ja, ihr Ding.«

»Welches Ding?«

»Ihr Ding«, sagte Richard. Mit ein paar schnellen Schritten überholte er mich und baute sich vor mir auf. »Mein Ding. Dein Ding. Das, was du tust, wenn du tust, was du fühlst, und du fühlst, was du tust. Das. Dein Ding. Herrgott, du hast aber auch keine Ahnung!«

34

Du

Gobbis war ein Mann, der aus zwei Teilen bestand. Sein Kopf und sein Körper schienen nichts miteinander zu tun zu haben. Sein Körper war breit und massig, sein Kopf schmal und klein. Er stand inmitten seiner Geräte und da stand er gut. Sicher. Auf vertrautem Boden.

»Was kann ich für Sie tun?«, fragte er. Sein Blick verriet keinerlei Interesse.

»Kennen Sie mich?«, fragte ich.

»Sollte ich?«

Richard lehnte ein paar Meter entfernt an einem riesigen Generator und tat, als ginge ihn das Ganze nichts an. Mevrouw van Donee stand schräg hinter Gobbis und lächelte mich an. Das fand ich verwirrend. Im Prinzip fand ich es zwar nett, dass sie mich anlächelte, aber warum auf einmal jetzt? Hatte sie plötzlich ihre Sympathie für mich entdeckt? Ich erwiderte ihr Lächeln und konzentrierte mich wieder auf Gobbis.

»Sie haben vor etwas über einem Monat einen bronzefarbenen BMW der 5er-Reihe verkauft. Stimmt das?«

Er reagierte nicht. Er bewegte sich nicht und sagte auch nichts. Er stand mit den Händen in den Taschen da und starrte mich ausdruckslos an. Seine Gestalt wurde verschwommen von den uns umgebenden Glaswänden widergespiegelt, wodurch mich das Gefühl beschlich, dass er sich und mich beobachtete.

»Stimmt das?«, fragte ich noch einmal.

»Und wer will das wissen?«

»Ich. Michael Bellicher.«

»Nie von Ihnen gehört.« Er schüttelte den Kopf und wollte weggehen. Mevrouw van Donee hielt ihn mit einer Hand und einem Lächeln zurück.

»Meneer Bellicher hat ein Problem«, sagte sie.

»Und daran bin ich sicher schuld«, sagte Gobbis.

»Nein, nicht Sie, sondern ein anderer. Jemand, den wir nicht kennen. Den versuchen wir zu finden.«

»Bei mir?«

»Nein, nicht bei Ihnen, aber über Sie«, sagte ich. »Sie haben jemandem einen BMW verkauft, und ich wüsste gerne, wer das war. Sonst nichts.«

Gobbis schaute mich an. Immer noch mit undurchdringlicher Miene. »Woher weiß ich, dass Sie nicht vom Finanzamt sind?«

»Wer, ich?«

»Oder von der Steuerfahndung.«

»Ich bin nicht von der Steuerfahndung und auch nicht vom Finanzamt. Mevrouw van Donee kennt mich, sie weiß, wer ich bin. Wenn sie sagt, dass ich nicht von der Steuerfahndung komme, dann können Sie ihr doch glauben?«

Wieder schwieg er und starrte mich an. Plötzlich drehte er sich zu meiner Anwältin um. »Also er ist nicht von der Steuerfahndung? Was denn dann?«

»Meneer Bellicher ist einfach Meneer Bellicher. Ein Unternehmensberater aus Amsterdam.«

»Und der da?« Gobbis zeigte auf Richard.

»Das ist ein Freund von ihm.«

»Sind die schwul?«

Mevrouw van Donee lächelte. »Das weiß ich nicht«, sagte sie. »Fragen Sie sie doch einfach selbst.«

Gobbis drehte sich um und baute sich vor mir auf. Ich konnte seinen Atem riechen. Zwiebeln und Käse.

»Seid ihr Schwule?«, fragte er. »Denn Schwule kann ich nicht leiden. Die Steuer nicht und Schwule nicht.«

»Und wahrscheinlich auch keine Moslems«, bemerkte Richard.

Gobbis ging auf ihn zu und drängte ihn gegen den Generator. »Du bist wohl der Spaßvogel von euch beiden, wie? Was hast du gegen Moslems? Moslems sind ehrlich. Immer. Zahlen immer bar. Die sind in Ordnung. Mir ist ein Moslem mit Bargeld lieber als ein Amsterdamer mit EC-Karte. Drei Bewässerungssysteme für Libyen? Kein Problem. Bar hier und bar da. Ehrlicher Handel. Nur wenn sie schwul sind, kann ich sie nicht leiden.«

Er schwieg.

Ich versuchte es noch einmal. »Vor etwas über einem Monat haben Sie einen …«

»Ich bin nicht taub«, sagte Gobbis.

»Nein, das wollte ich damit auch nicht sagen.« Ich konnte nicht anders, als das zu wiederholen, was ich schon einmal gefragt hatte. Und noch einmal, wenn es sein musste. Mevrouw van Donee und Richard mischten sich nicht ein. Von Richard überraschte mich das nicht, aber dass Mevrouw van Donee mich so bei Gobbis hängen ließ, wunderte mich. Sie lächelte, schien sich aber zugleich zurückzuziehen. Ihr Verhalten war mir ein Rätsel. Was wollte sie nur? Wollte sie, dass ich etwas herausfand, oder war es ihr egal?

Gobbis gab keinen Zentimeter nach. Er tat weiterhin so, als sei ich der Abgesandte einer feindlichen Institution. Und in seinen Augen gab es da so einige.

»Einen bronzefarbenen BMW mit dem Kennzeichen NN-BD-80«, sagte ich noch einmal. »Sie wissen, dass Sie ihn verkauft haben, und ich weiß, dass Sie ihn verkauft haben. Wir wissen alle, dass Sie ihn verkauft haben, das ist also wirklich kein Geheimnis. Das Einzige, was ich wissen will, ist, an wen Sie ihn verkauft haben. Sonst nichts.«

Gobbis zog die Augenbrauen hoch. »Dann wissen wir zusammengenommen ja eine ganze Menge, scheint mir.« Er schwieg und schaute an mir vorbei zum Fenster hinaus. Er machte keine Anstalten, noch etwas hinzuzufügen, aber er ging auch nicht weg oder forderte uns auf, sein Grundstück zu verlassen. Er stand einfach da, breit und unnachgiebig, und wartete. Er sah aus, als könne er sehr gut und sehr lange warten. Besser als ich.

»Sie würden Meneer Bellicher wirklich sehr helfen, wenn Sie ihm …«

Gobbis wedelte mit einer Hand, bis Mevrouw van Donee schwieg. »Meneer Bellicher dies, Meneer Bellicher jenes. Was soll ich damit anfangen? Meneer Unternehmensberater aus

Amsterdam. Wohnen da nur Unternehmensberater oder auch normale Leute? Leute, die deutliches Niederländisch reden?«

»Wie viel?«, fragte Richard, der noch immer an dem Generator lehnte. »Wie viel in harten Euros, über wie viel reden wir hier?«

»Diese Sprache meinte ich.«

»Nun sagen Sie schon.«

Gobbis zuckte mit den Schultern. »Wie viel ist eine solche Information wert?«, fragte er. »Wenn wir von einer Biogasanlage reden, weiß ich es ganz genau. Soundso viele Jahre alt, soundso viel Kapazität. Einigermaßen gut erhalten. Dafür kann ich einen guten Preis erzielen, mit dem auch Sie zufrieden sind. Aber so was hier? So was ist schwierig.«

»Bar«, sagte Richard, ging auf ihn zu und zog eine Rolle Geldscheine aus seiner Tasche. Schweigend standen sie einander gegenüber. Ich sah, wie Gobbis rechnete und nachdachte. Richard sagte kein Wort. Keiner von beiden wollte als Erster ein Angebot unterbreiten. Gobbis wusste nicht, wie viel er verlangen konnte, und befürchtete, zu tief zu stapeln, während Richard nicht zu hoch einsteigen wollte. Irgendjemand musste die Verhandlungen eröffnen.

»Zwanzig Euro pro Buchstabe«, schlug ich vor.

Gobbis schüttelte lachend den Kopf. »Hundert«, sagte er.

»Ach, und dann ist es vielleicht ein Name mit fünfzig Buchstaben?« Ich schaute Gobbis an, konnte aber keine Reaktion erkennen. Er war es gewohnt zu verhandeln und verzog keine Miene, als sei nichts gesagt worden.

»Fünfzig.« Ich nahm Richard die Rolle Banknoten aus der Hand, zog einen Fünfziger heraus und legte ihn auf die flache Oberseite des Generators neben Gobbis. »Für den ersten Buchstaben.«

Gobbis zögerte.

»Fünfzig Euro für einen Buchstaben. Die haben Sie schon mal sicher. Danach können Sie es sich immer noch überlegen.«

»D«, sagte Gobbis.

»D?«, wiederholte ich.

Gobbis nickte.

Ich griff nach meinem Terminplaner und einem Stift. Wieder dieses verflixte Ding von Hoogeman. Vergeblich drückte und drehte ich, denn es kam keine Mine heraus.

»Ich schreibe«, schlug Mevrouw van Donee vor. Sie hatte Kuli und Papier in der Hand und schrieb. »Ist D der erste Buchstabe des Vor- oder Nachnamens?«, fragte sie.

»Des Vornamens«, antwortete Gobbis.

Ich zog einen weiteren Fünfzig-Euro-Schein von der Rolle und legte ihn auf den ersten. »Der zweite Buchstabe.«

»Moment mal«, sagte Gobbis. »Woher will ich wissen, dass ich keine Scherereien kriege? Mevrouw Rechtsanwältin?«

»Nein, Sie bekommen keine Scherereien.«

»Was sollte man Ihnen denn vorwerfen?«, fragte ich. »Sie machen doch gar nichts. Sie verkaufen Buchstaben an Leute, die so dumm sind, dafür zu bezahlen.«

Gobbis nickte.

»Also, der zweite Buchstabe«, sagte ich.

»Fünfzig für den Vornamen und hundert für den Nachnamen.« Die Anwältin hatte ihn auf eine Idee gebracht.

»Ich hoffe, ich habe genug«, wandte ich ein.

Gobbis nahm mir die Rolle aus den Händen und schätzte die Geldmenge. »Müsste reichen. Ansonsten kann die Anwältin den Rest später bringen.«

Mevrouw van Donee nickte.

»A«, sagte Gobbis.

Zehn Buchstaben waren es, fünf für den Vornamen, fünf für den Nachnamen. Siebenhundertfünfzig Euro. Von Richards Rolle mit Geldscheinen waren nur noch drei Fünfzig-Euro-Scheine übrig.

»Wollt ihr auch die Adresse haben?«, fragte Gobbis.

»Nur, wenn sie umsonst ist.«

Er lachte. »Umsonst ist nur der Tod. Ich gehe dann mal.« Er steckte sich das Geld in die Tasche. »War nett, mit Ihnen Geschäfte zu machen, meine Dame, meine Herren.«

Zwischen unseren Autos standen wir einander gegenüber. Mevrouw van Donee lehnte an ihrem Mustang, wir an dem

Clio. Dunkle Wolken zogen über den Himmel. Pfützen auf dem Asphalt. Traktoren auf der Straße. Treibhäuser auf dem Feld. Noch war es trocken, aber das konnte sich jeden Moment ändern. Ich hatte das Gefühl, allmählich in der Gegend heimisch zu werden.

»Danny Zwaal«, sagte ich. »Der muss doch zu finden sein, so groß ist der Ort nicht. Jemand, der bei Gobbis ein Auto kauft, kommt nicht den ganzen weiten Weg aus Groningen. Er muss also hier irgendwo in der Nähe wohnen. Zwaal. Sagt dir der Name etwas?«

Mevrouw van Donee reagierte nicht. Sie schaute starr geradeaus, zwischen Richard und mir hindurch, über das Dach des Clio hinweg und auf den langen, geraden Streifen Asphalt, der von einem Dorf zum anderen führte. »Nicht direkt«, antwortete sie. »Aber ich höre mich mal um. Wenn er hier im Westland wohnt, müsste er zu finden sein.« Sie presste die Lippen aufeinander, als bereue sie bereits ihre Worte. »Sobald ich ihn gefunden habe, sage ich Bescheid.«

Das war der erste wirkliche Erfolg. Wir hatten den Namen des Mannes, der den BMW gekauft und ihn auf meinen Namen angemeldet hatte. Wir kannten den Namen des Mannes, der über meine Identität verfügen konnte, als sei es seine eigene. Es war ein Anfang, so als hätten wir die erste Ecke eines hartnäckigen Aufklebers losgepult. Hier in Monster waren Unbekannte dabei gewesen, mir das Leben schwer zu machen. Das hatte sich jetzt verändert. Danny Zwaal war kein Unbekannter mehr.

»Schrecke ihn aber möglichst nicht auf«, bat ich. »Wenn er abhaut, finde ich ihn nie mehr wieder.«

»Ich werde seinen Namen auf jeden Fall an die Polizei weiterleiten«, sagte Rechtsanwältin van Donee.

»Finde ihn erst mal. Danach können wir weitersehen.« Ich holte die Schachtel Panatellas aus der Tasche und klappte den Deckel auf. »Zigarillo?«

Sie zögerte. Erst dachte ich, sie wolle ablehnen, aber dann nahm sie sich doch einen heraus, rollte ihn zwischen zwei Fingern herum und roch daran. »Hmm. Gut.« Sie schnupperte nochmals und steckte den Zigarillo senkrecht in die Brusttasche ihres Jacketts.

»Für nachher. Danke dir.«

Dir.

Sie hatte Du gesagt, nicht Sie.

»Wenn du noch einen willst, weißt du ja, wo du ihn finden kannst«, sagte ich.

Sie lächelte ein wenig resigniert, stieg ins Auto und fuhr weg. Richard und ich blickten ihr hinterher. Das rote Auto wurde im regnerischen Grau immer kleiner.

»War das gut oder war das nicht gut?«, fragte ich.

»Kommt darauf an, was du meinst. Auto gut. Name gut. Mevrouw van Donee gut, aber als Anwältin ein bisschen schludrig, oder?«

Das meinte ich. Sie war netter denn je gewesen und hatte dadurch in meinen Augen noch schöner ausgesehen. Sie hatte aufgehört, mich zu siezen. Dennoch wurde ich das Gefühl nicht los, dass sie mich zugleich noch weiter auf Abstand gebracht hatte.

35

Bellilog 29.07.06

Es geht um die Gesamtansicht. Was man sieht und was man nicht sieht. Die Perspektive. Optische Täuschung. M. C. Escher. Steigt man die Treppe hinauf oder hinunter? Strömt das Wasser bergauf? Eine Hand zeichnet sich selbst, während sie sich selbst zeichnet. Ist es ein Fisch oder ein Vogel? Durch das eine existiert das andere. Aber was sehe ich? Ich starre mir die Augen aus dem Kopf.

Was zum Teufel soll ich mit fünfeinhalb Hektar halb verfallener Gewächshäuser?

36

Je höher der Preis

Kirsten stand mitten in der Diele, ihr rotbraunes Haar wie eine Explosion um ihr Gesicht. Von Natur aus war sie blond, aber sie hatte die Angewohnheit, ihre Haarfarbe ihrer Stimmung anzupassen. Oder der Mode. Oder etwas anderem, was ich noch nicht herausgefunden hatte.

»Bruder, Bruder, Bruder«, sagte sie. »Nicht mal eine Woche kann ich dich allein lassen.« Sie fiel mir um den Hals und küsste mich. Noch ehe ich etwas erwidern konnte, zog sie mich schon in die Küche, holte eine Flasche Wein aus dem Kühlschrank, schenkte zwei Gläser ein und trank eines davon aus.

»Wie bist du denn hier reingekommen?«, fragte ich.

Sie zeigte in Richtung der Nebenwohnung. »Nachbar Bert«, antwortete sie.

Bert Vaasen besaß einen Reserveschlüssel von meiner Wohnung, falls ich meinen einmal vergessen sollte. Ich hatte auch einen Satz seiner Schlüssel, aber mehr der Form halber, denn Bert würde niemals seine Schlüssel vergessen. Bert war so rechts, dass er schon fast wieder links war. Den *Telegraaf* blätterte er nur durch, denn er wusste ja ohnehin schon, was drinstand. Er hatte eine gesunde Abscheu vor blondierten Politikern in Sportwagen. Seine Vorurteile ihnen gegenüber waren groß genug, um allen Asylbewerbern Unterschlupf zu gewähren. Nur ließ er sie nicht rein.

»Ich dachte, du wärst in Italien?«

»War ich ja auch. Aber nach deinem Anruf hatte ich keine Ruhe mehr. Deswegen bin ich jetzt wieder hier.« Hinter mir betrat Richard die Küche. Kirsten schaute mit großen Augen an mir vorbei. »Und wer ist das?«

»Das ist Richard«, stellte ich ihn vor. »Richard ist Rennfahrer.«

»Und ich bin die Königin.«

Kirsten und Richard gaben sich die Hand. Wie es geschah, weiß ich nicht mehr, vielleicht lag es an irgendetwas, das

Kirsten sagte, vielleicht auch nicht, vielleicht war es nur ihre Anwesenheit, die simple Tatsache, dass sie da war, aber jedenfalls fühlte ich mich schon nach ein paar Minuten leichter, freier. Besser. Ich wusste wieder, wer ich war und warum ich existierte. Die nagenden Zweifel und die wachsende Unsicherheit, wie es weitergehen sollte, waren verschwunden. Kirsten war da, und für den Augenblick schienen alle Probleme gelöst. Sie belasteten mich nicht mehr. Ich sah nur noch meine Schwester. Kirsten stand mir näher als mein Bruder Peter oder meine Eltern. Kirsten und ich verstanden uns auf eine Art und Weise, wie ich es mit niemand anderem kannte. Das war schon so gewesen, als wir klein waren und sie noch mein Bruder gewesen war. Nach ihrer Operation schien es zunächst, als habe sich unser Verhältnis für immer verändert. Es dauerte eine Weile, bis wir wieder zueinander fanden und so miteinander reden konnten wie früher. Und noch etwas länger dauerte es, bis ich merkte, dass ich derjenige war, der die Probleme verursachte. Wenn mich nicht die bizarren Ereignisse in meinem früheren Job zu ihr getrieben hätten, wäre der Kontakt zwischen uns vielleicht für immer abgerissen. Das war mir klar. Gerade als sie mich ganz besonders gebraucht hatte, war ich nicht für sie da gewesen. Aber sobald ich sie brauchte, tat sie alles für mich. Nicht um mich für sich zu gewinnen, sondern weil ich ihr Bruder war. Es hatte sich vieles verändert, aber das nicht.

»Warum gehst du nicht zu Papa?«, fragte sie. Ich suchte eine Unterkunft. Demnächst musste ich aus der Wohnung ausziehen, aber mein neues Haus in Amsterdam-Noord durfte ich nicht mehr betreten.

»Weil ich nicht zu Papa will.« Mein Vater war nach der Scheidung nach Den Haag gezogen und besaß dort eine geräumige Eigentumswohnung. Platz genug. Selbst wenn ich drei Zimmer in Anspruch genommen hätte, hätte er noch genügend übrig behalten. Aber ich hatte keine Lust, bei ihm Unterschlupf zu suchen.

»Papa würde sich wirklich freuen, wenn du für eine Weile zu ihm kämst.«

»Schon, aber vermutlich müsste ich dann auch nett zu seiner Freundin sein.« Nachdem es mit seiner streng religiösen Frau vorbei gewesen war, war mein Vater ins andere Extrem verfallen. Seine neue Freundin war pathologisch gesellig.

»Aber das kann doch nicht so schwer sein«, meinte Kirsten.

»Und wenn schon, sie würde es ja nicht einmal bemerken«, erwiderte ich. »Sie ist zu jedem freundlich. Selbst wenn man mit einem Gesicht wie sieben Tage Regenwetter auf dem Sofa sitzt, überschlägt sie sich vor Freundlichkeit. Furchtbar. Was soll ich da?«

»Warten, bis du weiterweißt.«

»Das kann ich hier auch. Ich lege mir einfach eine Matratze ins Büro.« Ich hatte schon öfter dort geschlafen, also warum nicht auch jetzt. Ansonsten konnte ich für eine Weile zu Gijs nach Hause. Im Büro lag der Schlüssel.

Richard unterbrach unser Gespräch, was mir eine Entscheidung vorerst ersparte. »Bleibst du hier bei Michael?«, fragte er Kirsten. »Dann seile ich mich mal für eine Weile ab.« Er tat so, als säße er am Steuer eines Autos. »Ein paar Runden in Zandvoort trainieren«, erklärte er.

Kirsten half mir, die letzten Sachen zu verpacken. Immer langsamer legte ich die einzelnen Gegenstände in die Kisten. Ich brauchte endlos lange für ein paar Tassen und Untertassen. Danach war der Küchenschrank leer. Nur der Staub der letzten Jahre lag noch darin, eine hellgraue Schicht auf dem weißen Lack. Ich fuhr mit einem Finger hindurch und schloss die Schranktür.

Wir saßen uns auf dem Boden des Wohnzimmers gegenüber. Zwischen uns stand eine Kiste mit Büchern. Kirsten nahm das oberste heraus und blätterte darin herum. Ich blickte sie an und dachte an den nächsten Tag. Ich war froh, dass sie da war.

»Warum hast du so viele Bücher?«, fragte sie. »Kistenweise. Sind die alle gut?«

Ich schüttelte den Kopf. »Nur manche. Die meisten sind so lala. Manche doof.«

»So ist es mit allem.«

»Klempner, Toaster, Spülschränke, Freundinnen.«

»Manche sind sehr gut ...«

»Manche einfach doof.«

Sie lachte. »Aber die behältst du nicht alle. Die Bücher schon.«

»Die Bücher sagen auch etwas über einen selbst aus.«

»Ich weiß auch ohne Bücher, wer ich bin.«

»Ja, du schon.«

Sie blätterte in dem Buch herum, nicht um zu lesen, sondern um etwas zu tun zu haben. Für sie besaßen Bücher eine andere Bedeutung als für mich. Wenn sie ein Buch gelesen hatte, hatte sie es von Anfang bis zum Ende im Kopf. Dann konnte sie daraus zitieren, inklusive Seitenangabe. »Ist dir das wichtig?«, fragte sie. »Dass du immer weißt, wer du bist?«

»Dir nicht?«

Sie schüttelte den Kopf. »Nicht immer. Es vergehen ganze Tage, an denen ich einfach nur bin.«

»Du bist dir deiner selbst dann gar nicht bewusst?«

»Nein, nicht in dem Sinne.«

»Aber dann verpasst du doch den ganzen Tag. Dann weißt du gar nicht, wie er vergeht. Als wärst du nicht da gewesen.«

»Oft erlebe ich mehr, wenn ich mich selbst vergessen kann.«

»Und das sagst ausgerechnet du?« Nach allem, was sie getan hatte, um zu sein, wer sie war, konnte ich das kaum glauben.

»Gerade deswegen. Je höher der Preis, desto weniger ist das Geld wert.« Sie setzte sich neben mich und legte einen Arm um meine Schultern. »Bruder«, sagte sie.

»Ja?«

»Nichts. Einfach so. Bruder.«

37

Die letzte Ecke

Sie kochte Tee in einer Stielkasserolle, denn die Teekanne war schon verpackt. Die Tassen, die Löffel und alles andere auch. Wir hatten nur noch zwei kleine Gläser. Im Wohnzimmer lief der Fernseher. Ich wanderte ziellos durch die Wohnung. Es gab nichts mehr zu tun, aber ich hatte das Gefühl, als wäre das erst der Anfang. Vielleicht war es das auch. Im Nebenzimmer hörte ich die Stimme des Nachrichtensprechers.

»Das Innenministerium wollte keinen Kommentar dazu abgeben, um die Ermittlungen nicht zu gefährden, aber aus den Diskussionen geht hervor, dass man den Tod von Bas Hoogeman nicht als normalen Unfall betrachtet. Heute Nachmittag traf sich der Ministerpräsident mit dem Leiter des Nachrichtendienstes, was darauf hinweist, dass Erwägungen über mögliche Zusammenhänge mit terroristischen Vereinigungen durchaus ernst genommen werden …«

Ich ging ins Wohnzimmer, um den Beitrag zu verfolgen. Ein Mann stieg aus einem Auto. Im *Binnenhof*. Er reagierte nicht auf die Fragen der Journalisten. Er nickte ihnen zu und lächelte höflich. Blonde Haare, fast weiß. Randlose Brille. Gepflegtes Äußeres. Einige Sekunden später betrat er das Gebäude. Das Bild seines Gesichts prägte sich auf meiner Netzhaut ein. Der Blick in seinen Augen, freundlich und hart zugleich. Eiskalt. Ich hatte diesen Mann schon einmal gesehen. Was er mit Bas Hoogemans Untersuchungskommission zu tun hatte, wurde nicht gesagt. Der Moderator hielt sich an seinen Text über die Vernehmungen.

»Die Arbeit der Kommission scheint seit dem Tod ihres Vorsitzenden Bas Hoogeman keine Fortschritte mehr zu machen. Den Vernehmungen fehlt es an Schärfe und die Befragten vermitteln neuerdings einen recht entspannten Eindruck …«

Bilder des Unfalls stiegen in mir auf. Im Laufe der letzten Woche hatte ich Hoogemans Unfall beinahe vergessen. Es war so viel passiert, dass ich ihn verdrängt hatte. Kirsten wusste nicht einmal, dass ich Zeuge des Unglücks war, obwohl ich ihr ansonsten alles über mich und meine Probleme erzählt hatte. Und die waren groß genug. Jetzt, in der Ruhe und Leere der ausgeräumten Wohnung, erlebte ich alles noch einmal.

»... eine Baufirma, die seit 2003 über vier Millionen Umsatz durch den Bau von Schulen und Kulturzentren erzielt hat, von denen jetzt, nur wenige Jahre später, überraschend wenige wirklich existieren. Doch das schien den Verantwortlichen kaum zu interessieren. Sehen Sie jetzt, wie er sich aus der Affäre zog ...«

Ein Mann von arabischem Aussehen in einem tadellosen Anzug saß unerschütterlich lächelnd an dem kleinen Tisch gegenüber der Parlamentarischen Untersuchungskommission für die Investition von Integrationsgeldern. Der Stuhl des Vorsitzenden war weiterhin unbesetzt. Mehrere Mitglieder der Kommission versuchten, den Mann zu dem Geständnis zu bewegen, dass er die Gelder zwar erhalten, aber die Projekte niemals durchgeführt hatte. Er sah das jedoch aus einer ganz anderen Perspektive. Er sei nicht der Bauunternehmer. Er baue nichts. Er baue niemals etwas. Insofern habe die Kommission recht. Er habe auch in diesem Fall nichts gebaut, aber das sei wie gesagt normal. Er sei Finanzverwalter einer Stiftung, die die kulturellen und bildungsbezogenen Interessen bestimmter muslimischer Gruppierungen vertrete. Er habe das Geld erhalten und er habe es für die Finanzierung der Bauten wieder freigegeben. Und die Gelder seien in voller Höhe verwendet worden. Ob er sicher sei, dass die Projekte tatsächlich realisiert worden seien? Nein, das sei nicht seine Aufgabe. Er sei da, um Interessen zu wahren, nicht, um Backsteine übereinanderzuschichten. Die Kommission müsse sich an den Bauunternehmer wenden, aber er habe keine Ahnung, wer das sei.

Der Sprecher erschien erneut im Bild.

»Und auf diese Art und Weise ging es noch eine Weile weiter. Die Kommission konnte dem Mann nichts nachweisen. Was soll man dazu sagen? Vielleicht nur so viel: Wenn Hoogeman noch auf seinem Platz gesessen hätte, wäre die Befragung ganz anders verlaufen. Man gewinnt allmählich den Eindruck, als sei er besser informiert oder besser vorbereitet gewesen als seine Kollegen. Ohne ihn scheint sich die Kommission ihrer Sache nicht mehr so sicher zu sein. Teilweise grenzt ihre Vorgehensweise an Stümperhaftigkeit. Als beispielsweise Mevrouw Steltens, ein Kommissionsmitglied der Christdemokraten, den Verantwortlichen unter Druck zu setzen versuchte, brachte sie zahlreiche Informationen durcheinander. Sehen wir uns das Ganze noch einmal an.«

Was darauf folgte, war rundheraus peinlich. Die Berichterstattung klang schon kindisch genug, aber die mangelnde Professionalität der Kommission war mindestens ebenso schmerzlich anzusehen.

Schweigend verfolgte ich diese Demonstration der Ohnmacht. Kirsten stellte die beiden Gläser auf den Tisch und setzte sich neben mich.

»Ich habe dich gerufen, aber du hast mich nicht gehört«, sagte sie.

Meine Gedanken folgten ihrer eigenen Logik, die ich bisher noch nicht durchschaute. Wieder hatte ich den Unfall vor Augen. Ich sah, wie der große blaue Wagen vor mir auf der Straße ins Schleudern geriet, sich um die eigene Achse drehte und von der Straße rutschte. Ich sah, wie er gegen den Betonpfeiler prallte, und kurz darauf lief die Bilderfolge noch einmal von vorn ab. Ein Film, der sich selbst wiederholte. Die Bilder umkreisten sich. Es gab noch so vieles, das ich nicht einordnen konnte. Die Autos, die auf meinen Namen registriert waren, der Einbruch in Den Haag, der Gartenbaubetrieb in Monster, der angefahrene Fahrradfahrer. Menschen waren gestorben und mein Name wurde mit ihnen in Verbindung gebracht.

»Wo ist Hoogeman?«, fragte Kirsten.

Sie wusste nicht einmal, dass er tot war.

Die Türklingel hallte in der leeren Wohnung wider. Zwei Mal. Drei Mal. Ich ging zur Sprechanlage.

»Die Post. Päckchen für Meneer Bellicher.«

Ich reagierte nicht sofort. Ich dachte an die Post. Vom nächsten Tag an galt der Nachsendeantrag an meine neue Adresse, aber dort durfte ich bis auf Weiteres nicht wohnen. Ich hatte alles gut organisiert, doch jetzt musste ich mir wieder etwas Neues einfallen lassen. Ich musste Klasman anrufen, den Notar ausfindig machen, die Urkunde beschaffen. Ich musste das Umzugsunternehmen zu einer anderen Adresse schicken, wusste aber noch nicht, zu welcher. Auch dafür musste ich mir noch etwas einfallen lassen. Ich musste …

»Hallo? Ist da jemand? Ich habe ein Päckchen für Meneer Bellicher.«

»Stellen Sie's unten an die Tür«, sagte ich, »dann gehe ich es gleich holen.«

»Ich brauche aber Ihre Unterschrift.«

»Einen Moment. Ich komme.« Ich hängte den Hörer der Sprechanlage wieder ein, ging mit großen Schritten durch die Diele und das Wohnzimmer ans Fenster und blickte vom dritten Stock aus hinunter. Passanten auf dem Bürgersteig. Alle Parkplätze besetzt. Fahrradfahrer, Mopedfahrer. Kirsten stellte sich neben mich. »Siehst du irgendwo ein Postauto?«, fragte ich. Wir entdeckten nirgendwo ein Fahrzeug, das so aussah.

»Vielleicht ist der Zusteller mit dem Fahrrad gekommen?«, schlug Kirsten vor. »Warum? Was ist denn los?«

Ich wusste es auch nicht so genau. Ich war einfach misstrauisch. Inzwischen gab es ja mehrere Zustellfirmen, von denen ich nicht einmal wusste, ob sie alle eigene, deutlich erkennbare Fahrzeuge besaßen. Ich wusste nicht einmal, ob alle auch die Genehmigung hatten, Päckchen zuzustellen. Aber es lag noch an etwas anderem. Der Mann hatte irgendetwas gesagt, aber was? Die Post? Ja, das hatte er gesagt. Die Post. Aber die Post gab es gar nicht mehr. Schon seit einer ganzen Weile nicht mehr. Die hieß inzwischen TNT oder Select oder Gott weiß was. Aber nicht Post. Die Post gehörte der Vergangenheit an. Ich schaute wieder hinunter und diesmal sah ich etwas, das ich lieber nicht gesehen hätte. Kurz vor der Straßenecke stand ein Pick-up. In großen Buchstaben war auf der Ladeklappe der Markenname zu lesen. Toyota. Das Lieblingsfahrzeug von Revolutionären in aller Welt. Kein anderes Fahrzeugmodell hat so viele Männer mit Gewehren transportiert wie der Toyota Pick-up. In Afrika, Südamerika, Asien. Überall. Diesen hier hatte ich in Monster schon einmal gesehen.

Und jetzt war er hier. Ich fluchte.

»Wer ist es denn?«, fragte Kirsten.

Es traf mich wie ein Blitz. Ich drängte Kirsten vom Fenster weg. »Die wissen, dass ich hier bin«, sagte ich. »Und das letzte Mal, als sie wussten, wo ich mich aufhielt, haben sie aus einer Snackbar Kleinholz gemacht.« Von einem Moment auf den anderen wurde es mir zu viel. Totale Überlastung. Die wussten, dass ich hier war, also konnte ich hier nicht bleiben. Aber ich konnte auch nicht weg, denn die standen vor der Tür. Wer? Warum? Ich fühlte mich in die Enge getrieben. In eine Ecke. Die letzte Ecke. Es gab keinen Ausweg. Ich hatte kein Geld, keine Wohnung, kein Auto und keine Mandanten mehr.

»Komm«, sagte Kirsten. Sie nahm mich an der Hand und zog mich mit ins Gästezimmer. »Es wird Zeit, von hier zu verschwinden.« Auf dem Bett stand ihr Koffer. Sie öffnete ihn und holte Kleider und Schuhe heraus. »Zieh dich schon mal aus«, sagte sie. »Und dann machen wir etwas aus dir.«

Sie legte einige Kleidungsstücke für mich bereit. Eine Hose, eine Bluse. Sie gab mir einen BH.

»Nie im Leben«, sagte ich.

»Stell dich nicht so an. So habe ich auch angefangen. Ich helfe dir. Komm, streck die Arme aus.« Sie hielt den BH hoch und streifte mir die Träger über die Arme. Dann schloss sie die Häkchen im Rücken. Vorn zog und schob sie, bis die Körbchen einigermaßen an der richtigen Stelle saßen. »Und jetzt noch die Füllung«, sagte sie. Aus der Toilette holte sie die letzte Rolle Toilettenpapier und riss Blätter davon ab. Sie steckte sie in die Körbchen, bis diese gut gefüllt nach vorn abstanden. Sie reichte mir die Bluse und sah zu, wie ich mich veränderte. »Noch ein bisschen Farbe auf die Lippen und eine andere Frisur, und dann sollst du mal sehen. Mich kennen die nicht, und gleich kennen die dich auch nicht mehr.«

Eine Viertelstunde später gingen wir beide zusammen hinunter, zwei moderne Frauen. Ihre Schuhe waren mir eine Nummer zu klein und schnürten meine Füße ein. Die Absätze waren hoch und dünn. Kirsten trug den Rucksack, in dem meine eigenen Kleider steckten. Ich trug ihre Handtasche mit dem Handy und dem Headset. Durch die Scheibe in der Haustür sah ich den Toyota schon draußen stehen. Der Wagen war inzwischen so geparkt, dass jeder, der das Haus betrat oder verließ, daran vorbeikommen musste.

»Geh auf den Zehenspitzen«, riet Kirsten, »dann knickst du nicht um. Und schau dir genau an, wer in dem Auto sitzt.« Sie öffnete die Tür und gemeinsam verließen wir das Haus. Kirsten ging ein Stück voraus, drehte sich auf einmal um und schlug mir mit der flachen Hand ins Gesicht. Mitten auf dem Bürgersteig. Genau vor dem Toyota.

»Dreckshure!«, kreischte sie. »Fiese Nutte!«

Ihre Ohrfeige brannte auf meiner Wange. Erschrocken rieb ich mir die schmerzende Stelle. Kirsten beschimpfte mich aufs Ordinärste. Sie schrie und schubste mich mit einer derartigen Aggression, dass sogar die Männer im Auto aufmerksam wurden. Über ihre Schulter hinweg sah ich, wie sie hinausblickten. Zwei Männer. Südländischer Typus. Keine Bewohner des Westlands. Kirsten versetzte mir einen letzten Stoß und eilte wütend davon. So schnell, wie ich es auf den hohen Absätzen schaffte, folgte ich ihr. »Jetzt warte doch!«, rief ich, und: »So ist es doch gar nicht gewesen! Jetzt lass es mich dir doch erklären!« Und schon waren wir um die Ecke gebogen. Kirsten nahm mich an der Hand und zog mich zur nächsten Ecke. An der Churchilllaan stiegen wir in die erstbeste Straßenbahn und verschwanden per öffentlichem Nahverkehr im Gewimmel von Amsterdam.

38

Ich weiß, dass ich es nicht weiß

»Was waren das für Männer?«, fragte Kirsten. »Wie haben sie ausgesehen? Waren sie dunkelhaarig? Oder blond? Hatten sie Schnäuzer? Oder Vollbärte? Trugen sie Kopfbedeckungen? Ein Käppchen oder ein Tuch? Sonnenbrillen? Waren es Türken? Marokkaner?« Sie feuerte ihre Fragen in einem derartig hohen Tempo auf mich ab, dass ich die Hälfte bereits vergessen hatte, ehe ich antworten konnte.

»Könnte sein«, beantwortete ich ihre letzte Frage. In Wirklichkeit wusste ich es nicht. Ich hatte die Männer nur ganz kurz gesehen. Es hätten Türken sein können. Oder Griechen oder Spanier oder Italiener oder Brabanter. »Sie hatten dunkle Haare und sahen südländisch aus. Jedenfalls sind es keine Bauernjungs aus Naaldwijk und Umgebung gewesen. Das nicht.«

»Jung oder alt?«

»Älter als ich. Ende vierzig, Anfang fünfzig.« Ihr Alter war schwer zu schätzen. Wie gesagt, ich hatte sie nur ganz kurz gesehen, durch die Windschutzscheibe eines Autos hindurch. Wie angestrengt ich auch nachdachte, ich konnte mich an keine Besonderheiten erinnern. Ich seufzte. Die Schuhe drückten schmerzhaft und die hohen Absätze waren äußert unbequem, sogar im Sitzen. Meine Knie ragten zu hoch auf. Ich fühlte mich, als sei ich ohne mich selbst unterwegs.

»Wo fahren wir eigentlich hin?«, fragte ich. Es werde Zeit zu verschwinden, hatte Kirsten gesagt, und ich hatte mich ihrer Meinung sofort angeschlossen. Ich wollte nichts lieber als verschwinden und unauffindbar sein für die Polizei, die Rechtsanwälte, meine Verfolger und die, die unter meinem Namen die schrecklichsten Taten begingen. Zu verschwinden erschien mir die beste Lösung. Die einzige Art und Weise, wie ich die wachsende Anzahl von Problemen auf einen Schlag loswerden konnte. Hier in der Straßenbahn war ich immerhin schon einmal unterwegs. Jetzt der nächste Schritt.

Kirsten schwieg. Sie sah aus dem Fenster. Die Straßenbahn fuhr die Ferdinand Bolstraat entlang und bog dann an der Ceintuurbaan links ab. Auf den Straßen herrschte dichter Verkehr. Später Nachmittag – viele Leute waren auf dem Weg nach Hause, zum Einkaufen, in ein Lokal mit Außenterrasse. Die Regenwolken hatten sich größtenteils verzogen und die Stadt badete in den Strahlen der Sommersonne. Wenn ich nicht so lächerlich ausgesehen hätte, hätte ich mich selbst gerne draußen vor ein Café gesetzt.

»Es ist mir lieber, wenn du nicht mit zu mir kommst«, sagte Kirsten auf einmal.

Ich nickte nur. Als sie mir das letzte Mal Unterschlupf gewährt hatte, hatte ich ihr ganzes Leben zerstört. Sie hatte ihre Wohnung in der Hondecoeterstraat zurücklassen müssen, weil wir dort nicht mehr sicher gewesen waren. Mehr als einige Plastiktüten und Kartons hatten wir nicht mitnehmen können. Mitten in der Nacht hatte sie die Tür hinter sich zugezogen. Sie hatte es für mich getan und würde es notfalls wieder tun, aber zunächst wollte sie es nicht darauf ankommen lassen.

Was für eine Wahl hatte ich?

»Ich brauche Geld«, sagte ich.

Wir stiegen in der Van Baerlestraat aus. Kirsten holte zweihundertfünfzig Euro aus dem Geldautomaten und gab sie mir.

»Danke.«

»Mehr kann ich nicht entbehren«, sagte sie.

»Du bekommst dein Geld zurück. Sobald ich wieder an meines herankomme.«

Sie schüttelte den Kopf. »Du musst es mir nicht zurückgeben, das weißt du genau. Was mir gehört, gehört auch dir. Aber ich habe einfach nicht so viel.«

Wir stiegen in die nächste Straßenbahn und fuhren schweigend ein paar Haltestellen weiter. Ich stöpselte mein Headset ein und rief Richard an. Er war noch in Zandvoort und musste sehr laut schreien, um die röhrenden Motoren zu übertönen.

Ich ebenfalls. Ich rief, es sei etwas schiefgelaufen und er müsse zurückkommen. »SO SCHNELL WIE MÖGLICH!!«, fügte ich hinzu. Die anderen Fahrgäste blickten mich verstört an. Ich unterbrach die Verbindung und am Valeriusplein stiegen Kirsten und ich wieder aus. Kurz darauf klingelten wir an der Tür der beeindruckenden Kanzlei von Feedrigh & Klasman.

»Hier kann mir nichts passieren«, sagte ich. Hinter den alten Backsteinmauern fühlte man sich geschützt wie in einem Fort. Unter den hohen Decken der Eingangshalle und des Empfangs verflüchtigten sich alle Ängste und Zweifel. Hier wurde sich um einen gekümmert. Zu einem ungesund hohen Stundensatz, nebenbei bemerkt.

»Haben Sie einen Termin?«, fragte die Empfangsdame und musterte mich, als hielte sie das von vornherein für unmöglich.

»Nein«, antwortete ich. »Aber ich muss Meneer Klasman auch nicht unbedingt sofort sprechen. Sagen Sie einfach Bescheid, dass ich da bin, dann warte ich, bis er einen Moment Zeit für mich hat.«

Sie schwieg. Ihre Blicke huschten zwischen mir und Kirsten hin und her. »Und wen darf ich melden?«

»Mich.« Noch während ich es aussprach, wurde mir klar, dass ich noch immer im Fummel vor ihr stand. Das Blut stieg mir in die Wangen.

Kirsten fing an zu lachen. »Ach, wenn du rot wirst, siehst du gleich noch viel hübscher aus«, sagte sie. Sie wandte sich an die Empfangsdame. »Michael Bellicher, in Verkleidung, weil er unbemerkt seine Wohnung verlassen musste.«

Die junge Frau hinter dem Empfangsschalter lehnte sich vor und starrte mich an. »Meneer Bellicher?«, fragte sie.

Ich nickte.

»Aha.« Sie verzog keine Miene, aber ich sah ihr an, dass sie sich Mühe geben musste. Sie griff nach dem Telefonhörer und wählte eine Nummer. »Ich glaube, Meneer Klasman würde Sie durchaus gern für einen Moment empfangen.«

Klasman konnte sich nicht beherrschen. Er brach in lautes Gelächter aus. »Michael, dafür unterbreche ich jede Sitzung!«

»Ich wusste ja gar nicht, dass Sie so einer sind«, flötete ich.

»Ich bin noch viel schlimmer«, erwiderte er, zog eine Digitalkamera aus der Jackentasche und schoss ein paar Fotos. »Fürs Archiv, damit wir auch anderen einmal zeigen können, was du alles auf dich nehmen musstest.« Er lachte wieder. »Und mit wem habe ich außerdem die Ehre?«, fragte er Kirsten.

»Das ist meine Schwester Kirsten«, erklärte ich.

»Ihr Werk, nehme ich an?« Er zeigte auf mich.

Sie nickte. »Gelernt ist gelernt.«

»Fantastisch«, sagte Klasman. »Ich kenne Mandanten, die sehr daran interessiert wären. Ernsthaft. Und nicht nur aus Gründen ihrer persönlichen Sicherheit.« Er lachte wieder.

»Wenn jemand sein kann, was er sein will, ist das auch eine Art Sicherheit«, erwiderte Kirsten. »Nur auf einer anderen Ebene.«

Klasman blickte sie an und vollführte eine knappe Verbeugung. »Touché, Madame«, sagte er. »Aber was für den einen tödlicher Ernst, ist eben Amüsement für den anderen. Das ist schon seit Jahrhunderten so. Seitdem die Gladiatoren in Rom für ihre Freiheit kämpfen mussten. Es würden nicht so viele Berichte über Kriege im Fernsehen gesendet, wenn wir sie uns nicht so gerne ansähen.«

»Als wüsste überhaupt noch jemand, was wir uns da eigentlich anschauen«, bemerkte ich. »Ich bin mir jedenfalls nicht mehr sicher. Und ich *weiß*, dass ich es nicht weiß.« Ich schlüpfte aus den Schuhen und hob sie auf, die beiden hohen Absätze in einer Hand. Mit der anderen Hand griff ich nach dem Rucksack und zog mich damit auf die Toilette zurück. Einige Minuten später trug ich wieder meine eigenen Kleider und war als Michael Bellicher erkennbar. Nur den Lippenstift bekam ich nicht ab.

Kirsten wischte mit einem Finger darüber. »Tolles Zeug«, meinte sie. »Verschwindet von ganz allein wieder. In zwei Tagen siehst du nichts mehr davon.«

Klasman wollte die ganze Geschichte hören und stellte zahlreiche Fragen nach Einzelheiten, die ich ihm oft genug nicht beantworten konnte. Wie spät war es bei unserer Ankunft in Monster gewesen? Wie spät, als der Wagen die Snackbar rammte? Wie hieß die Snackbar? Wer war die Frau in der Snackbar? Wie sah sie aus? Waren noch andere Gäste in dem Imbiss? Wie hatte das Auto die Glasscheibe durchbrochen? Wie viele Leute hatten es gesehen? Seine Fragen schienen kein Ende zu nehmen. Ihm fielen immer neue ein. Die Zeiten wusste ich noch, aber an Namen und das Aussehen der beteiligten Personen konnte ich mich nicht mehr erinnern. Je öfter er mich fragte, wie eine Person oder eine Umgebung ausgesehen hatten, desto klarer wurde mir, dass ich auf so etwas niemals achtete. Ich sah mir andere Leute an, erkannte, ob sie freundlich blickten oder wütend, gelassen oder aufgeregt. Auf so etwas achtete ich. Aber ob jemand blaue Augen hatte oder braune, eine gerade Nase oder eine Stupsnase, mehr oder weniger ausgeprägte Wangenknochen, also die konkreten Gesichtszüge, die merkte ich mir nicht. Ich konnte mir bekannte Personen auf Anhieb wiedererkennen, sogar anhand eines Gesichtsausschnitts auf einem Foto oder einer Zeichnung. Aber ich konnte ihre Züge nicht reproduzieren. Nicht mal ansatzweise.

»Kennzeichen des Toyota?«

Ich verneinte.

»Habe ich«, sagte Kirsten und nannte aus dem Kopf die Autonummer.

Klasman schrieb sie sich auf und legte seinen Stift hin. »Und wo ist Richard?«, fragte er.

39

An Backsteine gewöhnt man sich nie

Hinter dem Hauptbahnhof nahmen wir die Fähre und vom Kai aus gingen wir zu Fuß zu meinem neuen Domizil in Amsterdam-Noord. Nebeneinander standen wir auf dem Bürgersteig und betrachteten das Haus, das ich nicht mehr betreten durfte. Es war ein seltsames Gefühl. Ich hatte den Haustürschlüssel in der Tasche; wenn ich gewollt hätte, hätte ich einfach hineingehen können.

»Sieht doch niemand«, meinte Kirsten.

»Außer uns.«

»Und?«

»Nein, lieber nicht. Ich muss jetzt sehr vorsichtig sein. Alles, was ich tue, kann schlimme Folgen haben, weil ich nicht weiß, was die anderen anstellen. Alles kann Auswirkungen auf mich haben.« Im Grunde genommen hätte ich mich unter ständiger Videoüberwachung in einem Zimmer einsperren lassen müssen. Nur, wenn ich mich absolut passiv verhielt, konnte ich vielleicht beweisen, dass ich nichts verbrochen hatte, und selbst dann noch musste ich glaubwürdige Zeugen vorweisen können. Keine angenehmen Aussichten. Schon der Gedanke daran machte mich nervös.

In der kleinen Küche, die zu unseren Büroräumen gehörte, warteten wir auf Richard. Obwohl es schon gegen Abend war, wurde bei *The Pattern* noch eifrig gearbeitet. Oft waren die Mitarbeiter bis in die Nacht hinein beschäftigt. Die Firma war gegründet worden, als es mit der IT-Branche gerade bergab ging. Jahrelang hatte sie von einem Auftrag zum anderen gelebt und sich gerade so über Wasser gehalten, bis der Markt vor anderthalb Jahren auf einmal wieder boomte. Eine neuer Aufschwung hatte begonnen.

Karl kam herein und nahm sich eine Cola aus dem Kühlschrank. Er küsste Kirsten. »Hallo, Schönheit«, sagte er. »Noch zwei Wochen, dann ist er wieder da.« Vincent Batte. Brillanter Programmierer. Freund meiner Schwester. Total schräger Vogel. Befand sich zusammen mit fünf anderen Programmierern von *The Pattern* wegen eines Projekts in Moskau. Dort befand sich der neue Markt. Viel Geld und viel Zeitdruck. Eine perfekte Kombination.

»Das hast du vor einem Monat schon gesagt«, schmollte Kirsten.

Karl lachte. »Zwei Wochen«, versprach er. »Dann kommt er ganz bestimmt.« Er musterte mich und trank von seiner Cola.

»Kann ich meine Sachen für eine Weile hier unterstellen?«, fragte ich.

Karl schüttelte bedauernd den Kopf. Wir arbeiteten alle auf beengtem Raum. Karl brauchte jeden Winkel im Gebäude selbst. »Bist du immer noch auf der Suche nach deiner Identität?«

»Rund um die Uhr.«

»Keine Sorge. Identität ist auch nicht mehr das, was sie einmal war«, seufzte Karl. »Früher haben wir geglaubt, jeder Mensch sei einzigartig. Heute wissen wir, dass wir uns zum größten Teil gleichen. Identität besteht aus einem nur teilweise einzigartigen und kopierbaren Datensatz. Deine Identität wurde nicht gestohlen, sondern kopiert, und jetzt tauchen die Kopien überall auf. Virtuelle Klone. Das ist andererseits das Praktische daran. Wenn man über die richtigen Codes verfügt, kann man so viele Kopien herstellen, wie man nur will.«

Der Gedanke daran deprimierte mich, aber er hatte völlig recht. Es war nicht bei einem Vorfall geblieben. Es wurden immer mehr. Der BMW. Der Santa Fe, mit dem eingebrochen worden war. Und das Gebäude mit den fünfeinhalb Hektar Treibhäusern. Ich konnte in eine Starre verfallen und hoffen, dass der Ärger von allein aufhörte, aber das Gegenteil würde geschehen. Es würde immer schlimmer werden. Je länger ich wartete, desto größeren Schaden konnten die anderen in meinem Namen anrichten. Kurzum, Warten war das Dümmste, was ich tun konnte. Klasman leistete ausgezeichnete Arbeit. Er hielt mir die Banken vom Hals und sorgte dafür, dass ich nicht in kürzester Zeit Pleite ging. Anwältin van Donee half, wo sie nur konnte. Ohne Richard war ich völlig aufgeschmissen. Und ich? Was unternahm ich? Alle rieten mir, ich solle mich ruhig verhalten, solle Geduld haben und auf keinen Fall irgendwelchen Unsinn anstellen. Auf den ersten Blick völlig logisch.

Das war es aber nicht.

Es lief mir kalt den Rücken hinunter. Ich wusste noch nicht, was genau ich tun sollte, aber irgendetwas musste ich unternehmen. Und schon allein durch die Erkenntnis änderte sich einiges. Ich traf eine Entscheidung, und schon verschob sich mein Blickwinkel. Anstatt Nabelschau zu betreiben, würde ich Ausschau halten. Nach Danny Zwaal. Nach dem Käufer des Santa Fe. Nach dem Verkäufer der Castrostraat Nummer elf. Sie alle mussten doch zu finden sein!

»Was soll ich tun?«, fragte Karl. »Soll ich ein Programm schreiben, das dich vor Missbrauch deiner Identität schützt? Oder soll ich dir einen ganz neuen Datensatz basteln?«

»Kannst du das?«, fragte ich.

»Was die können, kann ich schon lange. Eine Identität zu kopieren ist nicht schwer. Es ist verboten. Es ist absolut illegal. Aber es ist nicht schwer.«

Ich wollte keine neue Identität. Das war keine Lösung. Ich wollte meine eigene Identität wiederhaben. Ich wollte wieder tun und lassen können, wozu ich Lust hatte. Plötzlich erkannte ich, dass sich ohne Identität jede Argumentation im Kreise drehte, weil der Anfang fehlte. Ein Neuanfang klang vielleicht ganz nett, war es aber nicht. Denn er bedeutete auch, dass man mit allem noch einmal von vorn beginnen musste. Und dazu hatte ich keine Lust. Ich wollte einfach da weitermachen, wo ich aufgehört hatte. Und ich wollte wissen, wer diese Mistkerle in dem Toyota waren.

Mein Handy piepte. Es war Mevrouw van Donee. Sie hatte Danny Zwaal gefunden. Adresse, Telefonnummer, kurze Beschreibung. Groß, blond, stark, achtundzwanzig, arbeitslos. »Keine große Leuchte«, meinte sie. »Kein Schulabschluss, aber auch keine Vorstrafen. Nur ein paarmal Ärger wegen Discoraufereien. Ein Schlägertyp. Viel Bier, wenig Grips.«

Danny Zwaal stammte aus einer Familie mit fünf Kindern. Drei Jungen, zwei Mädchen. Sie standen einander sehr nahe und wohnten alle nicht weit voneinander entfernt. »So geht das hier«, erklärte Mevrouw van Donee. »Westland. Wer von hier stammt, kommt niemals von hier los. Wenn man zwischen Gewächshäusern geboren wird, gewöhnt man sich nicht an Backsteine.«

»Und wenn man nicht von dort stammt?«

»Dann bleibt man nicht auf Dauer. Die meisten neu Hinzugezogenen arbeiten bei den großen Firmen, die rund um den Gartenbau entstanden sind. Büromenschen, die nach einer Weile wieder wegziehen, um anderswo zu arbeiten. Leute mit Arbeitsverträgen. Das ist nicht dasselbe. Meine Familie lebt schon seit Generationen hier. Alles Rechtsanwälte. Es gibt Bauernfamilien, die schon Mandanten meines Großvaters waren. Und ich arbeite für ihre Enkel, wenn die in Schwierigkeiten geraten. Man kennt sich. Wenn ich von 's-Gravenzande nach Naaldwijk fahre, nach Monster, nach Poeldijk, dann kenne ich da meine Pappenheimer.«

Ich konnte es mir ohne Weiteres vorstellen. Ich war jetzt zwei Mal in Monster gewesen und begriff sofort, dass es genau so funktionierte. Zwar lebte man weniger beengt als in der Stadt, zugleich aber in gewisser Weise näher beisammen. Die Leute wohnten weiter entfernt voneinander, kannten sich aber besser. Hier hatte ich Nachbarn, die mir quasi auf dem Schoß hockten, von denen ich aber nichts wusste. Die ich teilweise noch nie gesehen hatte. Größtenteils fand ich es besser so. Angenehmer.

Aber nicht immer.

»Und was jetzt?«, fragte die Anwältin.

»Jetzt suche ich erst mal einen Platz für meinen Hausstand.«

»Ist es viel?«

»Zehn Kubikmeter.«

»Dann bring die Sachen doch zu mir. Ich habe bestimmt noch irgendwo ein Plätzchen frei.«

Manchmal wusste ich nicht, woran ich bei ihr war. Aber wenn das keine Einladung war, dann wusste ich es auch nicht.

40

Wenn es keine Kurve gibt

THINK NEGATIVE stand auf seinem T-Shirt. Orangefarbene Buchstaben auf violetter Baumwolle. Bei dem Anblick taten einem die Augen weh.

»Glaubst du das wirklich?«, fragte ich.

»Na ja, dann kann man nur positiv überrascht werden«, erwiderte er.

Er schlenderte durch unsere Küche, als sei er hier zu Hause. Er wollte alles über das Unternehmen wissen, aber am meisten interessierte ihn, wo sein Onkel Gijs arbeitete. Ob er ein eigenes Büro hatte. Wo das Büro war. Wie oft er sich dort aufhielt.

»Komm mal mit«, sagte ich. BON Consult hatte einige Räume in dem großen, alten Lagerhaus angemietet. Bevor Amsterdam-Noord populär wurde, hatte Karl für seine Firma einen Teil einer alten Schiffswerft gekauft. Seine Mitarbeiter wohnten und arbeiteten in einem Riesengebäude am Ufer des IJ. Als ich zum ersten Mal hierherkam, war die Hälfte dieses Gebäudes noch ungenutzt gewesen. Gijs und ich besaßen drei Büroräume mit Aussicht über den Fluss. Das schönste Fleckchen von ganz Amsterdam. Von Gijs' Schreibtisch aus blickte man auf das nie nachlassende Gewimmel von Booten und Schiffen. Wir hatten die Zimmer renoviert und zu modernen Büros umgebaut. Die Küche und sanitären Einrichtungen teilten wir uns mit *The Pattern.* Doch in den zwei Jahren, in denen wir inzwischen hier arbeiteten, war das Softwareunternehmen so stark gewachsen, dass es immer schwieriger wurde, die ursprüngliche Kommune aufrechtzuerhalten. Jedes Eckchen wurde für die Firma gebraucht. Und auch BON Consult expandierte und wir benötigten zusätzliche Büros. Vor einigen Monaten hatte Karl Verhandlungen aufgenommen, um noch einen weiteren Teil der alten Werft hinzuzukaufen, aber seit 1999 hatten sich die Verhältnisse geändert. Amsterdam-Noord war mittlerweile en vogue und die Immobilienpreise waren in die Höhe geschossen. Den ersten Teil der Werft hatte Karl vergleichsweise für ein Butterbrot erworben. Damals achteten die Verkäufer nicht auf ein paar Quadratmeter mehr oder weniger. Niemand wollte nach Amsterdam-Noord, daher waren sie schon froh, einen Teil des Geländes loszuwerden. Inzwischen hatte sich das verändert. Die Quadratmeterpreise stiegen unaufhaltsam und es wurde um jeden Zentimeter gefeilscht.

»Das ist doch das Richtige für Onkel Gijs«, meinte Richard. »Die Familie weiß eine gute Investition zu schätzen.« Er saß auf dem Stuhl seines Onkels und blickte durch das große Fenster auf die Stadt jenseits des Flusses. »Oder ist das alles nur für die Softwareleute gedacht?«

Richard legte den Finger, ohne es zu wissen, in eine offene Wunde. Gijs wollte ja gern, aber Karl nicht. Zwar hatte er eine Kommune gegründet, aber die Immobilien gehörten ihm allein. Am Kapital war nichts Gemeinschaftliches. Nur an der Firma. Jeder Mitarbeiter war auch Anteilseigner von *The Pattern.* Sie produzierten High-End-Software. Systeme, mit denen man andere Systeme verwalten konnte. Meta-Software.

Wir gingen hinüber in den Trakt von *The Pattern.* Überall hörte man das Summen laufender Computer. Nicht laut, aber es war immer da. Das Klicken von Mäusen, das Klappern von Tastaturen, das Rascheln von Papier. Gespräche im Flüsterton. Stumm schaute sich Richard in dem riesigen Raum um, in dem nur noch etwa zwanzig Leute arbeiteten. Es war bereits nach halb acht abends.

»Keine Musik?«, fragte Richard.

»Nein.« Karl war hinter uns hereingekommen, ohne dass wir ihn bemerkt hatten. »Jeder will etwas anderes hören, und ehe man sich's versieht, laufen hier drei Sender gleichzeitig und der Rest sitzt mit iPod-Kopfhörern da. Deswegen habe ich das Musikhören von vornherein verboten.«

»In einer Kommune?«, fragte Richard.

Karl reagierte nicht sofort. Er musterte Richard, als versuche er, ihn einzuschätzen. »Du bist mit Gijs verwandt, stimmt's?«

Richard nickte.

»Merkt man. Du blickst genauso schnell auf andere herab«, sagte Karl. Die Anspielung war nicht misszuverstehen.

Richard lächelte. »Was Onkel Gijs kann, kann ich nicht«, erwiderte er. »Und was ihr hier könnt, kann ich auch nicht. Das ist auch gar nicht nötig. Wenn ich es könnte, könnte es jeder, und das würde niemandem etwas nützen. Aber in einem Punkt irrst du dich.«

»Ach ja?«

»Ich schaue auf niemanden herab. Ich schaue hin. Mehr nicht. Alles andere interpretierst du hinein. Wenn ich eine Frage stelle, dann einfach nur, weil ich etwas wissen will.«

Der Programmierer gegenüber dem Rennfahrer. Der Mann, der hinter allem das System sah, gegenüber dem Mann, der den Moment sah. Der Mann, der Systeme erfand, mit denen Systeme andere Systeme steuern konnten, gegenüber dem Mann, der mit den Händen steuerte und mit den Füßen bremste.

Ich verstand, was Karl meinte, aber ich wusste auch, dass er sich irrte. Er glaubte, eine junge, arrogante Version von Gijs vor sich zu haben. Aber da lag er falsch. Richard war ein ganz anderer Typ. Richard sprach aus, was er dachte, wie er die Dinge sah, denn wenn man mit zweihundertdreißig Stundenkilometern die Gerade erreicht und auf dreihundert beschleunigen will, dann sind die Dinge, was sie sind. Nichts anderes. Das ist das Resultat reiner physischer Konzentration. Ein Hindernis ist ein Hindernis. Beobachtung, kein Urteil.

»Ich gehe nicht so in die Tiefe«, fügte Richard hinzu.

»Überall gibt es Regeln«, erklärte Karl. »Und irgendjemand muss diese Regeln festlegen. Auch in einer Kommune. Je enger man zusammenlebt, desto geringer ist der Spielraum. Deswegen keine Musik. Die Neuankömmlinge wundern sich alle darüber, aber schon innerhalb einer Woche will es keiner mehr anders.« Er schwieg. »Reicht das als Antwort?«, fragte er. Er war noch immer in der Offensive.

»Cool«, sagte Richard.

Ich hatte ihn das noch nie sagen hören. Jetzt klang es, als

sage er es zwanzig Mal am Tag. Mit beeindruckender Leichtigkeit passte er sich an, um einer Konfrontation den Stachel zu nehmen, die in seinen Augen nicht mal eine war.

Karl war beschwichtigt. Er streckte ihm die Hand hin. »Wir sprechen uns noch«, sagte er.

Wir kehrten in die Küche zurück. »Wie schaffst du es, jedem Streit aus dem Weg zu gehen?«, fragte ich Richard.

Richard zuckte mit den Schultern. »Wenn keine Kurve da ist, sollte man nicht am Lenkrad drehen«, antwortete er. »Der Rest ist Konzentration. Das weiß er auch, aber er wollte wissen, ob ich es weiß.« Er lachte. »Aber ich würde ihn niemals hinter das Steuer eines Autos lassen.«

Ich dachte nach. Richard hielt sich an seine eigenen, einfachen Prinzipien, und innerhalb dieser Grenzen konnte er sich vollständig auf das konzentrieren, was er gerade tat. Rennen fahren. Schnell fahren. Er kapselte sich ab, umgeben von dem Sound eines röhrenden Motors, und gab Gas. Alles andere ignorierte er. Genau das sollte ich auch tun. Es klang so einfach, aber durch die Geschwindigkeit, mit der mein Leben über den Haufen geworfen wurde, konnte ich mich mittlerweile auf gar nichts mehr konzentrieren. Ich klammerte mich an allem fest, was mir Sicherheit bot. An Kirsten und Richard. An meinem Büro. An Mevrouw van Donee und Klasman. Währenddessen hatte ich das Gefühl, als ob mir alles entglitt. Ich hatte noch so gut wie nichts herausgefunden. Jeden Tag verlor ich mehr. Danny Zwaal war mein einziger Anhaltspunkt. Den musste ich anvisieren. Wenn ich nicht schnell etwas herausfand, waren ein paar Jahre Knast noch das Beste, was mir passieren konnte. Der Gedanke daran lähmte mich, also gab ich vor, es könne nicht schlimmer werden, als es ohnehin schon war.

Fast glaubte ich schon selbst daran.

»Wann kommen morgen die Möbelpacker?«, fragte Richard.

»Um acht Uhr stehen sie vor der Tür.« Es war das Letzte, wozu ich Lust hatte; dennoch blieb mir nichts anderes übrig.

Richard nickte. »Kommst du mit?«, fragte er Kirsten.

Sie schüttelte den Kopf. »Ich muss auch irgendwann mal nach Hause«, sagte sie. »Wenn ihr nichts dagegen habt.«

»Nein, nicht das Geringste«, sagte ich.

»Ich wäre euch ja doch nur im Weg.«

Richard nickte wieder. »Dann gehen wir folgendermaßen vor«, sagte er. »Es ist nicht schwer, aber es muss wirklich ganz genau hinhauen.«

41

Bellilog 30.07.06

Am Tisch in der Küche. Richard trinkt Wasser. Kirsten sucht im Kühlschrank nach etwas zu essen. Ich rede. Richard hört zu. Sein Blick ist auf einen bestimmten Punkt auf der Tischplatte gerichtet. Er beobachtet eine Fliege. Gebannt. Wie eine Katze. Mitten in meinen Erklärungen, wo wer schlafen kann, mitten im Satz, greift er blitzschnell mit einer Hand über den Tisch. Knapp über der Fliege schließt er die Hand. Er hält die Faust an mein Ohr. Ich höre leises Summen.

Ruhig legt er die Hand auf den Tisch, den Handrücken nach unten, und öffnet die Faust. Die Fliege bleibt noch einen Augenblick auf seiner Handfläche sitzen. Fliegt dann davon.

»Leg mir einfach eine Matratze auf den Boden«, sagt er.

Er ist so schnell, dass er sein Tun schon wieder vergessen hat, bevor es in sein Bewusstsein vordringen konnte.

42

Kleine Beulen in dickem Stahlblech

Morgens um halb acht. Wir saßen in Richards Auto und warteten. Der Wagen war so geparkt, dass wir die ganze Straße überblicken konnten. Keine zehn Meter von der Tür meines Wohnhauses in der Deurloostraat entfernt stand der Toyota auf Wachtposten. Wir blieben im Auto sitzen und warteten. Wir wechselten kein Wort. Richard saß in seinem Sitz wie ein Gepard ohne Beute. Er gähnte und hielt Ausschau. Er war ganz ruhig. Ich war mit den Nerven am Ende.

Um zehn vor acht traf der Umzugs-Lkw ein. Er hielt mitten auf der Straße. Während die Möbelpacker mit dem Laster manövrierten, stiegen wir aus und gingen auf sie zu. Ich zeigte auf meine Haustür und half ihnen beim Einparken. Sie blockierten fast die ganze Fahrbahn. Die hinteren Ladeklappen und die Seitentür wurden geöffnet. Seile und Decken lagen bereit. Die Männer stellten einen elektrischen Leiterlift auf den Bürgersteig und fuhren die Apparatur bis an eines meiner Fenster im dritten Stock aus. Sie arbeiteten schnell und fast wortlos. Jeder der sechs Männer kannte seine Aufgabe, sie machten das jeden Tag. Über ihre Arbeit brauchten sie nicht mehr zu reden. Zwei blieben unten beim Lkw und dem kleinen Lift, die anderen vier gingen nach oben. Sie hoben das Fenster aus den Angeln, zogen den Lift näher heran, sodass sie die Plattform von innen beladen konnten, und machten sich an die Arbeit. Anderthalb Stunden später war meine Wohnung leer. Mit dem Teamchef zusammen ging ich noch einmal durch alle Räume, sah noch ein letztes Mal in alle Einbauschränke. Es war nichts mehr von mir übrig.

»Fertig«, sagte ich und nannte ihm die neue Adresse in Monster. »Steigen Sie ein und warten Sie, bis ich Ihnen ein Zeichen gebe. Wir treffen uns dort. Warten Sie nicht auf uns.«

Der Lift war inzwischen wieder eingeklappt und verladen worden, die Türen des Lkws waren geschlossen. Richard und ich gingen mit dem Chef zusammen die Treppe hinunter. Zu dritt verließen wir das Haus. Der Chef stieg in den Lkw, Richard und ich gingen auf den Toyota zu. Ich zur Fahrerseite, Richard zur Beifahrerseite. Ich klopfte an die Scheibe. Der Fahrer kurbelte das Fenster herunter. Im selben Augenblick versuchte der Beifahrer seine Tür zu öffnen. Richard wartete, bis er einen Arm rausstreckte, stemmte die Schulter gegen die Tür und schlug sie dann heftig zu. Der Mann schrie und zog in einem Reflex den Arm zurück. Richard drückte die Tür ganz zu. Der Mann jammerte und umklammerte seinen verletzten Arm. Der Fahrer beugte sich über ihn. Befühlte den Arm. Der Mann stöhnte auf. Während die Männer abgelenkt waren, bückte sich Richard, schraubte das Ventil des Vorderrades los, holte eine Zange aus der Tasche und riss das ganze Ventil aus der Felge. Langsam sank das Auto zu einer Seite.

Richard hob den gestreckten Arm. Aus der Kabine des Umzugs-Lkws winkte der Chef zurück. Zeichen verstanden. Sie fuhren los.

»Sucht ihr jemanden?«, fragte ich die Männer im Toyota.

Der Fahrer drehte sich mit einem Ruck zu mir um. Zum ersten Mal sah ich ihn aus der Nähe. Panik und Hass funkelten in seinen Augen. Eine gefährliche Kombination. Er sagte nichts.

Der Umzugs-Lkw erreichte das Ende der Straße, bog ab und verschwand außer Sicht.

»Ihr verfolgt mich schon seit gestern«, sagte ich. »Warum?«

Richard ging zum Heck des Wagens und wiederholte die Prozedur mit dem Ventil. Der Fahrer sprang aus dem Toyota. Er schwang ein Brecheisen, holte zum Schlag aus, doch Richard wich beiseite, packte den Hebel und führte die Schlagbewegung weiter. Der Mann verlor das Gleichgewicht, fiel vornüber und schlug mit dem Kopf auf die Karosserie. Richard packte ihn am Kragen, zerrte ihn hoch und stieß ihn zurück in das Auto. Dem Mann schien zu schwindeln, denn er lehnte sich schlaff im Fahrersitz zurück.

Richard schlug die Tür wieder zu, behielt aber das Eisen.

»Warum?«, fragte ich noch einmal.

Die beiden Männer sahen einander an, sagten aber noch immer nichts.

»WARUM?«, schrie ich. Jetzt, da ich sie vor mir hatte, verlangte ich eine Antwort. Ich kannte diese Männer nicht und sie kannten mich nicht. Je länger sie schwiegen, desto wütender wurde ich. Ich schrie und hämmerte mit beiden Fäusten auf das Auto ein, bis meine Knöchel bluteten. Ich trat gegen die Tür und den Kotflügel. Kleine Beulen in dickem Stahlblech. Der Mann sah mich an, den Mund zu einem schmalen Strich verzogen, den Blick in sich gekehrt. Düster. Verschlossen. Unerreichbar.

Ich riss Richard das Brecheisen aus der Hand und schlug einen großen Stern in die Windschutzscheibe. Ich holte zu einem weiteren Schlag aus, doch der Fahrer ließ den Motor an und fuhr los. Wenn es hätte sein müssen, hätte er Richard und mich überfahren. Das Brecheisen glitt an der Karosserie ab. Richard packte mich und zog mich beiseite. Mit zwei platten Reifen holperte der Wagen die Straße entlang. Schneller als zehn Stundenkilometer konnten sie nicht fahren. Bevor sie neue Ventile in ihre Reifen montiert hatten, würde der Umzugs-Lkw Amsterdam längst verlassen haben.

Ich keuchte. Das Adrenalin pulsierte durch meinen Körper. Ich hatte nichts erfahren. Sie hatten kein Wort zu mir gesagt. Das machte alles noch schlimmer. Es war, als sei ich vollkommen bedeutungslos. Mich fröstelte, denn plötzlich, auf der Schwelle meines Wohnhauses in der Deurloostraat, erkannte ich, wie schlimm meine Situation wirklich war.

Richard brachte mich zum Auto und ließ mich auf dem Beifahrersitz Platz nehmen. Er selbst setzte sich ans Steuer. »Marokkaner«, sagte er.

»Woher weißt du das?«

»Meinetwegen Araber. Aber bei uns in den Niederlanden heißt das eben meistens, dass es Marokkaner sind.«

»Was wollen denn die Araber ausgerechnet von mir?«, fragte ich.

Richard antwortete nicht. *ONLY THE DOGS WILL KNOW* stand auf seinem T-Shirt.

43

Kopieren vom Zwischenspeicher auf die Festplatte

Das hier hat nichts mit mir zu tun – nicht vergessen –, das hat nichts mit mir zu tun.

44

Ein mittelloser Mandant

Mein neues Refugium erwies sich als ein Lagerhaus an einem schmalen Weg. Inmitten der Treibhäuser. Schon wieder. Immer mehr Gewächshäuser. Allmählich konnte ich die Kästen nicht mehr sehen. Hausnummern gab es nicht, aber der Mustang parkte auf den Betonplatten vor dem Gebäude. Nicht zu übersehen.

Das große Rolltor stand offen. Dahinter befand sich eine riesige Halle von etwa zwanzig mal fünfzig Metern. Sie war so gut wie leer. Auf der rechten Seite standen einige kleinere Geräte und Fahrzeuge: ein Rasenmäher, eine große Motorsense, ein altes Moped, ein Fahrrad und ein Quad. Auf der anderen Seite standen zwei weitere Oldtimer, ein Thunderbird und eine Corvette. Richard pfiff leise und bewundernd.

»Das wird ja immer besser«, sagte er.

Der Schuppen war trocken und sauber, als sei noch tags zuvor die Putzfrau da gewesen und hätte gestaubsaugt. Die untergestellten Gegenstände waren alt, wiesen aber kaum Gebrauchsspuren auf. Sehr gepflegt. Ordentlich.

Das Licht fiel von oben durch eine Reihe von Fenstern knapp unter dem Dach, wodurch der Raum stiller wirkte, als er in Wirklichkeit war. Von draußen drangen die Geräusche des Obst- und Gemüseanbaugebietes herein, aber es war, als würden die Schallwellen durch das diffuse Licht gefiltert. Verzögert.

Die Anwältin stand auf der Seite der Halle neben einer Tür. Sie trug eine schwarze Jacke, Jeans und Stiefel. Nicht die übliche Kleidung einer Rechtsanwältin. Sie hatte uns kommen gehört und winkte.

Ich wollte sie begrüßen, aber sie kam mir zuvor. Sie legte mir beide Hände auf die Schultern und küsste mich drei Mal auf die holländische Art. Nicht ganz gleichgültig, aber das konnte auch meine eigene Einbildung sein. Ich fühlte mich angenehm verwirrt.

»Seit wann begrüßen wir uns nicht mehr mit Handschlag?«, fragte ich.

»Seitdem wir beschlossen haben, dass du bei mir einziehst«, antwortete sie. »Wenn du dein Bett und deinen Schrank bei mir unterstellst, können wir auch so tun, als würden wir uns gut kennen.« Sie begrüßte Richard und wandte sich wieder zur Tür. »Hier befinden sich noch Wohnräume, die du nutzen kannst, wenn du willst. Diese Tür lässt sich auch besser abschließen. Wie du siehst.« Sie zog und zerrte an der Tür, bis sie plötzlich aufsprang. Dahinter lag eine kleine Wohnung. Zwei Zimmer, eine kleine, spärlich eingerichtete Küche – ein Wasserkocher, einige Becher, Teller, ein wenig Besteck. Stühle und ein kleiner, wackliger Tisch. Es gab eine Toilette und eine Duschkabine. Alles in allem vielleicht vierzig Quadratmeter. Leer, aber ordentlich, genau wie der Schuppen. Sauber und bereit zur Nutzung.

»Gehört das alles dir?«, fragte ich.

Sie nickte. »Stammt aus einer Konkursmasse«, erklärte sie. »Von einer Familie hier in der Gegend. Musste aufgeben. Schulden, Steuerschulden, was man sich nur vorstellen kann. Gerät ein Bauer einmal in Schwierigkeiten, wird es gleich richtig ernst. Dann geht es plötzlich um Millionen. Ich war fast ein Jahr lang damit beschäftigt, für sie zu retten, was zu retten war. Damit sie zumindest ihr Haus behalten konnten. Das habe ich auch geschafft, nur hatte die Familie anschließend kein Geld mehr, um mich zu bezahlen. Stattdessen habe ich jetzt das hier.« Sie umschrieb es mit einer weitläufigen Geste. »Es ist nicht besonders viel wert und es gehört kein Grund und Boden dazu. Es sind nur die Halle und die dazugehörige kleine Arbeiterwohnung. Ich behalte es einfach. Ist praktisch für meine Autos.«

Draußen zischten die Bremsen des Umzugs-Lkws. Der Fahrer wendete und fuhr rückwärts in den Schuppen hinein. Innerhalb von einer Stunde stand mein ganzes Hab und Gut in einer Ecke beisammen.

»Mit ein bisschen Glück können Sie es in einer Woche wieder abholen kommen«, sagte ich.

Die Anwältin lachte sarkastisch. »Damit würde ich lieber nicht rechnen«, entgegnete sie. »Bis dein Fall bearbeitet ist, vergeht mehr als eine Woche.«

Die Möbelpacker brachen auf und kurz darauf standen wir zu dritt neben meinen zehn Kubikmetern Hausrat. Ein armseliger Besitz, so schien es in diesem riesigen Raum.

»Vielen Dank«, sagte ich. »Mevrouw G. van Donee. Wofür steht das G. eigentlich?«

»Guusje.«

»Guusje«, wiederholte ich. Es fühlte sich gut an. Unerwartet, aber nicht unerwünscht. Ich sagte weiter nichts und ließ den Augenblick so lange wie möglich andauern.

»Was soll ich mit einem baufälligen Haus und fünfeinhalb Hektar maroder Treibhäuser an der Castrostraat? Kennst du die Castrostraat?«

Guusje nickte. »Die liegt am anderen Ende des Dorfes. In Richtung Poeldijk. Ich wusste gar nicht, dass dir ein Haus hier in der Gegend gehört.«

»Ich auch nicht. Aber es hat sich herausgestellt, dass es jemand in meinem Namen gekauft hat. Frage Nummer eins: Wie ist das möglich? Antwort: Weil irgendjemand meine Identität gestohlen hat natürlich. Frage Nummer zwei: Was soll ich jetzt damit anfangen?«

Richard war bei den alten Autos in der Halle, Guusje und ich saßen hinter der Küche auf einer kleinen Veranda und tranken Kaffee. Für einen Moment schien es, als sei alles völlig normal. Als hätten wir das früher schon einmal getan. Als würde ich das in Zukunft öfter tun. Irgendwo, mit einer Frau zusammen, die mehr hatte, als sie zeigte. Mit Aussicht auf eine Glaswand. Gewächshäuser, so weit das Auge reichte.

»Du solltest am besten gar nichts damit anfangen«, erwiderte Guusje. »Wenn es eine normale Transaktion gewesen wäre, würde ich dir raten, das Anwesen so schnell wie möglich weiterzuverkaufen. Aber in diesem Fall nicht. Wenn es jemand unter deinem Namen gekauft hat, ist es auf deinen Namen eingetragen, und sobald du irgendetwas damit anfängst, akzeptierst du, dass es dir gehört. Juristisch kann man das zwar anfechten, aber du tust dir keinen Gefallen damit. Also lass die Finger davon. Dein Anwalt in Amsterdam soll es der Bank anbieten. Wahrscheinlich fällt die nicht darauf herein, aber dann bist du wenigstens für eine Weile aus der Schusslinie.« Sie schwieg für einen Augenblick. »Und als Nächstes würde ich den Verkäufer suchen.«

»Nein, ich suche besser den Käufer«, erwiderte ich. »Denn er ist derjenige, der es unter meinem Namen gekauft hat. Warum, ist mir ein Rätsel, denn wer in Gottes Namen will bloß diese Bruchbude haben?«

Wir schwiegen. Das war die Preisfrage. Die Castrostraat Nummer elf war ein demoliertes Abbruchhaus. Irgendjemand hatte es gekauft und mir die Rechnung untergeschoben. Letzteres war ganz ordinärer Betrug. Ein Betrug in großem Stil und für mich katastrophal, aber was wollte der Käufer damit?

»Niemand will es haben«, sagte Guusje. Sie starrte in ihren leeren Kaffeebecher. »Ich glaube, es ist genau andersherum. Ich kenne die Castrostraat und vielleicht weiß ich sogar, um welche Parzelle es geht. Du stellst die falsche Frage. Es geht um den Verkauf. Jemand wollte den Besitz loswerden, aber niemand wollte ihn kaufen. Nicht für den Preis. Wenn das Gebäude wirklich so baufällig ist, wie du sagst, kannst du froh sein, wenn du den Grundstückspreis dafür erhältst. Eine Million, höchstens anderthalb. Deine Identität war praktisch, denn damit hatten die jemanden, dem sie es verkaufen konnten. Zu einem absurd hohen Preis. Deshalb musst du den Verkäufer suchen. Und das ist nicht schwer. Ein Anruf im Katasteramt oder beim Notar mit der Bitte um eine Kopie, schon weißt du Bescheid.«

Das war's. Ich war ein Mittel zum Zweck, mehr nicht. Indem er meinen Namen benutzte, hatte der Verkäufer fast anderthalb Millionen mehr erhalten, als das Objekt wert war. Geschenkt. Zulasten des Käufers. Genug, um die nächsten zwanzig Jahre meines Lebens zu zerstören. Mir war eine Schuldenlast aufgebürdet worden, die mich ruinieren würde.

Und wieder stellten sich dieselben Fragen. Wer? Bei wem? Von wem? Es schien unmöglich, dass all diese Handlungen von einer einzigen Person ausgeführt worden waren, aber wenn nicht, musste es eine Verbindung zwischen den Drahtziehern geben. Zunächst hatte ich mich gefragt, warum die Autos nicht mit Geld von meinem Konto bezahlt worden waren, aber darauf wusste ich jetzt die Antwort. Die Betrüger hatten Geld im Überfluss. Mit den drei Millionen in der Tasche konnten sie sich den gebrauchten BMW und den Santa Fe aus der Portokasse leisten.

»Ich hoffe nicht, dass du mir auch noch eine Rechnung präsentierst«, sagte ich. »Denn dann sieht es wirklich düster aus.«

Sie lachte. »Schon wieder! Ein mittelloser Mandant.« Sie stand auf und brachte die Kaffeebecher zurück in die Küche. »Hast du noch welche von diesen Zigarillos?«, fragte sie.

45

Der schwachsinnige Bruder

»Für dich. Klasman«, sagte Richard und reichte mir sein Handy.

Der Anwalt hatte einige Nachforschungen anstellen lassen. Der Santa Fe war tatsächlich auf meinen Namen gemeldet. Verkäufer war ein Händler in ’s-Gravenzande. Zwar nicht wieder Gobbis, wohl aber ein Geschäftsmann in seiner Nähe.

»Der Pick-up, von dem du verfolgt wirst, hat damit aber anscheinend nichts zu tun. Der gehört einem Bauunternehmer in Amsterdam-West in der Nähe von Sloterdijk. *Amsta-Bouw.* Hast du schon mal davon gehört?«

Der Name sagte mir nichts. Klasman war noch dabei zu untersuchen, um was für eine Art Firma es sich handelte. Die Nachfrage bei der Industrie- und Handelskammer hatte einige Namen ergeben, die mir völlig unbekannt waren. Ich schrieb sie mir auf und zeigte sie Guusje und Richard. Auch sie kannten diese Leute nicht.

»Ich habe die Adresse, also schicke ich gleich mal jemanden vorbei«, versprach Klasman. »Heute Nachmittag weiß ich mehr.« Er schlug vor, dass ich Danny Zwaal auf den Zahn fühlen solle. »Wo du sowieso gerade in der Nähe bist. Außerdem hast du doch da diese Anwältin an der Hand, die Hinz und Kunz im Westland kennt?« Er war die Effektivität in Person. »Die Kosten kann sie mir in Rechnung stellen, Hauptsache, sie hält mich auf dem Laufenden.« Er legte auf.

Sein Anruf hatte die morgendliche Ruhe zerstört. Für einen Moment hatte ich mich in Träumereien verloren: zu zweit in dieser kleinen Wohnung, die Welt nicht größer als vierzig Quadratmeter. Niemand außer uns weit und breit. Ich hätte einfach so sitzen bleiben können. Für einen Tag. Eine ganze Woche. Ein Jahr. Wenigstens für den Augenblick, weil Mevrouw G. van Donee mir die Gelegenheit dazu bot. Einfach so. Diese Gelegenheit hätte ich gerne noch ein bisschen ausgenutzt.

Ein andermal. Bevor meine Träume mich einlullten, musste ich dafür sorgen, dass ich in Zukunft überhaupt noch einen Platz zum Träumen haben würde. Guusje hatte angeboten, zu recherchieren, welcher Notar den Kaufvertrag für die Castrostraat Nummer elf ausgestellt hatte. Richard und ich wollten Danny Zwaal einen Besuch abstatten. Guusje musterte den metallicblauen Kleinwagen, in den wir einstiegen.

»Was soll denn das sein?«, fragte sie Richard. Mit einem Pokerface. Als wisse sie es nicht.

»Ein Ferrari«, sagte Richard und schlug die Fahrertür zu.

Guusje zog lächelnd eine Augenbraue hoch. »Fahr vorsichtig, ja?«, bat sie.

Das Straßennetz im Westland ist einfach gestrickt, die Straßen selbst sind jedoch nicht immer leicht auseinanderzuhalten. Sie verlaufen schnurgerade, an Gräben entlang und ab und zu durch eine Ortschaft oder ein Gewerbegebiet. Die ganze Gegend umfasst etwas mehr als zehn Quadratkilometer. Immer wieder fuhren wir durch dieselben Ortschaften. Auf den Hinweisschildern standen jedenfalls immer dieselben Namen, wenn auch in einer anderen Reihenfolge oder mit einem Pfeil in eine andere Richtung. Kirchtürme der deprimierendsten holländischen Sorte ragten wie Grabsteine zwischen den Anbaugebieten hervor. Glaube musste etwas Schönes sein, ein Fest, doch wenn man die niederländischen Kirchen sah, hätte man meinen können, er sei eher eine Strafe. Düstere, schwermütige Gebäude, die sogar bei Sonnenschein Gedanken an einen regnerischen Novembertag heraufbeschworen.

Die Familie Zwaal wohnte hinter Naaldwijk, zwischen Honselerdijk und Poeldijk. In einem alten Neubau. Siebzigerjahre. Fantasielos, frei stehend, am Ende der Straße. Erbaut aus minderwertigen Materialien. Die Backsteine sahen feucht aus. Die Fensterrahmen hingen müde im Mauerwerk. Braun gestrichenes Holz. Auf der Auffahrt neben dem Haus parkten zwei Autos, ein Omega und ein Primera. Auf der anderen Seite des Hauses stand noch ein Jetta. Alle drei Wagen waren alt und klapprig. Die Rostflecken in der Karosserie konnte man schon von Weitem erkennen. Nirgendwo ein BMW der 5er-Reihe oder ein Santa Fe.

Richard wendete und parkte auf der Straße neben dem Bürgersteig.

»Zum Glück haben wir keinen Plan«, sagte er. »Sonst würden wir uns jetzt wahrscheinlich fragen, ob es ein guter Plan ist.« Er öffnete die Fahrertür. »Oder hast du einen Plan?«

»Ich klingle und frage, ob Danny da ist«, sagte ich.

»Und dann?«

Ich zuckte mit den Schultern. »Dann hoffe ich, dass es ein kleiner Typ ist«, fügte ich hinzu.

Danny Zwaal war nicht klein. Er war groß und mager. Seine Arme baumelten seitlich an seinem Körper herunter wie nutzlose Anhängsel. Er hatte einen kahl rasierten Schädel und aus dem Kragen seines T-Shirts kroch ein Tattoo seitlich seinen Hals hinauf. Fantasievolle Gestalten in Blassgrün, Blassblau und Blassrot. Alles an Danny war blass. Seine Haut war grauweiß, seine Kleider waren verschossen und seine Schuhe waren kaputt. Die Absätze waren abgetreten. Er sah aus wie ein altes Fahrrad. Nur seine Augen funkelten lebhaft und misstrauisch. Sie huschten zwischen Richard und mir hin und her. Danny sagte nichts. Er schaute uns an. Von einem zum anderen. Er fragte nicht, wer wir waren oder was wir wollten. Er wartete darauf, dass wir etwas sagten.

Ich sah Richard an. Er stand genauso reglos da wie Danny und starrte ihn unverwandt an. Richard beobachtete Danny, ruhig, konzentriert. Lächelnd. Ich wollte fragen, was wir jetzt tun sollten, schluckte meine Worte aber wieder hinunter. Keine gute Idee. Richard wartete ab, was ich tun würde. Danny wartete auf unsere Reaktion. Ich wartete auf den Moment, in dem alles zusammentreffen würde, in dem all meine Probleme mit einem Schlag gelöst würden und ich wieder mein Leben weiterführen könnte. Mein eigenes Leben. Als Einziger.

Nicht hier. Nicht jetzt.

Dann also rein ins kalte Wasser.

»Bronzefarbener BMW«, sagte ich. »Gekauft bei Gobbis, hier in ...« Weiter kam ich nicht.

Danny holte mit dem rechten Arm aus und mähte mich mit einem Schlag von der Schwelle. So völlig unerwartet und ungebremst, dass ich rückwärts taumelte und das Gleichgewicht verlor. Richard fing mich auf, kurz bevor ich zu Boden stürzte. Er zerrte mich von der Tür weg. Ich hörte Danny schreien und kurz darauf standen zwei Männer neben ihm. Nicht so groß wie er, aber auch nicht so mager. Der eine war breit und muskulös, der andere einfach nur fett. Danny schrie.

»Der da!«, rief er. »Der da! Der da!« Er zeigte auf mich.

Die beiden Männer schauten mich an und sahen vermutlich Folgendes: eine verwirrte Gestalt, die von einem anderen Mann aufrecht gehalten wurde. Ein dünnes Blutrinnsal floss von meiner linken Schläfe aus über meine Wange.

»Danny, Danny, Danny, Danny«, sagte der Dicke. »Wie oft habe ich dir gesagt, dass du nicht immer gleich zuschlagen sollst? Du kannst doch nicht einfach so jemanden hauen? Was will der denn von dir?«

Richard half mir, mich auf beide Füße zu stellen.

»Schau mal«, fuhr der Dicke fort, »der Mann blutet. Stef, hol dem Meneer bitte ein Taschentuch.« Der muskulöse Mann ging ins Haus und kehrte kurz darauf mit einer Schachtel Papiertücher zurück. Der Dicke zog vorsichtig eines heraus und tupfte damit meine Kopfwunde ab. »Ist nicht so schlimm, man muss das aber versorgen. Danny, Junge, was hast du getan?«

»Der, der ...«, stotterte Danny.

Der Dicke reichte mir das Taschentuch. »Mein Bruder schießt manchmal etwas über das Ziel hinaus«, sagte er. »Dann hat er sich nicht mehr unter Kontrolle. Aber er meint es nicht böse. Oder, Danny?« Er wandte sich wieder seinem Bruder zu.

Richard legte mir die Hand auf den Arm und zog mich unauffällig rückwärts. »Weg hier!«, flüsterte er mir kaum hörbar ins Ohr. Ich ging zwei kleine Schritte rückwärts. Ganz vorsichtig. Doch Stef stellte sich sofort hinter mich und schnitt uns den Weg zum Auto ab. »Was sollen wir machen, Ruud?«, fragte er.

Der Dicke drehte sich wieder um und sah uns an. »Hier geht niemand weg, bevor ich nicht weiß, was los ist«, sagte er. »Und ich will es von meinem Bruder hören, nicht von dir und nicht von dir.« Dabei zeigte er mit seinem dicken Finger auf Richard und mich, um keinen Zweifel offenzulassen. »Gut so, Stef. Pass auf sie auf.«

Danny stotterte und keuchte wie ein Junkie auf Entzug und Ruud musste seine ganze Überredungskunst aufwenden, um ihn zu beruhigen und einen vernünftigen Satz aus ihm herauszubekommen. Und selbst dann noch musste man Danny gut kennen, um ihn zu verstehen.

»Er weiß von dem 5er BMW«, sagte er und zeigte auf mich.

Ich konnte mich nicht mehr bewegen, aber ich weiß noch, was ich dachte. Ich dachte: Danny kann gar nichts dafür. Er ist der schwachsinnige Bruder.

Richard dachte nicht nach. Richard handelte. So schnell, dass niemand begriff, was geschah. Er packte Danny am T-Shirt und schleifte ihn aus dem Haus. Der große Junge leistete keinerlei Widerstand. Richard drehte sich um und stieß Danny vor sich her. Stef wich aus, um seinen Bruder bei seinem Angriff nicht zu verletzen, aber Richard ging mit seiner Bewegung mit, packte mich mit der anderen Hand und ein paar Sekunden später standen wir neben dem Auto. Richard hielt Danny mit eiserner Hand fest.

»Schlüssel«, sagte er und drehte sich so, dass ich den Autoschlüssel aus seiner Hosentasche holen konnte. »Du fährst.«

Ich stieg ein und ließ den Motor an. Richard hielt Stef in Schach, indem er Dannys Hals in einem Würgegriff umklammerte. Danny stöhnte, und jedes Mal wenn Stef hörte, dass sein Bruder Schmerzen litt, erstarrte er. Ruud schrie und fluchte, kam aber nicht aus dem Haus. Er wagte sich keinen Schritt vor die Tür.

Richard öffnete die hintere Tür und zerrte Danny mit sich ins Auto. »Gib Gas«, sagte er.

Ich schaltete und ließ die Kupplung kommen. Viel zu schnell. Mit quietschenden, durchdrehenden Reifen schoss der Wagen los. Erst am Ende der Straße hatte ich ihn richtig in der Gewalt. Hinten auf dem Rücksitz hörte ich Danny jammern und schreien. Richard hatte ihn fest im Griff, aber das konnte er nicht lange durchhalten.

»Wo fahren wir hin?«, fragte ich.

»Egal!«, rief Richard. »Nur raus aus diesem Dorf, egal wohin, ist mir völlig wurst! Aber beeil dich!«

Ich fuhr in Richtung Poeldijk, bog aber kurz vorher ab in Richtung Monster. Ein paar Minuten später schwenkte ich in die Castrostraat ein. Den Wagen parkte ich hinter Haus Nummer elf, sodass man ihn von der Straße aus nicht sehen konnte. Keuchend blieben wir sitzen.

Danny guckte aus dem Fenster auf das Haus.

»Ach, wie nett«, sagte er.

46

Nicke, wenn du mich verstehst

Es war schlimm, es war dumm, aber wir taten es trotzdem. Wir fesselten Danny, die Hände auf dem Rücken, die Füße aneinander. In der Küche. Zwischen dem ganzen Dreck und dem Gerümpel. Es blieb uns nichts anderes übrig, Richard konnte ihn nicht länger festhalten. Danny saß auf dem Boden zwischen den Resten der Küchenschränke. Seine Hände hatten wir an einer der Schrankstreben festgebunden. Er versuchte, nach Richard zu treten, verlor aber das Gleichgewicht und kippte nach hinten um, sodass er ganz verrenkt dalag. Er fluchte.

»Wir können ihn auch losbinden und einfach gehen lassen«, sagte ich. Mir war nicht wohl bei dem, was wir taten. Dass wir ihn mitgenommen hatten, fand ich noch in Ordnung, das war reine Selbstverteidigung gewesen. Indem wir Danny kidnappten, konnten wir entkommen. Aber was wir jetzt taten, war etwas anderes. Das hatte nichts mit Selbstverteidigung zu tun. »Irgendwann müssen wir ihn doch sowieso laufen lassen«, sagte ich.

»Kann sein«, sagte Richard. Er packte Danny und half ihm auf, sodass er wieder normal sitzen konnte.

»Wir können ihn hier doch nicht …«

Richard nahm mich am Arm und zog mich mit nach draußen. Er schloss die Küchentür hinter sich zu. »Du brauchst ihm doch nicht alles schon vorher zu erzählen«, flüsterte er leise. »Natürlich lassen wir ihn gleich wieder gehen. Was denkst du denn? Aber er sollte lieber glauben, dass wir es nicht vorhaben. Das gibt uns ein bisschen Zeit, über unseren nächsten Schritt nachzudenken.«

»Jedenfalls ist er der Falsche«, sagte ich. »Du siehst doch selbst, dass Danny nicht sauber tickt.«

»Trotzdem hat er den BMW gekauft. Ich kenne die Familie zwar nicht, aber ich bin mir sicher, dass es nur einen Danny Zwaal gibt.«

»Einer ist mehr als genug.«

Die Reaktion seiner Brüder ließ allerdings an Deutlichkeit nichts zu wünschen übrig. Sie wussten genau, was los war. Danny war ihrer Meinung nach nicht verantwortlich für das, was er tat. Sie waren für ihn verantwortlich. Und sie ließen es nicht zu, dass ihm jemand etwas zuleide tat. Sie beschützten ihn und schirmten ihn ab. ›Er weiß von dem 5er BMW‹, hatte Danny gesagt, und die Angst in seiner Stimme war nicht zu überhören gewesen. Wir wussten, was er getan hatte, aber offenbar brauchten sie darüber untereinander schon nicht mehr zu reden. Danny wurde von seinen Brüdern wie ein ungezogenes Kind behandelt, das nichts für die Dummheiten kann, die es anstellt.

»Was denkst du?«, fragte Richard.

»Sobald ich anfange zu denken, werde ich depressiv«, erwiderte ich. »Komm, lass uns herausfinden, was er weiß.«

»Weißt du, wer ich bin?«, fragte ich.

Danny öffnete den Mund und fing an zu kreischen. Ein hoher, gellender Ton, der aus seinem tiefsten Inneren zu kommen schien. Sein langer, magerer Leib zitterte und zuckte. Wie er zwischendurch atmete, weiß ich nicht, aber das Geheul schien nicht abzureißen. Immer höher. Ich spürte schon ein Stechen im Trommelfell.

»Ganz ruhig!«, sagte ich, aber meine Worte gingen in dem Gekreische unter. »Ganz ruhig!«, wiederholte ich ein bisschen lauter. Keine Reaktion.

Richard versetzte Danny einen Stoß und schrie: »HÖR AUF! NIEMAND KANN DICH HIER HÖREN! NIEMAND!«

Danny hörte auf. »Ihr hört mich«, sagte er und riss den Mund wieder auf. Sein Kreischen schnitt durch meinen Kopf. Er schrie auf einer Frequenz, die hinter meinen Augen eine Schwingung verursachte. Es kam mir vor, als würde ich durch die Vibration zerspringen.

Richard versuchte noch einmal, ihn zum Aufhören zu bewegen, aber ohne Erfolg. Ich stand auf und ging ins Wohnzimmer. Dort riss ich ein großes Stück von einem der Lumpen ab, die auf dem Boden lagen. Es war dreckig und stank, aber es war das Einzige, was ich finden konnte. Ich kehrte in die Küche zurück, knüllte den Lappen zu einem Ball zusammen und stopfte diesen Danny in den Mund.

Er war sofort still und versuchte mit panischen Bewegungen seiner Lippen, den Ball wieder aus seinem Mund zu entfernen. Rasch wickelte ich ein Stück Draht um seinen Kopf, sodass der Knebel fest saß.

»Danny, hör zu!«, sagte ich. »HÖR ZU!« Ich griff ihn an der Schulter und schüttelte ihn. Ich sah, dass er anfing zu würgen. Sein Magen rebellierte gegen den ekligen Dreck in seinem Mund. »Wenn du ruhig bleibst, nehme ich ihn wieder raus, okay?«

Er reagierte nicht. Er war ganz auf sich selbst fixiert. Ich schüttelte ihn durch und redete mit ihm, bis er reagierte.

»Nicke, wenn du mich verstehst«, sagte ich.

Er nickte.

Ich löste den Draht und nahm ihm den Knebel aus dem Mund. Noch bevor ich den Lappen aus dem Mund gezogen hatte, fing er wieder an zu kreischen, noch lauter als vorher, noch höher.

»Das ist doch nicht normal«, sagte Richard. Er nahm mir den Lappen aus der Hand und steckte ihn Danny in den Mund. Tiefer und fester diesmal. Er wickelte den Draht darum herum. Eine Minute später saßen wir in der wieder eingetretenen Stille und sahen uns an. Das einfache Ziel, das wir hatten – Danny einige Fragen zu stellen –, schien in immer weitere Ferne zu rücken.

»Warum antwortet er uns nicht einfach?«, fragte ich.

Richard zuckte mit den Achseln. »Lassen wir ihn für einen Moment so sitzen, dann hört er schon von selbst auf. Offenbar dauert es bei ihm etwas länger, bis er etwas kapiert.«

Wieder schwiegen wir. Wir schauten Danny an, der zuckend auf dem Boden lag. Er krampfte sich zusammen und schüttelte den Kopf hin und her. Ein beängstigender Anblick.

»Er übergibt sich«, sagte ich.

»Aber mit dem Lappen im Mund kommt nichts raus.«

»Am Ende erstickt er an seiner eigenen Kotze.«

»Dann wäre er wenigstens still.« Erst nachdem Richard das gesagt hatte, erkannte er, dass diese Gefahr tatsächlich drohte. Er fluchte, lehnte sich nach vorn, löste den Draht und zog Danny den Lappen aus dem Mund. Danny wollte sofort wieder anfangen zu schreien, aber bevor er einen Ton herausbekommen konnte, schlug Richard ihm mit der flachen Hand ins Gesicht. Fest. So fest, dass ich erschrak.

Danny kreischte nicht. Er schrie auf.

»Stell dich nicht so an«, sagte Richard. »Sonst stopfen wir dir das hier wieder in den Mund. Ruck, zuck!« Er tat, als wolle er Danny den Lappen wieder in den Mund stecken.

Danny schwieg für einen Moment und Richard dachte schon, er hätte Erfolg. Ich sah die Zufriedenheit auf seinem Gesicht. In dem Moment trat Danny mit seinen zusammengebundenen Füßen gegen Richards Schienbeine. Richard stürzte der Länge nach zu Boden und schlug hart mit dem Kopf auf dem Fliesenboden auf. Noch bevor ich reagieren konnte, fing Danny wieder an zu kreischen. Ich wollte Richard aufhelfen und ich wollte, dass Danny den Mund hielt. Beides gleichzeitig. Ich stand auf und streckte den Arm nach Richard aus. Ohne sein Gekreische zu unterbrechen, trat Danny auch nach mir. Er erwischte mich am Knöchel, aber nicht fest genug, um mich umzuwerfen. Ich drehte mich um, trat nach ihm und traf ihn mit voller Wucht am Oberschenkel. Er kreischte weiter. Ich trat noch einmal zu. Ich dachte nicht nach. Nicht mehr. Ich reagierte reflexartig auf die Ereignisse der letzten Zeit. Die Polizei, die Zelle, mein Haus, die Schuldzuweisungen, die systematische Art und Weise, in der mein Leben mir gestohlen worden war. Danny war nicht mehr Danny für mich, er war nur zufällig jemand, der in Reichweite war. Ich trat zu. Und noch einmal. Ich traf ihn seitlich am Körper und spürte, wie sein Körper auf den Tritt reagierte. Wie er nachgab. Danny war still.

Wir saßen hinter dem Haus, auf einem Betonmäuerchen, das den Garten von einem Weg zu den Gewächshäusern trennte.

Richard rieb sich über den Kopf. Ich zitterte. Als zögen sich meine Muskeln aus meinem Körper zurück, als flüchteten sie vor dem, was sie getan hatten. Tränen brannten mir in den Augen. Es war, als hätte ich Abschied von dem letzten Rest Persönlichkeit genommen, den ich noch übrig behalten hatte.

»Er ist nicht tot«, sagte Richard. »Ein paar Rippen gebrochen vielleicht. Mehr nicht. Der Typ, den er angefahren hat, ist tot. Das ist tausendmal schlimmer.«

Ich nickte, aber nicht als Zeichen der Zustimmung. Wir hatten nichts aus Danny herausbekommen. Ich zog die Schachtel Zigarillos aus der Tasche und zündete einen an. Der Rauch kringelte sich an meiner Nase entlang und schwebte in Richtung meiner Lungen. Ich konnte gerade noch den Reflex unterdrücken, einzuatmen und ihn zu inhalieren. Hustend saß ich auf dem Mäuerchen.

»Ich muss Guusje anrufen«, sagte ich.

»Klasman ist dein Anwalt. Den musst du anrufen.«

»Ich weiß.« Ich rief niemanden an. Es gab nichts, das ich irgendjemandem erzählen wollte. Richard half mir hoch.

»Vielleicht möchte uns Danny jetzt etwas sagen«, meinte er.

Ich erschrak. »Das ist nicht dein Ernst!« Die Vorstellung, Danny nach alldem noch zu befragen, schockierte mich.

»Denk doch mal nach!«, sagte Richard. »Wenn wir jetzt nichts von ihm erfahren, haben wir ihn umsonst zusammengeschlagen. Wäre dir das lieber?«

»Nein, ich will das nicht.«

»Zu spät«, erwiderte Richard. »Du hast es doch schon getan. Wenn du zuschlägst, ist es dir ernst. Dann muss es dir ernst sein. Sonst machst du alles nur noch schlimmer. Du kannst nicht mehr zurück. Was willst du denn? Dich bei ihm entschuldigen? Das wäre wirklich dumm. Warum bist du denn überhaupt zu ihm gefahren? Warum hast du bei ihm geklingelt? Um dich mit ihm anzufreunden? Nein, natürlich nicht. Niemand will sich mit diesen Idioten anfreunden. Und du schon gar nicht.«

»Ich wollte ihn doch nur etwas fragen«, entgegnete ich. Es klang feige und unehrlich, und das war es auch. »Ich wollte mit ihm reden.«

»Ach ja? Dann geh rein und rede. Frag ihn. Frag ihn! Tu, was du tun wolltest, sonst war das alles für die Katz.«

»Und ich darf keine Gewissensbisse haben?«

Richard schwieg. Er sah mich an, die Lippen zu einem Strich zusammengepresst. »Idiot«, sagte er. »Jeder hätte Gewissensbisse. Darum geht es gar nicht. Aber wenn du nicht mehr an dich selbst glaubst, warum willst du dann überhaupt deine Identität wiederhaben? Wen interessiert das dann noch? Du musst erst mal wieder du selbst sein wollen. Wenn du Angst davor hast, dann sollten wir lieber getrennte Wege gehen.«

47

Scherbenregen

Danny redete. Unzusammenhängend und wirr, unterbrochen von Ausrufen und Schreien. Manchmal verstand ich gar nichts, manchmal nur die Hälfte von dem, was er sagte. Aber er redete. Er verstand meine Fragen und er reagierte darauf. Auf seine Art. Seine geistigen Fähigkeiten waren nun einmal begrenzt.

»Ich mach, was Ruud sagt«, sagte er.

»Und was sagt Ruud?«

»Ruud sagt: Danny, du Idiot, Pfoten weg, blöder Depp.« Er lachte. Er fand die Schimpfworte offenbar lustig.

»Und was macht Ruud? Schlägt er dich?«

Nein, Ruud schlug ihn nicht. Ruud schlug nie. Ruud mochte keine Schläge. Ruud wusste, wo es langging und wie, und Danny registrierte alles. Zwar konnte er seine Gedanken schlecht in Worte fassen, aber er verstand sehr gut, was um ihn herum geschah. »Ruud hat gesagt: Finger weg. Darf nicht alleine. Nur zusammen, dann schon.« Er schwieg. »Ruud macht alles. Stef schlägt manchmal.«

»Was macht Ruud denn?«

Dannys Gesicht wurde abweisend. Er schüttelte den Kopf und gab keine Antwort. Es war, als redete ich gegen eine Wand. Ich wiederholte meine Frage in verschiedenen Formulierungen, und je öfter ich fragte, desto mehr wuchs in mir die Überzeugung, dass Danny genau wusste, was Ruud trieb. Ganz genau. In diesem Augenblick war sein Handicap seine stärkste Waffe, denn was ich auch versuchte, er reagierte nicht. Sein Wille war stärker als meiner.

»Was sagt denn Stef?«, fragte ich.

»Stef sagt gar nichts. Ruud redet. Stef nicht. Braucht er nicht.«

»Was macht Stef?«

»Holen, bringen, holen, bringen, holen, bringen, holen ...«

»Was denn?«

»... bringen.«

»Was denn?«

Stef holte Sachen ab. Irgendwo. Dort waren Leute. Sie fuhren zu einer bestimmten Stelle und trafen dort Leute. Nette Leute, die sich immer gern für eine Weile mit Danny unterhielten. Aber sie kamen nie zu ihnen nach Hause. Nie, denn das wäre dumm gewesen.

»Warum wäre das dumm?«

»Das hat Ruud gesagt.«

»Was hat Ruud gesagt.«

»Blödmann, Idiot, Pfoten weg, Depp.« Er lachte wieder.

»Und du? Was machst du?«

»Ich fahre mit Stef. Holen, bringen, holen, bringen, holen, bringen. Im Auto. Stef und Danny im Auto.« Er lachte wieder. »Im Auto, ja, ja.«

»Wo fahrt ihr denn hin?«

»Pizza holen, Cappuccino trinken.« Er schwieg und dachte nach. Sie fuhren nicht immer nach Rotterdam, manchmal fuhren sie auch weiter.

»Wie weit?«

»Stef und Danny.«

»Nach Dordrecht?«

»Stef und Danny.«

»Weiter als Dordrecht?«

»Stef und Danny. Jaaa!«

»Nach Breda?« Ich wusste nicht einmal mehr, warum ich das fragte. Ich wollte ihn einfach zum Reden bringen. Vielleicht würde er irgendwann etwas sagen, was mir etwas nützte. »Weiter als Breda?«

»Stef und Danny. Pizza, Nudeln.«

»Pizza? Magst du Pizza?«

»Stef und Danny.« Er hatte sich in der Wiederholung festgefahren. Offenbar waren er und sein Bruder unzertrennlich. Gemeinsam unterwegs, wahrscheinlich in einer der Rostlauben, die bei ihnen vor dem Haus standen.

»Pizza. Beim Italiener? In Den Haag? In Rotterdam?«

»Beim Italiener, ja.«

»Wo, Danny, wo?«

»Buona sera, signorina.«

Es war, als hinge er an einem Gummiband. Immer wenn ich glaubte, ihm etwas näherzukommen, tauchte er wieder weg. »Wo, Danny? Wo ist die Pizzeria?«

»Pizza Diablo.«

Die kannte ich noch nicht. Im Laufe der Jahre hatte ich Hunderte von Pizzen verspeist. Wahrscheinlich sogar noch mehr. Mit viel Käse. Je mehr Käse, desto besser. Aber als Pizza Hawaii und Pizza Tandoori aufkamen, hatte ich aufgehört, Pizza zu essen. Das war für mich Pizza auf Abwegen. Genau wie die Leute, die sie aßen. Zurück zum Thema.

»Wo ist der BMW? Der 5er?«, fragte ich.

»Weg. Der 5er muss weg. Muss sofort weg. Muss weit weg. Danny, Idiot, blöder Depp.« Er lachte.

»Wohin habt ihr das Auto gebracht?«

»Schöner 5er. Ruud hat's verboten. Stef hat's verboten. Aber Danny weiß Bescheid.«

»Was weißt du, Danny?«

»Wie es geht. Hab Stef zugeschaut. Hab Ruud zugeschaut. Immer.«

Danny konnte mehr, als seine Brüder ahnten. »Hat Gobbis den 5er an dich verkauft?«, fragte ich.

»Gobbis, ja.«

»Bist du damit gefahren?«

»Danny, blöder Depp.«

»Du durftest nicht damit fahren, hast es aber trotzdem getan. Stimmt's?«

Danny blickte auf. Seine Augen wirkten ein bisschen klarer. Ein Lächeln erschien auf seinem Gesicht. »Stef«, sagte er.

»Nein, nicht Stef«, sagte ich. »Du bist doch mit dem 5er gefahren.«

»Doch Stef«, sagte eine ruhige Stimme hinter mir. Eine Stimme, die es nicht gewohnt war zu reden. Für die Reden eine Art unerwünschter Nebeneffekt des Atmens war. »Geht's dir gut, Danny?«

Hinter uns standen Stef und einige seiner Kumpel. Keine

Verwandten, aber trotzdem alle vom selben Schlag. Krumme Nasen und gerade Nasen, dicke Lippen, fliehendes Kinn, große Ohren, kleine Ohren, Schlitzaugen, blaue Augen und braune Augen. Keiner der drei hatte Sinn für Humor.

»Ach, wie nett«, hatte Danny vorhin gesagt, aber ich hatte es nicht kapiert. Er sagte öfter etwas, dessen Bedeutung ich nicht verstand, deshalb hatte ich keinen Sinn dahinter vermutet. Meine Erkenntnis kam zu spät. Ich fluchte. Richard und ich waren so mit Danny beschäftigt gewesen, dass wir nichts gehört hatten. Stef und seine Freunde waren um das Haus herumgelaufen und durch die Hintertür hereingekommen. Leise. Ohne ein Wort zu sagen. Typisch Stef. Der war wohl nicht sehr redselig.

»Macht ihn los!«, befahl er.

Die drei Männer blockierten weiterhin die Hintertür. Ich sah, wie Richard sich nach links und rechts umblickte, auf der Suche nach einem Fluchtweg. Wenn es zu einem Kampf käme, hätten wir kaum eine Chance. Wir konnten nur hoffen, schneller zu sein, dafür mussten wir aber erst einmal einen Ausweg finden. Das Haus bot zwei Möglichkeiten: die Hintertür oder die Haustür vorn. Andere Ausgänge gab es nicht. Wir würden wohl oder übel vorn rausmüssen.

Richard kniete neben mir auf dem Boden und tat so, als helfe er mir, Dannys Fesseln zu lösen. »Hast du was zum Werfen?«, flüsterte er.

Ich schüttelte den Kopf.

»Um sie abzulenken.«

Ich blickte mich um. Überall lag Müll herum, aber nichts, was wir hätten gebrauchen können. Lappen, modrige Holzstücke und Abfall, alles zu klein und zu weich. Ansonsten nur ganze Türen, die aus den Angeln gerissen worden waren. Auch schlecht zum Werfen. Ich löste den Knoten von Dannys Fußfesseln, und sobald ich den Strick abnahm, begann Danny zu jubeln und wild mit den Beinen zu strampeln.

»Still sitzen, Danny!«, rief Stef. »Sonst können die dich nicht losbinden.«

Er gehorchte sofort und blieb mucksmäuschenstill sitzen.

Ich bückte mich hinter seinen Rücken und begann, den Strick um seine Handgelenke zu lösen. So langsam wie möglich. Währenddessen dachte ich fieberhaft nach. Richard saß in der Hocke vor Danny, den Rücken zu den anderen gewandt. Ich musste im Sitzen den Kopf halb in einen Küchenunterschrank stecken. Ich zog den letzten Knoten auf und der Strick fiel von Dannys Händen. Danny sprang auf. Mit der ganzen ungezügelten Energie eines geistig Behinderten. Er wollte so schnell wie möglich bei seinem Bruder sein und setzte jede Faser seines Körpers dazu ein. Seine Schmerzen nahm er dabei gar nicht wahr. Im Bruchteil einer Sekunde trat er erst Richard beiseite und warf sich dann auf Stef. Mit voller Wucht. Stef schwankte, suchte Halt und fiel hintenüber. Danny johlte und juchzte vor Freude.

Das war die Gelegenheit. Ich packte Richard, riss ihn hoch, und schon rannten wir stolpernd in Richtung Haustür. Sie war abgeschlossen. Richard rannte ins Wohnzimmer, riss eines der Fenster auf, und kurz darauf kletterten wir hinaus. Wir standen vor dem Haus.

»Mein Auto!«, sagte Richard. »Wir müssen zu meinem Auto! Sonst kommen wir hier nicht weg!« Der Wagen stand hinter dem Haus und es gab keine Möglichkeit, ihn zu erreichen. Das Gepolter und Geschrei unserer Verfolger wurde immer lauter. Einer rannte uns durch das Haus hinterher, die anderen beiden kamen außen herum und schnitten uns den Weg zum Auto ab.

»Hierher!«, rief ich. Ich lief zu einem der Treibhäuser neben dem Haus und zog die Tür auf. Wir rannten zwischen den mannshohen Pflanzen hindurch. Wuchernde Bohnen, Tomaten, Unkraut, alles Mögliche. Einige Pflanzen waren bis zum Dach des Treibhauses gewachsen, manche sogar durch die Ventilationsöffnungen nach draußen. Andere waren gegen das Glasdach gestoßen und nach unten gebogen worden. Es war ein Urwald aus Obst und Gemüse, durch den Richard und ich uns durchschlagen mussten. Hinter uns hörten wir die massigen Männer keuchen. Wir waren schneller, aber bis jetzt nützte uns das wenig.

»Wo laufen wir hin?«, fragte Richard.

»Wir versuchen, durch die Treibhäuser hinter das Haus und zum Auto zu kommen.« Wir rannten, bis wir das andere Ende des Gewächshauses erreicht hatten und auf die Rückwand stießen. Es gab keine Tür. Wir blickten uns nach rechts und links um, aber nirgendwo war ein Ausgang zu sehen.

»Dann eben ohne Tür«, sagte Richard und schlug eine Scheibe ein. Mit dem Fuß trat er die größten Scherben aus dem Rahmen, sodass wir durch die Öffnung klettern konnten. Vorsichtig krochen wir hinaus. Wir standen auf einem schmalen Streifen zwischen zwei Gewächshäusern. Zu beiden Seiten Glas. So weit das Auge reichte.

»Und jetzt?«, fragte Richard.

»Ich glaube, nach links. Zum Treibhaus hinter dem Haus.«

Richard nickte. »Glaube ich auch. Aber warte noch.« Er ging mit zwei Schritten zum nächsten Gewächshaus und trat auch dort eine Scheibe ein. »Sorgt für ein bisschen Verwirrung«, erklärte er.

Wir rannten etwa dreißig Meter weiter bis zu einem Querweg, der nach links führte. Das nächste Treibhaus musste dasjenige sein, welches direkt hinter dem Haus stand. Auch darin zerbrachen wir eine der Scheiben und krochen hindurch. Im Gewächshaus hielten wir kurz inne und versuchten herauszufinden, wo sich unsere Verfolger befanden. Unser Vorsprung schien sich etwas vergrößert zu haben. Von verschiedenen Stellen hörten wir das Klirren von zerbrechendem Glas. Sie folgten unserem Beispiel, machten dabei aber wesentlich mehr Lärm. Wir hörten sie. Überall, so schien es. Aber wir sahen sie nicht.

Wir rannten weiter. Diesmal übernahm Richard die Führung. Es war, als könne er sein Auto schon riechen. Wir bahnten uns einen Weg durch die Vegetation und ein paar Minuten später sahen wir durch die Scheiben am anderen Ende die kleine Terrasse hinter dem Haus. Und Richards Auto. Etwas weiter hinten, im Durchgang seitlich neben dem Haus, standen zwei große Geländewagen, ein Nissan Patrol und ein Landrover. Beide alt. Beide mit offenen Türen.

Richard fluchte. »Daran komme ich nie und nimmer vorbei«, meinte er. Die großen Autos blockierten die Ausfahrt. Vorsichtig, so leise wie möglich, öffneten wir die Tür des Gewächshauses. Hielten inne. Lauschten. Wir hörten nichts. Wir schlichen an Richards Auto vorbei zum ersten und dann zum zweiten Geländewagen. Der Zündschlüssel steckte. Richard winkte mir zu. Er setzte sich ans Steuer, ich öffnete die Beifahrertür und stieg ebenfalls ein. Beide hielten wir die geöffneten Türen mit einer Hand fest.

»Ab geht's!«, sagte Richard. Wir schlugen die Türen zu und Richard startete den Motor. Mit einem tiefen Brummen sprang der große Diesel an. Richard schüttelte den Kopf. »Hoffnungslose Dreckskiste«, sagte er. Langsam fuhr er rückwärts am Haus vorbei, drehte auf dem asphaltierten Vorplatz und schaltete. »Und weg sind wir.« Er gab Gas und fuhr los, die Castrostraat entlang, eine Wagenbreite schmal, drei Kilometer bis zur Landstraße. Ein paar Hundert Meter weiter kam uns ein Traktor entgegen.

»Passt du da durch?«, fragte ich. Überflüssige Frage. Konnte ich mir selbst beantworten. Zu beiden Seiten des Traktors war weniger als ein Meter Platz.

Richard schüttelte den Kopf. Er schaute sich um. »Wohin geht's in diese Richtung?«, fragte er.

»Keine Ahnung. Vielleicht eine Sackgasse.«

»Das werden wir gleich rausfinden.« Wieder schaltete er in den Rückwärtsgang und fuhr zurück zum Vorplatz von Haus Nummer elf, um zu wenden. Kurz bevor wir das Grundstück erreichten, bog der Patrol hinter uns in den Weg zwischen den Treibhäusern ein. Alle fünf Männer saßen darin. Stef fuhr. Ganz kurz, ein paar Sekunden lang, blieben wir stehen. Wir saßen in der Falle, gefangen zwischen dem Traktor vor uns und dem Geländewagen hinter uns. Die schmale Straße bot keinen Ausweg. Richards Augen huschten hin und her. Eine Hand am Steuer, eine am Schaltknüppel. Vor uns näherte sich der Traktor, langsam, aber unaufhaltsam. Hinter uns gab Stef plötzlich Gas. Sein Wagen schoss mit einem Satz nach vorn und rammte den

Landrover von hinten. Ich wurde gegen die Rückenlehne meines Sitzes geschleudert. Das Auto krachte und ächzte.

»Halt dich fest!«, rief Richard und ich wurde Zeuge seiner Verwandlung. Der Zweifel verschwand aus seinem Gesichtsausdruck. Sein Blick huschte nicht mehr hin und her. Er hatte seinen Weg gewählt. Seine Entscheidung getroffen. Der Rennfahrer in ihm war erwacht.

Er schaltete und gab Vollgas, genau auf den Traktor zu. Hinter uns folgte Stef. Richard hatte alles ganz genau im Blick. Seine Hände und Füße reagierten, als stünden sie in direktem Kontakt mit seinen Augen. Rasend schnell näherte sich der Traktor. Ich sah den Bauern in seiner Kabine, sah die Panik, von der er ergriffen wurde. Er wich so weit wie möglich aus, aber es war nicht genug. Bei Weitem nicht. Er hupte und gab Lichtzeichen.

»Oh mein Gott!«, rief ich.

Ein paar Meter vor dem Traktor riss Richard das Lenkrad nach links herum, zu derselben Seite wie der Traktor, als wolle er ihn frontal rammen. Aber stattdessen wich er blitzschnell aus, indem er kurz auf die Bremse trat und das Heck des Wagens herumschleudern ließ. Knapp vor dem Traktor schoss der schwere Wagen vom Weg und bohrte sich durch die Glaswand eines Gewächshauses. Von der Rahmenkonstruktion gebremst landeten wir zwischen den Pflanzen. Richard schaltete wieder und gab erneut Gas. Mit brüllendem Motor pflügte der Landrover durch das Treibhaus. Hinter uns versuchte Stef dasselbe Manöver, aber er war nicht schnell genug und prallte mit dem Heck gegen den Traktor. Es dauerte einen Moment, bis er den Wagen wieder unter Kontrolle hatte, aber dann nahm er die Verfolgung auf. Ruckend und stotternd, bis er das Auto in der richtigen Spur hatte. Er folgte dem Weg, den wir bereits durch die Pflanzen gebahnt hatten, und näherte sich rasch.

»Er hat den stärkeren Motor«, bemerkte Richard, schüttelte den Kopf und pflügte tiefer in das Gewächshaus hinein, immer weiter von der Straße weg. Stef kam näher und näher. Richard bremste scharf, wendete abrupt und gab erneut Gas.

Der Wagen kämpfte sich durch den Dschungel hoher Pflanzen. Die Sicht war gleich null. Um uns herum nur dichtes Grün, das in alle Richtungen schwang und wippte. Das Auto holperte über alte Plattenwege und Gegenstände, die in dem verwahrlosten Gewächshaus auf dem Boden lagen. Wir fuhren ins Ungewisse, und plötzlich ragte wieder eine Glaswand vor uns auf. Welche, wussten wir nicht. Ohne langsamer zu werden, fuhren wir hindurch. Ein Stück der Trägerkonstruktion blieb an der Karosserie hängen, und unter infernalischem Lärm rissen wir einen Teil der Wand ein. Das Glas schien rings um uns zu explodieren. Überall flogen Scherben durch die Luft. Das Auto machte einen Satz über den schmalen Zwischenweg und brach durch die Wand des nächsten Treibhauses. Sehr gepflegt. Nirgendwo Unkraut zu sehen. Alle Pflänzchen in Reih und Glied, ordentlich beschnitten und kerngesund. Eine andere Welt.

»Okay«, sagte Richard. »Hier bleiben wir nicht.«

Er fuhr eine große Kurve, um nicht zu viel an Geschwindigkeit zu verlieren. Die Pflänzchen wurden unter den Rädern zermahlen, das Auto durchpflügte den Boden wie ein Vertikutierer einen Kräutergarten.

Weiter hinten im Treibhaus waren Leute bei der Arbeit. Sie schrien und gestikulierten. Ihre Wut war auch von Weitem deutlich sichtbar. Bis sie plötzlich aufhörten. Sie zeigten mit den Fingern auf irgendetwas und starrten in dieselbe Richtung. Hinter uns war Stef eingedrungen. An einer anderen Stelle. Die beiden Autos zerstörten alles, was ihnen in den Weg kam. Wie sehr sich Richard auch anstrengte, er konnte Stef nicht abschütteln. Der Landrover war langsamer als der Patrol. Aber Richards Technik war unendlich viel besser. Seine Hände und Füße beherrschten den Wagen mit blitzschnellen, kleinen Bewegungen, von denen jede absolut zielgerichtet war. Solange wir Kurven drehten, konnten wir unseren Vorsprung halten, aber sobald wir ein Stück geradeaus fuhren, kamen uns die anderen näher. Auf dem geraden Asphaltweg zwischen den Gewächshäusern würde Stef uns sofort im Nacken sitzen.

»Wo ist hier ein Wassergraben?«, fragte Richard. »Links oder rechts?«

Ich dachte fieberhaft nach. Diese Gegend war überall von Wassergräben durchzogen, man sah so viele, dass man nicht mehr darauf achtete. Manchmal verliefen sie zwischen den Treibhäusern, manchmal zwischen den Parzellen. Ich wusste, dass es nicht weit vom Haus einen Wassergraben gab. Aber wie weit entfernt, daran konnte ich mich nicht erinnern.

»Links«, sagte ich.

»Hinter diesem Treibhaus?«

»Keine Ahnung.«

»Oder hinter dem nächsten?«

Ich dachte fieberhaft nach, versuchte, mir das Bild vor Augen zu rufen. Hinter welchem Gewächshaus war es? Wie konnte man die Dinger voneinander unterscheiden?

»Nach diesem hier«, behauptete ich.

»Sicher?«

»Nein.«

Schleudernd und schlingernd rasten wir los auf die andere Seite. Langsam, Meter für Meter, kam Stef näher. Richard ließ ihn nicht aus den Augen. »Komm, häng dich ein bisschen an mich«, sagte er. Er ging kurz vom Gas und Stef rammte uns von hinten. Richard lenkte nach links, nach rechts. Stef schien an unserer Stoßstange zu kleben. Richard richtete den Wagen gerade und gab Vollgas. Das Auto beschleunigte. Stef folgte. Nur wenige Meter hinter uns. Richard saß reglos hinter dem Steuer. Die Augen starr auf die Glaswand gerichtet, die nun rasch näher kam. Immer schneller.

Wie er es genau machte, weiß ich nicht, aber kurz bevor wir die Glaswand erreichten, brachte Richard unseren Wagen schleudernd zum Abdrehen, wodurch wir quer zur Wand zum Stehen kamen. Wir schlugen einige Scheiben kaputt, aber im nächsten Moment rasten wir an der Wand entlang wieder los. Hinter uns schaffte Stef den Dreh nicht mehr und sein Wagen brach mit ohrenbetäubendem Klirren durch die Scheiben. Kurz darauf ertönte ein dumpfer, von Wasser gedämpfter Aufprall.

»Graben«, stellte Richard fest. Ohne vom Gas zu gehen, fuhr er wieder zur Vorderseite des Glashauses, in Richtung Straße. Noch einmal brachen wir in einem Scherbenregen durch die Wand und gelangten endlich wieder zurück auf die Castrostraat. Richard fuhr geradeaus, vier Räder auf glattem Asphalt. Zur Sicherheit blickte er noch ein paar Mal in den Rückspiegel, bevor er langsamer wurde. Er fuhr sich mit einer Hand durch die Haare und bog wie ein vorbildlicher Bürger auf die Landstraße ab. Das Auto hatte überall Beulen und Kratzer und war von oben bis unten mit Schlamm verschmiert, aber schließlich passte das zu einem solchen Modell. Mir war danach zumute, laut loszulachen, und ich öffnete den Mund. Aber ich brachte keinen Laut hervor. Ich konnte nur tief durchatmen, ja, keuchen.

48

Niemals ist sehr lange

Heißen Kaffee. Den hatten wir. Und alte Plätzchen. In der kleinen Wohnung hinter der Lagerhalle gab es ansonsten kaum Vorräte. Den Geländewagen hatten wir in die Halle gefahren, das Tor geschlossen, und jetzt warteten wir auf Guusje van Donee. Ein kurzer Bericht hatte gereicht, und sie hatte versprochen, sofort zu kommen.

Richard war auffallend still. Er schlürfte von seinem Kaffee. Ich zitterte. Die Verfolgungsjagd steckte mir noch in den Knochen und weckte Erinnerungen, von denen ich dachte, dass ich endgültig meinen Frieden mit ihnen geschlossen hätte. Vor einigen Jahren hatte ich eines Tages Hals über Kopf untertauchen müssen, um einer Anschuldigung zu entgehen, die ich nicht widerlegen konnte. Ich musste alles zurücklassen. Ich besaß nichts mehr außer den Kleidern, die ich am Leib trug, meinen Laptop und meine EC-Karte. Ich verlor meine Familie, meinen Job, meine Welt. Und Jessica, die Frau, die alles wollte, was ich auch wollte. Und deren Ziele auch die meinen waren. Jessica war schön und schnell und hyper. Neben ihr erschienen mir alle anderen Frauen dumm und überflüssig. Zwischen Jessica und mir bestand eine Anziehungskraft, die alle anderen Kräfte ausschaltete. Wir waren ein Naturphänomen, und in meinen Augen lag das an ihr. Nachdem sie gestorben war, hatte in mir ein verheerender Sturm getobt. Sie hatte ihn entfesselt, sie hatte mich auf eine andere, intensivere Ebene des Lebens emporgehoben, und als sie nicht mehr da war, fand ich nicht mehr herunter.

Dennoch gelang es mir, zu verschwinden. Ich befreite mich aus eigener Kraft von den Klauen eines durchgedrehten Systems. Ich dachte, ich hätte das alles hinter mir gelassen, aber jetzt kehrte es zurück. Ich fühlte mich wie das Opfer einer Infektionskrankheit, zu dem der Arzt gesagt hat: Sie sind jetzt geheilt, aber Sie werden für immer anfällig dafür bleiben. Sie brauchen sich nur eine kleine Wunde zuzuziehen, eine winzige Verschmutzung, und die Infektion kehrt zurück und wir müssen mit der Behandlung von vorn anfangen. Was war nur los mit mir?

Ich sehnte mich danach, Leute um mich zu haben, und zwar so viele wie möglich. Zu meinem Schutz. Um mich von anderen abzuschirmen. Doch zugleich erkannte ich, dass das sinnlos war. Ich konnte mich nicht schützen. Ich wurde von Leuten missbraucht, die ich gar nicht zu Gesicht bekam. Die Bedrohung schien von allen Seiten zu kommen. Es war, als hätte mich jemand geklont und als liefen jetzt überall Kopien von mir herum, über die ich nicht die geringste Kontrolle hatte. Je aktiver diese Kopien handelten, desto weniger vermochte ich selbst etwas auszurichten. Ich schien mich in einer Vielfalt meiner selbst aufzulösen. Was von mir übrig blieb, wurde immer fadenscheiniger, immer weniger greifbar. Und immer aggressiver. Am Ende blieben nur noch Verzweiflung und Wut. Davor konnte mich niemand beschützen. Und wenn ich hundert Leute um mich gehabt hätte – sie wären nicht mehr als nette Gesellschaft gewesen.

Guusje van Donee traf zehn Minuten später ein. Ich zitterte immer noch. Als hätte sich eine Kälte in mir eingenistet, die in mir gefangen war und nicht wieder herauskonnte. Guusje blickte mich an und sagte nichts. Sie legte mir eine Hand auf die Schulter, fuhr mir kurz durch die Haare, steckte die rechte Hand in meine Jackentasche und holte die Schachtel Zigarillos heraus.

Ihre Art, mit mir umzugehen, war viel vertrauter, als es aufgrund unserer bisherigen Beziehung zu erwarten gewesen wäre, aber es war genau das, was ich brauchte. Jemanden, der nichts hinterfragte und nichts sagte, keine Kommentare, keine Witze, keine Weisheiten und keine Ratschläge von sich gab. Vor allem keine Ratschläge. Aber jemanden, der mich kannte und der sich auf mich verließ. Und wenn auch nur darauf, dass ich eine Schachtel Zigarillos dabeihatte.

»Feuer?«, fragte Richard.

Sie schüttelte den Kopf. »Ich rauche nicht«, sagte sie.

Sie hatte den Notar ausfindig gemacht, bei dem der Kauf der Castrostraat abgeschlossen worden war. »Morgen fahre ich mal kurz bei ihm vorbei«, versprach sie. »Ich lasse mir eine Kopie der Urkunde aushändigen. Dadurch erfahren wir die Namen aller, die an dem Verkauf beteiligt waren.«

Morgen.

»Ich will nach Hause«, sagte ich.

Richard lachte. »Du hast kein Zuhause«, erwiderte er.

»Deswegen ja.« Ich wollte weg aus der Beengtheit des Treibhauslandes, obwohl ich wusste, dass ich wieder hierher zurückkehren musste. Die Familie Zwaal war mir noch einige Erklärungen schuldig und ich vermutete, dass es der dicke Ruud war, an den ich mich wenden musste.

»Ich werde mich nach ihm erkundigen«, schlug Guusje vor. »Wenn er etwas zu verbergen hat, ist es der Polizei bekannt.« Sie schwieg. »Es sei denn, du möchtest, dass Klasman das übernimmt.«

»Nein, ich glaube, du kennst dich hier einfach besser aus«, erwiderte ich.

»Die Zwaals müssen auch hinter dem Betrug mit der Castrostraat stecken«, vermutete Richard, »denn schließlich haben die deine Daten.«

»Wie kannst du dir da so sicher sein?«, wandte Guusje ein.

»Aber Danny hat den BMW gekauft!«, rief ich. »Das ist hundertprozentig sicher. Er wusste sofort, wovon wir redeten. Und seine Brüder auch. Sofort. Sie missbrauchen meinen Namen! Danny und sein Bruder, dieser Stef, fahren hin und her, Gott weiß, wohin, um irgendwelche Sachen zu holen und zu bringen. Sie essen Pizza und Nudeln. Und der Älteste, dieser Ruud, der sitzt da in diesem Haus und regelt alles. Wie hat Danny es gleich wieder ausgedrückt?«

»Ruud weiß alles«, sagte Richard.

»Ruud weiß alles«, wiederholte ich. »Also können wir durchaus davon ausgehen, dass ich recht habe.« Ich schwieg. Zum ersten Mal erkannte ich, wie nahe ich dran gewesen war. Ich hatte Auge in Auge mit dem Mann gestanden, der mir mein Ich geraubt hatte. Ich kannte ihn nicht. Ich hatte ihn vorher noch nie gesehen. Seinen Namen noch nie zuvor gehört. Doch vor nicht einmal vier Stunden hatten wir uns gegenübergestanden. Er hatte mir ein Taschentuch gereicht, um die Blutung an meinem Kopf zu stillen. Ruud Zwaal. Ein dicker Mann um die vierzig. Ungepflegt. Fett, die langen Haare zu einem Pferdeschwanz gebunden. Fahle Haut. Teigig. In einem unauffälligen, ein wenig verwahrlosten Haus zwischen Honselersdijk und Poeldijk. Drei alte Autos auf der Auffahrt. Es war offensichtlich, aber dennoch stimmte irgendetwas nicht.

»Wenn die Zwaal-Brüder auch hinter dem Betrug mit der Castrostraat stecken, wo ist denn dann das ganze Geld geblieben?«, fragte ich. »Sie wohnen in einem alten Haus, davor stehen alte Autos, sie tragen alte Kleider. Alles ist alt, dreckig und heruntergekommen. Wenn man Millionär ist, kauft man sich doch wenigstens mal neue Schuhe. Hast du die Latschen gesehen, die Danny anhatte?«

»Und doch kann es nicht anders sein«, entgegnete Richard. »Was denkst du denn? Dass zwei Leute gleichzeitig deine Identität geklaut haben? Zwei Leute, die sich nicht kennen, die aber beide hier in der Gegend wohnen? Die Wahrscheinlichkeit ist so winzig klein, die existiert praktisch gar nicht.«

Er hatte recht.

Und Danny hatte auch recht.

»Ruud weiß alles«, sagte ich noch einmal.

»Und du gehst da nicht mehr hin«, bestimmte Guusje. »Ich gebe Dannys Namen an die örtliche Polizei weiter, das hätte ich sofort tun sollen, und dann sollen die sich um die Sache kümmern. Jetzt ist Schluss mit diesen Wildwestmethoden.«

»Tja, wenn die Polizei sich überhaupt um irgendetwas kümmert«, entgegnete ich. »Du hast selbst gesagt, dass die hiesige Polizei gar nicht an weiteren Ermittlungen interessiert ist. Sie haben mich. Mehr brauchen sie nicht.«

»Aber inzwischen hat sich einiges geändert. Du hast Zeugen. Gobbis kann bezeugen, dass er das Auto an Danny Zwaal verkauft hat, und damit ist der Fall doch klar! Ich stand daneben, als er es sagte. Richard hat alles mit angehört. Selbst wenn Gobbis auf einmal alles leugnen würde, käme er nicht damit durch. Sobald Danny geschnappt wird, kriegen sie die ganze Familie. Pass nur auf. Ich kenne die Leute hier. Die markieren den großen Zampano, dabei sind sie bei Widerstand so klein mit Hut.« Sie hielt Daumen und Zeigefinger etwa einen Zentimeter auseinander.

»Da haben wir aber andere Erfahrungen gemacht«, erwiderte Richard. Er gab ihr seine Autoschlüssel. »Wenn du eine Möglichkeit siehst, mein Auto abzuholen, würde ich mich freuen. Lass das meinetwegen die Polizei erledigen. Mir egal. Aber ich kehre nicht noch einmal zu diesem Haus zurück.«

»Und was ist mit dem Schaden, den ihr angerichtet habt?«

Richard dachte nach.

Er rief Klasman an, Klasman würde das schon regeln. Zwischen Richard und ihm herrschten klare Verhältnisse. Klasman erteilte Aufträge und Richard leitete sie weiter. Guusje würde herausfinden, wie hoch der Schaden war, und dafür sorgen, dass die Rechnung an ihn gesandt wurde. Wir trafen Vereinbarungen, wickelten ab, wurden sachlich. Es wurde Zeit, sich auf den Weg zu machen. Richard versuchte vergeblich, sich Guusjes Mustang auszuleihen.

»Oder vielleicht den Thunderbird?«, fragte er. Aber sie war unerbittlich. Sie warf einen mitleidigen Blick auf den zerbeulten und halb gewrackten Geländewagen.

»Bevor ich dich mit einem von meinen Autos fahren lasse, musst du erst genauso alt sein wie ich.«

»Das wäre dann in etwa achtzehn Jahren.«

Sie schüttelte den Kopf. »Nein, denn in achtzehn Jahren bin ich immer noch achtzehn Jahre älter als du.«

Richard dachte kurz nach. »Du meinst also niemals.«

Guusje nickte. »So ungefähr.«

»Niemals ist aber sehr lang.«

Eine Dreiviertelstunde später setzte sie uns am Bahnhof in Den Haag ab und wir ließen das Chaos hinter uns.

»Mit dem Zug«, sagte Richard mit vor Verachtung verzerrter Stimme. »Das ist doch keine Art zu reisen!«

49

Bellilog 01.08.06

Ich sitze hier mit einer Art Midlife-Crisis, die an eine falsche Adresse geliefert wurde, und ich muss auch noch herausfinden, wer dafür verantwortlich ist. Dabei ist es noch viel zu früh für eine Midlife-Crisis. Dass ich nicht mehr weiß, wer ich bin oder wer ich war oder wer ich sein werde, das kann ich mir doch für später aufheben, wenn mich Alzheimer am Schlafittchen packt. Aber jetzt doch noch nicht! Dennoch bin ich im Moment steuerlos. Richtungslos.

Das belastet mich. Ich fühle mich wie eine Firma ohne Markt.

Jeden Tag wandere ich durch das Marmorfoyer eines wieder anderen Firmensitzes. Meine Mandanten wohnen in Firmenpalästen. Poliertes Grau, Schwarz, Rosa oder Gelb. Riesige Natursteinflächen bilden das Fundament für ihr Selbstwertgefühl. Bis zur nächsten Fusion oder Übernahme – dann muss wieder ein neuer Palast erbaut werden.

Die Demokratie ist der Kehrwagen für diejenigen, die nicht mithalten können. Die Versager, die Sehnenscheidenentzündungspatienten, die Burn-out-Jammerer, die Stressquengler. Für die Leute, die sich von Urlaub zu Urlaub schleppen und dazwischen von Events leben. Inmitten dieser Leute bewege ich mich, der unparteiische Unternehmensberater.

Free agent.

Ich gehöre nirgendwo dazu. Nicht zur Macht und nicht zu den Menschen. Dies ist mein rettender Gedanke. Mein Traum. Meine Illusion. Denn wenn ich wirklich nirgendwo dazugehöre, was tue ich dann noch hier?

Zwaal hat etwas, das ich haben möchte. Das ich ZURÜCKHABEN möchte. Es ist mein einziger Besitz im Kampf gegen eine ganze Phalanx, die neuerdings unablässig behauptet, es ginge um mich. Nur um mich.

Als wüsste ich, wer ich bin. Oder ist das inzwischen völlig unwichtig geworden?

Mail von: Peter
Betreff: Gday

World is wide open. Scheiße, ist das groß hier. So viel Land. SO-VIEL-LAND! 1000 Hektar sind hier gar nichts. Dieses Land fängt erst bei 500 km² an. Bin noch nie so klein gewesen. Und zugleich so groß, denn wenn man irgendwo steht und niemand anderer ist da, auf einem Berg oder in einem Tal, wenn man der einzige Mensch in einer so weitläufigen Landschaft ist, kommt man sich selbst dadurch größer vor. Gestern den ganzen Tag ohne Leute verbracht. Geht auch, problemlos. Alles ist möglich. Seit heute am Strand. Heute Morgen war ich ganze alleine da. ALLEIN an einem Strand! Und zwar einem sehr großen Strand. Ich blickte auf das Meer. Das war noch viel größer. Und ich dachte an Dordrecht und konnte es mir nicht mehr vorstellen. Den Haag nicht. Amsterdam nicht. Aber vor allem Dordrecht nicht. Ich kriegte es nicht mehr zusammen. Es gibt hier nicht genügend Schubladen, um all die Häuser und Meinungen unterzubringen.

Ich hab dich lieb. Gut, was, alte Schnarchnase?

Noch vier Monate. Länger, wenn's geht.

Vergiss Papas Geburtstag nicht. Auch in meinem Namen, nämlich. Er wünscht sich einen Schwingschleifer (frag mich nicht, warum).

P.

Mail von: Gijs
Betreff: Re: SOFORT

Klappt nicht. Kann hier nicht weg. Die Verhandlungen stecken in einer Sackgasse. Arbeite 18 Stunden p.T. Komme nicht dazu, Mails zu beantworten. Wie macht sich Richard? Benimmt er sich einigermaßen? Alles, was du brauchst, über Klasman. Alles. O.K.?

LG, Gijs

Mail von: Joyce Blijmoed
Betreff: Vereinigung

Sehr geehrter Meneer Bellicher,

ich habe Kontakt zu der Vereinigung aufgenommen, die ich hier nicht nennen will, und habe von Ihrem Fall erzählt.

Sollten Sie noch Interesse haben, erwartet man Sie. Heute Abend findet ein Treffen statt. Wenn Sie die Nummer anrufen, die ich Ihnen gegeben habe, wird man Ihnen Bescheid sagen, wo die Versammlung anberaumt ist.

Von meinen Kollegen habe ich erfahren, dass Ihre Probleme zwar noch nicht gelöst sind, dass Sie aber einen ausgezeichneten Anwalt haben.

Mit freundlichen Grüßen

Joyce

50

Betriebsunfälle der Zukunft

Im alten Teil des Den Haager Stadtviertels Binckhorst stehen Firmengebäude aus der Nachkriegszeit. Niedrige Häuser, höchstens zweistöckig. Autowerkstätten, Handwerksbetriebe, kleine Büros. Einfacher Beton und weiß getünchte Backsteine. Überall darum herum ragen Neubauten auf. Autohändler, Teppichgeschäfte und Sanitärpaläste residieren hinter schimmerndem Glas und glänzenden Natursteinen. Als einziges Restaurant hat sich eine große Hamburger-Kette niedergelassen. Dahinter jedoch, zwischen der Allee und der Utrechtsebaan, liegt eine vergessene Gegend des Viertels. Sie ist nicht groß, höchstens fünf oder sechs Straßen, die ineinander verschlungen scheinen. Die alten Firmengebäude sind Wange an Wange gebaut. Verglast sind nur die Fenster, nicht gleich die ganze Fassade. In einem dieser Gebäude, zwischen einer kleinen Importfirma und einem Fliesenhändler, hatte sich früher ein Installateurbetrieb befunden. Jetzt stand das Gebäude leer, wahrscheinlich schon seit einer ganzen Weile. Das Licht der Straßenlaternen fiel nur knapp bis zum Hauseingang. Es war dunkel, als wir um halb elf dort ankamen. Das Viertel war verlassen.

Richard parkte den Mietwagen an der Straßenecke. Schweigend betrachteten wir das Haus. Keine Menschenseele zu sehen, nichts regte sich.

»Wenn die Tür geschlossen ist, bin ich gleich wieder da«, sagte ich.

Richard ließ sein Fenster herunter und lauschte. Nur der Verkehrslärm von der Utrechtsebaan war zu hören, ein ununterbrochenes Rauschen von Reifen auf Asphalt und ein monotones Brummen, das aus den Geräuschen der vielen unterschiedlichen Motoren entstand.

»Ich rufe dich an, sobald ich fertig bin«, versprach ich.

Richard nickte. »Soll ich dich nicht lieber begleiten?«

»Nein, die würden mich nicht mal reinlassen. Diese Leute

sind so paranoid, das kannst du dir gar nicht vorstellen. Ich habe sogar ein Passwort.«

Richard lachte. »Ich bleibe hier stehen und warte, bis du drin bist«, sagte er. »Also los.«

Auf der kurzen Strecke von der Straßenecke bis zu dem Gebäude blickte ich mich um. Es war noch immer niemand außer uns zu sehen. Aus dem Gebäude fiel kein Licht. Als ich näher kam, sah ich, dass das kleine Fenster in der Haustür und das Fenster daneben verdunkelt waren. Ich legte meine Hand auf den Knauf und drückte. Leicht und geräuschlos schwang die große Tür auf. Kein Quietschen, kein Knarren. Schwaches Licht schien durch die Öffnung nach draußen.

In dem kleinen Flur hinter der Haustür saß eine Frau auf einem Klappstuhl an einer Art Campingtisch. Vor ihr auf dem Tisch lag eine Liste. Daneben ein Bleistift. An der Decke brannte eine Lampe. Eine nackte Glühbirne, als hätte sie jemand extra zu dieser Gelegenheit in die Fassung gedreht. Die Fliesen auf dem Boden waren abgenutzt, und was sie je an Glanz besessen hatten, war längst nicht mehr zu sehen. Das Gebäude war schmutzig, ungenutzt. Der Gang, der vom Eingangsbereich aus weiter nach hinten führte, war dunkel. Fünf Türen gingen von ihm ab, alle geschlossen. Es herrschte Totenstille und es war niemand da, außer der Frau. Und mir. Wir blickten uns schweigend an. Hinter mir fiel die Tür mit einem kaum hörbaren Klicken ins Schloss.

»Guten Abend«, sagte die Frau. Sie war ein wenig älter als ich, Anfang vierzig. Sie hatte halblange, dunkle Haare, gefärbt, leicht gelockt. Tief liegende Augen hinter einer dicken Brille. Sie trug unauffällige Kleidung. Eine dunkle Hose, ein Oberteil. Über der Lehne ihres Stuhls hing ein Jackett. Bräunlich grün. Auf dem Boden neben ihr stand eine braune Tasche. Sie lächelte mich an. »Wie lautet Ihr Passwort?«

»Doodsbeenderboom.«

Mit dem rechten Zeigefinger fuhr sie langsam an der Liste entlang. Aufmerksam las sie jedes Passwort. »Ah, hier habe ich Sie ja schon. *Doodsbeenderboom.*« Mit dem Bleistift malte sie ein Kreuzchen neben meinen Namen. »Sind Sie zum ersten Mal hier?«

Ich nickte.

»Habe ich mir schon gedacht. Ihr Gesicht kommt mir nicht bekannt vor. Wenn Sie das hier kurz ausfüllen würden?« Sie legte ein Formular vor mich hin. Einige Fragen standen darauf und die Antworten musste ich auf den gepunkteten Linien eintragen.

»Bitte weder Ihren Namen noch Ihre Adresse«, sagte die Frau.

»Aber woher wissen Sie dann, wer ich bin?«, fragte ich.

Sie schüttelte den Kopf. »Aber das will ich doch gar nicht wissen«, erklärte sie. »Alle, die hierherkommen, haben ihre Identität verloren, und bis sie sie wiederhaben, verwenden sie ein Alias. Sie sind der Einzige, der weiß, wer Sie wirklich sind. Alle anderen kennen nur Ihr Pseudonym.«

»Ich möchte aber lieber ich selbst sein«, erwiderte ich.

»Tja, wer möchte das nicht?« Sie schob ihre Brille höher auf die Nase und sah mich an. Ihr Blick hinter den dicken Brillengläsern war intelligent, zweifellos. »Das ist unser Ziel, wieder wir selbst zu sein. Wenn Sie das nicht wollten, wären Sie hier fehl am Platz. Hier treffen sich die Leute, die nur zu gerne sie selbst sein würden, es aber nicht können. Der erste Schritt besteht darin, das zu erkennen. Damit helfen Sie sich selbst am allermeisten.«

Sie klang belehrend, psychologisierend. Ich war bestohlen und nicht missbraucht worden, aber ich hatte keine Lust, mich auf eine Diskussion mit einer Person einzulassen, die mich nur hereinlassen sollte. Ich beantwortete die wenigen Fragen – Wohnort, Art des Problems, seit wann – und schob das Formular wieder zu ihr zurück.

Die Frau steckte das Blatt Papier in ihre Tasche und gab mir einen gelben Anstecker. »Willkommen. Ich möchte Sie noch auf einige Bedingungen hinweisen, an die Ihre Teilnahme geknüpft ist. Sie sind einfach und gelten so lange, wie Sie der Gruppe angehören. Erstens sind alle hier inkognito. Niemand kennt Ihren Namen, es sei denn, Sie teilen ihn freiwillig einem anderen Teilnehmer mit. Stattdessen spricht man sich mit der Farbe seines Ansteckers an. Der Rest ist leicht zu merken.« Sie hielt drei Finger in die Luft und zählte ab. »Keine Informationen über Internet, E-Mail oder Handy.« Sie lächelte noch immer. »Natürlich können wir Sie nicht kontrollieren. Wir arbeiten in dieser Hinsicht also auf Vertrauensbasis. Dieses Vertrauen kann jedoch nur entstehen, wenn sich jeder, der hierherkommt, absolut sicher fühlt, unerreichbar für das Internet.« Sie schwieg einen Augenblick und sah mich an. »Sie sind zum ersten Mal hier. Ich kenne Sie nicht und weiß nicht, in welchem Stadium Sie sich befinden, aber viele Leute, die zu uns kommen, haben alles verloren. Nicht nur in finanzieller Hinsicht, sondern sie haben auch ihr Vertrauen verloren. Ihr Vertrauen in sich selbst und ihre Umgebung. Sie können nicht mehr sie selbst sein, weil ihre Persönlichkeit ausgehöhlt ist, leer gefressen von Parasiten sozusagen. Sie leben wie Schatten, wie Geister auf der Suche nach einem Körper.« Sie sprach leise und eindringlich, überzeugt von jedem ihrer Worte. Was sie sagte, kam mir bekannt vor. Ohne die wenigen, die mich unterstützten, hätte ich mich genauso gefühlt. Ohne Kirsten, Guusje, Klasman, Richard und Gijs wäre ich unwiderruflich in dem aussichtslosen Elend versunken, das sie beschrieb. Und sogar mit der Unterstützung meiner Freunde wurde mein Bewegungsspielraum von Tag zu Tag weiter eingeengt.

»Hier helfen wir uns, indem wir unsere Erfahrungen austauschen. Die Polizei, die Justiz und andere Institutionen, mit denen man es zu tun bekommt, wissen bisher kaum, wie sie mit dieser Form der Kriminalität umgehen sollen, und meistens, viel zu oft, ist das Opfer bei der Suche nach Lösungen auf sich allein gestellt.«

Ich nickte. Diesen Eindruck hatte ich ebenfalls.

»Deswegen muss ich Sie bitten, mir Ihr Telefon zu geben«, fuhr die Frau fort und hielt die Hand auf.

Ich gab ihr mein BlackBerry.

»Wenn Sie gehen, erhalten Sie es wieder zurück«, versprach sie. Weiterhin lächelnd schaltete sie den Apparat aus und steckte ihn in eine Spezialtasche, in der er für kein Signal mehr erreichbar war. »Dritte Tür links, den Flur entlang und am Ende rechts. Dann sehen Sie schon, wo es ist.« Sie lächelte immer noch. »Vergessen Sie Ihren Anstecker nicht, Meneer Gelb.«

Auf halbem Wege den Flur entlang stand eine schwache Lampe auf einem wackligen Ständer. Der Lichtkreis war nicht groß genug, um den Flur bis zum Ende zu erleuchten, daher tastete ich mich im Dunkeln um die Ecke, und dort, rechts, gab es tatsächlich eine Tür. Licht fiel durch die Spalten. Gedämpfte Stimmen. Kein Lachen, kein Ausruf oder Schrei, keine Ausgelassenheit. Langsam legte ich die letzten Meter zurück und hielt unsicher vor der Tür inne. Ich wusste nicht, wonach ich hier suchte. Ziellos tappte ich umher, in der Hoffnung, irgendwo, irgendwie eine Lösung zu finden. Eine Alternative zu den gewalttätigen Zusammenstößen. Es musste doch einen Weg geben, alles wieder rückgängig und ungeschehen zu machen. Nach diesem Weg suchte ich. Nach jemandem, der wusste, wo sich die richtigen Schalter befanden und wie man diese wieder umlegen konnte. Denn so betrachtete ich meine Lage immer noch. Ich sah mich als Opfer eines technischen Problems. Irgendjemand hatte an den Einstellungen des Computers herumgepfuscht und mich dadurch belastet. Wenn ein anderer diese Einstellungen einfach änderte, sodass sie wieder ordnungsgemäß funktionierten, wäre alles geregelt.

Das hoffte ich. Immer noch.

Insgesamt waren es vierzehn Teilnehmer, die in kleinen Gruppen beieinander in einem kahlen Raum saßen. Es sah aus wie in einer alten Kantine. Im Hintergrund stand ein verlassener Tresen. Dahinter befand sich eine weitere Tür. Abgedunkelte Fenster. Tische gab es nicht, nur einige Klappstühle. Tragbare Lampen auf den Fensterbänken. Alles war improvisiert. Nicht von Dauer. Dieser Raum wurde an diesem Abend benutzt, und hinterher konnten zwei Leute alles mitnehmen und in den Kofferraum eines Autos verladen. Anschließend würde hier keine Spur von der heutigen Versammlung mehr zu sehen sein. Ich stand in der Tür und die vierzehn Leute sahen mich an.

Ein Mann, der etwa im gleichen Alter war wie ich, kam auf mich zu und streckte mir seine Hand hin. Er stellte sich nicht vor. An seinem Revers sah ich einen weißen Anstecker. »Kommen Sie, setzen Sie sich zu uns«, sagte er und führte mich mit einer einladenden Geste weiter in den Raum hinein.

»Wo kommen Sie denn auf einmal alle her?«, fragte ich. »Die Gegend war doch wie ausgestorben. Ich habe niemanden außer mir kommen sehen.«

»Wir waren schon früher hier«, erklärte Schwarz.

»Den Neuen nennen wir immer einen etwas späteren Zeitpunkt, damit sie niemanden sehen können«, fügte Grün hinzu. »Das ist Absicht.«

»Aus Sicherheitsgründen, ich verstehe.«

Einer nach dem anderen erzählten sie, was ihnen zugestoßen war. Geplünderte Bankkonten, Kredite auf ihre Namen, so wie bei mir, aber es waren auch einige darunter, deren eigenes Haus plötzlich verkauft worden war und die daraufhin auf der Straße landeten.

»Man ist machtlos«, sagte Braun, ein älterer Herr. »Anders kann man es nicht ausdrücken. Niemand setzt sich für einen ein. Alle behandeln dich, als sei es deine eigene Schuld. Das ist das Schlimmste.«

»Aber ohne Identität ist man auch an nichts mehr schuld«, gab ich zu bedenken, in dem Versuch, die niedergedrückte Atmosphäre etwas aufzulockern, aber ich bewirkte genau das Gegenteil.

»Stimmt, nicht einmal das hat man mehr«, sagte Weiß. Dabei war aus seinem Gesicht abzulesen, dass er in diesem Moment erst erfasste, wie tragisch seine Situation wirklich war. »Haben Sie einen Anwalt?«, fragte er mich.

»Ja, sogar zwei Anwälte.«

»Sie müssen bedenken, dass Anwälte Schwachstellen sind. Notare auch. Sie lavieren oft selbst am Rande des kriminellen Kreises und haben viel zu viele Daten ihrer Mandanten in ihren Computern abgespeichert. Sie behaupten, es ginge nicht anders, aber unterdessen werden nirgendwo so viele Personendaten gestohlen wie bei Anwälten. Ich arbeite nur noch mit einem Anwalt, der alles per Hand bearbeitet. Keine Digitalisierung. Nichts. Ein älterer Herr, aber durch und durch verlässlich und kein Teil des Kreises.«

»Des Kreises?«, fragte ich.

»Der Kreis. Das Netz. Das Web«, verdeutlichte Weiß.

»Meinen Sie das Internet?«

»Ja, hauptsächlich natürlich«, antwortete Braun. »Denn das Internet ist nicht unschuldig. Seine Unschuld anzunehmen war der größte Denkfehler, den ich in meinem ganzen Leben begangen habe. Das Internet ist genauso wenig unschuldig, wie die Atombombe ein unschuldiges Instrument ist. Die Zerstörungskraft ist inhärent. Zerstörung ist das Ziel. Daran ist nichts Unschuldiges. Mein Anwalt ist übrigens auch nicht Teil der Verschwörung, jenen vereinten Kräften, die uns alle dazu zwingen, ins Internet zu gehen. Angefangen bei unserem Staat.«

»Der steckt doch dahinter!«, behauptete Weiß.

Sie schwiegen. Die erste große Wahrheit des Abends war ausgesprochen worden.

»Wer soll wo dahinterstecken?«, fragte ich.

»Wie, glauben Sie denn, funktioniert das Ganze?«, fragte Weiß, wartete meine Antwort aber gar nicht erst ab. »Der Staat hat die Verbreitung des Internets systematisch unterstützt. Er hat nichts unternommen, um seinen Einfluss zu verhindern oder auch nur einzuschränken. Ganz im Gegenteil. Der gehörte zu den Ersten, die es unmöglich machten, bestimmte Vorgänge anders zu erledigen als über das Internet. Die Steuererklärung ist das skandalöseste Beispiel. Sie kann nur noch elektronisch eingereicht werden. Und auf den Formularen stehen sämtliche Informationen: Name, Adresse, Steuernummer, Sozialversicherungsnummer, alles. Alle Daten sind digitalisiert und jeder, JEDER, ist dazu verpflichtet, sie über das Internet abzugeben. Bei den Banken gibt es kaum noch persönlichen Service, alles läuft ausschließlich über das Internet. Die Angestellten können nur noch Broschürentexte hervorkramen. Bei den Versicherungen geht die Tendenz in dieselbe Richtung. Und der Staat unterstützt diese Entwicklung. Wir haben doch längst alle unsere DigiD, die Nummer, anhand derer uns die behördlichen Computer erkennen und durch die alle unsere Daten abrufbar sind. So funktioniert der Mechanismus. Das ist der Kreis. Der Kreis der Institutionen, die danach streben, die Freiheit der Bürger einzuschränken. Sie wollen uns alle in ihren Einflussbereich ziehen. Und das rund um die Uhr. Je mehr wir über das Internet erledigen, desto leichter können sie uns kontrollieren. Das ist der springende Punkt.«

»Wir sind die Betriebsunfälle der Zukunft«, meinte Grün. »Aus diesem Grund können wir auch vom Staat keine Hilfe erwarten.«

»Wir sind einkalkuliert«, fügte Braun hinzu. Der ältere Mann blickte verzweifelt in die Runde. »Einkalkuliert«, wiederholte er. »Genauso wie die Verluste durch Ladendiebe im Preis für ein Päckchen Zucker.« Er sah mich an und schluckte ein paarmal. »Ich bin des Kindesmissbrauchs angeklagt worden. Jemand hat unter meinem Namen einen Bungalow in einem spanischen Ferienpark gebucht und sich dort an mehreren Kindern vergangen. Niemand hat den Mann je richtig zu Gesicht bekommen, er trug einen Hut und eine Sonnenbrille und was weiß ich noch. Er verließ seinen Bungalow so gut wie nie. Nur die Kinder haben ihn gesehen. Ich habe eine Gegenüberstellung mit den Kindern verlangt, damit sie aussagen könnten, dass ich es nicht war. Aber das war nicht erlaubt, das könne man den Kindern nicht zumuten, hieß es. Daraufhin habe ich einen DNA-Test und den Vergleich von Fingerabdrücken gefordert, aber vergeblich. Die Behörden hatten meinen Namen, meine Kontonummer, meine Passnummer, alles. Andere Beweise brauchten sie nicht. Ich bin dreiundsiebzig, Meneer. Man hat mich des Kindesmissbrauchs angeklagt. Ich habe dafür im Gefängnis gesessen. Nicht lange, aber immerhin. Schließlich mussten sie mich freilassen, weil ich beweisen konnte, dass ich mich zu der fraglichen Zeit in den Niederlanden aufgehalten hatte. In meinem Wohnviertel kann ich mich nicht mehr auf der Straße blicken lassen. Niemand redet mehr mit mir. Niemand glaubt mir. Sogar meine eigenen Kinder verhalten sich seltsam. Plötzlich haben sie alle unheimlich viel zu tun, können mich nicht besuchen kommen. Meine Enkel habe ich seit Monaten nicht mehr gesehen. Warum? Weil meine Kinder mir nicht glauben. Zwar behaupten sie es, aber sie gehen doch lieber auf Nummer sicher. Das tun sie, und das ist dasselbe, als wenn sie mir nicht glauben würden. Ich bin der ideale Pädophile. Ich, Meneer.« Er schluckte wieder. »Ich habe noch nie ...« Die Worte blieben ihm im Halse stecken. »Noch nie ...«

Meneer Weiß legte dem Mann den Arm um die Schultern. »Wir wissen das«, sagte er. »Wir wissen das. Hier beginnt die Umkehr.« Er zog den Mann an sich. Tränen in den Augen. »Und Sie?«, fragte er mich.

Sie waren Gefangene, Menschen, die in einem System festsaßen, auf das sie keinen Einfluss mehr hatten. Diese Leute verfügten über sämtliche Fakten und Zahlen, die zu ihrem Fall gehörten. Sie klammerten sich an Informationen fest, die ihnen nichts nützten. Sie waren Opfer. Auf der ganzen Welt gab es Millionen wie sie, das machten sie mir deutlich. Schon die nackten Zahlen erschienen ihnen als Beweis für ihr Schicksal, unbekannt und unsicher.

Ich gehörte nicht hierher. Noch nicht. Ich weigerte mich, zu akzeptieren, dass ich meinem Schicksal machtlos gegenüberstand. Unwillkürlich musste ich an Karl denken, daran, was er gesagt hatte. »Du musst erst das Chaos vergrößern, sonst arbeitest du mit der Ordnung eines anderen.«

Mehr Chaos. Das musste zu schaffen sein.

51

Kopieren in den Zwischenspeicher

Alle zwei Sekunden wird irgendwo auf der Welt die Identität einer Person missbraucht oder ein Bankkonto auf den Namen eines anderen eröffnet. In Amerika schätzt man die Anzahl der Opfer von Identitätsdiebstahl auf fünfundzwanzig Millionen, in England auf vier Millionen. In den Niederlanden sind es bisher noch weniger als eine Million. Doch ihre Zahl wächst jedes Jahr mit einer Rate von etwa hundert Prozent.

Angewandte Methoden: Keylogging, um Passwörter und Benutzernamen einzusehen, Phishing, um Passwörter und Benutzernamen über falsche Formulare abzufragen, Diebstahl von Notebooks, USB-Sticks und anderen Datenträgern, das Knacken von Netzwerken. Durch den Einbruch in das Netzwerk der Kreditkartenfirma *Card Systems* wurden Hackern die Daten von vier Millionen Kreditkartenkunden zugänglich. In den Niederlanden wurden daraufhin dreißigtausend Kreditkarten gesperrt.

Das Angebot steigt: Die Menge persönlicher Daten, die bei Betrieben und Einrichtungen gespeichert werden, verdoppelt sich alle drei Jahre.

Es gibt zwei Ebenen: die der Profis und die der Amateure.

Der Amateur stiehlt und missbraucht die Daten selbst. Plündert ein Bankkonto oder benutzt eine Kreditkarte.

Auf der professionellen Ebene gehören die Diebe und die Benutzer unterschiedlichen Gruppen an. Der Dieb stiehlt für den internationalen Handel und verkauft die Daten an einen anderen weiter.

Im Handel bringt eine gestohlene Identität ungefähr hundertdreißigtausend Euro ein. Aber bei einem professionellen Missbrauch wird ja gerade kein Geld vom Konto des Opfers abgehoben, denn dadurch würde der Diebstahl unweigerlich auffallen.

Ich bin ein Produkt auf einem Wachstumsmarkt.

52

Tanzend auf fallendem Stahl

Millionen von Menschen haben bereits Probleme mit Identitätsdiebstahl gehabt. Für die meisten lief die Sache bisher einigermaßen glimpflich ab. Ihnen wurde vielleicht eine EC-Karte gestohlen und Geld vom Konto abgehoben. In solchen Fällen konnten die Banken den Schaden für ihre Kunden in der Regel auf einen kleineren Betrag begrenzen. Es war ärgerlich und lästig. Man konnte sich darüber aufregen, mehr aber auch nicht.

Diese Art von Geschädigten war heute Abend jedoch nicht anwesend, nicht bei dieser Versammlung. Die anderen waren zwar bestohlen worden, aber hinterher noch immer diejenigen, die sie seit jeher gewesen waren. Hier jedoch traf ich Leute, die sich schon seit Jahren damit abquälten, ihren Namen wieder reinzuwaschen, und die darüber all ihre Freunde verloren hatten. Denn egal, wie unschuldig man sein mag, die Distanz entsteht von selbst. Unwillkürlich fragen sich Freunde und Bekannte, ob man wirklich nichts getan hat. Wo Rauch ist, ist auch Feuer. Irgendwann schleicht sich Misstrauen ein: Ist der Beschuldigte wirklich ehrlich oder verschweigt er doch etwas? Ehe man sich versieht, glaubt einem niemand mehr. Meneer Blau erzählte, bei ihm habe alles damit angefangen, dass er seine Bordkarte in den Abfall warf, nachdem er in Schiphol gelandet war. Jemand musste sie aus dem Papierkorb gefischt und mitgenommen haben. Auf dieser Bordkarte standen Name und Kundennummer von Blau. Der Dieb war zur Website der Fluglinie gesurft, hatte die Kundennummer eingegeben und war auf der persönlichen Seite von Blau gelandet. Name, Anschrift, E-Mail-Adresse, Beruf, Firma, Kontonummer und Mitgliedsnummer des *Gold Clubs.* Blau war ein Vielflieger. Ein geschätzter Kunde. Kreditwürdig. Es fing damit an, dass der Dieb mehrere Tickets auf seinen Namen nach Amerika und Südafrika und wieder zurück buchte. Blaus Identität wurde systematisch ausgesaugt.

»Damals benutzte ich überall dasselbe Passwort«, erklärte er. »Bei der Bank, bei der Fluggesellschaft, bei meinem E-Mail-Provider, bei meiner DigiD, bei der Steuer. Die vielen verschiedenen Codes machten mich verrückt, deswegen verwendete ich nur dieses eine Wort. Als der Dieb es einmal herausgefunden hatte, konnte er sich überall damit einloggen.« Blau war wegen Betrugs verhaftet worden. Fast eine Million war verschwunden und alle digitalen Spuren führten zu ihm. »Das war vor anderthalb Jahren und erst seit letzter Woche stehe ich offiziell nicht mehr unter Verdacht. Seit letzter Woche! Meinen Job habe ich bereits im ersten Monat verloren und ich werde ihn niemals wiederbekommen. Ich bekomme überhaupt nichts mehr zurück. Ich wurde unschuldig angeklagt, aber im Nachhinein tun alle so, als würde ich mich zu Unrecht beschweren. Der Dieb hat mich bestohlen, aber der Staat hat mich zerstört. Ich sage es nicht gern, aber so ist es. Deswegen bin ich hier. In diesem Kreis finde ich die einzigen Menschen, denen ich noch vertraue, in einer Gesellschaft, die ganz bewusst ihre Ankertaue gekappt hat. Denn zwischen dem Staat und den großen Konzernen ist es längst ausgemachte Sache. Die Großkonzerne dürfen handeln, wie sie wollen, und der Staat lullt die Bürger mit allen möglichen Einspruchsverfahren und sogenannten Kontrollen ein, die letztendlich zu nichts führen. Zum Dank dafür erhalten die Politiker später einen lukrativen Posten bei einem dieser Unternehmen, weit oberhalb der Ebene, auf der noch irgendwie gearbeitet wird. Ich«, sagte Blau, »ich bin völlig unbedeutend. Offensichtlich.« Ihm zitterte die Stimme, als er sich das selbst eingestand.

Mit jeder Geschichte wuchs mein Gefühl, dass ich doch zu diesen Leuten gehörte. Der Wiedererkennungseffekt war stark und die Versuchung groß, sich einfach fallen zu lassen. Aber noch sträubte ich mich. Verschwörungstheorien widerstrebten mir. Soweit ich es beurteilen konnte, trafen sie auch nicht zu. Was ich wusste, stimmte nicht mit ihren Vorstellungen überein. Niemand war darauf aus, uns Einzelnen das Leben schwer zu machen. Dafür waren die Kontrollnetze viel zu großmaschig. Niemand hatte ein Interesse daran, sich mit individuellen Fällen zu beschäftigen. Das Problem war ja gerade, dass sich die Informationsgesellschaft überall ausgebreitet hatte. Je mehr digitalisiert wurde, desto größer war die Chance, dass die Daten in einen einzigen großen Pool flossen. Jeder, der Lust dazu hatte, konnte sich verschiedener digitaler Techniken bedienen, um sich einen hübschen Verdienst zusammenzuangeln. Nicht umsonst wurde eine gängige Methode als Phishing bezeichnet.

Am Ausgang erhielt ich mein Telefon zurück und ging mit dem Daumen auf den Tasten hinaus. Einer nach dem anderen verschwanden die Teilnehmer der Versammlung in der Nacht. Links und rechts wurden Autos angelassen, leuchteten Scheinwerfer auf und ertönten kurze Hupsignale zum Abschied. Ich winkte Braun und Weiß zu, die kurz hintereinander wegfuhren. Es war Viertel nach eins. Dunkle Nacht.

»Fertig?«, fragte Richard.

»Ja, ich stehe schon draußen. Auf dem Bürgersteig, vor der Tür.«

»Bin in fünf Minuten bei dir.«

Ich unterbrach die Verbindung und betrachtete die Meldungen auf dem Bildschirm. Ein verpasster Anruf und eine Mail. Ich drückte auf die Tasten, um nachzusehen, wer mich angerufen hatte. Vorwahl 070. Papa. Mein Vater hatte angerufen, um zehn vor elf, kurz bevor ich hineingegangen war. Er hatte keine Nachricht auf meiner Mailbox hinterlassen. Ich lächelte. In ein paar Tagen hatte er Geburtstag. Ich nahm mir vor, mit Kirsten gemeinsam zu überlegen, wie wir ihn überraschen könnten. Vielleicht sollten wir einen Laptop und eine Webcam mitbringen und über Skype in Australien anrufen. Dann könnte Peter auch bei uns sein. Das wäre schön.

Ich hörte das Auto nicht. Es rollte im Dunkeln heran, mit ausgeschalteten Scheinwerfern. Lautlos wie eine Katze. Ich sah es zwar, aber ich begriff nicht, was ich sah. Ich war mit den Gedanken woanders, bei meinem Vater. Ich sah, wie das Auto anhielt, direkt vor mir. Ein gewöhnlicher Pkw, ein

Renault Laguna. Ich dachte, es sei einer von der Vereinigung, der etwas vergessen hatte. Vielleicht dachte ich auch gar nichts. Vielleicht guckte ich einfach nur. Die Autotüren schwangen auf und zwei Männer stiegen aus. Ganz ruhig. Im Dunkeln konnte ich sie nicht richtig erkennen. Bis das Licht der Straßenlaternen auf das Gesicht des einen Mannes fiel. Dunkles Gesicht. Vollbart. Ich erkannte ihn sofort. Das letzte Mal, als ich ihn gesehen hatte, hatte er am Lenkrad des Pick-ups gesessen. Ich reagierte reflexartig, drehte mich um und rannte wieder in das Gebäude hinein. In der Diele war die Frau damit beschäftigt, ihr Tischchen zusammenzuklappen. Ich sprang hoch und schlug die Lampe kaputt. Jetzt war es stockdunkel. Blind fand ich die dritte Tür links und schlüpfte in den Flur hinein, genau in dem Moment, in dem die Männer in die Diele eindrangen. Während die Flurtür hinter mir zuklappte, sah ich starke Lichtbündel durch die Diele huschen. Die Frau schrie auf. Ganz kurz nur. Dann hörte ich einen harten Schlag. Krachen, zersplitterndes Holz. In dem stillen Gebäude klangen alle Geräusche umso lauter.

So leise wie möglich lief ich durch den dunklen Gang. Je weiter ich vorankam, desto schneller lief ich. Kurz bevor ich das andere Ende erreichte, sah ich hinter mir die Lichtbündel im Flur aufleuchten. Stimmen riefen irgendetwas in einer mir unbekannten Sprache. Ich rannte um die Ecke, zur nächsten Tür, quer durch den Raum, in dem die Versammlung stattgefunden hatte, hinüber zum Tresen auf der anderen Seite. Zur Tür dahinter. In der Hoffnung, sie möge offen sein. Bitte! Bitte! Ich packte den Griff und zog. Die Tür ging auf und ich schlüpfte in den nächsten Raum. Darin war es stockdunkel. Ich sah nichts. Rein gar nichts. Ich fand keinen einzigen Orientierungspunkt. Ich blinzelte mit den Augen und rieb sie. Ich hatte geglaubt, hinter der Tür würde sich eine kleine Küche befinden, und vielleicht war es auch so. Ich streckte die Arme vor mir aus und ging zwei Schritte nach vorn. Kein Hindernis. Hinter mir hörte ich Schritte in dem anderen Raum. Es würde nicht lange dauern, bis sie mir hinterherkamen. Vorsichtig schlich ich noch ein paar Schritte weiter und lief gegen etwas Hartes. Ich befühlte es mit den Händen. Eine Wand. Es fühlte sich an wie eine Wand. Genau gegenüber der Tür, durch die ich hereingekommen war, keine vier Schritte davon entfernt, befand sich eine Wand. Okay, dann war das hier also keine Küche, sondern ein weiterer Flur. Deswegen war es vermutlich so dunkel. Ich streckte die Hand nach rechts aus. Nichts. Zwei Schritte. Nichts. Noch ein Schritt. Wand. Nach links. Fünf Schritte. Nichts. Noch fünf Schritte. Nichts. Ich legte die Hand auf die Wand zu meiner Linken und folgte ihr tastend. Dadurch kam ich etwas schneller voran.

Mein Telefon begann zu vibrieren. Richard.

»Ich stehe hier vor der Tür, aber wo bist du denn?«

»Drinnen«, antwortete ich. Ich lief immer weiter. Mit einer Hand an der Mauer. Dabei beschleunigte ich meine Schritte. »Unsere türkischen Freunde sind hinter mir her. Sie fahren jetzt einen Laguna, steht mitten auf der Straße.«

»Alles klar«, sagte Richard.

»Ich suche einen Hinterausgang. Wenn es den gibt.«

Hinter mir hörte ich eine Tür aufgehen und Licht fiel in den Flur. Ein paar Meter weiter sah ich wieder eine Tür. Ich fluchte und rannte los.

»Bleib in Verbindung!«, hörte ich Richard noch sagen.

Ich stürzte durch die Tür und gelangte in ein ehemaliges Lager. Schwaches Licht fiel von draußen durch die Dachfenster, wodurch ich die Umrisse der Gegenstände in dem Raum erkennen konnte. Allerdings keine Einzelheiten. Lange Reihen hoher Regale, wohin man blickte. Ich rannte in den ersten Gang zwischen den Reihen und versteckte mich in dem Labyrinth des Lagers. Die Längs- und Querreihen bildeten eine Art Muster. Ich bog ein paarmal um eine Ecke und ließ mich zu Boden sinken. Hastig suchte ich mein kleines Headset und stöpselte es ein.

»Da bin ich wieder«, flüsterte ich. »Wo bist du?«

»Ich fahre jetzt um das Gebäude herum, auf die Rückseite. Warte mal eben …«

»Mach nicht zu lange!«, bat ich. Die Männer waren in das

Lager eingedrungen und die Strahlen ihrer starken Taschenlampen huschten um mich herum. Sie beratschlagten kurz. Ich hörte sie nicht reden. Ich sah, wie sie nickten. Der eine ging nach links, der andere nach rechts. Ich beobachtete die Strahlen und hielt still. Im Licht einer der Lampen sah ich den Hinterausgang, eine breite, alte Lagerhaustür, durch die früher die Monteure mit ihren Autos hineingefahren sein mussten, um Ersatzteile zu holen. Verrosteter Stahl. Schon seit Jahren nicht mehr benutzt. Während die Männer systematisch die Reihen kontrollierten, schlich ich langsam in Richtung dieser Tür. Von einem Regal zum anderen. Bis ich etwas zu schnell wurde und plötzlich genau in einem der Lichtbündel stand. Ich fluchte.

»Schaffst du es?«, fragte Richard.

»Nein.« Ich versuchte, das Regal neben mir umzuwerfen, um Verwirrung zu stiften, aber es bewegte sich nicht einmal. Ein stechender Schmerz in meinen Schultern war das einzige Resultat. Die Stahlregale waren scharfkantig und schwer. »Wo bist du?«

»Hinten. Aber ich sehe keine Tür.«

»Es ist eine Stahltür!«, rief ich. Ich rannte zwischen den Regalen hindurch und versuchte, ein Regalfach zu finden, in dem ich mich wieder verstecken konnte. Doch es gelang mir nicht. Sie hatten mich gefunden und ließen mich nicht wieder entwischen. Ich rannte weiter. Bog in einen Gang ein und rannte zum anderen Ende. Als ich in der Mitte war, geschah es. Vor mir kam einer der Männer um die Ecke. Ich drehte mich um, und schon rannte der zweite Mann von der anderen Seite auf mich zu. Ich war zwischen zwei Lichtstrahlen gefangen, die immer näher kamen.

»Ich höre dich nicht mehr«, sagte Richard. In der Stille klang seine Stimme plötzlich laut. »Ist das ein gutes Zeichen?«

»Nein.«

»Ich habe die Tür gefunden. Schaffst du es, dahin zu kommen?«

»Nein.« Die Männer näherten sich immer mehr. Ganz langsam. In ein paar Metern Entfernung blieben sie kurz stehen.

Sie riefen einander etwas in einer fremden Sprache zu. Arabisch. Türkisch. Afghanisch. Wer weiß. Ich verstand es nicht. Aber ich wusste, was sie meinten. Letzte Absprache vor dem Angriff. Schlag zu, aber nicht zu fest. So in etwa. Ich hegte keinerlei falsche Illusionen. Es gab keinen Ausweg. Ich konnte nicht an ihnen vorbeischlüpfen. Der Gang war zu schmal und die Männer waren zu aufmerksam. Ich konnte angreifen, auf einen der Männer losgehen und versuchen, mir einen Weg freizukämpfen, aber die Wahrscheinlichkeit, dass mir das gelingen würde, war zu gering. Der zweite würde mich erwischen, noch bevor ich an dem ersten vorbei war. Ich blickte mich um.

Keine Chance.

Dann hob ich den Blick und sah meinen Fluchtweg vor mir. Ohne noch eine Sekunde länger nachzudenken, hielt ich mich an einem Fach fest und erklomm das Regal wie eine Leiter. Einer der Männer packte mich am Fußknöchel. Ich trat um mich und knallte seine Hand gegen einen der Stahlträger. Der Mann schrie auf und ließ los. Sofort kletterte ich weiter das hohe Regal hinauf. Kurz darauf stand ich oben. Das Regal unter mir begann zu wackeln. Durch mein Gewicht auf der Oberseite entstand ein langer Hebel. Ich verlagerte mein Gewicht hin und her und fragte mich, was ich tun sollte. Unter mir begann einer der Männer, ebenfalls hinaufzuklettern. Ich drückte mich ab und sprang auf das nächste Regal. Das Regal hinter mir fiel um, auf den anderen Mann. Ich kam hart auf, wodurch auch das Regal unter mir kippte. Gegen das nächste. Ich sprang weiter, kletterte so schnell wie möglich hoch und sprang wieder. In einer Orgie von Lärm, tanzend auf fallendem Stahl, sprang ich auf das letzte Regal, das mit einem dumpfen Schlag gegen die Wand prallte. Ich fiel zwischen die Fächer. Riss mir an dem vielen Stahl um mich herum die Hände auf. Meine Haut brannte und pochte, Schmerzstiche fuhren mir durch den ganzen Körper, doch schon nach ein paar Sekunden spürte ich kaum noch etwas. Ich musste weiter. Ich musste weg. Ich kletterte über die umgestürzten Regale hinweg, und als ich sie überwunden hatte, blickte ich mich um. Ich war auf die andere Seite der Halle gelangt. Die Tür war weiter weg denn je. Und zwischen mir und der Tür standen zwei Männer.

»Hilf mir, Richard!«, rief ich. »Komm und hol mich!«

Er reagierte nicht.

»Beeil dich!«, schrie ich.

»Ach, Scheiße«, sagte er und dann hörte ich erst einmal nichts mehr.

Draußen heulte plötzlich ein Motor auf und im nächsten Augenblick brach das Auto durch die Stahltür. Das rostige Metall krachte auseinander und hinterließ tiefe Kratzer im Autolack. Die Motorhaube verformte sich durch den Aufprall und die halbe Plastikstoßstange brach ab und blieb am Eingang liegen. Die Männer sprangen schreiend beiseite. Richard rammte ein Regal, und mitten in dem Chaos brachte er den Wagen kontrolliert zum Schleudern, vollführte eine Drehung um hundertachtzig Grad und fuhr rückwärts weiter. Ich rannte hin, riss die Tür auf und sprang hinein. Richard sagte nichts. Ich auch nicht.

53

Keine Zeit für Verhandlungen

»Ich hatte noch nie einen Unfall!«, jammerte Richard. »Erst seitdem ich dich durch die Gegend kutschiere, fahre ich plötzlich Autos zu Schrott!« Er schlug mit der flachen Hand auf das Lenkrad.

»Richard, du bist zwanzig und hast erst seit zwei Jahren den Führerschein. Das ist noch nicht lange für unfallfreies Fahren.«

»Nur ein Mal!«, schrie er. »Ein einziges Mal, mit sieben Jahren, bin ich mit dem Kart von der Fahrbahn abgekommen.«

»Mit sieben?«

»Ja. Mit sieben. Mit vierzehn war ich niederländischer Meister im Kartfahren. Und zwar nicht, weil ich ständig mein Material ruiniere!«

Er war sauer. Richtig sauer. So hatte ich ihn noch nie erlebt. Richard war ansonsten stets gelassen. Entspannt. Als schwebe er über dem alltäglichen Hickhack. Unempfindlich gegenüber Lappalien. Als warte er unentwegt nur darauf, endlich wieder am Steuer sitzen zu können. Die übrige Zeit galt nur der Überbrückung. Erst am Lenkrad eines Autos fanden sein Gehirn und sein Körper zueinander. Dann erst wurde er zu einem Ganzen.

Er parkte den Wagen vor der Lagerhalle in Monster. Ich stieg aus und schob das große Tor auf, sodass er hindurchfahren konnte. Hinter ihm schob ich das Rolltor wieder zu. Schweigend gingen wir in die Küche der angrenzenden Wohnung. Es war halb drei Uhr nachts. Ich öffnete die Hintertür und trat hinaus auf die kleine Terrasse. Überall rundherum schien künstliches Licht aus den Treibhäusern. Ein unwirkliches Licht. Als wären wir in einer Kolonie auf dem Mars gelandet. Nirgendwo Leben, nur die gedämpften Geräusche der Maschinen, die die Pflanzen versorgten. Wir waren hierher gefahren, weil ich keine andere Wahl hatte. Ich wollte nicht ins Büro. Ich wollte nicht zu Gijs nach Hause und auch nicht bei Kirsten anklopfen. Wo Richard wohnte, wusste ich nicht einmal. Ich fragte ihn danach.

»In einer kleinen Wohnung in Amsterdam-Oost«, antwortete er. »Hinter dem Tropenmuseum. Aber bevor ich dir die Adresse gebe, muss noch eine Menge passieren.« Er trat gegen einen der Stühle. Er fiel um. »Wenn mein Teamchef das erfährt, lässt er mich in den nächsten paar Jahren nicht mehr ans Steuer. Verstehst du? Autos zu Schrott zu fahren ist nicht gerade förderlich für die Karriere.«

»Ich dachte, du würdest Europakunde studieren?«, fragte ich.

Richard schwieg.

»Also nicht.«

Er schüttelte den Kopf. »Das mit dem Studium ist nur ein Kompromiss. Meinen Eltern zuliebe. Sie möchten gerne, dass ich studiere. Dafür darf ich in meiner Freizeit tun und lassen, was ich will. Freizeit!«, fügte er mit tiefer Verachtung hinzu. »Was glauben die wohl, habe ich in all den Jahren gemacht? Ein bisschen herumgespielt vielleicht? Für mich sieht die Sache ganz anders aus. In meiner Freizeit lese ich ein Buch und lerne ein bisschen. Besuche ab und zu der Form halber ein Seminar. Aber nächstes Jahr ist es damit auch vorbei. Onkel Gijs sponsert mich für das niederländische Formel-3-Team.«

»Gijs?«

Er nickte.

»Ohne dass jemand davon weiß?«

»Meine Eltern wissen es, wollen es aber eigentlich nicht wissen, also tun sie so, als sei es bloß ein Hobby.« Er zuckte mit den Schultern. »Das erleichtert ihr Gewissen und mein Gewissen. Umso besser, denn Ärger kann ich nicht ausstehen. Genauso wenig wie den Ärger jetzt!« Er trat noch einmal gegen den umgefallenen Stuhl. »Disziplin«, sagte er. »Wenn ich keine Disziplin beweise, fliege ich raus. Und was wir hier machen, hat mit Disziplin nichts zu tun. Falls dir das bisher noch nicht klar war. Wenn ich so fahren würde, wie du lebst, wäre ich schon lange tot. Du hast überhaupt kein

Konzept! Hier was, dann da was, nach Amsterdam, dann wieder nach Monster. Hin und her. Völlig ahnungslos. Planlos. Du machst nicht das, was du willst, weil du nicht weißt, was du willst. Du bist kein Fahrer. Du bist ein Beifahrer. Ein Passagier. Und durch deine Stümperei ist jetzt der Mietwagen nur noch ein Haufen Schrott! Und er läuft auf meinen Namen! Ich bin für den Schaden verantwortlich!«

Er schwieg.

»Stell dich hinten an«, sagte ich. Es tat mir leid für ihn, aber er hatte es wenigstens selbst getan. Er hätte auch die Entscheidung treffen können, nicht mit dem Auto durch diese Lagerhaustür zu brechen. Dann hätte ich vor einem ganz anderen Problem gestanden, aber darum ging es in diesem Augenblick nicht. Ich hatte nur einfach keine Lust auf sein Selbstmitleid. Richard konnte alles tun, was er nur wollte. Wenn seine Eltern ihn nicht finanzierten, tat es sein Onkel. Ganz einfach. Beeindruckend fand ich das nicht.

»Ich bräuchte das alles nicht zu tun«, sagte er.

»Ach nein?« Auf einmal sah ich, was Karl gesehen hatte. Wie leicht Richard auf andere herabblickte, die nicht aus denselben Kreisen stammten wie er, die Elite des generationenalten Reichtums. Gijs besaß diese Eigenschaft auch, allerdings wusste er sie gut zu verbergen. Gijs war Unternehmensberater durch und durch und prahlte niemals mit seiner eigenen Meinung. Gijs hielt sich stets im Hintergrund. Seine Meinung stand in Berichten, umgeben von abstrakten Analysen und Stapeln von Rechercheunterlagen. Seine Meinung klang leise durch in Gesprächen unter vier Augen, und selbst dann noch meist verbrämt als Meinung eines anderen. Richard war ganz anders. Richard war ein Rennfahrer, der keine Zeit für Verhandlungen hatte. Nur hatte er momentan keine andere Wahl. »Doch, du musst das tun«, stellte ich klar. »Wenn dein Onkel Gijs sagt, dass du mir helfen musst, dann tust du das. Aus, Ende. Denn wenn dein Onkel Gijs deinen Platz in der Mannschaft nicht mehr finanziert, dann fliegst du genauso raus. Deswegen bist du hier. Und deshalb kannst du nicht weg. Also gewöhn dich schon mal daran, dass es für eine Weile nicht so geht, wie du es gerne hättest.«

»Wenn ich zu Onkel Gijs sage, dass wir aufhören sollen, dann ist es vorbei«, erwiderte Richard. Er gab nicht auf. Nicht widerstandslos.

Ich zog mein Handy aus der Jackentasche und reichte es ihm. »Ruf ihn doch an«, sagte ich. »Jetzt gleich. In Atlanta ist es neun Uhr abends. Der ideale Zeitpunkt. Besser geht's nicht. Er steht im Adressbuch unter G.«

Richard schaute mich an, und ich sah in seinen Augen, wie seine Wut abebbte. Er stand mit dem Handy in der Hand da und unternahm nichts. Kurz darauf reichte er es mir wieder zurück und blieb schweigend stehen. Er starrte mich an, als sei er irgendwo falsch abgebogen und in einer Sackgasse gelandet. So blieben wir stehen, bis er sich umdrehte und wortlos weglief.

Im ersten Moment befürchtete ich, er würde davonfahren, aber es blieb still. Ich hörte weder einen Motor anspringen noch die Tür aufgehen. Richard zog sich zurück, buchstäblich, und das war gut so. Ich suchte in den Küchenschränken nach etwas zu essen und fand nur Instantkaffee. Eine Leere überfiel mich. Ich begriff, dass meine Aufregung durch etwas anderes bedingt war, als ich vermutet hatte. Ich war gar nicht wütend. Ich war verzweifelt. Zum vierten Mal in einer Woche war ich in Monster, und dieses Mal hatte ich das Gefühl, nie wieder hier wegzukommen.

Mit zwei Bechern Kaffee ging ich in die Halle. Richard saß im Dunkeln auf einem Stapel Kisten. Ich setzte mich zu ihm und stellte einen Becher neben ihn. Alles, was ich besaß, stand hier in diesem überdimensionalen Schuppen beisammen. Ordentlich eingepackt und aufgestapelt. Wie ein Extrakt meines Lebens. All meine Anstrengungen führten zu dem Gegensatz dessen, was ich wollte. Was das anging, hatte Richard recht. Ich musste lachen.

»Ein Witzbold«, sagte Richard. »Auch das noch.«

»Entschuldige bitte.«

Er winkte ab und nahm seinen Becher. »Ich habe das aber durchaus ernst gemeint, was ich eben über Disziplin gesagt habe. So ist es nun mal.« Er trank einen Schluck von seinem Kaffee. Er hatte seine Selbstbeherrschung wiedergefunden. »Ich fahre schon seit zwölf Jahren Rennen und weiß, was das heißt. Die Leute denken, ich würde nur so ein bisschen herumspielen, und teilweise haben sie recht. Aber ich weiß immer genau, was ich tue. Sonst lasse ich es bleiben. Disziplin ist alles. Verstehst du?«

Ich nickte. Ich wusste, was er meinte. Ich hatte es mit eigenen Augen gesehen, als ich neben ihm im Auto gesessen hatte. Ob in der Stadt oder quer durch die Treibhäuser: Richard versuchte nie etwas, was das Auto nicht konnte. Er hielt sich innerhalb der vorgegebenen Grenzen. Und je besser man diese Grenzen kennt und beherrscht, desto besser ist man.

»Aber was ich sonst noch gesagt habe«, fuhr er fort, »das war nicht richtig. Das mit Onkel Gijs, das war ...« Er beendete den Satz nicht, sondern sah mich an. Er lächelte. »Es hatte nichts mit dir zu tun«, sagte er. »Sondern mit mir.«

Disziplin.

Wir zogen zwei Matratzen aus dem Umzugsstapel. Aus den Kisten holte ich zwei Bettdecken und zwei Kissen.

»Ich habe auch irgendwo Bettwäsche«, meinte ich und starrte den Stapel mit meinen Sachen an, der auf einmal doppelt so groß wirkte.

»Lass nur«, sagte Richard.

Kurz darauf lag ich in einem der beiden kleinen Zimmer in der Wohnung, meine Kleider auf einem Haufen in der Ecke. Es war schon fast vier Uhr. Körperlich war ich müde, erschöpft bis auf die Knochen, aber ich konnte trotzdem nicht einschlafen. Die Schürfwunden an meinen Händen waren weniger ernst, als ich gedacht hatte. Meine Finger waren ein bisschen steif und meine Haut spannte, als trüge ich zu kleine Handschuhe. Ich griff nach meinem BlackBerry und suchte die E-Mail heraus, die ich am Abend zuvor erhalten hatte. Es war eine kurze Nachricht.

Mail von: gvandonee
Betreff: Polizei

Habe Dannys Namen durchgegeben, aber die Polizei will nicht ermitteln. Zwaal hat keine Priorität. Rufe dich morgen an.
gvd

Das stimmte doch hinten und vorn nicht. Sie hatte den Namen durchgegeben, aber die wollten nicht ermitteln. Keine Priorität. Mein Gehirn lief auf Hochtouren, meine Gedanken rasten hin und her, bis ich sie nicht mehr einordnen konnte. Klasman sollte sich darum kümmern. Das dachte ich noch, und danach gingen meine Gedanken von selbst in Träume über. Angstträume. Schöne Träume. Seltsame Träume. Träume von Gewächshäusern.

54

Bellilog 04.08.06

Einerseits werde ich in die Enge getrieben und andererseits gejagt. Ich muss immer schneller rennen auf immer engerem Raum. Warum werde ich auch noch verfolgt? Ich verstehe das nicht. Meine Identität wurde doch schon gestohlen, was also wollen die von mir? Ich bin doch niemandem mehr etwas nütze. Ich bin nur noch ein Körper. Der kann krank werden oder kaputtgehen, aber der Teil meiner selbst, der mir wirklich etwas bedeutet, der wurde bereits geklaut. Also, wer ist hinter mir her? Und warum?

Hat irgendjemand eine Ahnung, was hier los ist? Bin für jede Anregung dankbar.

55

Wenn du nicht redest, bist du geliefert

Im ersten Moment wusste ich nicht, wo ich war. Ich erwachte in einer ungewohnten Stille und lauschte nach bekannten Geräuschen – Autos, Mopeds, Straßenbahnen, Bussen, Flugzeugen. Aus der Ferne hörte ich das monotone Brummen eines Traktors. Ich öffnete die Augen und blickte mich in dem kleinen, kahlen Zimmer um. Fliesenfußboden. Holzdecke. Dazwischen Blümchentapete. Die Farben waren ganz ausgeblichen. Rot, Grün und Blau waren zu einem einheitlichen Ton verblasst. Es war Viertel nach zehn, ich hatte sechs Stunden geschlafen. Nicht genug, aber mehr Zeit hatte ich nicht. Im Schlaf hatten Richards Bemerkungen ihre Wirkung getan. Wenn ich hier rauskommen wollte, musste ich aufhören, mich wie ein Beifahrer zu verhalten.

Richard lag zugedeckt bis über den Kopf im Bett, nur seine tiefen, ruhigen Atemzüge waren zu erahnen, wenn sich die Decke hob und senkte. Ich schlich in sein Zimmer und suchte in seinen Jackentaschen, bis ich den Mietvertrag für den Wagen fand. Peugeot 307, gemietet von Richard Dustenberg. Ich lächelte. Ich faltete das Papier zusammen und schlich wieder aus dem Zimmer hinaus. Ich goss mir noch eine Tasse Kaffee auf und rief Guusje van Donee an.

Sie klang fröhlich und musste laut lachen, als sie hörte, dass wir in der Lagerhallenwohnung übernachtet hatten. »Warum hast du denn nicht angerufen?«, fragte sie. »Ihr hättet doch hier bei mir schlafen können.«

»Wir beide?«

»Warum nicht?«, fragte sie zurück. »Ich habe ein Gästezimmer.«

Sie sagte nicht dazu, wer darin hätte schlafen sollen, aber sie sprach so leichthin, dass ich denken konnte, was ich wollte.

»Ich komme zu euch«, sagte sie.

»Bitte bring was zu essen mit, sonst knabbere ich gleich die Küchenschränke an«, bat ich.

Sie unterbrach die Verbindung und für einen Augenblick stand ich da und schaute sehr zufrieden mein Handy an.

Guusje, dachte ich. Wieder spürte ich ihre Gegenwart. Allmählich vermisste ich sie, wenn sie nicht da war. Ich dachte an sie, so einfach war das, und auf einmal wurde ich nervös, denn ich wusste nicht, wie sie über mich dachte. Einmal verhielt sie sich distanziert, dann wieder fast körperlich anhänglich. Manchmal schien sie einfach durch mich hindurchzusehen, ein andermal verschlang sie mich förmlich mit ihren Blicken.

Ich rief Klasman an und damit war es mit den angenehmen Gedanken erst einmal vorbei. Klasman kannte keine angenehmen Gedanken. Nicht im Zusammenhang mit mir. Ohne Luft zu holen, brachte er mich auf den neuesten Stand. Wie aus einem Maschinengewehr feuerte er die Informationen auf mich ab.

»*AmstaBouw* ist genau das, was der Name schon sagt. Eine Baufirma in Amsterdam. Gehört zwei waschechten Amsterdamern. Die Firma besteht seit etwa fünf Jahren. An die zwanzig Mitarbeiter. Scheint alles in Ordnung zu sein. Die Kerle im Pick-up müssen Angestellte sein. Oder sie haben den Wagen gestohlen. In diesem Fall wurde der Diebstahl allerdings nicht zur Anzeige gebracht. Aber das traue ich den Herren Smit und Jansen eigentlich nicht zu.«

»Smit und Jansen?«

»So heißen die Eigentümer von *AmstaBouw.* Am besten sollte ich die beiden verklagen. Wegen des Versuchs der gewaltsamen Entführung, daraus kann ich etwas sehr Schönes basteln, und dann muss außerdem die Polizei herausfinden, was für Leute das sind. Das klingt doch gleich viel besser.«

Ich dachte nach. Klasman hatte recht. Von außen betrachtet war das die sinnvollste Methode. Doch wenn die Polizei eingeschaltet wurde, würde ich niemals herausfinden, wer diese Männer waren oder was sie von mir wollten und ob sie etwas mit dem Diebstahl meiner Identität beziehungsweise mit den Brüdern Zwaal zu tun hatten oder nicht. Denn die Polizei rückte keine Informationen heraus. Dort würde man mir bestenfalls erzählen, dass man mit jemandem von *Amsta-Bouw* geredet hätte. Oder dass man in dem Fall ermittelte. Auf diese Weise wurde ich nicht klüger. Mir ging es um den Zusammenhang zwischen alldem, was geschah. Die Polizei dagegen würde meine Verfolgung als gesonderten Fall behandeln und gerade dadurch würde sie es mir unter Umständen noch erschweren, diesen Zusammenhang zu finden.

»Nein, lass das lieber«, bat ich. »Oder warte jedenfalls noch ein Weilchen.« Ich erzählte ihm von meiner letzten Nacht und der Verfolgung. Wo immer ich auch hinging, trug ich mein BlackBerry bei mir, und das konnte ziemlich leicht lokalisiert werden. Technisch gesehen war das jedenfalls möglich, aber diese Männer schienen mir einfacher gestrickt. Weniger kompliziert. Sie saßen einfach in einem Auto und verfolgten mich. Bis sie mich dort hatten, wo sie mich angreifen konnten.

»Wo war das?«, fragte Klasman.

»Das kann ich nicht sagen.«

»Bei wem warst du?«

»Kann ich auch nicht sagen.«

»Die Männer wussten es, also warum darf ich es nicht wissen?«

»Die Männer wussten gar nichts. Sie sind mir ganz einfach gefolgt.«

»Wenn du nicht offen zu mir bist, kann ich nicht für dich arbeiten«, sagte Klasman. »Die Justizbehörden sind fest entschlossen, dir an den Kragen zu gehen, und da es zwei Fälle sind, der Unfall und der Einbruch, kann ich dir nicht mehr lange den Rücken freihalten. Ganz zu schweigen von dem Kredit, denn die Bank hat eine Frist bis Monatsende gesetzt und dann weiß ich nicht, wohin du dich mit deiner Geschichte noch wenden solltest.« Er schwieg. »Rede, Michael. Rede. Wenn du nicht redest, bist du geliefert.«

»Okay«, sagte ich. In dem Moment fing mein BlackBerry an zu piepsen. Der Akku war fast leer. Ich hatte nur noch für ein paar Minuten Strom. Mehr nicht. »Morgen erzähle ich dir alles«, versprach ich. Ich nahm das Formular der

Autovermietung zur Hand und gab Klasman die Vertragsdaten durch. »Könntest du dafür sorgen, dass die Laufzeit des Vertrages für den Wagen noch bis Ende des Monats verlängert wird?«, bat ich.

»Morgen!«, sagte Klasman.

Das BlackBerry piepte noch einmal, diesmal besonders laut, und das Gespräch war weg. Das Display färbte sich grau. Irgendwo in einer der Kisten befand sich das Reserveladegerät für den Akku, das ich zu Hause benutzte. Ich ging ins Lager und fing an zu suchen. Zehn Minuten später hatte ich es gefunden und konnte mein Handy daran anschließen. Es gab noch jemanden, den ich anrufen musste, nämlich die Leute von der Vereinigung der Identitätsgeschädigten. Ich wollte mich erkundigen, wie es der Frau ging, die in der Diele von den beiden Männern überfallen worden war. Ich rief an. Niemand nahm ab. Ich rief noch einmal an. Keine Antwort, kein Anrufbeantworter. Nichts. Ich rief Joyce Blijmoed an.

»Ich dachte, ich könnte dir vertrauen!«, sagte sie.

»Das kannst du auch.«

»Nein, kann ich nicht«, erwiderte sie. »Die Vereinigung ist in heller Panik. Nach gestern Abend fühlt sich niemand mehr sicher. Du hast ja keine Ahnung, was du diesen Leuten angetan hast!« Ihre Stimme klang laut und wütend.

»Aber das hatte doch nichts mit ihnen zu tun!«, entgegnete ich.

»Ach nein? Es ist ihre Vereinigung. Sie haben sie gegründet, damit sie sich irgendwo, an einem geheimen Ort, sicher fühlen. Du gehst zum ersten Mal hin und bringst gleich einen Abrisstrupp mit! Hast du schon mal was von einem Trauma gehört? Weißt du, was das ist?«

»Aber ich habe diese Leute doch nicht eingeladen! Sie sind mir gefolgt!«

»Dann hättest du eben nicht kommen dürfen.« Sie schwieg. »Und du wirst auch nicht mehr wiederkommen.«

»Wie geht es der Frau?«

»Das geht dich nichts an.«

Joyce Blijmoed hielt die Tür geschlossen. Sie rückte keinerlei Informationen heraus. Sie versprach, meine Anzeige weiter zu bearbeiten, aber andere Formen der Unterstützung konnte ich ab jetzt vergessen. Was sie mit der Vereinigung zu tun hatte, wusste ich nicht, aber offenbar war sie eine Art Vertrauensperson bei der Polizei und ich wusste aus eigener Erfahrung, wie wichtig das sein konnte. Joyce Blijmoed würde alles tun, um ihre Position zu schützen. Sie hatte mich zu der Vereinigung geschickt, sie hatte persönlich dafür eingestanden, dass sie mich gefahrlos zu einem ihrer Treffen einladen konnten, und dieses Vertrauen hatte ich enttäuscht. Ich hinterließ eine Spur der Verwüstung.

Kein Wunder, dass ich so leicht zu finden war.

56

Bellilog 05.08.06

Überall und nirgends. Ich muss zurück nach Amsterdam. *Touch base.* Alles ist hier und alles ist tragbar, aber was ich weiß, ist dort. Was ich bin, ist dort. Das kann ich nicht mitnehmen.

57

Zartes Gewicht

Brot, Käse, Schinken, Butter, ein paar Teller, Messer und Gabeln, Leberwurst, Erdnussbutter, Gläser, Instantsuppe ›Asia Huhn‹, Schokostreusel, Saft und Milch hatte sie mitgebracht. Und dazu noch eine Flasche Ketchup. Richard sagte nichts. Er nahm die Flasche, schraubte den Deckel ab und setzte sie an den Mund. Im ersten Moment dachte ich, er wolle sie austrinken. »Löst all deine Probleme«, sagte er. »Zwei Schlucke und dein Tag sieht gleich ganz anders aus.«

Guusje erschauderte angewidert. »Igitt!«, sagte sie.

»Pur«, sagte Richard. Er lachte. Ein roter Klecks hing noch an seiner Lippe.

Der Duft von frischem Brot durchzog die kleine Küche und löste einen Fressanfall in uns aus. Im Eiltempo zogen Richard und ich die Schnitten aus der Tüte. Guusje sah uns wortlos zu. Sie trug ihre Arbeitskleidung, einen dunkelgrauen Nadelstreifenanzug. Schön. Nicht die Kleidung an sich, die entsprach nicht so sehr meinem Geschmack, sondern die Art, wie sie sie trug. Die war schön. Sie war schön. Wie sie uns anschaute, ganz nah und doch distanziert, aber mit so viel Vergnügen. Ich hatte gar nicht gewusst, dass ich so einen Hunger hatte.

»Isst du nichts?«, fragte ich.

Sie schüttelte den Kopf. »Nein, ich sehe euch lieber zu.« Sie lehnte sich nach vorn und fuhr mit einem Finger über meine Wange. »Butter«, erklärte sie und zeigte ihren Finger. Dann steckte sie ihn in den Mund und leckte ihn ab.

»Augenblick«, sagte ich, fuhr selbst mit den Fingern in die Butter, wischte sie an meiner Wange ab und blickte sie an.

»Das hättest du wohl gern, was?«, fragte sie.

»Was ich gerne hätte, erzähle ich dir später.«

»Meinst du, ich könnte das nicht ertragen?«

»Nicht, solange der Kleine dabei ist«, sagte ich und zeigte mit dem Daumen auf Richard. Wenn ich doch nur nicht so unsicher gewesen wäre! Anstatt ganz einfach zu sagen, was ich wollte, versuchte ich, mich mit müden Bemerkungen davor zu drücken. Je länger ich zögerte, desto schwerer machte ich es mir. Sie sah mich an. Ich sah sie an.

Für einen Moment sagte niemand etwas. Richard schluckte seinen Bissen hinunter. »Wenn ihr poppen wollt«, sagte er, »tut einfach so, als wäre ich nicht da. Mache ich auch immer.« Er schnappte sich noch ein paar Brote und ging mitsamt seinem Stuhl nach draußen. In den Boxershorts, mit nackten Füßen. Die Sonne auf der Terrasse wurde von den Treibhäusern reflektiert. »Bis gleich«, sagte er.

Von einem Moment auf den anderen war es mit dem Spiel vorbei. Meine Zweifel waren mit einem einzigen Satz aus meinem Kopf gekickt worden. Richard hatte ausgesprochen, was ich wollte, was mir die ganze Zeit im Kopf herumgegangen war. Ich sah sie an und erkannte, dass es ihr genauso ging. In den Augen sieht man, wie das Gehirn dem Körper hinterherrennt. Versucht, ihn einzuholen. Aufzuholen.

Keine Chance, würde Richard sagen.

Wir standen auf.

»Wenn wir poppen wollen …«, sagte ich.

»Na klar«, sagte Guusje. »Der Anzug ist ruck, zuck aus.«

»Gut. Also wollen wir poppen.«

»Ich glaube schon.«

An unseren Kleidern zerrend gingen wir ins Schlafzimmer. Klein wie eine Abstellkammer. Guusje sah sich um, betrachtete die kahlen Wände. Den nackten Fußboden. Die Einpersonenmatratze auf dem Boden. Meinen Rucksack in der Ecke. Das Fenster ohne Gardinen. Mit Aussicht auf die Treibhäuser. Romantisch war das nicht, trotzdem stimmte alles.

»Schon wieder eine Zelle«, bemerkte sie.

»Zueinander verurteilt.«

Wir waren uns zum ersten Mal in einem Gefängnis begegnet, und nun befanden wir uns in einem ganz ähnlichen Raum. Hier wurde nichts beschönigt. Es gab keine Dekoration, keine Ablenkung, keine Erleichterung. Hier waren wir selbst das Einzige, das wir uns geben konnten. Ich schloss die Tür hinter mir. Nackt. Guusje zog ihren Anzug aus, versuchte, ihn ordentlich hinzulegen, auf den Boden, aber es klappte nicht. Sie lachte, und mit einem Tritt flogen die Kleider in die Ecke. Auf meinen Rucksack. Sie zog ihren BH aus. Jetzt trug sie nur noch einen weißen Slip. Wir standen eng beieinander. Ich streichelte ihren Bauch, ihre Seiten, ihren Rücken, ihren Busen. Ihre Brustwarzen verhärteten sich unter meinen Liebkosungen. Ich saugte sanft an ihnen. Zog ihren Slip aus und streichelte mit meiner Erektion über ihre weiche Haut. Fasste ihren Po an.

»Lernen wir uns jetzt näher kennen?«, fragte sie.

»Von mir aus. Oder zuerst Sex?«

»Von mir aus.«

»Darf ich dann unten anfangen?«

»Oh«, sagte sie. »Wie nett. Ein Mann mit Grundkenntnissen.«

Ich ging in die Knie, und der Sex mit ihr war schöner, als ich mir vorgestellt hatte. Manchmal kann man vorher nicht wissen, wie gut es sein wird.

»GVD«, sagte ich, »Gottverdammt.«

Sie lachte. »Das hat ja länger gedauert, als ich dachte. Warum hast du nicht reagiert?«

»Das hatte nichts mit dir zu tun.«

»Dann ist ja gut.« Sie schlang ein Bein um mich und zog mich an sich. Auf der schmalen Matratze konnten wir nur aufeinander oder ineinander verschränkt liegen. Sie sah an meinem Kopf vorbei auf die Uhr. »Ich habe noch eine halbe Stunde«, sagte sie. »Danach wartet ein Mandant auf mich.« Sie schwieg und schaute mich an. Ehrlich und geradeheraus. Offen wie ein Feld. »Andererseits musste ich ja auch lange warten«, sagte sie. »Darf ich mal kurz über dich rüber?«

Mit übertrieben viel Körperkontakt kroch sie im Schneckentempo über mich hinweg und griff nach ihrer Hose. Aus einer der Taschen zog sie ihr Handy, klappte es auf und rief ihre Sekretärin an. Der Termin wurde abgesagt. Sie rutschte wieder über mich, bis wir erneut nebeneinander lagen. »Was man nicht alles tun muss, um eine Stunde rauszuschinden.«

»Seit wann hast du gewartet?«, fragte ich sie.

»Seitdem mir klar wurde, dass du es nicht getan hast. Zuerst dachte ich, du wärst so ein typischer Amsterdamer, der aus Prinzip erst mal alles leugnet, wenn auch nur deshalb, weil er glaubt, dass die Wahrheit gar nicht existiert. Jedenfalls nicht außerhalb von Amsterdam. Einer von diesen zynischen Bürohengsten.«

»Vielen Dank auch.«

»Aber dann kam die Sache mit Danny.« Ihr Blick entglitt mir und wanderte durch mich hindurch in eine Ferne, die ich nicht erkennen konnte. »Danny Zwaal«, fuhr sie fort. Sie presste die Lippen aufeinander und schüttelte kaum merklich den Kopf. Als müsse sie sich beherrschen. Sie schaute mich an, und zuerst war ich mir nicht sicher, ob sie mich überhaupt sah. Es dauerte nur den Bruchteil einer Sekunde, länger nicht, aber in diesem Augenblick geschah dasselbe wie bei Gobbis. Sie war da, aber mit den Gedanken woanders. Unerreichbar.

»Auf einmal wurde mir klar, dass du wirklich noch niemals in Monster gewesen warst«, sagte sie. Sie lachte. »Das war's. Du hattest nicht die geringste Ahnung, wo du dich befandest. Nicht aus Arroganz, du wusstest es einfach nicht. Plötzlich sah ich einen ganz anderen Menschen in dir. Ein bisschen verwirrt zwar, das schon.«

»Das hat sich seitdem nicht sehr verändert«, sagte ich. Ich hob sie hoch und rollte mich unter sie, sodass sie der Länge nach auf mir lag. Ich spürte ihren Körper über meinen ganzen Körper hinweg. Ihr zartes Gewicht hielt mich am Boden, drückte mich in die Matratze und presste den Zweifel aus meinem Kopf. Es war genau das, was ich wollte. Stillgelegt werden.

58

Die Zelle

Energiespeichereinheit. Stromvorrat. Aufladbar und wiederverwendbar. Tragbar. Unabhängig von Netzen. Einzeln oder zu mehreren. Strom in fester Form. Gegensätzlichkeit als Quelle.

59

Mann, Mann, Mann

»Die letzte Besitzerin der Castrostraat war eine gewisse C. Luimen.« In ihrem Büro blätterte Guusje in der Kopie des Kaufvertrags, die sie bei dem Notar abgeholt hatte. »Ausgestellt und beglaubigt am 23. Februar dieses Jahres von Notar de Bruin in Naaldwijk. Corrie Luimen ist die Mutter der Zwaal-Geschwister.«

Ich verstand die Welt nicht mehr. Drei Brüder in diesem verkommenen Haus. Alte Kleider. Abgetakelte Autos auf der Auffahrt. Und diese Familie sollte seit einem halben Jahr auf einem Berg Geld hocken? »Wohnen die Eltern denn auch bei den Brüdern?«

Guusje schüttelte den Kopf. »Nein, der Urkunde nach nicht.« Sie las eine Adresse vor. »Das ist in Wateringse Veld, einem Neubauviertel zwischen Naaldwijk und Den Haag.«

»Vater und Mutter wohnen in einem Neubauviertel«, sagte ich.

»Nur die Mutter, soweit ich erkennen kann«, sagte Guusje. »Ich vermute mal, einen Vater gibt es nicht mehr.« Sie blätterte den Vertrag durch. »Jedenfalls taucht er hier nirgendwo auf.«

Wir versuchten, den Vorgang nachzuvollziehen. Eine Mutter mit fünf Kindern. Arbeitslos. Kein Einkommen. Firma auf dem absteigenden Ast in Richtung Konkurs. Keine Käufer. Wahrscheinlich Schulden. Vater weg. Die Firma lief jedenfalls auf den Namen der Mutter.

»Das ist hier in der Gegend nicht ungewöhnlich«, meinte Guusje. »Die Immobilien sind auf den Namen des Partners eingetragen, oder besser noch auf den eines Verwandten, einer Schwester oder einer Tante, sodass man sie nicht verliert, falls die Geschäfte einmal schlecht gehen.«

»Mit anderen Worten, Corrie Luimen stand ohne Mann da, aber dafür mit einem unverkäuflichen Besitz und fünf Kindern, die sie nur Geld kosteten.«

»Und dieser Besitz war auf ihren Namen eingetragen, stellvertretend für eine Person, die verschwunden ist«, bemerkte Richard.

»Wahrscheinlich«, sagte Guusje.

»Und das findet ihr hier normal?«

Sie nickte. »Das ist ganz normal. Und nicht nur hier in der Gegend. Firmen und Immobilien sollte man weitestgehend voneinander trennen.«

»Bleiben noch der Vater und die Geschwister übrig«, sagte ich. »Über den Vater wissen wir nichts. Er könnte auch in Wateringse Veld wohnen, aber genauso gut könnte er vor zehn Jahren nach Neuseeland emigriert oder gestorben sein. Nur die Brüder kennen wir.«

Zu dritt versuchten wir, die Beziehung der Brüder zueinander zu rekonstruieren. Ruud schien der Mann zu sein, der alles organisierte. Er war der Chef seiner Brüder. Sie akzeptierten widerspruchslos, was er sagte. Ruud war schüchtern, er verließ offenbar nur ungern das Haus, und er war unübersehbar der intelligenteste der drei. Er war der Einzige, der in der Lage sein konnte, meine Identität zu stehlen. Danny hatte vermutlich in einem unbeobachteten Augenblick etwas getan, was ihm niemand zugetraut hatte.

»Er hat natürlich jahrelang seinen Brüdern zugesehen«, gab Richard zu bedenken. »Wie sie anderen die Identitäten stahlen, die Pässe, Führerscheine, Nummern und Passwörter. Er ist ja immer dabei. Er ist dabei, wenn Ruud Dokumente fälscht. Er ist dabei, wenn Stef ein Auto kauft oder verkauft. Daher weiß er genau, wie es funktioniert. Er braucht es nur nachzumachen. So dumm ist er nun auch wieder nicht.«

Es klang logisch. Danny durfte nie etwas selbstständig unternehmen, wusste aber genau, wie alles funktionierte. In einem unbeobachteten Augenblick hatte er meine Identität dazu missbraucht, den BMW zu kaufen. Ein Traum, die Übersprungshandlung eines minderbegabten jungen Mannes. Das war ein Fehler gewesen und gewiss nicht von Ruud geplant. Sie hatten Danny zur Ordnung gerufen und den

Wagen verschwinden lassen. Stef war das Mädchen für alles, er holte und brachte Dinge. Stef hatte den BMW wahrscheinlich ins Ausland geschmuggelt. Bis dahin klang unsere Vermutung plausibel. Aber alles andere? Ruud hatte meine Identität gestohlen, um die Castrostraat Nummer elf verkaufen zu können. Es war eine Methode, die finanziellen Probleme der Familie auf einen Schlag zu lösen. Auch das klang nachvollziehbar. Aber eine Frage blieb offen. Wer hatte sich bei dem Notar für mich ausgegeben? Ich konnte mir nicht vorstellen, dass es einer der Brüder gewesen war. Danny konnte es nicht gewesen sein. Ihn hätte kein Notar akzeptiert. Ruud ging offenbar nur ungern aus dem Haus. Dann blieb nur Stef übrig. Der Muskelprotz. War die Familie Zwaal-Luimen wirklich so kaltschnäuzig, dass sie gemeinsam so ein Theaterstück aufführen konnten, ohne sich einen einzigen Patzer zu leisten? Oder war noch eine andere Person darin verwickelt?

»Und wer ist dann in das Schaufenster des Juweliers gefahren?«, fragte Richard. »Und hat noch mal ein paar Millionen eingesackt? Diese Leute müssen doch auf einem Haufen Geld sitzen, das ist nicht mehr normal.«

Guusje schüttelte den Kopf. »Nein, sie haben nichts. Wie es aussieht, besitzen sie nichts weiter als eine mehr oder weniger bankrotte Firma. Im Fall des Einbruchs laufen die Ermittlungen. Das Inventar des Geschäfts und die genauen Umstände der Tat werden noch überprüft. Bevor die Versicherung zahlt, muss das alles hieb- und stichfest sein. Diese Leute müssen noch monatelang auf ihr Geld warten.«

»Dafür werden die Einbrecher reich«, ergänzte Richard. »Die haben sich mit dem Schmuck aus dem Staub gemacht und ihn schon längst für die Hälfte des Wertes verscherbelt. Vielleicht sogar für noch weniger. Selbst wenn sie nur etwas mehr als fünfzehn Prozent bekommen haben, haben sie noch gut fünfhunderttausend eingestrichen. Bar. Fünfhunderttausend in bar! Weißt du, wie viel das ist?«

Wir schwiegen. Für einen Moment sah ich wie in einer Vision die fünfhunderttausend in bar vor mir, in Stapeln aufgeschichtet auf dem Tisch. Zehntausend Fünfzig-Euro-Scheine. Fünfhundert Stapel von je zwanzig Scheinen. Tausend Euro pro Stapel. Diese Art von Vision. Sie dauerte nicht lange. Fünfhunderttausend hätten bei Weitem nicht gereicht, um meine Probleme zu lösen.

»Welche Leute?«, fragte ich Guusje. »Welche Leute müssen noch monatelang auf ihr Geld warten?«

»Na, die Besitzer des Juweliergeschäfts.«

»Und wer sind die Besitzer?« Das war die zweite Frage. »Wenn das auch Verwandte sind, schwant mir langsam etwas. Wenn es keine sind, war es ein normaler Einbruch.« Das Auto, mit dem die Diebe durch die Scheibe gebrochen waren, war bei einem Gebrauchtwagenhändler in einem anderen Dorf gekauft worden, das hatte Klasman im Nu herausgefunden. Die Chancen, dass man dort noch den Käufer wiedererkennen würde, standen schlecht.

Guusje hielt ihre Finger einen nach dem anderen hoch und zählte ab. »Vater Zwaal, der Besitzer des Juweliergeschäfts und der, für den Corrie Luimen die Castrostraat auf ihren Namen hat überschreiben lassen. Finde ich raus.«

»Soll ich nicht lieber Klasman bitten?«, fragte ich. »Schließlich ist er mein Anwalt.«

Guusje legte mir die Hand auf die Lippen. »Natürlich«, sagte sie. »Klasman muss über alles genau Bescheid wissen. Aber während du ihm die Zusammenhänge erklärst, mache ich mich schon mal an die Arbeit. Bestimmt hat er nichts dagegen.«

Guusje hatte an diesem Nachmittag nur noch einen Mandanten. »Ich brauche eine Stunde«, sagte sie. »Beschäftigt euch so lange anderweitig.« Sie fischte einen Schlüsselbund aus der Hosentasche und gab ihn Richard. »Hier, hatte ich ganz vergessen. Dein Autochen steht hinter dem Haus.« Sie zeigte uns die wichtigen Dinge in ihrem Büro: Computer, Telefon, Kaffeemaschine, ein Zimmer, in dem wir uns aufhalten konnten. Sie nahm einen Zerstäuber aus der Tasche und besprühte sich ein paarmal den Hals und dann das linke Handgelenk, das sie anschließend am rechten rieb. »Braucht ja niemand zu riechen, wo ich gewesen bin«, meinte sie. Sie zog ihren Anzug zurecht und sah mich an. »Kann ich so gehen?«

»Ich wünschte, ich könnte mitgehen«, antwortete ich.

Sie lachte und verschwand durch eine Tür. Richard und ich standen im Flur und blickten uns schweigend an.

»Danke für den Schubs«, sagte ich. »Von allein hätte ich noch Wochen gebraucht.«

Richard lachte. »Meinst du denn, sie hätte so lange gewartet?« Er schüttelte den Kopf. »Mann, Mann, Mann, du bist nicht allein, weißt du.« Er schlug mir fest auf die Schulter. »Nur begreifst du das manchmal nicht. Dann ist es, als säßest du in einem geschlossenen Raum. Abgeschottet inmitten von anderen. Hinter einem kugelsicheren Kraftfeld oder so.« Er wedelte mir mit einer Hand vor den Augen herum. »Hallo, ist da jemand?«

»Von wegen kugelsicher«, erwiderte ich. »Alles dringt durch.« Ich legte eine Hand auf meine Brust. »Es dringt zwar durch, findet aber nichts, woran es hängen bleiben kann, und hat deswegen keine Auswirkungen. Ich weiß nur, dass ich nicht noch einmal zur Familie Zwaal zurückkehre. So viel ist hängen geblieben.«

»Okay, begriffen«, sagte Richard. »Bei Zwaal keine Chance. Das nächste Mal fahren die uns mit fünf solchen Kisten hinterher und dann können wir sehen, wo wir bleiben. Die Zwaals kannst du nur erwischen, wenn du sie voneinander trennst und es schaffst, diesen Ruud aus seiner Höhle zu locken. Dann könnte man vielleicht etwas aus ihm rauskriegen.« Er ließ seinen Schlüsselbund an einem Finger rotieren und sah mich an. »Wie geht's dir?«

»Schon besser.«

»Sex hilft«, sagte er.

Wir suchten eine Werkstatt, die den Renault abholen und reparieren konnte, bevor wir ihn bei der Mietwagenfirma wieder ablieferten. Ausbeulen, lackieren, Teile erneuern.

»Kein Mensch wird mehr etwas davon sehen«, versprach ich.

»Ich glaube, das ist Betrug«, meinte Richard.

»Kann schon sein. Aber was ist dir denn lieber?«

Er zuckte mit den Schultern und verließ das Haus, auf der Suche nach einem Geldautomaten. Ich zog mich in das Zimmer zurück, in dem der Computer mit Internetanschluss stand, und schrieb Karl eine Mail.

Mail an: Karl
Betreff: Zwaal-Info

Kannst du dich im Netz mal nach einem gewissen Ruud Zwaal umsehen? Mal überprüfen, was er so macht und wo und wie?
Besten Dank! Bis morgen oder später, MB

Anschließend surfte ich ein bisschen durch das Web. Von Site zu Site. Ohne ein bestimmtes Ziel. Ich sah nicht wirklich, was sich auf dem Bildschirm abspielte. Guusjes Geruch umgab mich, haftete an mir, und dieser Geruch hatte Auswirkungen auf meine Gedanken. Und zwar ziemlich direkte.

Ich öffnete meinen Blog.

60

Bellilog 05.08.06

1 Kommentar

longcaller schrieb …

Sie haben es gesehen. Sie waren der Einzige. Sie wissen, was geschehen ist. Wenn Sie reden wollen, können wir uns treffen.

0.33 Uhr

61

Schwindle mich nicht an

Irgendjemand hatte meinen Blog gelesen und darauf reagiert. Irgendjemand stellte einen Zusammenhang zwischen dem her, was ich gesehen hatte, und der Tatsache, dass ich verfolgt wurde. Aber was hatte ich denn gesehen? Den Unfall von Hoogeman. Natürlich. Ich hatte etwas gesehen, das niemand hätte sehen dürfen. Aber was noch? Und wer war der Verfasser dieser Reaktion auf meinen Blog? Offenbar jemand, der keine E-Mail-Adresse in einem öffentlich zugänglichen Blog hinterlassen wollte.

Ich klickte den Namen an und konnte das Profil des Users einsehen. Nichtssagende Daten. Lieblingsbücher. Lieblingsmusik. Weiblich. Niederländerin. Na schön, das schränkte die Möglichkeiten auf ungefähr vier Millionen ein, wenn ich die Kinder und die Alten nicht mitrechnete. Ich klickte ihren eigenen Weblog an und las. Jeden Tag ein Eintrag, manchmal sogar zwei, drei. Berichte über ihre Arbeit. Ich hielt den Atem an. Je länger ich las, desto klarer wurde es mir. Longcaller gehörte zu der Parlamentarischen Untersuchungskommission zur Verwendung von Integrationsgeldern. Ich schnappte nach Luft.

Ein Kommissionsmitglied beobachtete mich. Eine Frau. In der Kommission saßen drei Frauen. Ich surfte zur Website der Kommission. Nach dem Tod von Bas Hoogeman hatte die Vizevorsitzende dessen Aufgaben übernommen. Sandra Kool. Ich suchte nach Informationen über sie, persönlichen Angaben. Sandra Kool war verheiratet, dreiundvierzig Jahre alt. Seit neunzehn Jahren in der sozialdemokratischen Partei. War Gemeinderatsmitglied gewesen in Heerhugowaard. Inzwischen seit sechs Jahren Mitglied der Kammer. Ob sie Kinder hatte, konnte ich nicht feststellen. Ich suchte weiter. Die beiden anderen Frauen in der Kommission waren Margot Westerling und Laura Droogveld. Margot Westerling war die älteste. Sie hatte zwar Kinder, war aber geschieden. Laura

Droogveld war die jüngste. Sie war nicht verheiratet. Wer von den dreien war Longcaller? Und warum versuchte sie auf diese Weise, Kontakt zu mir aufzunehmen?

Was hatte ich gesehen?

Ich starrte die Fotos der drei Frauen an. Sandra Kool passte am besten zu dem Weblog. Ich hätte ihr auf gut Glück eine E-Mail schicken oder sie sogar anrufen können, aber diejenige, die den Kontakt zu mir suchte, hatte dies unter ihrem Blognamen getan. Anonym also. Sie wollte ihren wirklichen Namen nicht preisgeben. Wenn ich direkten Kontakt mit ihr aufnahm, bestand die Gefahr, dass sie leugnete, es gewesen zu sein. Die einzige Möglichkeit bestand darin, ihr meinerseits einen Kommentar an ihren Blog zu schicken mit dem Vorschlag, sich zu treffen, irgendwo, an einem sicheren Ort. Aber wo? In Den Haag, denn dort arbeitete sie. Jedoch nicht in einem der Cafés in der Innenstadt, wo alle hingingen. Ich dachte nach. Es war Anfang August, die Strandlokale waren geöffnet. Wie hieß noch gleich dieser Laden am Ende des Zwarte Pad?

Ich surfte zum Blog von Longcaller. Der letzte Eintrag stammte von heute Morgen acht Uhr, also vor sieben Stunden. Mit ein bisschen Glück würde sie später noch einmal online gehen.

Bellilog schrieb …

Ich weiß nicht, was ich weiß, aber eins weiß ich: morgen down under.

Ich schickte die Nachricht ab und hielt den Browser mit ihrem Weblog geöffnet. Ich wartete. Zehn Minuten kamen mir vor wie ein halber Tag. Ich schaltete den Computer aus und fühlte mich verlassen. In dem Moment, in dem ich offline ging, war es, als kappe ich einen Teil meiner selbst, eine Verbindung, die ich unbedingt brauchte, dringender, als es mir bisher bewusst gewesen war. Was immer die Mitglieder der Vereinigung der Identitätsgeschädigten auch sagen mochten: Ich würde das Internet nicht aufgeben. Ich war einfach nicht bereit dazu.

Nach ihrem Termin kam Guusje ins Zimmer, schloss die Tür und setzte sich auf meinen Schoß. Einfach so. Als sei es die normalste Sache der Welt.

»Bevor du gehst, müssen wir noch ein paar Punkte besprechen«, sagte sie.

»Ich bin doch noch gar nicht weg«, erwiderte ich.

»Deswegen setze ich mich ja auf dich drauf. Dann kannst du auch nicht weg. Verstehst du?« Sie sah mich an. »Frage Nummer eins. Hast du keine Frau oder Freundin?«

»Ich hatte eine Freundin«, antwortete ich. »Aber …«

Sie wartete ab. Als ich nicht fortfuhr, ergänzte sie selbst. »Sie hat dich mit ihrer besten Freundin erwischt und dich rausgeschmissen.« Sie formulierte es witzig, meinte es aber ernst. Sie bohrte mir mit einem Finger in die Brust. Sie wollte es wissen.

Ich schüttelte den Kopf. »Nein, so war es nicht.«

»Nicht? Okay, dann vielleicht so: Sie war schwanger und du hast sie sitzen lassen.«

Wieder schüttelte ich den Kopf. In Gedanken sah ich Bilder von Jessica vor mir, so greifbar, dass ich mich kaum zu rühren wagte. Ich sah Guusje an und wusste, dass ich es ihr erzählen musste. Warum auch nicht? Es war doch kein Geheimnis. Alle wussten davon, meine Eltern, Peter, Kirsten, Gijs, Vince, Karl, andere Freunde, einfach alle. Wahrscheinlich wusste Richard es auch, obwohl wir beide nie darüber geredet hatten. In Gijs' Familie wurde dafür über alles ausführlich geredet. Als Gijs und ich gemeinsam unsere Unternehmensberatung aufzogen, legte mich seine Familie unter das Vergrößerungsglas. Mit wem wollte Gijs in See stechen? Bellicher? Ich war sein Kollege bei dem multinationalen Beratungskonzern gewesen, aber mehr wusste man nicht über mich. Sie brachten alles über mich in Erfahrung, und als sie fertig waren, wussten die van Olde Nielands mehr über mich als ich selbst.

Guusje dagegen wusste kaum etwas. Für sie war ich einfach ein Amsterdamer Unternehmensberater. Ein Mann, wie sie im Großraum Amsterdam zu Tausenden herumlaufen. Ein eingefleischter Single, der immer gerade zwischen zwei Beziehungen schwebt und schon auf die dritte schielt. Zwei Jahre jünger als sie. Einer der vielen bindungsunfähigen Einzelgänger des einundzwanzigsten Jahrhunderts. Was wusste sie schon von mir, außer dass alles, was ich anfing, auf ein Fiasko hinauslief? Dass ich für Straftaten verfolgt wurde, an denen ich keine Schuld hatte? Es schien, als würde gerade das sie anziehen. Sie hatte keine Ahnung, dass ich am Rande des Abgrunds balancierte. Ich war schon fast verloren, als Richard uns mit vier Worten zueinander brachte. Wenn ihr poppen wollt. Das war der Tritt gewesen, den ich gebraucht hatte. Bis zu diesem Moment hatte ich mich von den Ereignissen hin und her zerren lassen. Richard hatte mir bewusst gemacht, dass ich das ändern musste. Dass ich etwas unternehmen musste. HANDELN. Als Guusje mit mir in das kleine Zimmer gegangen war, war ich wieder ich selbst geworden. Zum Teil jedenfalls, aber in Anbetracht dessen, dass der Rest gestohlen worden war, gab sie mir mehr, als ich in den letzten Wochen besessen hatte.

Guusje.

»Meine frühere Freundin, Jessica, ist tot«, sagte ich.

»Ach, Mist«, sagte Guusje. »Voll ins Fettnäpfchen. Das ist mal wieder typisch für mich.« Sie wollte aufstehen. Ich hielt sie fest. Sie setzte sich wieder und wartete darauf, dass ich anfing zu erzählen.

Jessica und ich waren *Senior Advisors* bei HC&P gewesen, einer der größten internationalen Unternehmensberatungen der Welt. Wir bearbeiteten Projekte auf nationaler und internationaler Ebene. Wir berieten Minister und Führungskräfte der Wirtschaft. Wir hatten großen Einfluss. Wir lebten in einem Tempo, mit dem kaum jemand Schritt halten konnte. Der Einfluss von HC&P war überall spürbar, in allen wichtigen Ländern der Welt fungierte die Firma als rechte Hand der Macht. Sowohl in der Politik als auch in der Wirtschaft. Das Netzwerk von HC&P kannte kaum Grenzen. Wir waren so high von unserem Einfluss, dass wir siebzig Stunden pro Woche arbeiteten. Manchmal mehr. Bis in unserer

Firma eine Frau ermordet wurde und man mich verdächtigte, weil ich nach Meinung der Sicherheitskräfte zum fraglichen Zeitpunkt außer der Frau der Einzige im ganzen Gebäude gewesen war.

»Sie beriefen sich auf eines dieser vollständig digitalisierten Zugangskontrollsysteme«, erklärte ich, »bei dem der Computer angibt, wer sich im Gebäude befindet und wer nicht. Ich aber wusste, dass außer mir und der Frau noch andere Personen da gewesen waren. Mindestens zwei. Ich hatte sie zwar nicht gesehen, aber gehört. Der Computer hatte sie allerdings nicht registriert, daher ging man davon aus, dass sie nicht da gewesen waren, sondern nur ich allein.«

Es hatte sich herausgestellt, dass die Firma inzwischen eine ganz eigene, finstere Art der Macht erworben hatte. Eine Macht, die sie mit aller Gewalt verteidigte. Ich wurde gejagt, und alle, mit denen ich zu tun hatte, gerieten in tödliche Gefahr. Jessica musste sterben.

»Es tut mir leid«, sagte Guusje.

»Das ist jetzt zwei Jahre her, und seit dieser Zeit arbeite ich quasi nonstop«, erklärte ich. »Ich habe mittlerweile eine eigene Firma, zusammen mit einem Kompagnon. Besser gesagt: Ich hatte eine Firma, bis die Brüder Zwaal es an der Zeit fanden, dass ich nach Monster komme.« Ich nahm sie in die Arme. »Ich weiß, woher ich stamme«, sagte ich, »obwohl ich im Moment vielleicht ein bisschen desorientiert wirke.«

Sie lachte. »Was hast du denn schon verloren? Du hast Ärger mit Papierkram, mit der Bürokratie, den Banken und anderen Institutionen. Aber du bist immer noch du selbst, so, wie du hier sitzt.«

»Du bist die Anwältin. Du müsstest doch wissen, dass Menschen an der Bürokratie zerbrechen können.«

»Stimmt«, sagte sie. »Sie kann dich aussaugen, zermahlen und verzehren. Und ausscheißen, wenn du Glück hast. Nichts ist so unbarmherzig wie die Vorschriften.« Sie wollte aufstehen, aber erneut hielt ich sie zurück.

»Und was ist mit dir?«, fragte ich.

»Ach, ich wurde einfach fallen gelassen«, antwortete sie.

»Für ein jüngeres Modell mit hohlerem Kopf und strafferem Busen.«

»Noch straffer?«

»Schwindle mich nicht an.«

»Darf ich das nicht?«

»Na schön, aber nur ab und zu.«

62

Sie fürchten sich noch nicht genug

Der Wind blies stürmisch über den Strand. Die Wolken jagten einander über den grauen Himmel. Es war warm, aber die ganze Zeit lag Regen in der Luft. Ich lief die Düne hinunter zum Strandlokal. Zehn Uhr morgens, Hochsaison. Noch war es ruhig. Durch das Wetter blieben die Leute fern. Einige Spaziergänger schlenderten unten am Wasser entlang. Hier und da badete jemand. Etwas weiter entfernt entdeckte ich Surfer. Das Rauschen des Windes und des Meeres überdeckte die Stimmen der Menschen.

Die Terrasse auf der Vorderseite und seitlich neben dem Strandlokal war verlassen. Das *Down Under* war das letzte in einer Reihe solcher Lokale am Noorderstrand von Scheveningen. Ich öffnete die Tür und ging hinein. An der Theke saßen zwei Männer. Kurze Hosen, nackte Füße und ein Bier. Strandmänner. Ansonsten kein Mensch. Hier hatte ich mich mit Longcaller verabredet.

Ich bestellte eine Tasse Kaffee und setzte mich an einen Tisch am Fenster mit Blick auf das Meer und den Himmel. Zwei verschiedene Grautöne trafen aufeinander. Zwei Arten von Bewegungen. Das Meer zog sich zurück. Ebbe. Der Himmel wogte vorwärts, die Wolken zogen vom Meer her landeinwärts. Mächtige Bewegungen, die niemand aufhalten konnte.

Ich saß da, ganz ruhig, auf einmal weit weg von allem, was mich vor sich hertrieb. Am Rande meines Heimatlandes, vielleicht zwanzig Kilometer Luftlinie von Monster entfernt, fühlte ich mich dennoch wie auf einem anderen Kontinent. Australien vielleicht.

Richard war allein nach Amsterdam zurückgekehrt. Am späten Nachmittag wollten wir uns bei Klasman wiedertreffen. Ich war so lange wie möglich bei Guusje geblieben. Ohne noch etwas zu sagen, ohne etwas zu erzählen. Ich wollte bei ihr sein und sie bei mir. Wir hatten nur wenige Stunden gehabt. Manchmal erscheint einem das wenig. Manchmal viel. Man muss diese Stunden nutzen, wenn sie sich ergeben.

»Bitte bringen Sie mir auch eine Tasse Kaffee«, sagte plötzlich jemand hinter mir.

Ich drehte mich um. An der Theke stand eine große Frau, eine gepflegte Erscheinung. Sie zeigte zur mir herüber.

»Ich setze mich zu diesem Meneer dort an den Tisch«, sagte sie. Margot Westerling war noch altmodischer, als sie auf dem Foto ausgesehen hatte. Anfang sechzig. Schuhe mit kleinen, stumpfen Absätzen. Rock bis über die Knie, Jackett und Regenmantel. Große braune Ledertasche über der Schulter. Haare sorgsam frisiert und unter einer dünnen Plastikhaube verborgen. Während sie die Schleife unter dem Kinn löste und die Haube vom Kopf zog, kam sie auf mich zu. Sie reichte mir die Hand und stellte sich vor. Höflich. Anständig. Distanziert. Sie setzte sich, stellte die Tasche auf den Schoß und blickte, genau wie ich, hinaus auf das Meer und den Wind. Sie sagte nichts.

»Sie sind Longcaller?«, fragte ich.

Sie nickte. »Sonst wäre ich nicht hier.«

Sie wartete, bis der Kaffee serviert worden war. Rührte ein wenig Milch hinein und trank einen Schluck. Sie hielt die Tasse fest wie eine Tante auf Besuch bei ihrem heruntergekommenen Neffen, den Henkel zwischen Daumen und Zeigefinger der rechten Hand, die linke Hand darunter. Die Schultern gestrafft, den Rücken gerade. Die Füße parallel. Sie stellte die Tasse hin. Legte den Löffel daneben. Alle ihre Bewegungen waren präzise und kontrolliert. Sie tat eines nach dem anderen und schenkte jeder Handlung ihre volle Aufmerksamkeit. Sie griff nach einer kleinen Serviette und tupfte sich die Lippen ab.

»Sollen wir hinausgehen?« Eine rein rhetorische Frage. Sie schob ihren Stuhl nach hinten, stand auf und ging hinaus. Sie blickte sich rasch um und entschied sich dann für die Terrasse seitlich neben dem Lokal. Dort setzte sie sich an einen Tisch. Ich nahm auf dem Stuhl neben ihr Platz und zusammen blickten wir auf die See und die schäumenden Wogen.

Es war unruhig hier draußen, der Wind wirbelte uns den Sand um die Ohren.

»Was wissen Sie?«, fragte sie.

»Nichts«, antwortete ich.

Sie schwieg und blickte hinaus aufs Meer. Sie seufzte. »Meneer Bellicher, wenn dieses Treffen für uns einen Sinn haben soll, dann sollten Sie diese modische Lässigkeit besser gleich ablegen. Jeder weiß etwas. Niemand weiß gar nichts.« Um sie herum blieb die Zeit stehen. Sie war so altmodisch, dass sie schon fast wieder modern war. Ihre fade Förmlichkeit stammte aus einem vergangenen Jahrhundert, ihre Logik dagegen war straff wie Hip-Hop. Ein Wort von mir, mehr brauchte sie nicht, um die Bedingungen für unser Gespräch festzulegen.

»Ich bin gläubige Christin«, fuhr sie fort. »Schon immer gewesen. Nicht fundamentalistisch, aber durchaus überzeugt. Der Islam könnte niemals mit meiner aktiven Unterstützung rechnen, aber das ist auch gar nicht nötig. Christen und Muslime haben eine gemeinsame Geschichte, die nicht unbedingt zur Verbrüderung führt. Dennoch leben diese Leute hier und wir müssen gemeinsam mit ihnen das Land auf lebenswerte Weise gestalten. Die Kommission untersucht, inwiefern Regierungsgelder missbraucht wurden, um das Gegenteil zu erreichen. Ich habe keine Angst vor Konfrontationen, Meneer Bellicher, aber ich habe durchaus Angst vor einer Regierung, die ihr Vorgehen verschleiert.«

Sie schwieg. Sie hatte ohne Einleitung mit ihren Erklärungen begonnen, und ich versuchte, ihre Bemerkungen in das einzuordnen, was ich bereits wusste. Und ich versuchte herauszufiltern, was davon für mich von Bedeutung war.

»Sie sind der Letzte, der Meneer Hoogeman lebend gesehen hat. Sie sind der einzige Zeuge des Unfalls. Die Polizei weigert sich, Informationen über den Hergang herauszugeben, nicht einmal an die Kommission. Sie wollen ihre Ermittlungen nicht in Gefahr bringen. Das ist verständlich, aber es lähmt die Arbeit der Kommission. Also, was wissen Sie?«, wiederholte sie.

»Wenn es ein Unfall war, dann allerdings ein sehr merkwürdiger«, sagte ich.

»Fahren Sie fort.«

Eines nach dem anderen erzählte ich, was ich gesehen hatte. Zuerst stiegen die schlimmsten Erinnerungen in mir auf, an das vollkommen zerstörte Wrack und die leblosen Menschen in seinem Inneren. Daran, wie der Wagen gegen den Betonpfeiler geprallt war. Mir schien, ich hörte den Knall jetzt erst. Die ganze Zeit war es ein stummes Bild in meinem Kopf gewesen, jetzt hörte ich das Schaben und Kreischen von Blech auf Beton.

»Hat es eine Explosion gegeben?«

»Nein, jedenfalls habe ich keine Anzeichen dafür gesehen. Das Auto machte eine Art Hüpfer, als sei es über einen Stein gefahren oder über eine Unebenheit in der Straße. Mehr nicht. Auf einmal verlor der Fahrer vollständig die Kontrolle über das Fahrzeug. Obwohl er gar nicht besonders schnell fuhr.« Ich erzählte alles, woran ich mich noch erinnern konnte. Wie sich das Auto überschlagen hatte, bevor es gegen den Betonpfeiler geschmettert war.

»Es war kein Unglück«, stellte Mevrouw Westerling fest. »Daran glaubt niemand. Wie Sie selbst bereits gesagt haben: Es war ein merkwürdiger Unfall. Ich hatte gehofft, Sie hätten etwas gesehen, wodurch wir das unumstößlich beweisen könnten. Dann hätten wir die Polizei unter Druck setzen können. Je länger die Ermittlungen dauern, desto gravierender sind die Folgen.« Sie stellte mir weitere Fragen. Über die Straßenverhältnisse, über das Wetter, über den Einfallswinkel der Sonne. Ob es sein könne, dass der Fahrer geblendet worden war? Seien noch andere Fahrzeuge auf der Straße unterwegs gewesen?

»Nein.« Ich schüttelte den Kopf. In Gedanken versetzte ich mich noch einmal an jenen Morgen zurück und sah wieder die Straße vor mir, die durch die idyllische Landschaft führte. Nur das Auto vor mir und ich. Niemand hinter mir. Ich hatte bestimmt an die zehn Mal in den Rückspiegel geschaut. Wir hatten auch keinen Gegenverkehr. »Ich habe einen Motorradfahrer gesehen«, sagte ich schließlich. »Weit vor uns. Kurz bevor ich selbst von der Fahrbahn abgekommen bin, habe ich ihn gesehen. Er bog gerade um eine Kurve und hat den Unfall wahrscheinlich gar nicht bemerkt.«

»Fuhr das Motorrad schon vorher vor Ihnen her oder hat es Sie zwischenzeitlich überholt?«

»Nein, niemand hat uns überholt«, antwortete ich. »Hoogeman und ich fuhren schon auf der Autobahn hintereinander her, daran kann ich mich erinnern, denn wir bogen an derselben Ausfahrt ab.« Ich versuchte, mich noch deutlicher zu erinnern. Nein, den Motorradfahrer hatte ich nirgends gesehen. »Wohin war Hoogeman eigentlich unterwegs?«

»Wenn wir das wüssten, wären wir schon ein ganzes Stück weiter«, antwortete Mevrouw Westerling. »Manchmal unternahm Bas Aktionen auf eigene Faust. Zum Beispiel verabredete er sich mit Informanten, um sich auf Verhöre vorzubereiten. Diese Methode brachte die meisten Enthüllungen.« Sie starrte hinaus in die graue Natur. »Deswegen kommen wir jetzt auch nicht weiter.«

»Sagt Ihnen der Name *AmstaBouw* etwas?«, fragte ich. »Sind Sie bei Ihren Ermittlungen vielleicht auf eine Firma dieses Namens gestoßen?«

»Das weiß ich nicht aus dem Kopf. Die Kommission stößt auf so unglaublich viele Namen. In jedem Verhör werden wieder neue genannt. Sie werden in die Akten aufgenommen und manchmal näher untersucht, wobei wieder neue Namen an die Oberfläche kommen. Die Strecke der Akten mit den Berichten und den Protokollen ist jetzt schon über fünfzehn Meter lang.«

Je länger ich darüber nachdachte, desto mehr wuchs meine Überzeugung, dass die Kommission bei den Ermittlungen auch auf die Firma *AmstaBouw* stoßen würde. »Eine kleine Baufirma in Amsterdam«, erklärte ich. »In der Hand von Türken oder Marokkanern. Haben Sie wirklich noch nie davon gehört?«

Sie starrte auf das Meer. Der Wind zerzauste ihre Frisur. »Bei der Investition von Regierungsgeldern ist die Baubranche das schwächste Glied in der Kette. Die Branche scheint der Politik zu praxisnah zu sein. Egal, ob ein Projekt hundert-, zweihundert- oder fünfhunderttausend kostet, wir wagen es nicht, uns darüber zu beklagen, vor allem dann nicht, wenn der Bau beispielsweise eines Gemeindezentrums einem politischen Zweck dient. Dann kommt es zu einer seltsamen Verwässerung unserer Prinzipien. Für gelungene Integration muss man etwas ausgeben. Einer, der über den Preis meckert, hält das politische Ziel offenbar für nicht so wichtig. Faszinierend. Das Geld liegt auf der Straße. Sinnbildlich gesprochen.«

Sie beantwortete meine Frage nicht. Sie redete die ganze Zeit um den heißen Brei herum. Wahrscheinlich wusste sie genau, was ich meinte.

»Hat *AmstaBouw* auch Gelder eingestrichen?«, fragte ich.

»Wieso?« Sie sah mich an und ich las in ihrem Blick, dass sie sehr viel wusste. Sie war sich nur noch nicht sicher, ob sie es mir auch erzählen sollte.

»Sie haben auf einen Eintrag in meinem Weblog reagiert. Ich werde verfolgt. Ich weiß nicht, von wem, aber ich weiß, dass es sich um Leute von *AmstaBouw* handelt.« Ich holte meinen Notizblock aus dem Rucksack und blätterte darin herum. »Die Firma gehört den Herren Smit und Jansen.«

Mevrouw Westerling lachte.

»Ich habe mich an die Industrie- und Handelskammer gewandt, aber nichts als allgemeine Informationen erhalten. Deswegen möchte ich wissen, was die Kommission weiß.«

Sie sagte nichts.

»Diese Leute verfolgen mich, sie haben bereits versucht, mich mit dem Auto zu überfahren. Die Situation ist sehr bedrohlich und gefährlich für mich, gelinde ausgedrückt. Mein Leben ist in Gefahr, Mevrouw Westerling, daher möchte ich gerne wissen, ob die Kommission etwas über *AmstaBouw* weiß. Die Berichte der Kommission sind öffentlich zugänglich, ich könnte sie auch anfordern, wenn ich wollte, aber ich kann nicht abfragen, was Sie wissen. Was Ihnen durch den Kopf geht. Die Polizei kann mir nicht helfen. Die würde hinfahren, sich dort kurz mit jemandem unterhalten und mir anschließend erzählen, dass das alles nette, anständige Leute sind, die sämtliche Vorwürfe abstreiten. Aber ich habe diesen Leuten gegenübergestanden und weiß, dass sie nicht an einer geselligen Unterhaltung interessiert sind. Trotzdem will niemand Klartext mit mir reden!«

Mevrouw Westerling blieb völlig unbeeindruckt. »Sie werden also verfolgt. Kann sein. Aber immerhin sind Sie noch quicklebendig, was man von unserem Vorsitzenden, Meneer Hoogeman, nicht behaupten kann. Also denken Sie das nächste Mal vielleicht lieber vorher nach, bevor Sie derartig dramatisieren.« Sie stand auf.

»Sie haben mit mir Kontakt aufgenommen. Nicht ich mit Ihnen.«

Sie blieb neben dem Tisch stehen und sagte nichts. Allmählich ging sie mir auf die Nerven. Wenn sie informell mit mir reden wollte, ohne dass die Kommission davon wusste, dann erwartete ich eine Gegenleistung. Ein informelles Gespräch beruht auf Gegenseitigkeit, so lautet die unausgesprochene Regel. Sie aber versuchte, sich vor dieser Abmachung zu drücken.

»Ich suche nach Informationen über den Unfall«, sagte sie. »Darüber, was mit Meneer Hoogeman geschehen ist.«

»Das haben Sie aber nicht geschrieben. Sie haben mich gefragt, ob ich reden wolle, und daher erwarte ich, dass Sie auch mit mir reden.«

Sie stellte ihre Tasche auf den Tisch, nahm sie aber im nächsten Augenblick wieder herunter. Sie war hin- und hergerissen. Sollte sie bleiben oder gehen? Ihr Zwiespalt drückte sich in ihrer Körpersprache aus. »Meneer Bellicher, Sie können mich nicht unter Druck setzen.«

»Das ist auch gar nicht nötig«, sagte ich. »Denn wenn Sie nicht reden wollten, wären Sie nicht hierhergekommen.«

Mevrouw Westerling schwieg. Sie spielte am Henkel ihrer Tasche herum. Noch immer zögerte sie, obwohl ihr zumindest mein Standpunkt jetzt klar sein musste. »Die Parlamentarische Untersuchungskommission untersucht Betrugsfälle in großem Stil, Meneer Bellicher. Darin sind Leute und vor allem Gruppierungen verwickelt, die völlig andere Interessen haben als Sie und ich.«

»Religiöse Fanatiker«, seufzte ich. »Wann schaffen wir endlich die Religionsfreiheit wieder ab?«

»Niemals, Meneer Bellicher, denn diese Fanatiker brauchen für ihren Fanatismus im Grunde keine Religion. Die Religion bietet den Menschen Halt und Sicherheit, vor allem in unsicheren Zeiten, aber sie hat auch eine Kehrseite, weil Sicherheit stets eine Zurückweisung beinhaltet. Sicherheit bedeutet nämlich auch, auszudrücken, was man nicht will und was man ablehnt. Sie ist also teilweise negativ konnotiert, daran kommt niemand vorbei. Der Gläubige weiß, wer er ist, weil er weiß, was Sünde ist. Ohne die Sünde wird es erheblich komplizierter.« Sie schwieg einen Moment. »Aber es gibt eine Grenze. Je mehr Sicherheit geboten wird, desto rigoroser muss Stellung bezogen werden, je strenger die Gesetze und Regeln, desto größer die Abscheu vor den anderen. Die Niederlande haben, ohne es zu wollen, Hunderte Millionen in die Vergrößerung des Grabens zwischen jenen Kulturen gepumpt, die wir ja gerade einander näherbringen wollten. Irgendjemand hat da nicht aufgepasst. Wahrscheinlich hat niemand aufgepasst.«

Das alles klang glaubwürdig und gut durchdacht. Es war die Meinung einer Gläubigen über die Rolle des Glaubens. Ich hatte jedoch keine Lust, mich auf diese Diskussion einzulassen, daher hielt ich den Mund. Sie war an der Reihe, und wenn ich jetzt auf ihre Behauptungen eingegangen wäre, hätte ich ihr wieder die Möglichkeit zu Ausflüchten geboten. *»AmstaBouw«*, sagte ich nur.

Sie seufzte. »Sie wissen nicht, wovon Sie da reden«, sagte sie.

»Ach nein? Was glauben Sie wohl, warum ich Sie danach frage?« Ich wurde wütend. Ihr herablassender Tonfall war mehr, als ich ertragen konnte. Sie versuchte, sich hinter ihrer Stellung zu verschanzen. Sie sollte endlich reden oder abhauen, etwas anderes würde ich nicht mehr akzeptieren.

»Wer oder was steckt hinter *AmstaBouw?*«, fragte ich noch einmal. »Wer sind diese Leute? Was tun sie? Was wissen Sie von ihnen? Ich bin hier, weil Sie Kontakt mit mir aufnehmen wollten, nicht umgekehrt. Sie sind hier, und das bedeutet, dass Sie mir etwas sagen wollten. Dann tun Sie es auch!«

Sie zögerte noch immer. Ihr Blick huschte von links nach rechts über den leeren Strand. Der Wind trieb den Sand an der Wasserlinie entlang. Am Himmel blies er die Regenwolken auseinander. In einer Stunde würden wir das schönste Sommerwetter haben. Dann würde sich der Strand mit Touristen füllen. Mit Leuten wie mir, aber dennoch anders.

»Ich muss es wissen«, sagte ich. »Bei der Trauerfeier für Hoogeman haben Sie über das Feuer der Wahrheit gesprochen. Wissen Sie, was ich damals dachte? Die Wahrheit brennt nicht. Sie sprachen über die Gefahren, die Bedrohungen und die Risiken, die mit der Suche nach der Wahrheit verknüpft sind. Nun, diese Risiken sind für mich ganz konkret vorhanden und ich will von Ihnen wissen, warum!« Ich stand auf, legte die Hand auf ihren Arm und führte sie zurück zu ihrem Stuhl.

Langsam setzte sie sich wieder, wobei sie die Tasche noch immer wie schützend vor sich hielt. »*AmstaBouw* ist eine Scheinfirma«, erklärte sie. »Eine Menschenwäschefirma, wenn man so will. Illegale, die in unser Land kommen, erhalten bei *AmstaBouw* eine falsche Identität und eine Arbeit und gehen daraufhin innerhalb von wenigen Monaten in unserer Gesellschaft auf, nur um Platz zu machen für die nächsten. *AmstaBouw* ist ein zu hundert Prozent muslimischer Betrieb, der noch nie etwas gebaut hat, aber Hunderttausende für die Planung und Vorbereitung der fantastischsten Projekte fordert.«

Mir schwindelte einen Moment. Auf einmal wurden zwei Fäden miteinander verknüpft. »Wie kommen die an die falschen Identitäten?«, fragte ich.

Mevrouw Westerling zuckte die Achseln. »Das weiß ich nicht. Das ist nicht Gegenstand unserer Untersuchungen. Noch nicht jedenfalls. Augenblicklich würde es schon reichen, wenn wir der Firma den Betrug und den Missbrauch der Gelder nachweisen könnten.«

»Genau das, wonach die Kommission strebt«, sagte ich. »Aber warum habe ich dann noch nie etwas von dieser Firma gehört?«

»Weil wir nicht an sie rankommen.« Sie schwieg. »*AmstaBouw* liegt jenseits einer Grenze, die wir nicht überschreiten können. Für diese Firma gelten Regeln, über die auch wir nur bruchstückhafte Informationen besitzen.«

»Was soll das heißen?«

»Dass *AmstaBouw* abgeschirmt wird.«

»Von wem?«

»Nun, nicht von den Ayatollahs im Iran jedenfalls, das kann ich Ihnen versichern.«

»Vom Nachrichtendienst?«

Sie gab keine Antwort und starrte hinaus aufs Meer. »Wussten Sie eigentlich«, fragte sie nach einer Weile, »dass Bas zusätzlichen Personenschutz beantragt hatte?«

Ich schüttelte den Kopf.

»Ich habe davon auch erst vorgestern gehört. Von dem Chauffeur, der ihn tags zuvor gefahren hatte. Er hatte vom Auto aus angerufen.«

»Und, hat er diesen zusätzlichen Schutz erhalten?«

»Das versuche ich herauszufinden. Deswegen sitzen wir hier. Dem, was Sie mir erzählt haben, entnehme ich, dass er ihn nicht erhalten hat. Da war ein Motorradfahrer, irgendwo, nicht mal in der Nähe. Das klingt nicht nach professionellem Personenschutz. Oder haben Sie doch noch etwas anderes gesehen?«

Nein, ich hatte nichts anderes gesehen. Wie gerne ich ihr auch geholfen hätte, ich konnte es nicht. Herumfliegende Teile eines Autos. Die Motorhaube, die wie ein riesiges Rasiermesser auf mich zugesegelt kam. Lauter Informationen, die ihr nichts nützten.

Sie legte Geld für ihren Kaffee auf den Tisch und stand auf. »Ich rate Ihnen, das, was Sie gesehen haben, in allen Einzelheiten zu rekapitulieren und notfalls aufzuschreiben.

Sekunde für Sekunde. Bis Sie wirklich alles aus Ihrem Gedächtnis herausgeholt haben, was drinsteckt. Denn es steckt etwas drin. Davon bin ich überzeugt.«

»Ich befürchte, dass ich Ihnen alles erzählt habe.«

»Sie befürchten. Sie fürchten sich. Genau. Aber Sie fürchten sich noch nicht genug. Sie sagten, Sie würden verfolgt. Männer von *AmstaBouw* wären hinter Ihnen her. Vor denen sollten Sie Angst haben.«

63

Bellilog 06.08.06

Krieg in anderen Ländern. Worte, die dort gelten, kehren hierher zurück. Klingen bekannt, bedeuten aber etwas anderes. Üben hier Einfluss aus.

64

Dort werden Sie in Empfang genommen

Wieder saß ich im Zug. Das Gespräch mit Margot Westerling ging mir nicht aus dem Kopf. Sie knüpfte Verbindungen, die mir Rätsel aufgaben: zwischen meiner gestohlenen Identität, dem Tod Hoogemans und den Männern, die mich verfolgten. Irgendwie hing das alles miteinander zusammen. Doch meine Gedankengänge wurden ständig von einer wiederkehrenden Frage unterbrochen: Was hatte ich gesehen? Ich war der einzige Zeuge von Hoogemans Unfall, alles, was geschehen war, was sich vor meinen Augen abgespielt hatte, konnte wichtig sein. Immer wieder dachte ich an jenen Morgen zurück, an das Auto vor mir auf der ansonsten verlassenen Landstraße. Die Bilder verlangsamten sich und änderten ihre Reihenfolge. In Gedanken sah ich Einzelheiten und Besonderheiten, von denen ich auf die Dauer nicht wusste, ob ich sie wirklich gesehen hatte oder ob ich sie in der Erinnerung dazudichtete. Mit jedem Versuch, mich an etwas zu erinnern, schien es, als würde mein Gedächtnis unzuverlässiger. Dennoch musste es etwas geben, was ich bisher übersehen hatte. Mevrouw Westerling war sich ganz sicher gewesen. Ich spürte es. Doch je intensiver ich suchte, desto mehr verlor ich den Faden. Es wurde Zeit, dass ich mal für eine Weile allein war.

In einem Zug war das jedoch illusorisch. Es war früher Nachmittag und im Abteil herrschte Gedränge. Alle Sitzplätze waren besetzt und die Passagiere standen im Gang und vor den Türen. Überall wurde telefoniert: Termine vereinbart, Einkäufe besprochen und Geschichten über Freunde, Kollegen und Verwandte erzählt. Es gab Berichte über Konferenzen, Kurse und Reisen. Ich saß in einem fahrenden Marktplatz.

In Leiden stiegen einige Fahrgäste aus, doch noch mehr neue stiegen zu. Der Zug war überfüllt, die Leute standen Schulter an Schulter neben den Sitzen. Bepackt mit Koffern und Taschen. Es wurde geschubst und gedrängelt, und noch bevor alle ein Plätzchen erobert hatten, schlossen sich die Türen wieder und der Zug setzte seine Fahrt fort. Ruckelnd und schaukelnd. Er nahm Geschwindigkeit auf und raste durch das Land, als wolle der Lokführer den Passagieren die Unannehmlichkeiten der beengten Reise nur für eine möglichst kurze Zeit zumuten. Mit meinem Rucksack auf dem Schoß blickte ich hinaus auf die vorbeihuschende Landschaft. Es gab nur wenig zu sehen. Polder und Himmel.

Kurz hinter Hoofddorp verlangsamte der Zug seine Fahrt, und bevor wir in einen Tunnel hineinfuhren, blieb er ganz stehen. Ein paar Minuten lang geschah nichts. Die Telefongespräche wurden eines nach dem anderen beendet und allmählich kehrte im Abteil Ruhe ein. Nach einigen weiteren Minuten begannen die Bemerkungen über die Bahn und die vielen Störungen und Verspätungen. Nach zehn Minuten ertönte eine Durchsage des Schaffners.

»Sehr verehrte Reisende, leider müssen wir noch auf die Freigabe der Tunneldurchfahrt warten. Aufgrund von Behinderungen wird dieser Zug leider nicht in Schiphol halten. Wir bitten Sie um Entschuldigung.« Die Durchsage wurde in zwei weiteren Sprachen wiederholt, ging jedoch größtenteils in den Flüchen der Passagiere unter. Sie verpassten ihre Anschlüsse, machten sich Sorgen, dass sie ihr Flugzeug nicht erwischten. Organisationsprobleme, die lauthals kundgetan wurden. Auch das ging vorbei.

Der Zug blieb stehen. Nach weiteren zehn Minuten folgte die nächste Durchsage.

»Leider erhalten wir keine Erlaubnis, den Schipholtunnel zu durchqueren. Was in Schiphol los ist, wissen wir nicht. Der Zugverkehr ist zusammengebrochen. Wir warten auf weitere Informationen.«

Diesmal dauerten die Flüche nicht lange. Wieder begannen alle zu telefonieren. Termine wurden abgesagt, überall waren erboste Kommentare zu hören. Aus weiteren zehn Minuten wurde eine halbe Stunde, eine Dreiviertelstunde. Gelassenheit erfasste das Abteil. Die Leute lehnten sich gegen die Sitze oder gegeneinander. Saßen auf ihren Koffern im Gang.

»Meine Damen und Herren, infolge eines Stromausfalls in Schiphol ist eine Weiterfahrt unmöglich. Der Zug wird jetzt umgeleitet und wir kehren zurück nach Hoofddorp. Dort wird Ihre Weiterfahrt mit Bussen organisiert.«

Es ertönte lautes Johlen, das in Lachen und Gerede überging. Die Handys wurden wieder gezückt, um Wartenden Bescheid zu sagen, wo immer diese sich auch befanden.

Ich schaute hinaus, die Arme um den Rucksack gelegt. Der Zug kroch im Schneckentempo rückwärts, nicht schneller als zwanzig Stundenkilometer. Der Bahnhof von Hoofddorp kam in Sicht. Quälend langsam schlich der Zug in den Bahnhof hinein. Die Bahnsteige waren verlassen. Weit und breit war niemand zu sehen. Der Zug fuhr noch langsamer, hielt aber nicht an. Im Schritttempo fuhr er durch den Bahnhof hindurch, und weiter, wieder hinaus, über einige Weichen und kurz darauf auf ein Rangiergelände. Am Rande des Geländes wartete eine Phalanx von Polizisten, Panzerwagen und Einsatzbussen. Krankenwagen und Löschzüge der Feuerwehr. Keiner rührte sich. Es war, als atmeten alle im Abteil gleichzeitig ein, wodurch eine Art Vakuum entstand. Um mich herum sah ich, wie die Blicke starr und die Münder schmal wurden. In der Stille piepte ein Handy. Jemand ging dran. Seine Stimme klang laut und aufdringlich.

»Ja, hi, also, was hier jetzt wieder los ist, möchte mal wissen ...« Er hielt inne. Die Stimme des Mannes klang jetzt gepresst. »Bleib dran«, bat er.

Ich sah den Mann aufstehen. Er war Ende vierzig. Kurze Haare, grau meliert. Schnäuzer. Brille. In einer Hand hielt er das Handy. Er drehte sich zu den anderen Passagieren im Abteil um und sprach mit lauter Stimme, obwohl ihm das sichtlich schwerfiel.

»Terroralarm!«, sagte er. »Dieser Zug ist eine fahrende Bombe!«

Es dauerte ein paar Augenblicke, bis eine Reaktion folgte. Panik brach aus. Die Leute fingen an zu schreien und zu kreischen. An die Fenster zu hämmern. Einige wollten zu den Türen und kletterten wie die Verrückten über andere hinweg. Es wurde geschlagen und getreten.

»Meine Damen und Herren!« Die Stimme des Schaffners übertönte scheppernd den infernalischen Lärm. Offenbar hatte man den Lautstärkeregler der Sprechanlage ganz aufgedreht, um sich in dem Tumult Gehör zu verschaffen. »Aus Sicherheitsgründen mussten wir außerhalb des Bahnhofs halten. In Kürze können Sie alle aussteigen. Je ruhiger Sie sich verhalten, desto schneller wird es gehen.« Die Durchsage wurde mehrmals wiederholt, bis im Zug wieder Ruhe einkehrte.

Durch die Fenster war zu sehen, wie sich jeweils ein Polizeiteam an den Türen aufstellte. Danach geschah erst einmal nichts. Alle warteten. Es kam keine Durchsage mehr und nichts regte sich. Vor dem Ausgang unseres Waggons entstand Bewegung. Plötzlich fing ein Mann an zu schreien. »Macht die Türen auf! Beeilt euch! Wir können sie doch einfach über die Notentriegelung öffnen! Wenn wir auf diese Idioten warten, stehen wir morgen noch hier. Los, kommt!« Andere Männer stimmten ihm zu und kurz darauf bestätigte das Klirren einer Glasscheibe, dass sie mithilfe des Nothammers die Türen zu öffnen versuchten. »Los! Jetzt macht das Ding doch mal auf!«

Doch nichts geschah. Es funktionierte überhaupt nichts mehr, alle Systeme waren blockiert, und in diesem Moment schlug die Angst erst richtig zu. Alle wollten raus und niemand konnte etwas unternehmen. Die nächste Panikwelle erfasste den Zug. Draußen liefen Polizisten an den Fenstern entlang. Sie versuchten, die Passagiere mit Gesten zu beruhigen. Kurz darauf öffnete sich die erste Tür. Ein paar Waggons weiter verließen die Fahrgäste in einer langen Reihe den Zug. Einer nach dem anderen, jeweils mit ein paar Metern Abstand. Sie wurden zu einer Reihe bereitstehender Busse geleitet und verschwanden dahinter. Die Leute jubelten vor Erleichterung. Die Befreiung rückte näher. Zwar würde es lange dauern, aber gleich wären auch wir an der Reihe, und der Gedanke allein reichte aus, um alle wieder zu beruhigen. Ich schickte Klasman eine SMS.

Schaffe es nicht heute Nachmittag, sitze in einem Zug mit Terroralarm. Rufe an, sobald ich raus bin, MB

Es dauerte noch Stunden. Die Reisenden wurden einer nach dem anderen aus dem Zug geschleust. Um halb vier war unser Abteil an der Reihe. Die Türen gingen einen Spalt auf, gerade weit genug, um eine Person durchzulassen. Draußen standen schwer bewaffnete Männer der Antiterroreinheit. Zwei von ihnen packten den Aussteigenden, die anderen hielten den nächsten zurück, bis der erste durchsucht war, sein Gepäck abgegeben hatte und weitergehen durfte zu den Bussen. Dann war erst der nächste dran. Ganz allmählich ließ die drangvolle Enge im Abteil nach. Die Reisenden im Gang verließen den Zug zuerst, ab und zu ließ man einen Älteren durch. Ich schloss mich der Reihe an, die sich Schritt für Schritt auf den Ausgang zu bewegte. Je mehr wir uns ihm näherten, desto ruhiger wurde es. Kurz vor der Tür sagte niemand mehr etwas. Draußen sah ich Waffen, las die Anspannung in den Gesichtern. Ich setzte einen Fuß durch die Türöffnung, meinen Rucksack geschultert. Hände packten mich an den Oberarmen und hoben mich aus dem Zug. Stellten mich ab. Ließen mich nicht los.

»Runter damit!«, sagte einer der Männer und zeigte auf meinen Rucksack.

Vorsichtig ließ ich ihn von den Schultern gleiten und hielt ihn an einer Hand vor mich.

»Abstellen!« Der Mann zeigte zu Boden.

Ich stellte den Rucksack ab.

»Weitergehen. Zum Bus. Dort werden Sie in Empfang genommen.«

»Wann bekomme ich meinen Rucksack wieder?«, fragte ich. Ich erhielt keine Antwort.

»Weitergehen!«

Es waren vielleicht zweihundert Meter bis zum Bus. Ich

fühlte mich wie ein Asylant, ein Heimatloser. Ich hatte die Erlaubnis, von einem Punkt zum anderen zu gehen, mehr nicht. Was am Ziel geschehen würde, wusste ich nicht. Ich vertraute darauf, dass alles rasch geregelt werden würde, wenn der Zug einmal leer war. Doch während ich das Rangiergelände überquerte, wurde mir klar, dass mein Vertrauen auf tönernen Füßen stand.

Neben den Bussen warteten wieder andere Männer. Soldaten, wie sich herausstellte, als ich näher kam. Sie bewachten den Durchgang zwischen zwei Bussen. Auch dort musste ich mich gedulden, bis ich an der Reihe war. Auf ein Zeichen ging ich weiter. Die Busse standen so dicht beieinander, dass ich geradeso hindurchpasste. Ich hörte menschliche Stimmen, Schreien und Weinen, und als ich auf der anderen Seite hinaustrat, erkannte ich, dass ich noch lange nicht hier wegkommen würde.

65

Nummer siebzehn

Absperrungen aus mannshohen Zäunen. Pro Waggon ein Gatter. Vor jedem Gatter lange Tische mit dem Gepäck aus den Abteilen. Männer und Frauen in Uniform mit Listen, Formularen, Digitalkameras und Laptops. Neben jedem Tisch ein Zelt. Einsatzfahrzeuge mit abgedunkelten Fenstern. Medien in weitem Abstand. Kameras auf Podesten hinter der Absperrung. Ausgewählte Vertreter der Presse innerhalb der Absperrung. Jeder Schritt kontrolliert. Kreisende Hubschrauber in der Luft. Überall Polizei, Militär und Spezialeinheiten. Eine gigantische Operation. Ein Doppeldeckerzug während der Hauptverkehrszeit. Vollgepackt bis obenhin. Wenn dieser Zug im Schipholtunnel in die Luft geflogen wäre, hätte es ein Massaker gegeben. Die Explosion hätte keinen anderen Weg nehmen können als quer durch den Zug, nach vorn und nach hinten.

Eine Terrordrohung dieser Art und dieses Ausmaßes ist ein Albtraum für die Regierung. Nur durch schnelles, breit gefächertes Eingreifen kann ein möglicher Anschlag verhindert werden. Und nicht einmal dann ist der Erfolg gewährleistet. Man braucht schweres Material – und genau das war hier vorhanden –, um das Objekt zu isolieren. Das ist der erste Schritt: dafür zu sorgen, dass der Anschlag auf einem offenen, kontrollierten Gebiet stattfindet, sodass die Schäden so gering wie möglich ausfallen. Zweiter Schritt: Falls es nicht zu einem Anschlag kommt, müssen alle Passagiere kontrolliert werden, einer nach dem anderen, um die Terroristen unter ihnen herauszupicken. Man muss die Leute voneinander trennen, Abstand zwischen den verschiedenen Einheiten schaffen, und die Medien zwar fortlaufend informieren, aber auf Distanz halten. Und das ganze Gebiet muss hermetisch abgeriegelt werden.

Ich kannte die Prozedur. In meinem früheren Job bei HC&P hatte ich jahrelang für das Justizministerium gearbeitet. Das Justiz-, das Innen- und das Verteidigungsministerium waren aktiv an jeder Terrorabwehr beteiligt. Ich selbst hatte an dem Entwurf der Kommunikationsdrehbücher mitgearbeitet. Jetzt kam es mir vor, als bewegte ich mich in dem Resultat meiner eigenen Arbeit – eine bizarre Erfahrung. Ich stand einer Person gegenüber, die mit todernster Miene Sätze sagte, die ich selbst einmal konzipiert hatte. Ich bekam ganze Passagen wortwörtlich so zu hören, wie ich sie aufgeschrieben hatte. Das war mir schon einmal passiert. Ich hatte den Kommunikationsplan für die groß angelegte Reorganisation eines multinationalen Konzerns entworfen. Darin wurde beschrieben, wer wann informiert werden musste, wer was zu sagen hatte, welches die wichtigsten Begriffe waren, worauf die Betonung gelegt werden musste – alles. Von der ersten bis zur letzten Phase. Als ich zwei Jahre später einer Abteilungskonferenz beiwohnte, verkündete der Manager genau die Prinzipien, die ich mir ausgedacht hatte. Mein Plan wurde buchstabengetreu durchgeführt. Ein Mann, den ich nicht kannte und der mich nicht kannte, tat, was von ihm erwartet wurde. Und es funktionierte. In diesem Moment erkannte ich zum ersten Mal, dass ich zu einer Art Elite gehörte, einer Gruppe von Menschen, die sich ausdenkt, was andere tun und sagen sollen. Zugleich wurde mir klar, dass ich nie auf der anderen Seite stehen könnte.

Doch jetzt befand ich mich in genau der entgegengesetzten Position. Mir wurden meine eigenen Fragen gestellt. Auch jetzt sah ich, dass sie ihr Ziel erreichten. Die Leute wurden einerseits beruhigt, doch zugleich wurde ihre Angst geschürt, sodass sie gehorsam blieben. Wie in einem Rausch beobachtete ich, was geschah. Die Terrordrohung und der Ablaufplan waren untrennbar miteinander verbunden. Ohne die Drohung wäre der Plan niemals ausgeführt worden. Jetzt, da es so weit war, kostete es mich Mühe, die Bedrohung als solche zu empfinden.

Die Beamten arbeiteten schnell. Wir wurden einer nach dem anderen kontrolliert. Unser Gepäck wurde geöffnet, durchsucht, und wenn alles in Ordnung war, durften wir weitergehen zu einem Bus. Verdächtige Personen wurden so schnell wie möglich isoliert. An einem der Tische kam es zu einem Aufruhr. Zwei Männer wurden um sich tretend und schreiend aus einem Zelt gebracht. Ihrer Kleidung nach zu urteilen waren sie Muslime. Die Militärs sorgten dafür, dass ihnen niemand zu nahe kam, außer denjenigen, die sie festhielten. Zusammen mit sechs Mann von der Spezialeinheit wurden sie in einen Kleinbus verfrachtet. Sobald die Türen geschlossen waren, fuhr der Bus weg. Gefolgt von einer Motorradeskorte. Eine beklemmende Stille legte sich über das Gelände.

Einer nach dem anderen wurden wir aus der Absperrung gelassen. Auf dem Tisch daneben suchten wir unser Gepäck. Ich nahm meinen Rucksack und ging weiter zum ersten Kontrollposten.

»Ihr Name bitte?« An einem Holztisch saßen ein Mann und eine Frau. Die Frau hatte einen Stapel Formulare vor sich liegen, in die sie sich die Daten notierte. »Haben Sie Ihren Ausweis dabei?«, fragte sie höflich, aber nicht freundlich. Der Mann saß vor einem Laptop.

»Bellicher«, sagte ich. Ich buchstabierte meinen Namen, nannte die Adresse meines neuen Hauses, das ich nicht betreten durfte, was sie natürlich nicht wussten, und gab ihnen auch alle anderen Informationen, nach denen sie mich fragten. Der Mann tippte meinen Namen ein und überprüfte in den gängigen Datenbanken, ob ich gesucht wurde.

»Bitte warten Sie einen Moment«, sagte die Frau, »es dauert nicht lange.«

Der Mann klickte sich durch das System und ich wusste genau, was er finden würde. Gesucht im Zusammenhang mit Straftaten, bei denen Gewalt im Spiel gewesen war. Ein Überfall auf ein Juweliergeschäft ist eben doch etwas anderes als Taschendiebstahl. Ich seufzte. Ich würde in die zweite Kontrollreihe gelangen, von da aus in die dritte Reihe und dann in einem Gefangenenbus abtransportiert werden. Ich nahm mir vor, mich nicht zu wehren. Mich nicht zu sträuben. Mitzuarbeiten. Freundlich zu bleiben. Nicht von mir aus das

Wort zu ergreifen, nur zu antworten. So schnell und vollständig wie möglich. *Keep it simple.*

Der Mann gab seinen Kollegen ein kurzes Zeichen. Zwischen Plan und Wirklichkeit wurde ein dicker Strich gezogen und ich wurde auf die andere Seite des Strichs gestellt. Neben mir erschienen zwei Männer. Sie ergriffen mich, jeder an einem Arm, und führten mich zu einem der Zelte. Ich sah, wie die Leute mich anstarrten. Verständnislos. Unsicher. Ängstlich.

In dem Zelt wurde ich durchsucht. Ein Soldat fuhr mit beiden Händen an meinen Beinen entlang, über meine Brust, meine Arme und unter meine Achseln. Alles wurde mir abgenommen, nur meine Kleidung durfte ich anbehalten. Ich war von Bewachern umringt, bewaffnete Männer hielten mich von vier Seiten in Schach.

Ich wurde abgeführt, in einen Kleinbus ohne Fenster. Unter Bewachung. Ich durfte keinen Schritt mehr gehen ohne die Begleitung schweigender, schwer bewaffneter SEK-Mitglieder, die miteinander durch Gebärden und unverständliche Laute kommunizierten. Auf meine Fragen reagierten sie nicht und nach einer Weile sagte ich nichts mehr. Während der schweigsamen Fahrt fühlte ich mich isoliert von der Außenwelt. Der Kleinbus fungierte als eine Art Tor. Ein paar Meter außerhalb von Hoofddorp war ich eingetreten, und wenn ich wieder herauskam, würde ich mich in der militärischen Welt befinden. Einer Parallelwelt. Einer Gesellschaft mit eigenen Regeln und eigenen Städten und Fahrzeugen mit eigenen Nummernschildern. In den Niederlanden, aber außerhalb der Gesellschaft. Jeder Kontakt dort war streng reglementiert. Dorthin war ich unterwegs. Unwiderruflich. Ich blickte die beiden Bewacher an, Soldaten, trainiert auf den Glauben an ihren Auftrag, und in diesem Moment begriff ich erst richtig, was mit mir geschah. Ich befand mich nicht mehr in meinem Drehbuch, ich war in einem ganz anderen Teil der Operation gelandet. Mein Körper reagierte darauf, indem sich ein Gefühl der Übelkeit von meinem Magen bis in meine Beine und Arme ausbreitete und den

Widerstand aus meinem Kopf saugte. Ich sank in mich zusammen, die Ellenbogen auf den Knien, den Kopf in den Händen.

Der Kleinbus hielt, fuhr ein Stück zurück, drehte und hielt erneut. Der Motor ging aus. Für einen Augenblick herrschte eine unwirkliche Ruhe. Keine Stimmen, keine Menschen. Die beiden Soldaten neben mir bewegten sich nicht. Sie sagten nichts. Sie warteten. Aufmerksam, bereit, in Aktion zu treten. Totenstill. Beklemmend still.

Von draußen wurde die Heckklappe geöffnet, die Bewacher packten mich, jeder an einem Arm, und hoben mich aus dem Bus. Sie zerrten mich über einen kleinen Hof, eine Art überdachten Parkplatz, vielleicht vier Schritte weit, durch eine Tür und in ein Gebäude hinein. Hinter mir fiel die Tür ins Schloss. Wir standen in einem leeren Gang. Die beiden, die mich festhielten, zwei andere Soldaten und zwei Vorgesetzte, die Formulare austauschten und sich mit markigen Ausrufen verständigten.

»Nummer siebzehn«, sagte einer von ihnen.

»Nummer siebzehn«, wiederholte ein anderer.

Ich war in der dritten Kontrollphase gelandet, irgendwo auf militärischem Gebiet, ich wusste nicht einmal wo.

66

Flexibel

Neben mir standen ein Klappstuhl und ein Tisch. Metall und Kunststoff, leicht sauber zu halten. Ein geräumiges Zimmer mit Fenstern hoch oben in der Wand, sodass zwar Licht hereinfiel, aber man nicht hinausschauen konnte. Fahles Licht. Das letzte Tageslicht. An der Wand standen ein Schreibtisch und noch ein weiterer Tisch mit einem Bildschirm und allerlei Apparaturen an verschiedenen Kabeln und Drähten. Mir unbekannt, ich konnte sie nicht einordnen. An dem Schreibtisch saß ein Mann in weißem Kittel. Er stand auf. In der Hand hielt er ein Formular. Er warf einen Blick darauf und lächelte.

»Ausziehen«, sagte er. »Kleidung bitte dorthin legen.« Er zeigte auf den Tisch neben mir. »Das Jackett zuerst.«

Ich reagierte nicht. Hinter mir, links und rechts neben der Tür, standen zwei bewaffnete Soldaten. Ein dritter Soldat stand auf der anderen Seite des Tisches.

»Ausziehen«, wiederholte der Mann.

Ich hörte ihn zwar und verstand auch, was er sagte, aber ich reagierte nicht. Mein Körper gehorchte mir nicht. Als sei das Ganze einfach zu absurd.

»Warum?«, fragte ich.

»Kontrolle. Also, jetzt mal ein bisschen schnell, Nummer siebzehn. Tempo!«

»Aber …«

Auf einen Wink des Mannes im weißen Kittel trat einer der beiden Soldaten einige Schritte nach vorn.

»AUSZIEHEN!«, schrie er, so laut, dass ich die Schallwellen in meinem Kopf spüren konnte.

Ich zog meine Kleider aus. Mein Hemd, meine Schuhe, meine Socken und meine Hose. Alles mit beherrschten Bewegungen. Fast wie in Zeitlupe. Die Kleidungsstücke legte ich nebeneinander auf den Tisch.

»Die Unterhose auch«, sagte der Mann.

Nackt stand ich mitten im Zimmer. Aufrecht. Reglos. Die Arme locker herunterhängend. Niemand bewegte sich.

»Ein paar Schritte zur Seite. Da lang.« Der Mann zeigte in die entsprechende Richtung.

Ich ging beiseite, und als ich wieder still stand, ging ein anderer Soldat an den Tisch. Eines nach dem anderen nahm er meine Kleidungsstücke in die Hand. Er öffnete meine Brieftasche und holte alles heraus. Er drehte die Taschen meiner Hose und meines Jacketts von innen nach außen, befühlte das Kragenfutter. Kein Quadratzentimeter blieb unbetastet. Danach wiederholte er dasselbe mit meinem Rucksack. Er legte die Kleider auf eine Seite des Tisches und warf alle losen Gegenstände in den Rucksack hinein. Meine Brieftasche, mein Telefon, meine Schlüssel, alles. Er nahm den Rucksack vom Tisch, ging ein paar Schritte zurück und nickte dem Mann im weißen Kittel zu.

»Fertig«, sagte er, drehte sich um und verließ das Zimmer.

»Schön, dann werde ich mal nachsehen«, sagte der Mann. Er zog sich ein Paar Latexhandschuhe über und stellte sich direkt vor mich. Er legte die Hände auf mein Gesicht, schob meine Lider hoch und sah ins Weiß meiner Augen. Er befühlte meine Nase, steckte mir die Finger in den Mund und schaute unter meine Zunge. Er betastete meine Arme, meine Brust und meine Beine. Das Einzige, was er sagte, war: »Aufmachen. Zumachen. Nach links. Nach rechts«, und weitere knappe Kommandos. Er trat zurück und bedeutete mir, mich umzudrehen. »Bücken«, befahl er. »Hände auf die Knie.«

Ich tat, wie mir befohlen, und erduldete eine anale Untersuchung. Ein eingefettetes, flexibles Beobachtungsinstrument wurde in mich hineingeschoben. Der Mann blickte das Bild auf dem Monitor an, während er das Instrument hin- und herbewegte. Was ich dort vermeintlich verbergen sollte, war mir schleierhaft. Danach wurde ich nicht gefragt. Das Gefühl für die Absurdität der ganzen Operation wich nun der Angst. Nackt in einem Zimmer mit einem Militärarzt, der mir in den Arsch guckte – nein, ich hegte keinerlei Illusionen mehr über das Ziel der ganzen Aktion. Wenn ich in diesem Moment vor Nervosität einen fahren gelassen hätte, hätten mich die Soldaten auf der Stelle erschossen, aus Angst, ich könnte Senfgas pupsen. Der Kampf gegen den Terrorismus war ein Krieg, der jeden Augenblick ausbrechen konnte. An jedem erdenklichen Ort. Aber mein Anus war der letzte Ort, der mir dabei in den Sinn gekommen wäre.

67

Ein Urteil über mich selbst

Hunderte Fragen wurden auf mich abgefeuert, stundenlang. Die meisten hörte ich nicht einmal. Ich antwortete automatisch. Ich hatte keine Ahnung, was sie von mir wollten. Die Namen, die sie nannten, hatte ich noch nie gehört. Die Adressen waren mir unbekannt. Die Gruppenbezeichnungen sagten mir nichts. Ich brauchte nicht einmal zuzuhören, denn von all diesen Personen und Orten hörte ich wirklich zum ersten Mal. Ich brauchte nicht zu lügen, das machte die Sache so einfach.

»Wie sind Sie da rangekommen, Nummer siebzehn?«

Diese Frage wurde mir mitten in der Nacht gestellt. Keine Ahnung, um welche Uhrzeit, denn die Uhr hatten sie mir abgenommen, ebenso wie meine Schnürsenkel und meinen Gürtel. Mein Hemd stand halb offen. Ich fühlte mich schmutzig und müde.

Mir gegenüber saßen wieder neue Männer und verhörten mich. Frisch und ausgeruht. Ein junger und ein älterer. Sie blickten mich völlig gefühllos an. Ich war nichts weiter als ein Verdächtiger für sie, ein Mensch ohne Daseinsberechtigung. Nein, nicht einmal das, ich war eine Nummer. Nummer siebzehn. Niemand sprach mich mit meinem Namen an. Niemand. Je öfter ich Nummer siebzehn genannt wurde, desto mehr sehnte ich mich nach meinem eigenen Namen, bis mein eigener Name mir fremd vorkam. Ich war Nummer siebzehn. Ich war jemand, der etwas zu verbergen hatte, und sie würden es aus mir herausholen.

Erschöpft, mit halb geschlossenen Augen, sah ich das Objekt an, das vor mich auf den Tisch gelegt wurde. Es war der Montblanc. Der Stift, der nicht funktionierte.

»Den habe ich gefunden«, antwortete ich.

»Gefunden?«, wiederholte der Ältere. »Wo denn?«

Mein Autopilot schaltete sich ab. Ich brauchte einige Zeit, um wieder selbst die Kontrolle darüber zu übernehmen, was ich sagte und was ich nicht sagte. Sekunden, die wie Hammerschläge in meinem Kopf dröhnten. Ich holte tief Luft.

»Den habe ich an dem Ort eines Unfalls gefunden, von dem ich Zeuge wurde«, sagte ich. Langsam. Ich versuchte, meine Stimme ruhig klingen zu lassen.

»Was für ein Unfall war das?«

In wohlüberlegten Worten beschrieb ich, was ich gesehen hatte, wo und wann es geschehen war und was ich unternommen hatte.

»Und da dachten Sie, Nummer siebzehn: Ach, diesen … Stift …, den kann ich ruhig mitnehmen?«

»Nein, das habe ich nicht gedacht. Es lag alles Mögliche auf dem Boden, und als ich den Kugelschreiber dort liegen sah, bückte ich mich, hob ihn auf und steckte ihn in die Tasche. Wie man es so mit Stiften macht. Danach habe ich ihn vergessen.«

»Sie haben ihn nicht der Polizei ausgehändigt?«

»Nein.«

»Sie hatten sich also fest vorgenommen, ihn zu behalten?«

»Nein, es war keine bewusste Entscheidung. Ich erinnerte mich erst daran, dass ich ihn hatte, als ich zwei Tage später entlassen wurde.«

»Aber da haben Sie ihn auch nicht abgegeben?«

»Nein.«

»Weil Sie ihn nicht abgeben wollten.«

Ich schwieg. Was sollte ich darauf antworten? Ich hatte den Kuli nicht absichtlich behalten. Als ich in Monster die Zelle verließ, konnte ich mich nicht einmal mehr an ihn erinnern. Später schon, da betrachtete ich ihn als eine Art Andenken. Ich hatte nicht geglaubt, dass ihn jemand vermissen würde, und ich hatte das Bedürfnis nach etwas Greifbarem verspürt, etwas Konkretem, was ich in den Händen halten konnte, fühlen konnte, als Erinnerung an den Unfall. Nicht weil ich den Unfall so toll fand, sondern weil ansonsten meine Hilflosigkeit in der Situation so ungreifbar war.

»Sie wollten ihn nicht abgeben, weil Sie ihn behalten wollten?«, hakte der jüngere Mann nach.

»Nein, ich habe mir einfach nichts dabei gedacht. Es ist doch nur ein Kuli.«

»Danach habe ich Sie nicht gefragt«, sagte der Mann geduldig. Er hatte noch tagelang Zeit, und mit dieser einen Feststellung ließ er mich das spüren. »Sie wollten den Stift haben. Stimmt das?«

»Ja«, sagte ich.

»Warum?«

»Als Andenken.«

»Woran?«

»An den Besitzer.«

»An Meneer Hoogeman?«

»Ja.«

Der ältere Mann lehnte sich nach vorn und wiederholte, was ich gesagt hatte. »Sie haben den Kuli als Andenken an Meneer Hoogeman aufbewahrt? Wollten Sie uns das sagen, Nummer siebzehn?«

»Ja«, sagte ich wieder. Es war, als fällte ich ein Urteil über mich selbst.

»Interessant«, sagte der Mann. Er legte eine Pause ein, bevor er die nächste Frage stellte. »Woher kannten Sie Meneer Hoogeman?«

Dieses Verhör hatte ich schon einmal durchgemacht, unter anderen Umständen. Damals wurde ich von der Ortspolizei vernommen. Von anständigen Leuten, die sich anständig an die Vorschriften hielten. Doch jetzt saß ich Männern gegenüber, die den Terrorismus bekämpften, und für die besaß der Name Bas Hoogeman eine ganz andere Bedeutung.

Die ganze Zeit hatte ich mir eingeredet, dass alles gut werden würde. Ich hatte nichts getan und würde nach einer gewissen Zeit, über kurz oder lang, wieder gehen können. Doch als der Name Bas Hoogeman fiel, zerplatzten meine Illusionen. Es war, als fiele ich durch das Raster einer Sortiermaschine auf eine niedrigere Ebene und könnte nicht mehr zurück. Die Situation besaß etwas Endgültiges. Der Tod von Bas Hoogeman war auf verzwickte, rätselhafte Weise mit dem radikalen Islam verknüpft. Das Unglück war dubios, der Fall ungelöst. Die Männer, die mir gegenübersaßen, verfügten über die polizeilichen Akten, in denen stand, dass ich der einzige Zeuge gewesen war.

»Ich habe Meneer Hoogeman nicht persönlich gekannt«, sagte ich. »Ich kannte ihn, wie die meisten Leute, aus dem Fernsehen und der Zeitung.«

»Sie haben ihn nicht persönlich gekannt und wollten dennoch seinen Kuli als Andenken aufbewahren?«

»Erst später, als ich wusste, dass er ihm gehört hatte«, antwortete ich verzweifelt. »Es ist nur ein Kuli. Ein kaputter Kuli. Mehr ist es doch nicht.«

»Ein kaputter Kuli?«, fragte der Jüngere des Duos. Er nahm den Stift vom Tisch und hielt ihn hoch.

»Genau«, sagte ich. »Er funktioniert nicht einmal.«

»Oh, aber er funktioniert sehr gut«, erwiderte der Mann. »Nur ist es kein Kuli.«

68

Die anderen

Es war ein USB-Stick. Getarnt als Luxuskugelschreiber. Verborgen für jeden, außer dem Besitzer. Ich hatte es nicht erkannt, Guusje hatte es nicht erkannt, Richard nicht, Kirsten nicht und Karl auch nicht.

Mit einer knappen, präzisen Bewegung zog der Mann die Ober- und Unterseite des Kulis auseinander und zeigte mir den Stick. Meine Gedanken überstürzten sich. Der Stick musste Hoogeman gehört haben. Schon seit über zwei Wochen lief ich mit seinen Informationen in der Tasche herum. Den Informationen, die der Untersuchungskommission fehlten. Auf einmal begriff ich, warum *AmstaBouw* hinter mir her war. Sie suchten diese Informationen, nur wusste niemand, dass sie auf einem getarnten Stick gespeichert waren. Es ging gar nicht um mich! Hoogemans Wissen war das Herzstück bei der Bekämpfung des Missbrauchs von Integrationsgeldern. Ich hatte keine Ahnung, was auf dem Stick gespeichert war, aber ich konnte mir alles Mögliche vorstellen. Namen und Adressen von islamistischen Organisationen, Kontaktpersonen, Daten über Geldströme und so weiter. Ich war das wandelnde Branchenverzeichnis von zweifelhaften Personen und Organisationen gewesen. Alles, was mir einfiel, war verdächtig. Alles, was ich sagen konnte, klang verdächtig. Alles, was ich verschwieg, war ebenfalls verdächtig. Ich war eine einzige Lüge. Meine Identität war undurchsichtig und ich wurde als Unfallverursacher und Einbrecher gesucht. Im günstigsten Fall war ich ein Rätsel, im ungünstigsten ein Drahtzieher, ein unbekannter Anführer, ein Mann, der von allen gesucht wurde, den aber noch nie jemand zu Gesicht bekommen hatte.

Die Verhöre veränderten ihren Charakter. Sie wurden härter, zielgerichteter, dauerten länger. Stundenlang saß ich auf einem Holzstuhl in einem kahlen Raum. Immer andere Männer feuerten immer dieselben Fragen auf mich ab. Namen, Adressen, Daten, andere Namen, andere Adressen, andere Daten. Noch einmal von vorn. Wen kannte ich? Was tat ich? Mit wem arbeitete ich? Wo war ich an dem und dem Tag gewesen? Oder an jenem Tag, Nummer siebzehn? Wo trafen wir uns? Wer ist dabei gewesen, Nummer siebzehn? Wann? Mit wem hatte ich den Anschlag auf Hoogeman vorbereitet? Wer hatte ihn ausgeführt? Wer hatte das Auto sabotiert? Woher kamen die Sprengstoffe? Wer hatte sie am Fahrzeug angebracht? Wann, Nummer siebzehn? Wie? Und wie ist die Zündung ausgelöst worden? Wer ist daran beteiligt gewesen? Und noch einmal von vorn.

Zwei Soldaten packten mich und führten mich ab. Durch einen Gang, noch einen Gang, um die Ecke, durch ein Gitter und einen weiteren Gang entlang. Alles sah gleich aus. Dieselbe Farbe an den Wänden und an den Türen. Alles in einem Ton. Dieselben Fliesen auf dem Boden, wohin ich auch ging. Die Männer sagten nichts und fragten nichts. Sie steckten mich in eine Zelle und schlossen die Tür ab. Eine echte Zelle. Nicht wie in der Untersuchungshaft – nein, wie in einem richtigen Gefängnis. Ein Raum ohne Hoffnung. Ich hörte, wie sich ihre Schritte durch den Gang entfernten, und kurz darauf hörte ich gar nichts mehr. Fix und fertig stand ich mitten in dem kleinen Raum. Ein Bett, eine Toilette ohne Deckel, ein hohes Fenster, eine Lampe an der Decke. Ich setzte mich, doch sobald ich saß, verspürte ich das Bedürfnis, wieder aufzustehen. Ich wollte herumlaufen, konnte aber nirgendwo hin. Drei Schritte vor, umdrehen und drei Schritte zurück. Ich war müde, ausgelaugt, leer, aber dennoch konnte ich nicht schlafen. Ich hatte den Eindruck, gar nicht mehr zu wissen, wie das ging. Ich lehnte mich mit dem Rücken gegen die Wand und schloss die Augen, versuchte zu verstehen, was mit mir geschah. Ohne den Druck der ständigen Fragen würde es mir vielleicht gelingen, auf eine Idee zu kommen, wie ich beweisen konnte, dass ich mit alldem nichts zu tun hatte. Doch was sollte ich sagen? Was konnte ich denen erzählen? Meine Geschichte, aber ich musste sie plausibel formulieren, obwohl sie nie mehr werden würde als eben meine Geschichte. Eine Geschichte ist kein Beweis.

Ich legte mich rücklings auf das Bett und starrte an die gelbgraue Decke. Mir fielen die Augen zu. Ich wollte nicht einschlafen, aber mein Körper traf selbstständige Entscheidungen und versank in den ersten Träumen. Löste sich. Entspannung überkam mich, immer tiefer. In dem Moment als ich endgültig einschlafen wollte, wurde die Tür geöffnet und zwei Männer kamen herein. Sie hoben mich vom Bett, gewaltlos, und führten mich ab. Durch sämtliche Gänge zurück in den Vernehmungsraum. Noch ehe ich richtig wach war, saß ich schon wieder auf dem Holzstuhl. Mir gegenüber ein Mann und eine Frau. Ich versuchte, mich daran zu erinnern, was ich mir ausgedacht hatte. Doch in meinem noch halb schlafenden Gedächtnis fand ich nichts. Der Mann und die Frau sahen mich an.

»Für wen arbeiten Sie, Nummer siebzehn?«, fragte der Mann.

Ich hörte die Frage, reagierte aber nicht darauf. Mit der Nummer angesprochen zu werden, verletzte mich tiefer als bei den ersten Befragungen. Nummer siebzehn. Während des letzten Verhörs hatte ich es einigermaßen geschafft, die Anrede zu ignorieren, doch jetzt war ich entkräfteter, erschöpfter. Man hatte mich aus dem Schlaf gerissen, bevor ich mich hatte ausruhen können. Dadurch war ich aus dem Gleichgewicht geraten. Ich spürte es im Magen, wie verdorbenes Essen, das rausmuss. Die Angst schlug unerwartet hart zu. Als begriffe ich jetzt erst, was mit mir geschah. Ich zuckte am ganzen Körper, meine Augen drehten sich weg. Ich hielt mich an der Sitzfläche des Stuhls fest und versuchte, mich so ruhig wie möglich zu verhalten. Magensäure stieg die Speiseröhre empor. Ich schlug die Hand vor den Mund und konnte mich gerade noch beherrschen, aber dann verlor ich die Kontrolle über meinen Körper. Meine Eingeweide übernahmen das Kommando. Ich würgte, einmal, zweimal, immer stärker. Mein Mageninhalt schwappte aus meinem Mund, wurde emporgepresst. Ich beugte mich weit vornüber und erbrach mich. Niemand reagierte. Alle sahen neugierig zu. Erst als mein gesamter Mageninhalt vor mir auf dem Boden schwamm und ich die gleichgültigen Blicke der Leute sah, die mir gegenübersaßen, erkannte ich, wo die heftige Reaktion herrührte. Das war der Moment. Jetzt musste ich mich für mich selbst entscheiden, klarer und konsequenter denn je, denn sonst würde ich in den kommenden Tagen Stück für Stück auseinandergenommen. Wenn ich jetzt nachgab, war ich verloren. Ich war keine Nummer, und ich musste um jeden Preis vermeiden, dass ich mich selbst als Nummer betrachtete. Sobald ich akzeptierte, dass ich Nummer siebzehn war, gab ich jeden Anspruch auf meine Identität auf. Es ging um mich und ich war Michael Bellicher. Das war die Grenze, die ich nicht überschreiten durfte.

Ich sehnte mich nach meinem Namen. Ich schloss die Augen und begann.

»Mein Name ist Michael Bellicher. Ich wohne in Amsterdam.« Das sagte ich immer und immer wieder. Ich wiederholte das Einfachste, was ich wusste. Wie eine Reihe von Lauten, über die ich nicht nachzudenken brauchte, einen Rhythmus. Nicht Nummer siebzehn. »Mein Name ist Michael Bellicher. Ich wohne in Amsterdam. Ich bin Unternehmensberater.« Durch die Wiederholung gelang es mir, die Situation auf Abstand zu halten, als seien der Mann und die Frau gar nicht anwesend. Sie sahen mich an, aber ich fuhr dickköpfig fort. Sie waren zu zweit und wussten, dass sie irgendwann abgelöst würden. Ich nicht. Ich war auf mich selbst angewiesen, und je öfter ich sagte, dass ich Michael Bellicher hieß, desto dümmer klang es. Ich hörte meine eigene Stimme. Müdigkeit breitete sich in meinem Körper aus und trog meine Sinne. Der saure Geschmack des Erbrochenen lag mir im Mund. Woran ich mich erinnerte, erschien mir angesichts der Situation als irreal. Wenn ich mich überhaupt noch an etwas erinnerte.

»Sind Sie müde, Nummer siebzehn?«, fragte die Frau. Sie nickte den Soldaten hinter mir zu. »Würden Sie ihm bitte helfen?«

Sie zogen mich hoch und stellten den Stuhl beiseite. Ich stand aufrecht. Für einen Moment schwankte ich. Ich brauchte ein paar Sekunden, um mich an die neue Situation anzupassen. So müde war ich nun auch wieder nicht.

»Vielleicht fällt es Ihnen so leichter, sich wach zu halten«, sagte der Mann. Er sah mich freundlich an, mit der Freundlichkeit eines Menschen, der die Macht hat und der daran glaubt, im Recht zu sein. Er brauchte keine Beweise mehr, nur noch Informationen, und die würde ich ihm geben. Vielleicht nicht jetzt, aber irgendwann. Er hatte es nicht eilig.

Die Fragen begannen erneut. Wieder die Namen, die Adressen, die Daten. Wieder das endlose Gezerre um das, was ich angeblich wusste, aber nicht sagen wollte. Nach einer Weile, vielleicht einer Stunde, vielleicht weniger, fing ich an, hin- und herzuschwanken. Meine Fersen, Knöchel, Waden und Oberschenkel schienen sich zu einem einzigen, kurzen Körperteil zusammengezogen zu haben, das sich direkt in mein Rückgrat bohrte. Meine Füße waren so müde, dass sie in jeder Position schmerzten. Meine Zehen verkrampften sich. Ich taumelte.

Daraufhin stieß mir einer der Soldaten seinen Gewehrkolben in die Seite. Nicht sehr fest, aber fest genug. Mit einem Ruck stand ich wieder aufrecht. Durch den Schmerz spürte ich meinen restlichen Körper nicht mehr. Mein Mund ging auf, ich wollte schreien, aber im letzten Moment beherrschte ich mich. Ich schnappte nach Luft und versuchte, durch tiefes Atmen meine aufkommende Angst zu überwinden. Es war, als wäre ich durch diesen Stoß ganz plötzlich aus meinem Leben geschlagen worden. So etwas kannte ich nicht. Ich gehörte nicht zu den Leuten, die von Soldaten misshandelt wurden. Die, denen so etwas passierte, das waren andere Leute. Misshandlungen durch die Polizei oder das Militär waren verboten und ich war dagegen, so wie alle anderen auch. Aber es ging nicht um mich. Es ging immer um andere. Immer. Vorschriften, Gesetze, Fehler, Irrtümer. Andere landeten in den Mühlen der Bürokratie und den Kontrollprozeduren von Behörden und Institutionen, von denen ich nicht einmal wusste, dass sie existierten. Andere wurden eingesperrt und verhört. Anderen wurden ihre Rechte genommen, nicht nur im Prinzip, sondern in der Praxis. Andere hatten plötzlich niemanden mehr, der sie unterstützte. Andere waren den Schikanen der Antiterroreinheiten ausgeliefert. Andere. Durch diesen einen Stoß war ich neu eingeteilt worden, nämlich zu den anderen. Oder vielleicht war ich ja schon immer einer der anderen gewesen, hatte schon von jeher auf der anderen Seite gestanden, nur hatte nie jemand richtig hingesehen. Ich auch nicht.

»Mein Name ist Michael Bellicher«, sagte ich, aber diesmal zu mir selbst. Ich wollte es hören. Ich musste es hören. »Ich wohne in Amsterdam. Ich bin Unternehmensberater.« Ich sah den Soldaten neben mir an. Er trug sein Gewehr schräg vor der Brust, bereit, ein nächstes Mal zuzustoßen. »Mein Name ist Michael Bellicher«, sagte ich noch einmal und diesmal sah ich den Mann und die Frau an, die mich verhörten. Kerzengerade, aufrecht. Alle Panik tief in mir verborgen. Unterdrückt mithilfe sämtlicher Kommunikationstechniken, die ich kannte. Atmung. Konzentration. Aufmerksamkeit. Entspannung.

Ich hatte keine Ahnung, wie spät es war oder wie lange das Verhör gedauert hatte. Zwei Soldaten hatten mich zurückgebracht und mich mit Wasser und etwas zu essen allein gelassen. Sobald sie die Tür hinter sich geschlossen hatten, war es mit meiner Selbstbeherrschung vorbei. Mir zitterten die Knie und die Hände, mein Atem ging stoßweise. Die Panik, die ich unterdrückt hatte, ergriff langsam Besitz von mir. Das Essen hielt die körperliche Reaktion noch für eine Weile fern. Der Hunger hatte Vorrang. Ich saß auf der Bettkante und aß. Abwesend, mir kaum mehr bewusst, was ich tat oder wie ich es tat.

Es war nicht viel. Erkaltetes Essen, geronnenes Fett rund um das Dosenfutter. Das Zeug lag mir wie ein Stein im Magen. Vorsichtig stand ich auf und stellte den Teller vor der Tür auf den Boden. So weit wie möglich vom Bett entfernt, denn ich hatte das Essen noch nicht hinuntergewürgt, da widerte mich der Geruch auch schon an. Ich kehrte zum Bett zurück und blieb daneben stehen. Der Fliesenboden unter meinen Füßen. Die Wand vor meinen Augen. Die Decke über meinem Kopf. Durch das kleine Fenster fiel schwaches Tageslicht herein. Die Scheibe bildete eine graue Fläche, die immer heller wurde. August, die Sonne ging um kurz nach halb sieben auf. Mehr als vierzehn Stunden nachdem ich in Den Haag in den Zug gestiegen war. Ich drehte mich um und setzte mich wieder auf den Bettrand. Zog die Schuhe aus und legte mich hin.

Nächste Woche hat Papa Geburtstag, dachte ich. Er wird zweiundsechzig. Nächste Woche. Nächste Woche hat Papa Geburtstag.

Papa Geburtstag.

Er wünscht sich einen Schwingschleifer.

69

Alles nur provisorisch

»Mein Name ist Michael Bellicher. Ich wohne in Amsterdam.« Ich stand mitten im Zimmer. Mir gegenüber an dem kleinen Tisch saßen zwei Männer. Der linke kam mir bekannt vor, den rechten hatte ich noch nie zuvor gesehen. Vor Letzterem auf dem Tisch lag eine dünne Mappe, ungefähr genauso dünn wie seine Lippen, die sich gleich einem Strich quer durch sein Gesicht zogen. Ein Schnitt. Als sei sein Mund mit dem Messer hineingeschnitten worden.

Der Mann links lächelte. »Interessant, Nummer siebzehn«, sagte er. »Durch die Wiederholung beweisen Sie, dass Sie gut ausgebildet sind.« Er schwieg und lehnte sich zurück. »Denn nur gut ausgebildete Männer kennen den Wert der Wiederholung. Sie gibt einem Halt und Kraft. Sie bestätigen sich selbst, immer und immer wieder. Das brauchen Sie. Die andere Möglichkeit wäre zu schweigen, doch dazu benötigt man eine starke innere Überzeugung, und die haben Sie nicht.«

Wir sahen uns an. Er freundlich. Ich wie versteinert. Versteift. Verhärtet. Ein atmender Körper. Sogar meine Verzweiflung wurde mir falsch ausgelegt. Je mehr ich versuchte, ich selbst zu bleiben, desto mehr bewies ich, dass ich ein anderer war. Alles drehte sich um mich. Wirbelte herum. Die Übelkeit kehrte wieder. Ich atmete tief und langsam ein.

»Nächste Woche hat mein Vater Geburtstag«, sagte ich.

»Wie schön. Und da wollen Sie natürlich dabei sein.«

Sofort begriff ich meinen Fehler. Alles, was ich sagte, wurde mir im Mund herumgedreht. Genauso wie die Beamten in Monster es getan hatten, van Bilt und Jonse. Nur dass diese beiden härter waren. Besser. Und sie wussten die niederländische Regierung hinter sich. Auf der Jagd nach Terrorverdächtigen konnten sie sich mehr erlauben als andere. Man sah es schon ihrer Haltung an. Arrogant. Unnahbar.

»Von wem erhalten Sie Ihre Aufträge, Nummer siebzehn?«, fragte er. »Denn Sie sind nicht der führende Kopf.

Sie erledigen nur Aufträge. Sie sind ein kleiner Mann, den man beliebig herumschicken kann. Einer, der nicht auffällt. Der Mann ohne Gesicht, der überall hereinkommt.«

Die Müdigkeit zog an mir, tief aus meinem Inneren heraus. Mit einer Nummer angesprochen zu werden, verwirrte mich immer mehr. Es war, als würde ich mich immer weiter von dem Menschen entfernen, der ich eigentlich war. Meine Muskeln zitterten vor Erschöpfung.

Wieder hatten sie mich nur zehn Minuten schlafen lassen, bevor sie zurückkamen. Wieder war meinem Körper die Ruhe entzogen worden, die er dringend brauchte. Ich bekam Wasser und ekliges Essen. Ich sah niemanden außer die Bewacher und die Leute, die mich verhörten. Ich wusste nicht, ob hier noch andere eingesperrt waren; wenn ja, hörte ich sie nicht. Entweder war ich wirklich der Einzige oder man setzte alles daran, mich in dem Glauben zu lassen, ich sei allein, isoliert. Keiner da, dem ich sagen konnte, was ich dachte, den ich etwas fragen konnte. Wie lange das hier noch dauern würde. Was das sollte. Was ich tun musste, um hier herauszukommen. Fragen, die ich nicht stellen konnte, weil ich mit jeder Frage die Verhöre noch verschlimmerte. Ich musste darum kämpfen, aufrecht stehen zu bleiben, nicht zu Boden zu sinken. Sobald ich zu sehr auf eine Seite kippte, musste ich wieder mit einem Stoß rechnen. Zwei Soldaten standen neben mir, jeder auf einer Seite, bereit, mir zu ›helfen‹, und das wollte ich um jeden Preis vermeiden. Ich hielt still, die Füße nebeneinander. Ich wurde dazu gezwungen, sie parallel zu halten. Ich sehnte mich danach, die Beine ein wenig zu spreizen, meine Position zu verändern, aber jede Bewegung wurde unverzüglich korrigiert. Oder bestraft. Also stand ich reglos da. Den Rücken gerade, die Schultern gesenkt, das Kinn nach vorn gereckt. Äußerlich hatte ich mich bisher ganz gut gehalten, außer dass ich stank. Ich konnte mich riechen.

Die Fragen hörten nicht auf. Manchmal ruhig und freundlich, dann wieder laut und aggressiv, mit viel Geschrei. Sie schlugen mich nicht, nur wenn ich nicht still dastand. Militärischer Drill. Hart, aber auszuhalten. Ich konnte nicht mehr.

»Mein Name … ist … Michael Bellicher«, sagte ich. Schon während der ersten Verhöre hatte ich aufgehört, auf die Fragen anders zu antworten als damit, denn was immer ich sagte oder fragte, machte es nur noch schlimmer. Ich hatte ihnen alles erklärt, aber sie glaubten mir nicht. Sie glaubten mir kein Wort. Nichts. Ich hatte sie angefleht, einzusehen, dass alles ein Irrtum war. Je emotionaler ich reagierte, desto schwerer fiel es mir, die Verhöre auszuhalten, und desto empfindlicher trafen sie mich mit ihren Fragen und Bemerkungen. Meine Gefühle erschwerten meine Lage nur.

Daraufhin verschloss ich mich. Sobald ich begriffen hatte, wie das Ganze funktionierte, machte ich den Mund nicht mehr auf. Ich zog mich in mich selbst zurück. Ich stellte jedoch fest, dass Schweigen tatsächlich schwerer war als Reden. Nach einer Weile begann ich, die wichtigsten Fakten fortwährend zu wiederholen. Meinen Namen, wo ich wohnte und was ich von Beruf war. Mehr nicht. Wenn sie das schon nicht glauben wollten, hatte ich nichts anderes mehr zu sagen. Sie mussten erkennen, wer ich war, das war das Wichtigste.

»Mein Name ist Michael Bellicher«, sagte ich.

Der Mann rechts nahm die Mappe vom Tisch und hielt sie vor sich. Geschlossen.

»Ich wohne in Amsterdam.«

Er öffnete die Mappe und legte sie wieder hin. Es lagen einige Blätter Papier darin. Ich konnte nicht erkennen, was darauf stand.

»Ich bin Unternehmensberater.«

Er blätterte die Papiere durch und holte darunter einige Fotos hervor.

Mir stockte der Atem.

»Michael Bellicher wohnt also in Amsterdam?«, fragte er. Seine schneidende Stimme passte zu seinem Messermund. Er legte die Fotos mit dem Bild nach unten vor sich auf den Tisch.

Ich nickte.

»Antworten Sie.« Einer der Soldaten neben mir ging einen Schritt auf mich zu und hob drohend den Gewehrkolben.

»Ich wohne in Amsterdam«, sagte ich.

»Das habe ich Sie nicht gefragt, Nummer siebzehn.«

»Ich wohne in Amsterdam, ich wohne in Amsterdam, ich wohne in Amsterdam, ich …«

»Wo denn? Unter welcher Adresse?« Er nahm die Papiere wieder auf und tat so, als lese er. »Denn ich kann Sie nirgends finden. Michael Bellicher ist in der Deurloostraat gemeldet, aber dort wohnt niemand mehr. Die Wohnung ist verschlossen und leer. Verlassen. Niemand wohnt da. Michael Bellicher hat in Amsterdam-Noord ein Haus gekauft, aber er darf es nicht betreten und ist dort auch nicht gemeldet. Das Haus wird gerade renoviert. Es steht nichts darin, weder Bett noch Schrank, und es sind auch keine Kleider oder persönlichen Gegenstände zu finden. Nichts, Nummer siebzehn. Michael Bellicher ist nirgendwo. Ein Mann ohne festen Wohnsitz oder Aufenthaltsort.«

»Das ist nur vorübergehend«, sagte ich. Gerade rechtzeitig hielt ich inne. Das ist ja das Gefährliche. Wenn man einmal anfängt zu reden, gibt man gleich darauf noch mehr preis. Beinahe hätte ich ihm erzählt, wo ich meine Sachen aufbewahrte. Beinahe. Die Lagerhalle in Monster war jedoch ein geheimer Ort – der einzige Ort, an dem ich sicher war. Unauffindbar. Falls ich jemals hier herauskam. »Ich wohne vorübergehend in meinem Büro.«

»BON Consult. Aber dort sind Sie nicht gemeldet.«

»Nein. Es ist nur provisorisch.«

»Also wohnen Sie dort nicht, sondern übernachten nur da.«

»Es ist nur provisorisch.«

Er nickte. »Provisorisch«, sagte er. »Ein typisches Kennzeichen für Terrorgruppen. Provisorisch. Möglichst nichts Dauerhaftes. Keine festen Beziehungen, keine Verbindlichkeiten oder Abmachungen. Vorübergehend.«

Ich schloss die Augen. Versuchte, mich nicht zu bewegen. Still stehen zu bleiben. Konzentration. Atmung. Ich öffnete die Augen wieder.

»Also, wer ist eigentlich Michael Bellicher?«, fragte er.

»Ich bin Michael Bellicher.«

»Wer sind Sie wirklich, Nummer siebzehn?«

Ich schwieg. Die Frage war mir zu heikel. Wer war ich? Ich musste um meinen Namen kämpfen. Ein Mann ohne festen Wohnsitz oder Aufenthaltsort, er hatte es gerade selbst gesagt. Ich hatte so viele Fragen gehört, dass ich allmählich an mir selbst zweifelte.

»Das ist der springende Punkt«, sagte der Mann. »Jeder kann behaupten, er sei Michael Bellicher, genau wie Sie. Und was sagt uns das? Nichts.«

»Ich bin …«, setzte ich an. Ich wollte antworten. Ich wollte ihm erzählen können, wer ich war, in klaren, deutlichen Sätzen. Sohn von Wim Bellicher und Ria Leenhoven. Bruder von Kirsten und Peter. Geboren in Dordrecht, vor sechsunddreißig Jahren. Studium in Rotterdam. Keine ernsthaften Erkrankungen. Nicht religiös. Nicht sportlich. Ich liebe meine Arbeit und meine Freunde. Ich liebe meine Familie, auch wenn ich ihr manchmal gerne einen Tritt versetzen würde. Und ich glaube, meine Familie liebt mich auch. Wer bin ich? Ich bin, wen ich kenne. Ich bin, wen ich liebe. Ohne meine Verwandten und Freunde bin ich ein Niemand.

Der Mann griff nach den Fotos und erhob sich. Er ging um den Tisch herum. Er war kleiner als ich. Solange er saß, wirkte er größer. Das lag an seiner Haltung, seinem Gesicht und dem gefühllosen Blick seiner Augen. Er trug eine andere Uniform als die anderen, mit zusätzlichen Streifen und Insignien. Er hatte kurzes, grau meliertes Haar. Seine Bewegungen waren abgemessen und schnell. Dicht vor mir blieb er stehen und drehte langsam das Foto um, sodass ich es betrachten konnte.

Es war ein Schwarz-Weiß-Foto eines Mannes, der am Steuer eines Wagens saß. Ich erkannte den Mann sofort, es war der Fahrer des Toyota Pick-up, der mich tagelang verfolgt hatte. Entspannt blickte er durch die Windschutzscheibe. Er hatte nicht bemerkt, dass er fotografiert wurde, das konnte man deutlich erkennen.

»Das ist Michael Bellicher«, sagte der Offizier.

70

Tee mit viel Zucker

Das kleine Fenster war wieder dunkel. Die zweite Nacht. Oder vielleicht war es auch schon die dritte, ich hatte den Überblick verloren. In meiner Zelle brannte ununterbrochen das Licht. Tag und Nacht. Es gab keinen Unterschied. Die Zeit wurde gedehnt. Minuten dauerten Stunden. Ich saß auf der Toilettenschüssel und versuchte, wach zu bleiben. Sobald ich einschlief, würde man mich wieder wecken. Schon die Aussicht allein versetzte mich in Panik. Zusammenhanglose Gedankenfetzen spukten mir durch den Kopf. Meine Identität wurde an mehreren Orten und von mehreren Personen zugleich benutzt. Jeder schien ich sein zu wollen. Während ich mich mit Danny und Ruud Zwaal herumgeschlagen hatte, war ich von mir selbst verfolgt worden. Stehlen, benutzen, verkaufen. Ich war eine Ware, und so fühlte ich mich auch. Mit aller Kraft konzentrierte ich mich auf diesen letzten Gedanken – Menschenwäsche, so hatte Margot Westerling es genannt – und rutschte von der Toilette. Knallte mit der Schulter gegen die Wand. Der Schmerz fuhr mir durch den ganzen Körper. Doch auch das konnte mich nicht mehr wach halten. Unbequem zusammengerollt schlief ich ein. Auf dem Boden. Zwischen der Toilette und der Wand.

Harte Hände zerrten mich hoch und schleiften mich in den Waschraum, zogen mich aus und schubsten mich in eine von oben bis unten gekachelte Kabine. Alte, gelbe Fliesen. Schimmel in den Fugen. Weiter reichte mein Blick nicht. Hinter mir hörte ich Stimmen. Sie riefen mir zu: »Umdrehen, Nummer siebzehn!«

Ich schaffte es nicht. Mit beiden Händen stützte ich mich an der Wand ab.

»Jetzt geht's los!«, rief jemand.

Im nächsten Augenblick spritzte ein eiskalter Wasserstrahl

auf meinen Rücken. Der Schock durchzuckte meinen ganzen Körper. Ich holte so viel Luft, wie meine Lungen fassen konnten. Das Wasser war überall, in meinen Augen und meiner Nase. Der Strahl war hart und prallte von den Wänden und dem Boden ab. Ich versuchte, mich zu schützen. Doch sobald ich die Hände von der Wand wegnahm, wurde ich beinahe umgeworfen. Ich schrie gegen die Kälte an. Meine Stimme ging im Rauschen des Strahls unter. Sie bespritzten meinen Rücken, meinen Hintern und meine Beine. Zwei Mal. Drei Mal.

Dann sperrten sie das Wasser ab.

»Umdrehen!«, befahl erneut jemand. »Los, Nummer siebzehn! Tempo!«

Zwei Männer packten mich und zerrten an meinen Armen, bis ich andersherum dastand. Vor mir sah ich einen lachenden Mann mit einem Feuerwehrschlauch. Zwei Soldaten neben ihm.

»Guckt mal, was für ein kleiner Schwanz!«, sagte der Mann mit dem Schlauch, und während die Soldaten in Gelächter ausbrachen, drehte er an einem Hebel und der Strahl traf mit voller Wucht auf meine Brust.

Ohne nachzudenken, legte ich die Hände schützend vor mein Geschlecht. Instinktiv. Mit geschlossenen Augen. Leicht gespreizten Beinen. Ich stand mit dem Rücken zur Wand, buchstäblich. Sie war die einzige Stütze, die mir noch blieb.

Nach einer Weile spürte ich die Kälte nicht mehr. Das Wasser schien immer härter zu werden. Der Strahl prügelte auf meine Haut ein. Alles, was ich hatte und was ich war, setzte mein Körper dazu ein, sich zu schützen, unversehrt zu bleiben. Sich gegen den Angriff zu wehren. Als der Hahn zugedreht wurde, blieb ich reglos stehen. Ich dachte nichts, ich fühlte nichts.

»So, jetzt sind wir wieder hübsch sauber«, sagte der Mann. Er legte den Schlauch weg und griff nach einem Handtuch. »Hier«, sagte er und warf es mir zu.

Ich wollte es fangen, aber meine Hände versagten mir den Dienst. Das Tuch fiel auf den nassen Boden. Die Männer lachten wieder. »Du musst schon deinen Schwanz loslassen, Nummer siebzehn.«

Ganz langsam ging ich in die Knie und hob das Handtuch auf. Es schien endlos lange zu dauern. Minuten später stand ich immer noch in dem Waschraum, das Handtuch an die Brust gedrückt. Zwei Fäuste im Frotteestoff. Ich fing an zu zittern. Die Kälte durchzog meinen Körper, haftete an meiner Haut und breitete sich immer weiter nach innen aus. Ich zwang mich dazu, mich zu bewegen, rieb mit dem Handtuch über meine Brust, meine Arme, meine Beine. Trocken wurde ich nicht, das alte Handtuch hatte sich rasch mit dem kalten Wasser vollgesaugt, aber die Bewegung half. Auch das Reiben mit dem Stoff über meine Haut. Ich rieb immer fester und energischer. Brust, Arme, Beine, Brust, Arme, Beine.

Die Soldaten zogen mich aus dem Raum und brachten mich in eine Kabine. Einer von ihnen gab mir eine Unterhose, ein Hemd und einen Overall. Meine eigenen Schuhe. Ohne Schnürsenkel.

Durch die Fenster des Vernehmungszimmers sah ich Licht. Ich durfte mich wieder setzen. Am Tisch der Mann mit den dünnen Lippen und eine Frau.

»Durst«, sagte ich.

Keine Reaktion.

»Deine Zelle«, sagte der Mann. »Wer ist sonst noch in deiner Zelle?«

Ich verstand ihn nicht. »Niemand«, antwortete ich.

Wieder legte er das Foto auf den Tisch. Von dem schweigenden Papier aus starrte mich der Mann im Toyota an. Ich griff über den Tisch und drehte das Foto um. Ich wollte dieses Gesicht nicht mehr sehen.

»Auf dem USB-Stick sind Namen, Adressen und Telefonnummern gespeichert«, sagte der Mann mit den dünnen Lippen. »Und endlose Bilanzen, buchhalterische Angaben über Geld, das eingenommen und wieder ausgegeben wurde. Dein Name steht nirgends.«

»Ich bin neu«, sagte ich. Ich wollte damit sagen, dass mein

Name erst kurz zuvor missbraucht worden war, drückte mich aber missverständlich aus. So, dass ich meine Peiniger in ihren Vorurteilen bestätigte. Auf eine sehr ungünstige Art und Weise.

»Was für eine Rolle spielst du innerhalb der Organisation?« Er schob das Foto über den Tisch zu mir herüber. »Ist er in deiner Zelle?«

Ich beugte mich nach vorn und betrachtete das Bild. Es war verschwommen und erst nach einigen Augenblicken wurde mir klar, dass ich vor Schwindel nicht mehr deutlich sehen konnte. Ich legte beide Hände auf den Tisch. Hielt mich fest.

»Ist er in deiner Zelle?«

Ich sank vornüber. Einer der Soldaten sprang herbei und zog mich hoch. Setzte mich aufrecht auf meinen Stuhl. Mit dem Rücken an der Lehne. Er ließ mich los und ich sackte seitlich weg. Ein kleines bisschen. Bis ich mich wieder fangen konnte. Ich hing schief auf dem Stuhl und tat nichts. Atmete und versuchte, mich zu halten.

Die Frau stand auf und verließ das Zimmer. Kurz darauf kehrte sie mit einem Becher Tee zurück. Sie gab drei Würfel Zucker hinein und rührte um. Energisch. Ich wunderte mich über die Kraft und die Entschlossenheit, die sie in das Rühren hineinsteckte. Sie ließ den Löffel noch ein paarmal heftig kreisen, stellte den Becher vor mich hin, kehrte zurück an ihren Platz und setzte sich. Den Löffel behielt sie.

Tee mit Zucker.

Ekelhaft.

Ich nahm den Becher und trank vorsichtig einen Schluck. Das heiße Getränk rann meine Speiseröhre hinunter. Durch den vielen Zucker konnte man den Tee gar nicht mehr schmecken. Ich trank noch einen Schluck. Der Zucker wirkte so belebend wie Rauschgift auf einen Junkie, der tagelang auf Entzug war. Vorsichtig stellte ich den Becher wieder auf den Tisch. Ich sah das Foto an.

»Ist dieser Mann in deiner Zelle?«, fragte der Mann noch einmal.

»Er arbeitet für *AmstaBouw*«, sagte ich. Noch während ich es aussprach, hatte ich wieder die Worte von Mevrouw Westerling im Ohr. *AmstaBouw* ist ein Menschenwäschebetrieb. Und sie hatte noch etwas gesagt. Was war das nur gewesen? Die Kommission kam nicht an die Firma heran. *AmstaBouw* wurde abgeschirmt. Nicht von den Ayatollahs im Iran, hatte sie gesagt. Vom Nachrichtendienst? Diese Frage hatte sie weder bejaht noch verneint. Wenn es so war, wurde *AmstaBouw* von genau den Leuten beschützt, die hier vor mir saßen. Sie wussten, wer der Mann auf dem Foto war. Doch wenn sie es wussten, warum fragten sie dann mich? Warum? Und da war noch etwas gewesen, was Mevrouw Westerling gesagt hatte. Was nur?

71

Die Zelle

Kleinste Einheit einer Organisation. Terroristische Zelle. Unsichtbare Zusammenhänge, diffuse Aggression. Absonderung durch Zusammenschluss. Ablehnung all dessen, was anders ist als das, woraus die Zelle besteht. Molekulares Leben, und dadurch hundertprozentig funktional. In jeder Hinsicht. Ausgeprägte Opferbereitschaft.

72

›Warum?‹ ist keine gute Frage

Ich hatte den Eindruck, dass man mich länger in Ruhe ließ als bisher. Möglicherweise kam es mir aber auch nur so vor. Die Müdigkeit war zu einem immerwährenden Schmerz geworden, der in sämtlichen Muskeln pochte. Meine Arme und Beine schienen schwerer denn je. Schlaf war ein Traum, aber ich träumte nicht. Noch nicht. Ich wartete, auch wenn ich nicht mehr wusste, wie lange schon. Ruhelos zermarterte ich mir das Gehirn. Was ich wusste und wer ich war, schien immer weiter auseinanderzuliegen. Ich wohnte nicht in Amsterdam, ich wohnte nirgends. Ich war Michael Bellicher. Doch mindestens drei andere Leute waren das auch. Das Haus, das ich gekauft hatte, gehörte nicht mir, aber dafür gehörte mir ein Haus, das ich nie gekauft hatte. Ich kannte angeblich Leute, von denen ich noch nie gehört hatte, und alles, was ich sagte oder tat, passte perfekt in ein Leben, das ich nie gelebt hatte. Mein Körper bewegte sich nicht, mein Kopf war ein Bienenstock. Fieberhaft schob ich in Gedanken die Fakten hin und her, auf der Suche nach mir selbst, doch wie sehr ich mich auch abmühte, ich bekam kein stimmiges Bild mehr zusammen. Jedes Mal behielt ich ein Puzzlesteinchen übrig oder mir fehlte eines. Oder es kam ein ganz anderes Bild heraus.

Was hatte Margot Westerling gesagt? Diese Frage stellte ich mir immer wieder, sie überlagerte alle anderen Gedankengänge. Ich hörte Bruchstücke unseres Gesprächs in meinem Kopf. Die harten Worte der adretten Mevrouw. Am Strand, umgeben von Wind und Sand. Die grauen Wellen, die unermüdlich vom Meer her an Land rollten. Ihre Worte waren im Rauschen der Natur fast untergegangen. Daran erinnerte ich mich noch.

Die Zellentür flog mit einem Knall auf. Zwei Soldaten kamen herein. Mit lautem Gebrüll.

»Aufstehen! Aufstehen! Raus, raus! Los, aus dem Bett,

Nummer siebzehn! Schnell! Hinstellen!« Sie knallten mit Schlagstöcken gegen die Tür und gegen die Wand, lärmten mit ihren schweren Stiefeln und stießen barsche Kommandos hervor. Sie zerrten mich vom Bett und stellten mich aufrecht hin.

Ich sah, dass das kleine Fenster noch dunkel war. Es war Nacht. Wie lange hatte ich geschlafen? Eine Stunde? Eine halbe Stunde? Eine Viertelstunde? Drei Stunden? Ich hatte das Gefühl, es wären nicht mehr als fünf Minuten gewesen. Viel zu wenig. Nur meine Augen und Ohren waren wach. Ich sah und hörte, aber mein Gehirn konnte nichts mehr mit den Informationen anfangen. Ich fühlte mich gehetzt und bedrängt, wütend und ängstlich, hysterisch.

»Hallo, jemand zu Hause, Nummer siebzehn?« Sie schubsten mich hin und her, bis ich das Gleichgewicht verlor, stolperte und beinahe gestürzt wäre. Mir war schwindelig. Sie packten mich links und rechts an den Armen und marschierten mit mir aus der Zelle hinaus und durch den Flur. Zum zigsten Mal.

Die hastigen Schritte auf den Fliesen. Gänge mit hohen Wänden. Nirgends ein Blick auf die Welt draußen, nur das Dunkel der Nacht. Am Ende des Flures ging es durch ein Tor. Links kam man zu den Waschräumen. Rechts zum Vernehmungszimmer. Rechts ab. Ein weiterer Gang. Kürzer als der erste. Am Ende wieder rechts. Das war anders als sonst. Zum Vernehmungszimmer ging es nach links. Angst. Sofort schlug die Angst zu. Instinktiv. Jede Abweichung vom Gewohnten wirkte bedrohlich auf mich.

»Wohin gehen wir?«, fragte ich.

»Maul halten. Weitergehen.« Sie beschleunigten ihre Schritte und schleiften mich förmlich den Flur entlang. Wir liefen durch ein weiteres Gittertor, bogen noch mehrmals rechts und links ab und gelangten kurz darauf in ein Zimmer. Ein leeres Zimmer. Ein rechteckiger Tisch. Zwei Stühle mit hohen Lehnen. Fenster weit oben in den Wänden. Neonröhren an der Decke. Alte. Eine der Röhren flimmerte irritierend. Die Soldaten sagten nichts. Sie setzten mich auf einen Stuhl, ließen mich los, drehten sich um und verließen den Raum. Die Tür fiel ins Schloss. Ich hörte, wie sich ihre Schritte im Gang entfernten.

Das Zimmer war um einiges größer als meine Zelle, groß genug, um darin herumzulaufen. Vorsichtig einen Fuß vor den anderen setzend, ging ich bis zur nächsten Wand. In meinem eigenen Tempo, meinem eigenen Rhythmus. Ohne gezerrt oder gezogen, geschubst oder gezwungen zu werden. Freie Schritte in einem geschlossenen Raum. Langsam lief ich im Zimmer umher. Zur einen Seite, zur anderen Seite. Es gab nicht viel zu sehen. Nackte Wände. Grüngelb gestrichen. Hochglanz, viele Jahre alt. Schon ein wenig stumpf und verblasst. Auf dem Boden die gleichen Fliesen wie im ganzen übrigen Gebäude.

»Hallo, ist hier jemand?«, rief ich. Meine Stimme hallte von den Wänden wider. Die Worte verloren sich im Nichts. Hier war niemand. Noch eine Runde, danach konnte ich nicht mehr. Ich setzte mich auf einen der Stühle. Legte die Arme auf den Tisch. Den Kopf darauf.

Plötzlich war er da. Ich hatte die Tür nicht aufgehen hören. Klasman stand neben mir. Seine Empörung war ebenso unübersehbar wie die übertriebenen Nadelstreifen seines Maßanzugs.

»Das ist doch unmöglich!«, rief er. Seine ganze Haltung drückte aus, dass er nicht glauben wollte, was er sah. »Das darf nicht sein und das kann nicht sein!«, schimpfte er dann. »So was geht doch einfach nicht!«

Ich sagte nichts dazu. Klasman musste sich wiederholen, um sich von der Wirklichkeit dessen, was er sah, zu überzeugen. Er wusste, was hier vor sich ging, und ihm war klar, dass er nichts dagegen unternehmen konnte. Wenig zumindest. Weniger, als er gewohnt war. Er redete mit sich selbst. Genau wie ich es in den letzten Tagen getan hatte.

»Wie kommst du denn hierher?«, fragte ich ihn. »Hier kommt doch sonst niemand rein.«

»Ich habe meine Beziehungen spielen lassen.«

»Zu wem denn?«

»Zum Justizminister.«

Ich schwieg und dachte nach. Das konnte nicht stimmen. So arbeitete ein Anwalt nicht. »Du? Du hast mit dem Justizminister Kontakt aufgenommen?«

Er schüttelte den Kopf. »Nein, ich habe jemanden angerufen, der seinerseits den Justizminister angerufen hat.«

»Van Olde Nieland?«

»Ja, der alte Herr höchstpersönlich.«

Gijs' Vater konnte anrufen, wen er nur wollte, und überall hatte sein Wort Gewicht. Der Justizminister und er waren große Tiere in derselben Partei. Klasman hatte Gijs angerufen, Gijs hatte seinen Vater angerufen und sein Vater hatte das Seine unternommen. Gute Beziehungen sind Gold wert. Und die besaß ich also noch.

»Aber trotzdem war es gar nicht so einfach, denn das hier untersteht alles dem Verteidigungsministerium.« Klasman unterstrich seine Worte mit einer weitläufigen Geste. »Formal gesehen hat die Justiz hier nichts zu sagen, also mussten wir alle Hebel in Bewegung setzen.«

Der Geruch seines Aftershaves in dem nüchternen Zimmer war viel zu aufdringlich. »Aber wo bin ich denn hier?«, fragte ich.

»Das darf ich nicht sagen. Man hat dem Besuch bei dir nur unter sehr strengen Auflagen zugestimmt. Ich musste alles Mögliche unterschreiben und versprechen, sonst hätte man mich nicht einmal hereingelassen.«

»Wenn ich hier rauskomme, erfahre ich es sowieso.«

»Aber dann weißt du es nicht von mir.«

Die Selbstverständlichkeit, mit der er seine Position verteidigte, hatte den Zweck, mich zu beruhigen. Solange er sich an die Vereinbarungen hielt, konnte er mir helfen. Sonst nicht. Ich setzte mich wieder hin.

»Ohne deine SMS hätte ich dich übrigens nie gefunden. Dadurch wusste ich, dass du in dem Zug gesessen hattest, und als ich nichts mehr von dir hörte, fing ich an, Erkundigungen einzuziehen.« Er hatte alles getan, was in seiner

Macht stand. Doch niemand wollte ihm Auskunft geben. Er erhielt keinerlei Informationen. Nichts. Michael Bellicher schien nicht zu existieren.

»Wenn das nur möglich wäre«, sagte ich.

»Bis Richard dich entdeckte. Im Fernsehen wurde ein Bericht über die Räumung des Zuges wiederholt, und dabei war im Hintergrund zu sehen, wie jemand abgeführt wurde. Zwei Sekunden, länger nicht. Richard erkannte dich sofort. Und als wir die Verantwortlichen mit diesen Bildern konfrontierten, mussten sie zugeben, dass sie dich festhielten.«

»Wo ist Richard?«

»Draußen. Im Auto.«

Ich nickte. »Darf ich jetzt gehen?«

Klasman antwortete nicht. Er stand ein paar Meter von mir entfernt, als befürchte er, sich den Anzug schmutzig zu machen, wenn er sich setzte. Mit der linken Hand rieb er sich über Mund und Kinn. Offenbar hatte ich eine sehr heikle Frage gestellt. Er drehte mir den Rücken zu, lief ein paar Schritte hin und her und nahm schließlich auf dem Stuhl mir gegenüber Platz. Er lehnte sich über den Tisch, sodass wir uns direkt ins Gesicht sehen konnten.

»So einfach ist das nicht«, sagte er. Er schaute mich abwartend an und auf einmal fiel mir wieder ein, was Margot Westerling gesagt hatte. »Ich habe keine Angst vor Konfrontationen«, hatte sie gesagt. »Aber ich habe durchaus Angst vor einer Regierung, die ihr Vorgehen verschleiert.« Das hatte sie gesagt. Eine Regierung, die ihr Vorgehen verschleiert. Ich war im Auftrag einer Regierung verhaftet worden, die heimlich, hinter verschlossenen Türen handelte. Deswegen hatte Klasman mich nicht finden können. Deswegen hatte er die Erlaubnis erhalten, mich zu besuchen, weil er ganz ungeniert ein Machtspielchen spielte. Auf direktem Wege über den Duzfreund des Ministers. Ohne Umschweife. Van Olde Nieland hatte seinen Parteigenossen so heftig unter persönlichen Druck gesetzt, dass die Türen sich schließlich geöffnet hatten. Alte Gunstbeweise waren durch neue ersetzt worden. Die Schulden hatten sich verlagert.

Von nun an stand van Olde Nieland beim Minister in der Kreide. Immer praktisch für den nächsten Karriereschritt in der Politik. So funktionierte das. So hatte es seit jeher funktioniert. Heute zu meinem Vorteil.

»Warum ich?«, fragte ich.

»Es geht hier nicht um dich.«

»Ich wünschte, du hättest recht.«

Klasman neigte sich noch näher zu mir hin. »›Warum?‹ ist keine gute Frage. Darauf kann nur die falsche Antwort kommen. ›Was?‹ Das wäre eine gute Frage. ›Wer?‹ ist eine gute Frage. ›Wo?‹ ist eine gute Frage. Aber ›Warum?‹ ist keine gute Frage. ›Warum?‹ gehört in die Wissenschaft und die betreiben wir hier nicht.«

Ich reagierte nicht.

»Warum du? Darum. Nichts weiter. Es bedeutet einen Haufen Ärger und Zores, aber sonst nichts.«

»Es hat nichts zu bedeuten?«

»Nein, es hat nichts zu bedeuten. Lass dich auf einen Deal mit ihnen ein«, schlug er vor.

Im ersten Moment glaubte ich, ich hätte ihn falsch verstanden. »Einen Deal? Mit wem denn?«

»Egal, die wollen alle einen Deal.«

»Aber ich habe nichts, womit ich dealen könnte!«, schrie ich. »Was in Gottes Namen habe ich zu bieten? Und wovon redest du überhaupt? Für wen arbeitest du, für mich oder für die Scheißkerle hier? Ich weiß nicht mal, wer die sind!«

»Das Militär«, sagte Klasman.

»Ja, das sehe ich auch. Mit diesen Uniformen arbeiten sie wohl nicht im Supermarkt. Hältst du mich etwa für blöd?« Ich wäre beinahe explodiert. »Du sagst, ich solle mich auf einen Deal einlassen. Aber mit wem denn?«

Klasman antwortete mit einer unbestimmten Geste. »Was denkst du denn? Eine große Auswahl hast du ja nicht.«

Ich schwieg. Stimmt, ich hatte keine Wahl. Aber was hatte ich zu bieten im Tausch gegen meine Freilassung? Ich sollte verhandeln. Aber worüber? Ich hatte keine Ahnung.

»Namen«, sagte Klasman.

So kurz. In einem Wort. Er dachte, ich wüsste Namen, die ich nennen könne. Er glaubte, ich kennte Leute, die in diesem Wahnsinn irgendetwas bedeuteten. »Ich kann ihnen deinen Namen nennen«, erwiderte ich. »Ob sie daran Interesse hätten?«

»Meinen Namen kennen sie schon.«

»Meinen auch! Also, wovon redest du überhaupt?«

»Von einem Deal. Denk doch mal nach! Vergiss diesen ganzen Ärger mit der Bank und all den anderen Unsinn. Ich regle das schon. Bis ich mit diesem Notar fertig bin, der den Verkauf der Castrostraat beglaubigt hat, und mit der Bank, die den Kredit gewährt hat, sind die froh, wenn sie mit einer Schadensersatzforderung davonkommen. Und mach dir auch keine Sorgen um diese Leute mit den Autos. Das ist doch nur Kokolores. Ich regle das, okay? Ich-regle-das. Ist schon passiert. Fertig.«

»Seit wann?«

Klasman stand auf und marschierte erregt durch das Zimmer. »Seit morgen, seit gestern, seit nächster Woche. Seit nächstem Jahr. Ist doch egal. Das Einzige, was wirklich wichtig ist, ist das hier. DAS! Das kann ich nicht regeln.«

»Die Regierung verschleiert ihr Vorgehen.«

»Pardon?« Klasman hielt inne und sah mich an. »Was hast du gesagt?«

Ich erzählte ihm, was Margot Westerling mir über die Abschirmung von *AmstaBouw* erzählt hatte, gegen die die Parlamentarische Untersuchungskommission nicht ankam, aber schon nach ein paar Sätzen fing Klasman an, mit den Händen zu wedeln.

»Das will ich nicht hören«, sagte er. »Nicht jetzt. Das ist kontraproduktiv. Sobald wir glauben, dass man der Regierung nicht vertrauen kann, können wir nicht mehr mit ihr verhandeln. Also verdränge es in die dunkelste Ecke deines Hinterkopfs, ist mir egal, wo, und konzentriere dich auf dich selbst. Zuerst musst du hier raus. Solange du hier festsitzt, hat kein anderer Gedanke Sinn.«

Er hatte recht. Ich musste hier weg. Wie auch immer.

73

Ich übertreibe nicht

»Identitäten«, sagte ich.

Mir gegenüber saßen der Mann mit den dünnen Lippen und ein etwas älterer Mann, beide in untadeliger Uniform. Bügelfalten. Jackett straff um die Brust. Manschetten exakt weit genug aus dem Ärmel. Die Haare kurz und frisch gewaschen. Glatt rasiertes Kinn. Helle Augen. Fit. Sonnenlicht fiel durch die hohen Fenster.

Es war Tag.

»Fahren Sie fort.«

Es kostete mich große Mühe, mich zu konzentrieren. Ich war so müde, dass ich manchmal dachte, etwas gesagt zu haben, obwohl ich den Mund noch gar nicht aufgemacht hatte.

»*AmstaBouw* benutzt Identitäten«, sagte ich.

»Woher wissen Sie das?«

»Weil die meine haben.«

»Also das wussten Sie?«

»Nein, das habe ich erst hier erfahren.«

»Sind Sie sicher?« Der Mann mit den dünnen Lippen holte wieder die Mappe hervor und legte ein neues Foto auf den Tisch. Nein! Dieses hatte ich noch nicht gesehen. Schwarzweiß. Zwei Männer. Einer auf dem Beifahrersitz, einer am Steuer. Michael Bellicher und Michael Bellicher bei einer Unterhaltung. Am Tag des Umzugs. Das Datum war auf dem Foto abgedruckt. »Sie hatten bereits das Vergnügen miteinander.«

Ich seufzte. Bevor ich das Thema ›Deal‹ anschnitt, musste ich mir bei allem, was ich sagte, darüber im Klaren sein, dass es für das weitere Verhör eine Rolle spielen konnte. Alle meine Worte wurden mir im Mund umgedreht und warfen Fragen auf, die völlig absurd waren. Ich hätte den Mann am liebsten angeschrien, er solle still sein, er solle aufhören, er solle mir keine Fangfragen mehr stellen, denn es gebe nichts zu fangen. Ich stützte mich mit beiden Händen am Tischrand ab und blieb für einen Moment so stehen. Atmen. Ruhe. Konzentration. »Ich weiß, wer meine Identität gestohlen hat«, sagte ich.

Das war der einzige Verhandlungspunkt, der mir einfiel. Die Brüder Zwaal operierten völlig unerkannt. Sie hatten einen Handel aufgezogen, der offenbar bisher niemandem aufgefallen war. In Monster, Naaldwijk und anderen Orten im Westland waren mir jedenfalls nie Mitglieder irgendeiner Antiterroreinheit begegnet. Vielleicht war *AmstaBouw* infiltriert, vielleicht nicht. Auf jeden Fall wussten die Drahtzieher nicht, wie sie ohne fremde Hilfe an neue Identitäten für ihre Männer herankommen sollten. Doch bei den Behörden kannte niemand Ruud, Stef und Danny Zwaal, und wenn sie nicht ausgerechnet mit meiner Identität aufgeflogen wären, wären sie auch mir bis heute völlig unbekannt gewesen. Die Verbindung zu den Zwaals war alles, was ich zu bieten hatte, und sobald mir das klar wurde, achtete ich noch genauer auf meine Worte. Die Militärs wollten wissen, wo die Identitäten herkamen, sie suchten die Spur zu einer Person, die sie vielleicht zu den Chefs von *AmstaBouw* führen konnte. Ich wiederum wollte meine Identität zurück, und dafür brauchte ich Ruud Zwaal, und zwar ohne irgendwelche militärischen Einheiten um mich herum.

Die Verhandlung dauerte Stunden. Jeder Punkt wurde bestritten, angezweifelt oder rundheraus abgelehnt, entweder von den Militärs oder von mir. Meine Bedingung lautete, dass ich freikam. Darüber verhandelte ich nicht. Sie trauten mir nicht und ich traute ihnen nicht. Eine prima Basis für eine gleichberechtigte Diskussion.

»Wer steckt dahinter?«, fragte der Mann mit den dünnen Lippen. »Woher stammen die Identitäten? Mit wem arbeiten Sie?«

Noch immer diese Verdrehungen.

Ich schüttelte den Kopf. »Ich kann an diese Leute herankommen«, sagte ich. »Sie nicht.«

»Das ist auch gar nicht nötig. Wir verhaften sie einfach.«

»Und dann? Dann habt ihr noch gar nichts. Ihr braucht

den Kontakt. Die ganze Kette, von demjenigen, der die Daten stiehlt, über den, der sie liefert und der sie kauft, bis zu den Benutzern. Erst wenn man die ganze Kette hat, kann man die Organisation auf einen Schlag auffliegen lassen.« Von dem Moment an, als ich den Deal vorschlagen hatte, bluffte ich, was das Zeug hielt. Ich wusste, dass ich auf dem richtigen Weg war. »Ich kann mich einschmuggeln«, sagte ich. »Ihr wisst, wer ich bin, also könnt ihr mir folgen, bis ihr alles wisst, was ihr wissen wollt. Ich gehe dann jetzt mal.«

Ich ging nicht. Sie brachten mich zurück in die Zelle. Tür zu, Licht an. Dosenfutter. Wasser. Ich lag auf dem Bett und wartete. Schlief. Tief und fest. Ich war sehr weit weg, als sie mich holen kamen und wieder ins Vernehmungszimmer brachten.

»Wir bestimmen, wann und wo«, sagte der Mann mit den dünnen Lippen. »Du unternimmst nichts ohne unsere Zustimmung.«

Ich schüttelte den Kopf. »Ich bestimme, was ich tue und wann. Ihr könnt mir folgen.«

Die Gespräche wurden immer kürzer. Sobald die Verhandlungen in einer Sackgasse steckten, wurde ich wieder in die Zelle gebracht. Manchmal für eine Viertelstunde, manchmal für mehrere Stunden. Dann holte man mich wieder heraus.

»Du arbeitest mit unseren Leuten zusammen.«

»Nein. Eure Leute arbeiten mit mir zusammen. Und ich arbeite mit meinen Leuten.« Ich verteidigte meine Bedingungen bis aufs Messer. Ebenso, wie ich vorher endlos meinen Namen wiederholt hatte, klammerte ich mich jetzt an meine eigenen, simplen Vorstellungen. Die gaben mir mehr Halt als alle Versprechungen, die mir andere bieten konnten.

»Dieser Punkt ist nicht verhandelbar«, entgegnete der Mann mit den dünnen Lippen.

»Dann eben nicht.«

In der Zelle. Im Bett. Schlafen. Ich nutzte jetzt jede Minute aus, die ich bekommen konnte. Inzwischen war mir egal, wie lange ich schlief – Hauptsache, ich konnte überhaupt schlafen. Klasman kehrte nicht noch einmal zurück. Er hatte nur die Erlaubnis für diesen einen Besuch erhalten, mehr nicht. Doch das war nicht weiter schlimm, denn immerhin wusste er ja nun, wo ich mich befand. Der Minister wusste, wo ich war. Sie konnten mich nicht mehr einfach so verschwinden lassen. Ich war nicht mehr verschwunden. Jetzt lag es an mir, mir meinen Weg nach draußen zu erkämpfen, und je länger die Verhandlungen dauerten, desto mehr glaubte ich daran, dass ich es schaffen würde. Außerdem ging es jetzt nicht mehr nur um mich. Der Diebstahl von Identitäten betraf zahlreiche Menschen, die anschließend oft jahrelang darum kämpfen mussten, ihre Würde und ihr eigenes Leben wiederzuerlangen. Ich war einigen von ihnen bei der Vereinigung begegnet, scheuen, verschreckten Leuten, die jeglicher Technologie misstrauten, mit der sie konfrontiert wurden. Sie fürchteten sich vor dem Internet und vor Mobiltelefonen, ja, vor allem, was in irgendeiner Form Informationen über sie registrierte. Sie fürchteten sich vor den Leuten, die unter ihrem Namen Dinge taten, auf die sie nicht den geringsten Einfluss hatten. Und zwar mit Recht. Meine Identität war an eine fundamental-islamische Organisation verkauft worden. Es hatte mich in einen tiefen Schock versetzt, dass irgendwo Männer herumliefen, die unter meinem Namen Anschläge vorbereiteten, Anschläge verübten. Alles andere war natürlich auch schlimm. Der betrügerische Verkauf der Castrostraat, die Autos, der Einbruch, der Unfall, alles war schlimm. Aber *AmstaBouw* verkörperte eine wirklich umfassende Bedrohung. Meine vagen Vorstellungen über Muslime und religiösen Fanatismus erschienen mir dennoch unpassend. Jede Religion betrachtet Andersgläubige als irgendwie minderwertig. Im besten Falle hielt man mich für eine verlorene Seele, im schlimmsten Falle für wertlos, unbedeutendes Gerümpel, reif für die Entsorgung. Das war mir klar. Doch jeder durfte meinetwegen über mich denken, was er wollte, denn solange es bei den Gedanken blieb, konnte ich mich höchstens darüber wundern. Wenn überhaupt, denn seitdem ich meine Mutter um jede verlorene Seele betend in Dordrecht zurückgelassen hatte, waren meine religiösen Gefühle erloschen.

Bis sich herausstellte, dass man mein Ich gekapert hatte, um es als Deckung für religiösen Fanatismus der schlimmsten Sorte zu missbrauchen, der Sorte, die ihre Verachtung für Andersdenkende in verbrecherische Taten umsetzte. Was das für mich und mein Leben bedeutete, interessierte die Terroristen nicht im Mindesten. Das Leben eines Ungläubigen war unwichtig. Ich war unwichtig. Gut, ich mochte tatsächlich unwichtig und unbedeutend sein, aber wer hatte das Recht, darüber zu entscheiden? Das sollte doch meine Sache sein.

Je weiter die Verhandlungen fortschritten, je mehr Einzelheiten wir besprachen, desto sicherer fühlte ich mich. Sie brauchten mich, um Zugang zu einer hermetisch abgeschotteten Gruppe zu erhalten. Das verlieh mir die Kraft, die ich brauchte, und diesmal würde ich mich nicht wieder beiseiteschieben lassen. Es ging um mein Leben, und wenn ich dabei helfen konnte, nicht nur einen ganzen Ring von Straftätern zu sprengen, sondern zugleich auch deren übergeordnete Organisation komplett aufzurollen, mit der Wurzel auszureißen, dann würde ich mich nicht davon abhalten lassen!

Als ich zum letzten Mal ins Vernehmungszimmer geführt wurde, saßen fünf Leute am Tisch. Zwei Soldaten standen hinter mir, zwei weitere an der Tür. Insgesamt waren sie zu neunt. Ich stand ihnen allein gegenüber. Der Mann mit den dünnen Lippen ergriff das Wort.

»Das ist das Team«, erklärte er. »Ich leite die Operation.«

Der Reihe nach blickte ich die Männer an. Alles Militärs. Sogar die beiden in Zivil. Ich sah es an ihrer Haltung, an der disziplinierten Art ihrer Bewegungen. Abwartende Blicke.

»Und wer sind Sie?«, fragte ich.

»Der Oberst.«

»Und Sie leiten die Operation.«

»Ja.«

»Auf Ihrer Seite.«

Er schwieg. Der Mund ein scharfer Strich. Die Nase schmal

und so lang, dass die Spitze bis knapp über die Oberlippe reichte, wodurch sein Gesicht in gleichmäßige Flächen aufgeteilt wurde. »Es gibt nur eine Seite«, erwiderte er.

»Theoretisch.«

Er nickte.

»Praktisch gesehen nicht.«

Wieder nickte er, fast unmerklich. »Die Namen der übrigen Teammitglieder erfahren Sie später.« Er deutete auf die Männer hinter sich. Einer von ihnen trat vor und legte einige Gegenstände auf den Tisch. Der Oberst erklärte sie mir nacheinander. »Gesicherte Kommunikationsapparatur, ein Peilsender und ein präpariertes BlackBerry. Man wird Ihnen das alles später noch ausführlich erläutern.« Er neigte sich ein wenig nach vorn. »Die Entscheidung für diesen Weg habe nicht ich getroffen. Aber wenn wir uns einmal für eine Methode entscheiden, dann auch mit allen Konsequenzen. Sorgen Sie dafür, dass wir zu jedem Zeitpunkt wissen, wo Sie sich aufhalten. Das ist die wichtigste Regel. Das ermöglicht es uns, Ihnen zu folgen.«

»Ziehen Sie sich dann vorher noch etwas anderes an?«, fragte ich.

»Haben Sie gemerkt, dass Sie fotografiert wurden?«, fragte er zurück. »Um uns brauchen Sie sich keine Sorgen zu machen.« Er stand auf und stellte mir die anderen vor. Jeder hatte seine spezielle Aufgabe: Die einen waren für die Kommunikation verantwortlich, die anderen folgten mir, die nächsten waren dafür zuständig, einzugreifen, wenn es sein musste. Ein perfekt durchorganisiertes Team. »Heute Nachmittag bringen wir Sie zurück nach Amsterdam«, sagte der Oberst.

Ich schüttelte den Kopf. »Nein, Sie lassen mich hier raus, setzen mich vor dem Zaun oder wo auch immer ab, und dort werde ich von meinem Rechtsanwalt, Meneer Klasman, abgeholt.«

»Nicht übertreiben, Nummer siebzehn!«

»Ich übertreibe nicht. Meine Haft endet hier vor dem Tor. Nur weil wir ein gemeinsames Projekt planen, heißt das noch lange nicht, dass wir auf einmal Freunde sind.«

Um fünf Minuten vor drei an jenem Nachmittag brachten mich der Oberst und einige andere zum Ausgang. Ich hatte meinen eigenen Namen und meine eigenen Kleider wieder, die allerdings schmutzig und zerknittert waren. Schnürsenkel in den Schuhen. Die technischen Geräte in den Jackentaschen. Der Oberst öffnete die Tür und begleitete mich nach draußen. Dort wartete ein Auto mit laufendem Motor. Der Oberst reichte mir die Hand.

»Wir sprechen uns noch«, sagte er. »Viel Erfolg.«

Ich schüttelte ihm die Hand, öffnete die Beifahrertür des Wagens und stieg ein.

Das Auto fuhr los, durch eine Art Dünenlandschaft. Es dauerte ein paar Minuten, bis wir die Umzäunung des Geländes erreichten. Wir hielten an einem geöffneten Tor. Draußen stand ein dunkelgrüner Jaguar. Klasman lehnte daran, in seinem Nadelstreifenanzug. Mit verschränkten Armen. Ein breites Grinsen im Gesicht. Die Beifahrertür stand offen, und sobald ich das Tor durchschritten hatte, trat Klasman einen kleinen Schritt beiseite und bedeutete mir, einzusteigen. Klopfte mir auf die Schulter. Richard saß am Steuer.

»Hi, Belliman«, begrüßte er mich. Er beugte sich über die Mittelkonsole und umarmte mich.

ALL OUT WAR stand auf seinem T-Shirt. Große blutrote Buchstaben auf schwarzer Baumwolle. Unübersehbar.

»Danke dir«, sagte ich.

74

Besser so?

Kirsten war da, und Gijs, zurück aus Atlanta. Guusje stand in einer Ecke des Zimmers und lachte, wobei ihr gleichzeitig die Tränen über die Wangen liefen. Das war mein Team. Das waren die Menschen, die mich nicht im Stich ließen, selbst wenn sie nicht einmal wussten, wo ich war. Sie brauchten weder Peilsender noch Satellitenortung, obwohl Karl wahrscheinlich all das konnte, was das Militär konnte, wenn nicht sogar noch mehr. Die Erleichterung war groß, und ich mochte zwar keine eigene Wohnung mehr haben, fühlte mich aber dennoch zu Hause. So war mir zumute. Ich trieb auf einer neuen Welle der Energie, die unmittelbar aus den Menschen in meiner Umgebung zu fließen schien. Ich redete viel zu laut und viel zu viel. Fast vier Tage Haft hatten mich immer stärker auf mich selbst zurückgeworfen, und jetzt brach alles auf einmal aus mir heraus. Ich war völlig überdreht. Bis Guusje den Arm um mich legte und fragte: »Soll ich dich jetzt mal lieber entführen?«

»Ja, gerne«, antwortete ich.

»Dann verabschiede dich.«

Ich küsste und winkte und ließ mich zu einem Hotel am Rande der Stadt bringen. Groß, grau und anonym.

»Gemütlichkeit ist wohl im Moment nicht so wichtig«, bemerkte Guusje.

»Wenn ich einmal im Bett liege, ist sowieso nichts anderes mehr wichtig.«

»Gut, dass ich das weiß.«

Sie hatte eine Suite gemietet. Schlafzimmer und Wohnzimmer.

»Du stinkst«, sagte sie.

»Das Badezimmer dort war ziemlich primitiv. Es gab nur kaltes Wasser.«

»Und wahrscheinlich keine Seife.« Sie zog mich aus und bugsierte mich unter die Dusche.

»Ich komme gleich«, versprach sie.

Mit gespreizten Beinen und Armen ließ ich das Wasser über mich laufen. Den Kopf vornüber gebeugt. Kurz darauf spürte ich Hände auf dem Rücken. Guusje rieb langsam von meinen Schultern aus an der Wirbelsäule hinunter, bis sie meinen Po erreicht hatte. Sie massierte und streichelte und fuhr mit der rechten Hand zwischen meinen Beinen hindurch. Ich drehte mich um und packte sie, spürte ihren herrlichen Körper glatt und glitschig unter meinen Händen.

»Nichts sagen. Ich will dich einfach nur spüren«, sagte sie. Sie schlang ihre Hände um meinen Hals und ihre Beine um meine Taille.

Genau das, was ich brauchte.

Ich schlief. Wie bewusstlos. Ob Guusje die ganze Zeit bei mir war, wusste ich nicht, aber als ich erwachte, saß sie auf einem Stuhl neben dem Bett. Einen Zigarillo zwischen den Lippen. Kalt. Ein Buch auf dem Schoß. Sie las nicht, sie sah mich an, einfach so, mit einem offenen Blick, der mir guttat.

Sie lächelte. »Besser so?«, fragte sie.

»Viel besser.« Danach schlief ich wieder ein.

Ich stand im Dunkeln auf. Sie lag nicht im Bett. Sie war auch nicht im anderen Zimmer. Von der kleinen Uhr des Fernsehers las ich die Zeit ab: zwanzig vor drei. Ich ging ans Fenster und blickte hinaus, über die Ringstraße hinweg auf die nächtliche Stadt. Dunkel und dennoch sichtbar, schlafend, aber dennoch in Bewegung. Der Verkehr kam nie zur Ruhe, ständig waren Menschen unterwegs, irgendwohin, irgendwoher oder einfach nur so. Genau wie ich. Ich musste zur Toilette.

Ich saß auf der Toilettenschüssel im Badezimmer, das Licht war immer noch ausgeschaltet, als ich Guusje hereinkommen hörte. Sie durchquerte das Wohnzimmer und betrat das Schlafzimmer.

»Michael?«

Mein Name. Mein Vorname.

»Michael?« Sie rief nicht, sie fragte. Sie fragte nach mir.
»Hier bin ich«, antwortete ich.

Im Bett, eingewickelt in die Bettdecken. Nacht im neunten Stock.

»Wo warst du?«, fragte ich.

»Unten.«

Sie lag dicht an mich geschmiegt. Wir waren wie ein Körper. Meine Erektion lag zwischen ihren Beinen. Sie fasste hinunter, öffnete die Beine und führte mich in sich ein.

»Nicht bewegen«, sagte sie.

So lagen wir da, miteinander verbunden. Ich spürte mein Herz in ihrem Geschlecht klopfen. Immer heftiger.

»Was hast du unten gemacht?«, fragte ich.

»Gearbeitet.«

»Um halb drei Uhr nachts?«

Sie lachte. »Erst die Arbeit, dann das Vergnügen.«

»Du bist das Vergnügen.«

»Deswegen darf ich das sagen.«

Es war keine Antwort auf meine Frage, aber in dem Moment war mir das egal. Mich nicht zu bewegen fiel mir immer schwerer.

75

Bellilog 12.08.06

Ich bin post-etwas, und das ist sowohl gut als auch schlecht. Mehr kann ich nicht darüber sagen. Die Überwachung hat begonnen. Diesmal bin ich an der Reihe. Ich muss eine Position einnehmen und von da aus die Bewegungsrichtung bestimmen. Nicht umgekehrt. Dann funktioniert es nicht. Nicht mehr. So habe mich früher verhalten: Erst habe ich mich bewegt und dann abgewartet, was passierte. Wie ein aufgescheuchtes Huhn. Typisch für mich.

76

Das Hotel *Vergangen*

»Es sind Cookies«, erklärte Karl.

Über Cookies wusste ich nur, dass sie im Internet hin- und hergeschickt wurden. Ich hatte jedoch keine Ahnung, wozu sie dienten. Kirsten war nicht da, Guusje war nach Monster zurückgekehrt und Richard hatte noch weniger Ahnung als ich. Jedenfalls seinem Gesichtsausdruck nach zu urteilen.

»Es gibt eine große Zahl von Cookies. Überall schwirren Kopien der verschiedensten Daten herum, gespeichert in winzig kleinen Dateien. Das sind Cookies. Die meisten Internetbrowser sind standardmäßig auf den Empfang von Cookies eingestellt. Die Cookies werden für verschiedene Funktionen gebraucht. Zum Beispiel, um bestimmte Daten abzuspeichern, damit man nicht immer wieder jedes Formular neu ausfüllen muss, wenn man eine Site besucht, einem Surfpfad folgen will oder was auch immer. Im Grunde sind es winzige Spionagedateien. Die meisten Websites arbeiten mit ihnen. Wenn du die Cookies nicht akzeptierst, funktioniert die Site gar nicht oder die Arbeit geht auf einmal viel langsamer. Daher werden sie von fast allen Benutzern akzeptiert, und wenn dir jemand so ein Ding schickt, wird es automatisch in einem speziellen Verzeichnis abgelegt. In deinem Verzeichnis steckten Tausende, deshalb hat es eine Zeit lang gedauert, bis ich das richtige erwischt hatte.« Er schob mir meinen Laptop zu. »Aber jetzt habe ich es und jetzt weiß ich, wo der Drahtzieher sitzt und wer er ist. Im Netz jedenfalls. Diese Person, wer immer sie auch sein mag, verfügt über einen Cookiepflanzer und einen Cookiemelker. Hübsche Kombination.«

»Einen Cookiepflanzer?«

Cookies bilden die Hintertür eines jeden Computers und für jemanden, der sie zu nutzen weiß, steht diese Tür sperrangelweit offen. Karl hatte meine Webgeschichte aus dem

Speicher meines Computers gefischt und sämtliche Kontakte verfolgt. Diese Informationen hatte er mit meinen Fragen über Ruud Zwaal kombiniert und dadurch den Ort gefunden, an dem meine Identität gestohlen worden war. Ruud Zwaal hatte ein Cookie an meinen Computer geschickt, mit dem er ungestört persönliche Daten über mich sammeln konnte. Jedes Mal wenn ich mein Internetbanking ausführte, wurde eine Kopie meiner Einlogdaten, meiner Kartennummern und meiner Kontonummern an Zwaal gesendet. Dasselbe geschah, wenn ich meine DigiD benutzte. Karl erklärte, Zwaal habe nur zu warten brauchen, bis er ein komplettes Set beisammengehabt habe. Jemand, der das Internet intensiv benutzt, gibt innerhalb weniger Monate alle seine Daten mehrere Male ein.

»Aber ich verstehe immer noch nicht, wie er das geschafft hat«, sagte ich.

Karl führte mich zu einem Computer in dem großen Arbeitsraum von *The Pattern.* Er klickte Second Life an und loggte sich ein. Ein Avatar erschien auf dem Bildschirm, ein großer, blonder Mann. Lark hieß er. »Das bin ich«, erklärte Karl. »Unter anderem, denn ich habe an die sechs verschiedene Avatare, die alle an andere virtuelle Adressen und Registrierdaten gekoppelt sind.« Er lachte. »Ich bin so viele verschiedene Leute, dass ich sie selbst schon nicht mehr auseinanderhalten kann.« Er klickte mit der Maus. »Du bist Nolog, wenn ich das richtig verstanden habe. Hübsch. So wählen wir alle ein Alter Ego, das unser genaues Gegenteil ist.« Wieder lachte er. »Träume. Im Internet träumt jeder laut vor sich hin.« Er klickte sich durch das Menü, auf der Suche nach einem bestimmten Bereich der immensen Site, auf der sich Tausende Leute ein zweites, geheimes Leben erschaffen. Auf der Grenze zwischen Realität und Wirklichkeit. Leute, die ihr Leben in einem Büro verbringen, präsentieren sich in Second Life als Abenteurer. Ein Behinderter kann in Second Life ein Superman sein, halb Roboter, halb Mensch, unbesiegbar. Ängstliche Charaktere werden zu Helden und Schüchterne zu extravaganten Partygängern. Männer zu Frauen und andersherum. Niemand ist dort hässlich. Niemand ist alt oder krank oder niedergeschlagen. Second Life ist die globale Plattform für alles, was der Mensch gern sein würde. Ich war dort der Besitzer einer internationalen Zeitung. Ich reiste um die Welt, besuchte die verschiedensten Regionen und schrieb darüber. Kurze Artikel, in denen ich versuchte, den Reiz des zweiten Lebens zu beschreiben.

»Und das …« Karl klickte noch ein paarmal mit der Maus. Eine attraktive Asiatin erschien auf dem Bildschirm.

»… ist Lilly«, ergänzte ich sofort. »Die Chefin des Hotels *Vergangen.* Die schönste virtuelle Managerin aller Zeiten.« Und noch während ich das aussprach, wusste ich, wessen Avatar sie war.

Lilly war der Avatar von Ruud Zwaal. Das Hotel *Vergangen* war sein Hotel und Lilly der perfekte Lockvogel. Schön, nett, überaus aufmerksam, intelligent, geist-reich. Das Hotel gehörte zu den Geheimnissen von Second Life. Lilly betrieb keine Werbung, machte sich von sich aus nicht bemerkbar. Nur diejenigen, die sie von allein fanden, durften bei ihr wohnen, unter der Bedingung, dass sie die Adresse des Hotels niemals preisgeben würden. Es war fantastisch dort. Alles passte zusammen. Die Atmosphäre, das Umfeld, die Gesellschaft. Der Aufenthalt vermittelte einem das Gefühl, seine angenehmsten Erinnerungen noch einmal zu genießen. Im Hotel *Vergangen* konnte man die beeindruckendsten Orte der Welt und unvergessliche Reiseerfahrungen erleben, ohne sich von der Stelle zu bewegen, und inmitten all dessen spielte Lilly die perfekte Gastgeberin. Die dortige Scheinrealität war aus Märchen und Visionen gewoben, doch durch diese Oberfläche hindurch schimmerte nun das Bild des dicken Ruud Zwaal in seinem heruntergekommenen Haus außerhalb von Monster. Das lange Haar zu einem fettigen Pferdeschwanz gebunden. Beginnende Stirnglatze. Schwitzend in alten Kleidern. Voller Furcht vor der Welt außerhalb seines Hauses. Der Kontrast zu Lilly hätte nicht größer sein können. In seinem Alter Ego zeigte sich, was sich in seinem Inneren verbarg. Das war das Schöne und zugleich Trügerische an Second Life: Sogar ein gestörter Verrückter konnte dort seine guten Seiten präsentieren.

»Hier bist du gewesen«, stellte Karl fest. »Du hast bezahlt, du hast deine Kreditkartendaten angegeben. Teures Hotel, übrigens.«

»Ein Schnäppchen«, erwiderte ich. »Wenn du einmal da gewesen bist, willst du nirgendwo anders mehr hin.«

»Dann kannst du nirgendwo anders mehr hin, wolltest du wohl sagen, denn hier bezahlst du mit mehr als nur mit deinem Geld. Hier lässt du dich selbst zurück.«

Als Vorbereitung auf den gesicherten Zahlungsvorgang hatte das Hotel *Vergangen* ein kleines Programm an meinen Computer gesendet, mit dem persönliche Daten von mir kopiert wurden.

»Das nennt man Melken«, erklärte Karl. »Das Erstaunliche ist, dass es sich um ganz simple kleine Programme handelt. Es sind nicht mal Viren, Trojaner oder Würmer, sondern einfach nur reguläre Miniprogramme, wie jede ordentliche Website sie benutzt. Sie zerstören nichts, sie bringen nichts durcheinander, sie schicken dir keine Spams und du bemerkst sie nicht – bis es zur Katastrophe kommt.«

Lilly starrte mich vom Bildschirm aus an. Solange wir nichts unternahmen, tat sie auch nichts. Sie reagierte auf die Fragen der Besucher, und bis diese kamen, wartete sie. Geduldig. Sie hatte alle Zeit der Welt. Virtuelle Zeit vergeht nicht. Im Internet gibt es keine Vergangenheit und keine Zukunft, nur das Heute. Jeder Kontakt kann ausgeweitet, zurückgeholt, weitergeleitet, gespiegelt und vervielfältigt werden, bis er eine Welt für sich bildet. Die Persönlichkeit ist abgeschafft. Jeder ist, was er sein will und wer er sein will. Falsche Namen und Bilder gehören zur Normalität. Man verkörpert die eigenen Wünsche und auch diese besitzen keine Vergangenheit und keine Zukunft. Viele Wunschvorstellungen können nicht anders realisiert werden als im Internet. Das macht das Netz so verführerisch.

Lilly repräsentierte den Wunschtraum eines Mannes und zugleich seine Waffe. Sie verwaltete eine Scheinwelt, die die

Besucher überwältigte, berechnete dafür aber echtes Geld von echten Bankkonten. Über ihre Scheinwelt schlich sie sich ein, unbemerkt wie eine Illusionistin, lächelnd und stets freundlich, mit einer Antwort auf jede Frage.

»Was sollen wir tun?«, fragte Karl. »Soll ich das Hotel schließen? Soll ich seinen Computer lahmlegen? Soll ich die Daten von seinem Computer saugen? Was immer du willst, es ist ruck, zuck geschehen. Es ist nicht mal schwer. Ich fange sein Cookie ab, wenn es reinkommt, und schicke ihm eines von meinen zurück. Dann habe ich ihn und kann mit ihm machen, was ich will.«

»Nein, wir werden seinen Computer vorerst weder lahmlegen noch aussaugen, und auch das Hotel bleibt geöffnet«, erwiderte ich. »Ich will, dass er weitermacht.« Wenn ich die Kunden von Ruud Zwaal finden wollte, musste er weiterhin Identitäten liefern. Sobald er misstrauisch wurde, würde er von sich aus sein Geschäft schließen und abhauen und ich würde ihn niemals wiederfinden.

»Also sollte ich ihm zuerst ein, zwei lohnenswerte Identitäten liefern«, meinte Karl. »Fix und fertig, mit allem Drum und Dran, Vater, Mutter und Steuernummer.«

»Ginge das?«

»Alles geht. Aber weißt du auch, wie es anschließend weitergehen soll?«

»Du musst ihn ausräuchern«, meinte Richard. »Ihn immer stärker unter Druck setzen, bis er reagiert. Aber ganz allmählich. Nicht zu schnell, sonst gerät er in Panik und du verlierst ihn.«

Ich schüttelte den Kopf. Ausräuchern, lahmlegen, schließen, alles falsch. »Nein, ich will ihn in die Enge treiben«, entgegnete ich. »Ich will, dass er alles tut, was ich sage, ohne sich zu mucksen. Und ich will, dass er nicht abhaut, weil er nicht abhauen kann. Das will ich.«

Karl lehnte sich in seinem Stuhl zurück und blickte an die Decke. »Wo wohnt dieser Hotelwirt denn eigentlich?«, fragte er.

»In Monster. Im Westland.«

Karl zog die Augenbrauen hoch. Die Falten auf seiner Stirn glichen einer Rolltreppe in höhere Stockwerke. »Da wohnen doch nur Tomaten und Paprikas?«

»Und die Familie Zwaal.«

Er seufzte.

»Und Guusje«, ergänzte Richard.

Karl schüttelte entgeistert den Kopf. »Ihr kennt ja die ganze Plantage da.«

»Noch besser: Mir gehört die ganze Plantage«, erwiderte ich. »Und bei der örtlichen Polizei kennt man mich auch.« Ich lachte. »Außerdem sind dort alle meine Sachen gelagert. Im Prinzip wohne ich da. Was mache ich eigentlich noch hier?« Es war als Witz gemeint, aber ich sagte es so leichthin, dass ich mich über mich selbst wunderte. In Monster wohnen? Niemals!

»Vielleicht könnte die Polizei ihn verhaften«, schlug Richard vor. »Ein paar Nächte in einer Zelle und er fängt von allein an zu reden.«

Wieder musste ich lachen. »Ach ja? Und ich soll wohl auf die Polizeiwache marschieren und ihn mir vorknöpfen? Na, die würden sich freuen!«

»Dann schicken wir eben Guusje«, erwiderte Richard. »Die kommt schließlich von da.«

Ich schüttelte den Kopf. Wenn Ruud Zwaal verhaftet wurde, verlor ich meinen Kontaktmann, und Danny und Stef unternahmen nichts ohne Ruud.

Karl drehte sich wieder zum Computer um, klickte mit der Maus und fing an, etwas einzutippen. »Höchste Zeit, im Hotel *Vergangen* ein Zimmer zu buchen«, sagte er. »Mal sehen, wen schicke ich denn hin?« Mit einer solchen Geschwindigkeit, dass man ihm nicht folgen konnte, klickte er sich durch Menüs, Fenster und Auswahllisten, bis das Bild eines großen mageren Mannes erschien. Langes, lockiges Haar, weites Cape, Vollbart. Eine Fantasy-Figur.

»Wer ist das denn?«, fragte ich.

»Der Weber«, antwortete Karl. Er senkte die Stimme um

eine Oktave und sprach in gemessenem Ton: »Wo andere umherirren, knüpfe ich Netze. Unsichtbar verbinde ich Einzelne zu einer Gemeinschaft. Ich bin der Überbringer der Einheit. Ich bin der Sucher nach dem Ganzen. Und wenn ich Lilly einmal in einem Netz habe, ist sie hilflos.« Weitere Mausklicks folgten. »Und, was hätten wir denn gern? Ein Einzel- oder ein Doppelzimmer?«

77

Bellilog 13.08.06

Es ist still. Ich sitze in der Küche. Richard ist weg. Kirsten ist am Flughafen, Vince abholen. Gijs arbeitet. Guusje arbeitet. Karl arbeitet. *The Pattern* arbeitet. Dreiundzwanzig Leute in absoluter Konzentration. Ein Mitarbeiter kommt rein. Sagt nichts. Holt sich ein Stück Käse aus dem Kühlschrank, schneidet ein Stück ab und legt es in ein Glasschüsselchen. Er nimmt einen Teller und zwei Scheiben Brot. Stellt das Schüsselchen in die Mikrowelle. Zwanzig Sekunden auf volle Wattzahl. Holt das Schüsselchen wieder raus und löffelt den geschmolzenen Käse auf eine der Brotscheiben. Legt die andere drauf und drückt sie kurz fest an. Der Käse quillt zwischen den beiden Scheiben hervor. Der Mann beißt ab und legt das Brot wieder auf den Teller. Es scheint, als würde er mich jetzt erst bemerken.

»Du auch eins?«, fragt er.

Ich schüttele den Kopf. »Nein, danke.«

»Wie du willst.« Kauend geht er wieder. Den Teller in der Hand. »Heiß«, sagt er.

Ich warte. Warte auf mich selbst. Darauf, dass ich mich wieder zurechtfinde.

Mail an: gvandonee
Betreff: Wobistdu?

GVD, GVD!
Wenn du nicht zu mir kommst, komme ich zu dir.

Mail von: gvandonee
Betreff: re: Wobistdu?

Ich sehe nichts.

Mail an: gvandonee
Betreff: re: re: Wobistdu?

Ich komme also zu dir.

Mail von: gvandonee
Betreff: re: re: re: Wobistdu?

MB
Mui Bien
Molto Bene

78

Welche Epidemie?

Im Büro wird es niemals dunkel. Wenn die Gardinen nicht zugezogen sind, scheinen nachts die Lichter des Flusses und der Stadt am anderen Ufer durch die großen Fenster herein. Ich hatte eine Matratze in eine Ecke des Zimmers gelegt und lehnte mit dem Rücken an der Wand, die Knie angezogen, die Arme darumgeschlungen, und schaute hinaus. Auf die Bewegung des Wassers und der Boote, die sogar jetzt, mitten in der Nacht, irgendwohin unterwegs waren. Hinaus aus der Stadt. Genauso ruhelos fühlte auch ich mich, während ich still dasaß. Ich war viel zu wach, um schlafen zu können. Ich hatte in den letzten Wochen etwas zu viel Zeit allein in kleinen, geschlossenen Räumen verbracht. Ich hatte so ziemlich genug davon.

Ich hatte um meine Freiheit gefeilscht und sie zurückgekauft, auf Raten. Geriet ich mit der Bezahlung in Verzug, konnte ich mir nichts, dir nichts wieder einkassiert werden. Von dem Augenblick an, in dem ich durch das Tor des Militärgeländes in den Dünen nach draußen getreten war, wurde ich verfolgt. Beobachtet. Jeder meiner Schritte wurde registriert. Wir hatten keinen genauen Termin vereinbart, weil ich keine Ahnung hatte, wie schnell ich mir Zugang zu Ruud Zwaal verschaffen konnte. Aber es war durchaus klar, dass ich mir nicht monatelang Zeit lassen konnte. Sie hatten es eilig. Und ich hatte es noch viel eiliger. Je länger es dauerte, desto schwieriger wurde es, den Schaden wieder gutzumachen, der inzwischen erdrückend groß geworden war. Ich konnte nur in eine Richtung: nach vorn. Bisher hatte niemand eine Verbindung zwischen Zwaal und *AmstaBouw* entdeckt. Aber Zwaal war die Quelle, und über ihn war es möglich, die Abnehmer der gestohlenen Identitäten ausfindig zu machen. Neben *AmstaBouw* gab es zweifellos noch andere Organisationen, die falsche Papiere, Sozialversicherungsnummern und Kontonummern für Menschen brauchten, die illegal in die Niederlande gekommen waren. Ruud Zwaal dort in seinem unauffälligen Haus im Westland war ein unverzichtbares Verbindungsglied. Dieses musste ich ausliefern, aber nicht bevor ich meinen eigenen Namen und meine Daten wiederhatte. Nicht bevor ich genau wusste, dass es nur einen Michael Bellicher gab.

Mich.

Die Tür wurde behutsam geöffnet und Karl steckte den Kopf ins Zimmer. Zwanzig vor drei.

»Noch wach?«, fragte er.

»Ja, ich schon. Und du?«

Er setzte sich auf meinen Bürostuhl und lehnte sich zurück. Verschränkte die Hände hinter dem Kopf und reckte sich. Er gähnte, drehte sich auf dem Stuhl zum Fenster und blickte ebenfalls hinaus. Er sagte nichts. Schweigend saßen wir in der Dunkelheit.

»Und?«, fragte ich.

Er schüttelte den Kopf. »Er ist gut«, sagte er. »Das habe ich noch nicht oft erlebt, aber kein einziger Einbruchsversuch ist bisher geglückt. Alles prallt von seiner Firewall ab.«

Zwaal hatte sein Geschäft gut geschützt. Wenn Karl nicht reinkam, würde es dem Nachrichtendienst schon gar nicht gelingen.

»Dabei muss ich sehr vorsichtig sein«, fuhr Karl fort, »denn er darf nicht merken, dass jemand einzubrechen versucht. Ich muss meine Versuche tarnen, hinter etwas anderem verstecken.« Er schwieg. »In einem Punkt muss ich dir recht geben. Es ist ein wahnsinnig tolles Hotel. Fantastisch.«

Im Hotel *Vergangen* wurden die anderen Gäste speziell nach den Vorlieben des jeweiligen Besuchers ausgewählt. Beim Einchecken hinterließ man ein Profil – Beruf, Hobbys, Lieblingsautoren, Musik, Filme, was immer einem einfiel – und am Abend saß man mit den eigenen Helden am Tisch. Man war einer von ihnen. Jeder wusste, wer man war, ein alter Bekannter, ein Freund. Man gehörte zu ihren Erinnerungen und war Teil ihres Lebens.

»Wie er es anstellt, weiß ich nicht, aber es macht süchtig.

Schon nach einer Stunde will man nicht wieder weg.« Er schwieg und starrte aus dem Fenster. »Aber ich kriege ihn trotzdem.« Er stand auf und kam zu mir. Sogar im Dunkeln sah ich ihm seine Müdigkeit an. Kleine Augen. Seine Wangen wirkten eingefallen. Er hatte zu lange, zu konzentriert am Computer gesessen. »Wir brauchen nur noch ein bisschen Geduld«, versprach er.

Ich nickte. »Okay, ich kann warten, darin bin ich geübt.«

»Ein bisschen weniger Selbstmitleid könnte dir nicht schaden. Für Verbrechensopferhilfe bin ich nicht zuständig.«

Manches wusste Karl nicht, aber manches begriff er auch einfach nicht. Mit seinem hohen IQ lebte er in einer abstrakten Welt, in der niemand je mit körperlicher Gewalt konfrontiert wurde. Noch während ich daran dachte, wurde mir klar, wie bizarr dieser Gedanke war, denn er enthielt eine Art Vorwurf. Als fehle ihm etwas und mir nicht. Dennoch konnte ich seine Stichelei nicht kommentarlos hinnehmen. »Ach, wann bist du denn zum letzten Mal von religiösen Fanatikern verfolgt und misshandelt worden?«

Karl sah mich an. »Ich dachte, du wärst vom Militär gefangen gehalten worden?«, fragte er. »Oder ist Lilly vom Hotel *Vergangen* vielleicht eine Fundamentalistin?«

»Lilly ist ein dicker, schwitzender, blonder holländischer Loser, der Identitäten stiehlt und sie an extremistische Organisationen verkauft. Deswegen läuft jetzt ein illegaler Araber mit meinem Namen herum. Michael Bellicher hat sich den Elitetruppen des Heiligen Krieges angeschlossen. Denn natürlich sind es nicht die kleinen Fische, die hier eine brandneue Identität erhalten, sondern die ausgebildeten Männer, die von großem Nutzen sind. Die dürfen ruhig etwas kosten.« Ich schwieg, blickte aus dem Fenster hinaus aufs Wasser und dachte an die unbekümmerte Freiheit des Fahrens auf einem Schiff. Seit Wochen strampelte ich mich ab, um mein eigenes Leben zurückzugewinnen, bisher hatte ich kaum etwas erreicht. Im Gegenteil, die Situation war immer schlimmer geworden. »Und wem von uns beiden hat man einen Ultraschallstab in den Hintern gesteckt, dir oder mir?«

»Es gibt Leute, die für so was bares Geld bezahlen«, sagte Karl.

»Na, ich nicht«, erwiderte ich und musste lachen. Irgendwie erschien mir plötzlich alles nicht mehr ganz so dramatisch, wie ich es darstellte. Durch Karls Bemerkung erinnerte die Szene im Vernehmungsraum auf einmal an einen bizarren Sexklub. Zwar änderte das nichts an dem Erlebnis an sich, aber es verlor doch deutlich an Theatralik. Manchmal muss man nur seinen Standpunkt ändern, um einem Geschehnis eine andere Bedeutung zu verleihen.

»Ich habe kein Selbstmitleid«, behauptete ich. »Das scheint nur so. Aber um mich herum bricht gerade eine Art Epidemie aus, und ich versuche, mich nicht anzustecken. Das ist schwerer, als es auf den ersten Blick aussieht.«

»Hauptsache du weißt, was für eine Epidemie es ist«, erwiderte Karl. »Alle gaffen auf die Fundamentalisten, aber wie viele von denen gibt es eigentlich? Hundert? Zweihundert? Tausend? Reicht das, um eine Epidemie auszulösen? Und wie viele Leute sind gegen Muslime? Fünfhunderttausend? Und gegen Terror? Fünfzehn Millionen? Reicht das für eine Epidemie? Und diese ganze Zuggeschichte, zu welcher Epidemie hat die eigentlich gehört?«

»Du kannst das eine nicht von dem anderen trennen.«

»Quatsch! Jede Epidemie hat ihre eigenen Ursachen. Krankheiten breiten sich automatisch aus, jede Art kämpft um ihr eigenes Überleben. Es ist nicht schwer, künstlich Verbindungen zwischen verschiedenen Phänomenen herbeizureden. Das macht jeder. Alles hat irgendwie irgendetwas miteinander zu tun. Aber das ist ein Trugschluss. Man sollte nämlich vielmehr einzelne Gegebenheiten getrennt voneinander betrachten, doch das ist viel schwieriger. Es ist auch beängstigend, denn damit werden wir plötzlich für unser Handeln verantwortlich. Und das wollen wir in Wirklichkeit gar nicht. Da ist es doch viel angenehmer, einer Handvoll unbekannter Muslime die Schuld zu geben.«

Wir standen jetzt nebeneinander am großen Fenster. »Ich kauf mir ein Boot«, sagte ich.

»Du darfst dir gar nichts kaufen.«

»Dann tu du es für mich.«

Karl blickte hinunter auf das IJ. Das schwarze Wasser in der Nacht, die Reflexion der Lichter hinter dem Bahnhof in den Fenstern der Gebäude am anderen Ufer. »Erst das Hotel«, sagte er. »Wir sehen uns später.«

Er verließ das Zimmer und ich war wieder allein. Allein mit den bedrohlich näher rückenden Epidemien in meinem Kopf. Es gab keine Medizin dagegen. Wir setzten eine Krankheit ein, um eine andere zu bekämpfen.

79

Landerobern

Das Interieur des Hotels *Vergangen* war im luxuriösen Kolonialstil gestaltet. Große Räume, breite Veranden, bequeme Sessel. Karl saß zurückgelehnt in seinem Bürostuhl und sah das Bild an. Sein Blick hatte sich zu einem Starren verhärtet. Er schaute hin, sah aber nichts.

»Er ist noch besser, als ich dachte«, sagte er. »Ein dicker, schwitzender, blonder holländischer Loser hast du gesagt?«

»Mit Platzangst.«

»Kann hier meinetwegen sofort anfangen.« Karl schüttelte den Kopf. »Ich kann das System nicht unbemerkt infiltrieren. Er hat alles unter Kontrolle. Als wären drei Spezialisten beteiligt.«

»Und du kommst gar nicht rein?«

»Doch, rein komme ich ohne Weiteres, das ist nicht das Problem. Das Schwierige ist, sich unbemerkt einzuschleichen. Wenn er erkennt, was ich vorhabe, kann er mich aufhalten oder mich wieder rausschmeißen. Jemand, der so etwas aufbauen kann, weiß natürlich sehr genau, wie er mit einem Eindringling umzugehen hat.«

Ruud Zwaal war offenbar ein ganz anderer Charakter, als sein Äußeres vermuten ließ. Er besaß die Fantasie und die Kenntnisse, so etwas wie das Hotel *Vergangen* zu entwerfen und aufzubauen, und wenn er es schaffte, Karl abzuwehren, musste er ein Computergenie sein. Ich nahm mir einen Stuhl und setzte mich neben Karl. Aus meinem Rucksack holte ich eine Zahnbürste und steckte sie mir in den Mund. Putzen und denken gleichzeitig. Die kleinen Bewegungen halfen mir dabei, meine Gedanken in Gang zu halten.

»Also reinkommen würdest du?«, fragte ich.

Karl nickte.

Das Hotel *Vergangen* bedeutete den Zugang zu allem, was Ruud Zwaal ausführte. Und es war der einzige Zugang, den ich hatte. Durch das Hotel konnte ich in Erfahrung bringen, wie er sein Geschäft organisiert hatte. Die einzige andere Möglichkeit bestand darin, sein Haus zu stürmen, aber auf diese Weise würde ich nicht die Informationen finden, nach denen ich suchte. Denn diese steckten in seinem Computer, verpackt im Hotel *Vergangen.* Wie ich es auch drehte und wendete, immer kam ich bei dem virtuellen Hotel heraus. Wir mussten es erobern.

»Dann geh doch einfach rein«, schlug ich vor, »und marschier von da aus direkt weiter.«

Karl dachte nach. »Du meinst, ich soll das Hotel erobern und besetzen? Wie bei einer Art militärischem Angriff? Das schaffe ich nicht alleine.«

Wir planten, Ruud Zwaal derart in die Enge zu treiben, dass er mitarbeiten, seine Geschäftspraktiken offenlegen und seine Kontakte nennen würde. Dazu mussten wir ihn aber überrumpeln. Er musste die Kontrolle über sein Leben verlieren. Ebenso, wie es mir ergangen war. Wenn Karl das Hotel übernehmen, es Ruud aus den Händen reißen und unversehrt unter seine Regie bringen konnte, würde Ruud ganz sicher in Panik geraten.

»Ich brauche sechs Mann«, erklärte Karl. »Drei Teams von zwei oder zwei Teams von drei Leuten, sodass wir uns abwechseln können. Denn das Einmarschieren ist eine Sache, die Besetzung aber etwas ganz anderes. Eine Besetzung dauert vierundzwanzig Stunden am Tag, sieben Tage die Woche. Wenn man sie auch nur für fünf Minuten unterbricht, reißt er sich alles wieder unter den Nagel und wir können von vorn anfangen. Der Überfall ist schnell geschehen, aber dann muss man auch am Ball bleiben, bis alles unter Dach und Fach ist.«

Ich dachte krampfhaft darüber nach, was ich tun sollte. »Weiß er schon, dass du versuchst einzubrechen?«, fragte ich.

Karl schüttelte den Kopf. »Bisher sieht er mich nur als einen ganz normalen Gast. Das Einzige, was ihm auffallen dürfte, sind die hektische Betriebsamkeit im Netz und ein paar wilde Hackversuche, die aber von außen kommen. Es gibt keinen erkennbaren Zusammenhang mit mir.«

»Weiß er, wer du bist?«

»Der Weber. Ich bin der Weber. Das weiß er, mehr nicht. Meine eigene Identität ist sicher. Sogar die Kreditkarte, mit der ich bezahlt habe, hinterlässt keine Spuren. Er glaubt, ich hätte bezahlt, aber das stimmt nicht. Der Vorgang ist rein virtuell abgelaufen.«

»Vielleicht sollten wir ihm zunächst einmal ein paar hübsche, gut verkäufliche Identitäten liefern, die er auf dem Markt verkaufen könnte?«, schlug ich vor.

»Erst füttern, dann angreifen?«

»Er betreibt vermutlich ein Geschäft, also steht er in regelmäßigem Kontakt zu seinen Auftraggebern. Er bietet ihnen Ware an, und wenn die Käufer auftauchen, ist der richtige Moment gekommen, um ihm alles zu nehmen.«

Karl dachte nach. Ein gerissenes Grinsen erschien auf seinem Gesicht. »Ich könnte natürlich eine kleine Gruppenreise organisieren. Ein paar Freunde, die gemeinsam in Second Life unterwegs sind und zufällig auf das Hotel stoßen. Fröhliche Gesellen. Digitale Hallodris, die mal erleben wollen, was das Internet so alles zu bieten hat. Von denen gibt es reichlich. Lass mich mal ein bisschen basteln.«

»Wie lange?«

»Ein paar Tage.«

Karl war mit den Gedanken schon woanders. Führte Pläne aus. Setzte Leute ein. Schob Daten im Internet umher. Landerobern, allerdings digital.

80

Ich weiß gar nicht, wie mir geschieht

Es gibt einfach zu viele verschiedene Schleifmaschinen. Wir befanden uns in einem Fachhandel in Den Haag. Bei meinem Vater um die Ecke. Kirsten und Vince waren nach zwei Tagen wieder aus ihrer Wohnung zum Vorschein gekommen. Fast anderthalb Monate Trennung waren nicht an einem Nachmittag und in einer Nacht zu verschmerzen. Dazu hatten sie etwas länger gebraucht. Eng umschlungen befummelten sie abwechselnd die Schleifmaschinen und einander.

Das Regal war meterlang, die Auswahl riesig. Schleifmaschinen in allen Ausführungen und Größen. Flache Bandschleifer, Schwingschleifer, Exzenterschleifer. Dreieckig, klein, noch kleiner, groß, noch größer. Mit Netzanschluss oder Akku. In Rot, Orange, Grün oder Gelb. Vince hielt einen in den Händen und drehte ihn immer rundherum.

»Bizarres Ding«, meinte er. »Unheimlich schwer, kann aber nichts. Kann nichts speichern, hat keine verschiedenen Funktionen, keine verschiedenen Einstellungsmöglichkeiten, keine Tasten, man kann noch nicht einmal das Kabel anders anschließen. Es kann sich nur schnell bewegen, sonst nichts. Wahrscheinlich steckt nicht mal ein Chip drin.«

»Muss das denn sein?«

»Ja. Ein Apparat ohne Chip ist eine Fehlkonstruktion. Es muss doch wenigstens ein Chip drinstecken. Einer, mehr will ich ja gar nicht.«

Kirsten griff nach einem anderen Modell. Einem größeren. »Was will Papa bloß mit einer Schleifmaschine? Er hat noch nie in seinem Leben etwas abgeschliffen.«

»So ein Ding ist ja auch nicht dazu da, etwas abzuschleifen, sondern nur dazu, es zu besitzen«, behauptete Vince. »Jeder Mann braucht eine Schleifmaschine. Und einen Hochdruckreiniger. Bei manchen Dingen ist das einfach so. Man sollte nicht weiter darüber nachdenken.«

»Und was ist mit dir?«, fragte Kirsten.

»Ich bin kein richtiger Mann«, antwortete Vince. »Das weißt du doch. Ich bin dein Mann. Wenn du aus mir einen richtigen Mann machen willst, weißt du, was du zu tun hast.«

»Schleifen und pinseln.«

»Lieber andersherum.«

»Und bohren?«

»Auch. Bohren, scheuern, fräsen, sägen und schrauben. Muss alles sein.« Er stellte die Maschine wieder zurück. »Was für ein Mist. Man kann nicht mal damit telefonieren. Es hat keine Internetverbindung. Nichts.«

Wir liefen an dem Regal entlang und zum ersten Mal seit Wochen fühlte ich mich wieder wie ich selbst. In vertrauter Gesellschaft, bei Kirsten und Vince. Sie hatten sich durch mich kennengelernt. Damals, vor ein paar Jahren, hatte ich sie durch Zufall zusammengebracht, und vom ersten Moment an hatte es zwischen den beiden gefunkt. Gemeinsam hatten Kirsten und Vince mich gerettet, als ich nicht mehr für mich selbst sorgen konnte. Bei ihnen fühlte ich mich vorbehaltlos wohl.

»Was könnte er denn bloß in seiner Wohnung abschleifen wollen? Alles ist fix und fertig gestrichen und lackiert.« Kirsten nahm einen anderen Apparat in die Hand, einen kleineren. »Meiner Meinung nach ist der hier groß genug.«

»Vielleicht braucht er ihn für seine neue Freundin?«, spekulierte ich.

»Freundinnen soll man nicht schleifen«, meinte Vince. »Auch neue nicht.«

Kirsten seufzte. »Oje, apropos Freundin. Ist die etwa auch da?«

Ich nickte. »Wo Papa ist, ist auch Miranda.«

Nach der Scheidung war mein Vater eine Weile allein gewesen. Obwohl es ihm guttat, sich von meiner Mutter gelöst zu haben, fiel ihm das Alleinleben anfangs schwer. Damals hing er andauernd am Telefon und wollte sich mit uns verabreden, gemeinsam essen oder was auch immer. Bis er Peter, Kirsten und mir ganz schön auf die Nerven ging. Auf unser

Drängen hin hatte er sich bei verschiedenen Vereinen und Aktivitäten in seiner Gegend angemeldet und lebte daraufhin so richtig auf. Er baute sich einen Freundes- und Bekanntenkreis auf, in dem er sich wohlfühlte wie ein Fisch im Wasser. Er hatte sogar Freundinnen, und nach einer Weile war er schließlich Miranda begegnet. Miranda war ein paar Pfund dicker als vollschlank und hatte sich mit allem, was sie hatte, an Papa festgesaugt. Wir haderten damit, ihm gefiel es. Papa lächelte jedes Mal selig, wenn sie ihn mit ihren leidenschaftlichen Zärtlichkeiten überschüttete. Mama und er hatten in den letzten Jahren wenig voneinander gehabt. So viel war klar.

»Wirst du jetzt, in diesem Moment observiert?«, fragte Vince.

»Ja, wahrscheinlich.«

Vince ging ans Fenster des Geschäfts und sah hinaus. Auf der Straße war viel Verkehr. Vor der roten Ampel hatte sich eine Schlange gebildet. Alle Parkplätze waren besetzt. Fahrradfahrer und Fußgänger drängten sich auf und neben dem Bürgersteig.

»Ich sehe niemanden«, sagte Vince.

»So soll es ja auch sein.«

»Ach, so soll es sein? Aber ich wüsste schon gern, wer deine Bewacher sind. Du nicht?«

»Warum sollte ich?«

»Warum, warum? Einfach, um mal zu kontrollieren, ob sie wirklich da sind. Ob es funktioniert. Die können lange behaupten, sie würden dich beobachten, obwohl du sie nicht sehen kannst. Das ist doch leicht gesagt, oder?«

Er wartete, bis Kirsten und ich mit einem kleinen, als Geschenk verpackten Karton das Geschäft verließen. Ich fühlte mich wie achtzehn, mit einer Schleifmaschine auf dem Weg zur Geburtstagsfeier meines Vaters. Ob er den Schleifer jemals benutzen würde, spielte überhaupt keine Rolle mehr. Das alles war etwas Zeitloses, etwas für die Ewigkeit.

Kirsten und ich gingen nebeneinander her durch die belebte Straße. Vince folgte in ein paar Metern Entfernung.

»Dreh dich nicht um«, warnte ich.

»Ich weiß, Vince sticht heraus wie ein bunter Hund«, erwiderte Kirsten. »Er kann sich gar nicht unauffällig verhalten.« Sie schüttelte den Kopf.

»Wie lange er das wohl durchhält?«

»Bis wir bei Papa ankommen. Dann erstattet er uns Bericht.«

Auf halbem Weg die Straße hinunter bogen wir ab und ließen die Hektik hinter uns. Wir gelangten in ein ruhiges Wohn-viertel. Große Häuser, wenig Verkehr. Ab und zu ein Auto oder ein Fahrradfahrer. Die Sonne stand uns im Rücken, sodass wir lange Schatten vorauswarfen. Der Himmel war blau mit nur vereinzelten weißen Wölkchen. Weniger als hundert Meter von der Menschenmenge in der Einkaufsstraße entfernt war von dem Gewimmel nichts mehr zu spüren. Der Bürgersteig gehörte uns.

»Wann bist du zum letzten Mal bei Papa gewesen?«, fragte Kirsten.

»Ach, das ist schon viel zu lange her. Vor Monaten.«

»Und hast du noch mal etwas von Mama gehört?«

»Sie hat mich nach dem Unfall angerufen, als ich mit der Polizei im Auto saß und gerade nicht mit ihr reden konnte. Vor ein paar Wochen. Sie behauptete, sie könne Papa nicht erreichen.« Das Gespräch schien Jahre her zu sein. Seitdem war so viel geschehen, dass es mir richtig schwerfiel, mich wieder auf dieses frühere Leben einzulassen. Papa in Den Haag mit seiner Freundin. Mama in Kanada mit ihrem Guru, dem Sektenführer, den sie anhimmelte. Die Familie war auseinandergebrochen, die alten Verhältnisse nicht mehr existent, und durch die neuen Gegebenheiten gingen wir bisher noch äußerst unsicher und vorsichtig miteinander um. Nach der Scheidung war Peter zunächst bei unserer Mutter geblieben. Zwangsläufig, denn er besuchte die Abschlussklasse der höheren Schule. Danach war er nach Amsterdam gekommen, wo Kirsten und ich wohnten. Vor einigen Monaten war er dann für ein Jahr nach Australien aufgebrochen. So weit wie möglich von Dordrecht und dem religiösen Fallout entfernt.

Für ihn war es schwieriger gewesen, sich mit der Situation abzufinden als für Kirsten und mich.

»Ich habe ein unwahrscheinliches Bedürfnis danach, für ein Weilchen unter den Kängurus zu wohnen«, hatte er gesagt. Er hatte seinen iPod mit vierhundert Alben darauf eingepackt und war abgedampft. »Klamotten gibt's da auch.«

Ich wurde jetzt ebenfalls von der Sehnsucht gepackt, dort drüben zu sein. Australien war ein großes Land, wo niemand mich kannte. Weg. Weit weg. Das erschien mir sehr verlockend. Wenn ich die Niederlande hätte verlassen können, wäre ich vielleicht wirklich einfach losgeflogen, aber ohne Pass, Kreditkarten oder EC-Karte wäre ich nicht weit gekommen. Ich saß in meinem Heimatland fest, bis ich mich selbst befreit hatte, und auch danach würde ich vermutlich nicht so bald rauskommen.

Wir bogen um die letzte Ecke und kurz darauf kam Vince angerannt. Wir klingelten.

»Und?«, fragte ich, während wir warteten.

»Niemand«, antwortete Vince.

»Gut so.«

Miranda hatte blondiertes Haar, das ein wenig zu hoch toupiert war. Sie war nicht dick, sie war füllig. Offenbar hatte sie ein paar Kilo abgespeckt, jedenfalls war sie nicht so dick, wie meine Geschwister sie mir anfangs beschrieben hatten. Sie hatte sämtliches Make-up aufgelegt, das sie besaß, eine kunterbunte Mischung aus Farben und Produkten: Lippenstift, Gloss, Eyeliner, Lidschatten, Mascara, Rouge, die ganze Palette. Jede Falte war mit Creme zugeschmiert.

Sie trug ein enges, glänzendes Kleid mit einem Ausschnitt, der ihren Busen nicht einmal zur Hälfte verhüllte. Glatt und schimmernd wölbten sich einem ihre Brüste entgegen, hochgepusht von einem festen BH. Miranda war aber nicht ordinär, sondern eher kitschig, und sie war einfach nicht zu übersehen. Sie bedrängte uns mit ihrer dominanten Körperlichkeit.

Papa stand strahlend im Wohnzimmer und genoss seinen Geburtstag sichtlich. Er küsste Kirsten und schüttelte mir die Hand. Klopfte mir auf die Schulter. Vince nahm ihn spontan in die Arme. Peinlich berührt wusste Papa nicht, wo er hingucken sollte.

»Herzlichen Glückwunsch, Alter«, sagte Vince und küsste ihn drei Mal auf die Wangen. Und nach niederländischer Sitte beglückwünschte er auch Miranda und umarmte sie ebenso überschwänglich. Vince kannte keinerlei Hemmungen. Sein Gesicht war anschließend mit Rouge, Lippenstift und Puder beschmiert.

»Lasst uns feiern!«, sagte Miranda fröhlich wie ein Kind, was kaum zu ihrem Alter passte. Sie trabte hin und her mit Torte und Tee. Sie deckte den Tisch mit einer Teekanne und Tassen, warf einen kritischen Blick auf das Arrangement und fragte sich dann laut: »Aber was mache ich denn hier eigentlich? Was bin ich nur für ein Schussel. Es geht schon auf fünf Uhr zu und ich biete euch Tee an.« Sie stellte alles wieder auf das Tablett und kehrte kurz darauf mit Bier, Weißwein, Jenever und Wermut zurück. Vorsichtig schenkte sie ein, jedes Glas voll bis zum Rand. »Wir wollen ja nicht knickerig sein«, sagte sie. »So, sind wir jetzt vollzählig?«

»Nein, warte!«, rief Vince, sprang auf, fuhr seinen Laptop hoch und schloss eine Webcam an.

»Ach, wie ungemütlich, so ein Ding auf dem Tisch«, beschwerte sich Miranda.

»Nicht meckern!«, erwiderte Vince und drohte ihr mit dem Zeigefinger. »Sonst darfst du nicht mitspielen.« Er klickte sich durch die Menüs und rief über Skype in Australien an. Peters Gesicht erschien auf dem Bildschirm. Vince drehte den Computer so, dass wir alle etwas sehen und mitreden konnten und für einen Moment schwiegen wir. Da saßen wir nun, in verschiedenen Erdteilen auf entgegengesetzten Seiten der Welt, und doch beisammen. Peter hielt ein Blatt Papier hoch. Er hatte etwas darauf geschrieben.

Hallo.

Er legte das Blatt weg und nahm ein neues.

Herzlichen Glückwunsch.

Anschließend fingen wir alle an, durcheinanderzureden. Es dauerte einen Augenblick, bis wir merkten, dass wir nichts hörten, außer dem Lärm, den wir produzierten. Das reichte uns offenbar schon. Alle beieinander und dann losschnattern. Ich konnte nicht genug davon bekommen. Peter nahm das nächste Blatt, schrieb mit Filzstift etwas darauf und hielt es vor seine Webcam.

SEID DOCH MAL STILL!!!

Wir überreichten Papa sein Geschenk und ihm standen die Tränen in den Augen, als er es auspackte. Warum, weiß ich nicht. Wir hatten uns letztendlich für einen Exzenterschleifer entschieden. Das Gerät war zwar qualitativ hochwertig, das schon, aber so etwas Besonderes war das nun auch wieder nicht. Papa konnte sich gar nicht mehr beherrschen. Er saß da, mit dem Schleifer in beiden Händen, und weinte vor Glück. Wir sangen zu fünft, Peter von Australien aus mit dabei, *Hoch soll er leben.* Hipp, hipp, hurra!

»Was fange ich denn jetzt mit diesem Schleifer an?«, fragte Papa. »Ich bin Versicherungsmakler. Ich habe noch nie im Leben etwas abgeschliffen.«

»Siehst du?«, sagte Kirsten. »Hab ich dir's doch gesagt.«

Peter konnte sich nicht mehr halten vor Lachen.

»Frag mich nicht, warum?«, sagte ich zu ihm. Das hatte er in seiner E-Mail geschrieben.

»Das siehst du doch«, erwiderte er. »Es musste einfach sein. Väter müssen von ihren Kindern einen Schleifer bekommen. Das ist eine Art Ritual.«

»Ich freue mich wirklich sehr darüber«, versicherte Papa. »Ich habe noch nie einen Schleifer besessen.« Er wischte sich die Tränen von den Wangen. »Und ich habe gar nicht gewusst, wie sehr ich einen brauchte.« Er hielt ihn hoch. »Es ist eine Trophäe. Ich werde ein schönes Plätzchen für ihn finden.«

»Und nächstes Jahr gibt es einen Hochdruckreiniger«, prophezeite Vince.
»Untersteh dich!«

Wir tranken und stießen alle halbe Stunde auf seinen Geburtstag an. Miranda servierte unermüdlich Häppchen und Getränke. »Das ist Wims Tag«, sagte sie. Doch nach einer Weile konnte sie die Hände nicht mehr von ihm lassen und wir merkten, dass es höchste Zeit für den Aufbruch wurde. Um kurz nach zehn.

Unten an der Haustür verabschiedeten wir uns. Papa, Kirsten, Vince und ich. Miranda war oben geblieben.

»Halt die Ohren steif, Papa«, sagte ich.

Er lachte. »Ich bin heute vierundsechzig geworden.« Er legte mir die Hand auf die Schulter. »Vor ein paar Jahren dachte ich schon, das Leben sei mehr oder weniger vorbei. Das Feuer war erloschen, alle Berge bestiegen. Die Lebensmitte überschritten. So in der Art. Und jetzt?« Er sah mich an und seine Augen funkelten vor Lebenslust. »Ich weiß gar nicht, wie mir geschieht!«

81

Bellilog 16.08.06

Bin zu Hause gewesen. Zwar nicht in meinem richtigen Zuhause, aber ich habe mich dort wohler gefühlt denn je. Momentan scheint alles gleichzeitig zu passieren, die verschiedensten Dinge. Mein Leben wird persönlicher und distanzierter, größer und kleiner, freier und unfreier, alles zugleich. Mal geht mir etwas näher als zuvor, dann wieder rückt es in weite Ferne. Ich kann es mir nicht aussuchen, denn es gibt nichts auszusuchen.

82

Ein leeres Etwas, das nicht mal existiert

Kleider tun nie das, was ich will. Wenn meine Hosen und Jacketts nicht hundertprozentig perfekt sitzen, hängen sie an mir herunter, als gehörten sie nicht zu mir. Ich weiß nichts über Kleidung, außer dass sie aus zusammengenähtem Stoff besteht. Maschinell produziert. Computergesteuert. Mode ist automatisiert. Ich kann nicht einmal einen Riss in einer Hose nähen; ein Kleidungsstück selbst herzustellen würde ich mir niemals zutrauen.

Ich fertigte eine Zeichnung von dem an, was ich wollte, und zeigte sie Kirsten. Vince blickte ihr über die Schulter. Er zog die Augenbrauen hoch.

»Vielleicht ist es besser, wenn ich mich da nicht einmische«, sagte er. Er ging hinüber zur anderen Seite des Raumes, wo Karl und einige seiner Mitarbeiter dabei waren, einen Angriff auf das Hotel *Vergangen* vorzubereiten.

»Das Ganze ähnelt einer Partie Schach, die man vorher genau durchplanen muss«, hatte er mir erklärt. »Ich weiß, was der andere kann, und deshalb kann ich alles ganz genau vorbereiten. Einige Schritte können wir vorprogrammieren, sodass sie auf Knopfdruck verfügbar sind.«

»Wie Raketen.«

»Ja, wie Tomahawks. Sie kennen ihr Ziel genau und wissen, wie sie es erreichen können.«

»Bisher war mir gar nicht klar gewesen, dass du Spaß an so etwas hast.«

»Mir auch nicht.« Lächelnd war er zu dem Team zurückgekehrt, dem sich nun auch Vince angeschlossen hatte. Karl war ein besserer Programmierer als Vince, aber Vince war überaus hartnäckig. Vince war ein Datenterrier, kein Pitbull, sondern ein Bitbull. Er würde lieber mit den Fingern eine Tastatur durchbohren, als sich ein Programm entgehen zu lassen. Sich Vince zum Feind zu machen, war nicht klug, denn er war ein gefährlicher Gegner.

Kirsten studierte die Zeichnung. »Wann brauchst du es?«, fragte sie.

»Morgen Nachmittag.«

Mit einem Band begann sie Maß zu nehmen. Quer über den Rücken, von Schulter zu Schulter, von meinem Nacken bis zu meinen Knien, meine Armlänge. Die Ergebnisse schrieb sie auf ein Stück Papier. »Braun oder rot?«, fragte sie.

»Braun.«

»Dazu hätte ich dir auch geraten. Und was darunter?«

»Etwas Grünes? Ein Hemd oder so. Oder ein Poloshirt.«

»Einen Schal auch? Ich habe noch einen hübschen violetten. Der müsste gut dazu passen.«

Gemeinsam wählten wir die verschiedenen Elemente der Kleidung aus, die ich brauchte. Kirsten machte sich zu allem Notizen. Dann küsste sie mich drei Mal und ging.

Guusje und ich mailten uns und schrieben SMS, und nach einer Weile rief ich sie an. Ich wollte ihre Stimme hören, damit ich ihre Gestalt und ihr Gesicht wieder deutlicher vor mir sah. Auch an ihren Geruch wollte ich mich erinnern. Doch ich kam nicht weiter als bis zu ihrer Sekretärin. Guusje sei in einer Besprechung. Unerreichbar.

Ich wartete. Etwas anderes blieb mir nicht übrig. Alle außer mir waren beschäftigt.

Gijs kümmerte sich um die laufenden Aufträge unserer Firma, da ich in den letzten Wochen die Geschäfte hatte schleifen lassen. Meine Termine waren ordentlich abgesagt worden und danach hatte niemand mehr etwas von mir gehört. Gijs ging alle Projekte durch, rief die Mandanten an, besuchte sie, besprach mit ihnen den aktuellen Sachstand und versuchte, die Aufträge wieder in Gang zu bringen. Zwischendurch führte er Gespräche mit den Kandidaten, die sich um die ausgeschriebenen Stellen bei uns beworben hatten. Schließlich wollten wir uns vergrößern. Ich war jedoch momentan völlig nutzlos. Bei den ersten beiden Bewerbungsgesprächen war ich anwesend, doch die Hälfte der Zeit bekam ich kaum mit, worum es eigentlich ging. Ich fand beide Kandidaten hervorragend. Kein Wunder, denn sie waren beide besser vorbereitet als ich.

»Die nächsten erledige ich lieber allein«, hatte Gijs hinterher gesagt. »Sonst erhalten die wirklich guten Bewerber noch ein völlig falsches Bild von unserer Firma.«

Also wartete ich. Gijs hatte recht, ich durfte mich derzeit nicht in Firmenangelegenheiten einmischen. Unternehmen zu beraten erfordert volle Konzentration. Man jongliert mit den eigenen Fähigkeiten, muss alle Kapazitäten gleichzeitig einsetzen und mehrere Aufträge parallel abwickeln. Das ist das Schöne daran, zugleich aber auch das Gefährliche. Wenn man einen Aspekt vernachlässigt, klappt gar nichts mehr.

»Phase eins ist abgeschlossen«, verkündete Karl. Er setzte sich neben mich. In den letzten Tagen hatte er Ruud Zwaal mit fünf Identitäten gefüttert. Zwaal hatte sie mit Haut und Haar verschlungen. »Erstklassige Identitäten mit allem Drum und Dran. Fünf Deutsche, die gemeinsam auf Erkundungstour durch Second Life waren. Vom Typ harmlose Fußballfans, du kennst das ja. Ordentlicher Job in der Personalabteilung einer großen Firma, bei einer Behörde oder Ähnlichem. Einen Tag am Wochenende hauen sie dann mit dem Verein auf den Putz. Mit Bier und Würstchen und Fähnchen und Schirmmützen. Durch und durch anständige Männer, die im Grunde zu dumm sind für ihre berufliche Stellung und die immer brav tun, was man von ihnen verlangt. Passnummer eintragen? Okay, machen wir. Kontonummer? Auch das, denn schließlich muss man ja ordentlich bezahlen. Ich hatte schon befürchtet, wir wären etwas zu weit gegangen, aber Lilly wollte sie alle haben.« Er schüttelte den Kopf und lachte sich ins Fäustchen. Von dem Moment an, als die fünf deutschen Identitäten eingeschleust worden waren, behielt Karl den ein- und ausgehenden Datenverkehr bei Zwaal im Auge.

Wir hatten beschlossen, mit dem Angriff auf das Hotel zu warten, bis Ruud die Identitäten zum Verkauf anbot. Sobald er einen Deal eingefädelt hatte, musste er liefern, und in der kurzen Zeit dazwischen hatten wir vor, ihn aus seinem eigenen Hotel zu verdrängen und selbst die Kontrolle darüber zu übernehmen. So würden wir den Diebstahl beweisen können, und wir brachten Ruud Zwaal in die Klemme, weil wir seine Lieferung sabotieren konnten, wenn wir wollten. Wie so eine Lieferung genau vor sich ging, konnte ich mir bisher nicht vorstellen.

»Er muss auf jeden Fall mit den Käufern Kontakt aufnehmen«, sagte Karl.

»Das kann er auch telefonisch.«

»Er muss die Identitäten überprüfen und eventuell das ein oder andere ergänzen, und das geht nicht am Telefon. Dafür muss er ins Internet.«

»Vielleicht hat er eine zweite Verbindung.«

»Und eine dritte und eine vierte. Natürlich hat er die. Aber das ist nicht das Problem. Irgendwann einmal müssen die Daten aus dem Hotel in Second Life irgendwo hingeschickt werden, und dann können wir sie verfolgen.«

»Und?«

»Nichts«, sagte Karl. »Das ist ja das Komische. Es passiert nichts mit ihnen. Und solange das so bleibt, hat er sie noch nicht gestohlen.«

Das Team starrte mürrisch auf die Bildschirme. Zu sechst um einen runden Tisch, die Monitore zwischen ihnen, so aufgestellt, dass sie sie alle überblicken und jeden Vorgang gleichzeitig beobachten konnten. Das Hotel *Vergangen* erschien als Bild, und zwar ein Bild der Zufriedenheit und des Glücks. Alles dort war schön.

»Immer noch nichts«, bemerkte Vince. »Weniger als nichts. Es sind nicht mal mehr Gäste da.«

»Was guckt ihr denn dann so?«

»Wir gucken ein leeres Hotel an. Im Internet. Also gucken wir uns ein leeres Etwas an, das nicht mal existiert. Noch Fragen?«

Kirsten kam mit den Kleidern zur Anprobe und der Anzug saß perfekt. Das Oberteil fiel um meine Schultern, als gehöre es nirgendwo anders hin. Die Ärmel hatten genau die richtige Länge, der Rücken lag glatt an. Die Hose passte wie angegossen. Ich drehte und wendete mich vor dem Spiegel nach links und nach rechts, betrachtete mich von allen Seiten.

»Du siehst unmöglich aus«, bemerkte sie.

»Danke«, erwiderte ich, zog den Anzug wieder aus und steckte das sperrige Ding in meinen Rucksack, sodass dieser anschließend aus allen Nähten platzte. »Ich bin fertig«, sagte ich. »Jetzt kann ich mich um die Personen im wahren Leben kümmern.«

»Ich sehe nichts. Liegt es daran, dass nichts passiert oder dass ich blind bin?«, fragte Karl. Kopfschüttelnd blickte er auf seinen Computer. »Es kommt jedenfalls auf dasselbe raus, obwohl der Unterschied entscheidend ist.« Er hatte drei Bildschirme aufgebaut. Auf dem linken war das Hotel zu sehen, als normales Bild. Der mittlere zeigte die zugrunde liegenden Programme und welche aktiv waren und welche nicht. Nur das Basisprogramm arbeitete, und zwar auf dem niedrigsten Niveau, so lange, bis wieder ein Besucher im Hotel *Vergangen* einchecken würde. In dem Moment würden auch die anderen Programme aktiviert werden. Auf dem dritten Bildschirm wurden die Programme angezeigt, die Karl für den Angriff auf das Hotel benötigte. Ein ganzes Arsenal, aufgestellt wie eine Armee.

»Guck mal«, sagte er.

Ich schaute auf den mittleren Monitor und sah, wie ganz selten einmal Ziffern oder Buchstabenkombinationen umsprangen. Am unteren Bildschirmrand erschien eine Zeile in unverständlichem Text und danach noch eine. Und noch eine.

»Was ist das?«, fragte ich.

»Nichts«, antwortete Karl. »Er druckt irgendetwas aus.«

Schweigend beobachteten wir den Vorgang.

»Hat er das schon mal gemacht?«, fragte ich.

»Etwas ausgedruckt? Ja, ab und zu. Wir tun das auch. Manches muss man zwischendurch mal schwarz auf weiß sehen, auf Papier. Aber ansonsten kann man mit solchen Ausdrucken nichts anfangen.«

»Man kann sie in die Tasche stecken und jemandem geben«, erwiderte ich.

»Und dann?«, fragte Karl. »Dann hat man einen Ausdruck mit Zahlen drauf. Das nützt einem gar nichts. Mit einer Identität kann man nur arbeiten, wenn man die Informationen digital erhält.«

»Bedeutet ein Ausdruck immer, dass tatsächlich etwas auf Papier gedruckt wird?«, hakte ich nach.

»Ja, wie es das Wort schon sagt. Druck. Gedruckt. Meistens auf Papier.«

»Aber wie kommen die Informationen eigentlich auf das Papier?«, fragte Kirsten.

»Auf einen Druckbefehl hin wandern die Informationen durch einen USB-Port aus dem Computer heraus«, erklärte Karl. »Zu einem Drucker oder auf einen Stick.«

Kirsten schüttelte den Kopf. »Wieso auf einen Stick? Der kann doch gar nichts damit anfangen. Wenn man einen Druckauftrag an einen Stick schickt, läuft der Vorgang ins Leere.«

»Normalerweise schon«, stimmte ihr Karl zu. Er dachte nach. »Es sei denn, du kodierst den Befehl. Du kopierst ihn auf den Stick, steckst diesen in einen anderen Computer und gehst damit, über eine andere Verbindung, wieder ins Internet. In dem Fall kann man nicht erkennen, was der Benutzer macht. Es scheint, als würde er lediglich etwas ausdrucken.« Ein tiefes Schweigen legte sich über die Runde, die um den Tisch saß. Karl starrte seine Bildschirme an. »Das könnte tatsächlich sein«, sagte er.

Ich fluchte. Wenn Karl recht hatte, hatte Zwaal jetzt einen erheblichen Vorsprung vor uns. Während wir hier herumsaßen und warteten, war er schon dabei, seinen Deal vorzubereiten. Ich wühlte das Handy aus meiner Jackentasche und schickte Richard eine SMS.

Taxiii!!!

Die Antwort kam prompt.

Komme! Wo bist du?

Ich dachte nach. Ich wollte meine militärischen Verfolger abhängen. Zwar konnten sie mich über den Peilsender jederzeit wiederfinden, würden aber bestimmt eine Stunde oder länger brauchen, bis sie mich wieder im Visier hatten. Das gab mir genügend Zeit, um Ruud Zwaal die Überraschung seines Lebens zu bereiten. Ich wollte die anderen nicht dabeihaben, denn ich wollte nicht Gefahr laufen, dass sie eingriffen, ehe ich Zwaal zur Kooperation überredet hatte.

Bahnhof Voorschoten, in 1 Stunde.

Alles klar, komme dahin.

Bis ich in Monster eintraf, sollte Zwaal am Rande eines Nervenzusammenbruchs stehen. Falls Karls Angriff erfolgreich war.

Das war der springende Punkt.

»Los!«, sagte ich.

»Der Weber greift an!«, verkündete er.

Während Karl sein Team in Stellung brachte, rief ich im Präsidium von Monster an und fragte nach Karin. Sie wusste sofort, wer ich war. Wir beide hatten gemeinsam den brutalen Randalierer in seine Zelle geschleift. Ich hatte Karins Schüsse noch im Ohr. Sie auch. Ich hörte es ihrer Stimme an. Ich fragte nach ihrem Befinden und dem ihres Chefs, Frans.

»Nicht gut«, antwortete sie auf letztere Frage. Frans hatte wahrscheinlich durch den Schlag mit dem Kopf gegen die Wand bleibende Schäden davongetragen. »Ich glaube nicht, dass er noch einmal wiederkommt.« Karin schwieg. Manches wird nicht besser, egal wie viel Zeit vergeht. Es bleiben nur die angerichteten Übel. Frans hatte durch das Ereignis keine tiefere Einsicht in das Leben gewonnen. Im Gegenteil. Seine Kollegen auch nicht. Gegen Karin wurde sogar noch ermittelt, weil nicht ersichtlich war, ob ihr Einsatz der Schusswaffe gegen einen Gefangenen in der damaligen Situation gerechtfertigt gewesen war oder nicht. »Aber in Monster ist es ansonsten trotzdem ganz nett«, sagte sie. »Normalerweise passiert so etwas hier nicht.« Es war ein Versuch, sich leichthin über alles Schwere hinwegzusetzen. Sie fragte, wie es mir ging. Wie es mit meinem Fall stehe.

»Kommt darauf an«, antwortete ich, »ob ihr etwas für mich tun könnt.«

»Für dich tue ich gern etwas. Wenn es nicht zu viel verlangt ist.«

»Vor mehr als einer Woche hat meine Anwältin mitgeteilt, wer laut unserer Nachforschungen der wahre Besitzer des BMW ist.«

»Ja, habe ich hier«, sagte sie. »Danny Zwaal.« Ich hörte Mausklicks, sie sah in der Akte nach. »Bisher wurde die Sache noch nicht bearbeitet. Warum, weiß ich nicht, das geht aus den Unterlagen nicht hervor, aber …«

»Egal«, unterbrach ich sie. »Ich wollte fragen, ob ihr bereit seid, etwas zu unternehmen.«

»Wann?«

»Sofort.«

Sie schwieg einen Augenblick.

»Damit würdet ihr mir wirklich sehr helfen«, sagte ich. Ich wollte nicht betteln, aber ich konnte nichts dagegen tun, dass ich so klang.

»Bitte bleib einen Moment in der Leitung.« Sie schaltete mich in eine Warteschleife, sodass ich mir stumpfsinniges Gedudel anhören musste. Es schien endlos zu dauern. Dann war sie wieder da.

»In einer Stunde sitzt er bei uns im Präsidium«, versprach sie.

83

Cookie-Monster

Die drei Programmierer hämmerten so heftig auf die Tastaturen ein, dass der runde Tisch wackelte.

Karl leitete den Angriff; zwei seiner Mitarbeiter unterstützten ihn dabei. Auf den Bildschirmen flitzten Programmzeilen vorüber. Karl verschob Icons, klickte mit den Maustasten und tippte Befehle ein. Die anderen beiden taten dasselbe mit anderen Icons und anderen Befehlen. Alle drei malträtierten die Tasten.

»Karl greift das Hauptprogramm an«, erklärte Vince. »Die beiden anderen beobachten Zwaals Reaktionen. Jedes Mal wenn er etwas unternimmt oder zu ändern versucht, blockieren sie seine Aktionen, sodass Karl wieder weitermachen kann. Und unterdessen übernehmen sie die Kontrolle über die Sekundärprogramme. So gerät Zwaal von zwei Seiten gleichzeitig unter Druck.«

Ich beobachtete das Informationschaos auf den Bildschirmen. »Warum schaltet er seinen Computer nicht einfach aus?«, fragte ich. »Dann kommt niemand mehr an ihn heran und der Angriff ist gescheitert.«

»Im Gegenteil. Wenn er seinen Computer ausschaltet, verliert er alles. Dann gibt er auf«, entgegnete Vince.

»Die Programme befinden sich nicht in seinem Computer«, erläuterte Kirsten. »Second Life ist eine Internetumgebung, eine Plattform. Die Programme für Zwaals Hotel laufen auf Servern, die überall auf der Welt stehen können. Er muss sein Projekt im Internet verteidigen. Sobald er seinen Computer ausschaltet, hat Karl freie Bahn. Dann würde Zwaal anschließend wahrscheinlich nicht einmal mehr in sein Hotel reinkommen, denn Karl würde seinen eigenen Schutzwall darum herum errichten. Zwaal kann also nicht weg. Er muss bleiben und er muss alles tun, um das Heft in der Hand zu behalten. Sogar, wenn er das Hotel an Karl verliert, muss er weiterkämpfen, um wenigstens drinzubleiben.«

»Es ist wie ein Computerspiel auf höchstem Niveau«, bemerkte Vince.

»Das ist kein Spiel.«

Vince zuckte mit den Schultern. »Dieser Unterschied zwischen real und virtuell ist doch nur was für Tattergreise«, meckerte er. »Solange man drin ist, ist alles real. Die Realität ist hier.« Er tippte sich mit dem Zeigefinger an den Kopf.

»Wenn jemand stirbt, ist das echt«, entgegnete ich.

»Hängt vom Standpunkt ab.«

»Tot ist tot«, sagte ich.

»Ja, wenn man selbst stirbt, kann man natürlich nichts mehr machen. Dann geht es auch nicht mehr um real oder virtuell, weil man nicht mehr existiert. Aber wenn ein anderer stirbt, existiert er für uns weiter, weil das Leben den Tod nicht fassen kann. Leben und Tod mögen sich nicht.«

»Es sind nur zwei Seiten derselben Medaille.«

»Nein, nein, nein, solange man lebt, ist der Tod nur eine Vorstellung«, erwiderte Vince. »Mehr nicht. Der große Unterschied zwischen Mensch und Tier ist der, dass wir Menschen um unser Ende wissen. Tiere ahnen nicht, dass sie sterben werden. Für sie existiert der Tod nicht, bis es so weit ist. Weil wir sprechen und rechnen können, weil wir Fernsehen und Religionen haben, wissen wir über uns, dass wir sterben werden. Und weil wir das wissen, glauben wir, es müsse irgendetwas zu bedeuten haben. Aber so ist es nicht. Unser ganzes biologisches System ist auf Leben eingestellt. Nicht auf Tod. Der Tod ist nichts. Er ist etwas in einer anderen Dimension. Der Tod ist virtuell.«

»Wir sprechen uns noch, wenn Kirsten einmal etwas passieren sollte«, sagte ich. »Dann wollen wir doch mal sehen, wie virtuell das ist.«

»In dem Fall bin ich sowieso nicht ansprechbar«, sagte Vince. »Dann stürzt mein System endgültig ab. Das nennt man Verlust. So was kann ich nicht ertragen. Der Tod mag virtuell sein, Verlust ist furchtbar.« Er blickte die Monitore an und zeigte mit dem Finger darauf. »Aber was du hier siehst, ist echt. Der Mann auf der anderen Seite, der sein

Hotel verteidigt, kämpft um seinen geistigen Besitz, um alles, was er aufgebaut hat.«

Einerseits war es ein Spiel. Alles war elektronisch, die Grafiken wurden durch elektrische Ströme erzeugt, winzige Impulse, die durch Drähte flossen. Ohne Elektrizität hätte all das nicht existiert. In dieser Welt gab es weder einen Stein noch ein Brett, weder Schrauben noch Nägel. Doch wenn man andererseits Zwaal das Hotel *Vergangen* abnahm, verletzte man ihn. Ganz real.

»PASST AUF!«, rief Vince. »Er kommt durch!« Er sprang an seinen eigenen Computer, seine Finger ratterten über die Tasten. Er klickte, zog und tippte und kurz darauf saß er mucksmäuschenstill da und starrte auf seinen Monitor. Die Augen weit aufgerissen. »Ich habe ihn!«, sagte er. »Ich glaube, ich habe ihn!«

Während Karl noch dabei war, die Kontrolle über das Hotel *Vergangen* zu übernehmen, hatte Zwaal einen Gegenangriff gestartet und ein Virus an die Computer von *The Pattern* geschickt. Vier Spezialisten hielten Zwaal inzwischen in Schach, aber dennoch schafften sie es nur mit Mühe, seine Schritte rechtzeitig zu durchschauen.

»Er ist gut!«, sagte Karl. »Er ist wirklich richtig gut!«

Das Handy in meiner Jackentasche vibrierte. Nachricht von Richard. Er machte sich auf den Weg.

»Zwei Stunden«, sagte ich zu Karl. »Ich brauche zwei Stunden, ab jetzt.«

»Und dann?«

»Dann tut sich was. Ob mein Plan funktioniert, werden wir später sehen.«

Karl lachte. »Der Weber wankt und weicht nicht«, versprach er.

»Ich zähle auf dich.«

In Voorschoten stieg ich aus dem Zug. Es war ein kleiner Bahnhof. Eine Betontreppe führte hinunter in eine kleine Halle. Einige Fahrkartenautomaten. Ein kleiner Laden. Niemand zu sehen. Draußen standen keine Taxen, nur ein knallroter Peugeot 405. Mit laufendem Motor. Rasch überquerte ich den breiten Bürgersteig, öffnete die Beifahrertür, warf meinen Rucksack auf den Rücksitz und stieg ein. Richard saß entspannt am Steuer.

»Wohin?«, fragte er.

»Nach Monster.«

Er seufzte. »Kennst du keine anderen Städte in diesem Land?«

Ich lachte. »Momentan nicht.«

Er schaltete in den ersten Gang und fuhr los. In der kleinen Eingangshalle des Bahnhofs, dicht hinter der Glastür, stand ein Mann und telefonierte mit dem Handy. Er war der einzige Passagier, der außer mir in Voorschoten ausgestiegen war.

»Ist das dein neues Auto?«, fragte ich.

»Nur bis zum Ende der Straße. Dort steigen wir um.« Er lächelte. *IT'S NOT EASY TO BE PERFECT* stand auf seinem T-Shirt. Kleine grüne Buchstaben auf blauer Baumwolle. Man musste genau hinschauen, um sie lesen zu können.

An der nächsten Ecke wechselten wir das Auto und fuhren in Richards metallicblauem Clio weiter. Einer seiner Freunde übernahm den 405.

»Falls du das Gefühl hast, verfolgt zu werden, hast du ganz recht«, warnte ich ihn vor. »Aber mach dir keine Sorgen, die sind harmlos. Außerdem werden sie schnell merken, dass du der Falsche bist. Wohin fährst du?«

»Nach Amsterdam.«

»Dann wird es nicht lange dauern, bis sie mitbekommen, dass ich anderswo bin.«

Kurz vor Naaldwijk bat ich Richard, anzuhalten. Ich nahm meinen Rucksack vom Rücksitz und stieg aus. Hinter dem Auto zog ich mich um. Der Anzug, den Kirsten für mich geschneidert hatte, war voluminös und unhandlich und ließ sich schlecht überziehen. Ich stopfte meine anderen Kleider in den Rucksack und stieg wieder ein. Richard sah mich mit großen Augen an.

»Das ist nicht dein Ernst, oder?«, fragte er.
»Ist das nicht Zen genug?«, fragte ich zurück.
»Darauf antworte ich nicht.«
»Dann eben nicht«, sagte ich. »Auf zu den Zwaals.«

Wir waren fast da, als zwei Streifenwagen aus der Straße bogen, in denen die Brüder wohnten. Hinten im ersten sah ich Dannys erstauntes Gesicht. Ich schaute auf die Uhr. Es hatte länger gedauert, als Karin versprochen hatte. Langsam fuhren wir weiter. Am Ende der Straße lag das Haus der Zwaals in der Mittagssonne. Stef lief die Auffahrt auf und ab und stampfte hilflos mit den Füßen. Ruud war nirgends zu sehen.

»Und jetzt?«, fragte Richard.

»Fahr bis vor die Tür«, bat ich. Es hatte keinen Sinn mehr, lange nachzudenken. Die Panik bei den Brüdern Zwaal musste ihren Höhepunkt erreicht haben. Das war der geeignete Moment, um Ruud endgültig das Handwerk zu legen.

Richard gab Gas, bog über den Bürgersteig in die Auffahrt ein und raste auf das Haus der Zwaals zu.

»Hupen«, sagte ich.

Er drückte auf die Hupe, und mit quietschenden Reifen ließ er das Heck des Wagens so herumdriften, dass wir genau vor dem Eingang zum Stehen kamen. Ich riss die Beifahrertür auf und sprang mit den Armen fuchtelnd hinaus. Stef stand da wie angewurzelt.

»Wo ist Lilly?«, rief ich. »LILLY!« Mit großen Schritten lief ich zur Haustür und gleich weiter in die Diele hinein. Drinnen war es düster und muffig, die Gardinen waren zugezogen. »LILLY, WO BIST DU?« Der Flur verlief von der Haustür aus geradeaus durch nach hinten. Links lag ein Durchgangszimmer, dahinter die Küche. In der Diele führte eine Treppe nach oben. »LILLY!«

»Halt den Mund, Stef, ich muss mich konzentrieren!«

Ruud saß unten im Hinterzimmer. Ich rannte den Flur entlang und trat die Tür auf. Das ganze Zimmer war von oben bis unten mit Computerequipment gefüllt. Rechner waren aufeinandergestapelt und durch Kabel miteinander verbunden. Ich sah drei Türme aus mindestens zehn Computergehäusen. In diesem einen Zimmer befand sich mehr Datenverarbeitungskapazität, als ich jemals gesehen hatte. Damit machte er sogar *The Pattern* Konkurrenz. Auf einem riesigen Schreibtisch standen vier Bildschirme nebeneinander. Ruud bediente sein System von einem großen, rollenden Bürostuhl aus, hundertprozentig konzentriert auf das Gefecht, das er führte. Seine Cookies wie Vorposten auf Computern in der ganzen Welt. Er war das personifizierte Cookie-Monster, und er saß in der Klemme. Schweiß rann ihm das Gesicht herunter, seine Haare klebten an der Kopfhaut. Seine dicken Hände flatterten wie fette Schmetterlinge über Touchpads und Scrollrädchen. Er war der Herr und Meister über sein Reich, das jedoch in der Realität aus nichts weiter als einem stickigen, dunklen Zimmer in einem verwahrlosten Haus bestand. Hier saß ein Mann, der ganz allein einem Team der besten Computerspezialisten Amsterdams widerstehen konnte, für den jedoch zwischen den Gartenbauern im Westland kein Platz war. Zu intelligent oder zu exzentrisch? Zu weit in eine virtuelle Welt vorgedrungen, um noch mit Tomaten, Paprikas und Gurken vorlieb zu nehmen? Das ununterbrochene Brummen der Kühlventilatoren klang, als hause ein Bienenschwarm in dem Raum. Neben dem abgedunkelten Fenster stand eine Klimaanlage, die auf vollen Touren lief, um die Temperatur zusätzlich zu senken. Ruud lebte in einer anderen Welt, er verlor sich in der Umgebung, die er im Internet aufgebaut hatte. Er glaubte an sein Hotel, er glaubte an Lilly, er glaubte an die Figuren, denen er im Hotel begegnete, denn das Hotel *Vergangen* war sein eigentliches Zuhause. Dort war er die Person, die er sein wollte. Rein virtuell, Traum, Fantasie, Illusion – egal. Für ihn war es echt, und deswegen war ich hier.

Mit ausgebreiteten Armen blieb ich in der Tür stehen. Mein dunkles Cape wie Fledermausflügel ausgebreitet. Hohe Stiefel an den Füßen. »LILLY!«, schrie ich.

Ruud saß immer noch mit dem Rücken zu mir. Ich packte seinen Stuhl und drehte ihn zu mir um. Da sah er erst, wer bei ihm eingedrungen war. Ich trug exakt dieselbe Kleidung wie der Weber, der Avatar, den Karl in Ruuds Hotel geschickt hatte. Indem ich ihm in diesem Aufzug einen Besuch abstattete, gab ich ihm zu verstehen, dass der Weber kein virtueller Witz und der Angriff absolut ernst gemeint war. Der Weber war überall, in Ruuds Computer und in seinem Haus. Er war umzingelt. » LILLY!«, rief ich noch einmal.

»NEIN!«, schrie Ruud. Seine Verwirrung schlug um in Entsetzen und in dem Moment vergaß er die Kontrolle über sein Hotel. Er starrte mich an, als ich mich über ihn beugte, und fing an zu kreischen.

Ich schlug das Cape um seinen Kopf, drückte ihn nach unten und hörte erstickte, unzusammenhängende Laute. Ein Röcheln, als bekäme er keine Luft.

»Du kannst nicht hier sein!«, ächzte er.

Durch den Stoff hindurch flüsterte ich: »Ich bin überall, und jetzt bin ich hier.« Hinter mir hörte ich, wie Stef sich den Flur entlang näherte.

»Ich habe ihn nicht kommen sehen. Er war schon drin, bevor ich richtig reagieren konnte. Er …« Stef sah erschrocken seinen Bruder an, der halb unter dem dunklen Cape verborgen war.

»Ruud muss sich einen Moment ausruhen«, sagte ich. Ich zog Ruud rückwärts. Der Stuhl rollte mühelos über den glatten Fußboden.

»Nein, nein, nein!« Unter dem Cape hervor fasste Ruud nach seinem Schreibtisch, seiner Maus, seinem Touchpad, der Kontrolle über sein Leben.

»Ruud hat genug angerichtet«, beschloss ich und zog ihn noch weiter von seinen Geräten weg. Ich fühlte, wie er zuckte und zitterte. Aus einem der Computertürme ertönte ein lang gezogener Pfeifton.

Ruud stöhnte. »Nicht mein Stack!«, jammerte er. »Nicht mein Stack!«

Erschrocken blickte Stef sich um. Überall piepten jetzt die PCs. »Was ist denn hier los, Ruud?«, fragte er. Offenbar war Karl in das System vorgedrungen. Es war ein befremdlicher Gedanke, dass ich jetzt mit Ruud und Stef in diesem Zimmer stand und Karl und sein Team auch hier waren, quasi mit ihren Fingern in den Computern. Wo ein Wille ist, ist auch ein Weg.

Ruud sackte in sich zusammen. Ich fühlte, wie er den letzten Rest Widerstand aufgab, und zog das Cape weg. Das Theater war vorbei. Stef ging vor dem Stuhl in die Hocke und legte Ruud die Hände auf die Knie.

»Ruud?«, sagte er. »Danny ist weg, Ruud. Sie haben Danny abgeholt. Was sollen wir tun? Ruud? Was machen wir denn jetzt?« Stef ließ nicht locker. Er brauchte Ruud, der ihm sagte, was zu tun war. Die seltsame Dreieinigkeit der Brüder Zwaal trat immer deutlicher zutage. Was an Gehirn unter den drei Männern zu verteilen gewesen war, hatte Ruud komplett erhalten. Danny war geistig behindert. Stef hatte noch einen gewissen sozialen Umgang, Ruud aber nicht. Hauptsache, Ruud sagte Stef, was er tun sollte und wie es zu tun war. Gemeinsam sorgten sie für Danny.

»Nicht jetzt, Stef.« Ruud wehrte seinen Bruder mit einer Armbewegung ab. Dieser sprang laut protestierend rückwärts weg, aber Ruud hörte ihn nicht einmal. Er war zu sehr mit sich selbst beschäftigt. Sein Blick war stumpf und auf irgendeinen Punkt auf der verschlissenen Blümchentapete gerichtet, die zwischen dem vielen Computerzubehör da und dort noch sichtbar war. Ich schleifte ihn mitsamt dem Stuhl aus dem Zimmer hinaus in den Flur.

Stef hüpfte um uns herum, unsicher, was er tun sollte. Einmal wollte er Ruud beschützen und mich aus dem Haus werfen, dann wieder hatte er Angst, dass Ruud das vielleicht nicht wollte. Stef war stark und klug genug, um zu wissen, dass er mich irgendwie loswerden musste, aber im Haus war Ruud der Chef. In der Gegenwart seines Bruders verwandelte sich Stef in einen unsicheren, hilflosen Mann. Er maulte, unternahm aber nichts.

»Hau ab!«, rief er. Eine peinliche Stille trat ein. Stef versuchte noch ein letztes Mal, Ruud davon zu überzeugen, dass sie wirklich etwas unternehmen mussten. Doch Ruud schrie ihn an, er solle den Mund halten und ihn in Ruhe lassen. Die beiden Brüder verstanden sich nicht mehr. Stef wollte noch kämpfen, Ruud hatte seinen Kampf bereits verloren.

Ich rief Richard. Gemeinsam hoben wir Ruud aus seinem Stuhl, schleppten ihn zur Tür hinaus und steckten ihn nach hinten in den Clio.

»In die Castrostraat«, sagte ich. Stef war nirgends mehr zu sehen.

84

Das ist dein Rennen

In einem der Treibhäuser hinter der Ruine an der Castrostraat fanden wir einen geeigneten Platz für das Verhör. Ruud saß auf einem alten Hocker vor einem Pflanzkasten, die Hände hinter dem Rücken um eines der Metallbeine des Behälters gebunden. Ich griff nach einem Gartenschlauch, der seitlich daneben hing, drehte den Hahn auf und richtete den Wasserstrahl auf Ruuds Gesicht. Er warf den Kopf wie wild hin und her, um dem kalten Nass auszuweichen. Er kniff die Augen zu, schrie und hatte sofort den Mund voller Wasser. Das war nichts im Vergleich zu dem, was ich während meiner Haft hatte erdulden müssen. Nichts. Neben dem Feuerwehrschlauch, den die Militärs auf mich gerichtet hatten, wirkte der Gartenschlauch wie ein Kinderspielzeug. Dennoch erfüllte mich ein Gefühl der Genugtuung. Ich zahlte Ruud die Torturen in der Haft mit gleicher Münze zurück. Dieser Gedanke verstärkte noch meine Überzeugung, richtig zu handeln. Erst als Ruud zu prusten anfing, drehte ich den Gartenschlauch wieder zu. Tropfnass saß der dicke Mann auf dem Hocker.

»Terroristenfreund«, sagte ich. Ich schrie nicht, ich brüllte nicht. Ich sprach deutlich und mit großem Nachdruck. Jede Silbe war eine Verurteilung. Durch ihn besaß ich kein Haus, kein Geld und keine Weisungsbefugnis über meine eigenen Besitztümer mehr.

Er reagierte nicht.

Ich drehte den Hahn wieder auf. Richtete den Strahl auf sein Gesicht. Dann drehte ich den Hahn wieder zu.

»Islamistenhelfer.«

Keine Reaktion.

Hahn auf. Strahl in sein Gesicht. Hahn wieder zu. Ich wusste, wie er sich fühlte.

Er schniefte und hustete. Wasser troff ihm aus der Nase.

Hahn auf. Strahl in sein Gesicht. Hahn zu. Ich konnte das

viel länger durchhalten als er. Und es machte mir Spaß. Zum ersten Mal konnte ich zurückschlagen, zum ersten Mal konnte ich meine Wut an einem wahren Schuldigen auslassen. Ruud zerrte und zog an dem Kasten hinter seinem Rücken, versuchte aufzustehen, versuchte, sich loszureißen. Je stärker er zappelte, desto weniger Mitleid hatte ich mit ihm. Ich spritzte ihn nass und beschuldigte ihn der Zusammenarbeit mit Terroristen. Dabei näherte ich meinen Mund immer dichter seinem Ohr an. Jedes Mal wenn er aufstehen wollte, zwang ich ihn zurück auf den Hocker. Das wackelige Ding krachte unter seinem Gewicht. Ich wollte ihn brechen, zerstören, bis er genauso am Boden lag wie ich. Ich wollte ihn fertigmachen, bis er nichts anderes mehr war als ein wabbelnder Körper, der nach Atem und um sein nacktes Leben rang. In mir hatte sich etwas verändert. Ich war auf einen Kern gestoßen, der keinen Unterschied mehr zwischen Härte und Grausamkeit machte. Die Grenzen waren gefallen.

Hahn auf. Strahl in sein Gesicht. Hahn zu.

»Was willst du von mir?«

Mein Name wurde von fundamentalistischen Idioten missbraucht, und das war seine Schuld. Durch ihn war ich in Machenschaften hineingezerrt worden, die ich ablehnte und verachtete.

Hahn auf. Hahn zu.

»Ich arbeite nicht mit Muslimen!«, schrie er schließlich. Er riss an dem Pflanzkasten. »Nicht mit Muslimen. Ich arbeite grundsätzlich nicht mit Muslimen! NIEMALS!«

»An wen lieferst du dann? An *AmstaBouw?*«

Er nickte. »An ehrliche Leute, Leute wie mich.«

»Das nennst du ehrliche Leute?« Ich trat den Hocker unter ihm weg. Mit einem dumpfen Knall stürzte er zu Boden. Die Arme hinter seinem Rücken verdrehten sich. Er hing mit seinem vollen Gewicht an den Gelenken und schrie vor Schmerzen. »An wen verkaufst du?« Ich wiederholte die Frage, zwei Mal, drei Mal, so lange, bis er Antwort gab.

»Ich weiß keine Namen«, behauptete er. »Sie nennen niemals ihre Namen.«

Ich glaubte ihm nicht. Alles drehte sich um Namen. Falsche Namen vielleicht, aber ich wollte sie hören. »Wer ist es?«, schrie ich. »Mohammed? Achmed? Komm schon, Ruud, wie heißt dein Osama?«

Er versuchte, sich aufzusetzen, um den schmerzhaften Druck auf seine Schultern und Handgelenke zu verringern. Ich stemmte einen Fuß seitlich gegen ihn und drückte ihn wieder hinunter.

Er schrie.

»WER IST ES?«

Richard versuchte, mich mit ausgestrecktem Arm von ihm wegzudrängen.

»Aufhören«, sagte er.

»Aber ich bin noch gar nicht fertig! Misch dich da nicht ein!« Ich wollte ihn wegschieben, aber er wich nicht zur Seite. Ich zog und zerrte an ihm, meine Wut war noch lange nicht verraucht. »Was hast du denn damit zu tun!«, schrie ich.

»Ich bin mit dabei.«

»Dann geh weg!«

Er schüttelte den Kopf. »Hör jetzt auf.«

Ich konnte nicht aufhören. Ich musste Ruud härter treffen. Tiefer. Noch tiefer als in sein Herz. Ich wollte, dass er die Schmerzen in seiner Seele spürte. Ich wollte, dass er sich vorstellen konnte, wie es war, von einem anderen als derart unbedeutend betrachtet zu werden, dass er genauso gut nicht hätte existieren können. Das wollte ich. Und Richard stand mir dabei im Weg. Ich sprang nach vorn. Richard wich zurück. Im ersten Moment dachte ich, er würde sich mit der Situation abfinden, aber ich hatte vergessen, wie schnell er war. Mit einer kleinen Bewegung ging er beiseite, holte aus und schlug mir mit der flachen Hand mitten ins Gesicht.

»Hör auf«, sagte er wieder.

Der Schlag brannte mir auf der Wange. Verdattert blieb ich stehen.

»Wut speist sich aus sich selbst«, sagte Richard. »Wenn man am Steuer eines Rennwagens sitzt, muss man das wissen. Je schneller man fährt, desto weniger Platz ist für Wut.

Du stehst hier am Steuer, das ist dein Rennen. Also lenke, sonst hat das alles keinen Sinn.«

Ich rieb mir mit einer Hand über die Wange. Der Schmerz, der Schreck hatte mich aus meinem Rausch gerissen. Es dauerte einen Moment, bis ich wieder weiterwusste.

»Lenke«, riet Richard. Er legte mir eine Hand auf die Schulter. »Ich bin auch nicht dafür, diese Kerle unnötig zu schonen, das weißt du. Wenn wir kämpfen müssen, dann kämpfen wir. Dann bin ich dabei.« Er ging in die Hocke und zog Ruud halb auf, sodass er wieder normal sitzen konnte.

»Für wen arbeitest du?«, fragte er. »Arbeitest du für die Fundamentalisten? Bezahlen sie gut?«

Ruud schüttelte den Kopf. Immer wieder. Er konnte gar nicht mehr aufhören. »Ich arbeite nicht für Muslime«, sagte er. »Ich arbeite gegen sie. Ich arbeite gegen den Feind. Ich tue nur Gutes.«

»Ach ja? Warum läuft dann ein Marokkaner mit meinem Namen herum?«, fragte ich. »Erklär mir das mal.«

»Das kann ich nicht.«

Ich zerrte das Foto, das mir der Oberst gegeben hatte, aus meiner Innentasche und hielt es ihm vor die Nase. »Sieht der hier etwa aus wie ein rechtschaffener Westländer? Mit hübschen blonden Haaren? Die Mutter aus Monster, der Vater aus Naaldwijk?« Mir zitterten die Knie. »Jetzt komm schon! Dieser Kerl trägt meinen Namen. Michael Bellicher. Das bin ich. Hast du diesen Namen schon einmal gehört? Michael Bellicher. Das WAR ich, bis du Schindluder mit meinen Daten getrieben hast!«

Er stöhnte auf.

»Inzwischen bin ich auch noch stolzer Besitzer dieses Schutthaufens hier. Hast du das auch eingefädelt? Oder willst du das etwa deinen Brüdern in die Schuhe schieben?«

Er schwieg und ließ den Kopf vornübersinken.

»Jetzt sag schon was, du Idiot!« Ich trat neben seinem Kopf gegen den Metallbehälter.

Kann sein, dass Richard recht hatte, aber ich konnte meine Wut nicht einfach an- oder ausschalten. Ich war kein Rennfahrer, der emotionslos seine Rennen abspulte. Wenn ich loslegte, blieb kein Auge trocken.

Langsam fing Ruud an zu reden. Nach und nach erfuhren wir die Geschichte der Familie Zwaal. Der Vater war gestorben und hatte keine Lebensversicherung abgeschlossen. Er hinterließ einen bankrotten Betrieb und einen haushohen Schuldenberg, dessen Zinsen die Angehörigen nicht mehr bezahlen konnten. Ruud hatte nie in den Gartenbau gewollt. Ruud war ein Computerfanatiker, er sehnte sich danach, sich in die virtuelle Welt des Internets zurückzuziehen. Weg von der täglichen Plackerei zwischen Obst und Gemüse. »Wenn man im Gartenbau in Schwierigkeiten gerät, fällt man ins Bodenlose«, erklärte Ruud. »Bis man Pleite geht, hat man schon jahrelang von Krediten gelebt, und dann stellt sich schließlich heraus, dass die Sicherheiten nicht genügend Wert besitzen, um die Schulden zu bezahlen.« Danny konnte nicht für sich selbst sorgen und allein schaffte es Stef nicht, den Betrieb an der Castrostraat aufrechtzuerhalten. Ihre beiden Schwestern hatten geheiratet und waren nach Den Haag gezogen. Das Haus verkam. Ruud und Stef verdienten Geld mit kleinen Jobs und Reparaturarbeiten. Ruud nahm einen zusätzlichen Kredit auf und belastete sein eigenes Haus mit einer Hypothek. Er stopfte ein Loch, indem er ein anderes aufriss, und versuchte unterdessen, die Castrostraat zu verkaufen. »Aber niemand wollte das Haus und den Betrieb haben«, sagte er. »Je länger sich der Verkauf hinzog und je mehr wir verlangen mussten, desto schwieriger wurde es, einen Käufer zu finden.« Er lehnte sich gegen das harte Bein des Pflanzkastens. Legte den Kopf in den Nacken. »Alles ging dabei drauf. Meine Schwester hat eine Zeit lang Geld reingebuttert, ihre Firma haben wir auch noch fast ruiniert.« Er seufzte.

»Der Juwelier in Den Haag?«, fragte ich.

Ruud nickte. »Millionen. Es ging um Millionen.« Er schwieg. »Wir haben keine Millionen. Der Verkauf der Castrostraat hätte nur ungefähr die Hälfte aller Schulden gedeckt. Wahrscheinlich nicht einmal so viel. Die Zinsen aller Kredite verfolgten uns überallhin, wohin wir auch gingen.«

Ich wusste genau, wie hoch ihre Schulden insgesamt waren.

»Für den ersten Namen, den ich zum Verkauf anbot, bekam ich zehntausend Euro. In bar. Damit konnten wir nicht einmal einen Monat über die Runden kommen. Aber es gab keine Fragen. Nichts.« Seine Abnehmer wollten immer mehr Namen, in immer kürzeren Abständen. »Nach nicht einmal einem Jahr erhielt ich fünfundzwanzigtausend pro Name.«

Ruud hatte eine Möglichkeit gefunden, sich und seine Familie vor den Banken zu retten. Er hatte sich im Internet seine eigene Welt erbaut, und dort suchte er nach geeigneten Kandidaten. Tag und Nacht beschäftigte er sich damit. Sein Geschäft boomte, er sorgte für erstklassige Namen, komplette Akten. Doch die Schulden wurden nicht weniger, die Kunden aber immer wählerischer. »Sie verlangten immer umfassendere Informationen über die jeweilige Person. Ich brauchte Monate, um eine Identität zu komplettieren.« Ihm wurde klar, dass er niemals genug würde verdienen können. Hinzu kam, dass sich auch die Unterschlagung von Geldern aus dem Geschäft seines Schwagers nicht mehr verbergen ließ. Alles ging schief. Sie mussten dringend eine Lösung finden, und die gestohlenen Identitäten schienen der ideale Ausweg.

»Bis Danny es sich eines Tages in seinen dummen Kopf setzte, mit dem BMW zu fahren«, sagte Ruud. Tränen liefen ihm über die Wangen, aber es war nicht meine Schuld. »Danny liebt Autos.« Aus diesem einen Satz ging hervor, was Ruud alles für seine Brüder tat. Das Merkwürdige an ihm war nämlich, dass er nur an sie dachte. Er konnte nicht anders. »Für Danny ist Autofahren das Größte. Schon seit er achtzehn ist, wünscht er sich ein eigenes Auto.« Ruud schüttelte den Kopf. »Dabei hat er nicht mal einen Führerschein. Der Depp.«

»Also deshalb verkaufst du die Identitäten an *AmstaBouw*, die Scheinfirma einer Gruppe von Extremisten.«

»Nein. Ich verkaufe nicht an Muslime. Ich verkaufe nie an Muslime. Niemals. Wenn ich an diese Art von Leuten verkaufen würde, hätte ich keine Probleme. Dann würde ich dreimal so viel für einen Namen bekommen.«

Gut hunderttausend Euro, so viel wurde für einen guten Namen gezahlt. Derartige Beträge hatte ich bei der Vereinigung gehört, von Meneer Braun und Meneer Grün. So viel erhielt Ruud offenbar nicht, denn sonst hätte er mit drei Namen im Jahr mehr als genug verdienen können. Er verkaufte unter Preis an jemand anderen. Doch an wen? An einen Zwischenhändler wahrscheinlich, sodass er nie wusste, mit wem er es eigentlich zu tun hatte. Mit professionellen Identitätenhändlern, mit der russischen Mafia oder direkt mit einer extremistischen Gruppierung? Alle Terrorgruppen brauchten Identitäten, um sich ungehindert in den westlichen Gesellschaften bewegen zu können, um die Lage zu sondieren und ihre Aufträge planen und durchführen zu können. Diese Gruppen mussten auf äußerste Geheimhaltung achten. Je weniger Leute von ihren Aktivitäten erfuhren, desto besser. Jemanden wie Ruud Zwaal würden sie niemals einweihen.

»Wo schickst du deine Informationen hin? An welche Adresse mailst du die Identitäten?«

Wieder schüttelte Ruud den Kopf. »Ich weiß keine Namen. Keiner von uns nennt je seinen Namen. Ich habe eine Telefonnummer, da rufe ich an.«

»Und dann schickst du die Informationen an jemanden?« Richard löste mich wieder ab.

»Nein, das nicht.«

»Doch, natürlich, Ruud, du stiehlst jemandem seine Identität, sammelst alle Daten und verkaufst sie.«

Ruud nickte.

»Du verkaufst sie«, wiederholte Richard. »Wenn du sie verkaufst, musst du sie auch jemandem schicken.«

»Nein, ich verschicke sie nicht. Niemals über das Internet«, erwiderte Ruud kopfschüttelnd. »Ich hinterlasse keine Spuren. Nicht die geringsten. Die Unterlagen werden immer persönlich übergeben. Gegen Bargeld.« Er schwieg, begriff, dass er zu viel gesagt hatte. Doch er hatte einmal angefangen, seine Geschichte zu erzählen, und jetzt war er an einem Punkt angelangt, an dem er konkret werden musste.

»Wie?«, fragte Richard. Er zögerte die Kernfrage noch ein wenig hinaus.

»Bringen und holen«, antwortete Ruud.

Bringen und holen. Auf einmal hatte ich Dannys Worte wieder im Ohr. Stef und Danny fuhren irgendwohin, um etwas zu bringen und zu holen. Bringen und holen. Fahren mit Stef. Pizza und Nudeln essen.

»Wir verabreden uns, immer an derselben Stelle, und dort bringen wir die Informationen hin. Auf einem Stick oder einer CD, egal. Es geht Hand in Hand. Informationen gegen Geld.«

»Wo?«, fragte ich.

Er reagierte nicht.

»Wo?«

»Immer am selben Ort.«

»Das sagtest du bereits. Wo?«

Er zuckte mit den Schultern. »Was willst du von mir? Warum sollte ich dir das erzählen?«

»Warum nicht?«

Er lachte. Sogar in dieser Situation konnte er noch lachen. »Das reicht mir nicht«, sagte er. »Du willst deinen Namen zurück, das ist dein Ziel. Schön. Aber ich bin auch noch da.«

»Du hast keine Ziele mehr«, erwiderte ich. »Mit dem Hotel *Vergangen* ist es vorbei. Dein Geschäft liegt am Boden. Der Verkauf der Castrostraat wird rückgängig gemacht. Alles wird rückgängig gemacht. Alles. Also wovon redest du? Dein einziges Ziel sollte darin bestehen, mir zu helfen.«

»Was willst du von mir?«, fragte er wieder. »Ich kann dir deinen Namen nicht zurückgeben. Ich habe deinen Namen nicht mehr. Er wurde verkauft. Ein anderer ist damit auf und davon. Also, was willst du von mir?«

»Ich will, dass du mir sagst, wer deine Kontaktperson ist«, sagte ich. »Ich will denjenigen, an den du verkaufst, und dann will ich denjenigen, an den er weiterverkauft. Verstanden?«

»Du weißt nicht, was du da redest. Gegen diese Leute kannst du nicht gewinnen.«

Ich sagte nichts mehr. Richard auch nicht. Wir sahen einander lange an. Wir saßen fest, jeder am jeweils anderen

Ende, ohne Ausweichmöglichkeit. Das war's. Hier musste es geschehen. Wir konnten nur weitermachen, wenn wir uns gegenseitig halfen. Ohne einander kamen wir aus diesem Treibhaus nicht mehr raus. Dann wäre diese baufällige Bruchbude hier unsere Zukunft. Ich brauchte Ruud. Stef war nicht gut genug. Stef konnte liefern, aber er konnte keine Verabredung treffen. Ruud war derjenige, der die Kontaktperson anrief. Ruud speicherte die Informationen auf einem Stick und sorgte dafür, dass alles glattging.

»Ich will dir einen Deal vorschlagen«, sagte Ruud. »Ich vereinbare eine letzte Lieferung. Ihr kommt mit, dann seht ihr mit eigenen Augen, wer die Kontaktperson ist. Ihr könnt demjenigen anschließend folgen, ihn verhaften lassen, was immer ihr wollt, aber lasst uns die Lieferung abwickeln.«

Ich sagte nichts.

»Die Lieferung erfolgt ungestört. Das ist alles, was ich will.«

Er hatte fünf Namen von Karl erhalten, fünf komplette Identitäten. Bei der jetzigen Marktlage konnte er eine halbe Million dafür verlangen. In bar. Das war die Lieferung, um die es ihm ging. Und um einen letzten Batzen Geld.

»Stef und Danny liefern, nehmen das Geld in Empfang und kehren nach Hause zurück. Ungehindert«, sagte er.

»Danny ist verhindert. Danny sitzt im Präsidium.«

»Dann muss er da wieder raus.«

»Einfach so? Du glaubst, sie würden ihn ohne Weiteres wieder gehen lassen?«

Ruud schwieg. Er verschanzte sich hinter seiner letzten Stellung. »Leichter kann ich es euch nicht machen«, sagte er. »Danny fährt mit.«

»Aber warum? Warum muss Danny mit? Was hat er in Gottes Namen damit zu tun? Er wurde verhaftet, weil er einen tödlichen Unfall verursacht hat. Was willst du daran noch ändern?«

Er schüttelte den Kopf. »Ohne Danny kein Deal«, sagte er.

Ich seufzte, stampfte mit dem Fuß auf. »Warum?«

»Jede Lieferung erfolgt nur mit einem Passwort. Das dient der Kontrolle, einem letzten Check. Ohne dieses Passwort passiert nichts. Ohne das Passwort könnte Stef tagelang herumsitzen und warten, ohne dass jemand auftauchen würde. Das Passwort bietet dem Käufer Sicherheit. Wenn das Passwort stimmt, weiß er, dass er sich zeigen kann und ihm die Lieferung ausgehändigt wird.«

»Was willst du uns damit sagen? Dass Danny das Passwort kennt? Wenn Danny das Passwort kennt, dann hat er es von dir, also kannst du es genauso gut Stef sagen. Wo ist das Problem?«

»Danny IST das Passwort«, erwiderte Ruud. »Danny hat keine Ahnung, was bei den Übergaben passiert, aber wenn er nicht dabei ist, geht die ganze Lieferung nicht über die Bühne.«

»Danny sitzt im Präsidium«, sagte ich noch einmal. Überflüssigerweise.

Ruud nickte. »Aber seine Verhaftung ist ein Irrtum, und den werden wir aus der Welt schaffen. Wir beide gemeinsam.« Er sah mich an und auf einmal wusste ich, worauf er hinauswollte. Er feilschte um die Freiheit seines Bruders.

85

Wenn du frei bist, geht es erst richtig los

Langsam stand er auf. Durch die lange Zwangshaltung, festgebunden an ein Bein des Pflanzkastens, hatten sich seine Muskeln verkrampft. Er schüttelte die Hände aus und lief ein paarmal auf und ab, bis das Gefühl wieder in seine Gliedmaßen zurückkehrte. Nachdem er sich einige Minuten lang gereckt und gestreckt hatte, zog er ein Handy aus der Gesäßtasche und wählte eine Nummer. Er wartete.

»Stef«, sagte er. »Ich bin's.« Er lauschte geduldig den heftigen, lauten Vorwürfen seines Bruders. »Alles in Ordnung«, sagte er schließlich. »Mach dir keine Sorgen. Wir werden holen und bringen. Okay? Holen und bringen. Die letzte Lieferung.« Wieder hörte er einen Augenblick zu. »Mit Danny, ja. Mit Danny. In einer Viertelstunde bin ich wieder zu Hause.« Er unterbrach die Verbindung. »Jetzt du«, sagte er.

Ich rief Guusje an. »Danny Zwaal ist verhaftet worden«, sagte ich.

»Na endlich!«, antwortete sie. »Jetzt passiert wenigstens mal was.«

»Aber nicht das, was du denkst«, erwiderte ich, »denn er muss wieder auf freien Fuß gesetzt werden. Kannst du bitte ins Präsidium fahren und nachsehen, ob es ihm einigermaßen gut geht? Dann komme ich nachher mit seinem großen Bruder Ruud und wir tauschen die beiden gegeneinander aus.«

»Ich weiß nicht, ob die das so einfach akzeptieren«, meinte Guusje.

»Danny ist geistig behindert. Ruud hat alles so manipuliert, dass es so schien, als sei Danny der Schuldige gewesen. Das sollst du ihnen erklären.«

Guusje schwieg. »Das ist aber doch gelogen, oder?«, fragte sie.

»Das ist die Wahrheit, die ich brauche.«

Guusje holte tief Luft. »Ein Mann wurde angefahren und ist an den Folgen des Unfalls gestorben. Er hinterlässt Angehörige. Die Wahrheit, das sind die Fakten. Fakten, die stimmen, die man beweisen kann. Du kannst die Wahrheit nicht so verdrehen, wie es dir gerade passt. Du musst dich an die Fakten halten.«

»Dann müssen wir vorher die Fakten auswählen«, erwiderte ich. »Denn es gibt immer mehr Fakten, als in eine Aussage hineinpassen. Das weißt du besser als irgendjemand sonst. Fakt ist, dass Danny nicht weiß, was er tut, und er die Folgen seines Handelns nicht absehen kann. Fakt ist, dass Danny tut, was Ruud sagt. Fakt ist, dass Ruud dafür verantwortlich ist, was Danny tut. Fakt ist, dass du Danny für das Unglück bestrafen kannst, aber niemand ein Gefühl der Genugtuung dadurch empfinden wird. Wenn du Ruud bestrafst, entspricht das viel eher der allgemeinen Rechtsauffassung. Das sind Fakten.«

Sie schwieg. Sie wollte keine Argumente von mir hören. Die konnte sie sich auch selbst ausdenken. Sie wollte meine Stimme hören.

»Wofür soll ich mich entscheiden?«, fragte ich. »Für das Recht? Dass die richtige Person für das Richtige angeklagt wird? Oder für mich selbst? Ich entscheide mich für mich, weil ich beschuldigt werde, aber keinesfalls für die Tragödie verantwortlich bin. Ruud dagegen trifft viel eher die Schuld.«

»Danny trägt die Schuld.«

»Wenn Danny nicht freigelassen wird, werde ich für den Unfall und seine Folgen geradestehen müssen.«

Guusje sträubte sich weiter. Wir konnten doch beweisen, dass ich mit der Sache nicht das Geringste zu tun hatte. Wir konnten zeigen, dass meine Identität gestohlen worden war. Ich brauchte nur noch ein wenig Geduld, Durchsetzungsvermögen und Glauben an mich selbst.

»Wenn ich nicht ich selbst sein kann, wie kann ich dann an mich selbst glauben? Ich bin quasi ständig auf der Flucht, lebe aus Kisten, schlafe auf einer Matratze in meinem Büro.«

»Du schläfst in meinem Bett.«

»Stimmt«, pflichtete ich ihr bei. »Da schlafe ich. Falls ich nicht mal wieder in irgendeiner Zelle sitze.« Ich schwieg.

»Denn so wird es kommen, Guus. Ich muss das tun. Rechtsanwälte treffen Absprachen, um ihre Mandaten freizubekommen, sodass ein anderer, wichtigerer Straftäter festgenommen werden kann. Und genauso funktioniert es auch in diesem Fall.«

»Und zufällig trifft es sich für dich äußerst günstig.«

»Ja, aber was ist denn so schlimm daran? Du hast es doch selbst gesagt, damals, bei unserer zweiten Begegnung: ›Wenn du frei bist, geht es erst richtig los.‹ Das hast du gesagt. Und das gilt noch immer.«

Sie schwieg.

»Ohne dich wäre ich nicht so verbissen gewesen«, sagte ich. Ich hörte, wie sie schluckte.

»Okay, ich fahre hin«, sagte sie. »Wir sehen uns im Präsidium.« Ohne ein weiteres Wort legte sie auf.

»Wer war das?«, fragte Ruud.

»Mein Rechtsbeistand.« Wir gingen durch das Treibhaus, auf dem Weg zurück zum Auto.

»Hat sich eher angehört wie jemand, mit dem du befreundet bist, mit dem du dich da gestritten hast. Guus, stimmt's?«

»Guus. Ja, so heißt sie.«

Ruud blieb stehen und sah mich an. »Moment mal, also ist Guus eine Frau?«, fragte er.

»Ja, wie gesagt, meine Anwältin.«

»Stammt sie hier aus der Gegend?« Er kniff die Augen zu Schlitzen zusammen, als wolle er sie vor weiterem Ärger verschließen. »Wie heißt sie denn mit vollem Namen?«

»Van Donee. Guus van Donee.«

Ruud fluchte. »Diese Schlampe!«, sagte er.

86

Bellilog 17.08.06

Ich bin post-nichts-mehr. Mit post ist es aus. Ich stecke wieder mittendrin. Anderswo will ich gar nicht sein.

Nachricht von: Team

Kontakt wiederhergestellt. Status?

Nachricht an: Team

Lieferung übermorgen. Weiß noch nicht wo.

87

Die Wahrheit ist genau das Gegenteil

Sie war nicht da.

Das Herz schlug mir bis zum Hals. Van Bilt kam uns am Empfang abholen. Ruud und ich folgten ihm durch das Präsidium. Ruud war ganz ruhig. Er wusste, warum er hier war. Er wusste, was er zu tun hatte, und er würde sich von niemandem davon abhalten lassen. Dass Guusje nicht da war, erstaunte ihn nicht. Er vermisste sie nicht. Die Familien Zwaal und van Donee waren keine Freunde.

»Hier kennen sich alle untereinander«, hatte Ruud erklärt. »Vor allem die alteingesessenen Familien, und wir leben schon seit acht Generationen hier. Als mein Vater die Castrostraat kaufte, war das der größte Schritt, den unsere Familie je gewagt hatte. Alle wussten das. Van Donee wusste es auch. Er kannte meinen Vater, und vorher hatten sich schon ihre Väter gekannt. Der alte van Donee wusste, was dieser Kauf bedeutete. Also hätte er dafür sorgen müssen, dass mein Vater faire Verträge unterzeichnete. Das hätte er tun müssen. Meine Eltern konnten diese Verträge kaum entziffern, die hatten keine Ahnung, ob sie in Ordnung waren oder nicht. Wenn van Donee ihnen sagte, dass es gut war, dann war es gut. So lief das eben früher. Meine Eltern vertrauten darauf, dass ihr Anwalt für sie arbeitete und nicht für einen seiner Freunde, der so viel wie möglich von dem Verkauf profitieren wollte. Damit hat alles angefangen. Sobald meine Eltern unterschrieben hatten, waren sie die Dummen. Mein Vater hat zwanzig Jahre lang versucht, den Betrieb rentabel zu machen. Zwanzig Jahre! Doch schon vom ersten Tag an hatte er keine Chance. Nichts funktionierte, nichts war so wie versprochen.«

Der alte Zwaal war von seinem eigenen Anwalt über den Tisch gezogen worden, zusammen mit einem seiner Freunde und einem Notar. Sie hatten sich bereichert und Zwaal krepieren lassen. Wenn er Fragen hatte, waren sie gerade in einer

Besprechung oder versprachen, sich zu melden, taten es aber nie. Genehmigungen fehlten, Inspektionen waren undurchsichtig, Berichte stimmten nicht. »Bis er auf der Strecke blieb«, sagte Ruud. »Und dann stellte sich heraus, dass er nicht einmal versichert war. Van Donee hat meine Familie auf dem Gewissen. Deine Guus trifft keine Schuld, sondern ihr Vater hat es getan. Aber als sie die Kanzlei übernahm, habe ich auch von ihr nichts gehört. Und jetzt kann sie mir gestohlen bleiben.«

Alle möglichen Gedanken spukten mir durch den Kopf. Guusje hatte nichts darüber erzählt. Schlimmer noch: Sie hatte behauptet, die Familie Zwaal nicht zu kennen. Sie hatte so getan, als müsse sie recherchieren, wer Danny Zwaal war und wo er wohnte. Sie war unter dem Vorwand zu Gobbis gefahren, dass ich nicht wissen würde, wie man ihn am besten anpackte. Sie hatte mit ihm allein gesprochen. Worüber? Sie hatte zu lange gebraucht, um die Adresse der Zwaals zu finden. Sie hatte Dannys Namen und seine Adresse an die Polizei weitergeleitet, aber die hatten nichts damit angefangen. Warum? War die Kluft zwischen den van Donees und den Zwaals so groß, dass sie sich bekämpften? Nein, das konnte nicht sein. Wenn das so gewesen wäre, hätte Guusje doch mit Vergnügen einen von ihnen verhaften lassen. Am liebsten alle drei. Doch das hatte sie nicht getan. Ganz im Gegenteil. Sie hatte die Ermittlungen absichtlich hinausgezögert. Als habe sie meine Aufmerksamkeit von irgendetwas ablenken wollen. Aber wovon? Von sich selbst. Von ihrer eigenen Familie. Wenn Ruud recht hatte, dann hatte die Familie van Donee etwas zu verbergen. Wenn der Verkauf der Castrostraat untersucht wurde, bestand für Guusje die Gefahr, dass man auch die Rolle ihres Vaters genauer unter die Lupe nehmen würde. Dafür würde Ruud schon sorgen, und das wiederum brachte Guusjes Kanzlei in Gefahr.

Die Wahrheit.

Die Wahrheit war genau das Gegenteil. Danny in einer Zelle war sicherer als Ruud in einer Zelle. Für sie. Sie wollte keinen Austausch. Lieber nicht. Danny konnte sie kontrollieren, Ruud nicht. Ihre Interessen und meine Interessen standen einander diametral gegenüber. Das war die Wahrheit.

Dennoch wünschte ich, sie wäre jetzt hier gewesen. Vor jeder Ecke hoffte ich, sie würde dahinter stehen. Die Akte unter dem Arm, vorbereitet, entschlossen, das zu tun, was sie tun musste. Ja, ich hätte es mehr begrüßt, wenn sie hier gewesen und nicht mit allem einverstanden gewesen wäre, als dass sie gar nicht da war.

Aber sie war nicht da.

Van Bilt führte uns zu einem Vernehmungszimmer. Auf dem Weg sah ich bekannte Gesichter wieder. Einige lächelten, andere nickten mir zu. Van Bilt hielt uns die Tür auf.

»Bitte setzen Sie sich«, sagte er. »Ich bin gleich bei Ihnen.«

Er ließ uns allein in dem kahlen Raum. Ruud zog sich einen Stuhl heran und setzte sich. Er starrte gedankenverloren vor sich hin. Er war hier, um Selbstanzeige zu erstatten, um dem Fantasieleben, das er aufgebaut hatte, ein Ende zu bereiten. Jede Minute, die vorbeitickte, brachte ihn einer Verurteilung und einer Haft näher. Und damit näherte sich auch der endgültige Ruin seiner Familie. Durch seine Geschäfte hatte er ihren Untergang hinausgezögert. Aber das war jetzt vorbei.

Hinter mir kam jemand mit Kaffeebechern herein.

»Meneer Bellicher?« Es war Karin. Ich kannte nicht einmal ihren Nachnamen. »Sie sind also doch noch einmal wiedergekommen?« Sie lächelte und stellte die Becher auf den Tisch. »Also, wir haben Danny Zwaal verhaftet, und …«, sie wandte sich an Ruud, »er ist Ihr Bruder, wenn ich das richtig verstanden habe? Stimmt's?«

Ruud nickte.

»Ich befürchte, wir werden nicht so recht schlau aus ihm.«

»Deswegen sind wir ja hier«, erklärte ich.

Sie schwieg und blickte auf den Tisch. »Zucker und Milch liegen auf dem Tellerchen«, erklärte sie und zeigte auf ein graues Plastikschälchen.

»Wie geht es Danny?«, fragte Ruud.

»Gut.«

»Hat er keine Angst?«

»Doch, ab und zu ein bisschen. Dann setzt sich einer von uns kurz zu ihm.«

»Er tut nichts«, erklärte Ruud. »Aber er ist natürlich sehr groß, und wenn er in Panik gerät, kann er sehr hart zuschlagen, aber er meint es nicht so. An ihm ist nichts Böses. Wirklich nicht.«

»Ich weiß.«

Ruud schwieg. Er rührte in seinem Kaffee und nickte.

Van Bilt kam herein, mit einer Akte und einem eigenen Kaffeebecher. Er schaute erst Ruud, dann Karin an.

»Also geht es ihm gut?«, fragte Ruud erneut.

»Ja, Danny geht es gut, solange sich jemand um ihn kümmert«, antwortete Karin.

Ruud reagierte nicht. Auf diese Aussage konnte er nicht mehr reagieren. Er wusste, dass Karins Antwort der Wahrheit entsprach, denn die Wahrheit kannte er schon seit Jahren. Er sorgte für Danny. Und für Stef. Fortan würde ein anderer diese Aufgabe übernehmen müssen. Stef und Danny würden für sich selbst sorgen müssen. Ruud hatte die letzte Lieferung organisiert. Stef wusste, wann und wo. Mit dem Geld von der Lieferung würden sie eine Zeit lang auskommen, danach würde es schwierig werden. »Aber bis dahin bin ich schon wieder frei«, hatte Ruud gesagt. Natürlich war das reines Wunschdenken. Er konnte das genauso wenig voraussehen wie irgendjemand sonst.

»Möchten Sie, dass er bei dem Gespräch dabei ist?«, fragte van Bilt.

»Nein. Er versteht das nicht. Wir reden miteinander, und wenn wir fertig sind, möchte ich ihn gerne sehen. Wenn das möglich ist.«

Danny flatterte unstet herum. Als er Ruud sah, strahlte er über das ganze Gesicht. Er kam in das Vernehmungszimmer hereingetänzelt.

»Ruud! Ruud!«, sagte er. »Das ist mein Bruder Ruud. Was, Ruud? Was machen wir denn jetzt, Ruud?« Er sah mich und erschrak. »He, aber was macht er, er, er denn hier, Ruud? Warum ist er hier?«

»Das ist Michael«, sagte Ruud. »Michael ist okay.«

»Michael ist okay«, wiederholte Danny. Er war nicht ganz überzeugt. Aber wenn Ruud es sagte, musste er es glauben. »Er weiß von dem 5er, Ruud, er weiß von dem 5er«, sagte er.

»Und ich weiß von dem 5er, die Polizei weiß von dem 5er, alle wissen von dem 5er. Der 5er ist kein Problem mehr.«

»Jaaaaa, der 5er ist nämlich gestohlen worden. Jaaa!« Danny klatschte in die Hände. Er beugte sich zu van Bilt, sodass sich fast ihre Nasen berührten. »Der 5er ist kein Problem!«, sagte er.

»Nein«, bestätigte van Bilt. »Das Problem ist gelöst.«

»Jaaa, gelöst!« Danny wurde immer aufgeregter. »Und Michael ist okay, stimmt's, Ruud?«

Die Polizei glaubte die Geschichte, die Ruud ihnen erzählte. Sie war stimmig, sie passte in sämtliche vorgestanzten Meinungen über sozial schwache Problemfamilien. Ruud spielte den überforderten Bruder, der versagt hatte. Obwohl er sich in Wahrheit im Vergleich zu vielen anderen wacker geschlagen hatte. Stets hatte er die Verantwortung für seine Familie übernommen und sich nie davor gedrückt.

Auch jetzt stand er für seinen jüngeren Bruder ein. Ihm traten Tränen in die Augen. Er presste die Lippen zusammen und unterdrückte seine Gefühle. Verantwortungsbewusstsein ist ein zweischneidiges Schwert.

»Danny«, sagte er. Er legte seinem Bruder die Hand auf die Schulter und versuchte, ihn ein wenig zu beruhigen. »Hör zu, Danny. Holen und bringen. Mit Stef zusammen.«

»Jaaaa! Holen, bringen. Holen, bringen.«

»Noch einmal.«

»Mit Stef.«

»Zum letzten Mal. Okay?«

»Zum letzten Mal holen und bringen.«

»Stef ist zu Hause und macht das Auto fertig. Du fährst mit Michael, er bringt dich nach Hause. Ich bleibe noch einen Moment hier und unterhalte mich mit der Polizei.«

Es dauerte noch fast eine Viertelstunde, bis Danny alles begriffen hatte. Immer wieder warf er alles durcheinander und verwechselte alte mit neuen Absprachen. Durch geduldige Wiederholungen gelang es Ruud, ihm alles zu erklären.

»Ich fahre mit Michael mit«, sagte Danny schließlich. »Michael ist okay.« Er drehte sich zu mir um. »Hast du ein Auto?«

»Michael darf ausnahmsweise mit unserem Omega fahren«, sagte Ruud.

Der Omega war gut. Danny war zufrieden. Er ging zur Tür und wollte aufbrechen. Van Bilt öffnete die Tür für ihn und deutete damit an, dass er gehen konnte. Danny verließ das Zimmer und trat hinaus auf den Flur. Van Bilt, Karin, Ruud und ich blickten uns in der plötzlichen Stille an. Ruud stellte sich dicht vor mich.

»Stef weiß, wann und wo es ist«, sagte er leise. »Kümmere du dich darum, dass Danny nach Hause kommt, für den Rest sorgt Stef dann schon. In Ordnung?«

Ich nickte.

»Danny ist schon weg«, sagte Ruud.

Ich verließ ebenfalls den Raum. Ein paar Meter weiter stand Danny im Flur und wartete auf mich.

»Kommst du mit?«, fragte ich.

»Ja, ich komm schon mit.«

Wir gingen ein paar Schritte. Plötzlich drehte er sich um und lief zurück zum Vernehmungszimmer. Er steckte seinen Kopf zur Tür hinein.

»Du bleibst noch einen Moment hier und unterhältst dich mit der Polizei«, sagte er.

Es war keine Frage. Es war das ständige Bedürfnis nach Wiederholung, nach der Bestätigung dessen, was er wusste. Vor ein paar Wochen hatte ich das nicht erkannt. Jetzt schon. Inzwischen wusste ich Bescheid.

88

Bellilog 18.08.06

Mein Auto steht in der Garage des kriminaltechnischen Labors. Komplett auseinandergenommen, um zu überprüfen, ob verdächtige Elektronik drinsteckt. Den Führerschein erhalte ich zurück, sobald die notwendigen Formalitäten erledigt sind. Auch meinen Pass. Kann noch eine Weile dauern. Mein Haus in Amsterdam-Noord wird versteigert, denn die Bank hat ihre Formalitäten sehr wohl erledigt. Die sind schneller. Ich kann nichts mehr dagegen tun. Ich weiß es, aber ich empfinde nichts mehr dabei. Es ist einfach zu viel für mich. Mir ist alles zu viel.

89

Du fährst nur dein eigenes Auto

»Morgen Vormittag in Kijkduin. Auf einer Caféterrasse am Boulevard. Um halb elf müssen Danny und ich dort sitzen.«

Stef kümmerte sich um seinen jüngeren Bruder. Er badete ihn und gab ihm saubere Kleidung. Er kochte Kaffee, schäumte Milch auf und kurz darauf saß Danny strahlend bei einem erstklassigen Cappuccino. Richard und mich ignorierten sie. Es war später Nachmittag, noch fast achtzehn Stunden bis zu der Verabredung in Kijkduin. Normalerweise wäre die Zeit nur so verflogen; jetzt erschien sie uns wie eine Ewigkeit. Achtzehn Stunden lang unter demselben Dach wie die Brüder Zwaal, achtzehn Stunden lang im Haushalt von alleinstehenden Männern – denn eine Frau war seit Jahren nicht mehr über die Schwelle getreten. Ich hatte nicht die geringste Lust, dort zu bleiben, aber bis zur Lieferung wollte ich Danny und Stef nicht mehr aus den Augen verlieren. Jetzt durfte nichts mehr schiefgehen.

Im Computerraum neben der Küche war es still. Ruud hatte Kopien der Identitäten erstellt, auf Stick und auf CD, und ansonsten die Apparatur stehen gelassen. Wenn die Abnehmer festgestellt hätten, dass das Hotel nicht mehr existierte, wären sie womöglich misstrauisch geworden, und das wollte ich unbedingt vermeiden. Das Hotel *Vergangen* war noch wie sonst zugänglich. Zwar konnte Lilly ohne die Unterstützung Ruuds nicht mehr die illustre Gästeschar bieten, die die Besucher bisher so verzaubert hatte, aber es war geöffnet. Für einen Passanten war von außen nicht feststellbar, dass sich innen etwas verändert hatte. Dadurch hofften wir, die Lieferung nicht unnötig zu gefährden. So lange stand das Hotel unter der Leitung von *The Pattern.* »Wenn du das Geld hast, ziehst du hier alle Stecker raus«, hatte Ruud seinem Bruder Stef aufgetragen. »Ich komme ja ohnehin so bald nicht wieder.«

Ich rief Klasman an und brachte ihn auf den neuesten

Stand. Jetzt, da ich nicht mehr auf Guusje zählen konnte, brauchte ich ihn nötiger denn je.

Ich musste dauernd an Guusje denken. Ich versuchte, mir vorzustellen, was sie getan hatte. Von dem Moment an, als der Name Danny Zwaal aufgetaucht war, hatte sie den Fall verschleppt. Erst danach waren wir miteinander ins Bett gegangen, was mir im Nachhinein das Gefühl vermittelte, sie habe mich mit dem Sex zu beeinflussen versucht. Vielleicht hatte sie vermeiden wollen, dass ich sie verdächtigte.

Reglos saß ich am Tisch, die Hände im Schoß, die Augen geschlossen. Ich kämpfte mit Erinnerungen, die unwillkürlich in mir aufstiegen und von denen ich nicht wusste, was sie bedeuteten.

Das erste Mal, als wir zusammen gewesen waren, in dem kleinen Zimmer hinter der Lagerhalle, war wie eine Befreiung gewesen, eine Explosion. Wie sehr ich auch an Guusje zweifelte, in diesem Punkt war ich mir ganz sicher. Vielleicht aber auch nur, weil ich der Wahrheit nicht ins Auge sehen wollte oder konnte. Was hatte sie danach getan? Warum? Und wo war sie?

Bei van Donee & van Donee ging niemand ans Telefon. Nicht einmal die Sekretärin war im Büro. Am liebsten wäre ich selbst hingefahren, um mich mit eigenen Augen davon zu überzeugen, dass Guusje wirklich nicht da war. Aber das war unmöglich. Ich durfte noch nicht wieder Auto fahren und hatte auch keine Lust, Richard zu fragen, ob er mich hinbringen würde. Außerdem ging es gar nicht darum, zu kontrollieren, ob sie da war oder nicht. Ich wollte sie sehen. Mehr nicht. Es war ein unmittelbares, körperliches Bedürfnis.

»Alles löst sich allmählich auf«, stellte ich fest.

»Ach, hat es jemals einen Zusammenhang gegeben?«

»Nein, eigentlich nicht.«

»Je schneller man fährt, desto unwichtiger erscheint einem die Umgebung«, bemerkte Richard. »Alles schnurrt zu einem Bild zusammen. Als hätte man es mit Händen und Armen zusammengeschoben und hielte es fest. Man glaubt, es liege an einem selbst, aber das ist nicht so. Es liegt an der Geschwindigkeit. Sie presst die Welt zusammen, legt sie in deine Hände. Sobald du anhältst, dehnt sie sich wieder aus.«

»Ich müsste also einfach nur schneller laufen?«

Richard schüttelte den Kopf. »Du musst gar nichts«, erwiderte er. »Du hast den Eindruck, den Überblick zu verlieren, weil du still stehst. Dabei siehst du zu viele Einzelheiten, die dir verborgen bleiben, wenn du an ihnen vorbeirast. Wenn ich mit dreißig Stundenkilometern über die Rennstrecke von Magny-Cours fahre, sehe ich, wie hässlich die Umgebung ist. Mit über zweihundert ist es ganz wunderbar dort. Glaub mir.«

»Ich rede aber nicht von einer Rennstrecke«, sagte ich.

»Natürlich nicht.« Er lachte. »Du redest von Guus.«

»Sie hat gelogen. Einfach so, knallhart. Du bist dabei gewesen. *ONLY THE DOGS WILL KNOW* stand auf deinem T-Shirt. Ich glaube, nicht mal die Hunde wussten etwas. Sie lügt.«

»Du lügst auch«, erwiderte Richard. »Und ich lüge auch manchmal. Wenn es mir in den Kram passt. Es ist nicht schlimm, wenn man ab und zu lügt. Ich lüge meine Eltern an, und das ist völlig in Ordnung. Dadurch kommen wir prima miteinander aus. Nur wenn man immer lügt, ist das schlimm.«

»Sie hat mich angelogen.«

»Weil du gerade da warst.«

»Du glaubst also, es ging gar nicht um mich.«

Richard schwieg. Abwesend starrte er vor sich hin, als sei ich gar nicht mehr da. »Wie sehr willst du die Geschichte noch aufblasen?«, fragte er nach einer Weile. »Ob es um dich geht oder nicht, bestimmst du selbst.«

»Ich meine Guusje«, sagte ich. »Ihr ging es nicht um mich.«

Richard schüttelte den Kopf. »Nein, so ein Quatsch. Man fährt nie zwei Autos zugleich. Du fährst nur dein eigenes Auto.« Er stand auf und verließ die Küche. »Es ist wirklich ein Glück, dass sie dir den Führerschein abgenommen haben.«

Ich fluchte und schimpfte und trat gegen die Möbel. Warum musste alles so schwierig sein? Warum war ich ohne

Weiteres davon überzeugt, dass Guusjes Lügen die Welt bedeuteten, dass sie eine notorische Lügnerin war und daher alles, was sie je getan oder gesagt hatte, gelogen war? Es fiel mir unglaublich schwer, nicht immer alles zu übertreiben und zu verallgemeinern. Mein Hang zur Vereinfachung war kaum zu unterdrücken. Guusje war keine notorische Lügnerin – sie hatte nur ein Mal gelogen. Selbst wenn sie drei Mal gelogen hätte, musste sie deswegen keine Lügnerin sein. Was musste ich das auf die Goldwaage legen? Schließlich logen wir alle ab und zu, mal hier, mal da. Es gehörte dazu. Manchmal war es einfach leichter, weil nicht jeder alles zu wissen brauchte. Guusje hatte getan, als würde sie Danny Zwaal nicht kennen. Aber das musste noch lange nicht bedeuten, dass alles, was sie sagte, gelogen war. Oder dass sie nur mit mir geschlafen hatte, um mich zu manipulieren. Es konnte ebenso gut genau umgekehrt sein. Vielleicht war sie umso aufrichtiger gewesen, weil eine Lüge zwischen uns stand.

Vielleicht konnte ich in einem Punkt an ihr zweifeln und deswegen an alles andere umso fester glauben.

90

Doch noch ganz gemütlich

Ein ganz normaler Vormittag im August. Blauer Himmel, die Sonne wärmte schon, es ging kaum Wind. In Kijkduin war viel Betrieb. Stef und Danny stellten den Omega auf einem Parkplatz ab und spazierten dann in Richtung Meer.

Danny tanzte vor uns her über den kurzen Boulevard. Etwa zwanzig Cafés und Restaurants reihten sich am äußersten Dünenrand dicht aneinander. Danny fuchtelte mit seinen langen Armen und machte etwa alle drei Schritte einen kleinen Luftsprung. Je fröhlicher er war, desto deutlicher trat seine Behinderung zutage. Ihm war das egal und Stef auch. Die Hände in den Jackentaschen, die Schultern hochgezogen, ging der ältere Bruder langsam hinter dem jüngeren her. Er hatte es nicht eilig. Es war zehn vor halb elf.

Irgendwo in der Mitte der Promenade suchten Richard und ich uns einen Platz auf der Terrasse eines Cafés. Durch die gläsernen Trennwände konnten wir Stef und Danny beobachten. Sie setzten sich vor einem italienischen Restaurant ein Stück weiter an einen Tisch. Pizza und Nudeln. Heute leider nicht.

Wir bestellten Kaffee.

Stef und Danny taten dasselbe. Wir warteten. Über den Boulevard schlenderten die Touristen. Die Mitglieder des Observationsteams waren nirgendwo zu sehen. Dennoch mussten sie hier sein. Unsichtbar für uns, während sie uns ständig im Auge behielten. Ich blickte mich um. Einige Möwen flogen kreischend über uns hinweg.

Stef und Danny erhielten ihren Kaffee vor uns. Kurz darauf kam auch unsere Serviererin mit einem Tablett nach draußen, stellte den Kaffee auf den Tisch, kassierte sofort und ging wieder hinein.

Es war halb elf.

Ein älteres Ehepaar ging vorbei. Arm in Arm. Mit trägen Bewegungen. Sie setzten sich auf eine Terrasse zwischen uns und den Brüdern Zwaal. Rückten mit den Stühlen und nahmen Platz. Jedes Geräusch auf der Straße war weithin zu hören.

Fünf nach halb elf. Niemand. Danny stand auf und ging ein Stück den Boulevard entlang. Nur Stef wusste, dass wir hier waren, Danny nicht. Aus Sicherheitsgründen, damit er sich nicht in einem ungünstigen Moment verplappern oder zu uns herüberzeigen konnte.

Zwanzig vor elf. Danny setzte sich wieder hin. Die Serviererin brachte ihm einen zweiten Cappuccino. Heftig rührte Danny in der großen Tasse herum. Stef saß zurückgelehnt in seinem Stuhl, das Gesicht der Sonne zugewandt. Ganz entspannt. Zwei Männer kamen von der anderen Seite die Straße herunter und näherten sich unauffällig den Tischen vor dem italienischen Restaurant. Danny entdeckte sie und stand auf. Er winkte ihnen zu und begrüßte sie mit ungenierter Begeisterung. Die Männer sahen durchschnittlich aus, Anfang vierzig, der eine blond, der andere etwas dunkelhaariger. Jeans, Polohemd, Jacke, Sonnenbrille. Einer von ihnen trug eine dunkelblaue Sporttasche, ein kleines Modell. Der andere hatte eine flache Laptoptasche dabei. Sie lachten und schoben Stühle an den Tisch der Brüder. Der Blonde ging an die Tür des Restaurants und rief etwas hinein.

»Das sind keine Muslime«, stellte Richard fest. »Wenn das Muslime sind, bin ich Osama persönlich.«

»Mittelsmänner«, vermutete ich.

Schweigend beobachteten wir die Männer an dem Restauranttisch. Sie verhielten sich ganz ungezwungen und selbstsicher. Entschlossen.

»Sie sehen gar nicht mittelsmännerisch aus«, stellte Richard fest.

Bei Stef und Danny wurde es jetzt richtig gesellig. Der dunkelhaarige Mann beschäftigte sich mit Danny und die beiden hatten einen Riesenspaß. Dannys wieherndes Lachen schallte über alle Cafés hinweg. Während ich zusah, begriff ich, warum Danny das perfekte Passwort verkörperte: Er konnte nichts verheimlichen. Man würde Danny sofort ansehen, wenn irgendetwas nicht stimmte. Deswegen also hatte Ruud alles unternommen, um ihn zu beruhigen, um dafür zu sorgen, dass er sein eigenes, fröhliches Selbst sein konnte. Und es war ihm gelungen.

Der blonde Mann stellte noch einen Tisch dazu und holte seinen Laptop heraus. Er klappte ihn auf und schaltete ihn ein. Sogar aus der Distanz konnte ich erkennen, wie der Bildschirm aufleuchtete.

Stef gab dem blonden Mann den Stick und die CD, die er zu Hause in seine Jacke gesteckt hatte. Der Mann legte die CD auf den Tisch und steckte den Stick seitlich in seinen Computer. Konzentriert beobachtete er den Monitor, während die anderen drei Kaffee tranken. Nach etwa zehn Minuten zog er den Stick wieder heraus, ließ diesen und die CD in seine Jackentasche gleiten und packte den Laptop wieder ein. Von diesem Moment an ging alles sehr schnell. Der Dunkelhaarige übergab Stef die Tasche. Stef zog den Reißverschluss auf und schaute hinein. Steckte die rechte Hand hinein und suchte darin herum. Nicht lange. Dann verschloss er die Tasche wieder und stand auf.

»Los, gehen wir«, sagte ich. Noch bevor Stef und Danny sich verabschiedet hatten, waren Richard und ich schon am Ende des Boulevards angelangt. Wir eilten zum Auto und warteten, dass die anderen aufbrachen.

Stef und Danny kamen zuerst. Fröhlich, nur die beiden. Stef legte die Tasche in den Kofferraum seines Wagens. Sie blickten nicht zu uns herüber, wir sahen nicht zu ihnen. Durch nichts verrieten wir, dass wir uns kannten.

Wir blieben sitzen. Vom Einkaufszentrum hinter dem Boulevard aus kamen die beiden Männer auf den Parkplatz zu. Sie unterhielten sich ganz normal, blickten sich in alle Richtungen um und gingen dann erst zu ihrem Fahrzeug.

»Grauer Vectra«, bemerkte Richard.

Sie stiegen ein und fuhren langsam weg. Ohne Eile. Am Fuße der Düne ordneten sie sich links ein und blieben vor der Ampel stehen. Richard wartete, bis sie weiterfuhren, und folgte ihnen.

So eine Verfolgung ist langweilig und spannend zugleich. Es geschieht nichts, aber man wartet die ganze Zeit darauf, dass etwas geschieht. Der graue Vectra fuhr die lange Straße hinter Kijkduin entlang in Richtung Stadt. Richard achtete darauf, dass sich immer einige Fahrzeuge zwischen ihnen und uns befanden, damit wir nicht allzu sehr auffielen. Sie setzten ihren Weg fort bis zu der Unterführung bei Madurodam. Dort bogen sie in die Straße ein, die am Kanal entlang zum Malieveld führte. Ab und zu kamen wir ihnen etwas näher, meist vor einer Ampel. Der dunkelhaarige Mann saß am Steuer, der blonde neben ihm telefonierte. Die Frage war, ob sie sich direkt zu ihrer Lieferadresse begeben oder ihre Ware erst später weiterverkaufen würden. Wir vermuteten, dass sie die Namen so schnell wie möglich weiterverschieben wollten. Je frischer, desto besser und desto geringer die Chance, dass etwas schiefgehen konnte. Die Abnehmer der Ware, um die ging es. Bei diesen Abnehmern handelte es sich um *AmstaBouw* oder andere Organisationen, die die Namen unbescholtener Bürger missbrauchten, damit Extremisten ungestört ihr Unwesen treiben konnten.

Wir fuhren am Malieveld entlang, bogen nach rechts auf die Utrechtsebaan und fuhren gleich darauf wieder rechts ab. An der Ampel beim Malieturm ging es erneut nach rechts und kurz darauf fuhr der Vectra auf den Parkplatz vor dem Bahnhof und hielt dort an. Der blonde Mann gab dem anderen irgendetwas und stieg aus. Sie trennten sich.

Ich fluchte. »Du fährst dem Auto hinterher, ich folge dem anderen«, sagte ich und zeigte auf den blonden Mann, der auf den Eingang des Bahnhofs zuging. Ich nahm meinen Rucksack vom Rücksitz und stieg aus. »Wir telefonieren, wenn irgendetwas sein sollte«, sagte ich.

In der Bahnhofshalle war es verhältnismäßig ruhig. Es herrschte ein Kommen und Gehen von und zu den Gleisen. Es fiel mir nicht schwer, den blonden Mann wiederzufinden und ihm zu folgen. Ich musste nur aufpassen, dass er mich nicht bemerkte. Bei *AmstaBouw* wusste man, wer ich war, schließlich hatten sie mich verfolgt. Diesen blonden Mann hatte ich noch nie zuvor gesehen, aber das musste nicht heißen, dass er mich nicht wiedererkennen würde.

Er kaufte eine Fahrkarte an einem Automaten und ging zu dem Bahnsteig, an dem der Zug nach Amsterdam bereitstand. Abfahrt in acht Minuten. Mehr als genug Zeit. Aus einiger Entfernung beobachtete ich, wo er einstieg, und kehrte zurück in die Bahnhofshalle. Von meinem letzten Bargeld kaufte ich mir auch eine Fahrkarte.

Der Zug war fast leer. Der blonde Mann saß allein in einem Erste-Klasse-Abteil. Vom Bahnsteig aus sah ich ihn dort sitzen und fragte mich, ob ich in demselben Abteil Platz nehmen sollte wie er. Ich befürchtete, das würde zu sehr auffallen, aber andererseits hatte ich keine andere Wahl. Von einem anderen Wagen aus konnte ich nicht sehen, wo er ausstieg oder was er machte. Ich musste beobachten können, wann er aufstand und wohin er ging. Ich durfte ihn nicht verlieren. Nicht jetzt. Von dem Observationsteam hatte ich nichts bemerkt. Vielleicht waren sie da, vielleicht auch nicht, aber den Mann zu verlieren war ein Risiko, das ich nicht eingehen durfte. Also stieg ich ein und setzte mich in die erste Sitzreihe, sodass ich das ganze Abteil überblicken konnte. Der Mann saß auf der anderen Seite. Sein Gesicht konnte ich nicht sehen, nur seine blaue Jeans und einen Teil seiner Jacke. Ich rutschte so weit wie möglich in die Ecke, damit er mich nicht bemerkte. Allmählich beruhigte ich mich wieder etwas. Der Mann reagierte nicht einmal. Für ihn war ich ein Jemand in einem Zug. Worüber regte ich mich so auf?

Sobald der Zug losgefahren war, rief ich Richard an. Seine Zielperson war offenbar nicht nach Amsterdam gefahren. »Ich bin hier irgendwo in Den Haag«, sagte er, »auf der Laan van Nieuw Oost-Indië.« Er hatte keine Ahnung, wohin sie unterwegs waren. Ich unterbrach die Verbindung und wartete. Las in einer der überall herumliegenden Gratiszeitungen. Neuigkeiten als Abfall. Eine Zeitung ohne Kunden. Ohne eine Bindung an ihre Leser. Hauptsache keine Bindung! Der Post-alles-Mensch ist allergisch gegen Bindungen.

In Leiden stiegen weitere Passagiere ein, darunter auch drei Männer in Anzügen. Geschäftsleute, die in ein Gespräch über Rahmenbedingungen, Verhandlungsziele und kritische Erfolgsfaktoren vertieft waren. Sie setzten sich auf die andere Seite des Ganges und ihre Unterhaltung hatte eine einschläfernde Wirkung auf mich.

Langsam verließ der Zug den Bahnhof Leiden. Wir fuhren durch Außenbezirke, und als wir die Stadt hinter uns gelassen hatten, nahm der Zug Fahrt auf. Warmond sauste vorbei. Hoofddorp. Mitten im Gespräch stand einer der Männer auf und die beiden anderen folgten seinem Beispiel. Sie packten mich und schleiften mich durch den Gang hinaus in das nächste Verbindungsstück zwischen zwei Waggons. Stopften mir einen Lappen in den Mund. Einer der Männer hielt die Toilettentür auf und ein anderer drängte mich vor sich her. Es war eine große Toilette mit verbreiterter Tür. Groß genug für Rollstuhlfahrer. Oder drei Männer ohne Rollstuhl. Die Tür ging auf und der blonde Mann kam herein.

»So, jetzt wird's ja doch noch gemütlich«, sagte er. Er streckte den Arm aus, griff mich am Unterkiefer und drehte meinen Kopf von links nach rechts. »Dich kenne ich noch nicht, aber das wird sich ganz schnell ändern.« Sein Gesicht glich dem eines Serienhelden im Fernsehen: Alle Züge waren ein wenig zu ausgeprägt, ohne dass daraus ein bemerkenswertes Ganzes entstand. Seine Augen verbarg er hinter einer großen Sonnenbrille. Er ließ mein Gesicht los und boxte mir in den Magen. Fest. Sehr fest. Der Schmerz strahlte vom Zentrum meines Körpers in alle Richtungen aus. Ich schnappte nach Luft, doch vergeblich. Der Mann ließ mich los und ich sank auf der Toilette in mich zusammen. Mit geschlossenen Augen. Den zweiten Hieb sah ich nicht mal kommen.

91

Kleine Rädchen

Bis nach Amsterdam saßen wir auf dem Klo, der blonde Mann, einer seiner Helfer und ich. Die anderen beiden schoben wahrscheinlich draußen auf dem Gang Wache. Der blonde Mann stellte mir Fragen, sein Helfer hielt mich fest und zog mir bei Bedarf den Knebel aus dem Mund. Beim ersten Mal schrie ich sofort um Hilfe. Ein Fehler mit schmerzhaften Folgen. Der blonde Mann schlug so hart zu, dass ich für einen Moment das Bewusstsein verlor. Plötzlich war für ein paar Sekunden alles schwarz. Ich fühlte nichts. Das kam erst später. Ein singender, schneidender Schmerz, der meinen Kopf auseinanderzureißen schien. Diese Männer verstanden ihr Handwerk und hatten keine Scheu, ihre Fähigkeiten einzusetzen. So dachte ich.

Er wiederholte seine Frage. »Wer bist du?«

»Michael Bellicher«, antwortete ich.

»Für wen arbeitest du?«

»Für mich selbst.«

Schweigen.

»Warum bist du uns gefolgt?«

»Weil ich wissen wollte, wo ihr hinfahrt.« Zu leugnen erschien mir sinnlos. Noch so ein Schlag und ich wäre k.o. gegangen. Außer Gefecht gesetzt. Solange der zweite Mann mich festhielt, schaffte ich es, mich auf den Beinen zu halten. Sobald er mich losließ, fing ich an zu schwanken. Ich machte mich so schlapp wie möglich und hängte mich mit meinem gesamten Gewicht an seine Hände. Der Mann zog und zerrte an mir. Fragen sausten mir um die Ohren. Auf die meisten wusste ich keine Antwort. Aber das war sowieso egal, denn sie glaubten mir kein Wort.

Während wir in Schiphol hielten, hörte ich Schritte im Gang vor der Toilette. Zahlreiche Reisende stiegen ein. Ich hörte Gepolter und das Schleifen von Koffern und Taschen und verschiedene Sprachen durcheinander. Die beiden Männer vor der Tür hielten jeden von der Toilette fern. Noch bevor sich die Zugtüren schlossen, war bereits wieder Ruhe eingekehrt. Auf der letzten Strecke bis zum Hauptbahnhof hielten wir noch zwei Mal. Während die Passagiere ein- und ausstiegen, mussten die Männer in dem Gedränge ausharren. Ein Schaffner fuhr in diesem Zug anscheinend nicht mit.

Der blonde Mann zog die Ärmel seiner Jacke zurecht und sah auf seine Armbanduhr. Nur noch wenige Minuten bis zur Endstation. Zu wenig Zeit, um noch etwas unternehmen zu können.

»Kannst du laufen?«, fragte er mich.

Ich schwankte, blieb aber stehen. Die Schmerzen in meinem Magen und in meinem Kopf ebbten allmählich ab. Währenddessen suchte ich nach einem Ausweg. Aber was konnte ich tun? Ich hatte keinerlei Bewegungsfreiheit. Der Raum war zu klein, und selbst wenn ich an den beiden Männern vorbeigekommen wäre, standen vor der Tür zwei weitere und ich saß immer noch in einem Zugwaggon fest. Wenn ich etwas tun wollte oder besser: konnte, dann eher außerhalb des Zuges.

»Okay, wenn alle ausgestiegen sind, gehen wir.«

Langsam bremste der Zug und kam zum Stehen. Ich hörte die Türen aufgehen, ich hörte Leute aussteigen, Geräusche aus dem Bahnhof, Durchsagen, Reisende, die sich auf dem Bahnsteig unterhielten, die telefonierten. Nach und nach nahm der Lärm wieder ein bisschen ab.

Es wurde zwei Mal rasch an die Tür geklopft. Der blonde Mann öffnete und schaute hinaus.

»Okay«, sagte er.

Zu zweit schleiften sie mich in den Gang. Der blonde Mann ließ mich los und einer der anderen trat an seine Stelle. Für einen Augenblick sahen sich die beiden unentschlossen an. In dem Moment ließ ich mich zu Boden sinken, als fiele ich in Ohnmacht. Die Männer mussten mich mit aller Kraft festhalten, damit ich ihnen nicht aus den Händen rutschte. Sie zerrten mich hoch.

»Hilf mit!«, zischte mich der blonde Mann an. Er fasste mich am Kinn und drückte es hoch. »Wir können das einfach oder schmerzhaft machen«, sagte er. »Und du weißt, wie schmerzhaft es werden kann.«

Wieder ließ ich mich in den Händen seiner Helfer hängen, die Beine schlaff unter mir, als hätte ich überhaupt keine Kraft mehr. Sie zerrten an mir, und in der Sekunde als sie mich wieder hochziehen wollten, drückte ich mich mit beiden Füßen ab. Die Männer hatten mit Widerstand gerechnet, doch da war nichts. Dadurch halfen sie mir, besonders hoch zu springen. Einer von ihnen verlor das Gleichgewicht und fiel stolpernd hintenüber. Ich senkte den Kopf und rammte ihn dem blonden Mann gegen den Hals, unter das Kinn, genau auf den Kehlkopf. In dem Durcheinander konnte ich mich losreißen. Ich versuchte, aus dem Zug zu springen. Zu spät. Die beiden anderen zogen mich wieder zurück.

»Aber, aber, meine Herren, was soll denn dieses Benehmen!« Ein älteres Ehepaar stand hinter uns und wollte gerade aussteigen. Niemand hatte die beiden kommen sehen. Unbeirrt gingen sie auf die offenen Türen zu, als seien wir gar nicht da. Für einen Augenblick erinnerten sie mich an das Ehepaar, das in Kijkduin den Boulevard entlanggeschlendert war. Ihre Haltung und ihre Art sich zu bewegen waren unglaublich ähnlich. Er trug einen braunen Mantel, sie einen gelben. Die Frau schob ihren Rollator wie ein Brecheisen vor sich her. Unsere Auseinandersetzung ignorierten sie.

»Könnten Sie vielleicht ein Stückchen beiseitegehen?«, fragte der Mann mit der sichtlichen Verärgerung eines älteren Herrn, der noch um die grundlegendsten Umgangsformen bitten musste. Die Männer zögerten, vielleicht fünf Sekunden lang, länger nicht. Für einen Moment wusste keiner, was er tun sollte. Ich riss mich los, schnappte meinen Rucksack und stürzte aus dem Zug.

Ich lief, rannte und sprang, an den Leuten auf dem Bahnsteig vorbei in Richtung Ausgang. Hier war viel mehr los als in Den Haag. Scharen von Reisenden aus Schiphol mussten vom Bahnsteig hinunter in die Halle. Vor der Rolltreppe drängte sich eine große Gruppe von Wartenden. Wenn ich mich ihnen angeschlossen hätte, hätten mich die Männer gleich eingeholt. Ich musste zu den normalen Treppen weiter hinten auf dem Bahnsteig. Hinter mir hörte ich Schreie. Die Leute wurden aufmerksam. Einige wichen aus, andere blieben mir stur im Weg stehen. Man konnte unmöglich vorhersehen, wie sie reagieren würden. Ich prallte in vollem Lauf gegen einen Mann, der mir ausweichen wollte. Ich wollte links an ihm vorbei, da machte er einen Schritt zur selben Seite.

»Entschuldigung!«, rief ich. »Tut mir leid, Entschuldigung!« Und dann schrie ich laut um Hilfe. Hier und da versuchten Umstehende halbherzig, meine Verfolger aufzuhalten, aber die meisten trauten sich nicht, einzugreifen. Mein Vorsprung vergrößerte sich etwas, Meter für Meter. Aber das würde nicht reichen. Ich griff nach meinem Handy und drückte zwei Mal hintereinander die Ruftaste. Wahlwiederholung. Richard. Er ging sofort dran.

»Das sind keine Mittelsmänner!«, schrie ich. »Das sind die echten Verbrecher!«

»Wo bist du?«

»In Amsterdam!«

»Okay. Hinterausgang. In zehn Minuten.«

»Schneller!« Ich rannte weiter, packte das Treppengeländer, warf mich um hundertachtzig Grad herum und sauste die Stufen hinunter.

»Acht Minuten.«

»Das schaffe ich nicht!«

»Sieben Minuten. Am großen Hinterausgang. Bei den Fähren.«

»Bleib dran!« Der Gang unten war schmaler als der Hauptgang. Auch er war belebt. Scharen von Leuten schwärmten in alle Richtungen. Allein oder in Gruppen. Alle durcheinander. Ich stürzte mich in die Menge. Um zum großen Hinterausgang zu gelangen, musste ich auf die andere Seite des Bahnhofs. Das bedeutete, dass ich erst zur Vorderseite musste. Dort musste ich die Halle durchqueren und dann zum großen Gang unter dem Bahnhof laufen, in dem sich die ganzen Geschäfte und Imbissbuden befanden. Ich drängte und zwängte mich zwischen den Leuten hindurch. Es war einfach zu voll. Kurz bevor ich die Halle erreichte, wurde ich von einer an die dreißig Mann starken Touristengruppe mit Koffern, Taschen und Rucksäcken aufgehalten. Sie blockierten fast den ganzen Gang und schlenderten, redend und gestikulierend, quälend langsam voran. Plötzlich blieben sie stehen, mitten im Gang.

»Ich glaube, wir gehen in die falsche Richtung. Wir müssen da lang«, sagte jemand. Die Gruppe drehte sich um und alle liefen wie Schafe in die andere Richtung. Sie drängten mich zurück.

»Nein!«, rief ich. »Da lang! Das Zentrum liegt in diese Richtung!«

»Wirklich?«, fragte der Mann vor mir. »Sind Sie sicher?«

»Ja! JA! Da lang!« Ich blickte mich um und einer meiner Verfolger war schon ganz nahe. Ich hatte keine andere Wahl mehr. Ich stürzte mich mitten in die Gruppe. »Folgen Sie mir einfach!«, rief ich. Über Koffer stolpernd und mich in Taschen verfangend schlug ich mich durch die Gruppe. Niemand glaubte mir mehr. Die Leute fingen an zu schimpfen und nach mir zu schlagen und zu treten. Der Häscher nutzte die Situation aus.

»Den kriege ich!«, rief er.

Die Gruppe wich auseinander, um ihn durchzulassen, und im ersten Moment befürchtete ich, es doch nicht zu schaffen. Ich schrie, bohrte mich mit beiden Fäusten voran durch die Menge und auf einmal war ich durch, in der Halle. Blindlings rannte ich weiter. Vor mir war der Ausgang zu den Straßenbahnen, rechts die erste Halle. Ich blickte mich um. Der Mann war mir noch immer dicht auf den Fersen. Hinter ihm sah ich seine Komplizen aufholen. Ich drehte mich um, wollte durch die Halle sprinten und prallte mit voller Wucht gegen eine Frau mit einem modernen Kickboard. Sie fiel hin und schrie irgendetwas. Ich verstand es nicht.

»Entschuldigung«, sagte ich, nahm den Roller, stieß mich ab und machte mich mit einem Schwenk auf den Weg durch die Halle. Ich trat wie ein Besessener, die kleinen Rädchen rasselten über die Bodenfliesen. Dabei stieß ich laute Warnrufe aus.

Vor mir sprangen die Leute beiseite, schneller, als wenn ich angerannt gekommen wäre. Der Roller verlieh mir zusätzliches Durchsetzungsvermögen. Über den Lenker gebeugt, den Rucksack auf dem Rücken, stob ich durch die alte Halle am Haupteingang, die wegen Bauarbeiten abgesperrt war. Schon seit Jahren. Ich fuhr weiter in die dritte Halle, an den Fahrkartenschaltern entlang. Auf dem Roller war ich etwas schneller als die Männer hinter mir, aber immer noch nicht schnell genug. Es gelang mir nicht, einen wirklich beruhigenden Vorsprung zu gewinnen. Eigentlich hätte ich nach draußen gemusst, aus dem Bahnhof heraus. Dort hätte ich im Gedränge der Stadt verschwinden können. Solange ich im Gebäude blieb, musste ich mich durch die Menge der Reisenden manövrieren. Ich lenkte nach links, als wolle ich aus dem Haupteingang hinaus, wendete um einen der Pfeiler und machte mich auf den Weg zur Hauptpassage. Auf dem abschüssigen Weg nach unten gewann ich an Geschwindigkeit. Der erste Mann hinter mir wurde von meinem Haken überrascht und blieb weit zurück. Der blonde Mann sah jedoch von Weitem, was ich tat, nahm eine Abkürzung und war auf einmal dicht hinter mir. Ich trat wie ein Wilder, doch da ich ständig ausweichen musste, wurde ich wieder langsamer. Auf halbem Wege durch den Gang schwenkte ich quer hinüber auf die andere Seite. Ich sprang ab, drehte mich um und warf den Roller hinter mich. Der blonde Mann machte einen Satz, aber das komische Ding mit dem geraden Trittbrett und dem sperrigen Lenker verfing sich zwischen seinen Füßen. Er stolperte und hielt sich an einem seiner Helfer fest. Gegenseitig fingen sie sich auf. Ich verlor keine Sekunde und wandte mich in Richtung Hinterausgang. Die Hälfte des Korridors hatte ich schon geschafft. Ich rannte und rannte und rannte, den Blick fest auf die Schiebetüren geheftet. Der Atem brannte mir in den Lungen, in meinem Kopf hämmerte es, meine Beine bewegten sich, als gehörten sie nicht mehr mir. Ich rannte und rannte. Langsam, zu langsam glitten die Türen auf. Ich verlor dadurch mehrere Meter an Vorsprung. Ich rannte hinaus. Durch den Hinterausgang des Hauptbahnhofs.

Niemand da.

Niemand. Die Passage zur Straße war leer. Die Straße selbst war leer. Der Bürgersteig war leer. Zäune und Holzpaneele standen um die Baugrube des U-Bahnhofes herum. Ich war zu früh. Richard hatte es nicht geschafft. Voller Panik hielt ich Ausschau. Drehte mich um. Die vier Männer kamen durch die Schiebetüren heraus. Keiner von ihnen rannte mehr. Der blonde Mann hatte die Führung übernommen. Drinnen sah ich, wie Polizei und Bahnpersonal die Leute aufhielten und zurückschickten. Niemand kam mehr zu den Schiebetüren heraus. Der blonde Mann ging auf mich zu, begleitet von den drei Helfern, die jetzt an seiner Seite waren.

Ich keuchte, atmete tief ein. Am ganzen Körper zitterten mir die Muskeln.

»Wo wolltest du denn hin?«, fragte der Blonde. Er konnte nicht sehen, was hinter seinem Rücken geschah. Hinter den Absperrwänden kamen Soldaten in voller Gefechtsausrüstung hervor. Gewehre im Anschlag. Als letzter der Oberst.

»So, jetzt ist es genug«, sagte er.

Der blonde Mann drehte sich blitzschnell um und sah genau in den Lauf eines Gewehres. Es dauerte einen Augenblick, bis er begriff, was geschah. Er fluchte. »Was soll das denn?«, schrie er. »Sie wissen gar nicht, worum es geht! Sie wissen ja nicht, wer ich bin!«

»Ach nein?«, fragte der Oberst und brachte ihn mit einer knappen Handbewegung zum Schweigen. Auf der anderen Seite kamen sechs weitere Soldaten hinter den Holzwänden hervor. Ohne ein Wort zu sagen, ergriffen sie die Männer. Ich ging auf den blonden Mann zu. Adrenalin und Wut pulsierten durch meinen Körper.

»Hast du eine Ahnung, was du mir angetan hast?!«, schrie ich ihm ins Gesicht. Ich schlug ihm die Sonnenbrille von der Nase. »Hast du auch nur die geringste Ahnung?«

Er blickte mich gefühllos an. Er kannte mich nicht und interessierte sich nicht für mich. Ich war unbedeutend. Er kämpfte einen Kampf, dem ich ohne Weiteres geopfert werden konnte. Was ich sah, war der Blick eines Mannes, der sich für etwas Besseres hielt als alle anderen. Wichtiger. Ob der Glaube dahintersteckte oder ein bedeutender Auftrag, spielte keine Rolle mehr. Ob für Frömmigkeit oder Freiheit: Überall finden sich Männer, die sich im Kampf einsetzen lassen. Nicht weil sie glauben, für etwas Gutes zu kämpfen, sondern weil sie ohne Kampf nicht leben können. Ich existierte nicht. Meine Interessen gingen unter in viel bedeutenderen Interessen, worin diese auch bestehen mochten. Der Mann schaute mich an, sah mich aber nicht einmal. Training und Arroganz. Unpassende Angeberei. Seine Augen strahlten all das aus, was mich maßlos reizte. Stellvertretend für all diese Männer und Frauen, die meinen, dass ihre Idee, ihr Glaube, ihr Krieg für Geld oder für Gott mehr wert sei als mein Leben, trat ich ihm zwischen die Beine. Gnadenlos hart. Meine ganze Frustration, Wut, Enttäuschung, Angst und Panik legte ich in diesen einen Tritt. Kurz bevor er den Schmerz in seinen Hoden in einem Urschrei herausbrüllte und sich mit beiden Händen in den Schritt griff, sah ich den Blick in seinen Augen brechen. Dafür hatte es sich gelohnt.

Ich hob die Hände über den Kopf und ging ein paar Schritte zurück, sodass alle wussten, dass ich nichts mehr tun würde. Die vier Männer wurden mit Handschellen gefesselt und abgeführt. Einige Minuten später wurde der Ausgang wieder freigegeben und Reisende strömten in den Bahnhof hinein und wieder heraus. Der Oberst führte mich hinter den Holzzaun. Zwischen den Baugeräten standen Militärfahrzeuge. Meine vier Verfolger verschwanden in einem Bus mit dunkel getönten Scheiben. Die Türen schlossen sich und wurden automatisch verriegelt. Die Soldaten stiegen ein und der Bus fuhr langsam vom Baugelände herunter. Hinter dem Bus kam ein Kleinwagen zum Vorschein. Ein Clio. Richard stieg aus, breit lächelnd. Er hatte den Reißverschluss seiner Jacke geöffnet und jetzt erst sah ich, was er darunter anhatte. Ein T-Shirt, natürlich. *WALKING ON SUNSHINE* stand darauf. Leuchtend gelbe Buchstaben auf himmelblauer Baumwolle.

»Das fällt dir jetzt ein«, sagte ich.

92

Am Ende fange ich noch an, dich zu mögen

»Zwei Motorräder vorne, zwei hinten und dann los. Von jetzt an will ich das immer«, meinte Richard. Kurz nachdem wir telefoniert hatten, war der graue Vectra von der Polizei abgefangen und der Fahrer verhaftet worden. Richard war mit Motorradeskorte nach Amsterdam gebracht worden. »Über den Standstreifen, über Busspuren und Fahrradwege. Mit hundertneunzig durch den Schipholtunnel. Zen.«

Der Oberst dirigierte seine Leute weg, bis nur noch sein und Richards Wagen übrig blieben.

»Wer waren diese Männer?«, fragte ich.

Der Oberst schüttelte den Kopf. »Fragen Sie lieber nicht«, sagte er. »Ich darf sowieso nichts sagen.« Er schwieg für einen Moment. »Wir haben viel mehr erreicht, als wir erhofft hatten. Viel mehr.« Er wollte gehen.

»Moment mal«, sagte ich. »Und was passiert jetzt mit mir?«

»Mit Ihnen?« Er klang ehrlich erstaunt. »Soweit ich weiß, nichts. Jedenfalls ist mir nichts bekannt«, sagte er. »Gehen Sie einfach. Wenn ich Sie noch brauchen sollte, finde ich Sie schon.«

Nach dem, was heute geschehen war, glaubte ich ihm unbesehen. Er stieg hinten in seinen Wagen ein, wechselte ein paar Worte mit dem Chauffeur und kurz darauf fuhren sie weg. Richard und ich standen allein auf der Baustelle. Ich zitterte noch vor Aufregung. Mein Körper konnte die plötzliche Ruhe nicht verkraften. Mein Kopf auch nicht. Ich hätte am liebsten geschrien, gejubelt, wäre vor Freude in die Luft gesprungen und herumgerannt. Ich nahm Richard in den Arm und drückte ihn.

»Danke«, sagte ich.

»Klasman wartet«, sagte er.

In der reichen, luxuriösen Kanzlei wurde Gewalt in sicherem Abstand gehalten. Hier wurde nicht gekämpft, der Raum schien immun gegen Aggressionen. Wir warteten wie Puppen in einem Puppenhaus, bis Klasman bereit war. Mit hochgezogenen Augenbrauen sah er die Beulen und blauen Flecke in meinem Gesicht an.

»Gestürzt?«, fragte er.

»So ähnlich«, antwortete ich.

»Soll ich Verbandszeug holen lassen? Ich werde Janine mal eben darum bitten. Ich muss sowieso noch ein kurzes Telefonat führen, dann kann sie sich in der Zwischenzeit ein bisschen um euch kümmern.«

Er verschwand hinter einer schweren, massiven Eichentür mit mittelalterlichem Beschlag. Richard und ich saßen schweigend in der Rieseneingangshalle. Sonnenlicht fiel durch hohe Bleiglasfenster, sodass die Wände und der Fußboden farbig angestrahlt wurden. Es war still. Beinahe unwirklich. Ich wollte hier nicht sein. Nicht jetzt.

»Wir können auch morgen mit Klasman sprechen«, sagte ich zu Richard.

»Natürlich«, pflichtete er mir bei. »Und was tun wir jetzt stattdessen?«

»Ein Stückchen fahren?«

Richard stieß einen glücklichen Seufzer aus. »Am Ende fange ich noch an, dich zu mögen«, sagte er.

Kurz vor der Auffahrt zum Abschlussdeich hielt Richard an. Er kurbelte die Fenster herunter und blickte die lange, gerade Straße entlang, die über das Wasser führte.

»Das ist so schön!«, sagte er.

Viertel vor acht. Wir hatten die Sonne im Rücken. Das Meer lag graublau zu unseren Füßen. Die Wellen schlugen gegen die Basaltblöcke. Blauer Himmel über dem Deich. Groß, weit, offen und leer. Richard fuhr das Auto vom Parkplatz herunter und kehrte auf die Straße zurück. Ruhig und beherrscht. Ich sah, wie er ganz still wurde hinter dem Lenkrad. Seine Augen, seine Hände, seine Arme. Dann gab er Gas. Der Wind donnerte durch die offenen Fenster, ein Brüllen, das jeden Gedanken wegriss. Es war, als ströme die See herein. Durch die Geschwindigkeit begann sich die Umgebung zu verändern. Alles wurde kleiner. Je schneller wir fuhren, desto mehr wurde die Welt zu mir zurückgebracht. In einer offenen Kapsel rasten wir über den Asphalt. Ich brauchte kaum mehr zu atmen, so viel Leben wurde in mich hineingepresst.

93

Ich laufe lieber

Spätsommer, graues Wetter, warm, kein Regen, kein Wind. Ebbe. Ich erreichte den Gipfel der Düne und sah den Strand in voller Breite vor mir liegen. Hier und da ein Spaziergänger. Einige Hunde. Kleine Wellen weit weg. Am unteren Ende des Weges setzte ich mich hin, am Fuße der Düne, und schaute hinaus aufs Meer. Ich hatte meinen Führerschein und meinen Pass zurückerhalten. Mein Auto funktionierte nicht mehr. Im kriminaltechnischen Labor waren einige Teile verloren gegangen oder als Beweismaterial aussortiert worden, sodass es selbst VW nicht geschafft hatte, es wieder fahrtüchtig zu machen. Klasman hatte ein Rückübertragungsverfahren angestrengt, um den Verkauf der Castrostraat für null und nichtig erklären zu lassen. Es würde aber noch endlos dauern, bis ich das Anwesen los war. Kaufverträge und Kredite sind fast unmöglich rückgängig zu machen. Dennoch war Klasman optimistisch. Sobald er den Notar erwischte, der die Akten beglaubigt hatte, würde er die ganze Bande am Kanthaken kriegen. Das waren seine Worte gewesen, und ich war froh, dass ich nicht in der Haut dieses Notars steckte. Unterdessen war mein Haus in Amsterdam-Noord verkauft worden. Auf Anraten Klasmans hatte ich mit der Bank zusammengearbeitet und so schnell wie möglich einen Käufer gesucht.

»Abwickeln«, hatte Klasman gesagt. »Gib dieses Haus auf. Verkaufe es so teuer wie möglich und vergiss es ansonsten. Erspare dir den Ärger von zwei Prozessen gegen zwei verschiedene Banken. Es scheint zwar ungerecht, und das ist es auch, aber jeder andere Weg wäre viel unangenehmer.«

Ein Käufer war rasch gefunden. Amsterdam-Noord war sehr angesagt und der Verkauf des Hauses brachte mehr ein, als ich an Kredit dafür aufgenommen hatte. Klasman hatte darauf geachtet, dass die Bank den Gewinn nicht einstrich, weil ich in der Zentrale noch immer als ein Kunde registriert war, der enorme Schulden angehäuft hatte. Mit den gut fünfzigtausend Euro Gewinn hatte ich ein neues Bankkonto eröffnet.

Nach und nach hatte ich meine Mandate wieder von Gijs übernommen. Mit seiner Hilfe gelang es mir, die Panik der letzten Wochen zu überwinden und mich wieder an die Arbeit zu machen. Ich war in Deutschland gewesen, um den Auftrag für den Fabrikanten der Landbaumaschinen festzuziehen. Die *Mega Dominators* und *Big Packs* fuhren wieder. Ich reiste und arbeitete und in all der Zeit hatte ich nichts mehr von Guusje gehört. Sie auch nicht von mir.

So war es nun einmal.

Doch es gab noch einige andere Fragen, die mir nicht aus dem Kopf gingen. Während meine Probleme der letzten Wochen eines nach dem anderen gelöst wurden, blieb vieles übrig, das ich immer noch nicht verstand. Deswegen saß ich hier. Ich wartete.

»Lassen Sie uns ein Stück gehen«, schlug Margot Westerling vor.

Ich stand auf und gemeinsam spazierten wir hinunter zur Wasserlinie. Die Arbeit der Parlamentarischen Untersuchungskommission war beinahe beendet. Der Schlussbericht wurde ausgearbeitet, aber die Kommissionsmitglieder hatten die meisten ihrer Aufgaben erledigt. Hier und da waren Leute unter Betrugsverdacht verhaftet worden. *AmstaBouw* war geschlossen worden und wurde jetzt von den Justizbehörden abgewickelt. Mevrouw Westerling sagte nichts. Sie lief neben mir her und blickte hinaus auf das Meer.

»Wer waren diese Männer?«, fragte ich sie.

»Nachrichtendienst«, antwortete sie. Ich brauchte ihr nicht einmal zu erklären, welche Männer ich meinte. »Wir wussten es die ganze Zeit, konnten es aber nicht beweisen. Wir hatten keine Namen, keine Fakten, keine Zeugen, nichts. Wir wussten nicht, wo die gestohlenen Identitäten herkamen, wir wussten nur, dass sie bei *AmstaBouw* und noch weiteren Organisationen auftauchten.« Sie hielt inne. »Und wir wussten, dass jeglicher Versuch, mehr über *AmstaBouw* in Erfahrung zu bringen, abgeblockt wurde.«

»Das wussten Sie?«

»Ja, das wussten wir. Aber wir konnten nicht an sie rankommen. Das habe ich Ihnen in unserem ersten Gespräch ja schon erzählt.«

»Nein, damals sagten Sie, *AmstaBouw* würde abgeschirmt. Mehr nicht. Den Nachrichtendienst haben Sie nicht erwähnt.«

»Ach nein?« Sie tat, als könne sie sich an nichts mehr erinnern.

Wir gingen weiter an der schwachen Brandung entlang. Da stimmte irgendetwas nicht. Irgendwo nagte etwas in meinem Kopf. An den Nachrichtendienst hatte ich auch schon gedacht. Aber da war noch etwas anderes.

»Wie sind all diese Leute ausgerechnet auf mich gekommen?«, fragte ich.

Sie sah mich an. »Was soll das heißen, all diese Leute?«

»Na, das Militär und wer mich sonst noch so alles verfolgt hat. War das Absicht?«

Sie schüttelte den Kopf. »Nein, das war reiner Zufall«, antwortete sie. »Die Bedrohung durch einen terroristischen Anschlag war ganz konkret vorhanden, aber die Tatsache, dass Sie im Zug saßen, war Zufall.« Sie schwieg und ging weiter, als wollte sie sich auch äußerlich von einer Information zur anderen vorarbeiten. »Und diese Tatsache haben wir ausgenutzt.«

»Wir?«

Sie lächelte. »Im Grunde wussten wir gar nichts. Der Nachrichtendienst hatte seine eigenen Pläne, in die wir so gut wie keine Einsicht hatten. Sie hatten einige Organisationen geschickt infiltriert und verwendeten unter anderem Integrationsgelder, um Identitäten für Extremisten zu kaufen. Auf diese Art und Weise war ihnen stets bekannt, wer sich in unserem Land aufhielt und unter welchem Namen und welche Rolle die jeweilige Person spielte. Durch diese Methode konnte der Nachrichtendienst Schritt für Schritt Verbindungen zu den arabischen Ländern nachweisen. Eigentlich gar keine so schlechte Idee, nur vollkommen illegal. Sie lancierten sogar Anschlagsdrohungen, durch die unsere gesamten Antiterroreinheiten mobilisiert werden mussten.«

»Wie bei dem Zwischenfall mit dem Zug?«

»Ja, wahrscheinlich.«

Ich hielt inne. »Soll das heißen, dass der niederländische Staat Terrordrohungen simuliert?« Dieser Gedanke widersprach meinen gesamten bisherigen Überzeugungen.

»Nein, nicht direkt«, antwortete Margot Westerling. »Aber wenn der Nachrichtendienst so etwas organisiert, trägt der niederländische Staat natürlich die Verantwortung dafür. Das heißt aber nicht, dass die Regierung vorher darüber informiert ist. Sicher, manchmal passt den Politikern so etwas ganz gut ins Konzept. Vereitelte Anschläge beruhigen die Bevölkerung und nützen dadurch den Regierenden. Manchmal braucht die Regierung auch eine solche Bedrohung, um so agieren zu können, wie sie will. Um Gesetze durchzubringen. Um eine größere Handlungsbefugnis zu erzielen. Um die Privatsphäre der Bürger einzuschränken. Um Tatverdächtige schneller inhaftieren zu können. Auch die Wirtschaft hat ein Interesse daran. Viele Unternehmen profitieren davon. Der Kampf gegen den Terrorismus stellt eine konkrete Notwendigkeit dar, dient aber praktischerweise auch dazu, hier und da einige Rechte einzuschränken.«

»Geht denn gar keine Gefahr von den Islamisten aus?«

Mevrouw Westerling wurde langsamer, als wollte sie mich bremsen, mich aufhalten. Als wollte sie mir verdeutlichen, dass wir an dieser Stelle nicht weitergehen würden.

Ich ignorierte sie und blickte geradeaus den Strand entlang. Ich bestimmte, ob wir weitermachten oder nicht. Nicht sie.

»Doch, diese Gefahr besteht ganz konkret.« Die Stimme neben mir klang trocken, beherrscht.

Mit einem Ruck drehte ich mich um. Neben mir ging ein Mann mit blonden Haaren und randloser Brille. Ein gepflegter, kultivierter Mann. Ein Mann, den ich in den letzten Wochen mehr als einmal im Fernsehen gesehen hatte, stets im Hintergrund, stets schweigend, niemals zu einem Kommentar bereit. Er ging neben mir her und sah mich an, mit eindringlichem, fast stechendem Blick. Er lächelte, was seinem Gesichtsausdruck etwas Überhebliches verlieh. Seine ganze Haltung machte mich wütend. Dies war der Mann, der wusste, was geschehen war und wie es geschehen war. Dies war der Mann, der mich gepeinigt hatte. Die Frage war eigentlich überflüssig, da ich die Antwort bereits kannte, aber ich stellte sie trotzdem.

»Wer sind Sie?«, fragte ich.

»Wer ich bin, spielt keine Rolle.«

Wieder dieser herablassende Tonfall. Diese falsche Bescheidenheit, um zu demonstrieren, wie viel Macht er besaß. Spielchen. Dummes Gerede. Als könnte ich das gebrauchen.

»Warum sind Sie dann hier? Wenn Sie unwichtig sind, sollten Sie besser verschwinden«, sagte ich.

Ich sah mich um. Etwa zehn Meter hinter uns fuhr ein grauer Mercedes der M-Klasse. Mit getönten Scheiben. Mevrouw Westerling war nirgends mehr zu sehen.

»Wir befinden uns im Krieg, und im Krieg ergreifen wir Maßnahmen, die wir ansonsten vielleicht scheuen würden«, sagte der Mann.

»Wir? Wer ist ›wir‹? Wir führen keinen Krieg. Sie führen einen, mit weiß Gott wem. Und wenn ich Ihnen dabei im Weg stehe, habe ich Pech gehabt. Wir? Wir? Wie können Sie es wagen, für mich zu sprechen?«

»Na schön.« Wieder lächelte er. »Genau das macht den Unterschied zwischen denen und uns aus. Terroristen erledigen nämlich alles selbst. Für einen Terroristen bedeutet ›wir‹ immer er selbst und seine Gruppe, darüber besteht nicht der geringste Zweifel. Aber wir haben eine Armee und einen Nachrichtendienst und noch ein paar andere Behörden und Organisationen, von denen niemand etwas weiß, und die lösen die gefährlichen Aufgaben für uns. Wenn wir, das niederländische Volk« – und er breitete die Arme aus, um das ganze Land anzudeuten –, »wenn wir eingreifen, wenn wir eingreifen müssen, dann brauchen Sie gar nichts zu tun. Erkennen Sie den Unterschied? Sie fühlen sich von der Mission nicht betroffen.« Er schwieg für einen Moment. »Deswegen wollen Sie das ›wir‹ nicht akzeptieren. Das ›wir‹ existiert nicht für Sie. Die Bösen, das sind die anderen. Immer. Das ist der Luxus der Demokratie. Doch leider ist das Leben nicht so einfach.«

»In einer Demokratie ist für Leute wie Sie gar kein Platz.«

»Finden Sie? Glauben Sie, die Freiheit sei unschändbar? Glauben Sie, die Demokratie kenne keine Grenzen? Die Niederlande sind ein kleines Land, ein offenes Land, in dem die Verhältnisse auf den Quadratzentimeter genau festgelegt werden. Jede Störung erschüttert das ganze System. Die Demokratie gleicht unseren Autobahnen: Wenn irgendwo ein Unfall geschieht, steht das ganze Land still. Es sind schwierige Zeiten. Das wissen Sie, das weiß jeder. Kleine Störungen haben große Auswirkungen. Daher brauchen wir eine wirksamere Absicherung der Grenzen. Nicht der Grenzen des Landes, sondern des Systems.« Erneut lächelte er.

»Wenn Ihre Behörde mit Anschlagsdrohungen spielt, überschreiten Sie die Grenzen, die Sie bewachen sollen.«

Er schüttelte den Kopf. »Eine Grenze bewacht man immer von außen. Eine Verteidigung von innen kommt grundsätzlich zu spät. Außerdem äußern nicht wir eine solche Drohung, sondern diese stammt von der Bewegung, die wir infiltriert haben. Wir verhindern eine solche Aktion nicht, ja, vielleicht initiieren wir sie sogar. Aber es ist niemals unsere Aktion. Wir lassen sie durchgehen und beobachten, was daraufhin passiert, wer aus seinen Löchern gekrochen kommt und wer spurlos verschwindet. Eine Anschlagsdrohung erregt überall höchste Aufmerksamkeit. Und das brauchen wir.«

»Und ich?«

»Sie?« Wieder dieses Lächeln, das mich schier verrückt machte. »Sie waren ein Irrtum. Ihre Identität hätte niemals eingesetzt werden dürfen, aber als Ihr Name einmal jemandem zugeteilt worden war, konnten wir nicht mehr zurück.«

Die Implikation war nicht misszuverstehen. Mein Leben war weniger wert als die Mission.

»Natürlich hätten Sie das ändern können. Aber Sie wollten nicht.«

»Die Überlegung bestand, das stimmt.«

»Aber meine Interessen spielten dabei keine Rolle.«

Er reagierte nicht.

»Raus mit der Sprache!«, sagte ich.

»Jeder Feind der Demokratie ruft eine Reaktion hervor, die nicht zu einer Demokratie passt. Unschuld gibt es nicht, aber die Demokratie hat die Schuld nun einmal Leuten wie mir aufgebürdet. So hat jeder seine Aufgabe.«

Schweigend gingen wir am Strand entlang. Hinter uns folgte das Auto. Wir waren zwei Männer, die bewacht wurden. Mevrouw Westerling schützte mich vor diesem Mann ohne Namen. Zweifellos saßen in dem Auto wieder andere Männer, die ihn bewachten. Alles musste beobachtet werden, überall.

»Bas Hoogeman ist von Extremisten ermordet worden«, sagte der Mann plötzlich. »Er war ihnen zu nahe gekommen. Nach dem Anschlag waren alle auf der Suche nach seinem Wissen, den Hintergrundinformationen, die er gesammelt hatte. Doch sie waren spurlos verschwunden. Er besaß die Angewohnheit, sämtliche Daten immer sofort von seinem Computer zu löschen. Daher wusste jeder, dass er irgendwo eine CD-ROM oder einen Stick verbergen musste, nur erwies sich sowohl das eine als auch das andere als unauffindbar. *AmstaBouw,* wir, die Kommission, alle suchten danach. Dieser Teil der Aktion ist nicht ganz reibungslos verlaufen.«

»Aber Hoogeman ist tot. Seine Ermordung konnten Sie nicht verhindern.«

»Nein.«

»Ich war ein Irrtum. Dass er ermordet wurde, war ein Fehler.«

Er nickte. »Das war ein Fehler, ja.« Er sträubte sich nicht dagegen, Verantwortung zu übernehmen oder Kritik einzustecken. Ein Fehler war ein Fehler. Fertig. Fehler wurden immer begangen, nur dass sie in einem Krieg schlimmere Auswirkungen hatten. Das war der einzige Unterschied. »Durch Ihr Eingreifen ist die gesamte Operation gescheitert«, sagte er. »Vielleicht ist das gut, vielleicht auch nicht. Es ist nicht meine Aufgabe, ein Urteil darüber zu fällen, aber wir hätten nie damit gerechnet, dass Sie so weit gehen würden. Wir waren zu sehr mit der Untersuchungskommission beschäftigt.« Er lachte, und zum ersten Mal schwang echte Fröhlichkeit in seiner Stimme mit. »Mevrouw Westerling und Sie, wer hätte das gedacht?« Verwundert schüttelte er den Kopf. »Jedenfalls war es nicht persönlich gemeint«, sagte er, und damit war das Gespräch beendet. So unerwartet, wie er mich angesprochen hatte, so plötzlich verschloss er sich auch wieder. Er wollte keinen Kontakt mit mir knüpfen, dafür interessierte er sich wohl kaum. Er war gekommen, um die Verhältnisse klarzustellen. Meine Person und meine Interessen waren noch immer unwichtig.

»Das habe ich mir schon gedacht«, erwiderte ich. »Was das angeht, ist der Unterschied zwischen Ihnen und Ihren Widersachern nur sehr gering. Von Ihrer Seite war es nicht persönlich gemeint, aber mir ging es durchaus persönlich an den Kragen. An dieser Stelle fehlt mir einfach das Verständnis. An dieser Stelle wird es immer fehlen, weil Sie sich über die Persönlichkeit des Einzelnen hinwegsetzen.«

Er nickte nur und kehrte zu seinem Wagen zurück. Keine Diskussion. Diskussionen passten nicht in den Plan, die Mission. Eine der hinteren Türen öffnete sich und Mevrouw Westerling stieg aus. Sie und der blonde Mann wechselten ein paar Worte, unhörbar für mich. Es schien, als bedanke sich Mevrouw Westerling bei ihm. Auch das hätte ich als Beleidigung auffassen können, wenn ich gewollt hätte. Der Mann stieg ein und schloss die Tür. Langsam wendete der Wagen und fuhr über den fast verlassenen Strand davon. Beschleunigte. Kurz darauf erstarb das Motorengeräusch, weggeblasen vom Wind.

Margot Westerling gesellte sich zu mir. »Sollen wir umkehren?«, fragte sie. Ohne meine Antwort abzuwarten, machte sie sich auf den Rückweg. Keine weiteren Informationen mehr. Über den Mann sagte sie nichts. Sie tat so, als sei er gar nicht da gewesen, als sei unser Gespräch nie unterbrochen worden. Bizarr. Ich stellte ihr keine Fragen mehr. Es gab sowieso keine Antworten, nicht für mich. Der blonde

Mann mit der randlosen Brille hatte sie mitgenommen. Ich war mit dem Wissen der Untersuchungskommission ausgeschickt worden, um den Nachrichtendienst aus der Reserve zu locken. Ich war eine Marionette bei der Konfrontation zwischen zwei Instanzen der Regierung sowie einer feindlichen Partei gewesen. Gleichzeitig behaupteten alle, es sei das kleinere Übel gewesen. Man konnte Depressionen davon bekommen.

»Das wird vielleicht einen Zirkus geben, wenn das alles bekannt wird«, bemerkte ich.

Margot Westerling lächelte. »Es wird nicht bekannt werden«, erwiderte sie. »Dabei können wir nicht gewinnen. Einen so hohen Einsatz könnten wir nur riskieren, wenn wir sicher wüssten, dass wir gewinnen würden. Aber in diesem Fall würden wir nur noch mehr verlieren.« Sie blieb stehen. »Ich weiß, wer für die Aktion verantwortlich ist«, sagte sie. »Die ganze Kommission weiß das. Verstehen Sie, was ich Ihnen damit sagen will? Aber ich werde tunlichst schweigen, wie alle anderen auch.«

»Sie lassen sich auf einen Deal ein«, sagte ich.

Sie nickte. »Manchmal ist es besser, hinter verschlossenen Türen reinen Tisch zu machen.«

»Das klingt aber sehr optimistisch.«

»Der Versuch, hinter verschlossenen Türen reinen Tisch zu machen?«, fragte sie. »Keine Sorge, die ersten fünf Mann sitzen bereits hinter Gittern, und dort werden sie wesentlich länger bleiben als Sie.«

Wir spazierten zurück zu dem Parkplatz oben auf der Düne. Dort stand nur ein Auto: ihres. Sie blickte sich um.

»Kann ich Sie irgendwohin mitnehmen?«, fragte sie.

»Nein, danke«, erwiderte ich. »Ich laufe lieber.«

94

Kennt ihr euch?

LESS IS MORE stand auf seinem T-Shirt. Hellgrüne Buchstaben auf weißer Baumwolle.

»Wie recht du hast«, sagte ich.

»Je mehr man verliert, desto mehr behält man übrig«, philosophierte Richard.

BON Consult und Richard Dustenberg hatten gerade einen Sponsorenvertrag abgeschlossen. Ganz offiziell, mit allem Drum und Dran. Richard würde unseren Firmennamen und unser Logo auf seinem Anzug und auf seinem Wagen führen. Mindestens drei Jahre lang. Rennfahrer zu werden ist teuer, Rennfahrer zu sein noch viel mehr. Bis man die ersten Gewinne verzeichnet, dann gelten andere finanzielle Gesetze. In meiner Fantasie sah ich den Wagen mit dem Namen BON Consult auf dem Kotflügel schon über die internationalen Rennstrecken jagen. Mit viel Gefühl für Dramatik setzte Richard seinen Namen neben den von Gijs und mir. Drei Mal, auf drei Ausfertigungen. Dann nahm er ein Exemplar, faltete es und steckte es in die Innentasche seiner Jacke. Die anderen beiden Kopien blieben auf dem Tisch liegen. Eine für Gijs und mich und eine für die Verwaltung. Wir schüttelten uns die Hände, klopften uns auf die Schultern und stießen mit Cola und Mineralwasser an. Sehr verantwortungsbewusst.

Gijs und Richard fuhren anschließend zu dem Rennstall, bei dem Richard unter Vertrag stand, irgendwo am Rand von Almere. Sie wollten, dass ich mitkam, beide redeten auf mich ein. Erfolglos. Ich hatte andere Pläne. Heute war der Tag, an dem ich tun wollte, was ich bereits seit Wochen vor mir herschob. Draußen stand ein Transporter, den ich am Nachmittag zuvor gemietet hatte, für eine Woche, sodass ich hin- und herfahren konnte, wann es mir passte.

Ganz allein verließ ich Amsterdam, umrundete Den Haag und setzte meinen Weg fort, auf dem Weg nach Naaldwijk und weiter nach Monster, zu der Lagerhalle, in der noch immer meine Sachen standen. Langsam fuhr ich durch die Straßen, die vor ein paar Wochen plötzlich Teil meines Lebens geworden waren, die Treibhäuser, die Gräben und Deiche, die weitläufigen Obst- und Gemüseplantagen. Hinter Naaldwijk gab ich der Versuchung nach, kurz am Haus der Zwaals vorbeizufahren. Danny und Stef. Und wenn nur, um nachzusehen, ob sie noch dort wohnten. Ich fuhr nach Honselersdijk und von da aus weiter in Richtung Poeldijk. Ich kurvte mit dem Transporter durch die Straßen, als hätte ich nie etwas anderes getan. Ich kannte mich hier aus. Ich war hier bekannt. Als ich Ende Juli von der Polizei hierher gebracht worden war, hatte ich noch geglaubt, ich sei in einem entlegenen Gebiet Afghanistans gelandet. Feindselig, ablehnend, abweisend. Eine Gegend, in der die Leute mich nicht mochten und ich sie auch nicht. In den Niederlanden, in Zuid-Holland. Inzwischen war es Anfang Oktober und ich fühlte mich hier wie zu Hause. Zwar sah ich auf der Straße dieselben Leute mit dem unergründlichen Blick, aber inzwischen erschienen sie mir nicht mehr feindselig. Sie waren einfach zu beschäftigt mit ihrem eigenen Leben und ihren eigenen Gedanken. Genau wie ich.

Außerhalb von Monster war es still. Keine Menschenseele unterwegs. Hinter einem Müllwagen schlich ich durch die schmalen Straßen. Ich fuhr ein Stück, hielt an, wartete. Die Männer rollten die Container vom Bürgersteig und hakten sie hinten am Fahrzeug in die Greifer ein. Wenn sie vier hintereinander geleert hatten, stellten sie sie kreuz und quer zurück auf den Gehweg. Einzelne Säcke warfen sie in hohem Bogen in den Wagen hinein. Sie arbeiteten sehr schnell, ohne einen Moment innezuhalten; dennoch kamen wir nur im Schneckentempo voran.

Ich betrachtete die Häuser, die Gardinen und Übergardinen, die Jalousien, die Vorgärten und die Grünpflanzen an den Fenstern und versuchte, mir vorzustellen, wie es aussähe, wenn ich mit hundertachtzig Sachen hier vorbeirasen würde. Wenn das überhaupt möglich wäre.

Der Müllwagen bog links ab, ich fuhr nach rechts. Die Brüder Zwaal wohnten im letzten Haus, am Ende der Straße. Nicht weit, so lang war die Straße nicht. Hier waren die Häuser ein wenig größer, die Vorgärten tiefer. Die Auffahrt war lang genug, um mehrere Autos darauf abstellen zu können. Bei den Zwaals konnten noch mehr parken, weil sie auch einen Garten seitlich neben dem Haus besaßen. Ich sah den Primera, den Omega und den Jetta. Und auch einen alten Land Cruiser. Ich stellte den Transporter auf der Straße neben dem Bürgersteig ab, stieg aus und ging den Weg zur Haustür entlang. Und dort, ungefähr auf halbem Wege, blieb mir das Herz stehen, ganz kurz nur. Danach klopfte es mir bis zum Hals.

Von der Straße aus nicht sichtbar, hinter dem Land Cruiser, stand ein Mustang. Ein roter Ford Mustang.

»Hallo, Michael«, sagte Stef. Er sah gut aus. Stark, fröhlich. »Komm rein.« Er drehte sich um und ging mir voraus in die Küche. »Danny, Danny!«, rief er. »Rate mal, wer hier ist?«

Danny sprang auf und kam mit seinen merkwürdigen tänzelnden Schritten über den Flur auf mich zu.

»Michael ist okay, Michael ist okay!«, rief er. Er schüttelte mir übertrieben lange und fest die Hand und schubste mich praktisch in die Küche.

»Wir waren gerade dabei, etwas zu besprechen«, erklärte Stef, »aber komm nur rein. Vor dir haben wir keine Geheimnisse mehr.«

An einer Ecke des Tisches saß Guusje, die Augen ungefähr so groß wie das Loch in meinem Magen. Ich hatte das Gefühl, auszulaufen. Sie konnte nicht hier sein. Sie gehörte nicht hierhin.

»Was machst du denn hier?«, fragte ich.

»Sie ist unsere Anwältin«, erklärte Stef.

»Seit wann?«

»Oh, schon seit Jahren.«

Die Stille war niederschmetternd. Guus war schon seit Jahren die Anwältin der Familie Zwaal. Das bedeutete, dass sie alles wusste. Dass sie die ganze Zeit über alles gewusst hatte. Dass sie gewusst hatte, an wen die Castrostraat verkauft worden war und wann und wie das geschehen war. Sie hatte gewusst, wer ich war. Denn die Castrostraat war an Michael Bellicher verkauft worden. An mich. Es war unmöglich, dass sie nicht darin verwickelt gewesen war. Sie hatte die ganze Zeit über gewusst, was los war. Schlimmer noch, sie hatte daran mitgearbeitet. Die Wut, die nach Wochen endlich abgeebbt war, stieg wieder mit voller Heftigkeit in mir auf.

Sie hatte es getan.

Sie hatte mich mit Schulden in der Höhe von mehreren Millionen einer Bank ausgeliefert.

»Kennt ihr euch?«, fragte Stef.

Sie sagte nichts. In ihren Augen las ich all die Gedanken, die auch mir durch den Kopf gingen. Die ganze Unsicherheit, die Zweifel und das Misstrauen. Alles, was sie zu verdrängen versuchte und ich nicht länger verdrängen konnte.

»Hallo, Guus«, sagte ich.

Ich gab mir die größte Mühe, meine Stimme so gleichgültig wie möglich klingen zu lassen. In mir herrschte das absolute Chaos, denn trotz des ungeheuren Zorns freute ich mich ganz einfach, sie zu sehen. Ich konnte nichts dagegen tun. Ich hatte das Bedürfnis, zu schreien und zu schimpfen, und zugleich hätte ich am liebsten gelacht und geweint. Ich hatte Lust, ihr an die Gurgel zu gehen. Sie von ihrem Stuhl zu zerren und durch die Küche zu schleifen. Alles Mögliche, Hauptsache, ich konnte sie dabei im Arm halten.

»Okay, ihr kennt euch also«, stellte Stef fest und zog einen Stuhl zurück. »Setz dich.«

Danny kam wieder in die Küche und nahm neben Guus Platz. Er legte den Arm um sie. »Guus ist lieb. Guus kümmert sich um uns, stimmt's, Guus? Sie sorgt dafür, dass wir hierbleiben können. Dafür sorgt Guus.«

»Natürlich«, sagte Guus. Sie drückte kurz seinen Arm und lachte ihn an.

»Und Michael ist okay«, sagte Danny.

Stef stellte eine Tasse Kaffee vor mich hin. »Zucker und Milch stehen da«, sagte er und zeigte darauf.

Ich löffelte Zucker in den Kaffee und rührte um und versuchte zu verstehen, was passiert war. »Du bist ihre Anwältin«, stellte ich fest.

»Nicht mehr. Ich bin aus der Kammer ausgetreten, bevor man mich rauswerfen konnte.« Sie lachte kurz auf. »Ich hatte keine andere Wahl. Nach allem, was ich für sie getan habe.«

»Den Verkauf eines Gartenbaubetriebs.«

Sie nickte.

»An … wie hieß der Typ noch mal?« Ich tat, als denke ich nach. »Ich komm einfach nicht drauf.«

»Bellicher.«

»Genau der.« Ich schwieg.

»Ich dachte, du existiertest nicht. Ich hatte deinen Namen gegoogelt und nicht einen Treffer erhalten, also dachte ich, es gebe niemanden dieses Namens. Es sei ein Fantasiename. Deswegen habe ich mitgemacht. Deswegen habe ich bei der Erstellung des Wertgutachtens und bei der Ausfertigung der Verträge mitgeholfen. Ich dachte, Ruud hätte den Namen erfunden. Wer heißt denn schon Bellicher?«

»Man erhält aber durchaus einige Treffer, wenn man meinen Namen eingibt«, erwiderte ich.

»Nicht mit einem Tippfehler.« Sie sah mich an. »Google machte nicht mal den Vorschlag, unter deinem richtigen Namen zu suchen. So bekannt bist du nicht.« Sie unternahm nicht den geringsten Versuch, meinem Blick auszuweichen. »Als ich deinen Namen in dem Polizeibericht las, dachte ich, ich würde auf der Stelle tot umfallen. Wirklich wahr. Ich dachte, ich würde verrückt. Ich klammerte mich an den Gedanken, dass du jemanden angefahren hattest und abgehauen warst. Als der Mann starb, war ich mir sicher, dass du ein absoluter Mistkerl wärest, der so oder so in den Bau wandern würde. So dachte ich, denn ich konnte ja nicht ahnen, dass dein Name inzwischen noch weiter missbraucht worden war. So war es nicht abgemacht gewesen. Aber nach dem Unfall lief alles aus dem Ruder. Ruud hat deinen Namen noch einmal für den vorgetäuschten Einbruch bei seinem Schwager verwendet. Danach musste er ihn so schnell wie möglich loswerden und hat ihn verkauft, in der Annahme, der Nachrichtendienst würde schon dafür sorgen, dass Bellicher nicht mehr weiter verfolgt würde.«

Sie schwieg.

»Äußerst dämlich«, sagte sie.

»Bellicher, das bist du!«, sagte Danny und strahlte vor Freude über das ganze Gesicht. »Ja, Michael Bellicher!« Er stand auf, lief eine Runde durch die Küche und schlenderte hinaus auf den Flur, ständig meinen Namen wiederholend.

»Erst nachdem sich herausgestellt hatte, dass Danny der Käufer des BMW war, wurde mir klar, was passiert sein musste.« Sie schüttelte den Kopf.

»Aber du hattest den Zwaals gegenüber etwas gutzumachen«, sagte ich.

»Allerdings.« Sie presste die Lippen aufeinander, als wolle sie ihre Nervosität zusammenquetschen und hinunterschlucken. »In dem Moment erkannte ich auch, was für ein Mensch du warst. Vorher hatte ich dich für einen arroganten Amsterdamer Sack gehalten. Aber plötzlich sah ich, dass du wirklich Angst hattest.«

»Na ja, ein bisschen schon.«

Schweigend saßen wir uns gegenüber. Guus starrte mich an. Was sie nicht mehr zu sagen wagte, was ihr jetzt schon fehlte, sprach aus dem verzweifelten Blick in ihren Augen. Das Gespräch war beendet. Hier, am Küchentisch von Stef und Danny Zwaal, wussten wir nicht mehr weiter.

»Ich bin auf dem Weg zur Lagerhalle«, erklärte ich, »meine Sachen abholen.«

Sie nickte.

»Vielleicht kannst du mal kurz vorbeikommen, wenn du hier fertig bist, dann könnten wir ...« Ja, was? Ich wusste es nicht. Zu viele gegensätzliche Gedanken und Gefühle erfüllten mich. Ich hinterfragte alles, was sie getan und gesagt hatte. Steckten vielleicht noch andere Interessen dahinter, die ich bisher noch nicht erkannt hatte? Hatte sie dieses oder jenes für mich oder für jemand anderen getan? Konnte ich mir ihrer jemals sicher sein? Fragen, auf die es keine Antwort gab. Bis mir auf einmal wieder jener eine Satz von Richard einfiel: Du fährst nur dein eigenes Auto. Du kannst keine zwei Autos gleichzeitig fahren, dann baust du Unfälle. Der andere fährt sein Auto. Du deines. Konzentriere dich darauf, dann begehst du die wenigsten Fehler. Ich sollte mich nicht fragen, was Guus tat und warum. Ich musste mich fragen, was ich tat. Was ich wollte.

Wieder nickte sie.

»Dann bis gleich.« Ich verabschiedete mich von Stef und Danny und ging zur Tür hinaus. Bei jedem Schritt klang mir Richards Satz lauter und drängender im Ohr: Du fährst nur dein eigenes Auto. Du fährst nur dein eigenes Auto. Auf dem Weg durch den Vorgarten hinunter zum Bürgersteig. Du fährst nur dein eigenes Auto. Tür auf, einsteigen. Tür zu. Beide Hände an das Lenkrad. Du fährst nur dein eigenes Auto.

Und, verdammt noch mal, mein Auto fuhr zu Guus.

95

Die Zelle

Kleinste Einheit des Lebens. Elementarer Teil eines Organismus. Beginnt mit mindestens einem Kern. Kann sich teilen, aufspalten und wachsen.

96

Ich würde es sofort wieder tun

Der Transporter stand in der Lagerhalle neben dem Haufen von Möbeln und Umzugskisten. Die seitliche Schiebetür war geöffnet, der Laderaum noch leer. Ich hatte einige Kisten herausgesucht – mit Kleidern, CDs, Büchern – und beiseite gestellt. Danach war ich nach hinten gegangen, in die Küche. Ich hatte mir einen Stuhl genommen und mich auf die kleine Terrasse vor der Hintertür gesetzt. Eine bleiche Sonne stand über den Treibhäusern. Die Zeit verstrich, ohne dass ich etwas dafür zu tun brauchte. Ich hörte, wie sich das tiefe Grollen des Mustang die Allee entlang näherte. Ich hörte, wie das Auto in die Lagerhalle hineinfuhr, wie der Motor verstummte und eine Tür zufiel. Schritte. Absätze auf dem Betonfußboden. Langsam. Sie rief mich nicht, sie näherte sich ganz vorsichtig, als wolle sie den Moment unseres Wiedersehens so lange wie möglich hinauszögern.

»Ach, hier bist du«, sagte sie. Sie stand hinter mir in der Küche. Lehnte sich an den Türrahmen. Sie versuchte, lässig zu wirken, aber es gelang ihr nicht. Sie fühlte sich nicht lässig.

»Ja.«

»Du hast noch nicht viel eingeladen.«

»Nein.«

»Soll ich dir helfen?«

Ich schüttelte den Kopf. »Hol dir doch einen Stuhl«, sagte ich.

Etwas gehemmt setzte sie sich neben mich. Als hätten wir uns geprügelt und müssten jetzt wieder miteinander reden. Befremdlich. Je länger man einen blauen Flecken anstarrt, desto größer wird er, desto mehr fällt er auf.

»Ich bleibe noch ein bisschen«, verkündete ich.

Sie sagte nichts.

»Alle meine Sachen stehen hier, also …«

Keine Reaktion.

»Und die Vermieterin ist prima.«

»Ach, ja?«

»Ja, die beste, die ich jemals hatte.«

Sie lächelte. »Ist das dein Ernst?«

»Keine Miete, keine Bedingungen, keine Kündigungsfrist. Du bist Anwältin, sag du mir, was nicht gut daran sein soll.«

Sie fuhr mit einem Finger über die Narbe knapp über meinem Auge. Eine Erinnerung an die Schläge, die mir der Blonde im Zug verpasst hatte.

»Tut das weh?«

»Nur wenn man draufhaut.«

Sie zog den Finger weg. »Du schimpfst also nicht mit mir, weil ich dich angelogen habe? Du glaubst nicht, dass du mir nie mehr vertrauen kannst und dass ich nur mit dir ins Bett gegangen bin, um dich abzulenken?«

»Doch, geschimpft habe ich schon«, gab ich zu. »Aber als du nicht dabei warst.«

»Okay.«

»Jetzt habe ich keine Lust mehr zu schimpfen. Und Glaube gehört in die Kirche.«

»Haben wir dieses Gespräch nicht schon einmal geführt, ganz am Anfang, als ich dir nicht geglaubt habe? Ich habe gesagt, es spielte keine Rolle, ob ich dir glaubte, und ich glaubte nur an das Gesetz.«

»Das klang damals schon abgedroschen.«

Sie nickte. »Aber ich habe es wirklich so gemeint, denn ich habe dir nicht geglaubt.«

»Du hast an dich selbst geglaubt.«

»Musste ich ja wohl.«

»Und das tust du auch jetzt noch.«

»Weil ich es muss?«

»Nein, weil es besser so ist.«

Wir schwiegen. Die Stille auf der Terrasse gehörte uns. In der Ferne ertönte das tiefe Brummen eines Traktors. Ein beruhigendes Geräusch. Eigensinnig.

»Willst du denn gar nicht fragen, wie und warum ich es getan habe?«

»Doch, ein bisschen interessiert es mich schon. Ruud

wurde stinksauer, als ich deinen Namen erwähnte. Warum eigentlich?«

»Weil er mich nicht verraten wollte. Sobald er erkannt hatte, dass die Sache verloren war, hat er alles darangesetzt, die anderen zu schützen. Darunter auch mich.« Sie zuckte mit den Schultern. »Das hat natürlich nicht funktioniert«, sagte sie. »Denn dadurch wurdest du mir gegenüber misstrauisch. Und mit Recht. Was ich getan habe, war einfach unmöglich, aber ich hatte keine andere Wahl. Na ja ...« Sie fügte eine wegwerfende Handbewegung hinzu. »Alles andere weißt du schon. Und das dicke Ende kommt erst noch für mich. Zuerst wird sich die Polizei den Notar vorknöpfen, der geholfen hat, die Castrostraat zu verkaufen, danach die Verantwortlichen bei der Bank und von da aus werden sie automatisch bei mir landen.«

»Und dann bekommst du es mit Klasman zu tun.« Bei der Vorstellung schüttelte es mich. Klasman würde den Notar und Guusjes Kanzlei auf den gesamten Betrag des Kredits für die Castrostraat verklagen. Zu Recht, das war mir klar, aber dennoch erschien es mir nicht so. Guus und ich waren unser gegenseitiger Ruin. Der einzige Weg, meine Freiheit wiederzuerlangen, war, ihr die ihre zu rauben. Es ging nicht anders. Ich wusste es und sie wusste es. Wir waren miteinander verbunden, und was immer auch geschah, ich wollte sie nicht mehr loslassen.

»Ich rechne nicht damit, dass mir viel bleibt«, sagte sie. »Wenn ich verurteilt werde und Konkurs anmelden muss, bleibt mir nur noch das hier.« Die Halle und die kleine Wohnung. Sie breitete die Arme weit aus, um sarkastisch zu wirken. »Und ansonsten nur noch Sex«, fügte sie hinzu. »Jedenfalls, wenn du daran noch glaubst.«

»Ich würde es sofort wieder tun«, sagte ich.

Sie lachte, endlich. »Ich auch«, sagte sie. »Aber nicht jetzt.«

»Nicht?«

»Nein, im Moment bitte keinen Sex.«

»Auch nicht ein bisschen poppen?«

»Nein, auch das nicht.«

Ich kippte meinen Stuhl nach hinten und lehnte meinen Hinterkopf gegen die Wand.

»Wie lange nicht?«, fragte ich.

97

Bellilog 05.10.06

Bin mal kurz weg.

Was vorher geschah

Charles den Tex

Die Macht des Mr. Miller

Aus dem Niederländischen von Stefanie Schäfer

ISBN 978-3-89425-561-9

NIEDERLÄNDISCHER KRIMIPREIS 2006

Nach dem Erhalt seiner fristlosen Kündigung verschafft sich Unternehmensberater Michael Bellicher heimlich Zugang zu seinem früheren Büro. Eine fatale Entscheidung, denn er wird Zeuge eines Mordes und selbst der Tat verdächtigt. Michael taucht unter und macht Bekanntschaft mit einem ominösen Mr. Miller, der alles über ihn zu wissen scheint, aber doch nicht greifbar ist …

»*Ein vollendeter Thriller.*« Aus der Laudatio anlässlich der Preisverleihung zum ›Niederländischen Krimipreis 2006‹

»*Charles den Tex schildert einen globalen Krieg, der nicht mit Waffen, sondern mit manipulierten Informationen geführt wird.*«
Der Standard

»*Ein dramaturgisch wie sprachlich herausragender, intelligenter und rasanter Thriller.*« Stadtmagazin Krefeld

»*Charles den Tex' Geschichte ist beklemmend realistisch und stilistisch ausgesprochen innovativ. Wer mit dieser Lektüre beginnt, kann erst nach 447 Seiten wieder aufhören.*«
Deutsches Handwerksblatt

»*›Die Macht des Mr. Miller‹ ist ein atemberaubender Computer-Thriller.*« Associated Press

»*Das Buch kann man ohne Übertreibung den besten ›Big-Brother‹-Thriller nennen, der seit Jahren auf den Markt gekommen ist.*«
Kölner Stadt-Anzeiger

grafit